Lynne Wilding

Reise des Herzens

Australien-Saga

Deutsch von Uta Hege

blanvalet

Die Originalausgabe erschien 2001 unter dem Titel
»52 Waratah Avenue« bei HarperCollins Publishers Pty Ltd.,
Australien.

1. Auflage
Deutsche Erstausgabe März 2009 bei Blanvalet,
einem Unternehmen der Verlagsgruppe
Random House GmbH, München

Published by Arrangement with John Edward Gumbley
Dieses Werk wurde vermittelt durch die Literarische Agentur
Thomas Schlück GmbH, 30827 Garbsen.

Umschlaggestaltung: HildenDesign, München
Umschlagbild: © Neale Clark /
Robert Harding World Imagery / Getty Images
Redaktion: Heike Brillmann-Ede
lf · Herstellung: RF
Satz: Uhl + Massopust, Aalen
Druck und Einband: GGP Media GmbH, Pößneck
Printed in Germany
ISBN 978-3-442-37147-1

www.blanvalet.de

In liebender Erinnerung an
Lorna Bruce-Clarke,
die am 17. Juni 1989 starb.

Meine geliebte Mutter und beste Freundin,
die an mich geglaubt und mich stets ermutigt hat,
mich nach Kräften zu bemühen,
und die in meinem Herzen und meiner Erinnerung
ewig weiterleben wird.

Die Familie Beaumont

Laura Ashworth-Beaumont: Familienoberhaupt und erfolgreiche Geschäftsfrau, die ihr während des Zweiten Weltkriegs gegründetes Modegeschäft zu einer unter dem Namen Ashworths landesweit operierenden Kette großer Modehäuser erweitert hat.

Caroline Ashworth-Beaumont: Lauras älteste Tochter aus ihrer ersten Ehe mit Eddie Ashworth ist eine international erfolgreiche Konzertpianistin, deren musikalische Karriere jedoch aufgrund rheumatischer Arthritis in den Händen ein abruptes Ende gefunden hat. Die geschiedene Frau von Nick Beaumont kehrt deshalb in der Hoffnung auf eine neue Karriere mit der gemeinsamen Tochter Fern nach Sydney zurück.

Nick Beaumont: Der Sohn von Lauras zweitem Mann, Jack Beaumont, ist ein erfolgreicher Geschäftsmann und Miteigentümer des von seinem Vater gegründeten Bauunternehmens B&S. Seine Eifersucht und seine Besitzansprüche haben seine Ehe mit Caroline zerstört. Doch Nick hat seine Lektion gelernt und hat nur einen Wunsch – dass Caroline wieder Teil seines Lebens wird.

Michaela Beaumont: Lauras jüngere Tochter aus der Ehe mit Jack. Die Vierundzwanzigjährige ist temperamentvoll, zielstrebig und ehrgeizig. Sie hat nur das eine Ziel, eines Tages die Hauptgeschäftsführerin von Ashworths zu werden, bis der Anwalt Leith Danvers in ihr Leben tritt und sie Leidenschaft und Liebe lehrt.

Joel Beaumont: Lauras Sohn aus der Ehe mit Jack und ihr jüngstes Kind. Joel studiert Medizin, hat aber infolge einer Familientragödie große psychische Probleme und ein ernsthaftes Alkoholproblem. Kann seine Zuneigung zu der bodenständigen Elissa Markovitch ihm bei der Bewältigung seiner Probleme helfen?

Fern Beaumont: Carolines und Nicks vierzehnjährige Tochter ist ein typischer Teenager mit einem großen Wunsch – dass es zu einer dauerhaften Versöhnung zwischen ihren Eltern kommt.

Prolog

London, Sommer 1974

Die vier Mitglieder der Familie Beaumont warteten darauf, dass sich das Gedränge nach dem Konzert ein wenig lichtete, bevor sie ihre Plätze im Covent Garden verließen.

Auch dann unterhielten sich Laura, Jack und ihre Kinder Michaela und Joel weiter über Caroline Ashworths erstes Solokonzert in dem angesehenen Haus. Sie hatte Chopins *Fantaisie Impromptu* leidenschaftlich, meisterhaft, selbstbewusst und auf eine sehr persönliche Weise vorgetragen, und Laura hoffte, dass auch die Schar der Musikkritiker, die dem Vortrag gelauscht hatte, beeindruckt war. Sie würde es morgen aus den Zeitungen erfahren, doch im Grunde war die Meinung dieser Menschen vollkommen egal, weil es so oder so einfach ein wunderbares Konzert gewesen war.

Als sie über den mit einem Teppich ausgelegten Gang in Richtung Ausgang liefen, warf sie einen Blick auf Jack. Er grinste noch immer bis über beide Ohren, denn obwohl Caroline nicht seine leibliche Tochter war, hatte ihr Auftritt ihn mit großem Stolz erfüllt. In seinem Smoking wirkte er ausnehmend elegant, und trotz seines inzwischen grau melierten Haars war er mit seinem markanten Gesicht und seinem straffen, muskulösen Körper immer noch eine beeindruckende Gestalt.

Laura dachte flüchtig an Carolines Vater Eddie. Es hätte auch ihn mit Stolz erfüllt, sie während des heutigen Konzerts so spielen zu hören. Trotz all seiner Fehler und der Kämpfe, die sie selbst und Eddie während ihrer Ehe ausgefochten hatten, hatte er seine Tochter und die Musik geliebt und hätte sich gefreut, weil sein eigenes musikalisches Talent von Caroline noch übertroffen wurde. Ja, Eddie wäre furchtbar stolz auf sie gewesen. Davon war Laura überzeugt.

Caroline war inzwischen dreiunddreißig Jahre alt und endlich auf dem richtigen Weg. Das hatte das heutige Konzert, ungeachtet der Sichtweise der Kritiker, eindeutig gezeigt. Und diesen Erfolg hatte sie sich, wie die meisten talentierten Pianisten, schwer erarbeitet. Sie hatte jahrelang an Musikhochschulen in Sydney, Paris, London und Wien studiert und so viel wie möglich von den großen Meistern gelernt. In den vergangenen drei Jahren, seit sie von Nick geschieden worden war, hatte sie ihre kleine Tochter Fern – die an diesem Abend einen Babysitter hatte – allein großgezogen und es trotzdem geschafft, weiter in einem Maß zu üben, dass sie während dieser Zeit immer besser geworden war.

»Kommt, Kinder, wir nehmen ein Taxi und fahren damit zu Carolines Party in das Restaurant in Soho«, sagte Jack zu Michaela und Joel. Sein New Yorker Akzent war längst nicht mehr so ausgeprägt wie vor dreißig Jahren, als Laura ihm zum ersten Mal begegnet war. Er winkte die beiden hinter sich her durch das Foyer und zwischen den anderen Konzertbesuchern hindurch die Treppe hinunter auf den Bürgersteig.

Laura blickte auf Joel. Er war blond wie sie, größer als die meisten Jungen seines Alters und hätte in seinem dreiteiligen marineblauen Anzug problemlos als junger englischer Gentleman durchgehen können, solange er nicht sprach und ihn sein australischer Akzent verriet. Sie sah, dass er verstohlen gähnte, und warf einen Blick auf ihre Uhr. Es war beinahe Mitternacht. Joel war gerade erst elf geworden und es einfach nicht gewohnt, so spät noch auf zu sein. »Vielleicht sollte einer von uns mit Joel ins Hotel zurückfahren«, sagte sie zu ihrem Mann. »Er sieht todmüde aus.«

»Ich bin kein bisschen müde, Mum«, widersprach der Junge entschieden. »Ich will auch zu Carolines Party gehen.« Und mit einem Seitenblick auf seine Schwester fügte er hinzu: »Wenn Michaela auf die Party gehen kann, kann ich das auch.«

Jack sah Laura an und schüttelte lächelnd den Kopf. Wie so häufig war er auch in diesem Augenblick einfach hingerissen von der Schönheit seiner Frau. In ihrem ärmellosen rot-schwarzen Kaftan mit dem mit Edelsteinen besetzten Gürtel hatte sie – eine Geschäftsfrau aus Down Under – heute Abend die meisten Frauen aus den besten Londoner Kreisen in den Schatten gestellt. Dann wandte er sich an seinen Sohn und zerzauste ihm das Haar. »Schon gut, Kumpel, natürlich kannst du mit. Wenn du anfängst, dich zu langweilen, oder wenn du müde wirst, suchen wir dir einfach irgendwo ein ruhiges Eckchen, wo du dich hinlegen kannst, okay?«

Die Theaterbesucher drängten an den Rand des Gehwegs und Paare, Gruppen und einzelne Personen versuchten, vorbeifahrende Taxis heranzuwinken, während ein typisch englischer, leicht nebliger Nieselregen auf sie niederging.

Der Regen und das Licht der Straßenlaternen verliehen der Straße, den alten, hochherrschaftlichen Gebäuden auf der anderen Seite und den Fahrzeugen einen warmen Glanz, und alles sah irgendwie viel frischer aus als im unerbittlichen Tageslicht.

»Bei diesem Gedränge wird es sicher ewig dauern, bis wir ein Taxi kriegen«, knurrte Jack. Wenn er in einer fremden Stadt auf der Suche nach einem Taxi war, konnte er entsetzlich ungeduldig sein. »Lasst uns um die Ecke gehen, da sind sicher nicht so viele Leute. Da haben wir vielleicht eher Glück«, schlug er den anderen vor, hakte sich bei Laura ein und zog sie mit sich den Bürgersteig entlang.

Michaela und Joel liefen vor den beiden her. Mit einem strahlenden Lächeln wandte sich Jack an seine Frau: »Ich schätze, dass du mächtig stolz auf deine älteste Tochter bist. Caroline hat ihre Sache wirklich hervorragend gemacht.« Er beugte sich zu ihr und küsste sie zärtlich auf die Wange. »Du weißt, dass ich im Grunde meines Herzens eher ein Rock'n'Roller bin, trotzdem hat mir ihr Vortrag ausnehmend gut gefallen.«

»Sie ist auch deine Stieftochter, vergiss das nicht. Ohne deine Ermutigung und deine finanzielle Unterstützung hätte Caroline es sicher nicht so weit gebracht.«

Jack quittierte diese Sätze mit einem kurzen Nicken. »Sie ist dir ungeheuer ähnlich. Sie hat dieselbe Entschlossenheit wie du. Caroline wusste einfach, was sie wollte, und hat sich von nichts und niemandem daran hindern lassen, es auch zu bekommen. Eine derartige Zielstrebigkeit ist bewundernswert.«

Obwohl Jack den Namen seines Sohnes nicht erwähnte, wusste Laura, dass er sich auf Nick bezog. Das Scheitern der vierjährigen Ehe zwischen ihm und Caroline hatte ihnen beiden und ihrer kleinen Tochter sehr zu schaffen gemacht. Aber so traurig die Scheidung auch für die Familie war, die dreijährige Fern war nach Meinung der

Experten noch zu jung, um dadurch einen seelischen Schaden zu erleiden. Laura hoffte, dass es so war.

Zu Beginn des Abends hatte sie den attraktiven, dunkelhaarigen Nick auf einem der hinteren Plätze des Theaters entdeckt und ihm freundlich zugewinkt, und obwohl er sich in der Pause nicht zu ihnen gesellt hatte, fand sie es unglaublich nett, dass er extra erschienen war, um sich an Carolines Erfolg zu freuen. Laura fragte sich, ob ihre Tochter wusste, dass Nick zu dem Konzert gekommen war. Nein, wahrscheinlich nicht.

Michaela und Joel standen dicht am Rand der nassen Straße, auf der jedoch kein Taxi, sondern nur ein gleichmäßiger Strom anderer Fahrzeuge zu sehen war. Schließlich stellte sich die dunkelhaarige Michaela zu ihrer Mutter unter den einzigen Regenschirm, den sie mitgenommen hatten, und Jack und Joel sahen sich weiter suchend nach einem Taxi um.

»He, da ist eins, Dad! Auf der anderen Straßenseite.« Aufgeregt hüpfte der Junge auf und ab und machte in dem Versuch, die Aufmerksamkeit des Taxifahrers auf sich zu ziehen, plötzlich einen Satz nach vorn. In seiner Begeisterung achtete er nicht auf den Lkw, der auf ihn zugerumpelt kam, und hörte auch nicht das Quietschen der nassen Beläge, als der Fahrer eilig auf die Bremse stieg.

Jack sprang auf die Straße, packte seinen Sohn am Arm und schleuderte ihn dorthin zurück, wo Laura stand. Dann wollte auch er selbst eilig wieder einen Schritt nach hinten machen, doch wegen seiner schweren Ladung und der Nässe auf der Straße geriet der Lastwagen ins Rutschen, und wie in einem Albtraum musste Jack mitansehen, wie die breite Stoßstange und die kantige, verchromte Front des Lasters immer näher kamen. Er hatte keine Zeit mehr, um dem Fahrzeug auszuweichen, starrte ängstlich auf seine Frau und sah ihren entsetzten Blick, als das Gefährt nicht stehen blieb. Wenige Sekunden bevor das Metall der Stoßstange ihn traf, riss er schützend die Hände vors Gesicht.

Der Lastwagen traf Jack mitten in die Brust, und obwohl der Fahrer weiter auf der Bremste stand, verursachte der Aufprall des Metalls auf Knochen und Muskeln ein grässliches Geräusch.

»Jack!«

Laura riss Joel auf den Bürgersteig, drückte ihn Michaela in die Arme und rannte mit dem Gefühl, als ob sie sich wie in Zeitlupe bewege, dorthin, wo Jack reglos auf der Straße lag. Ihr Schrei, das Quietschen der Bremsen, das Hupen anderer Fahrzeuge und Jack, der rückwärts auf die Straße geschleudert worden war, prägten sich ihr für alle Zeiten ein. Bis sie ihn endlich erreichte, war er in den Rinnstein gerollt, wo er zusammengekrümmt, blutend und bewusstlos lag.

»Lady!« Der Fahrer des Lastwagens stieg mit entsetzter Miene aus und stürzte auf sie zu. »Scheiße, es tut mir leid. Ich konnte nichts mehr machen. Diese verdammten Bremsen.« Er streckte beide Hände aus und starrte auf die inzwischen dicken Tropfen, die auf seine Handflächen fielen. »Dieser verdammte Regen.« Er schüttelte unglücklich den Kopf.

Hinter dem Lastwagen staute sich der Verkehr. Erboste Autofahrer, die nichts von dem Unfall mitbekommen hatten, drückten auf die Hupe, und auf der anderen Straßenseite geriet der Verkehr ebenfalls ins Stocken, weil die Menschen sehen wollten, was geschehen war. Ein Streifenpolizist, der gerade in der Nähe war, rannte auf die kleine Gruppe zu.

Laura kniete im Rinnstein und starrte auf ihren verletzten Ehemann, der auf der Seite lag. Dünne Blutfäden rannen aus seiner Nase und aus seinem Ohr – sie wusste, dass das kein gutes Zeichen war. Obwohl er einmal stöhnte, kam er nicht wieder zu Bewusstsein. In ihrer Panik starrte sie den Polizisten böse an und schrie: »Um Gottes willen, rufen Sie endlich einen Krankenwagen!« Dann fiel ihr Blick auf ihre Kinder. Michaela war kreidebleich geworden, hatte aber Joel schützend in den Arm genommen, dessen rechter Arm – an dem er von Jack unsanft zurückgerissen worden war – schlaff herunterhing. Seine neue Hose wies infolge seines Sturzes Löcher an den Knien auf, doch davon und von dem erlittenen Schock abgesehen, war er offenbar okay. Sie sah wieder auf Jack und riss ängstlich ihre braunen Augen auf. Jack war nicht okay. Er war ganz eindeutig nicht okay.

Der Lastwagenfahrer, ein praktischer Mann, holte eine Decke aus der Fahrerkabine seines Fahrzeugs und legte sie über den Verletzten. »Wir sollten ihn besser nicht bewegen, Lady. Vielleicht machen wir es dadurch noch schlimmer. Warten wir besser, bis der Krankenwagen kommt.«

Der Krankenwagen brachte Jack ins Royal London Hospital, weil das am nächsten lag. Laura und die Kinder mussten mit einem Taxi folgen, vorher aber nahm der Polizist noch ihre Personalien und ihre Aussagen zum Unfallhergang auf.

Während Laura und Michaela im Wartezimmer saßen, hatte man Joel in der Notaufnahme untersucht und auf die chirurgische Station geschickt, weil die Operation seines gebrochenen Arms unter Narkose erst am nächsten Morgen möglich war. Jack hatte man sofort in den OP geschoben, denn er hatte Kopf- und Brustverletzungen sowie innere Blutungen. Er musste umgehend operiert werden.

Schließlich kam auch Caroline, immer noch in dem hauchzarten, glamourösen, austernfarbenen Kleid, das sie auf der Bühne getragen hatte – jetzt allerdings unter einem passenden Cape –, um zusammen mit der Mutter und der Schwester auszuharren, bis es Neuigkeiten gab.

»Kannst du Nick verständigen?«

»Nick?« Caroline bedachte ihre Mutter mit einem verständnislosen Blick. »Ja sicher, aber er ist doch in Sydney.«

Laura schüttelte den Kopf. »Er ist hier, Caroline. Er war heute Abend im Covent Garden.«

Caroline riss überrascht die Augen auf. Nick war hier in London? Er hatte ihr Konzert besucht? Seltsam, dass er sie hatte spielen hören wollen, und genauso seltsam war es, dass er sie nicht hatte wissen lassen, dass er hier in London war. Mit einem Mal war sie sich nicht mehr sicher, ob sie es als störend oder schmeichelhaft empfand, dass er ihr Konzert besucht hatte. Obwohl sie seit drei Jahren offiziell geschieden waren, brachte er ihre Gedanken und Gefühle immer noch wesentlich stärker durcheinander, als sie es sich oder anderen gegenüber eingestand. Obwohl sie nicht als Feinde auseinandergegangen waren, glaubte sie nicht, dass jemals wieder eine echte Freundschaft zwischen ihnen beiden möglich war. Dafür hatten sie einander im Lauf der Trennung viel zu wehgetan.

»Ich weiß nicht. Normalerweise meldet er sich vorher, wenn er kommt, um Fern zu sehen. Aber wenn er in London ist, wohnt er immer im *Dorchester.*« Caroline stand auf und sah sich suchend nach einem Münzfernsprecher um. »Ich werde einfach mal dort anrufen. Vielleicht ist er ja auf seinem Zimmer.«

Eine Stunde später, als Jack in den Aufwachraum geschoben wurde, erschien Nick im Krankenhaus. Auch er hatte noch seine Abendgarderobe an.

»Was haben sie gesagt?«, wollte er von Laura wissen. Sein stets gebräuntes Gesicht – das Erbe seiner italienischen Mutter – war ungewöhnlich bleich, und seine Lippen, die – da er das sonnige Gemüt von seinem Vater hatte – gern lächelten, bildeten einen schmalen Strich. Himmel... es fiel ihm schwer zu glauben, dass er hier in einem Krankenhaus in London war und darauf wartete zu hören, ob es noch eine Überlebenschance für seinen Vater gab.

Der gesamte Abend – Carolines brillantes Spiel und der Unfall seines Vaters – erschien ihm wie ein schlimmer Traum, aus dem er hoffentlich bald erwachen würde, um zu erkennen, dass all das nicht wirklich geschehen war. Doch in seinem tiefsten Inneren war ihm klar, dass er ein solches Glück nicht hatte. Dies alles war auf eine grauenhafte Art real.

Und die Nähe zu Caro – er roch sogar das zarte Parfüm, das sie benutzte – brachte ihn noch stärker aus dem Gleichgewicht.

Verdammt. Zum x-ten Mal wünschte er sich, dass er die Jahre, nachdem sie nach Wien gezogen waren, damit sie dort ihr Musikstudium beenden könnte, noch einmal leben könnte. Er würde alles völlig anders machen.

Doch als er sie jetzt ansah und ihren argwöhnischen Blick bemerkte, wurde ihm erneut bewusst: Es war zu spät. Er hatte sie zu sehr verletzt, um darauf hoffen zu dürfen, dass es noch einmal zu einer Versöhnung zwischen ihnen kam.

»Sie haben noch nicht viel gesagt«, antwortete Laura möglichst sanft. »Und genau das macht uns solche Angst.

Der zuständige Arzt hat uns erklärt, dass Jack innere Blutungen hatte, die inzwischen zum Stillstand gekommen sind. Trotzdem war ihm deutlich anzuhören, dass sie in großer Sorge sind.«

Gott, sie hasste Krankenhäuser. Im Lauf der Jahre hatte sie bereits zu oft in irgendwelche Krankenhäuser gemusst. Zum ersten Mal als Kind, als sie beinahe an einer Blutvergiftung gestorben war. Dann bei Alex, ihrer ersten großen Liebe, nachdem er sich bei einem Sturz von einem Rennpferd einen Schädelbruch zugezogen hatte. Und später sogar wegen Eddie, als dieser von der Brandung am Bondi Beach umgerissen worden war und so unglücklich stürzte, dass er fortan gelähmt war. Und jetzt, weil der gute, wunderbare Jack, der Mann, den sie von ganzem Herzen und mit ihrer ganzen Seele liebte, in Schwierigkeiten war. In großen, großen Schwierigkeiten.

Sie hatte dieses *schreckliche* Gefühl. O nein! Sie würde nicht einen einzigen negativen Gedanken zulassen. Er würde ganz bestimmt wieder gesund. Er musste es ganz einfach werden. Es gab gar keine andere Möglichkeit.

Als Jack Beaumont am nächsten Morgen wieder zu sich kam, atmeten die Ärzte und seine Familie erleichtert auf. Er schien sich tatsächlich auf dem Weg der Besserung zu befinden.

Bis zum dritten Tag. Gegen Mittag, als seine Familie gerade etwas essen gegangen war, erlitt er einen Schlaganfall, fiel ins Koma und schlief noch am selben Abend friedlich ein.

Doch erst an dem Tag, an dem die Familie Jack auf dem Botany Friedhof in Sydney zu Grabe trug, gestand sich Laura Ashworth-Beaumont ein, dass ihr Leben nie wieder so sein würde wie bisher. Der Mann, der ihr so viel gegeben, den sie so sehr geliebt und mit dem sie hatte alt und grau werden wollen, war von ihr gegangen und würde nie wieder zurückkommen.

1

Sydney, 1985

Die Sprechstundenhilfe führte die elegant gekleidete ältere Dame in dem taubenblauen Businesskostüm beinahe ehrfürchtig in das Sprechzimmer des Arztes und bot ihr höflich einen Sitzplatz an. »Dr. MacIntosh wird sofort bei Ihnen sein, Mrs Beaumont.« Dann überließ sie die Patientin kurzfristig sich selbst.

Laura Ashworth-Beaumont wandte sämtliche Tricks zur Beruhigung an, die sie sich in über vierundsechzig Jahren angeeignet hatte, während sie darauf wartete, dass Rupert MacIntosh erschien. Sie sah sich gründlich in dem Zimmer um. Es spiegelte seinen Status als einen von Sydneys führenden Kardiologen wider, dachte sie. Der Boden war mit einem dicken, moosgrünen Teppich ausgelegt, und die massiven Walnussmöbel und die bequemen Ledersessel verströmten eine maskuline Eleganz. In den mit Glastüren versehenen Regalen standen ledergebundene, mit goldenen Lettern verzierte Fachbücher aneinandergereiht, und durch das Fenster des im sechzehnten Stock gelegenen Raums hatte man einen wunderbaren Blick über die Macquarie Street bis zum botanischen Garten, hinter dem man das kobaltblaue Wasser des Hafens blitzen sah.

Laura kannte Ruperts Frau Celeste viel besser als den Arzt. Sie, Celeste und mehrere andere Frauen, deren Namen mit langweiliger Regelmäßigkeit in den Klatschspalten der Sonntagszeitungen erschienen, spielten jeden zweiten Montagmorgen miteinander Golf. Seit beinahe sieben Jahren gönnte Laura sich den Luxus, an einem Wochentag zu spielen, denn sie wusste, dass der Geschäftsführer von Ashworths, Daniel Blumner, durchaus in der Lage war, sich selbst um das Geschäft zu kümmern, wenn sie nicht in der Firma war.

Ein wehmütiges Lächeln umspielte ihren Mund. Jack hatte ihr vor vielen Jahren die Freuden und Frustrationen des Golfsports nahegebracht.

Unbewusst strich sie sich über das makellos frisierte weiße Haar. Vor Kurzem hatte sie ihre Tochter Michaela mit einem neuen Haarschnitt überrascht, und jetzt fielen ihr kurze, aber schmeichelhafte weiche Strähnen ins Gesicht, das nach all den Schicksalsschlägen, die sie schon erlitten hatte, erstaunlich heiter wirkte. Sie zog sich den fransigen Pony etwas tiefer in die Stirn und spielte ungeduldig mit den Knöpfen ihres maßgeschneiderten französischen Kostüms.

Laura Ashworth-Beaumont konnte es nicht leiden, wenn man sie warten ließ. Das sollte Rupert wissen. Schließlich war sie die viel beschäftigte Chefin eines landesweit agierenden Konzerns. Sie legte ihren Kopf ein wenig schräg und sah sich Ruperts aufgeräumten Schreibtisch an. Der Schreibtisch in ihrem eigenen Büro, auf dem sich immer jede Menge Zettel, Akten, Berichte und Memos türmten, wirkte nie so aufgeräumt. Was machte sie hier überhaupt?, fragte sie sich zum x-ten Mal. Sie war nur Joel zuliebe hier. Für eine Frau in ihrem Alter fühlte sie sich ausgezeichnet, trotzdem hatte Joel sie sanft dazu gedrängt, sich endlich einmal einer gründlichen Untersuchung zu unterziehen.

Der Kardiologe hatte unzählige Tests gemacht, sie eingehend untersucht und ihr eine Million Fragen zu ihrem Befinden gestellt. Was für eine Zeitverschwendung, dachte sie und stieß ein verächtliches Schnauben aus.

Die Tür wurde geöffnet, und Dr. MacIntosh betrat den Raum.

»Laura! Hallo.«

»Guten Morgen, Rupert.« Als er sich hinter seinen Schreibtisch setzte, unterdrückte sie das nervöse Flattern ihres Magens und erwiderte seinen ausdruckslosen Blick. Jack hätte gesagt, dass er wahrscheinlich ein hervorragender Pokerspieler wäre, dachte sie und wartete ungeduldig darauf, dass der Arzt endlich sprach.

Rupert setzte seine Brille auf, schlug einen schmalen Ordner auf und blätterte darin.

Dann sah er endlich wieder seine Patientin an, verzog den Mund zu einem schmalen Lächeln und fragte in bemüht heiterem Ton: »Nun, wollen Sie zuerst die gute oder die schlechte Nachricht hören, Laura?«

»Eine schlechte Nachricht? Ich hatte gehofft, dass es keine schlechte Nachricht geben würde, aber wenn es eine gibt, höre ich sie mir vielleicht besser als Erstes an.« Dr. MacIntosh holte tief Luft, und sie dachte: eine schlechte Nachricht. Sie hatte im Lauf der Jahre immer wieder schlechte Nachrichten bekommen, wobei die Nachricht von Jacks Tod die schlimmste gewesen war. Er war viel zu früh gestorben. Ja, sie hatte in ihrem Leben bereits zu viele schlechte Nachrichten bekommen und zu viel Schmerz verspürt.

»Ich würde lieber mit der guten Nachricht anfangen: In absehbarer Zeit besteht keine Notwendigkeit zu einer Operation. Die meisten Testergebnisse sind unauffällig, Laura.« Er machte eine kurze Pause und sah sie über den Rand seiner Brille hinweg an. »Es gibt nur ein Problem.«

Ihr Lächeln war gezwungen. »Nur eins?«

»Ja. Und es ist nichts, was man nicht in den Griff bekommen kann. Hauptsächlich geht es darum, dass Sie Ihren Lebensstil ändern und ein wenig kürzer treten müssen.«

Er ließ ihr keine Zeit, um diese Nachricht zu verdauen, und fuhr entschlossen fort: »Ihr Körper hat bereits mehrere deutliche Warnsignale ausgesandt. Schmerzen im oberen Bereich des Brustbeins, Verdauungsstörungen und hin und wieder ein Kribbeln in der linken Hand. All das sind klassische Symptome für eine beginnende Angina.«

Er sagte ihr nichts, was sie nicht bereits vermutet hatte, aber sie hatte den Gedanken, dass sie gesundheitliche Probleme haben könnte, bisher immer verdrängt. Dass er ihr jetzt ein Herzproblem bescheinigte, rief ein Gefühl des Schwindels in ihr wach. Sie konnte es sich ganz einfach nicht leisten, krank zu sein. Ashworths konnte es sich nicht leisten, dass sie krank zu Hause blieb. Sie hatten Filialen in allen großen und in mehreren kleineren Städten Australiens eröffnet, weshalb ihr Unternehmen momentan in einer kritischen Entwicklungsphase war. Außerdem gab es mehr Konkurrenz als früher, das Kaufverhalten der Menschen hatte sich verändert und … Ruperts Stimme unterbrach ihren Gedankengang und sie konzentrierte sich wieder auf das Gespräch.

»Um es möglichst verständlich auszudrücken: Die meisten Arterien sind vollkommen in Ordnung, und auch Ihr Herz arbeitet noch vollkommen normal, aber eine Angina ist eine eindeutige Warnung dafür, dass es zu anderen, ernsteren Herzbeschwerden kommen kann. In Ihrem Fall deutet die Angina Pectoris auf eine mögliche Koronararteriosklerose hin, das heißt, auf eine Verhärtung der Herzkranzgefäße. Eine Ihrer Hauptarterien weist eine leichte Verengung auf, die man allerdings noch nicht durch einen chirurgischen Eingriff beheben muss. Und wenn wir Sie mit den richtigen Medikamenten behandeln und Sie Ihr Leben ändern, wird ein solcher Eingriff vielleicht auch in Zukunft nicht erforderlich sein.« Wieder sah er sie über den Rand seiner Brille hinweg an. »Aber Sie müssen die Dinge deutlich ruhiger angehen lassen als bisher.«

»Ich soll sie ruhiger angehen lassen?«, fragte sie derart verwundert, als hätte er in einer fremden Sprache gesprochen. »Aber das ist völlig ausgeschlossen.«

Rupert MacIntosh bedachte sie mit einem strengen Blick. »Ich will Ihnen gegenüber völlig offen sein, denn dafür werde ich schließlich von Ihnen bezahlt. Statt Ihnen zu sagen, was Sie hören wollen, Laura, sage ich Ihnen, was Sie hören müssen. Sie sind jetzt vierundsechzig, und wenn Sie siebzig oder sogar fünfundsiebzig werden wollen, gebe ich Ihnen den Rat, sich aus dem Geschäft zurückzuziehen und Ihr Leben auf eine Weise neu zu organisieren, dass es möglichst stressfrei wird. Wenn Sie das tun, gibt es keinen Grund, weshalb Sie nicht noch zwanzig Jahre leben sollten. Wenn nicht …«

Er brauchte den Satz nicht zu beenden, Laura verstand ihn auch so.

Sie schüttelte den Kopf, denn es erfüllte sie beinahe mit Bewunderung, dass er so offen zu ihr war. »Celeste hatte eindeutig recht. Sie nehmen kein Blatt vor den Mund, nicht wahr?« Bisher hatte sie nie auch nur daran gedacht, sich aus dem Geschäft zurückzuziehen. Ihre Brust zog sich zusammen, und sie spürte das vertraute Kribbeln in der linken Hand.

Sie spannte ihre Finger an, doch das Kribbeln blieb.

»Nicht wenn es um die Gesundheit eines Patienten oder einer Patientin geht.« Er sah auf ihre Hand und fügte ruhig hinzu: »Ich kann Ihnen Medikamente verschreiben, die gegen die Symptome der Angina helfen, aber hauptsächlich liegt es an Ihnen, was aus dieser Sache wird. Sie müssen einfach lernen, zu entspannen und die Dinge auf die leichte Schulter zu nehmen, wenn die Krankheit nicht schlimmer werden soll. Ich will Ihnen ganz sicher nicht erzählen, wie Sie Ihre Firma leiten sollen, aber ich rate Ihnen, sich in dem Unternehmen zukünftig im Hintergrund zu halten und jemand anderen zu ernennen, der die Leitung der Geschäfte übernimmt.«

Er sprach von ihrem *Baby*, ihrem *Kind*. Sie hatte Ashworths ganz allein aufgebaut, und jetzt sollte sie die Leitung jemand anderem überlassen? Wie könnte sie das jemals tun? Wer könnte die Leitung ihres Unternehmens übernehmen und wäre darin genauso gut wie sie?

Allmählich ging ihr die Bedeutung seiner Worte auf. Sie sollte an etwas denken, woran sie ganz bestimmt nicht denken wollte. Daran, in den *Ruhestand* zu gehen!

»Ich weiß, was für ein Schlag das für Sie ist, aber Ihnen ist doch wohl bewusst, wie wichtig dieser Ratschlag ist.«

Sie stieß einen Seufzer aus und sah ihn aus braunen Augen an, die die meisten Männer immer noch faszinierend fanden – trotz ihres Alters, auch wenn ihr die Jahre nicht anzusehen waren. Wenn sie behauptet hätte, sie sei vierundfünfzig, hätte man ihr das auf jeden Fall geglaubt. »Ich fange langsam an, es zu begreifen … nur hatte ich so einen Befund einfach nicht erwartet.« Sie brach ab. Was hatte sie denn erwartet? Dass Rupert ihr eine tadellose Gesundheit bescheinigen würde, obwohl sie instinktiv gewusst hatte, dass etwas nicht in Ordnung war? Nein, aber ein plötzlicher *Ruhestand*?

»Ich werde Ihnen ein Medikament gegen die Enge in der Brust und ein Schlafmittel verschreiben. Sie schlafen doch bestimmt nicht gut, oder?«

»Nein, aber die Vorstellung, ein Schlafmittel zu nehmen, gefällt mir trotzdem nicht.« Seit Jahren schon schlief sie schlecht, seit Jack gestorben war, schließlich lag sie seither immer allein in ihrem großen Bett. O Gott, hör endlich auf, dich in Selbstmitleid zu aalen, schalt sie sich. Rupert nennt die Dinge beim Namen, und genau das erwartest du von ihm. Alles Weitere liegt bei dir.

Sie stieß einen beinahe unhörbaren Seufzer aus. Hatte nicht schon immer alles an ihr gehangen?

»Es ist ein ganz leichtes Mittel, das kaum Nebenwirkungen hat, und Sie brauchen es nur einzunehmen, wenn Sie glauben, dass es Ihnen hilft. Außerdem würde ich Sie gern an einen Entspannungstherapeuten überweisen. Am besten macht meine Sprechstundenhilfe gleich einen Termin für Sie.«

Laura war sich der Tatsache bewusst, dass Rupert sie eingehend studierte, um zu sehen, wie sie die Nachricht aufnahm. Außerdem spürte sie, dass er für sie als eine der Ikonen der australischen Wirtschaft große Bewunderung empfand. Ohne Zweifel hatte ihm Celeste einiges erzählt, und er hatte schon damit gerechnet, dass sie von dem Vorschlag, sich aus dem Geschäft zurückzuziehen, nicht gerade begeistert sein würde. Aber ohne jeden Zweifel blieb ihr nichts anderes übrig, als ernsthaft über die Dinge nachzudenken, die er ihr eröffnet hatte. Nein, sie hatte keine andere Wahl.

»Ich würde Sie gern in zwei Wochen noch mal sehen. Und ich hoffe, dass es bis dahin die ersten größeren Veränderungen in Ihrem Leben gibt.«

»In zwei Wochen!« Das war doch wohl ein Scherz!

Plötzlich musste Laura lachen, obwohl es momentan nicht gerade viel zum Lachen gab. »Ich werde es versuchen.«

Nachdem sie die Praxis verlassen hatte, fuhr sie, anders als geplant, nicht in ihr Büro. Sie hätte Michaelas und Daniels besorgte Blicke und ihre diplomatischen Fragen nach dem Arztbesuch ganz einfach nicht ertragen. Sie brauchte Zeit, um nachzudenken, brauchte einfach einen Augenblick für sich.

Nachdem Porter, ihr Chauffeur, ein Telefon gefunden und in der Firma ausgerichtet hatte, dass sie heute nicht mehr käme, sagte sie zu ihm: »Fahren Sie mich bitte heim.«

Heim. In die Waratah Avenue. Dort hatte sie jede Menge innovativer Einfälle und ihre besten Geschäftsideen gehabt. Und dort hatte sie ihre glücklichsten Momente mit Jack und der Familie verbracht. Die Hausnummer 52 war ihr ganz privates Paradies, in das sie sich flüchten konnte, wenn der Druck der Arbeit zu groß wurde oder wenn es einen Zwist mit einem ihrer Kinder, vor allem mit der willensstarken Michaela, gab.

Sie musste lächeln, als sie daran dachte, wie sie zum ersten Mal mit Jack in die Waratah Avenue gefahren war. Es war Frühsommer gewesen, und sie konnte sich sogar noch genau daran erinnern, welcher Tag es war.

Der 22. November 1963. Weil dies aus mehr als einem Grund ein erinnerungswürdiges Datum war …

Jacks heiß geliebter alter Daimler hatte sich problemlos die gewundenen Straßen des grünen Vororts Vaucluse hinaufgeschraubt, wobei er mit jeder Kurve dem wunderbaren Ausblick auf den Hafen von Sydney näher gekommen war.

Die vierzehn Monate alte Michaela hatte im Fond herumgeturnt, und Laura, die mit Joel im sechsten Monat schwanger war, hatte beim Anblick der teuren Häuser ungläubig gefragt: »Wie sollen wir uns hier was leisten können, Jack? Wenn du glaubst, dass du hier ein Grundstück kaufen kannst, bist du eindeutig total verrückt.«

Lachend hatte er erwidert: »Warte, bis du es siehst. Ich warne dich, es ist nicht so prachtvoll wie W.C. Wentworths Haus in Vaucluse, aber es hat eindeutig Potenzial. Und jetzt schließe die Augen und mache sie nicht eher wieder auf, bis ich es dir sage, ja?«

Seltsamerweise hatte sie getan, wie ihr geheißen, denn die unterdrückte Aufregung in seiner Stimme hatte sie gefreut. Als sie dann auf seinen Befehl hin die Augen wieder geöffnet hatte, hatte sie sie erst vor Überraschung und dann vor Entsetzen aufgerissen.

Jack war nämlich in eine überwachsene Einfahrt eingebogen und hatte vor einem riesengroßen, halb verfallenen, zweigeschossigen Gebäude Halt gemacht.

Eine Kletterpflanze hatte sich über die Backsteinfassade, die holzgerahmten Fenster und die Regenrinnen bis unter den Dachsims gehangelt und hätte offenbar am liebsten gleich das ganze Haus in ihre grünen Blätter eingehüllt. Der von einem Eisengeländer gerahmte, hölzerne Balkon im ersten Stock war in der Mitte abgesackt, und auf dem Dach fehlten Ziegel, als hätte jemand das Gebäude bombardiert. Der jämmerliche Zustand dieses Hauses, das sicher einmal wunderschön gewesen war, hatte Laura wehgetan. Deshalb ließ sie den Blick über die Beete und die Rasenflächen wandern, von denen kaum noch was zu sehen war.

Mit einer Ausnahme.

Mitten in der runden Einfahrt hatte sie ein halbes Dutzend Waratah-Sträucher entdeckt. Unter den majestätischen, beinah drei Meter hohen Pflanzen hatte sich ein kleines Unkrautdickicht erstreckt, und die Tatsache, dass Laura von dem wunderbaren Anblick völlig überrascht gewesen war, hatte die spektakuläre Wirkung der leuchtend roten Blüten noch verstärkt.

»Das ist ja wohl ein Scherz«, hatte sie zu Jack gesagt, als sie mühsam ausgestiegen war. Sie hatte Michaela an die Hand genommen und zurück auf die beiden moosbedeckten Sandsteinsäulen und das schwarze, gusseiserne Tor geschaut, das nur noch mit einem Scharnier an einer der beiden Säulen hing, zwischen denen Jack hindurchgefahren war. Eine vielleicht zwei Meter hohe Weißdornhecke, die wie der Rest des Gartens *und* das Haus offensichtlich bereits seit Jahren nicht mehr gepflegt worden war, hatte das Grundstück eingerahmt.

»Du darfst es nicht so sehen, wie es jetzt aussieht«, hatte Jack ihr voller Zuversicht erklärt, bevor er den Arm um sie gelegt hatte und sie Richtung Eingangstür schob, von der die Farbe bereits abblätterte. »Stell es dir so vor, wie es von uns hergerichtet werden kann. Komm erst mal mit rein. Das Haus hat wirklich ein erstaunliches Potenzial.«

Und das stimmte tatsächlich.

Sie hatten sämtliche Räume in allen Etagen und die uralte Küche, die seit der Erbauung des Hauses nicht verändert worden war, erforscht, und Jack hatte ihr erzählt, was ihm von der Geschichte des Hauses Nummer 52 bekannt gewesen war.

»Ein Viehbaron aus Forbes mit Namen Henry D. Warrington hat das Haus kurz vor der Jahrhundertwende für seine gut katholische, elfköpfige Familie gebaut. Seither ist es zweimal weiterverkauft worden, aber die jetzigen

Besitzer leben schon seit Jahren nicht mehr hier und haben auch kein Interesse mehr daran. Der Makler meinte, Sam Natoli – das ist der jetzige Besitzer – bräuchte dringend Geld.« Was er ihr verschwiegen hatte, war, dass ein bekannter Buchmacher dem notorischen Spieler auf den Fersen war und ihm mit körperlicher Gewalt gedroht hatte, wenn er nicht umgehend seine Spielschulden beglich.

Während sie über die geschwungene Treppe aus Schwarzholz in den ersten Stock hinaufgegangen waren, war er fortgefahren: »Oben gibt es sieben Schlaf- und zwei Badezimmer, und unten gibt's noch ein weiteres Schlaf- und ein Arbeitszimmer, einen riesigen Bankettsaal und hinter der Küche sogar noch ein paar Zimmer für die Angestellten.«

Als sie später hinter das Haus gegangen waren, war Michaela sofort auf eine rostige Schaukel zugestürzt, und während Jack und Laura über die mit Unkraut überwucherten Steinplatten der Terrasse mit dem rostigen gusseisernen Geländer geschlendert waren, hatte Jack sie auf die Aussicht aufmerksam gemacht.

»Es ist ein riesiges Grundstück, Laura«, hatte er erklärt. »Da drüben ist ein Tennisplatz, den wir bestimmt wieder auf Vordermann bringen können, und wenn die Kinder größer sind, können wir auch noch einen Pool bauen lassen. Der Platz dafür ist schließlich da. Das Gebäude rechts von uns war früher mal der Stall. Er ist voller alter Möbel. Die sind vielleicht sogar noch etwas wert. Und links hinter dem Lorbeerbaum hat der jetzige Besitzer eine Garage für vier Fahrzeuge gebaut.«

Laura hatte Jack kaum zugehört. Wie unter Hypnose war sie ans Ende des Grundstücks gelaufen, das steil nach unten abfiel. Einen Zaun, der das Grundstück gesichert hätte, gab es nicht, und sie hatte über das Haus in der Straße unter sich hinweg auf den Hafen, Shark Island und den dahinter liegenden Bradley's Head geblickt. Ein großer Frachter war gerade von zwei Schleppern in den Hafen gezogen worden, und eine Fähre hatte weiße Gischt hinter sich aufspritzen lassen, als sie durch den Hafen auf Manly zugefahren war.

Aber wie sollten sie sich dieses Grundstück leisten? Ashworths expandierte gerade, und Jacks Unternehmen, Beaumont Apparate, befand sich ebenfalls in einer Ausbauphase. Woher also sollte das Geld für dieses Haus kommen?

»Na, Schatz, wie gefällt es dir?«, hatte seine Stimme ihre Gedanken unterbrochen.

»Ich sehe das Potenzial des Grundstücks, Jack, aber es würde ein Vermögen kosten, alles auch nur halbwegs in den Zustand zu versetzen, der uns gefallen würde. Ich glaube nicht, dass wir uns das leisten können. Ashworths ist solvent, aber genau wie du bin ich gerade dabei, das Unternehmen auszuweiten. Wir haben also beide augenblicklich nur sehr wenig Geld zur Verfügung.«

»Das Timing könnte nicht besser sein, da mir jemand ein Angebot für meine Firma gemacht hat. Es ist wirklich gut, und ich gedenke, es anzunehmen, weil ich zusammen mit Lou Sardi ein Bauunternehmen aufziehen will. Wir gehen beide davon aus, dass sich damit in Zukunft richtig Geld verdienen lässt. Wir glauben, dass es vernünftig wäre, wenn wir uns zusammentäten. Wir haben sogar schon einen Namen für das neue Unternehmen: B&S Construction Corporation. Dann könnten wir Angebote für größere Baustellen wie Wohnsiedlungen, Bürogebäude, Einkaufszentren und so weiter unterbreiten.«

»Einkaufszentren?«, hatte Laura ihn gefragt. »Was ist denn das?«

Jack hatte ihr das Konzept erklärt. »In Kalifornien und in anderen Gegenden der USA schießen sie wie Pilze aus dem Boden, und ich glaube, dass Sydney diesen Trend aufnehmen wird, weil die Bevölkerung beständig wächst und die Leute immer besser verdienen.« Grinsend hatte er sie an seine Brust gezogen und geküsst. »Überlass die Sorge um die Finanzierung dieses Hauses einfach mir, okay?«

Das hatte Laura tatsächlich getan, und seither hatten sie und Jack, Michaela und Joel sowie hin und wieder Jacks erwachsener Sohn Nick und Lauras Tochter Caroline aus der Ehe mit Eddie Ashworth in der Waratah Avenue Hausnummer 52 gelebt.

Nachdem sie noch einmal durch das Haus geschlendert waren, um sich die Zimmer genauer anzusehen, waren sie wieder ins Auto gestiegen und John hatte den Motor angelassen und das Radio angestellt. Sie waren die Straße hinuntergefahren und hatten hier und da eine Bemerkung zu den großen, gepflegten Häusern gemacht, bevor die Musik im Radio von einer Sondermeldung unterbrochen wurde:

Der amerikanische Präsident John F. Kennedy wurde um 12 Uhr 30 amerikanischer Zeit in Dallas, Texas, von einem Heckenschützen in Kopf und Hals geschossen. Die First Lady, die mit dem Präsidenten im Fond der offenen Limousine saß, hat seinen Kopf in ihren Schoß gebettet, und man hat den Verletzten umgehend in das Parkland-Memorial-Krankenhaus gebracht. Alle Versuche, den Präsidenten wiederzubeleben, sind gescheitert. Sobald wir weitere Informationen erhalten, bringen wir Sie auf den neuesten Stand.

Laura hatte gesehen, wie Jack das Lenkrad fester umklammerte. Dann war er an den Straßenrand gefahren, hatte gehalten und sie entgeistert angestarrt.

»Grundgütiger Himmel. Ich fasse es nicht«, hatte er geflüstert. »Kennedy ist tot!«

Dieses ernste historische Ereignis war der Grund, weshalb Laura nie vergessen würde, wann sie zum allerersten Mal in der Waratah Avenue gewesen war.

Porter lenkte den Ford LTD durch das offene, gusseiserne Tor zwischen den Sandsteinsäulen hindurch. Sie hatten sich nie die Mühe gemacht, das Tor so zu reparieren, dass es richtig schloss.

Laura genoss das Knirschen der Reifen auf dem Kies der Einfahrt, zu deren Seiten man ordentliche Beete mit Schmucklilien zwischen drei Meter hohen Koniferen angelegt hatte. Die Weißdornhecke hatten sie unter Mühen revitalisiert; inzwischen schirmte sie das Grundstück ausreichend gegen die neugierigen Blicke der Passanten ab. Das Haus hatten sie vor mehreren Jahren verputzen und frisch streichen lassen, und die aufdringliche Kletterpflanze, die das Gebäude fast ganz überdeckte, hatten sie bereits vor langer Zeit entfernt. Bruno, der Gärtner, der zweimal die Woche kam, hielt den Garten, den Pool, den Tennisplatz und vor allem das Waratah-Beet mitten in der Einfahrt hervorragend in Schuss. Laura freute sich schon jetzt auf das nächste Frühjahr, denn dann würden die geliebten Sträucher, die im Augenblick nicht blühten, abermals in ihrem leuchtend roten Glanz erstrahlen.

Porter hielt am Fuß der Marmortreppe vor der Haustür an, stieg aus und öffnete Laura die Autotür.

Mitten auf der Treppe blieb sie stehen, denn das Geräusch in ihrem Rücken erkannte sie sofort: Es war Joel, der in seinem Sportwagen die Einfahrt heraufgeschossen und mit quietschenden Reifen direkt neben dem Ford zum Stehen kam.

Sie blickte ihrem Sohn entgegen. Joel hatte dieselbe Haut- und Haarfarbe wie sie, doch davon abgesehen wirkte er wie eine weichere Version seines Vaters. Der Wind wehte ihm ein paar Strähnen seiner wild zerzausten, blonden Haare ins Gesicht, und trotz seiner breiten Schultern sah er in der abgewetzten Jeans und der alten Lederjacke ziemlich schlaksig aus. Seine Augen, denen seine Gefühle immer allzu deutlich anzusehen waren, spiegelten seine ehrliche Besorgnis wider, als er mit vorwurfsvoller Stimme sagte: »Ich habe mir Sorgen gemacht. Als ich versucht habe, dich in der Firma zu erreichen, hat man mir gesagt, du seist heute nicht erschienen. Michaela ist ebenfalls besorgt. Was hat Rupert gesagt?«

»Komm erst mal mit rein. Dann trinken wir zusammen eine Tasse Tee und ich berichte dir von meinem Arztbesuch.«

Selbst an diesem grauen Tag boten die Boote auf der Seine ein pittoreskes Bild. Caroline stand im Salon ihres im vierten Stock gelegenen Appartements am Quai d'Orléans auf der elitären Île Saint-Louis und blickte durch das Fenster auf den Schlepper, der eine mit Müll beladene Barkasse in Richtung Pont de l'Archevêche zog. Nach einem Augenblick trat sie ans Südende des Fensters und betrachtete die Rückseite von Notre Dame. An den wunderbaren Strebebögen und dem saftig grünen Rasen hinter der Kathedrale hatte sie sich immer noch nicht sattgesehen. Am Quai de la Tournelle staute sich allmählich der Nachmittagsverkehr, doch die pausenlosen Hupgeräusche, mit denen die Pariser ihrem Unmut selbst bei winzigen Verzögerungen im Verkehr Luft zu machen pflegten, nahm sie nur am Rande wahr.

Sie warf einen Blick auf ihre Uhr: Es war bereits halb

fünf, Fern würde also jeden Augenblick nach Hause kommen, doch am liebsten hätte sie die Tochter heute aus der Schule abgeholt. Sie musste mit ihr sprechen.

Sie verfolgte die Bewegungen der Menschen in der von Bäumen gesäumten Avenue und sah noch einmal auf den am Flussufer entstandenen Stau. Im Grunde war ihr vollkommen egal, was außerhalb ihres Appartements vor sich ging, denn sie wurde von einer seltsamen Ruhelosigkeit geplagt. Nein, seltsam war sie eigentlich nicht. Der Grund für ihre Unruhe steckte in der Tasche ihres Rocks: das Schreiben ihres Bruders, das sie so oft gelesen hatte, dass inzwischen jedes Wort in ihr Gedächtnis eingemeißelt war.

Sie bewegte unbewusst die Finger ihrer rechten Hand, aber der kleine Finger reagierte nur mit Verzögerung. Die rheumatische Arthritis, die sie seit einem knappen Jahr in beiden Händen hatte, schritt gnadenlos voran. O ja, inzwischen kannte sie sich gut aus mit steifen Fingern, schmerzenden, geschwollenen Gelenken und Besuchen bei Orthopäden und Rheumatologen. Keiner dieser Spezialisten hatte ihr auch nur die allerkleinste Hoffnung auf eine Umkehr ihres Zustands gemacht. Sie schlugen ihr Medikamente, Übungen, Physiotherapie und, falls die Schmerzen unerträglich würden, Operationen vor.

Trotzdem hatte sie die Krankheit über Monate hinweg so gut wie möglich ignoriert und war auch weiterhin aufgetreten, bis ein Kritiker in Köln gefragt hatte, was aus Caroline Ashworths bisher so geschmeidigem Spiel geworden war.

Seine Worte hatten sie gezwungen, sich der Tatsache zu stellen, dass sie nicht mehr so gut spielte wie bisher.

Es wäre ihrem Publikum gegenüber, das ihr über zehn Jahre lang die Treue gehalten hatte, einfach nicht fair gewesen, weiter aufzutreten, obwohl die Perfektion ihrer bisherigen Darbietungen nicht mehr zu erreichen war. Und so hatte sie ihren Rückzug aus dem Konzertgeschäft bekannt gegeben und sich über Monate hinweg in ihrem Pariser Appartement eingesperrt. Sie hatte keine Einladungen angenommen, die Besuche selbst bei Freundinnen und Freunden eingeschränkt und sich beinahe in einem Meer aus Selbstmitleid ertränkt. Bis – die Erinnerung entlockte ihr ein Lächeln – ihre Mutter zu Besuch gekommen war und ihr erklärt hatte, sie solle endlich mit ihrem Leben weitermachen. Denn das Ende ihrer Karriere wäre nicht das Ende der Welt.

Obwohl sie keine Erfahrung als Dirigentin hatte, hatte man ihr die Leitung mehrerer kleinerer Orchester angeboten, einen Posten als Konzertkoordinatorin und als Pressesprecherin an der Mailänder Scala sowie diverse andere Engagements, doch sie hatte kein Interesse an diesen Angeboten gehabt. Der Gedanke, der geliebten Musik so nahe zu sein, ohne selbst spielen zu können, war ganz einfach mehr, als sie ertrug.

Augenblicklich lebten sie und Fern von ihren Ersparnissen und von den Dividenden eines bescheidenen Aktienpakets, doch zum ersten Mal seit dem Anfang ihrer Karriere musste sie sich überlegen, wofür sie ihre *Francs* und *Sous* ausgab. Deshalb fragte sie sich inzwischen, ob nicht vielleicht ein Verkauf ihres Appartements und ein Umzug in einen günstigeren Stadtteil angeraten wären.

Wenigstens hatte sich ihre Arthritis dank der Medikamente und der Übungen noch nicht verschlimmert, und ihr Arzt war zuversichtlich, dass sich ihre Krankheit mit Bewegung, einer ausgeglichenen Diät und den richtigen Medikamenten auch zukünftig in Grenzen halten ließ.

Sie wandte sich vom Fenster ab und starrte auf den

Flügel, der das Wohnzimmer beherrschte, und die vielen Fotos von ihren Tourneen durch Mitteleuropa, die USA und Teile Südamerikas. In der Mitte prangte ein Plakat, das eine viel jüngere Caroline unter der Überschrift *Caroline Ashworth im Covent Garden, 20. Juni 1974* zeigte. Das war ihr erstes Solokonzert gewesen.

Sie schüttelte die Melancholie entschlossen ab. Inzwischen war sie dazu in der Lage, doch es hatte Monate gedauert, die Tatsache zu akzeptieren, dass die Karriere, die sie liebte, endgültig vorbei war. Und dass sie etwas anderes finden musste, mit dem sich die plötzliche Lücke in ihrem Leben füllen ließ.

Joels Brief hatte ihre Gedanken in eine völlig neue Richtung gehen lassen. Zum ersten Mal in ihrem Leben brauchte ihre Mutter sie, auch wenn sie sich als Letzte eingestehen würde, dass sie hilfsbedürftig war. Caroline befingerte den Brief in der Tasche ihres Rocks, lauschte auf das Rascheln des Papiers, sah erneut auf ihre Uhr und runzelte die Stirn. Wo blieb Fern?

Ob sie noch mit ein paar Freundinnen in ein Café gegangen war? Caroline blickte auf das Foto ihrer Tochter über dem Flügel, das eine schlaksige Zwölfjährige zeigte. Äußerlich schlug Fern mit ihrem leicht gewellten, schwarzen Haar, ihren dunkelbraunen Augen und der olivenfarbenen Haut eindeutig ihrem Vater nach. Auch die Mimik der beiden war sehr ähnlich, was erstaunlich war, hatten sich ihre Eltern doch scheiden lassen, als Fern noch sehr jung gewesen war. Und da Nick in Australien lebte, schaffte er es, obwohl er wirklich gut verdiente, nur ein paarmal im Jahr, Fern in Europa zu besuchen. Dafür telefonierten sie regelmäßig einmal in der Woche.

Das Klicken der Wohnungstür verriet, dass das Mädchen endlich heimgekommen war. Caroline lauschte auf die Schritte ihrer Tochter, als sie durch den kurzen Flur in ihr Zimmer lief und dort ihren vollgestopften Rucksack auf die Erde warf, bevor sie das Wohnzimmer betrat.

»*Bonjour, Maman.*« Fern küsste ihre Mutter flüchtig auf die Wange und fuhr dann – wie stets, wenn sie mit Caroline allein war – auf Englisch fort. »Was für ein Tag! Monsieur Reynard hatte mal wieder superschlechte Laune, Bio war entsetzlich, und Madame Blanchard – tja, eine Schülerin, Patrice, hat etwas Unhöfliches zu ihr gesagt, und da ist sie tatsächlich in Tränen ausgebrochen…« Sie nickte weise mit dem Kopf. »Sie ist also entweder schwanger oder ihr Freund hat sich von ihr getrennt. Und Josephine hat uns erzählt, dass ihre Eltern Ende des Monats zurück nach London ziehen. Sie ist deshalb vollkommen fertig und…«

Während sie in die Küche gingen, wo Caroline zwei Becher Milchkaffee für sich und ihre Tochter zubereitete, ließ sie das Mädchen einfach reden, so wie sie es immer nach der Schule tat. Sie war dankbar, dass Fern auf der teuren katholischen Schule, die Nick für sie bezahlte, nicht zu eingebildet geworden war, um sie noch ins Vertrauen zu ziehen.

Endlich hatte Fern alle Neuigkeiten mitgeteilt und wollte nun von ihr wissen: »Und was hast du heute so gemacht?«

»Nichts Besonderes. Ich hab bei Mimi zu Mittag gegessen und war dann ein bisschen im Park spazieren. Dabei ist mir Georges Brewer über den Weg gelaufen. Kannst du dich noch an ihn erinnern? Der junge Komponist aus dem Quartier Latin. Er steht noch ganz am Anfang seiner Karriere und hat es deshalb noch ziemlich schwer. Außerdem« – sie versuchte, es so klingen zu lassen, als wäre das vollkommen normal – »haben wir einen Brief von

Joel bekommen.« Sie zog das Schreiben aus der Tasche und schob es Fern über den Tisch. »Lies einfach selbst, Schatz, es geht hauptsächlich um deine Großmutter.«

Während Fern das dreiseitige Schreiben las, drückte ihr jugendliches Gesicht nacheinander eine ganze Reihe unterschiedlicher Gefühle aus.

Caroline hatte ihr nicht erzählt, dass Joel vor fast zwei Wochen bereits angerufen hatte und dass er in dem Brief im Grunde nur bestätigte, worüber während ihres Telefongesprächs gesprochen worden war. Sie hatte die beiden Wochen gebraucht, um sich einen Plan zurechtzulegen, und jetzt war es an der Zeit, auch Fern in ihre Überlegungen einzubeziehen.

»Arme *grandmère*«, stellte ihre Tochter schließlich fest und sah sie aus ihren dunklen Augen an. »Was können wir nur für sie tun, *Maman?*«

»Ich denke, wir sollten nach Hause fliegen.«

»Klar, wir sollten sie besuchen«, stimmte Fern mit einem gleichmütigen Schulterzucken zu.

»Ich denke, wir sollten dauerhaft dort bleiben.«

Fern runzelte die Stirn. »Aber unser Zuhause ist doch hier.«

»Deins vielleicht, denn schließlich hast du den Großteil deines Lebens in Paris verbracht. Aber für mich wird immer Sydney mein richtiges Zuhause sein. Und obwohl sie die Letzte wäre, die das zugeben würde, braucht deine Oma uns. Ich würde gern wieder nach Sydney ziehen, um mit ihr zusammen zu sein, um für sie da zu sein.«

Während sie das sagte, überlegte Caroline, weshalb Sydney für sie immer noch ihr Zuhause war. Sie hatte den Großteil ihres Erwachsenenlebens in Europa zugebracht und war dort ihrem Traum von einer Karriere als Konzertpianistin hinterhergejagt. Die Erinnerungen an zu

Hause sollten inzwischen eigentlich verblasst sein, aber das Haus in der Waratah Avenue hatte sich ihr unauslöschlich als ihr einzig richtiges Zuhause eingeprägt. Vor allem aber wollte sie sich nützlich machen, und sie dachte, wenn sie nach Hause flöge, um ihrer Mutter dabei zu helfen, sich mit ihrer Krankheit und dem Ruhestand zu arrangieren – vielleicht indem sie selbst einen Posten in der Firma übernahm –, würde auch sie selbst vielleicht endlich eine neue Richtung einschlagen. Die Aussicht darauf, etwas völlig anderes zu tun als das, wofür sie ausgebildet war, rief ein Gefühl der Angst und zugleich freudige Erregung in ihr wach.

Sie war immer dankbar dafür gewesen, dass Laura nie versucht hatte, sie durch das unsichtbare, aber starke Band der Liebe, die sie füreinander empfanden, dauerhaft an sich zu binden. Obwohl sie aus Australien fortgegangen war, hatte ihre Mutter sie allzeit ermutigt, ihren eigenen Traum zu leben – denn das hatte sie mit der Gründung ihres eigenen Unternehmens schließlich ebenfalls getan.

Doch jetzt wollte sie zurück, und sie baute darauf, dass auch ihre Tochter, weil sie ihre Oma liebte, letztendlich einverstanden war.

»Oh!«

Fern dachte offenkundig erst einmal gründlich über alles nach, und Caroline wappnete sich für eine der »lebhaften« Diskussionen, die es immer wieder einmal zwischen ihr und ihrer dank ihres italienischen Erbes heißblütigen Tochter gab.

»Bist du sicher, *Maman*? Wäre es nicht vernünftiger, zunächst für eine begrenzte Zeit zurückzukehren? Ich weiß nicht, vielleicht für ein halbes Jahr?«

»Ich habe darüber nachgedacht, Schatz, und offen gestanden sehe ich dies als Gelegenheit für einen Neuanfang. Nachdem meine musikalische Karriere hier in Europa vorbei ist, würde ich einfach gern etwas völlig anderes ausprobieren. Und Sydney ist vielleicht genau der richtige Ort dafür.« Sie sah ihre Tochter an und fügte dann hinzu: »Aber mir ist klar, dass es für dich viel schwerer wäre als für mich. Du siehst Paris als dein Zuhause an. Du hast hier deine Schule, deine Freundinnen und Freunde, und deshalb wäre Sydney für dich etwas völlig Neues. Aber wir würden zumindest, bis die Wohnung hier verkauft wäre und ich das Geld für eine eigene Wohnung hätte, in der Waratah Avenue bei deiner Oma leben und du würdest sie, Joel und Michaela täglich sehen. Und dann sind da noch unsere anderen Verwandten, die McRaes: Onkel Frank, Tante Elsie und ihre Kinder, die du bisher nur aus Erzählungen kennst.«

Fern antwortete nicht sofort. Dann aber sah sie Caroline mit einem strahlenden Lächeln an und stellte fröhlich fest: »Und Dad ... ihn würde ich dann auch viel öfter sehen, nicht wahr?«

»Ja, natürlich.« Allerdings brachte die Frage Caroline kurzfristig aus dem Gleichgewicht.

Über diesen Aspekt der Rückkehr nach Australien hatte sie bisher noch gar nicht nachgedacht. Wenn sie wieder in Sydney leben würde, wäre Nick ganz in der Nähe. Aber wollte sie das überhaupt? Obwohl sie seit über zehn Jahren geschieden waren, stieg sofort der alte Groll in ihrem Inneren auf. Sie dachte daran zurück, wie besitzergreifend und krankhaft eifersüchtig Nick gewesen war, sagte sich dann aber Stopp. Inzwischen schaffte sie es, ihren Zorn auf ihn in Zaum zu halten. Sie war über Nick Beaumont hinweg, seit Jahren. Seit der Trennung hatte es auch andere Männer in ihrem Leben gegeben, und sie wusste, dass es auch in seinem Leben andere Frauen gab. Wie zum Beispiel Holly, die halb so alt gewesen war wie er. Was würde es also ausmachen, wenn sie ihn in Zukunft wieder häufiger sähe? Nichts.

Trotzdem tauchte während ein paar irritierender Sekunden sein Bild vor ihrem geistigen Auge auf. Wenn er nicht so attraktiv und charismatisch wie sein Vater wäre, hätte sie sich gar nicht erst in ihn verliebt. Zur Hölle mit dem Kerl und mit dem Schmerz, dem sie seinetwegen ausgesetzt gewesen war.

»Und was passiert, wenn ich nicht für immer in Sydney bleiben will?« Fern reckte herausfordernd das Kinn.

Da sie ihre Tochter kannte, hatte Caroline die Antwort längst parat: »Ich möchte nur, dass du über alles nachdenkst. Wir brauchen uns nicht gleich heute zu entscheiden. Ich würde sehr gern nach Hause ziehen, aber ohne dich tue ich das ganz sicher nicht.«

Sie beugte sich über den Tisch und streichelte Ferns Hand. »Hör zu, Schätzchen, mach dir deshalb keinen Stress. Es gibt so vieles zu bedenken. Lass dir einfach Zeit und wir reden morgen weiter, ja?«

Fern sah sie mit einem erleichterten Lächeln an. »Okay, *Maman.*«

Als sie in der Nacht in ihrem Bett lag und nicht schlafen konnte, weil sie in Gedanken all die Dinge durchging, die vor einem Umzug noch zu erledigen waren, klopfte ihre Tochter leise bei ihr an und streckte den Kopf durch die halb offene Tür.

»Ich habe mich entschieden.«

Caroline sah Fern an. In dem überdimensionalen Schlaf-T-Shirt, das ihr bis zu den Knien reichte, und den flauschigen, pinkfarbenen Pantoffeln wirkte sie geradezu erschreckend groß, und das Wissen, dass sich ihre Beziehung in absehbarer Zeit unmerklich verändern würde, rief ein Gefühl der Wehmut in ihr wach. »Ja?«

»Wir sollten bei *grandmère* sein. Weil sie uns braucht.«

Das sonntägliche Frühstück, oder, besser gesagt, der sonntägliche Brunch, war die ungezwungenste Mahlzeit in der Familie Beaumont. Joel saß unrasiert und verschlafen nach einer durchzechten Nacht am Tisch des Frühstücksraums, der direkt neben der Küche lag, und blickte ohne großen Appetit auf das herzhafte Frühstück, das von Daphne, Porters Frau und ihrer Haushälterin, zubereitet worden war. Michaela war nicht da. Sie war über das Wochenende mit ihrer Freundin Jordana und deren beiden Kindern unterwegs.

Schließlich setzte sich Joel mit seiner Tasse Kaffee zu Laura auf das bequeme Sofa neben dem großen Fenster, durch das man auf die Terrasse, den hübsch angelegten Garten und das Schwimmbecken blicken konnte, und sah sie fragend an.

»Hast du inzwischen eine Entscheidung getroffen, Mum? Es ist fast zwei Wochen her, seit du bei Rupert warst.«

Obwohl Joel ihr ständig mit diesem Thema in den Ohren lag, bedachte Laura ihren Sohn mit einem liebevollen Blick. Sie konnte ihn nicht dafür schelten, denn sie wusste, dass es ihm ausschließlich um ihr Wohlergehen ging. Trotzdem meinte sie: »Es ist nicht so einfach, wie du vielleicht denkst. Wenn ich eine normale Arbeit hätte, könnte ich einfach morgen damit aufhören. Aber Ashworths ist ein großes Unternehmen, das inzwischen sogar an der Börse gehandelt wird. Ich muss also auch an unsere Angestellten und die Aktionäre denken. Und kannst du mir vielleicht sagen, wer meinen Posten übernehmen kann?«

»Daniel Blumner, wer denn sonst? Mum, du bereitest ihn seit Jahren darauf vor, das Unternehmen zu leiten, bis Michaela genug Erfahrung hat.«

»Ich habe uneingeschränktes Vertrauen zu Daniel, und vielleicht wird Michaela es tatsächlich einmal schaffen, die Firma selbstständig zu leiten, aber auch wenn ich noch nicht mit Caroline darüber gesprochen habe: Vielleicht will auch sie eine Rolle im Unternehmen spielen, wenn sie wieder nach Hause kommt.«

Joel trank einen Schluck Kaffee und schnaubte amüsiert. »Das würde der guten Michaela aber ganz schön quer runtergehen. Du weißt, dass sie sich schon seit Jahren als zukünftige Erbin deines Unternehmens sieht.«

Dass er selbst keinerlei Interesse an der Leitung von Ashworths hatte, hatte er bereits vor Jahren klargestellt. Er studierte Medizin an der Universität von Sydney, kam aber, da er lieber feierte als lernte, in den meisten Fächern nur mit Mühe durch.

»Ich weiß, wie wichtig Ashworths für Michaela ist. Trotzdem dürfen wir nicht vergessen, dass Carolines Welt vollkommen aus dem Gleichgewicht geraten ist. Ihre Karriere als Pianistin ist vorbei, und sie ist einfach noch zu jung, um tatenlos herumzusitzen oder in der Erinnerung an vergangene Erfolge zu versinken – was sie sicher auch nicht will. Sie braucht eine sinnvolle Beschäftigung, und Ashworths bietet Raum genug, damit sowohl Michaela als auch Caroline dort eine Rolle spielen können.« Laura blicke Joel reglos an. »Natürlich müsste sie erst mal von Grund auf lernen, wie ein solches Unternehmen funktioniert, und nur wenn sie das nötige Interesse und Talent beweist, bekommt sie eines Tages einen Posten in der Firmenleitung.« Sie gab Joel ein paar Sekunden Zeit, um darüber nachzudenken, fuhr dann aber entschlossen fort: »Ich glaube nicht, dass Michaelas jetzige Position oder ihre langfristigen Ambitionen dadurch gefährdet würden.«

»Heißt das, dass du eine Entscheidung über deinen Ruhestand so lange hinauszögern willst, bis du weißt, was Caroline machen möchte?«

Laura hörte den missbilligenden Ton in seiner Stimme, ging aber darüber hinweg. Manchmal fand sie die Direktheit ihres Sohnes, die er genau wie Michaela von seinem Vater geerbt hatte, anstrengend, auch wenn die Müdigkeit, die sie inzwischen ständig plagte, deutlich machte, dass eine Entscheidung unumgänglich war. Es war einfach Fakt, dass sie kürzer treten musste, auch wenn sie das vor ihren Kindern und den Angestellten ihres Unternehmens immer noch verbarg.

»Möglich«, antwortete sie, bevor ihr ein Gedanke kam, wie sich Joel eventuell zufriedenstellen ließ. »Vielleicht brauche ich einfach einen schönen, langen Urlaub. Vielleicht sollte ich endlich die Kreuzfahrt machen, von der ich schon so lange träume«, meinte sie.

»Ein Urlaub wäre immerhin ein Anfang«, stimmte er ihr zu, schränkte dann aber sofort ein: »Auch wenn du natürlich weißt, dass das keine dauerhafte Lösung ist.«

»Obwohl dein Studium noch gar nicht abgeschlossen ist, klingst du schon wie ein richtiger Arzt«, stellte sie missbilligend fest.

In diesem Augenblick trat Daphne durch die Tür des Frühstücksraums. »Laura«, wandte sie sich an ihre Chefin, die sich die Anrede »Mrs Beaumont« unter den Bewohnern ihres Privathauses stets verbat, »Sie haben gesagt, dass ich Sie daran erinnern soll, dass Mrs Smithers

Sie um zwölf abholen kommt. Jetzt ist es elf Uhr dreißig.«

»Danke, Daphne.«

»Was habt ihr vor, du und Kitty?«, wollte Joel wissen. Es war nicht auszuschließen, dass die Ankunft ihrer Freundin für Laura ein willkommener Vorwand war, das Gespräch über ihren Rückzug aus der Firma zu beenden.

»Wir wollen zu einer Matinee in die Oper gehen, und ich sollte mich wohl langsam fertig machen. Du weißt ja, wie beleidigt Kitty ist, wenn man sie warten lässt.«

Joel blickte seiner Mutter hinterher, als diese leichtfüßig den Raum verließ. Wenn man sie so sah, erschien sie einem kerngesund, obwohl er sicher wusste, dass das eine Täuschung war. Er hatte selbst mit Rupert MacIntosh gesprochen und wusste deshalb ganz genau, wie ernst die Lage war.

Er schüttelte den Kopf und stellte seine Kaffeetasse fort. Zum Glück kam Caroline bald. Er und Michaela setzten alle Hoffnungen in die Fähigkeit der großen Schwester, Laura dazu zu bewegen, sich endlich zurückzuziehen. Sie hatte damit sicher eher Erfolg als Michaela oder er, denn als älteste Tochter stand sie ihrer Mutter ganz besonders nah.

2

Nachdem die monatliche Besprechung beendet war, verließen die leitenden Angestellten der B&S Construction Corporation den im zehnten Stock gelegenen Konferenzraum des Bürogebäudes in der westlich von

Sydney in Parramatta gelegenen Church Street. Nur noch Lou Sardi und Nick Beaumont blieben zurück.

»Vinces Berechnungen klingen solide«, stellte Lou zufrieden fest. Er war ein konservativer Geschäftsmann und brauchte immer handfeste Beweise für den Erfolg des Unternehmens, bevor er zufrieden war.

Nick, der am anderen Ende des großen Konferenztischs saß, hörte nur halb zu. Normalerweise lebte er für seine Firma und stand in dem Ruf, ein zäher Verhandlungspartner zu sein. Heute aber hatte er die halbe Nacht wach in seinem Bett gelegen und sich nach dem Anruf seiner Tochter alle möglichen Szenarien ausgemalt. Sie und Caroline kamen wieder nach Hause. Und zwar für unbegrenzte Zeit, denn seiner Stiefmutter schien es nicht gut zu gehen und sie wollten in ihrer Nähe sein. Seit der Scheidung war seine Beziehung zu Laura etwas angespannt, aber das war bestimmt normal; er empfand trotz allem große Zuneigung und ehrlichen Respekt für diese so aktive Frau.

Jetzt rief die Gewissheit, dass Caroline und Fern nach Hause kamen, die Hoffnung in ihm wach, endlich den Schaden wieder gutmachen zu können, der während seiner Ehe von ihm angerichtet worden war. Dass es ihnen irgendwie gelingen würde, wieder eine richtige Familie zu sein. Natürlich müsste er erst mal neue Brücken bauen, aber er hatte sich verändert. Nicholas Giovanni Beaumont war nicht mehr der besitzergreifende, von Eifersucht zerfressene Mann, der er damals gewesen war. Das hatte ihn die dauerhafte Trennung von der einzigen Frau, die er jemals wirklich geliebt hatte, gelehrt. Die kurze Ehe mit der Journalistin Holly Deakin hatte sich als katastrophaler Fehler erwiesen, weshalb er nach kurzer Zeit wieder von ihr geschieden worden war.

»Was sagst du dazu?« Als Nick immer noch nicht reagierte, sah Lou ihn forschend an.

»Was? Entschuldigung. Ich war gerade in Gedanken kilometerweit von hier entfernt.« Als er Lous seltsamen Blick bemerkte, riss er sich zusammen und nickte zustimmend. »Ja. Vinces Bericht war durchaus positiv. Trotzdem wäre es bei dem heutigen wirtschaftlichen Klima sicher nicht verkehrt, unser Kapital ein bisschen mehr zu streuen.«

Lou kniff die Augen zusammen. »Inwiefern?«

»Das kann ich noch nicht sagen. Aber wir sollten einfach noch in etwas anderes investieren als in das Baugeschäft. Vielleicht in den Einzelhandel.«

»In den Einzelhandel?« Lou lachte leise auf. »Scheiße, Nick, was verstehen wir denn schon vom Einzelhandel?«

»Falls du dich noch erinnern kannst: Dad hat im Einzelhandel angefangen. Beaumonts Apparate. Nach dem Krieg hat er elektrische Geräte aus den Staaten importiert, die Anschlüsse verändert, damit sie den australischen Standards entsprachen, und wirklich gut verdient, bis die einheimischen Fabriken wieder auf die Beine gekommen waren.«

»Das ist eine Ewigkeit her«, erklärte Lou gedehnt. »Inzwischen sieht die Sache völlig anders aus, denn durch die Importe aus Japan und Europa gibt es eine viel größere Konkurrenz.«

Nick hob abwehrend die Hand. »Ich weiß. Alles, was ich sage, ist, dass sich Vince einfach mal umhören soll. Schließlich hat er jede Menge Kontakte an der Börse und vielleicht findet er ja etwas Interessantes, womit wir auf die Schnelle verdienen können. Wir könnten zum Beispiel Unternehmen kaufen, die in finanziellen Schwierigkeiten stecken, und sie entweder wieder aufbauen, um sie mit beachtlichem Gewinn weiterzuverkaufen, oder sie auseinandernehmen und die Einzelteile losschlagen. Bei meinem letzten Besuch in den USA habe ich gesehen, wie das funktioniert.« Der Kalifornier Walt Bacharach, der mit seiner Mutter Therese verheiratet war, hatte als Immobilienmakler angefangen, bevor er durch das von Nick beschriebene Verfahren zum Multimillionär geworden war.

»Die Idee gefällt mir nicht«, knurrte Lou. »Das klingt irgendwie gemein. Allerdings habe ich nichts dagegen, mich nach neuen Möglichkeiten des Geldverdienens umzusehen. Wir sollten Vince tatsächlich sagen, dass er sich ein paar Sachen ansehen soll.«

»Ich werde morgen mit ihm sprechen.«

Da Lou aufgefallen war, dass Nick nicht wirklich bei der Sache war, sah er ihn fragend an. »Hm, du wirkst irgendwie abgelenkt. Hast du ein Problem?«

»Ich habe gestern Abend mit Fern telefoniert. Sie und Caro kommen nach Sydney zurück. In zwei Wochen müssten sie da sein.«

»Aaahhh.« Diese eine Silbe enthielt eine Unzahl von Bedeutungen. Lou sah den Sohn seines besten Freundes, der nach dessen Tod fünfzig Prozent des Unternehmens geerbt hatte, mit einem breiten Grinsen an. »Ich hoffe, dass du es dieses Mal vorsichtig angehen lässt. Wenn ich mich recht entsinne, hat Caroline große Ähnlichkeit mit ihrer Mum.« Er zog vielsagend die Brauen hoch. »Und dies ist eine Frau, die nicht so schnell verzeiht. Erwarte also lieber nicht, dass sie sich dir sofort in die Arme werfen wird, vor allem, nachdem du so kurz nach eurer Scheidung mit dieser arroganten Holly in die Kiste gesprungen bist.«

Nick verzog schmerzlich das Gesicht. »Erinnere mich nicht daran. Das war eine Katastrophe.« Damals hatte er ganz einfach jemanden gebraucht, um den Schmerz über die Trennung von Caro zu verwinden, und die clevere Holly hatte sich nicht bereit erklärt, mit ihm zu schlafen, bevor er mit einem Verlobungsring angekommen war. Was war er damals doch für ein Trottel gewesen, aber, Himmel, ihre Hochzeitsreise oder eher der Sex, den er während der zwei Wochen genossen hatte, hatten ihn fast um den Verstand gebracht. Danach jedoch war es stetig bergab gegangen, bis es nach nur einem Dreivierteljahr zur Trennung gekommen war. Holly hatte ihm einen beachtlichen Teil seiner Kohle abgeknöpft, und er hatte geschworen, nie wieder zu heiraten, außer – falls er jemals wieder die Gelegenheit dazu hätte – seine erste Frau. Und jetzt kam sie zurück und würde in erreichbarer Nähe sein.

»Inzwischen bin ich älter und vernünftiger«, erklärte er. »Eigentlich wollte ich das Haus in Palm Beach verkaufen, weil ich es kaum benutze. Aber wenn Fern nach Hause kommt, werde ich es wohl behalten, damit ich an den Wochenenden mit ihr rausfahren kann. Außerdem können wir zusammen segeln gehen.«

»Gute Idee. Behalt das Haus. Die Immobilienpreise hier in Sydney fangen nämlich gerade an zu steigen«, meinte Lou, der ein geschickter Investor war.

»Ich frage mich, was Caro machen wird, wenn sie sich hier eingerichtet hat«, überlegte Nick.

Lou zuckte mit den Schultern und kratzte sich nachdenklich am Kopf. Er war ein kleiner, breitschultriger Mann mit einer muskulösen Brust und schütterem grauen Haar. »Wer weiß? Vielleicht irgendwas mit Kunst. Ich meine, mit Musik kennt sie sich schließlich aus. Aber wie dem auch sei. Es wird sicher interessant sein zu sehen, ob sie bei Ashworths einsteigen will, und wenn ja, was Michaela dazu sagt.« Er sah Nick grinsend an. »Schließlich ist deine Halbschwester eine verdammt ehrgeizige Frau.«

»Wem sagst du das? Ich bin wirklich froh, dass Dad ihr und Joel jeweils ein Barvermögen hinterlassen hat, das sie an ihrem fünfundzwanzigsten Geburtstag bekommen, statt sie an B&S zu beteiligen. Sonst würde sie wahrscheinlich alles daransetzen, uns beide rauszudrängen, damit sie den Laden allein schmeißen kann.«

Vor seinem geistigen Auge tauchte das Bild der gertenschlanken Michaela mit den dunklen Augen und den langen, gewellten, schwarzen Haaren auf, die nicht nur wunderschön, sondern auch sehr entschlossen war. Das führte manchmal zu Konfrontationen mit den anderen Mitgliedern der Familie, obwohl sie eine durchaus liebevolle Schwester war und insbesondere versuchte, ihren Bruder Joel vor allem Unglück zu bewahren. Und tatsächlich hatte sie Joel bereits des Öfteren geholfen, wenn er an der Uni oder im Privatleben in Schwierigkeiten war.

Nick liebte seinen Halbbruder, auch wenn dieser seiner Meinung nach das schwächste Glied ihrer Familie war. Die anderen Beaumonts hatten jede Menge Stärken, aber Joel hatte offenbar den Leichtsinn und die Verantwortungslosigkeit seines Onkels Frank geerbt. Und Laura machte immer noch den Fehler, sein Verhalten zu entschuldigen, statt ihn endlich zu zwingen, seine Schwächen zu erkennen und etwas dagegen zu tun. Im Grunde seines Herzens war Joel ein anständiger Kerl. Nur würde ihm eine ordentliche Dosis Rückgrat guttun.

»Kommst du mit auf die Windsor-Baustelle?«, wollte Lou jetzt von Nick wissen.

»Nein.« Nick stand aus seinem allzu bequemen Sessel auf. »Auf meinem Schreibtisch liegen noch Berge von Papieren, die ich endlich mal durchgehen muss. Ich glaube, dass sie sich heimlich über Nacht vermehren, wenn niemand in der Nähe ist.« Doch auch die Papiere würde er noch etwas liegen lassen, denn er dachte lieber noch ein wenig über Ferns und Caros Rückkehr nach und darüber, was das für ihn bedeuten könnte.

»Okay«, sagte Lou.

Ihre Positionen in der Firma ergänzten sich hervorragend. Lou kümmerte sich um die Baustellen und Nick um das Büro, wobei er für alles – von der Erstellung der Baupläne über die Kostenvoranschläge, das Personal und den gesamten Briefverkehr – zuständig war.

»Aber, Nick, vergiss nicht, dass wir noch über deinen Plan, das Geschäft in Richtung Asien auszudehnen, sprechen müssen. Ich bin durchaus dafür. Vince hat die ersten Kalkulationen erstellt und das Timing könnte nicht besser sein. Übrigens will Madeline wieder mal ihren tollen Braten machen. Warum kommst du nicht Donnerstagabend zu uns rüber und isst mit uns?«

Nick zwang seine Gedanken zurück zu dem Gespräch. »Wäre Freitagabend auch okay?«

»Sicher.« Weniger geschmeidig als sein jüngerer Partner hievte sich auch Lou aus seinem Sessel und wandte sich zum Gehen. »Bis dann.«

Aufgrund der Kleider, die sie trug – und die sie ausnahmslos in ihrer eigenen Ladenkette kaufte –, sah Michaela Beaumont auf den ersten Blick nicht wie eine Geschäftsfrau, sondern eher wie ein Model aus. Sie stand in einem zweiteiligen, feuerroten Kostüm mit schwarzem Besatz und schwarzen Accessoires in der Ankunftshalle des internationalen Flughafens von Sydney und wartete neben ihrem Bruder ungeduldig darauf, dass Caroline und Fern endlich durch den Zoll kamen. Es ärgerte sie, dass sie extra zwei Besprechungen über die Mode des kommenden Sommers hatte sausen lassen müssen, aber sie und Joel hatten beschlossen, dass es besser wäre, wenn sie beide kämen, weil die Aufregung über die Rückkehr der ältesten Tochter und der Enkelin vielleicht zu viel für Laura war.

Laura weigerte sich immer noch, Daniel, der beinahe von Anfang an im Unternehmen tätig war, die Zügel zu überlassen oder Michaela und Jo Levy mehr Verantwortung zu übertragen. Auch wenn niemand ein Wort darüber verlor, war ihnen allen klar, dass sie gerade eine emotionale Krise hatte, die durch ihre Krankheit und den Zwang, eine Entscheidung zu fällen, hervorgerufen worden war.

Michaela konnte sich noch gut daran erinnern, dass Laura nach dem tragischen Tod des Vaters vor elf Jahren unglaublich stoisch gewesen war. Sie hatte das Inakzeptable akzeptiert und ihre Tränen vor aller Welt versteckt.

Michaela wusste, wie sehr ihre Mutter um Jack Beaumont getrauert hatte, hatte sie sich doch noch mehr als zuvor in die Arbeit gestürzt, um vor dem Schmerz zu fliehen. Sie hatte gehört, wie Lauras Freundinnen Ruth, Kitty und Mary Ellen darüber sprachen, dass Laura auch schon früher traurige Situationen dadurch bewältigt hatte, dass sie schuftete wie ein Pferd.

Wahrscheinlich konnte Laura sich ein Ashworths ohne sie einfach nicht vorstellen und leugnete deshalb weiterhin, dass sie für die Leitung des Konzerns inzwischen gesundheitlich zu angeschlagen war. Aber auch wenn ihr der Gedanke nicht gefiel, zwang ihre Erkrankung sie ganz einfach, in den Ruhestand zu gehen. Michaela wippte ungeduldig mit dem Fuß. Außerdem musste sie sich eingestehen, dass sie nicht gerade glücklich über die plötzliche Rückkehr ihrer großen Schwester war. Hatte sie, nachdem sie fünfzehn Jahre in Europa gelebt hatte, jetzt vielleicht die Absicht, sich in das Unternehmen einzuklinken, in dem sich Michaela bereits selbst als die zukünftige Herrin sah? Wenn ja, machte Caroline sich besser auf einiges gefasst.

Eines Tages würde nämlich *sie*, Michaela, Geschäftsführerin von Ashworths sein. Das hatte sie schon als Fünfzehnjährige gewollt und sich deshalb nach Beendigung der Schule, ohne Zeit an der Uni zu vergeuden, mit ganzer Kraft daran gemacht zu lernen, wie ein solches Unternehmen funktionierte. Und bereits in ihren Ferien hatte sie die Zeit lieber in der Hauptfiliale in der Pitt Street oder im Büro der Firma verbracht als mit irgendwelchen Freundinnen und Freunden.

Jetzt, mit beinahe vierundzwanzig Jahren, war sie vielleicht immer noch nicht für den Chefposten gerüstet, kannte sich aber deutlich besser aus als die meisten anderen bei Ashworths.

Da sie nichts davon hielt, ihre Energie mit unnötigen Sorgen zu vergeuden, dachte sie erst mal nicht weiter über Carolines Motive nach. Zunächst ging es darum, ihre Mutter dazu zu bewegen, in den Ruhestand zu gehen, und sie hoffte, dass es Caroline gelingen würde, sie dazu zu bringen, endlich Vernunft anzunehmen. Sie und Joel hatten es bereits versucht, doch hatte Laura ihnen beiden deutlich zu verstehen gegeben, dass ihre fortgesetzte Einmischung in diese Angelegenheit nicht erbeten war.

»Hier.« Joel drückte Michaela einen Kaffeebecher in die Hand. »Der Flieger hat Verspätung. Ich habe einen

Zollbeamten gefragt, und er meinte, dass es noch mindestens eine halbe Stunde dauern wird, bis die Passagiere abgefertigt sind.«

»Hätte ich mir denken können«, antwortete Michaela trocken. Wenn sie etwas hasste, dann über einen längeren Zeitraum hinweg untätig zu sein. »Kleiner Unruhegeist« hatte sie schon Schwester Lucia im Kindergarten von Kincoppal-Rose Bay genannt, und ihre Eltern hatten schnell herausgefunden, dass die effektivste Strafe für ein Fehlverhalten war, sie eine Stunde in der Ecke sitzen zu lassen, ohne dass es auch nur die geringste Beschäftigung für sie gab. Außerdem sehnte sie sich nach einer Zigarette, aber genau wie ihre Freundin und Kollegin Jo versuchte sie gerade wieder einmal, sich das Rauchen abzugewöhnen. Sie hatte bereits als Teenager heimlich angefangen zu rauchen, um etwas mit ihren Händen anfangen zu können, wenn sie irgendwo herumsaß, aber nach zwei fehlgeschlagenen Versuchen, dieses Laster aufzugeben, war sie nun fest entschlossen, es zu schaffen – auch auf die Gefahr hin, das reinste Nervenbündel zu sein.

Zwanzig Minuten später stieß Joel sie von der Seite an. »Da drüben tauchen die ersten Passagiere auf.«

Nach weiteren endlosen zehn Minuten schoben auch Caroline und Fern zwei hoch bepackte Trolleys durch den Zoll, und nach den ersten Küssen und Umarmungen wandte sich Joel mit unglücklicher Miene dem Gepäckberg zu.

»Das Zeug kriegen wir niemals in Michaelas oder meinen Wagen. Wir werden ein Taxi anheuern müssen, das den Rest nach Hause bringt.«

»Meinetwegen.« Caroline musste ein Gähnen unterdrücken. »Bringt mich nur nach Hause, damit ich duschen und mich in die Falle hauen kann. Ich bin total erledigt.«

»Ich nicht«, zwitscherte Fern. »Der Flug war einfach toll.«

»Fliegst du gern?«, fragte Michaela und nahm ihre Nichte nochmals in den Arm. Vielleicht würde es ja doch nicht ganz so schlimm, Caroline und Fern wieder im Haus zu haben, dachte sie und bedachte ihre Halbschwester mit einem verstohlenen Seitenblick. Caroline sah wirklich hundemüde aus und im Augenblick keinen Tag jünger als ihre vierundvierzig Jahre.

Im nächsten Moment gestand sich Michaela etwas ein, worüber sie bisher nie nachgedacht hatte: Caroline war fast eine Fremde für sie. Sie hatte den Großteil ihres Lebens in Europa zugebracht und die Familie nur ab und zu besucht. Aufgrund des Altersunterschieds hatte ihre große Schwester bereits Tausende von Kilometern entfernt gelebt, als sie selbst vielleicht alt genug gewesen wäre, um sich darüber zu freuen, dass es diese große Schwester gab.

»Und ob.« Fern nickte entschieden mit dem Kopf.

»Ich habe seit zwei Jahren den Flugschein und gehe seither regelmäßig in die Luft. Jeden zweiten Sonntag chartere ich einen der Flieger meines Lehrers Rod O'Malley, die am Flughafen Bankstown stehen. Ich versuche nämlich, so viele Flugstunden wie möglich zusammenzukriegen. Bisher habe ich es auf hundertfünfzig Stunden gebracht.« Sie zählte immer die Tage, bis es endlich wieder ein Flugsonntag war. »Vielleicht hast du ja am Sonntag Lust, mich zu begleiten. Selbst deine Großmutter ist schon mit mir geflogen und wir haben vor ein paar Monaten ein tolles Wochenende in Surfers Paradise verbracht.«

Fern grinste bis über beide Ohren. »Klingt fantastisch.«

Wieder gähnte Caroline. »Wie sieht's aus? Können wir allmählich fahren …?«

Bei dem Wiedersehen mit Laura brachen Caroline und Fern in Freudentränen aus.

»Ich kann einfach nicht glauben, wie du in den letzten Monaten gewachsen bist.« Auch Laura kämpfte mit den Tränen und zog ihr einziges Enkelkind noch einmal fest an die Brust. Fern war inzwischen fast so groß wie sie und würde sie im nächsten Jahr wahrscheinlich sogar überholen. Außerdem war sie bildhübsch und hatte große Ähnlichkeit mit Nick – und ihrem Jack.

Dann fiel ihr Blick auf Caroline. Ihre Tochter wirkte vollkommen erschöpft und war vor allem viel zu dünn, aber erstaunlicherweise verströmte sie eine deutlich größere Gelassenheit als noch vor acht Monaten, als Laura bei ihr in Paris gewesen war. Vielleicht hatte sie inzwischen ganz einfach genügend Zeit gehabt, um sich mit dem Ende ihrer Karriere abzufinden und nicht mehr derart schwarzzusehen. Aber jetzt waren die beiden hier, und das war einfach wunderbar.

Laura lächelte erneut und dachte dabei, dass sie wahrscheinlich strahlte wie ein Honigkuchenpferd. Ihr war gar nicht klar gewesen, dass es sie so glücklich machen würde, die Familie nach all den Jahren endlich wieder vereint zu sehen.

Sie hatte immer eine ganz besondere Beziehung zu ihrer Ältesten gehabt. Sie sah in ihr nicht nur die Tochter, sondern auch eine enge Freundin und Vertraute, und obwohl Caroline so lange in der Ferne gelebt hatte, hatte die Nähe zwischen ihnen über all die Zeit hinweg Bestand gehabt. Nachdem Jack gestorben war, war Caro, wie Nick sie immer nannte, vielleicht die Einzige in der

Familie, der sie wirklich nahe genug stand, um ihr ihre Gedanken und Sorgen anzuvertrauen, nun, da sie entscheiden musste, ob sie in der Firma weitermachen sollte oder ob es an der Zeit war, sich aus dem Geschäft zurückzuziehen.

»Daphne hat oben zwei Zimmer für euch hergerichtet, von denen aus ihr den Hafen sehen könnt«, sagte Laura jetzt, während sie vor den beiden auf die Veranda trat. Joels Hund Rufus, ein schwarzer Kelpie-Mischling, bellte aufgeregt, bis sie ihn anwies: »Ruhe, Rufus, sei ein braver Hund.«

Fern hockte sich vor das Tier, um es zu streicheln, und während einiger Sekunden empfand Michaela heißen Neid, als sie Lauras verzückte Miene sah. Sie betete ihre Mutter an, doch es gab Augenblicke – wie zum Beispiel jetzt –, in denen sie sich beinahe überflüssig vorkam. Immer schon war Caroline mit ihrem herrlichen Talent das »besondere« Kind gewesen, und Joel hatte schon immer Schutz – vor allem vor sich selbst – gebraucht. Welche Rolle spielte also sie? Die der Außenseiterin.

»Ich fahre wieder ins Büro«, erklärte sie deshalb auf die ihr eigene direkte Art. »Schließlich habe ich schon zwei wichtige Besprechungen über die Sommerkollektion verpasst.« Sie winkte den anderen kurz zu und wandte sich zum Gehen.

»Danke fürs Abholen«, rief Caroline und sah ihrer jüngeren, tadellos zurechtgemachten Schwester hinterher. Schon auf der Fahrt vom Flughafen hierher hatte sich Michaela kühl und distanziert gegeben – als wäre sie nicht gerade erfreut, dass Caroline zurückgekommen war.

So ein Unsinn, tat sie diesen illoyalen Gedanken mit einem Schulterzucken ab. Ihre Schwester ging ganz einfach völlig in der Rolle der Geschäftsfrau auf und hatte es bestimmt nicht so gemeint. Vielleicht hatte sie auch einfach der Jetlag überempfindlich gemacht.

Als sie über die geflieste Veranda in Richtung Haustür liefen, betrachtete Caroline den Garten. Er war wunderschön, hervorragend gepflegt und vor allem so vertraut. Sie blickte auf das von Laura heiß geliebte Beet mit den Waratahs und dann auf die beiden Menschen in der offenen Tür. Daphne und Porter. Niemand wusste, ob der gute Porter einen Vornamen besaß, denn alle Welt, selbst seine Frau, sprach ihn immer nur mit Porter an. Als Caroline die beiden freundlich lächeln sah, verstärkte sich die Freude, die sie seit dem Tag empfand, an dem sie beschlossen hatte, dass es Zeit für ihre Heimkehr war.

Während sie das Haus betraten, schaute sie ihre Mutter unauffällig von der Seite an. Auf den ersten Blick sah sie genauso wunderbar aus wie immer. Auf den zweiten Blick jedoch entdeckte Caroline die Müdigkeit, von der Joel gesprochen hatte, die leicht hängenden Schultern, die ungewohnte Anspannung in Lauras ausdrucksvollem Gesicht.

Ihr Herz zog sich vor lauter Mitgefühl zusammen. Ihrer Mutter ging es nicht gut.

Caroline konnte besser als die anderen aus der Familie hinter die charmante, kraftvolle Fassade ihrer Mutter sehen und wusste als Einzige, dass Laura oft nur unter Einsatz nervöser Energie die anstrengenden Tage in der Firma überstand. Und jetzt wirkte sie nicht nur müde, sondern … regelrecht erschöpft.

Die Telefongespräche mit Joel und Michaela hatten ihr deutlich gemacht, dass die beiden offensichtlich hofften, dass vielleicht sie Laura dazu bewegen könnte, endlich den Ruhestand zu akzeptieren. Bisher hatte ihre Mutter die Entscheidung ein ums andere Mal vertagt.

Caroline stieß einen leisen Seufzer aus. Es gefiel ihr nicht, dass die Geschwister ihr diese Rolle zugedacht hatten und ausgerechnet sie das starrsinnige Oberhaupt ihrer Familie davon überzeugen sollte, dass der Rückzug ins Privatleben unumgänglich war. Bisher hatte höchstens ihr Stiefvater Jack einen derartigen Einfluss auf Laura Ashworth-Beaumont gehabt.

Die nächsten Tage oder vielleicht sogar Wochen würden mit Sicherheit spannend werden.

3

Michaela setzte sich an ihren Schreibtisch und blickte auf das Durcheinander in ihrem Büro.

Stoffproben und Kleiderskizzen hingen an der Korkwand, die den Großteil einer Wand bedeckte, während sich an einer anderen Wand Kisten voller Proben stapelten. Ein rollbarer Metallständer mit Kleidungsstücken stand neben ihrem Schreibtisch, und mindestens zwei Dutzend importierter Schuhe bildeten einen wackeligen Turm in einer Ecke des Raums. Eine Grafik an der Wand direkt neben der Tür zeigte die landesweiten Verkäufe des Unternehmens während der vergangenen drei Jahre, wobei es immer wieder mal zu Überschneidungen zwischen den roten, blauen und schwarzen Linien kam. Wie ein zerklüfteter Gebirgszug stieg die Verkaufslinie erst an, fiel ab und stieg dann wieder an, bevor sie gleichförmig weiterlief, woraus ersichtlich wurde, dass die Verkäufe seit drei Monaten stagnierten und inzwischen gar ein leichter Rückgang zu verzeichnen war.

Im laufenden Geschäftsjahr hatte Ashworths weitere

Marktanteile an die Designerboutiquen verloren, die vor allem in den exklusiven Vororten wie Double Bay und Mosman, aber auch in den hippen Gegenden wie Paddington oder Balmain wie die Pilze aus dem Boden schossen, und Michaela hatte bereits eine Strategie entwickelt, wie sich diesem Abwärtstrend begegnen ließ. Es war eine radikale Strategie, die ihrer Mutter sicher nicht gefallen würde, doch musste man einfach den Tatsachen ins Auge sehen. Wenn die meisten Abteilungen nicht nur hier in Sydney, sondern auch in anderen Filialen weiterhin Verluste machten, war nicht auszuschließen, dass das Unternehmen innerhalb der nächsten beiden Jahre in eine finanzielle Schieflage geriet. Wieder dachte Michaela an ihren gewagten Plan. Sie ging ihn täglich durch, nahm kleinere Veränderungen vor, tauschte alte Ideen gegen neue aus, doch noch immer war er nicht perfekt genug, um damit zur Geschäftsführung zu gehen. Es würde noch eine Weile dauern, bis sie die letzten Schwachstellen beseitigt hatte. Wenn aber die Verkaufszahlen nicht stiegen, würde sie mit Daniel Blumner und den anderen Mitgliedern des Aufsichtsrats darüber sprechen, wie sich Ashworths ihrer Meinung nach radikal verjüngen ließ.

Ein Klopfen an der Tür unterbrach ihren Gedankengang.

Ein etwas untersetzter, muskulöser Mann mit blond gelocktem Haar, das langsam grau wurde, betrat den Raum. Mit seinem maßgeschneiderten Nadelstreifenanzug, dem blütenweißen Hemd und der blau-rot gemusterten Krawatte sah der fünfzigjährige Daniel Blumner ganz wie der fähige, vorzeigbare Geschäftsführer des Unternehmens aus, der er seit Jahren war.

In seinem Gefolge betrat Michaelas Vetter, Neil McRae, den Raum. Er war Ashworths' Hauptbuchhalter und Gesellschaftssekretär. Er hatte sich ein paar Ordner unter den linken Arm geklemmt. Manchmal, wenn Michaela ihn mit seinen Ordnern durch den Laden laufen sah, als würde er es einfach nicht ertragen, sich auch nur für einen Augenblick von ihnen zu trennen, überlegte sie, ob er sie vielleicht einzig deshalb ständig durch die Gegend schleppte, weil er dadurch seine Position bei Ashworths unterstrich.

Auch wenn dies ein eher unfreundlicher Gedanke war, ging er ihr auch heute durch den Kopf. Schon als Kinder hatten sie und Neil sich nicht leiden können, und heute gab es bei jeder geschäftlichen Besprechung Streit, weil sie Kapital investieren wollte, um das Unternehmen zu erweitern, während ihm einzig und allein an der Wahrung des Vermögens der Gesellschaft lag. »Neil ohne Visionen« hatten sie und Jo Levy ihn deshalb getauft. Sie sahen in ihm den typischen, fantasielosen Bürohengst, der bis in die Spitzen seiner sorgfältig gebundenen Schuhe ein konservativer Langweiler war.

Sie war bereits vor Jahren zu dem Schluss gekommen, dass ihre Mutter Neil nur deshalb angeheuert hatte, weil sie sich dazu verpflichtet gefühlt hatte, um so Frieden mit ihrem manchmal schwierigen, reizbaren Bruder Frank zu wahren. Aber – Michaela versuchte, fair zu sein – zumindest hatte Neil sich voller Eifer auf die ihm gestellten Aufgaben gestürzt und sich innerhalb der Buchhaltung und der anderen Abteilungen hochgearbeitet, bis er schließlich auf seinen jetzigen Posten befördert worden war.

Unglücklicherweise lief Neil, der, wenn einem Eigenschaften wie *Ernsthaftigkeit, Vorsicht* und *Strebsamkeit* bei einem Mann gefielen, nicht einmal schlecht aussah, ständig mit sorgenvoller Miene durch die Gegend, als laste die Zukunft des Unternehmens allein auf seinen Schultern. Nur wenn – Michaela musste grinsen – Jo Levy in der Nähe war, machte Neil McRae eine vollkommene Wandlung durch und zeigte, dass er auch freundlich und charmant sein konnte. Zum Bedauern aller anderen Angestellten ihres Unternehmens änderte er sein Benehmen jedoch ausschließlich gegenüber ihrer Freundin.

»Ich sehe, dass du wieder einmal ziemlich beschäftigt bist«, stellte Daniel mit einem Blick auf das Durcheinander fest.

»Offen gestanden, nein.« Ihre dunklen Augen blitzten. »Ich habe gehört, dass du deine Runde drehst, deshalb habe ich all die Sachen hier verteilt, weil ich dachte, dass das einen guten Eindruck auf dich macht«, gab sie grinsend zurück.

Daniel ging mit einem knappen Nicken über diesen Scherz hinweg. Er war ihren etwas spitzen Humor gewohnt und sein gutmütiges Lächeln machte deutlich, dass er ihm durchaus gefiel.

»Michaela, hast du vielleicht zufällig gehört, dass sich Angestellte über fehlende Waren oder über Waren, die nicht im Laden angekommen sind, unterhalten haben?«, fragte Neil sie rundheraus. Aufgrund des fehlenden Respekts, den seine Cousine gegenüber ihrem Vorgesetzten zeigte, hatte sich sein Stirnrunzeln tatsächlich noch vertieft.

Sie zog die Brauen hoch und schüttelte den Kopf. »Nein.«

Neils Lächeln machte deutlich, was für eine Freude es ihm war, dass er anscheinend etwas wusste, was ihr verborgen geblieben war. »Wir haben ein paar Unstimmigkeiten bei den letzten Lieferungen. Es gab angeblich Lieferungen an den Laden und ans Lager, die aber nirgendwo zu finden sind. Ich gehe der Sache gerade nach.«

»Du meinst kleine Diebstähle? So etwas kommt immer wieder einmal vor. Das kann man unmöglich verhindern«, stellte Michaela nüchtern fest.

»Es ist wesentlich ernster. In einigen Fällen sind ganze Sendungen verschwunden«, antwortete Daniel.

»Es ist wirklich gravierend«, stimmte Neil ihm zu. »Ein Teil der Frühjahrskollektion, die bereits im Lager liegen sollte, ist niemals dort angekommen, obwohl wir sicher wissen, dass der Container im Hafen ausgeladen wurde.«

Michaela richtete sich kerzengerade hinter ihrem Schreibtisch auf. »Was?« Wenn die Sendungen nicht aufgetrieben würden, wäre das eine Katastrophe, denn es war zu spät, um neue Waren zu bestellen, weil bei den Herstellern bereits die Arbeit für die Sommer- und die Herbstkollektionen aufgenommen worden war. »Das ist unglaublich. Habt ihr schon die Polizei verständigt?«

»Erst wollen wir versuchen, die Sache intern zu klären. Wahrscheinlich hat jemand aus dem Haus beschlossen, auf diese Weise etwas nebenher zu verdienen, aber bisher hat er seine Spuren geradezu meisterhaft verwischt. Leith Danver von Markham & Partner hat uns auf das Problem aufmerksam gemacht, obwohl ich keine Ahnung habe, woher er diese Informationen hat. Wir haben für die nächste Woche eine Besprechung mit ihm anberaumt, führen aber vorher noch eine interne Untersuchung durch«, erklärte Daniel grimmig. »Neil wird die Leiter der verschiedenen Abteilungen anweisen, sich unter ihren Leuten umzuhören, aber sie sollen erst einmal für sich behalten, dass Waren verschwunden sind. Es ist sicherlich nicht wünschenswert, dass alle Angestellten mitbekommen, dass es bei uns ein Problem mit groß angelegten Diebstählen gibt.«

»Das Treffen mit Danvers findet nächsten Mittwoch um 18 Uhr im Konferenzraum statt«, erklärte Neil gewichtig, »wobei dieser Termin natürlich noch durch ein Memo offiziell bestätigt werden wird.«

»Wie geht es deiner Mutter?«, fragte Daniel Michaela, wobei seine Stimme einen deutlich sanfteren Klang bekam.

»Sie tut sich noch immer schwer damit, die Zügel aus der Hand zu geben, aber das hast du dir bestimmt schon gedacht«, antwortete Michaela ehrlich. »Joel und ich setzen unsere Hoffnungen in Caroline. Vielleicht schafft sie es, Mum davon zu überzeugen, die Dinge langsamer angehen zu lassen.«

»Das sollte sie auf jeden Fall«, äußerte Neil seine Meinung, ohne auch nur einen Augenblick daran zu denken, ob er taktvoll war. »Abgesehen von der kleinen Störung durch die Diebstähle, die wir sicher in den Griff bekommen werden, läuft Ashworths schließlich beinahe wie von selbst. Und vor allem: Auch deine Mutter wird nicht jünger«, fügte er spitz hinzu. »Dad hat sich schon vor zwei Jahren zur Ruhe gesetzt und es noch keinen Tag bereut.«

Michaela biss sich auf die Zunge. Onkel Frank hatte den Eintritt in den Ruhestand ganz sicher nicht bereut. Seine Spedition hatte kurz vor dem Ruin gestanden, bevor sein ältester Sohn Peter in die Firma eingetreten war. Der arme Onkel Frank hatte zwar immer hart gearbeitet, aber nie auch nur den geringsten Sinn fürs Geschäft gehabt, und sie wusste, dass ihre Mutter ihm im Lauf der Jahre mehrmals aus finanziellen Engpässen geholfen hatte. Ihr war durchaus bewusst, was Neil hatte sagen wollen, auch wenn es nicht direkt ausgesprochen worden war: Ashworths würde auch dann florieren, wenn Laura

Beaumont nicht mehr an der Spitze stand. »Kleiner Stinker« war ein weiterer Spitzname, den sie und ihre Freundin für Neil hatten. Wahrscheinlich dachte ihr Cousin, seine Aufstiegschancen würden größer, wenn ihre Mutter nicht mehr in der Firma war, denn als Mitglied des Aufsichtsrats und Hauptaktionärin ihres Unternehmens hatte sie natürlich stets ein Wörtchen mitzureden, wenn es um Beförderungen ging.

»Dann wollen wir dich jetzt mal wieder deiner Arbeit überlassen«, sagte Daniel, wandte sich zum Gehen und winkte Neil hinter sich her.

Zwei Stunden später saß Michaela an einem der hinteren Tische in dem im fünften Stock von Ashworths gelegenen Restaurant *Silks* und wartete mit dem Mittagessen auf ihre Freundin und Kollegin Jo.

Als eine Beaumont kannte Michaela natürlich die Geschichte, die mit dem Namen des Restaurants verbunden war. An der Wand hinter dem Tresen hingen eine Reihe bunter Fotos von diversen siegreichen Rennpferden und ihren Jockeys sowie eine Messingplakette zum Gedenken an einen ganz bestimmten Jockey. Alexander Monroe, die erste große Liebe ihrer Mutter, war vor dem Zweiten Weltkrieg bei einem Unfall auf der Rennbahn von Randwick umgekommen, was jedoch nicht der einzige Grund für die Plakette war. Laura McRae – wie sie damals hieß – war Alex' Alleinerbin gewesen und hatte an ihrem einundzwanzigsten Geburtstag seinen gesamten Besitz geerbt. Nachdem sie während des Krieges Eddie Ashworth geheiratet hatte, hatte sie 1950 mit dem von Alex geerbten Geld und einem großen Darlehen einer wagemutigen Bank ihren Traum von einem eigenen Kaufhaus wahr gemacht.

Michaela blätterte in einer Modezeitschrift, die sie auf dem Weg ins Restaurant mitgenommen hatte, und als sie den Kopf hob, sah sie, dass ihre Freundin an den anderen Tischen vorbei auf sie zukam. Jo war eine der wenigen Frauen, die in einem handgenähten grauen Kostüm wirklich gut aussahen. Mit ihrem langen, glatten, schwarzen Haar, ihren grünen Augen, ihrer olivenfarbenen Haut und ihren klassischen Zügen würde sie wahrscheinlich selbst in einem Kartoffelsack fantastisch aussehen. Mit einem amüsierten Lächeln registrierte Michaela, dass mehrere Männer die Köpfe drehten, um zu sehen, wo Jo sich hinsetzte.

»Tut mir leid, dass es so spät geworden ist. Neil hat mich in meinem Büro überfallen. Er hatte Mark dabei und wollte mit mir noch mal das Werbebudget durchgehen.« Jo, die in ihrer Jugend ein erfolgreiches Model gewesen war, zuckte gleichmütig mit ihren schlanken Schultern. »Schon wieder. Wie kann ein Mensch nur so pedantisch sein? Es macht mich einfach wahnsinnig, dass er grundsätzlich erst mal jedes meiner Projekte infrage stellt.«

Michaela zog verständnisvoll die Brauen hoch. »Und weshalb hatte er Mark dabei?« Mark war der jüngste Sohn ihres Onkels Frank, derjenige aus der Familie, den sie mit Abstand am widerlichsten fand. Er war hinterhältig und verschlagen und richtete, wenn man ihn ließ, immer wieder Unheil an.

»Neil hat mir erklärt, dass er ihm einen Job in der Buchhaltung gegeben hat. Wobei Mark wegen seines kaputten Rückens offenbar nur Teilzeit arbeiten kann.«

»Es ist nicht Neils Pedanterie, sondern er selbst, der dich in den Wahnsinn treibt«, stellte Michaela mit einem wissenden Grinsen fest. »Es ist offensichtlich, dass er sich nicht nur aus geschäftlichen Gründen für dich interessiert. Es geht ihm ganz eindeutig weniger um dein Budget als um dich – und um deine fantastische Figur.«

Jo wurde tatsächlich rot. »Ach, red doch keinen Unsinn. Neil und ich kennen uns schon seit Jahren, und er hat noch nie ein persönliches Interesse an mir gezeigt.«

»Bis vor Kurzem war er ja auch noch verheiratet. Aber schlauerweise hat sich Stacey endlich von ihm getrennt, und jetzt ist er wieder frei und kann auf Fischfang gehen.«

»Tja«, gab Jo zurück, »bei mir vergeudet er eindeutig seine Zeit. Ich kann mir nämlich wirklich nicht vorstellen, dass sich Andrew so einfach von ihm aus dem Rennen werfen lässt.«

Michaela nickte. Andrew Haywood war ein bekannter einheimischer Geschäftsmann, mit dem sich Jo bereits seit einer ganzen Weile regelmäßig traf. Dass Andrew hoffnungslos in sie verliebt war, war ihm deutlich anzusehen, aber ihre Freundin ging die Sache lieber langsam an. Eine gescheiterte Ehe, aus der sie ihre beiden Kinder Joshua und Kirra hatte, sowie mehrere unbefriedigende Beziehungen danach hatten sie vorsichtig gemacht.

»Lass uns nicht über Männer reden«, bat sie deshalb und winkte ab. »Caroline und Fern waren gestern zum Abendessen bei uns. Caroline sieht wirklich gut aus, findest du nicht auch? Vor allem, wenn man bedenkt, was sie durchgemacht hat. Und Fern und meine beiden haben sich prächtig verstanden, besonders mit Kirra klappte es sofort super.«

»Sie haben sich gut zu Hause eingelebt. Mum genießt es sehr, dass Caroline wieder in Sydney ist. Die beiden haben immer irgendwas zu reden. Wenn sie zusammen sind, kriegen sie ihren Mund einfach nicht mehr zu«, erzählte Michaela ohne jeden Groll. Schon als sie ganz klein gewesen war, hatte ihr Vater ihr geholfen zu verstehen, dass die Beziehung zwischen ihrer Mutter und ihrer großen Schwester etwas ganz Besonderes war. Lauras unglückliche Ehe mit Eddie Ashworth hatte sie und Caroline zusammengeschweißt, und diese Verbindung war in den Jahren, als Eddie nicht bereit gewesen war, in eine Scheidung einzuwilligen, nachdem Laura Jack begegnet war, noch enger worden.

»Glaubst du, dass sie bei Ashworths einsteigen wird?«, fragte Jo Michaela rundheraus.

»Hat sie gesagt, dass sie das will?«, wollte Michaela von ihr wissen und meinte, als Jo verneinte: »Möglich ist es.«

Jetzt hielt Michaela sich bedeckt. Sie war sich beinahe sicher, dass die große Schwester früher oder später einen Posten in der Firma übernehmen würde. Ihre Mutter hatte bereits angedeutet, dass sie extra eine neue Stelle für sie schaffen wollte, um ihr den Einstieg zu erleichtern. Nicht hinter einem Tresen im Verkauf, so wie Michaela angefangen hatte, sondern im Bereich des mittleren Managements, wo sie schnell Karriere machen könnte, wenn sie sich als talentiert erwies. Bereits bei dem Gedanken daran wurde Michaela grün vor Neid, aber wenn Laura und Daniel es so haben wollten, konnte sie schwerlich etwas dagegen sagen oder tun.

»Was ist mit ihr und Nick? Kannst du dir vorstellen, dass aus den beiden wieder etwas wird?«

Michaela dachte kurz nach. »Ich habe keine Ahnung. Ich habe sie zusammen gesehen, als er Fern am Wochenende abholte. Du weißt ja, dass Nick sich seine Gefühle nicht anmerken lässt. Aber er hatte schon einen etwas eigenartigen Blick, als er Caroline begegnete.« Sie machte eine Pause und fügte dann hinzu: »Irgendwie hat er sie mit einer gewissen Sehnsucht angesehen.«

»Sie hätten sich gar nicht erst scheiden lassen sollen«, meinte Jo. »Wenn zwei Menschen füreinander bestimmt sind, dann Caroline und Nick.«

Laura und Jos Mutter kannten sich bereits aus ihrer Kinderzeit, und so war auch Jo, seit ihre Familie in den Fünfzigern aus Israel zurückgekommen war, mit Caroline befreundet.

»Tja, ich kann verstehen, warum sie sich getrennt haben«, erklärte Michaela. Obwohl Caroline fast zwanzig Jahre älter war als sie, konnte sich Michaela noch genau daran erinnern, wie sie täglich stundenlang am Flügel gesessen hatte, weil es für sie nichts anderes gab als die klassische Musik. »Sie hat schon als Elfjährige davon geträumt, Konzertpianistin zu werden, und sie hatte das Talent, es auch zu schaffen. Und Nick, nun, Nick mit seinem italienischen und amerikanischen Hintergrund ist genau wie unser Vater ein ziemlich willensstarker Mann.« Ihre Worte machten deutlich, wie sehr Michaela ihren sehr viel älteren Halbbruder liebte und welche Achtung sie für ihn empfand. »Deshalb war nicht zu erwarten, dass er sich endlos damit begnügen würde, die zweite Geige zu spielen, während Caroline sich ihren größten Traum erfüllt. Ich glaube, am Schluss war er es einfach leid zu warten und wollte nur noch weg.«

»Wahrscheinlich hast du recht. Sie haben sich zum falschen Zeitpunkt kennengelernt. Aber jetzt liegen die Dinge anders. Carolines musikalische Karriere ist vorbei. Jetzt ist sie wieder hier, sucht nach einer Beschäftigung und ist mit keinem anderen Mann liiert. Wer weiß, was passieren wird, wenn Laura erst einmal im Ruhestand ist. Sicher werden die nächsten Monate ausnehmend interessant.«

Michaela grinste, schüttelte dann aber den Kopf. »Falls

sich meine Mutter jemals in den Ruhestand begibt! Bisher lässt sie uns alle im Dunkeln tappen. Joel wird langsam ungeduldig. Er hat mir erzählt, dass der Kardiologe ihr nahegelegt hätte, um ihrer Gesundheit willen sofort mit der Arbeit aufzuhören. Aber du kennst ja Mum, sie macht sich ihre Gesetze immer selbst.«

»Das wissen wir alle.« Jo griff nach der Speisekarte, obwohl sie sie auswendig kannte, schließlich aß sie oft genug hier. »Ich bin halb verhungert. Lass uns erst mal etwas essen, ja?«

Am späten Vormittag saß Caroline allein auf der Terrasse und trank mit Genuss eine Tasse Kaffee. Sie und Fern waren jetzt seit über einer Woche wieder hier, und es war erstaunlich, wie leicht ihnen beiden die Eingewöhnung fiel. Ja, das Leben und der Lebensstil hier waren völlig anders als im kosmopolitischen Paris. In Sydney konnte sie nicht einfach aus dem Haus gehen und sich innerhalb von zehn Minuten mit einem schwarzen Kaffee vor einem kleinen Café an einen Tisch setzen, geschützt von einem Sonnenschirm, und lächelnd Bekannte grüßen, die an ihr vorbeikamen, während ihr der Verkehrslärm ständig an die Ohren drang und der leichte Geruch der Abgase in die Nase stieg.

Fehlte ihr etwa dieser Lebensstil? Ja und nein. Sie vermisste die Vertrautheit dieses Lebens und die vielen Freundinnen und Freunde, die sie im Lauf der Jahre in Paris gewonnen hatte. Das wurde aber dadurch kompensiert, dass sie wieder zu Hause bei ihrer Familie war und erleben durfte, wie sehr auch Fern das Zusammensein mit ihrer Tante, ihrem Onkel und ihrer heiß geliebten Großmutter genoss.

Caroline legte den Kopf ein wenig schräg und horchte

auf die Stille, die es in Paris nicht gab. Nachdem alle aus dem Haus gegangen waren, hatte sich eine wunderbare Ruhe über das Anwesen gelegt. Fern war bereits in der Schule, ihre Mutter verließ ebenfalls sehr früh das Haus, um spätestens um neun in ihrem Büro zu sein. Porter chauffierte Laura in die Stadt und tätigte anschließend die Einkäufe, während Daphne diverse Aufgaben im Haus erledigte, und Joel preschte spätestens um zehn in seinem geliebten Sportwagen zu irgendwelchen Kursen an der Uni.

Caroline hatte sich angewöhnt, morgens mit Rufus zum Hafen zu laufen, sich dort auf eine Bank zu setzen und den Schiffen zuzusehen. Irgendwas war immer auf dem Wasser los: Man sah vorbeisegelnde Jachten, Fähren, die nach Manly oder in Richtung eines anderen Ziels durchs Wasser pflügten, Frachter sowie ab und zu ein Passagierschiff, das gemächlich in den Hafen lief. In dieser friedlichen Umgebung konnte sie herrlich nachdenken. Über sich, über ihre Zukunft, darüber, wie es weitergehen sollte.

Was in aller Welt sollte sie nur mit dem Rest ihres Lebens anfangen? Mit dieser Frage hatte sie sich bereits über Monate in ihrem Pariser Appartement herumgequält, ohne zu einem Entschluss zu kommen. Aber seit sie aufgrund der Krankheit ihrer Mutter heimgekommen war, hatte sie das Gefühl, dass sich ihr urplötzlich eine neue Chance bot. Eine neue Tür hatte sich geöffnet, hinter der es jedoch eine ganze Reihe dunkler, unsichtbarer Korridore gab. Und sie hatte keine Ahnung, welchen dieser Gänge sie beschreiten sollte. Schließlich waren ihre Möglichkeiten begrenzt. Da sie ihr gesamtes Leben der Perfektionierung ihres musikalischen Talents gewidmet hatte, hatte sie nie etwas anderes gelernt. Sicher, es gab auch in Sydney Jobs im musikalischen Bereich, und auch wenn sie derartige Angebote in Europa ausgeschlagen hatte, konnte sie es sich möglicherweise gar nicht leisten, hier in Australien derart wählerisch zu sein.

Sie hob ihre Kaffeetasse an den Mund und dachte weiter nach. Etwas in ihr, irgendein Gefühl, hielt sie noch immer davon ab, mit der Musik weiterzumachen.

Immerhin war sie in der glücklichen Lage, nicht arbeiten zu müssen. Sie hatte ein, wenn auch bescheidenes Einkommen aus Aktien und Tantiemen, das für sie und ihre Tochter reichte, und wenn sich erst ein Käufer für ihre Pariser Wohnung fände, hätte sie genügend Geld für ein eigenes Appartement in Sydney. Aber sie wollte ihr Leben nicht vergeuden, sie wollte etwas tun. Aber was? Joel hatte angedeutet, dass sich Laura vielleicht freuen würde, wenn sie bei Ashworths einstiege.

Daran hatte sie ebenfalls bereits gedacht, den Gedanken dann aber sofort wieder verdrängt. Sie hatte keinerlei Erfahrung in diesem Bereich. Vor Jahren hatte sie einmal überlegt, ein Psychologiestudium aufzunehmen. Wäre das jetzt vielleicht eine Möglichkeit? Oder vielleicht doch lieber Innendekoration? Es hatte ihr unglaublichen Spaß gemacht, die Pariser Wohnung einzurichten, und sie hatte wochenlang in Trödelläden und bei Antiquitätenhändlern Jagd auf das passende Mobiliar gemacht. Selbst Freundinnen und Freunde hatten sie um Rat gebeten, wenn es um die Einrichtung ihrer Wohnungen oder Häuser ging. Wäre das also ein passender Beruf für sie? Natürlich müsste sie vorher entsprechende Kurse belegen und sich qualifizieren, aber das wäre sicher kein Problem.

Sie stand auf und fuhr sich durch das blonde Haar. Sie musste endlich aufhören zu debattieren und eine Entscheidung treffen. Doch das war leider nicht so einfach.

Seufzend ging sie in die Küche und stellte ihre leere Tasse in die Spüle.

Der Konferenzraum von Ashworths war im Stil der Fünfzigerjahre gestaltet und verströmte eine Atmosphäre von Behaglichkeit und Macht. Ein burgunderroter Teppich aus reiner Neuseeländischer Wolle lag auf dem dunklen Boden, und die ebenfalls dunkel verkleideten Wände waren mit Farbfotos geschmückt, darunter eines von der Gründerin des Unternehmens, einer jungen blonden Laura Ashworth-Beaumont. Auf den anderen Bildern waren die sechs Kaufhäuser abgebildet, die im Lauf der Zeit dazugekommen waren, sowie die vier neuen, exklusiven Boutiquen, die sie in verschiedenen, günstig gelegenen Einkaufszentren eröffnet hatten und dank derer sich der Gesamtumsatz im letzten Jahr einigermaßen stabilisiert hatte. Es gab einen von Jack Beaumont und Lou Sardi gestifteten ovalen Konferenztisch und zehn gepolsterte Stühle aus dem Holz der seltenen Huon-Pinie. In einer Ecke des Raums stand eine mit Kühlschrank, Spüle, Tee- und Kaffeekocher gut bestückte Bar.

Um den Tisch herum saßen alle wichtigen Leute des Unternehmens – alle außer Laura, die zur allgemeinen Überraschung im letzten Augenblick verkündet hatte, dass sie an der Besprechung nicht teilnehmen würde, und auch Daniel Blumner war noch nicht erschienen.

Versammelt waren: Jo Levy als Leiterin der Marketingabteilung, Neil McRae als Chefbuchhalter und Gesellschaftssekretär, Michaela Beaumont, Boris Jakelic, ein ehemaliger Polizist, der für die Sicherheit des Unternehmens verantwortlich war, sowie Neils Sekretärin Tania Wildman, die als Protokollführerin von ihm mitgebracht worden war. Der Einzige, der nicht bei Ashworths angestellt war, war Leith Danvers aus der Kanzlei Markham & Partner. Er saß Michaela direkt gegenüber.

Während sie darauf warteten, dass Daniel endlich käme, wandte sich Jo an den jungen Anwalt. »Wie war Ihr Urlaub, Leith?«

»Wo waren Sie noch mal?«, warf Michaela ein. Ihr war bereits aufgefallen, dass Leith Danvers sonnengebräunt und wunderbar erholt aussah, und obwohl es sie ein wenig irritierte, zwang sie sich, ihm direkt in die tief liegenden, leuchtend blauen Augen zu sehen. Aus irgendeinem Grund kam sie sich in seiner Gegenwart immer erschreckend unbeholfen vor, wodurch sie ihm gegenüber eindeutig im Nachteil war.

»Zu Hause in Schweden, um meine Familie zu besuchen und ein bisschen Ski zu fahren«, antwortete er ohne die Spur eines schwedischen Akzents.

Alle Anwesenden wussten, dass Leith direkt nach seinem Studium mit nichts als einem Rucksack nach Australien gekommen war, um dort ein Jahr lang zu jobben und sich Land und Leute anzusehen. Dann war er zu dem Schluss gekommen, dass ihm die Dinge gefielen, die Australien zu bieten hatte, und er hatte sich an der Uni von Sydney eingeschrieben, um sein schwedisches Jurastudium abzuschließen. Anschließend hatte er sich in verschiedenen Kanzleien in der City hochgearbeitet, bis er jetzt, mit Anfang dreißig, bei Markham & Partner gelandet war. Im letzten Jahr hatte man ihm eine Juniorpartnerschaft in der angesehenen Firma angeboten, und er hatte akzeptiert.

»Ich liebe das Skifahren und würde eines Tages gern mal nach Skandinavien«, stellte Jo wehmütig fest. »Wenn die Kinder etwas größer sind.«

Während sich Leith und Jo über Schweden und das

Skifahren unterhielten, versuchte Michaela zu erkennen, weshalb ihr in der Gegenwart des Skandinaviers derart unbehaglich war. Als Vertreter der Kanzlei, die sich um Ashworths' juristische Angelegenheiten kümmerte, ging er immer äußerst höflich mit ihr um. Trotzdem – sie kniff kurz die Augen zusammen: Er sah sie immer so durchdringend an, als mache es ihm Spaß, sie in ihre Einzelteile zu zerlegen und in eine Schublade zu stecken, deren Bedeutung nur er allein verstand. Seine fortgesetzte visuelle Analyse machte ihr seine Anwesenheit überdeutlich bewusst.

Es gefiel ihr nicht, dass jemand sie so genau unter die Lupe nahm. Denn tief in ihrem Inneren hatte sie die irrationale Angst, dass er dann Fehler oder vielleicht sogar ihre größte Schwäche zutage fördern würde – ihre Angst vor dem Versagen. Obwohl ihr in ihrem bisherigen Leben alles, was sie in Angriff genommen hatte, gelungen war, fürchtete sie noch immer, dass sie sich eines Tages übernehmen könnte und infolgedessen auf den sprichwörtlichen Hintern fallen würde. Und das würde sie ganz sicher nicht ertragen.

Außerdem erinnerte der Anwalt, dessen stachelige blonde Haare in einem seltsamen Kontrast zu seiner geschäftsmäßigen Kleidung und seinen gleichmäßigen Zügen standen, sie an den Schauspieler Tab Hunter, den sie von alten Filmen aus den Sechzigern kannte und in den sie als Teenager richtiggehend verliebt war. *Also bitte,* schalt sie sich, diese Phase hatte sie eindeutig hinter sich. Trotzdem war sie sich der Attraktivität des jungen Anwalts überdeutlich bewusst, und das brachte sie zusätzlich aus dem Konzept.

Endlich kam Daniel, blickte auf die Wanduhr, sah, dass es bereits 18 Uhr 15 war, und meinte entschuldigend:

»Tut mir leid, dass ich Sie alle aufhalte. Es gab noch eine kleine Krise in der Auslieferung, aber jetzt ist alles geklärt.« Er sah die anderen nacheinander an. »Am besten fangen wir gleich an. Wir wissen alle, worum es bei dieser Besprechung geht. Leith wird uns erzählen, wie sie bei Markham & Partner darauf gekommen sind, dass es bei uns ein Problem mit Diebstahl gibt.« Er wandte sich an Leith. »Schießen Sie los.«

»Okay. Wir haben es rein zufällig erfahren. Einer unserer Angestellten hat sich abends mit Freunden in einem Pub am Haymarket getroffen. Die Kneipe war gerammelt voll, da kam plötzlich ein Typ rein und zeigte teure Handtaschen herum. Ich bin mir sicher, dass wir alle hin und wieder in Hotels gesehen haben, wie dort Waren angeboten wurden, die angeblich ›von einem Lastwagen gefallen‹ sind. Unser Angestellter wurde neugierig, vor allem als er sah, wie gut die Geschäfte dieses Typen liefen, der qualitativ hochwertige europäische Lederwaren zu einem Schleuderpreis verkaufte.«

Leith machte eine Pause und sah erst Michaela und dann Daniel an. »Ich würde nicht behaupten wollen, dass unser Angestellter allzu mutig ist, aber er hatte ein paar Bier getrunken und das hat ihn wohl selbstbewusst gemacht. Nachdem der Kerl fast alles losgeworden war und an die Theke ging, um was zu trinken, hat er sich neben ihn gestellt und nach dem Zeug gefragt. Daraufhin hat ihm der Typ rundheraus erklärt, wie er an die Taschen gekommen ist. Er sagte, er sei Mitglied eines *Verkaufsteams,* und sie hätten die Ledertaschen aus einem Container mit importieren Waren, die sich ein anderes Team im Hafen unter den Nagel gerissen hätte.

Unser Angestellter hat die letzte Handtasche gekauft, sie mir am Montag im Büro gezeigt und mir die Geschichte aus dem Pub erzählt. Zum Glück habe ich mich kurz danach daran erinnert, dass mir Boris gesagt hatte, dass erst vor Kurzem eine Lieferung Lederhandtaschen von Gianni aus Florenz nicht angekommen war. Und in der Tasche meines Angestellten war ein Gianni-Schild.« Er machte eine Pause und verteilte den schriftlichen Bericht über die Geschehnisse. »Ich dachte, dass wir Ashworths über diesen *Zufall* informieren sollten. Boris und Neil hatten mir nämlich auch erzählt, dass die Lederhandtaschen nicht die einzige Lieferung sind, die in den letzten Monaten nicht angekommen ist.« Er blickte auf ein Blatt in seinem Ordner. »Außerdem fehlten Schuhe aus Madrid, Lederjacken aus Buenos Aires sowie eine ganze Ladung Kleider aus der Sommerkollektion eines Pariser Couturiers.«

»Und warum hat sich bisher niemand Gedanken darüber gemacht?« Michaela runzelte die Stirn. Hier ging es offenbar um mehr als kleine Diebstähle innerhalb des Geschäfts. Ohne lange nachzudenken, fielen ihr gleich mindestens sechs Angestellte ein, die direkten Zugang zu den Informationen über Liefertermine und Ähnliches hatten – Informationen, die man brauchte, um derart gezielt Diebstähle in einem solchen Ausmaß zu begehen.

»Weil sie sehr zielgerichtet vorgegangen sind«, erklärte Boris Jakelic. »Sie haben immer ganz genau gewusst, was wann ins Warenlager kam, und nur die Dinge ausgewählt, die man schnell herausholen und verhökern kann. Wahrscheinlich haben wir es mit einem ganzen Netzwerk von Gangs zu tun, denn das Zeug ist immer innerhalb von achtundvierzig Stunden nach der Ankunft aus den Docks verschwunden.«

»Vielleicht arbeitet jemand von Ashworths mit den Dieben zusammen und versorgt sie mit den Infos, die sie brauchen«, vermutete Michaela.

»Davon ist auszugehen«, stimmte Leith ihr zu und lächelte sie an.

Sie wünschte sich, das würde er nicht tun. Es gab kaum einen Mann, den sie nicht sofort durchschaute, denn den meisten Männern waren ihre Wünsche deutlich anzusehen. Entweder sie waren interessiert und gaben das auch zu verstehen, oder man war ihnen egal. Bei Leith war sie jedoch nicht sicher, was er von ihr hielt, und das brachte sie aus dem Gleichgewicht.

Michaela zwang ihre Gedanken zurück zu dem angesprochenen Problem. »Wenn wir weiter Waren verlieren, könnte das sehr negative Folgen für das Unternehmen haben. Unsere Lieferanten werden nicht gerade begeistert sein und vielleicht in Zukunft keine Geschäfte mehr mit uns machen wollen. Darüber hinaus bleiben vielleicht Regale in unseren Geschäften leer, weil nicht schnell genug qualitativ hochwertiger Ersatz zu finden ist.«

»Ja«, pflichtete ihr Daniel bei. »Der Dieb oder die Diebe scheinen sich sehr sicher zu sein, dass wir ihnen nicht auf die Schliche kommen. Bisher haben weder Neils noch Boris' interne Nachforschungen etwas gebracht. Wer auch immer für die Sache verantwortlich ist, hat seine Spuren wirklich gut verwischt.«

»Sollten wir nicht die Polizei verständigen?«, wollte Jo Levy wissen.

»Vielleicht bleibt uns am Schluss nichts anderes übrig«, räumte Daniel ein. »Allerdings ist es bis dahin unerlässlich, dass wir intern alles tun, um den … Saboteur ausfindig zu machen. Offen gestanden wäre es nicht gut, im Augenblick mit dieser Sache an die Öffentlichkeit zu gehen, denn wie Sie sicher alle wissen, sind die Aktien unseres Unternehmens bereits seit Monaten im Fallen, und eine negative Werbung zusammen mit der Ankündigung von Lauras Rückzug aus der Firma könnte die Preise noch weiter sinken lassen. Dann würden unsere Investoren ganz bestimmt nervös.«

Er bedachte die Anwesenden mit einem ernsten Blick. »Das müssen wir verhindern, schließlich sind es nur noch ein paar Monate bis zur Jahreshauptversammlung, und nachdem die Aktionäre schon im letzten Jahr aufgrund der Expansion keine Dividende bekommen haben, erwarten sie in diesem Jahr ganz sicher einen Ausgleich und werden auch auf jeden Fall etwas bekommen, wenn auch nur« – er wandte sich an Neil –, »damit ihr Vertrauen in das Unternehmen nicht erschüttert wird.«

»Zurück zu den Diebstählen. Was werden wir dagegen unternehmen?«, wollte Michaela wissen.

»Wir führen weiter interne sowie, unter Verwendung der Informationen von Leith, externe Ermittlungen durch«, erklärte Neil. »Ich schlage vor, dass wir es erst einmal dabei belassen und uns in einem Monat wieder treffen. Bis dahin haben Boris und ich die Sache sicher aufgeklärt.«

Michaela zog die Brauen hoch. Es war einfach eine Gelegenheit, die sie nicht ungenutzt verstreichen lassen konnte, und deshalb sah sie ihren Vetter fragend an. »Und wenn nicht?«

Neil errötete. »Dann werden wir die Lage neu beurteilen, einen Schritt weitergehen und die Polizei verständigen.«

»Okay«, brachte Daniel die Besprechung kurzerhand zum Abschluss. »Ich bin sicher, dass ich es nicht extra sagen muss, aber je weniger Leute etwas von unserem Problem wissen, umso besser. Wir sollten damit nicht unnötig hausieren gehen. Ich werde Laura morgen persönlich einen detaillierten Bericht erstatten und bitte Sie alle, von jetzt an die Augen auf zu halten und am Ball zu bleiben.« Er richtete sich kerzengerade auf und sah die Gesprächsteilnehmer nacheinander an. »Aber das tun Sie sicher sowieso, weshalb diese Bitte wahrscheinlich überflüssig ist.«

Während Jo noch unter irgendeinem Vorwand von ihrem Vetter aufgehalten wurde und Daniel sich mit Leith über irgendeine juristische Frage unterhielt, verließ Michaela den Raum. Zusammen mit Boris Jakelic, einem Hünen, der in jungen Jahren Ringer gewesen war, stieg sie in den Fahrstuhl, und nachdem der Sicherheitsexperte in der ersten Etage ausgestiegen war, um zurück in sein Büro zu gehen, fuhr sie weiter in den Keller, wo ihr Wagen stand.

Auf dem Weg zu ihrem Fahrzeug wühlte sie nach ihrem Schlüsselbund und verfluchte ihn dafür, dass er sich wie so oft in der hintersten Ecke ihrer riesengroßen Handtasche verbarg. Als sie ihn nicht fand, stieß sie ein frustriertes Knurren aus, ließ die Tasche auf die Kühlerhaube ihres Wagens fallen und nahm nacheinander ihre Sonnenbrille, ihre Kosmetiktasche, Scheckheft, Börse, Bürste sowie eine Packung Taschentücher heraus. »Ah, da bist du ja.« Endlich hielt sie die Schlüssel in der Hand und warf die anderen Gegenstände achtlos wieder in die Handtasche zurück.

Plötzlich hörte sie ein seltsames Geräusch – als schleiche jemand auf Gummisohlen über den Zement – und sah sich eilig in der menschenleeren Tiefgarage um. Es war nicht das erste Mal, dass sie in der schlecht beleuchteten Garage Angst bekam. Sie hatte Neil bereits des Öfteren gebeten, zusätzliche Lampen zu genehmigen, aber wie gewöhnlich hatte er gezögert und am Schluss mit der Begründung abgelehnt, dass eine solche Ausgabe nicht zu rechtfertigen war. Dieser blöde Geizkragen!

Da. Dasselbe seltsame Geräusch, doch war es bereits deutlich näher als beim ersten Mal. Ein Schauder rann ihr über den Rücken und sie hielt gespannt den Atem an. Es war erschreckend nah.

Im nächsten Augenblick tauchte vor der Kühlerhaube ihres Wagens ein kleines drahtiges Kerlchen auf. Es hatte sich anscheinend dort versteckt. Trotz der schummrigen Beleuchtung konnte sie erkennen, dass der Mann zerrissene Kleider trug und ungewaschen war.

»Okay, Lady, geben Sie mir Ihre Tasche. Und zwar ein bisschen plötzlich, ja?«

Er hob drohend eine Eisenstange über seinen Kopf, schob sich näher an sie heran und streckte seine freie Hand nach dem Objekt seiner Begierde aus. »Verschwinden Sie, bevor ich die Sicherheitsleute rufe«, herrschte Michaela ihn an und hoffte, dass er sich von ihrer aufgesetzten Souveränität vertreiben ließ.

Das Kerlchen warf den Kopf zurück und fing meckernd an zu lachen. »Sie können schreien, so viel Sie wollen, Lady. Ich habe nämlich vor ein paar Minuten eine der Mülltonnen hinter dem Haus in Brand gesteckt und bin mir sicher, dass die Sicherheitsleute damit beschäftigt sind. Sie können Sie also ganz bestimmt nicht hören.«

Kleiner Scheißer! Auch wenn es die offizielle Politik des Unternehmens war, sich bei einem Überfall nicht zu wehren, weil das zu gefährlich war, dachte Michaela nicht im Traum daran, sich den Drohungen dieses Kerls zu beugen. Stattdessen drückt sie ihre Handtasche fest gegen die Brust.

»Scheiße, Lady, jetzt geben Sie mir endlich die verdammte Tasche!« Sein Ton drückte neben Ungeduld eine gewisse Verzweiflung aus, und er trat drohend auf sie zu.

Vielleicht könnte Michaela es ja bis zur Treppe schaffen, wenn sie auch nur einen minimalen Vorsprung vor dem Kerl bekam. »Okay, Kumpel.« Sie tat, als würde sie ihm ihre Tasche überlassen, zog sie jedoch, als er in der Bewegung innehielt, um sie zu packen, eilig wieder zurück, machte auf dem Absatz kehrt und stürzte los.

»Du verfluchte Hexe!«

Da sie in ihren hochhackigen Schuhen und dem engen Rock zwar recht schnell gehen, aber niemals rennen konnte, war ihr klar, dass es nur wenige Sekunden dauern würde, bis er bei ihr war. Doch ungeachtet der Gefahr, die von diesem Typen ausging, hatte sie weiterhin die Absicht, es ihm zumindest möglichst schwer zu machen, bevor er ihre Handtasche bekam.

Sie war vielleicht noch einen Meter von der Tür zum Treppenhaus entfernt, als plötzlich etwas in ihren Rücken krachte und dann scheppernd auf den Boden fiel.

Sie verspürte einen grauenhaften Schmerz. Gütiger Himmel, hatte er etwa mit einem Messer nach ihr geworfen? Keuchend fiel sie auf die Knie und riss sich bei dem Sturz die Hände am Zement des Bodens auf. Während ihr die Luft zischend aus den Lungen wich, fiel sie vornüber auf die Erde und ließ dabei die Tasche los …

Doch das war ihr inzwischen vollkommen egal. Der Schmerz, den er ihr zugefügt hatte, war mehr, als sie ertrug …

4

Irgendwo in ihrem von Panik umnebelten Hirn registrierte Michaela das Klingeln des Fahrstuhls, und als die Tür zur Seite glitt, hob sie mühsam den Kopf und sah undeutlich die Silhouette eines Mannes, der aus dem erleuchteten Lift in die Garage trat.

»Scheiße!« Der Räuber, der gerade im Begriff stand, sich über sie zu beugen, machte auf dem Absatz kehrt und stolperte auf eine dunkle Ecke der Tiefgarage zu.

»Stehen bleiben!«, brüllte der Mann aus dem Fahrstuhl und rannte an der auf dem Boden liegenden Michaela vorbei hinter dem Typen her.

Michaela, die sich vor Schmerzen nicht bewegen konnte, rang erstickt nach Luft und lauschte auf die Schritte der beiden Männer, die auf dem Boden trommelten, bevor sie leiser wurden, stehen blieben und sich dann ein Paar Füße langsam zurück in ihre Richtung bewegte.

»Er ist mir entwischt.« Leith Danvers, der trotz des schnellen Laufs noch nicht einmal keuchte, kniete sich neben sie. »In der Ecke gibt es ein kleines Fenster direkt auf Straßenhöhe, gerade groß genug für einen kleinen Mann. Er hat es von außen aufgebrochen und dann ein paar Kisten daneben aufgetürmt, um schnell flüchten zu können. Bevor ich ihn mir schnappen konnte, war er schon hochgeklettert und weg.« Trotzdem stieß er ein zufriedenes Knurren aus. »Aber wenigstens hat er sich an den Glasscherben geschnitten.«

Dann machte er eine kurze Pause und sah Michaela forschend an. »Ist mit Ihnen alles in Ordnung?«

Der Schmerz kam in Wellen, nahm ein wenig ab und wogte wieder auf, und sie brachte nur mit Mühe einen

Ton heraus. »M-mein Rücken. Ich glaube, er hat mit einem Messer auf mich eingestochen.«

Leith sah sich ihren Rücken an und bemerkte den Riss in ihrer Jacke und das Blut, das durch die schmale Öffnung rann. Dann blickte er sich suchend auf dem Boden um und entdeckte einen kleinen Gegenstand. »Er hat mit einer Eisenstange nach Ihnen geworfen, die Ihre Jacke aufgeschlitzt und Ihre Haut aufgerissen hat. Sie bluten. Und zwar ziemlich stark.« Obwohl er seine Anzugjacke dadurch ruinierte, zog er sie eilig aus und schob sie ihr unter den Kopf. Danach sah er sich nach einem Telefon in der Garage um und entdeckte eins neben dem Lift. »Bleiben Sie ruhig liegen. Ich rufe einen Krankenwagen.«

»Keinen Krankenwagen. Ich will… nach Hause«, stieß sie zwischen ihren zusammengebissenen Zähnen hervor. Sie hörte das Reißen von Stoff und merkte, dass er ein Stück von seinem Hemd abriss und es unter ihre Jacke auf die Wunde an ihrem Rücken schob. Sie zitterte vor Schock, während ihr das klebrige Blut über den Rücken und die Rippen lief und durch den Stoff ihrer Bluse drang. Zur Hölle mit dem Räuber! Wenn sie ihn erwischte, würde sie ihm den Hals umdrehen.

»Ich rufe auf alle Fälle einen Krankenwagen.« Leith fegte ihren Einwand beiseite, richtete sich auf, lief zum Telefon, wählte eine Nummer und brüllte in den Hörer: »Ich bin in der Tiefgarage. Wo zum Teufel ist die Security? Ms Beaumont ist überfallen worden und wurde dabei verletzt. Rufen Sie einen Krankenwagen, ja, sofort, verdammt.« Und mit noch mehr Nachdruck fügte er hinzu: »Holen Sie mir Boris an den Apparat. Und zwar jetzt gleich.« Er blickte dorthin zurück, wo Michaela lag, und schüttelte den Kopf. »Wenn ein Einbrecher so leicht hier reinkommt, kann man sich gut vorstellen, dass auch ganze Warensendungen verloren gehen. Die Sicherheitsvorkehrungen müssen dringend verstärkt werden. So kann es nicht weitergehen.«

In der höhlenartigen Tiefgarage mit der niedrigen Decke drang seine Stimme bis dorthin, wo Michaela lag. Sie bewegte sich noch immer nicht, es tat einfach zu weh. Und auch wenn sie genau derselben Meinung war wie Leith, antwortete sie nicht. Dazu hätte sie erst einmal Luft holen müssen, was viel zu schmerzhaft war. Also hörte sie nur weiter zu, wie Leith Boris unmissverständlich erklärte, wie beschissen die Sicherheit des Unternehmens war. Sie musste lächeln, als sie seine deutlichen Worte hörte, dachte jedoch gleichzeitig, wie furchtbar peinlich es ihr war, dass ausgerechnet Leith wie der edle Ritter auf dem weißen Pferd zu ihrer Rettung angetreten war. Jetzt stand sie in seiner Schuld. Was ihr, da sie sich ihm gegenüber sowieso unbehaglich fühlte, keineswegs gefiel.

Dann aber ging ihr plötzlich ein anderer Gedanke durch den Kopf. Was, wenn er nicht gekommen wäre? Dann hätte der Räuber sie vielleicht k.o. geschlagen oder Schlimmeres. Verdammt. Sie stieß einen abgrundtiefen Seufzer aus und klappte, während die Kälte des Zements langsam in ihren Körper kroch, die Augen zu.

Zu ihrem Glück war in der Ambulanz des Sydney Hospital nur sehr wenig Betrieb, und sie kam sofort an die Reihe. Ihr Rücken wurde geröntgt, um sicherzugehen, dass durch die Eisenstange kein Wirbel gebrochen worden war; tatsächlich hatte das Geschoss ihr Rückgrat nur um knapp zwei Zentimeter verfehlt. Sie bekam eine Tetanusspritze, und die Wunde wurde mit sechs Stichen genäht, bevor ihr der Arzt erklärte, dass sie eine starke Prellung auf dem Rücken hatte und deshalb in den nächsten Tagen noch mit Schmerzen zu rechnen war. Ha! Als hätte sie sich das nicht schon gedacht.

Zwei Stunden später fuhr Leith Danvers sie nach Hause. Die Pethidin-Spritze, die sie gegen die Schmerzen bekommen hatte, machte sie derart benommen, dass sie jede Anspannung in seiner Gegenwart verlor.

»Ich habe mich noch gar nicht bei Ihnen bedankt«, setzte sie leise an und war froh, dass er in der Dunkelheit des Wageninneren nicht sah, wie ihr die Schamröte in die Wangen stieg. »Also, vielen Dank.«

»Schon gut«, tat der Anwalt ihren Dank mit einem Schulterzucken ab – als leistete er täglich Samariterdienste dieser Art. »Es war einfach Glück, dass ich genau in dem Moment aus dem Fahrstuhl stieg, sonst hätte er wahrscheinlich nicht nur Ihre Handtasche gehabt, sondern Ihnen auch noch den Schädel eingeschlagen.« Er sah sie von der Seite an und fragte sie verwundert: »Warum haben Sie ihm die Tasche nicht einfach gegeben?«

»Ich … ich weiß nicht.« Sie dachte zum ersten Mal darüber nach. »Ich glaube, ich war einfach furchtbar wütend, weil ein solcher Fiesling bei Ashworths eingedrungen ist, selbst wenn es nur der Keller war.«

»Michaela, Sie haben Ihr Leben aufs Spiel gesetzt.« Er schüttelte den Kopf, sagte aber nichts mehr, da er deutlich spürte, dass sie viel zu erschüttert war, um nicht feindselig zu reagieren, würde sie jetzt auch noch kritisiert. Stattdessen fragte er: »Würden Sie den Kerl wiedererkennen, wenn Sie ihn noch einmal sähen?«

»Ja.« Davon war Michaela überzeugt. Sie empfand Erleichterung, weil sie nicht von ihm zu hören bekam, wie idiotisch ihre Gegenwehr gewesen war, denn das sah sie inzwischen selbst ein. *Sie haben Ihr Leben aufs Spiel gesetzt,* hatte er gesagt. Das hatte sie tatsächlich getan. Trotzdem war es tröstlich, dass sie dem besorgten Boris eine detaillierte Täterbeschreibung hatte geben können, die von ihm an das zuständige Polizeirevier weitergeleitet worden war.

»Boris hat gesagt, dass die Polizei noch Ihre Aussage aufnehmen muss. Wahrscheinlich wird sie sich irgendwann morgen bei Ihnen melden, falls Sie bis dahin wieder auf den Beinen sind. Ich habe gesagt, Sie kämen erst in ein paar Tagen wieder ins Büro.«

»Dazu hatten Sie kein Recht«, fauchte sie ihn an. »Ich kann es mir nicht leisten krank zu feiern. Ich… ich lege gerade fest, welche Mengen wir für das Frühjahr bestellen müssen. Und damit muss ich noch vor Ende dieser Woche fertig sein.«

»Das muss dann eben jemand anderes tun. Ich bin sicher, dass auch Ihre Mutter darauf bestehen wird, dass Sie sich erst einmal erholen, wenn Sie von Ihren Verletzungen erfährt«, stellte er mit entschiedener Stimme fest.

Wütend, weil er so einfach über sie bestimmte, rutschte sie auf ihrem Sitz herum, doch das tat höllisch weh, und so setzte sie sich wieder reglos hin. Auch wenn es ihr keineswegs behagte, er hatte recht. Ihre Mutter würde einen Herzanfall bekommen, wenn sie von dem Überfall erführe, und dieser zusätzliche Stress hatte ihr gerade noch gefehlt. Deshalb würde sie sich ausnahmsweise einmal fügen, auch wenn ihr das nicht im Mindesten gefiel.

Sie erreichten die Waratah Avenue, und Leith stellte den Wagen vor der Haustür ab, wandte sich ihr zu und sah sie forschend an. »Ich finde es bewundernswert, wie tapfer Sie die ganze Zeit gewesen sind, trotzdem wird Ihr Zustand es ganz sicher nicht erlauben, dass Sie in den nächsten Tagen in die Firma gehen. Ich bin sicher, dass auch Joel und der Rest Ihrer Familie das so sehen werden.«

In ihrem tiefsten Inneren war ihr klar, dass stimmte, was er sagte. Die Wirkung des Schmerzmittels ließ langsam nach und sie fühlte sich entsetzlich, trotzdem mochte sie es nicht, wenn jemand anderes für sie entschied. Sie hatte sich bereits als Kind nur ungern etwas sagen lassen, und so blitzte sie ihn böse an. Während einiger Sekunden starrten sie einander schweigend an, bis ein sechster Sinn ihr sagte, dass sich Leith ganz sicher nicht so einfach in die Knie zwingen ließ. Aber was machte das schon aus, schließlich fühlte sie sich wirklich wie durch die Mangel gedreht!

»Ich nehme an, Sie haben recht«, gab sie sich geschlagen.

»Gut. Dann schaffen wir Sie jetzt ins Haus und in Ihr Bett.«

In der großen, mit Schiefer ausgelegten Eingangshalle des eleganten Hauses liefen sie Caroline über den Weg, die gerade mit einem Becher aus der Küche kam.

Ohne auf den fremden Mann zu achten, der mit hereingekommen war, starrte Caroline die kleine Schwester an. Sie hatte eine bandagierte Hand, Löcher in ihren Strümpfen und aufgeschürfte Knie. Ihr Rock und ihre Bluse waren mit einer Mischung aus Schmutz und Öl befleckt, ihre schwarzen Haare fielen ihr in wild zerzausten Strähnen ins Gesicht. Um die Schultern trug sie ein Jackett voller dunkler Flecke, die aussahen wie Blut.

»Großer Gott, was ist passiert?«

Leith stellte sich kurz vor und erzählte mit knappen Worten, was geschehen war. Michaela hörte schweigend zu. Sie war vollkommen erledigt, auch wenn sie sich, typisch Michaela, ihre Erschöpfung nicht anmerken ließ.

»Du musst sofort ins Bett«, erklärte Caroline.

Leith legte einen Arm um Michaelas Taille, blickte Richtung Treppe und fragte Caroline: »Nach oben?«

»Nein, ihre Wohnung liegt im Erdgeschoss.« Caroline ging vor den beiden durch den mit herrlichen Gemälden und mit Glasschränken voller Antiquitäten reich geschmückten Flur. »Hier«, erklärte sie und öffnete eine Tür.

Nachdem Michaela die Schule beendet hatte, hatte Laura das Arbeitszimmer, einen daran angrenzenden Raum und einen Teil des Festsaals von einem Architekten in ein großes, über eine kleine Terrasse erreichbares Studio verwandeln lassen, damit ihre Tochter ein abgeschlossenes Reich für sich bekam. Joel hatte ein ganz ähnliches Appartement in der oberen Etage, damit die beiden jüngsten Kinder, so lange sie wollten, zu Hause wohnen konnten und gleichzeitig die Privatsphäre bekamen, die für Menschen ihres Alters unerlässlich war.

Leith manövrierte Michaela in Richtung des breiten Bettes in der Ecke und setzte sie vorsichtig auf der bunten Tagesdecke ab. Dann trat er einen Schritt zurück und sagte zu Caroline: »Den Rest überlasse ich Ihnen, ja?«

Michaela merkte, dass er sich in ihrem Zimmer umsah. Doch aus welchem Grund? Interesse oder reine Neugier? Sie konnte sich nicht sicher sein. Auch ihre Schwester unterzog er einer verstohlenen Musterung, stellte sie übellaunig fest. Als fände er sie attraktiv.

In ihrem Morgenmantel aus pinkfarbenem Satin und mit ihrem weich fallenden, offenen, blonden Haar sah Caroline fantastisch aus, musste Michaela gestehen. Trotz ihrer Erschöpfung begann etwas an ihr zu nagen, ein seltsames Gefühl. War das etwa Eifersucht? Das wäre ja völlig lächerlich. Weshalb in aller Welt sollte sie eifersüchtig sein?

Aber … dass Leith ihre Schwester mit derart interessierten Blicken maß, rief ein ungeahntes Missfallen in ihr wach. Doch selbst wenn es ihr nicht behagte, wie er Caroline ansah, war das doch vollkommen egal. Sie versuchte, ihre seltsame Reaktion mit einem Schulterzucken abzutun. Weshalb sollte es sie interessieren, wenn ihm Caroline gefiel?

»Sie werden Laura morgen früh berichten, was geschehen ist, nicht wahr?«, wandte sich Leith an Caroline.

»Ja. Gleich nach dem Aufstehen.« Caroline sah den sportlichen, blonden Anwalt lächelnd an. Leith Danvers schien ein sehr gewissenhafter und vor allem fürsorglicher Mann zu sein. Auf alle Fälle war er ein Gewinn für Jeffrey Markhams Firma und für Ashworths, dachte sie. »Danke für alles, Leith.« Sie brachte ihn zur Tür. »Sie finden doch sicher allein hinaus, nicht wahr?«

Er nickte und trat in den Flur hinaus. »Gute Nacht, Michaela. Hoffentlich schlafen Sie halbwegs gut.«

»Bestimmt.« Michaela musste ein Gähnen unterdrücken und hob die unverletzte Hand vor ihren Mund.

Nachdem Leith gegangen war, half Caroline der Schwester, die Kleider auszuziehen und, da sie genau wie Fern weder Nachthemden noch Schlafanzüge trug, ein überdimensionales T-Shirt überzustreifen. Dann legte sich Michaela auf die Seite und Caroline deckte sie zärtlich zu.

»Kann ich sonst noch etwas für dich tun? Hast du vielleicht Hunger? Hättest du gern noch einen Toast oder eine Tasse Tee?«

Michaela schüttelte erschöpft den Kopf. Sie hatte schon seit einer halben Ewigkeit nichts mehr gegessen, aber sie hatte keinen Hunger. Sie war nur hundemüde und alles tat ihr weh. »Nein, danke … ich will nur noch schlafen.«

Sie riss erneut den Mund auf und gähnte. Während sie dann die Augen schloss, fügte sie hinzu: »Weißt du… Leith ist nicht verheiratet… aber er ist auch erst dreiunddreißig.«

»Das hatte ich mir schon gedacht«, flüsterte Caroline zurück. »Dann also bis morgen früh.«

Sie blickte mit besorgter Miene auf die Schwester, die mit geschlossenen Augen unter ihrer Decke lag. Obwohl ihre Lebendigkeit und das Blitzen ihrer braunen Augen nicht zu erkennen waren, wenn sie schlief, sah sie wunderschön aus. Caroline strich Michaela eine dunkle Locke aus der Stirn und dachte, dass sie sie gern besser kennenlernen würde, damit sie nicht auf Dauer eine Fremde für sie blieb. Doch ihre muntere, energiegeladene kleine Schwester hatte eine unsichtbare Barriere zwischen ihnen beiden errichtet, die nicht so einfach einzureißen war. Es würde sicher schwierig, *aber nicht unmöglich,* dachte Caroline. Nun, da sie wieder zu Hause war, ergäbe sich vielleicht die Möglichkeit, eine größere Nähe zwischen ihnen herzustellen. Doch so wie sie Michaela kannte, würde sie dazu jede Menge diplomatisches Geschick und unendliche Geduld brauchen.

Sie löschte das Licht in Michaelas Zimmer, trat in den Flur hinaus, griff erneut nach ihrem Becher mit der inzwischen kalt gewordenen Milch und ging ebenfalls ins Bett.

»Wie könnt ihr von mir erwarten, mich aus dem Geschäft zurückzuziehen, nachdem so etwas geschehen ist?«, beschwerte Laura sich bei Caroline, nachdem sie bei Michaela gewesen war. Vor unterdrücktem Ärger hatte ihre Stimme einen angespannten Klang.

Fern war zur Schule aufgebrochen, und die beiden

Frauen begaben sich in den lässig-eleganten Salon. Mit seinem glänzenden Parkett, auf dem ein dicker Axminster-Teppich lag, dem marmornen Kamin, über dem ein großer Spiegel mit einem Blattgoldrahmen hing, den bestickten, beigefarbenen Vorhängen neben den Fenstern, durch die man in den Vorgarten und auf die von Laura so geliebten Waratahs blicken konnte, dem antiken Schreibtisch, der ein kleines Vermögen gekostet hatte, und den bequemen Sesseln, die mit verschiedenen Stoffen passend zu den beiden zweisitzigen Sofas bezogen und zwanglos um einen marmornen Tisch gruppiert waren, bot der Raum eine wunderbare Atmosphäre. Laura hatte ein sicheres Gespür für einen unaufdringlich schicken Stil.

Caroline antwortete erst, nachdem sie Platz genommen hatten. »Es wäre zu dem Überfall auch dann gekommen, wenn du vor Ort gewesen wärst. Solche Dinge kannst du nicht persönlich kontrollieren, und vor allem« – sie atmete tief ein – »steht dein Rückzug aus dem Geschäft gar nicht zur Diskussion. Ich habe vorgestern mit Rupert MacIntosh gesprochen, als du in der Firma warst, und ohne das Arzt-Patienten-Verhältnis zu missbrauchen, hat er eingeräumt, dass er in Sorge um dich ist, weil du dich noch immer nicht entschieden hast.« Caroline sah ihre Mutter an und ihr Herz zog sich zusammen. Da sie sich ständig mit der Überlegung quälte, was sie machen sollte, sah Laura von Tag zu Tag erschöpfter aus.

»Du weißt, dass ich dich ganz bestimmt nicht unter Druck setzen will, aber zusammen haben Joel, Michaela und ich genügend Anteile an Ashworths, um deinen Rückzug aus der Unternehmensleitung zu *verlangen.*«

»Und?« Laura starrte ihre Tochter reglos an.

»Wir könnten den Aufsichtsrat bitten, dich zu pensionieren.«

»Also bitte!« Laura richtete sich kerzengerade auf, gleichzeitig aber wogte in ihr ehrlicher Respekt vor ihrer Tochter auf. Wenn sich ihre Kinder gegen sie verschworen hatten, dann ganz sicher nicht, weil sich eins von ihnen irgendeinen Vorteil von dem Plan versprach, sondern weil es ihnen allen um ihr Wohlergehen ging. »Wahrscheinlich hast du sogar recht. Ihr könntet mich abwählen lassen, aber dann könnte ich meine Pensionierung mindestens noch bis zur Jahreshauptversammlung hinauszögern, und die findet erst in ein paar Monaten statt.«

»Woran niemandem gelegen ist«, versicherte ihr Caroline, runzelte dann aber die Stirn. »Ich verstehe einfach nicht, warum du derart zögerst. Es geht dir gesundheitlich nicht gut, und du weißt, dass du die Dinge langsamer angehen musst. Wir alle machen uns fürchterliche Sorgen, dass du irgendwann einfach zusammenbrichst, wenn du nicht endlich Daniel Blumner deinen Posten überlässt. Dabei wäre er ein ausgezeichneter Aufsichtsratsvorsitzender. Das wissen nicht nur alle in der Firma, sondern auch du selbst weißt es.«

»Das stimmt«, pflichtete ihr Laura langsam bei. »Daniel genießt mein uneingeschränktes Vertrauen. Genau wie Jo und Michaela und auch alle anderen, die für Ashworths arbeiten. Das Problem, mein Schatz, bin ich.« Sie setzte ein beinahe schuldbewusstes Lächeln auf. »Es fällt mir einfach furchtbar schwer, eine Sache loszulassen, die ich liebe und die mir unendlich wichtig ist. *Ich bin Ashworths.* Ich habe Angst, dass ich ohne meine Arbeit für das Unternehmen meine Identität verliere, dass mein Leben dann ganz einfach keinen Sinn mehr hat.«

»Das wird ganz sicher nicht passieren, Mum. Siehst du denn nicht, dass du viel mehr bist als die Gründerin und Chefin eines Unternehmens? Du bist uns dreien eine wunderbare Mutter und Fern eine liebevolle Großmutter. Wir alle können täglich miterleben, wie sehr du es genießt, dass Fern in deiner Nähe ist, und sie ist ebenfalls total verrückt nach dir. Außerdem spielst du gern Golf und hast inzwischen ein beachtliches Handicap erreicht. Wenn du nicht mehr in die Firma fahren müsstest, könntest du noch öfter spielen und dich weiter verbessern, du könntest dich stärker in den gemeinnützigen Vereinen engagieren, denen du angehörst, oder du könntest endlich mit Ruth Levy zu der Pilgerreise nach Jerusalem aufbrechen, von der du seit Jahren sprichst. Bisher hast du dafür nie genügend Zeit gehabt, aber jetzt könntest du es endlich tun. Wenn du wieder etwas fitter bist.« Caroline setzte ein aufmunterndes Lächeln auf. »Es gibt ganz sicher noch ein Leben nach der Firma, und es ist ganz einfach an der Zeit, endlich einmal etwas anderes zu tun. Das muss ich nach dem Ende meiner Karriere schließlich auch.«

Lauras Respekt für ihre Tochter wuchs. Caroline hatte ihr Anliegen einfühlsam und diplomatisch vorgebracht. Sie hatte offensichtlich gründlich über alles nachgedacht, was bewies, dass sich ihre Intelligenz nicht auf die Musik beschränkte, sondern sich wahrscheinlich auch zugunsten ihres Unternehmens nutzen ließ. Caroline verfügte über einen gesunden Menschenverstand und eine Ehrlichkeit, die ihrer eigenen sehr ähnlich war.

Schlagartig wurde ihr bewusst, dass sie die Leitung von Ashworths anderen überlassen konnte, weil die Firma auch bei ihren Nachfolgern in guten Händen war. Ebenso erkannte sie, dass Caroline – wenn sie es wollte – eine aktive Rolle im Unternehmen spielen könnte, und sie nahm sich vor, mit Daniel Blumner darüber zu sprechen, damit er eine passende Stelle für sie fand.

Es klopfte an der Tür und Daphne kam herein. »Laura, Mr Blumner und Mr Jakelic sind wegen des Überfalls auf Michaela hier. Schauen Sie!« Sie zeigte den beiden Frauen einen wunderbaren Strauß roter und weißer Rosen, der vor wenigen Minuten an der Haustür abgegeben worden war. »Von Mr Danvers für Michaela.«

Laura und Caroline sahen einander lächelnd an, doch Caroline war klar, dass sie Michaela gegenüber keine scherzhafte Bemerkung wegen dieses Straußes machen durfte, weil die kleine Schwester, wenn es um den jungen Anwalt ging, sehr empfindlich war, auch wenn sie nicht erkennen wollte oder konnte, dass Leith ganz eindeutig völlig hingerissen von ihr war. Sie sagte zu Daphne: »Lassen Sie mich die Blumen zu Michaela bringen, während Sie die beiden Männer hereinführen«, und sah noch einmal ihre Mutter an.

Lauras Miene machte deutlich, dass sie sich entschieden hatte, aber Caroline war klar, dass sie sich nicht dazu drängen lassen würde, den Entschluss auch sofort kundzutun. Das würde sie erst dann tun, wenn sie wirklich bereit war. Im Augenblick musste sich Caroline damit zufriedengeben, dass ihre kleine Rede offenkundig zu Laura durchgedrungen war.

Eine Stunde später saßen Daniel, Boris, Caroline und Michaela, die es einfach nicht mehr in ihrem langweiligen Zimmer ausgehalten hatte, mit Laura im Salon.

Nachdem Daphne das Teetablett mit in die Küche genommen hatte, räusperte sich Laura und begann in ruhigem Ton: »Also, ich habe endlich eine Entscheidung gefällt. Ich habe beschlossen, Ende des Monats in den Ruhestand zu gehen, und zwar zu hundert Prozent. Ich werde auch nicht mehr nur ein paar Tage in der Woche in die Firma kommen, sondern mich vollkommen aus dem Geschäft zurückziehen, denn mit etwas anderem käme ich wahrscheinlich nicht zurecht.« Sie sah Daniel an. »Ich hoffe, Sie werden neben der Leitung des Aufsichtsrats auch die Geschäftsführung so lange übernehmen, bis ein anderer Geschäftsführer gefunden ist. Mein Vorschlag wäre der, jemanden aus einer anderen Filiale für die Aufgabe zu nehmen. Jemanden, der auf diesem Gebiet schon etwas Erfahrung hat.«

»Es wird mir eine Ehre sein, Ihre Arbeit fortzuführen«, antwortete Daniel ernst. »Als möglicher Geschäftsführer fiele mir Warren Tremayne aus Melbourne ein. Er wäre für den Laden hier in Sydney ganz eindeutig ein Gewinn.«

»Ich bin froh, dass du dich endlich entschieden hast«, wandte sich Michaela ihrer Mutter zu und sah sie mit einem warmen Lächeln an.

»Ich auch«, stimmte Caroline erleichtert zu. Sie war sich nicht sicher gewesen, wie ihre Mutter auf die versteckte Drohung reagieren würde, die sie ausgesprochen hatte, doch wenn sie der Auslöser für den Entschluss gewesen war, endlich loszulassen, hatte sie das Richtige getan. Die Warterei war nun vorbei, sie alle konnten aufatmen und wieder nach vorne blicken. Die Entscheidung war gefallen.

»Allerdings habe ich noch eine letzte Direktive an das Unternehmen.« Laura machte eine Pause und blickte die anderen nacheinander an. »Ich habe noch nicht mit Caroline darüber gesprochen, aber ich würde ihr gern einen Posten in der Firma anbieten. Etwas im Bereich des mittleren Managements, vielleicht in der Personal- oder Marketingabteilung, weil ich den Eindruck habe, dass sie gut mit Menschen umgehen kann.« Sie sah ihre ältere Tochter lächelnd an. »Und, Caroline, bist du interessiert?«

Ihre Mutter hatte immer wieder einmal angedeutet, dass die Möglichkeit für sie bestünde, einen Posten in der Firma zu bekleiden, worauf sie jedoch bisher nicht weiter eingegangen war. Sie hatte nicht gewusst, ob Laura vielleicht einfach Mitleid mit ihr hatte, weil ihre musikalische Karriere so abrupt beendet worden war. Doch sie kannte ihre Mutter gut, und letztendlich konnte sie nicht glauben, dass einzig mütterliches Mitgefühl der Grund für die Offerte war. Könnte sie dem Unternehmen wirklich nützlich sein? Sie sah Daniel und Boris an, und die beiden Männer lächelten ihr aufmunternd zu.

Michaela brauchte sie nicht anzusehen, um zu wissen, dass der Blick der kleinen Schwester eindeutiges Missfallen verriet. Aber dessen ungeachtet wogte freudige Erregung in ihr auf. Es wäre sicher interessant, sich damit zu befassen, wie das Unternehmen ihrer Mutter funktionierte. Und vor allem finge sie bei Ashworths etwas völlig Neues an. Warum also nicht? Wenn ihre Mutter dachte, dass sie fähig war, etwas zum Erfolg der Firma beizutragen, sollte sie die Möglichkeit auf alle Fälle in Erwägung ziehen.

Endlich blickte sie auch Michaela an und konnte deutlich sehen, wie unzufrieden ihre kleine Schwester war. »Ich habe keinerlei Erfahrung auf diesem Gebiet«, erklärte sie deshalb. »Und ich finde nicht, dass man extra eine Stelle schaffen sollte, nur damit ich beschäftigt bin.«

»Keine Sorge, meine Liebe, du wirst dir dein Gehalt auf jeden Fall verdienen«, versicherte Laura ihr. »Natürlich würdest du am Anfang keine große Verantwortung übertragen bekommen, sondern erst mal verschiedene Stationen durchlaufen, bis du weißt, wie alles läuft. Hör zu, denk einfach in Ruhe darüber nach und dann sagst du mir Bescheid.«

»Ich glaube, Sie wären ein Gewinn für Ashworths«, stellte Daniel fest.

»Allerdings«, stimmte ihm Boris zu. »Es ist immer gut, wenn frisches Blut in eine Firma kommt. Das belebt einfach.«

Michaela sagte nichts, bis Laura in ihre Richtung sah und ihr dadurch zu verstehen gab, dass ihr Verhalten äußerst seltsam war. Deshalb stellte sie, wenn auch widerstrebend, fest: »Ja, Caroline, steig in die Firma ein. Auch wenn dir klar sein muss, dass die Arbeit dort ganz sicher nicht so glamourös sein wird, wie wenn du vor einem bewundernden Publikum Chopin oder Mozart spielst.«

Caroline blieb nicht verborgen, wie gepresst die Stimme ihrer Schwester klang. Da sie jedoch hoffte, dass sie Michaela im Lauf der Zeit beweisen konnte, dass sie keine Konkurrentin für sie war, erwiderte sie: »Das ist vielleicht genau das, was ich brauche. Eine neue Welt, die ich erforschen und erobern kann.«

Hatte sie sich's doch gedacht. Bei dem Wort *erobern* sträubten sich Michaelas Nackenhaare und sie enthielt sich nur mühsam eines bösen Kommentars. Doch im Grunde war die große Schwester ihr vollkommen fremd, und vielleicht hatte sie das Wort einfach unbedacht gewählt. Falls sie aber die Absicht hatte, ihr die Führungsrolle abspenstig zu machen, machte sie sich besser auf den Kampf ihres Lebens gefasst …

5

Es war vielleicht der letzte wunderbare Sommertag, bevor der Herbst in Sydney Einzug hielt. Die Blätter des Weiderichs sowie der Ahorn- und der Amberbäume im Garten wiesen bereits erste gelbe, goldene und rötlich braune Flecken auf, trotzdem balgten Fern, Joshua und Kirra sich noch im beheizten Pool, und Michaela und Jo Levy saßen auf der sonnigen Terrasse und sahen ihnen lachend zu.

»Bist du sicher, dass du fit genug bist, um Montag wieder mit der Arbeit anzufangen?« Jo sah Michaela fragend an.

»Absolut.« Die Freundin nickte mit dem Kopf. »Außerdem langweile ich mich hier zu Tode, während sich das Zeug auf meinem Schreibtisch häuft.«

Jo schüttelte den Kopf. »Weißt du, ich habe immer noch nicht wirklich begriffen, dass du überfallen worden bist. Ein Räuber in der Tiefgarage unserer Firma, wer hätte das gedacht? Und« – sie machte eine Pause und sah Michaela von der Seite an – »dass dich ausgerechnet Leith Danvers gerettet hat. Boris meinte, er wäre völlig außer sich gewesen und hätte den Kerl, wenn er ihn erwischt hätte, wahrscheinlich eigenhändig umgebracht.«

Michaela richtete sich kerzengerade auf. »Also bitte!« Auch wenn sie sich an Teile des Abends nur noch verschwommen erinnerte, wusste sie genau, dass jemand – wahrscheinlich Boris – von ihm angeschrien worden war. »Ich dachte, er wäre wütend, weil die Security geschlafen hat.«

»Uh huh. Das auch. Boris wird seine Sache in Zukunft deutlich besser machen müssen, wenn er keinen Ärger kriegen will. Aber davon abgesehen finde ich es geradezu erstaunlich, was der Mann für ein Klatschmaul ist. Er meinte, Leith wäre unglaublich besorgt um dich gewesen und er hätte dir gleich am nächsten Tag einen wunderschönen Blumenstrauß geschickt.«

Michaela wurde rot, Jo aber hielt einen Moment im Reden inne und rief den Mädchen, die gerade Joshua untertauchten, zu: »Wenn ihr euch nicht benehmt, kommt ihr aus dem Pool!« Dann sah sie wieder ihre Freundin an und meinte nach einem Augenblick des Überlegens: »Weißt du, es ist ziemlich offensichtlich, dass du ihm nicht egal bist. Sobald ihr zwei in einem Raum seid, baut sich eine spürbare Spannung zwischen euch auf. Und die Art, wie er sich um dich gekümmert hat, und dann auch noch die Blumen sind ja wohl ein eindeutiger Beweis dafür, dass er Interesse an dir hat.«

»Unsinn«, widersprach ihr Michaela, auch wenn die sich verstärkende Röte ihrer Wangen sie eindeutig verriet. »Er hätte auch jedem anderen in einer solchen Situation geholfen.«

»Sicher, aber hätte er Tania Wildman oder mir auch einen Blumenstrauß geschickt? Nein«, stellte Jo mit der Weisheit der vierzehn Jahre Älteren entschieden fest. »Er ist eindeutig an dir interessiert, und jetzt wartet er nur noch darauf, dass du ihm signalisierst, dass dieses Interesse auf Gegenseitigkeit beruht.«

»Da kann er lange warten«, antwortete Michaela trotz ihres wild klopfenden Herzens kühl. Sie persönlich dachte eher, dass Leith die Blumen geschickt hatte, um Eindruck auf Caroline zu machen, doch das sagte sie nicht laut. Und selbst wenn er bei ihr Eindruck hatte schinden wollen, hätte er sich die Mühe sparen können. Denn sie hatte einfach keinerlei Bedarf an einem Mann. Durch eine romantische Beziehung wurde alles nur unnötig verkompliziert.

Und seit Caroline ihren Entschluss bekannt gegeben hatte, in die Firma einzusteigen, hätte ihr so etwas gerade noch gefehlt. Ihre Schwester fing bereits nächste Woche, das hieß, bevor ihre Mutter sich aus dem Geschäft zurückzog, in dem Unternehmen an. Caroline war intelligent und lernwillig, und Michaela hatte keinen Zweifel daran, dass sie innerhalb kurzer Zeit ihr Handwerk lernen würde und dass dann ihr Aufstieg auf der Karriereleiter begann. Verdammt, warum hatte Caroline nicht irgendeine Arbeit im Musikbereich gefunden? Warum fing sie nicht als Lehrerin, Managerin oder sogar als Dirigentin an? Dann wäre alles viel einfacher für Caroline und die Zukunft sähe für alle deutlich angenehmer aus.

»Warten wir es ab«, stellte Jo mit einem gut gelaunten Lachen fest. »Weißt du, Michaela, bisher warst du in keinen der wenigen Männer, mit denen du zusammen warst, je wirklich verliebt, aber ich bin mir sicher, dass es dich vollkommen aus den Schuhen hauen wird, wenn es dich einmal richtig erwischt.«

Michaela konnte wieder mit den Schultern zucken, ohne dass sie dabei vor Schmerz zusammenfuhr. »Warten wir es ab.«

Die Kinder kamen aus dem Pool, suchten ihre Handtücher, trockneten sich ab und fielen wie die Wilden über die Erfrischungen, das Obst und die anderen Leckereien auf dem Esstisch her.

»Joshua, stopf dir nicht das ganze Kuchenstück auf einmal in den Mund«, rief Jo ihren Sohn mit einem mütterlichen Kopfschütteln zur Ordnung, sah dann wieder Michaela an und wollte von ihr wissen: »Warum schaffen sie es, sich zu Hause bestens zu benehmen, tun aber woanders immer so, als hätte ihnen nie jemand Manieren beigebracht?«

»Das liegt sicher einfach daran, dass sie Kinder sind«, erklärte Michaela unbestimmt. In Gedanken war sie immer noch bei Leith. War er wirklich an ihr interessiert? *Also bitte,* schalt sie sich und versuchte, die Erregung zu verdrängen, die sie bei der Vorstellung empfand, einmal mit ihm auszugehen, ihn besser kennenzulernen und ihn vielleicht sogar *zu küssen,* während sie in seinen starken Armen lag. Sofort wurde ihr siedend heiß. Nicht, sagte sie sich streng. Sie würde nicht in dieser Form an den Anwalt denken. Das wäre nämlich ganz eindeutig … kontraproduktiv.

»Wir gehen Tennis spielen«, verkündete in diesem Moment Fern.

»Aber ihr seid doch nur zu dritt«, antwortete Jo.

»Das ist kein Problem, wir wechseln uns einfach ab.«

»Im Schuppen liegen Schläger. Aber nehmt nicht den schwarzen Slazenger, der gehört nämlich mir«, rief Michaela ihrer Nichte hinterher und wandte sich, nachdem die Kids verschwunden waren, wieder ihrer Freundin zu. »Das Thema ich und Leith kannst du zu den Akten legen, denn es gibt kein *ich und Leith*. Reden wir lieber von dir. Dass Neil in dich verschossen ist, ist nicht zu übersehen, aber ist dir auch schon aufgefallen, wie Daniel dich ansieht, wenn er denkt, dass es niemand bemerkt?«, fragte sie in einem Ton, als wäre sie gerade erst darauf gekommen, obwohl ihr Daniels Interesse an der Freundin schon vor Wochen aufgefallen war. Nur hatte sie bisher noch nichts gesagt, weil Jo mit Andrew Haywood zusammen war.

Jo starrte sie entgeistert an. »Du bist ja total verrückt. Ausgerechnet Daniel. Er war noch nie verheiratet und taucht nie zweimal mit derselben Frau irgendwo auf.

Wahrscheinlich ist er schwul. Und vor allem ist er viel zu alt für mich. Er muss doch schon über fünfzig sein.«

»Er ist einundfünfzig und du bist achtunddreißig. Er ist also nicht unbedingt zu alt für dich. Und er ist bestimmt nicht schwul. Hat dir etwa noch nie jemand von seiner tragischen Jugendliebe erzählt?«

»Nein.«

Michaela nahm eine bequemere Position in ihrem Sessel ein. »Mum hat mir davon erzählt, als ich ein junges Mädchen war. Wie so viele Juden hat auch Daniel als junger Mann drei Monate Urlaub bei der Firma eingereicht, um in einen Kibbuz in Israel zu gehen. Dort hat er sich in eine jüdische Soldatin namens Yolanta verliebt, die mit ihren Eltern nach dem Zweiten Weltkrieg aus Rom nach Israel gekommen war. Nach dem Ende ihrer Zeit beim Militär hatten die beiden heiraten wollen, aber drei Wochen vor ihrer Entlassung wurde sie von einem palästinensischen Heckenschützen erwischt.« Michaela machte eine kurze Pause und sah ihre Freundin an. »Mum sagt, dass Daniel nie darüber hinweggekommen ist und deshalb nie geheiratet hat.«

»Der Arme, das habe ich gar nicht gewusst.« Jos Stimme verriet ehrliches Mitgefühl.

Michaela wusste, dass die Freundin und auch deren Bruder Aidan in Haifa geboren waren, bevor die Familie Anfang der Fünfzigerjahre nach Sydney zurückgekommen war. »Das ist inzwischen über fünfundzwanzig Jahre her. Und auch wenn Daniel nie über seine Gefühle spricht, gehe ich davon aus, dass die Wunde von damals inzwischen weit genug verheilt ist, dass er sich erneut für einen anderen Menschen interessieren kann. Und zwar für dich. Wobei du natürlich keinerlei Interesse an ihm haben dürftest, weil du schließlich Andrew hast.«

»Nicht mehr.« Jo schüttelte den Kopf. »Wir haben uns vor zwei Tagen getrennt, weil ich nicht glücklich darüber war, wie er mit den Kindern, vor allem mit Joshua, umgegangen ist.«

»Was willst du damit sagen?«

»Josh ist ein sensibler Junge, dem der Vater fehlt und den es fürchterlich verletzt, dass dieser Vater, seit er einen zweiten Sohn mit einer anderen hat, keinerlei Interesse mehr an ihm zu haben scheint. Zur Hölle mit dem verdammten David Epstein und seinem Egoismus!«, fauchte sie erbost. »Ich konnte Andrew einfach nicht begreiflich machen, wie sehr Davids Verhalten Josh verletzt. Er denkt, Josh sollte härter im Nehmen sein, doch mit dieser Einstellung hätte es zwischen den beiden niemals funktioniert, und auch wenn ich Andrew wirklich gern habe, gehe ich ganz sicher nicht das Risiko einer weiteren katastrophalen Ehe ein.«

»Das tut mir leid. Ich dachte, zwischen dir und Andrew liefe alles gut«, meinte Michaela mitfühlend. »Trotzdem ist es sicher besser, dass du es rechtzeitig herausgefunden hast.«

Laura stand im Frühstücksraum und blickte durch das Fenster auf die beiden jungen Frauen, die sich auf der Terrasse unterhielten und die trotz des Altersunterschieds schon seit Jahren eine enge Freundschaft miteinander verband. Mit ihren schlanken, hochgewachsenen Körpern und den schwarzen Haaren sahen sie wie Schwestern aus, und tatsächlich liebte Laura Jo beinahe wie ein viertes Kind. Jos Mutter Ruth Levy, sie selbst und Mary Ellen Beckwith waren bereits seit ihrer Kindheit miteinander befreundet und hatten sehr viel zusammen erlebt. Laura hatte mitverfolgt, wie Jo aufgewachsen, ein erfolgreiches

Model und nach einer mehrjährigen, unglücklichen Ehe geschieden worden war. Seit fünf Jahren war Jo bei Ashworths angestellt und hatte, von Daniel und anderen in der Firma unterstützt, mit ihrer Kreativität die Marketingabteilung auf Vordermann gebracht.

Dann fiel Lauras Blick auf Michaela. Der Überfall auf ihre Tochter hatte eine heilsame Wirkung auf sie gehabt. Sie war außer sich vor Zorn gewesen, weil jemand gewagt hatte, ihrem eigen Fleisch und Blut in ihrem eigenen Unternehmen etwas anzutun, und hatte Boris Jakelic und seinen Leuten deutlich zu verstehen gegeben, wie unzufrieden sie mit ihrer Arbeit war. Auch Neil McRae hatte sie unmissverständlich klargemacht, dass er, statt auf dem Geld zu sitzen, endlich dafür Sorge tragen sollte, dass nicht nur die Tiefgarage, sondern jeder Stock ihres Gebäudes abends hell erleuchtet und ausreichend gesichert war.

Sie fuhr sich mit den Fingern durch das feine, silbrig weiße Haar und dachte daran, wie erschöpft sie infolge der Aufregung gewesen war. Diese Reaktion und das von Caroline vorsichtig formulierte Ultimatum hatten sie dazu gebracht, endlich zu entscheiden, die Zügel aus der Hand zu geben und so bald wie möglich in den wohlverdienten Ruhestand zu gehen. Ihr Kardiologe, Rupert MacIntosh, und Joel hatten ihr zu der Entscheidung gratuliert, und in gewisser Weise war sie selbst erleichtert, dass das Hin und Her endlich vorbei war.

Sie hatte bereits jede Menge Pläne, um sich zu beschäftigen, ging die Dinge aber wesentlich entspannter an als bei Ashworths. Endlich würde sie die Kreuzfahrt unternehmen, über die sie mit Joel gesprochen hatte, und vielleicht kam ja ihre Freundin Kitty mit.

Wieder sah sie durch das Fenster auf die beiden jungen Frauen. Inzwischen hatte sich auch Joel zu ihnen gesellt, und Laura fiel erneut auf, wie sehr er sich von seiner Schwester unterschied.

Laura dachte kurz über ihre Kinder nach. Über die lebhafte, energiegeladene, ehrgeizige Michaela, die in ihrem Wesen ihrem Vater sehr ähnelte. Über Caroline, deren musikalische Karriere durch die beginnende Arthritis vorzeitig beendet worden war. Doch damit hatte sie sich arrangiert und baute sich nun ein neues Leben auf.

Ob Caroline wohl wusste, wie gut sie auch in anderen Bereichen war? Sie hatte ein angeborenes diplomatisches Geschick und das Talent, Probleme sachlich anzugehen. Diese beiden Fähigkeiten könnte sie bei Ashworths gut zum Einsatz bringen, vor allem, wenn es, wie so oft, zu Streitereien zwischen Neil und Michaela kam. Wahrscheinlich war ihr gar nicht klar, dass sie ein Gewinn für das Unternehmen wäre, denn sie war kein Mensch, der sich in Überlegungen über sich selbst erging. Aber das Selbstvertrauen, das ihr vielleicht fehlte, würde sie bekommen, wenn sie erst bei Ashworths war, denn Daniel Blumner würde ihre Fähigkeiten ausloten und fördern, damit sie die ihr gestellten Aufgaben problemlos in den Griff bekam.

Wieder fiel ihr Blick auf Joel. Er hatte an seiner alten Corvette herumgeschraubt und fuchtelte, als er mit seiner Schwester sprach, mit ölverschmierten Händen in der Luft herum. Lächelnd sprach sie seinen Namen aus. Joel. Ihr lieber, fürsorglicher, unglücklicher Sohn. Sie wusste, dass er sich die Schuld am Tod des Vaters gab, und schüttelte mitleidig den Kopf. Nach Meinung mancher Leute schlug er ihrem Bruder nach, der bereits in ihrer Kindheit furchtbar anstrengend gewesen war. Doch sie sah keine Ähnlichkeit zwischen ihrem Sohn und Frank. Falls er jemandem aus der Familie ähnlich war, dann ihrer Mum.

Er war ein sanfter, liebevoller und vielleicht sogar zu gutherziger Mensch.

Lauras braune Augen drückten ein Gefühl des Schmerzes aus. Sie hoffte, dass ihr Sohn den Tod des Vaters irgendwann verwinden, dass er eines Tages wie sie selbst akzeptieren könnte, dass Jack bei einem Unfall umgekommen war. Doch sie war klug genug zu wissen, dass diese Erkenntnis nur von innen heraus kommen konnte, dass das Gefühl der Schuld, das auf Joel lastete und ihn oft zu leichtsinnigen Taten verleitete, sich auch durch endlose Gespräche nicht verringern ließ.

Caroline kam in den Frühstücksraum, trat neben sie ans Fenster und erklärte traurig: »Leider muss ich Fern von ihren neuen Freunden losreißen. Sie wollte mit mir zu dem Taekwondo-Kurs fahren, und der fängt bereits in einer knappen Stunde an.«

»Es ist schön, dass sich die drei so gut verstehen.« Laura reckte den Hals, um die Kinder auf dem Tennisplatz zu sehen.

»Nach dem Kurs gehen wir noch zum Essen aus. Fern hat von ihren Freundinnen von einem kleinen, gemütlichen Café in Double Bay gehört, das sie unbedingt mal ausprobieren will. Würdest du Daphne bitte sagen, dass sie für uns nicht extra etwas machen muss?«

»Kein Problem. Ich gehe selbst noch aus.«

Laura blickte ihrer Tochter hinterher, als sie über die Terrasse in Richtung des Tennisplatzes ging, und sah dann auf die Uhr, die an der Wand des Frühstücksraums hing. Wo nur Jeffrey Markham blieb? Er hatte ihr versprochen, sie in das teure Restaurant am Hafen, *Bilson's,* einzuladen. Sie waren schon seit Jahren miteinander befreundet und sie freute sich sehr auf ein ausführliches Gespräch.

»Laura, Mr Markham ist hier, um Sie abzuholen«, verkündete in diesem Augenblick Daphne aus Richtung der Tür.

»Wurde auch langsam Zeit«, murmelte Laura leise und bat dann ihre Haushälterin: »Seien Sie bitte so gut und holen Sie mir meine Handtasche. Sie liegt noch im Wohnzimmer.«

Der sportliche, schwarz glänzende BMW glitt die Kieseinfahrt herunter und hielt direkt vor dem Haus. Frühmorgendliche Stille hing über dem Garten, als Nick Beaumont aus seinem Wagen stieg. Er liebte Lauras Heim und wusste als Bauunternehmer zu schätzen, wie viel Zeit, Geld und Liebe zum Detail in die Schaffung eines der attraktivsten Häuser von Vaucluse geflossen war.

Als er die Tür des Wagens schloss, hörte er eine leise Melodie. Jemand spielte Klavier und er brauchte nicht lange zu überlegen, wer – es war unverkennbar Caros Stil. Er blieb stehen und lauschte. Es klang wie eine von Liszts *Ungarischen Rhapsodien,* obwohl er sich nicht wirklich sicher war. Er war nicht unbedingt ein Klassikfan, hatte aber ihre Liebe zur Klassik immer respektiert. Obwohl ihr Chopin und Mozart lieber waren, hatte sie in den ersten Jahren ihrer Beziehung alle sieben Rhapsodien und noch viele andere Stücke von Franz Liszt gespielt. Einige Minuten lang genoss er die Musik und war wie jedes Mal bewegt von ihrem außergewöhnlichen Talent. Seine untrainierten Ohren nahmen die teilweise mühsam ertasteten Noten und die gelegentlichen falschen Anschläge nicht wahr. Für ihn spielte Caro einfach wunderbar. Nach einer Weile riss er sich aus seiner träumerischen Stimmung, klingelte und einen Moment später ließ ihn Daphne ein.

»Fern ist gerade noch beim Frühstücken, Mr Beaumont,

aber es wird sicher nicht mehr lange dauern. Möchten Sie ihr vielleicht im Frühstücksraum Gesellschaft leisten?«

Da er die Gelegenheit, mit Caroline allein zu sein, nicht ungenutzt verstreichen lassen wollte, schüttelte Nick den Kopf. »Danke, Daphne. Ich warte einfach im Musikzimmer.« Er trat vor die Tür des Raums, schob sie leise auf und drückte sie lautlos wieder hinter sich ins Schloss.

Der große Flügel stand in Richtung Fenster, sodass Caro ihn nicht sah. Die morgendliche Steifheit ihrer Finger ließ sie über mehrere Noten stolpern, doch sie machte entschlossen weiter. Sie zwang sich, zweimal täglich zu üben, denn obwohl es manchmal wirklich schmerzhaft war, nahm dadurch die Schwellung ihrer Finger, die vor allem ihre linke Hand betraf, meistens so weit ab, dass die Schmerzen erträglich für sie waren. Als die Rhapsodie ihr Crescendo erreichte, verlor sich Caroline in der Magie des Stücks und ging achtlos über die falschen Anschläge und die minimal verlangsamte Spielweise hinweg, bis sie zur letzten Note kam.

Als in ihrem Rücken jemand applaudierte, drehte sie sich verblüfft um. »Nick!«

»Morgen.« Er sah sie grinsend an. »Du spielst immer noch fantastisch, Caro.«

Caro. Sie wünschte sich, er würde sie nicht mehr so nennen, doch wenn sie ihn darum bäte, es zu lassen, würde er es bestimmt absichtlich weiter tun. »Danke, auch wenn du, offen gestanden, nicht gerade der geborene Musikkritiker bist.« Sie stand auf, klappte den Flügel zu und wandte sich ihm zu. Trotz der jahrelangen Trennung macht es sie immer noch nervös, wenn er in ihrer Nähe war.

Grinsend kam er auf sie zu. »Du hast recht, ich bin natürlich kein Experte. Aber das waren auch die wenigsten, die zu deinen Konzerten gekommen sind. Die Menschen wollten sich einfach von herrlicher Musik berühren lassen. Und, weißt du, es klingt immer noch wunderbar, wenn du spielst.«

»Nett, dass du das sagst, aber auch wenn ich beinahe noch gut genug bin, um vor Publikum zu spielen, reicht ›beinahe‹ eben nicht aus. Es ist einfach nicht mehr perfekt.« Sie konnte nicht erwarten, dass er sie verstand. Das taten schließlich nur die allerwenigsten.

»Du bist schon immer deine strengste Kritikerin gewesen.«

Inzwischen war er ihr so nahe, dass er nur die Hand hätte auszustrecken brauchen, um sie zu berühren. Und wie gern hätte er das getan! Ein roher Schmerz dehnte sich von seiner Brust in den ganzen Körper aus und mischte sich mit dem Bedauern über das, was hätte sein können und was nicht war. Ihre zehnjährige Trennung war allein die Folge seiner blinden Eifersucht. Der Mann von heute konnte kaum noch glauben, dass er damals ein so kurzsichtiger Narr gewesen war. Statt sie einfach zu lieben und sich darüber zu freuen, dass auch sie ihn liebte, hatte er in seiner blinden Eifersucht alles kaputtgemacht und schmerzlich lernen müssen, dass man einem Menschen, den man liebt, seine Freiheit lassen muss, weil er sonst vor einem flieht.

Trotzdem gab er nicht auf. Das ließen sein Verlangen und sein unverbesserlicher Optimismus ganz einfach nicht zu. In seinem tiefsten Inneren glaubte er trotz ihrer kühlen Art ihm gegenüber, dass sie hinter der Fassade der Verletztheit und der Distanziertheit immer noch etwas für ihn empfand. Und jetzt war es an ihm, das zarte Pflänzchen ihrer Zuneigung zu pflegen, bis daraus neuerliche Liebe erwuchs. Verdammt, es würde ganz bestimmt nicht leicht. Seine Exfrau war nicht mehr das naiv-verträumte junge Mädchen, das seiner Verführungskunst vor langer Zeit erlegen war. Inzwischen hatte Caroline sich eine harte Schale zugelegt, und ihre argwöhnische Miene machte deutlich, dass sie sich ganz sicher nicht so einfach von ihm um den Finger wickeln ließ.

»Fern müsste jeden Moment fertig sein.«

»Sie frühstückt noch.« Er suchte nach einem gemeinsamen Thema, um die Feindseligkeit zu zerstreuen, die sie ihm gegenüber offenkundig immer noch empfand. »Also, habt ihr euch schon eingelebt?«

»Es ist schön, wieder daheim zu sein«, erwiderte sie ehrlich und sah ihn zum ersten Mal mit einem Lächeln an. »Mir war gar nicht klar, wie sehr mir die Normalität dieses Hauses und dieser Stadt und die alten Freundinnen und Freunde gefehlt haben. Hier ist alles völlig anders, und ich hatte mir Sorgen darüber gemacht, ob Fern wohl Heimweh nach Europa kriegen würde, aber wie es aussieht, fühlt sie sich pudelwohl. Sie kommt prima mit Joel und Michaela aus, und vor allem Mum betet sie einfach an, weshalb sich innerhalb kurzer Zeit eine wunderbare Nähe zwischen ihnen allen entwickelt hat.«

»Ich weiß. Ich glaube, sie genießt es, dass sie plötzlich eine richtige Familie um sich hat. Das hat sie schließlich noch nie erlebt.«

Carolines blaue Augen wurden kalt und sie spannte sich merklich an. »Tja, nun. Du kennst den Grund dafür.«

»Touché.« Verdammt. Weshalb nur hatte er die Sprache auf die Vergangenheit gebracht? Sie waren einmal eine Familie gewesen, glücklich und zufrieden, bis ... Er und sein großer Mund! Würde er es niemals lernen? Aber trotz des Rückschlags mit Caro konnte er verstehen, wie es Fern bisher gegangen war, denn genau wie sie hatte auch er den Großteil seiner frühen Kindheit ohne eine richtige Familie zugebracht.

Er war in den Straßen Brooklyns aufgewachsen und hatte keine weitverzweigte Sippschaft wie die meisten anderen Kids gehabt, die in einem Notfall für ihn eingesprungen wäre. Seinen Vater hatte er als Junge kaum gekannt, und erst als seine Mutter – da war er bereits ein Teenager – wieder geheiratet und mit Walt Bacharach noch die beiden Töchter Donna und Paula bekommen hatte, hatte er sich als Teil einer Familie gefühlt. Walt war ein guter Stiefvater gewesen. Er hatte ihm das College finanziert und ihn karrieremäßig unterstützt, bis Nick seinem eigenen Vater wieder nähergekommen und mit ihm durch den Kauf eines kleinen Hotels am Lake Tahoe eine Partnerschaft eingegangen war. Später, nachdem Michaela und Joel auf die Welt gekommen waren, hatte er sich – obwohl er die Geschwister kaum gesehen hatte – auch als Teil dieser Familie gefühlt. Deshalb war er froh, dass seine Tochter bereits jetzt – und nicht erst als junge Frau – zurück in den Schoß der Familie fand.

Er hatte sich des Öfteren gefragt, ob vielleicht die Erfahrungen aus seiner Kindheit einen Anteil daran hatten, wie er Caro gegenüber aufgetreten war. Falls er je mit einem Psychologen darüber gesprochen hätte, hätte dieser sicher Ja gesagt. Aus seiner Angst, sie zu verlieren, hatte er sie derart eingeengt, dass sie gerade deswegen gegangen war.

Wieder suchte er nach einem neutralen Thema und stellte schließlich fest: »Fern hat mir erzählt, dass du für Ashworths arbeiten wirst.«

»Ich habe bereits letzte Woche angefangen. Bisher verstehe ich nur Bahnhof, aber Daniel scheint zu denken, dass es früher oder später besser werden wird.« Zögernd fuhr sie fort. »Mir war gar nicht klar, wie kompliziert der Einzelhandel ist. Michaela gibt mir immer das Gefühl, eine blutige Anfängerin zu sein. Ich nehme an, es macht ihr einfach Spaß, ihrer großen Schwester vorzuführen, was für ein Ass sie selbst ist.«

»Typisch Michaela«, stellte Nick mit einem leisen Lachen fest. »Da Joel keinerlei Interesse an der Firma hat, hat sie sich bisher als die Alleinerbin von Ashworths angesehen. Und, macht sie dir das Leben schwer?«

»Ein bisschen, aber…« Caroline brach ab. Sie hatte Jammerlappen schon immer gehasst. »…ich werde es sicher überleben.« Sie würde ebenfalls für sich behalten, dass ihr das Konservatorium von Sydney die Leitung einer Konzertreihe angeboten hatte und dass sie dieses Angebot für den Fall, dass sie sich bei Ashworths nicht bewährte, in der Hinterhand behielt.

»Davon bin ich überzeugt. Ich gratuliere dir zu der Entscheidung, es mal mit etwas völlig Neuem zu versuchen. Auch wenn du wahrscheinlich früher oder später wieder etwas Künstlerisches machen wirst, tut dir die Veränderung jetzt sicher gut.«

Er wusste aus bitterer Erfahrung, wie zielstrebig und perfektionistisch seine Exfrau war. So hatte sie damals, als sie sich beim Taekwondo den Knöchel gebrochen hatte und sich nicht hatte bewegen dürfen, vor lauter Langeweile mit dem Basteln angefangen, worin sie es schließlich zur Meisterschaft gebracht hatte. Aber ihr Eintritt in das mütterliche Unternehmen bestätigte noch etwas anderes: dass sie dauerhaft hierher zurückgekommen war.

Ermutigt fing er von einem anderen Thema an. »Fern und ich wollen segeln gehen. Laut Wetterbericht hält die leichte Südostbrise bis zum Abend an, es wird also bestimmt ein schöner Tag.« Was er nicht erwähnte, war, dass seine zwölf Meter lange Jacht den Namen *Caro eins* trug – denn das hätte ihr ganz bestimmt nicht behagt. »Und danach fahren wir rauf nach Palm Beach.«

»Das wird Fern gefallen.«

»Ich freue mich sicher noch mehr als sie, dass ich sie jetzt jedes Wochenende sehen und sich endlich eine richtige Beziehung zwischen uns entwickeln kann.«

»Ich weiß. Fern genießt das auch.«

»Vielleicht möchtest du ja mal mit zum Segeln kommen?« Verdammt. Die Frage hatte er jetzt noch nicht stellen wollen. Erst hätte Caro sich daran gewöhnen sollen, dass sie ihn und Fern zusammen sah. Aber er war so versessen darauf, die Mauer einzureißen, die sie um sich errichtet hatte, dass sein Mundwerk mit ihm durchgegangen war.

»Hi, Dad. Super Idee«, zwitscherte Fern, die nun in der Tür stand.

»Ich weiß nicht.« Unbehaglich blickte Caroline auf einen Fleck zehn Zentimeter über seinem Kopf. »Ich glaube nicht, dass ich zum Segeln geeignet bin.«

»Das weiß man erst, wenn man es versucht hat. Das sagst du jedenfalls immer, wenn ich etwas nicht ausprobieren will«, hielt Fern ihr grinsend vor.

»Normalerweise nehme ich, einschließlich Fern und mir, immer eine Mannschaft aus vier Leuten mit. Du müsstest also weder Segel hissen noch sonst was Anstrengendes tun.«

Caroline zog eine Grimasse. »Glaubst du, dass ich dazu nicht in der Lage wäre?«

»Pass auf, was du sagst, Dad. Mum macht inzwischen nämlich wieder Taekwondo«, riet Fern ihrem Vater mit breitem Grinsen, und Nick antwortete, ohne eine Miene zu verziehen: »Ich glaube, dass du alles schaffst, was du schaffen willst.«

»Ja, bitte, Mum. Komm mit.«

Caroline fühlte sich hin und her gerissen. Einerseits wollte sie ihre Tochter nicht enttäuschen, andererseits jedoch wollte sie nicht den ganzen Tag mit Nick zusammen sein. Nach kurzem Überlegen fand sie einen Kompromiss: »Vielleicht ein anderes Mal.«

»Versprochen?«, fragte Fern und nahm sie, um ein Ja zu provozieren, in den Arm.

Caroline wandte sich an Nick, bemerkte seinen durchdringenden Blick, und auch wenn sie später nicht hätte erklären können, wie es dazu gekommen war, gab sie schließlich klein bei. »Natürlich, Schatz.«

Nachdem Nick und Fern gegangen waren, stand Caroline vollkommen reglos am Fenster des Musikzimmers und dachte nach. Inzwischen war ihr klar, dass ihre Rückkehr einen großen Nachteil hatte: Sie hatte jetzt wieder deutlich mehr Kontakt zu Nick Beaumont. In Paris hatte die Distanz ihr dabei geholfen, ihre Empfindungen ins rechte Licht zu rücken und ihre Beziehung als etwas Vergangenes zu sehen. Jetzt aber tauchte er an jedem Wochenende auf und erinnerte sie regelmäßig an die alten Zeiten, an die Liebe, die sie einst verbunden hatte, und daran, wie diese Liebe schal geworden war. Lauter Dinge, die sie lieber vergaß.

Finde jemand anderen, flüsterte ihr eine leise Stimme zu. *Schließlich laufen hier in Sydney jede Menge attraktiver, alleinstehender Männer rum.* Bereits in Paris hatte sie ein paar flüchtige Beziehungen gehabt, doch niemals etwas wirklich Ernstes; vor einer neuerlichen festen Bindung war sie stets zurückgeschreckt. Und auch jetzt hatte sie kein tieferes Interesse daran, sich an einen Mann zu binden. Sie war vierundvierzig Jahre alt, und nachdem sie sich aus dem Musikgeschäft zurückgezogen hatte, verlief ihr Leben in einer ruhigen, gleichmäßigen Bahn. Was ihr durchaus gefiel. Die Wirrnisse der Liebe machten immer alles furchtbar kompliziert, und mit der Sorge um die Mutter, die Tochter und ihre neue Karriere hatte sie bereits mehr als genug zu tun.

Trotzdem … ein Lächeln umspielte ihre Lippen, als sie in die Küche ging. Da war Warren Tremayne, der aus der Melbourne'schen Filiale nach Sydney gekommen war. Er war ein attraktiver Mann, und ihr war das interessierte Blitzen seiner Augen aufgefallen, als er ihr zum ersten Mal begegnet war. Vielleicht …

Obwohl das *Royal Arms* in Woolloomooloo unweit des Hafens lag, war es eine der wenigen Kneipen in der Gegend, die nicht extra aufgemöbelt oder in ein kleines schickes Hotel verwandelt worden waren, um die Sydney'schen Yuppies oder Touristen anzuziehen. Trotz der Ventilatoren, die sich pausenlos unter der Decke drehten, war der schummrig erleuchtete Raum vom Geruch nach abgestandenem Bier, Schweiß und Zigarettenrauch erfüllt. Die Einrichtung stammte noch aus den späten Sechzigern: laminierte Tische, gepolsterte Chrom- und Plastikstühle, ein abgetretener Linoleumboden und ehemals rötlich-orangefarbene Tapeten, denen der Zigarettenrauch einen ledrigen Braunton verliehen hatte. Es war die Art Pub, in den die Leute gingen, um ein kaltes Bier zu trinken – und möglichst ungestört zu sein. Niemand interessierte sich dafür, wenn in der Kneipe seltsame Geschäfte oder Wetten abgeschlossen wurden oder wenn es Schlägereien gab. Man gratulierte den Gewinnern, während man die Verlierer umgehend vergaß.

Lenny Kovacs liebte diesen Ort. Hier fühlte er sich wohler als in seinem eigenen Heim, einer Villa am Strand von Tamarama, wo er als ehrlicher Geschäftsmann galt. Er war praktisch mit dem Geruch von verschüttetem Bier, billigem Parfüm und diversen Körperausdünstungen aufgewachsen – nicht hier in diesem Pub, aber in Enmore, wo sein alter Herr Barmann gewesen war. Mit seiner kleinen, gedrungenen Gestalt, dem unauffälligen Gesicht und den langweilig braunen Haaren passte er sich überall problemlos an. »Der unsichtbare Mann« hatten ihn die kriminellen Elemente Sydneys deswegen getauft.

Bereits als Jugendlicher hatte Lenny erfolgreich bei Pferderennen, der Königlichen Osterschau, Fußballturnieren und anderen Ereignissen, bei denen mit Gedränge zu rechnen gewesen war, die Taschen der Zuschauer geleert. Dann hatte er seine Geschäfte auf die Bereiche Einbruch, Überfall mit und ohne Waffe sowie Autodiebstahl ausgedehnt. Er hatte seine Coups immer sehr sorgfältig geplant, von einer Gruppe von Getreuen in die Tat umsetzen lassen und schon nach kurzer Zeit den Ruf erworben, schlau, hart und bereit für jedes noch so schmutzige Geschäft zu sein, solange sich damit genug verdienen ließ. Das Einzige, worum er einen weiten Bogen machte, waren Drogen, denn er hatte erlebt, was für einen Schaden sie anrichten konnten, und hegte die heimliche Befürchtung, dass er selbst süchtig werden könnte, wenn er Handel mit dem Zeug betrieb.

Bisher war er nur einmal in den Knast gewandert, doch die fünf Jahre in Grafton hatten ihn gelehrt, in Zukunft noch gerissener zu sein, weil er ganz sicher nicht die Absicht hatte, sich die Welt noch einmal durch ein Gitterfenster anzusehen.

Lenny hatte immer gern mehrere Deals auf einmal laufen. Im Augenblick war einer dieser Deals eine hübsche kleine Erpressung, über die er Insiderinformationen von einer gewissen Person aus dem Einzelhandel über lukrative Warensendungen bekam. Wegen dieses Deals trank Lenny jetzt den Rest seines Biers und ging zu der roten Telefonzelle in einer Ecke des Lokals, die eine Erinnerung an die netten, alten Zellen draußen auf der Straße war und durch deren dicke Glastür keines seiner Worte in die Kneipe drang.

»Hallo, Kumpel!«

Nach einem Augenblick der Stille kam die böse Antwort: »Ich habe dir gesagt, dass du mich nicht hier anrufen sollst.«

»Zu Hause habe ich dich nicht erreicht. Ich habe es heute Abend mindestens sechsmal dort versucht. Lebst du etwa an deinem Arbeitsplatz?«

Ein abgrundtiefer Seufzer. »Manchmal kommt es mir so vor.«

»Der letzte Deal hat uns ein hübsches Sümmchen eingebracht. Soll ich dir deinen Anteil so zukommen lassen wie sonst?«

Der Mann am anderen Ende der Leitung räusperte sich nervös. »Ja, aber sorg diesmal dafür, dass der ›Kurier‹ auch aussieht wie ein Kurier. Der letzte Kerl, den du geschickt hast, sah aus, als gehörte er zu einer Bikergang.«

Lenny verzog das Gesicht. »Okay. Verstanden. Donger sieht wirklich ziemlich übel aus. Also«, seine Stimme drückte freudige Erwartung aus, »was hast du für mich, Kumpel?«

Er grinste bis über beide Ohren, als er daran dachte, wie er Donger mal erklärt hatte, weshalb sein kleiner Freund bei ihm keinen normalen Namen hatte, sondern immer nur der »Kumpel« hieß. Es war ein Überbleibsel aus der Zeit, als er mit ihm zusammen aufgewachsen war. Lennys Vater hatte dem kleinen, blonden Jungen, der mit seinem Dad die Fässer an die Kneipen ausgeliefert hatte, diesen Spitznamen verpasst, der aus irgendeinem Grund an ihm kleben geblieben war. Lenny hätte lange überlegen müssen, um sagen zu können, wie er richtig hieß, aber meistens war ihm das auch vollkommen egal. »Kumpel« reichte völlig.

»Wir sollten besser erst mal eine Pause machen, Lenny. Die Sache wird ein bisschen heiß. Die Bosse haben rausgefunden, was passiert ist. Sie stellen Ermittlungen an, prüfen die Papiere und haben die Leute, die Zugang zu den Importunterlagen haben, im Visier. Wir warten also erst mal ab.«

»Was?« Lenny runzelte die Stirn. Das Zögern in der Stimme seines Informanten sagte ihm nicht im Geringsten zu. Bekam der kleine Scheißer etwa kalte Füße? O nein, das ließ er nicht zu! Schließlich hatte er Zeit und Geld in dieses Unternehmen investiert und musste seine Leute beschäftigen, wie in jedem anderen Geschäft. »Willst du etwa aussteigen?«

Pause. »Nein. Ich verdiene dieses Geld genauso gern wie du. Es ist nur ... ich denke, wir sollten eine Pause machen, bis die Bosse glauben, dass es eine einmalige Sache war. Sie haben bereits überlegt, ob sie die Polizei hinzuziehen sollen, Lenny.«

»Aber du hast nichts zu befürchten, Kumpel. Schließlich hast du deine Spuren ordentlich verwischt. Oder etwa nicht?«

»Natürlich.« Wieder stieß der »Kumpel« einen abgrundtiefen Seufzer aus. »Es ist nur ... ich bin nicht so nervenstark wie du. Du hast Nerven wie Drahtseile. Das weiß ich noch von früher.«

Lenny hob alarmiert den Kopf. Dieser feige Wichser, dachte er. »So was darfst du nicht sagen, Kumpel. Denn wenn du nervös bist, werde ich das auch, und du weißt, was dann passiert.«

Der Mann verstand die Drohung, die in diesem Satz mitschwang, und erklärte eilig: »Du weißt, dass du dich auf mich verlassen kannst. Alles, was ich sage, ist, dass wir ein, zwei Monate Pause machen sollten, bis ein bisschen Gras über die Sache gewachsen ist.« Und um das Ganze zu versüßen, fügte er hinzu: »Dann kriegen wir ein paar wirklich gute Waren rein. Lederwaren aus Italien, Parfüm aus Japan und dem Mittleren Osten, eine Ladung Schweizer Uhren, Spitzenunterwäsche aus Paris. Es wäre einfach vernünftiger und letztendlich auch profitabler, wenn wir warten würden, bis die nächste wirklich teure Sendung kommt.«

Lenny entspannte sich. »Verstehe. Okay. Dann machen wir es so.« Nach einer Pause fügte er hinzu. »Ach, übrigens, ich habe im *Herald* von dem Überfall in der Tiefgarage eures Ladens gelesen. Eine hässliche Geschichte. Aber diese Michaela sieht wirklich fantastisch aus. Du hast Glück, dass du täglich mit ihr zusammen bist.«

»D-du hattest damit doch wohl nichts zu tun, oder?«

Lenny richtete sich zu seinen ganzen einen Meter sechzig auf. »Kumpel, du weißt ganz genau, dass ich so etwas nicht mache, wenn ich dadurch nicht etwas deutlich machen will.« Er ließ diese Erklärung sacken, fügte dann aber noch hinzu: »Das war wahrscheinlich irgendein Drogenabhängiger auf der Suche nach ein bisschen leicht verdientem Geld.«

Lenny dachte an das Foto der jungen Beaumont, das er in der Zeitung gesehen hatte, und ihm wurde sofort heiß. Er wusste ganz genau, was er gern mit ihr machen würde.

Durch die Glastür sah er die drei Nutten, die in den Pub gekommen waren, um zu sehen, ob sich hier vielleicht etwas verdienen ließ. Er schob eine Hand in seine Hosentasche und rieb an seinem Schwanz. Gott, er würde sich die Blonde, die Beste aus dem Haufen, schnappen, wenn er mit diesem Schisser fertig war.

»Okay, Kumpel. Dann halten wir uns erst einmal bedeckt, aber ich werde mich wieder bei dir melden.« Mit einem bösen Grinsen legte er auf. Sein Informant bei Ashworths war die Art von Mann, der man beständig Angst einjagen musste, weil man sonst einfach nicht wusste, was er tat.

Mit einem breiten Lächeln lief er auf die Blonde zu, die ihm bereits erwartungsvoll entgegensah.

6

Joel saß mit gespreizten Beinen auf der Kante seines zerwühlten Bettes, stützte den Kopf in die Hände und hoffte oder besser *betete,* dass das Dröhnen seines Schädels sich verringerte, bevor er den Inhalt seines zusammengezogenen Magens vor sich auf den Teppich speien würde. Er hatte keine Ahnung, wie er gestern Abend heimgekommen oder was während des sechsstündigen Saufgelages geschehen war. Er wischte sich mit einem Zipfel seines T-Shirts den Schweiß aus dem Gesicht, bevor sich der dünne Stoff in seinen Bartstoppeln verfing.

Plötzlich stand er schwankend auf und stolperte ins Bad, wo er gerade noch rechtzeitig bis zur Toilette kam. Dann duschte er, rasierte sich und zog sich frische Klamotten an.

Als ordentlicher Mensch machte er trotz des Pochens in den Schläfen sorgfältig sein Bett und räumte seine aus einem Schlaf- und Wohnbereich sowie einer Küchenzeile bestehende kleine Wohnung auf. Anschließend trat er vor den Spiegelschrank im Bad, holte zwei Kopfschmerztabletten aus dem kleinen Fläschchen, schluckte sie und nahm abermals die würdelose Haltung auf dem Rand des Bettes ein. Er musste endlich aufhören, so achtlos mit sich umzugehen …

Auf jede schlechte Nachricht, jede nur knapp bestandene Klausur, jeden Rüffel oder jede Vorhaltung seines Dekans wegen seiner schlechten Leistungen reagierte er, indem er so viel trank, dass er seine Unzulänglichkeit wenigstens kurzfristig vergaß. Eine Zeit lang half es ihm, wenn er sich fast ins Koma trank, mit dem darauf folgenden Kater aber kam unweigerlich die Depression, die sich wieder nur durch Alkohol vertreiben ließ.

Ihm war bewusst, er hatte ein Problem und sollte sich professionelle Hilfe suchen, redete sich aber lieber immer weiter ein, dass er seine Trinkerei allein in den Griff bekam. Dabei trank er bereits, seit er dreizehn war. Zwei Jahre nach dem Tod des Vaters hatte er den ersten Rausch gehabt. Ihm war damals nicht bewusst gewesen, dass die Trinkerei die Folge des in London erlittenen Traumas war, denn das hatte er verdrängt. Doch noch immer wurde er mit fürchterlicher Regelmäßigkeit von Albträumen geplagt, in denen er die grauenhafte Szene auf der Straße vor sich sah. Sein Vater hatte sich geopfert, um sein Leben zu retten. Und obwohl er damals noch ein Kind gewesen war, würde er Jacks Opfer nie vergessen und sich selbst sein unbedachtes Handeln nie verzeihen.

Vor seiner Mutter hatte er die Kater nach den Saufgelagen bisher immer erfolgreich als Virusinfekte oder

Magenverstimmungen getarnt. Aber auch wenn sie, wie er glaubte, keine Ahnung davon hatte, was der wahre Grund für seine Leiden war, wussten Nick und Michaela schon seit langer Zeit Bescheid. Seine »Schwäche« war den beiden bereits vor Jahren aufgefallen. Da sie jedoch wussten, wie erschüttert Laura wäre, wenn sie erführe, dass ihr Sohn ein Trinker war, schirmten sie sie gegen die Wahrheit ab.

Joel griff nach dem Blatt mit den Prüfungsergebnissen dieses Semesters. Er hatte gerade noch ein Ausreichend geschafft; wieder einmal würde der Dekan der Fakultät nicht eben beeindruckt von ihm sein. Er fuhr sich mit der Zunge über die trockenen Lippen. Himmel, obwohl er sich einfach erbärmlich fühlte, sehnte er sich abermals nach einem Drink. Er biss die Zähne aufeinander, kämpfte während einiger Minuten gegen das Verlangen an, richtete sich dann auf und sah sich suchend um. Er musste sich *beschäftigen* ... Also stand er auf und blickte durch das Fenster in den Garten, in dem Caroline mit ihrer Tochter Fußball spielte, während Rufus böse bellte, weil der große Ball sich nicht so einfach mit den Zähnen packen ließ. Sein Hund war vollkommen verliebt in die beiden neuen Mitbewohnerinnen. Kein Wunder, schließlich war Fern ein wirklich tolles Mädchen, und seine Schwester hatte ihre Sache als Erzieherin hervorragend gemacht. Er sah zu, wie Caroline schwungvoll gegen das Leder trat. Dafür, dass sie Arthritis hatte, war sie noch sehr agil. Und sie schien des Öfteren mit Fern zu kicken, denn die beiden waren eindeutig ein eingespieltes Team. Er fand es toll, dass Caroline versuchte, so viel Zeit wie möglich mit ihrer Tochter zu verbringen. Sie standen sich anscheinend wirklich nah, und wenn Fern am Wochenende nicht bei ihrem Vater war und nicht für die Schule lernen musste, unternahm sie immer was mit Caroline.

Er war froh, dass Fern bei ihnen lebte, denn sie brachte neuen Schwung in die Waratah Avenue. Laura und Jack hatten das Haus für eine große Familie eingerichtet, so war es einfach schön, dass jetzt wieder jemand auf dem Flügel spielte und dass einem, wenn man nach Hause kam, fröhliches Gelächter und jugendlicher Lärm entgegenschlug. Er nickte zufrieden mit dem Kopf. Dass Caroline und Fern wieder zu Hause waren, tat auch seiner Mutter gut.

Laura war seit drei Wochen im Ruhestand und wirkte zufrieden und entspannt. Auch Rupert MacIntosh wäre bestimmt über die Veränderung erfreut. Dabei fiel ihm etwas ein. Rupert hatte ihm den Namen eines Professors an der Universität von New South Wales gegeben, eines gewissen Harry Grebeveski, der alternative Methoden zur Behandlung der Herzprobleme erforschte, unter denen seine Mutter litt. Der Kardiologe hatte ihm erklärt, dass der Professor einen Medizinstudenten suchte, der ihm als Teilzeitkraft durch das Sammeln von Artikeln und die Suche nach Daten bei seiner Recherche half. Er war davon überzeugt, dass er das schaffen würde, und falls die Arbeit des Professors seiner Mutter eines Tages helfen könnte, wollte er daran beteiligt sein. Wenn ihn Harry Grebeveski nahm …

Er strich sich nachdenklich über das Kinn und griff nach seinem Schlüsselbund. Vielleicht hätte Fern ja Lust, mit ihm eine Runde in seiner Corvette zu drehen. Sie könnten rauf nach Katoomba fahren und er könnte ihr die berühmten Drei Schwestern, das Wahrzeichen der Blue Mountains, zeigen. Er warf einen schuldbewussten Blick auf den hohen Berg Bücher, der auf seinem Schreibtisch lag. Eigentlich sollte er sich mit Onkologie, dem menschlichen Nervensystem und anderen Dingen beschäftigen. Ach, zur Hölle mit der blöden Lernerei. Ab und zu brauchte man schließlich auch mal etwas Zeit für sich …

Die Markham'sche Kanzlei lag in der fünfzehnten Etage des renommierten Australia Square Building in der George Street, also mitten im Geschäftsviertel der Stadt. Jeffrey und sein Juniorpartner Leith saßen in Jeffreys geräumigem Büro, warteten auf Laura Beaumont und Daniel Blumner und gingen vorher noch einmal alles durch.

»Das Unternehmen ist solvent, das steht außer Frage«, stellte Jeffrey nachdrücklich fest. »Und Laura selbst ist eine äußerst wohlhabende Frau. Dafür hat schon Jack mit seinem Testament gesorgt, indem er ihr ein beachtliches Barvermögen und ein Aktienpaket hinterließ, dessen Wert sich im Lauf der Jahre beinahe verdreifacht hat.«

»Trotzdem können Sie nicht leugnen, dass Ashworths gerade eine schlechte Phase durchmacht. Die Verkaufszahlen und dadurch auch der Aktienkurs sind in den letzten Monaten merklich zurückgegangen, und in den letzten beiden Jahren ist das Unternehmen durch die Einrichtung der modernen Boutiquen, die Michaela vorgeschlagen hat, bis an die Grenzen der finanziellen Belastbarkeit gegangen. Langfristig halte ich die Diversifizierung für eine gute Strategie, und wenn sie erfolgreich ist, werden sie in Zukunft vielleicht weiter in diese Richtung gehen wollen, nur wurden durch die Eröffnung der Boutiquen beachtliche Gelder des Unternehmens aufgebraucht.« Leith beugte sich über den Tisch und fügte in vertraulichem Ton hinzu: »Daniel und Neil zufolge werden die Investoren vor der diesjährigen Jahreshauptversammlung keine Dividende sehen, wenn nicht plötzlich noch dramatische Gewinne erwirtschaftet werden. Was nicht zu erwarten ist.«

Leith achtete genau auf Jeffreys Reaktion. Sein Boss war Ende sechzig, ein großer, schlanker Mann mit dichtem, weißem Haar, der als Finanz- und Rechtsberater, vor allem von Laura Beaumont, immer noch am Ball war. Leith wusste, die geschäftliche Beziehung und private Freundschaft zwischen diesen beiden Menschen reichte bereits in die Zeit zurück, bevor das erste Kaufhaus von Laura eröffnet worden war.

»Und durch die Diebstähle wird alles noch verkompliziert«, stellte Leith mit ernster Stimme fest. »Inzwischen hat auch die Filiale in Melbourne fehlende Wareneingänge gemeldet. Boris ist runtergeflogen, um der Sache nachzugehen, aber wenn die Presse davon Wind bekommt und meint, das Ganze wäre eine Nachricht wert, sackt der Aktienkurs bestimmt noch weiter ab. Vielleicht steht die Zukunft von Ashworths auf dem Spiel, vor allem, wenn die Investoren ihre Verluste in Grenzen halten wollen und es zu einem groß angelegten Verkauf von Aktien kommt.«

»Sie malen ein verdammt düsteres Bild.« Jeffrey nahm seine Goldrandbrille ab, kniff sich in die Nase und runzelte die Stirn. »Ich glaube nicht, dass wir Laura gegenüber so negativ erscheinen sollten, zumal sie gesundheitlich ein wenig angeschlagen ist.«

Bevor Leith etwas erwidern konnte, klingelte die Gegensprechanlage und Jeffreys Sekretärin sagte: »Mrs Beaumont und Mr Blumner sind jetzt da. Ich schicke Sie zu Ihnen rein.«

Leith fuhr sich mit den Händen durch das stachelige,

blonde Haar, schloss den obersten Knopf seines Hemds und rückte seine Krawatte zurecht. Dabei dachte er flüchtig an Lauras Tochter Michaela. Sie war eine faszinierende Person, doch es gab Momente, in denen er den Ehrgeiz und die Kompetenz, die sie verströmte, beinahe alarmierend fand. Für Laura hingegen empfand er grenzenlosen Respekt, denn sie hatte es, beinahe ohne Hilfe, als Geschäftsfrau weit gebracht.

Als Laura und Daniel den Raum betraten, standen beide Männer auf, Jeffrey küsste Laura auf die Wange und schüttelte Daniel freundschaftlich die Hand.

»Bitte nehmt doch Platz. Möchte jemand einen Kaffee oder einen Tee?«

Alle lehnten ab und Laura blickte Jeffrey fragend an. »Ich nehme an, dass du und Mr Danvers bereits über die Situation des Unternehmens gesprochen habt. Was von euch als meinen Anwälten auch nicht anders zu erwarten ist.«

»Ich weiß, dass wir keine Finanzexperten sind, aber ja«, bestätigte ihr Leith, »Jeffrey und ich haben einen kurzen Bericht über die finanzielle Entwicklung während der letzten beiden Jahre zusammengestellt.«

Laura sah ihn reglos an. »Und?«

»Wir glauben, das Unternehmen steht an einem Scheideweg. Es wurde in den letzten Jahren stark erweitert und in eine Aktiengesellschaft umgewandelt, obwohl Sie und Ihre Familie immer noch die Mehrheitseigner sind. Zudem wurden diese neuen Boutiquen eröffnet. Langfristig dürfte das durchaus von Vorteil sein, aber …«

»… kurzfristig fehlen uns das Kapital und die Gewinne, um eine Dividende an die Investoren ausschütten zu können«, beendete Laura seinen Satz. »Korrekt?«

»Ja, meine Liebe, genauso sieht es aus«, antwortete

Jeffrey, fügte aber gleich hinzu: »Nicht, dass nicht eine Reihe anderer Unternehmen genau dieselben Schwierigkeiten hätte.«

»Andere Unternehmen interessieren mich nicht, Jeffrey, mir geht es einzig und allein um meinen eigenen Betrieb. Und auch unseren Investoren gegenüber möchte ich mich anständig verhalten – vor allem, weil das Unternehmen sich einen massiven Aktienverkauf nicht leisten kann. Denn dadurch geriete es möglicherweise in Gefahr, von dritter Seite übernommen zu werden. Nicht wahr?« Sie sah Daniel fragend an.

»Auszuschließen wäre das nicht.«

»Haben Sie schon einen Plan, Laura?«, wandte sich Leith an die Frau, deren wacher Geist und klarer Blick ihn so sehr an ihre jüngste Tochter erinnerten. Und genau wie Michaela war Laura immer elegant gekleidet und tadellos frisiert. In ihrem langärmligen, hellbraunen Kostüm und der herbstlich orange-braun-goldfarbenen Bluse war sie eine für ihr Alter unglaublich attraktive Frau.

»Daniel und ich haben über die Angelegenheit gesprochen, und ich habe beschlossen, eine Immobilie zu verkaufen, eine Lagerhalle in Ultimo. Neil hat mich bedrängt, sie zu behalten, weil die Grundstückspreise bestimmt noch weiter steigen, aber der gesamte Aufsichtsrat ist wie ich der Meinung, dass es unerlässlich ist, unseren Aktionären zu beweisen, dass man Vertrauen in unser Unternehmen haben kann. Deshalb werfe ich die Lagerhalle sofort auf den Markt und zahle unseren Aktionären von dem Verkaufserlös eine bescheidene Dividende aus.«

Jeffrey und Leith sahen einander an. Der Ältere von beiden blinzelte ein paarmal überrascht, der Jüngere nickte jedoch zustimmend mit dem Kopf.

»Ist diese Maßnahme nicht ein bisschen zu drastisch?

Schließlich könnten die Aktien von Ashworths in den nächsten Monaten noch steigen«, sagte Jeffrey.

»Das könnten sie«, stimmte ihm Daniel zu, »aber Laura will nicht das Risiko eingehen, dass das Gegenteil passiert. Durch den Verkauf der Lagerhalle kann sie das Vertrauen der Investoren stärken. Wir werden die Halle möglichst diskret von einem Makler verkaufen lassen, damit niemand mitbekommt, dass aus dem Erlös die Dividende an die Investoren ausgeschüttet werden soll.«

»Eine interessante kurzfristige Strategie«, erklärte Leith. »Auch wenn man so was schwerlich öfters machen kann.«

»Gott, ich hoffe, dass das auch nicht nötig sein wird«, stellte Laura mit einem kurzen Lachen fest. »Ich gehe davon aus, dass sich die Ashworths-Aktien in absehbarer Zeit nicht nur stabilisieren, sondern wieder in die Höhe gehen.«

»Da es zum Wohl des Unternehmens ist, spricht aus rechtlicher Sicht nichts dagegen, dass du eine Dividende aus eigener Tasche zahlst«, erklärte Jeffrey Markham, und Leith fügte, an Laura gewandt, im Ton größter Bewunderung hinzu: »Sie haben wirklich Mumm.«

Daniel verzog den Mund zu einem Lächeln und antwortete an Lauras Stelle. »Gut. Zwar hatten wir uns schon gedacht, dass es keine rechtlichen Probleme geben würde, aber wir wollten trotzdem fragen, um ganz sicherzugehen.«

»Hätten Sie vielleicht noch zehn Minuten Zeit für mich? Ich würde gern ein paar kleine Veränderungen an meinem Testament vornehmen«, wandte Laura sich erneut an Leith.

»Wozu?« Jeffrey sah sie fragend an. »Die letzte Änderung ist doch erst ein Jahr her.«

»Ich bin noch nicht senil«, antwortete Laura, milderte den scharfen Ton aber durch ein leichtes Lächeln ab. »Ich habe nicht vergessen, dass ich letztes Jahr wegen meines Testaments bei dir gewesen bin. Aber innerhalb der Familie haben sich ein paar Dinge geändert. Caroline und Fern sind wieder da. Und wenn du es unbedingt wissen willst: Ich würde gern Fern noch zusätzlich etwas vermachen, und bevor ich auf die Kreuzfahrt gehe, von der ich dir neulich erzählt habe, möchte ich, dass alles seine Ordnung hat.«

»Du fährst also wirklich?«, fragte Jeffrey in einem Ton, der seine Verwunderung verriet.

»Kurz nach Ostern geht es los.« Sie drohte ihrem alten Freund spielerisch mit dem Finger und forderte ihn auf: »Jeffrey Markham, sieh mich nicht so an. Rupert, mein Kardiologe, hat mir seinen Segen dazu gegeben. Er meinte, eine viermonatige Kreuzfahrt um die Welt wäre genau das, was ich brauche. Außerdem kommt Kitty Smithers mit.«

»Ich bin bloß neidisch, Laura. Ich bin überzeugt, dass du dich prächtig amüsieren wirst«, antwortete Jeffrey ihr. »Aber es wird mir fehlen, sonntags mit dir zum Essen auszugehen.« Tatsächlich sah er derart unglücklich aus, als hätte er etwas verloren, was ihm lieb und teuer war.

»Es sind doch nur vier Monate. Bevor du überhaupt Gelegenheit hast, mich zu vermissen, bin ich längst wieder da.« Dann sah Laura die drei Männer lächelnd an. »Caroline hat für Ostersonntag ein Mittagessen bei uns zu Hause für Freunde und Familie geplant. Ich hoffe, ich werde auch euch sehen.«

»Mich auf jeden Fall«, erklärte Leith ihr prompt, und als Laura aufstand, erhob er sich ebenfalls von seinem Platz. »Am besten gehen wir in mein Büro. Dann hole ich mir Ihre Akte, Laura, und wir sprechen noch kurz über das Testament.«

Laura kam zu dem Ergebnis, dass der junge Mann ihr außerordentlich gefiel. Er versuchte nie, Eindruck bei ihr zu schinden, sondern ging völlig natürlich mit ihr um. Je öfter sie Leith Danvers sah und je mehr sie von ihm hörte, umso stärker fiel ihr auf, wie intelligent, integer und gewissenhaft er war. Genau wie ihr seliger Jack. Dann dachte sie an Michaela und daran, dass sie von Leith gerettet und mit Blumen aufgeheitert worden war. Es könnte sie wesentlich schlechter treffen als mit diesem jungen Mann. Und Jeffrey hatte ihr erzählt, dass er in Erwägung zog, den jungen Anwalt nächstes Jahr zum Teilhaber zu machen, damit er zu keinem anderen Unternehmen ging.

Ein nachdenkliches Lächeln umspielte ihren Mund, als sie vor Leith den Raum verließ. Michaela könnte es tatsächlich deutlich schlechter treffen, davon war sie überzeugt.

Wie an der Universität von Sydney war auch an der Universität von New South Wales die medizinische Fakultät ein regelrechtes Labyrinth aus Korridoren, Büros, Vorlesungssälen und Labors. Nachdem er mehrmals falsch gelaufen war, war Joel vollkommen frustriert, als er endlich vor der Tür des Sprechzimmers von Professor Grebeveski stand. Er klopfte und betrat ein winziges Kabuff, in dem eine Sekretärin hinter einem Schreibtisch saß und Daten in einen Computer eingab.

Joel unterdrückte seinen Ärger, weil die junge Frau noch nicht einmal den Kopf gehoben hatte, als er eingetreten war, und sagte in höflich kühlem Ton: »Guten Tag. Ich möchte zu Professor Grebeveski.«

Sie hielt kurz im Tippen inne. »Haben Sie einen Termin?«

»Nein, aber ...«

»Ohne Termin wird er Sie nicht empfangen. Dafür hat er viel zu viel zu tun.«

Joel ließ seinen Rucksack auf den Boden fallen und baute sich direkt vor dem Schreibtisch auf. Etwas an dem Benehmen seines Gegenübers – ihre beinahe herablassende Art – rief einen leisen Zorn in ihm wach. Im Grunde war er nicht so leicht zu reizen, aber er war von der Uni Sydney bis nach Kensington gerast, hatte eine halbe Ewigkeit erst mit der Parkplatzsuche und dann mit der Suche nach dem richtigen Büro verbracht und war deshalb nicht gerade gut gelaunt.

»Hören Sie, Miss ... ich habe gestern mit dem Professor telefoniert. Ich bin wegen der Assistentenstelle hier, und Professor Grebeveski hat gesagt, dass ich einfach kommen soll, wann es mir passt.«

Der Rotschopf hielt im Tippen inne und blickte auf eine unter dem Tablett für den Posteingang klemmende Notiz. »Dann sind Sie Joel Beaumont?«

»Ja.«

»Professor Grebeveski hat gerade eine Vorlesung. Er ist frühestens in einer halben Stunde wieder hier.« Sie wies gleichmütig auf einen Plastikstuhl neben der Tür. »Wenn Sie wollen, können Sie so lange warten.«

»Danke.« Joel blickte auf ihr Namensschild. »Miss Markovitch. Sehr nett.«

Joel glaubte nicht, dass ihr sein Sarkasmus aufgefallen war, denn noch bevor er Platz genommen hatte, hatte sie sich bereits wieder ihrer Arbeit zugewandt.

Nachdem er sich ein paar Minuten in dem winzig kleinen Arbeitszimmer umgesehen hatte, zog er ein Skript aus seinem Rucksack und las ohne große Lust das Kapitel, um das es in der letzten Vorlesung gegangen war, blickte aber immer wieder dorthin, wo der abweisende Rotschopf saß. Obwohl ihr Verhalten ihn geärgert hatte, rief es gleichzeitig ein gewisses Interesse in ihm wach. Sie hatte den rotesten, am wildesten gelockten Schopf, den er je gesehen hatte, und auch wenn sie sich bemüht hatte, ihn dadurch zu zähmen, dass sie ihn mit einem Gummiband zusammenhielt, hatten ein paar Strähnen sich befreit und bildeten einen lockigen Rahmen um ihr wenn auch nicht klassisch schönes, so doch anziehendes Gesicht. Das gute Fräulein Markovitch hatte interessante, ja durchaus attraktive Züge und haselnussbraune Augen, deren Blick, wann immer sie in seine Richtung sah, ihm deutlich zu verstehen gab, dass er ja die Klappe halten sollte, weil sie beschäftigt war.

Nachdem er quälende vierzig Minuten schweigend auf dem Stuhl gesessen hatte, wagte er zu fragen: »Glauben Sie, dass es noch lange dauern wird?«

»Das ist schwer zu sagen, Mr Beaumont. Manchmal wird der Professor von Studenten aufgehalten, die noch Fragen an ihn haben.« Sie unterzog ihn einer eingehenden Musterung und fragte ihn nach kurzem Zögern: »Sind Sie zufällig mit *den* Beaumonts, das heißt mit Nick Beaumont, verwandt?«

Joel ließ sich nicht anmerken, wie überrascht er war. Vielleicht hatte sie ja einfach keine Lust mehr, immer nur zu tippen, und freute sich deshalb über ein Gespräch. »Wir sind Halbbrüder. Kennen Sie Nick?«

»Meine Güte, nein, nicht persönlich.« Bereits der Gedanke brachte sie anscheinend völlig aus dem Gleichgewicht. »Ich kenne den Namen, weil mein Dad bei B&S gearbeitet hat. Er war Vorarbeiter dort, bis er wegen eines Rückenproblems in Rente gegangen ist.«

»Ich weiß nur sehr wenig über Nicks Geschäft, außer, dass es ziemlich gut zu laufen scheint. Nick ist wesentlich älter als ich«, erwiderte Joel und freute sich, weil sie nicht mehr ganz so abweisend war.

»Warum wollen Sie dann die Assistentenstelle? Ich meine, schließlich schwimmt Ihre Familie im Geld.«

Sie wirkte ehrlich überrascht, weshalb Joel wegen dieser allzu direkten Frage nicht beleidigt war. »Es stimmt, wir sind nicht gerade arm. Aber ich habe ein persönliches Interesse an den Forschungen des Professors. In ein paar Monaten beginnt für mich das praktische Jahr, und später würde ich selbst gern in die Forschung gehen.«

»Ach, tatsächlich? Aber Ihnen ist doch sicher klar, dass mit Forschung kaum was zu verdienen ist. Fragen Sie den Professor.« Und mit einem hinterhältigen Lächeln fügte sie hinzu: »Wobei das Geld für Sie wahrscheinlich keine große Rolle spielt.«

Offenbar suchte sie Streit.

»Was haben Sie für ein Problem, Miss Markovitch? Ist es möglich, dass Ihnen Leute, die keine finanziellen Sorgen haben, grundsätzlich unsympathisch sind?« Joel wusste, dass er ins Schwarze getroffen hatte, denn ihr stieg eine leichte Röte ins Gesicht.

»Ich glaube, die Menschen sollten sich die Dinge, die sie haben, selbst verdienen und sie nicht auf einem Silbertablett überreicht bekommen, ohne etwas dafür tun zu müssen.«

»Aus Ihnen spricht die wahre Sozialistin, Elissa.« Ein kleiner, dünner Mann mit Brille und schütterem, grauem Haar trat durch die Tür, ließ eine abgewetzte Aktentasche neben dem Schreibtisch auf den Boden fallen. Dann wandte er sich an Joel. »Joel, nicht wahr?«

Als der Besucher höflich nickte, fuhr er fort. »Wie ich

sehe, haben Sie Elissa bereits kennengelernt. Sie ist die beste Sekretärin, die ich je hatte, deshalb nehme ich ihre politischen Ansichten und ihre Offenheit auch klaglos hin.«

»Das sind keine politischen Ansichten, Professor Grebeveski, sondern einfach die Überzeugungen, mit denen ich aufgewachsen bin. Wir leben in einer Demokratie und ich habe das Recht auf eine eigene Meinung«, verteidigte sich Elissa Markovitch.

Mit einem abgrundtiefen Seufzer wandte sich Harry Grebeveski abermals an Joel. »Sehen Sie, was ich meine? Es ist nicht gerade einfach, mit ihr auszukommen, aber sie leistet wirklich hervorragende Arbeit. Wenn Sie der Richtige für diese Assistentenstelle sind, werden Sie eng mit ihr zusammenarbeiten müssen. Ich hoffe, das ist kein Problem.«

Joel musste ein Lächeln unterdrücken. Es machte dem Professor offensichtlich Spaß, Miss Markovitch zu reizen, und ihr empörter Blick verriet, dass ihm das auch mühelos gelang. »Ganz bestimmt nicht, Sir, denn es ist mir lieber, wenn die Menschen offen sagen, was sie denken, als wenn sie unehrlich sind. Die Zusammenarbeit wäre also bestimmt kein Problem.«

Der Professor nickte. »Kommen Sie mit in mein Büro. Dann erzähle ich Ihnen erst mal, was ich mache.«

Grinsend folgte Joel dem Professor in einen unwesentlich größeren, mit Regalen, Aktenschränken und Kartons voller Papierkram überfüllten Raum. Das Zimmer wirkte geradezu erschreckend desorganisiert, aber Joel kannte Grebeveskis Ruf. Der Professor war auf dem Gebiet der nicht-invasiven kardiovaskulären Forschung äußerst angesehen, und die Arbeit für ihn und mit der allzu direkten Elissa Markovitch versprach interessant zu werden …

Auf dem Weg in das Büro ihrer Schwester traf Caroline im Flur Neils jüngsten Bruder Mark McRae. Sie sahen einander höflich lächelnd an, bevor Caroline, ohne ein Wort mit ihm zu wechseln, entschlossen weiterging.

Sechs Wochen nachdem sie bei Ashworths angefangen hatte, war sie alles in allem sehr zufrieden mit den Dingen, die sie bisher geleistet hatte, und mit der Geschwindigkeit, mit der sie lernte, wie das Unternehmen lief.

Wobei ihre Arbeit in der PR-Abteilung auch nicht gerade schwierig war: Sie bereitete die Texte für Pressemitteilungen vor, knüpfte Kontakte zu Medienvertretern, lernte, wie die Abteilung funktionierte, und verbrachte, um ein Gefühl für alles zu bekommen, zwischendurch auch Zeit in der Buchhaltung, der Werbe- und Marketingabteilung sowie im Laden. All das war nicht besonders anspruchsvoll, nichts, wobei sich ein wirklich schwerwiegender Fehler machen ließ. Sie sah und hörte zu und versuchte, alles Mögliche zu lernen, wobei das Personal ihr gegenüber hilfsbereit und freundlich war.

Mit Ausnahme eines Menschen, dachte sie.

Michaela gab sich alle Mühe, sie bei ihrer Arbeit und beim Lernen zu behindern, allerdings auf eine so gewiefte Art, dass es bisher keinem Menschen – nicht einmal Jo Levy, die sie beide schon seit vielen Jahren kannte – aufgefallen war. Als Caroline bei Ashworths angefangen hatte, hatte sie, vielleicht naiv, gedacht, dass sich Michaela freuen würde, wenn auch ihre große Schwester für das Unternehmen tätig war. Doch sie fühlte sich von Carolines Erscheinen offenbar bedroht und ließ deshalb nichts unversucht, um ihr deutlich zu verstehen zu geben, dass sie für die Arbeit in der Firma völlig ungeeignet war.

Carolines blaue Augen wurden kalt, als sie vor die Bürotür trat. Ihre kleine Schwester hatte offenkundig keine Ahnung davon, wie sie tickte oder was für Rückschläge, Kritiken oder Gemeinheiten von neidischen Kollegen und Kolleginnen sie bereits hatte einstecken und überwinden müssen, bis sie als Pianistin endlich oben angekommen war. Damals hatte sie sich, um nicht zu verzweifeln oder durchzudrehen, einen harten Panzer zugelegt.

Michaela brauchte sich also nicht einzubilden, dass ihre Guerillataktiken irgendwann Erfolg haben würden.

Ein grimmiges Lächeln huschte über Carolines Gesicht. Ihre kleine Schwester wusste nicht, wie entschlossen auch sie selbst sein konnte, wenn ihr etwas wichtig war. Sie stieß einen leisen Seufzer aus und öffnete die Tür. Es war höchste Zeit für ein klärendes Gespräch.

Michaela saß an ihrem Schreibtisch und sprach mit jemandem am Telefon.

»Oh, Leith. Ja. Es geht mir wieder gut.« Michaela hob den Kopf, als Caroline den Raum betrat, fuhr dann aber fort: »Nein, ich habe keine Schmerzen mehr.«

Erst als Michaela nickte, ging Caroline die paar Schritte bis zu ihrem Schreibtisch und blieb dort abwartend stehen.

»Die Polizei hat ihn erwischt? Das ist eine gute Nachricht. Eine Gegenüberstellung? Wann?« Michaela schrieb sich eilig etwas in ihrem Terminkalender auf. »Okay. Sie brauchen mich nicht extra abzuholen.« Als er etwas erwiderte, hörte sie nachdenklich zu. »Oh, okay. Na klar. Um drei. Bis dann.«

Dann erst sah sie ihre Schwester wieder an. »Die Polizei glaubt, dass sie den Typen erwischt hat, der mich überfallen hat. Boris kennt den Vize-Polizeichef und hat ein solches Theater wegen des Überfalls gemacht, dass sie Fingerabdrücke von meinem Wagen genommen haben. Dabei haben sie Abdrücke gefunden, die zu einem Typen passen, der in ihrer Datei ist, und jetzt sollen ich und Leith ihn heute Nachmittag identifizieren, damit Anklage gegen ihn erhoben werden kann.«

»Das ist eine gute Nachricht.«

Michaela starrte ihre Schwester weiter an. »Wie ich sehe, trägst du ein Kostüm aus der Zampatti-Kollektion.« Widerstrebend musste sie sich eingestehen, dass die marineblaue, an den Aufschlägen und Taschen beigefarben abgesetzte Jacke ihrer Schwester hervorragend stand. »Es ist immer gut, etwas aus dem eigenen Haus zu tragen, weil das das Vertrauen der Angestellten und der Kunden in unsere Produkte stärkt.«

»Das werde ich mir merken.« Schweigend wartete Caroline, dass ihre Schwester fragte, was der Grund für ihr Erscheinen war. Normalerweise kam sie nur in ihr Büro, wenn sie dazu eingeladen war oder wenn es dort eine Besprechung mit anderen Angestellten gab. Ihre Geduld wurde belohnt, denn als Michaela merkte, dass sie stehen blieb, obwohl sie keine Unterlagen in den Händen hielt, sah sie sie fragend an.

»Was willst du, Caroline?«

Beinahe hätte Caroline gelächelt. »Ich will gleich mehrere Dinge, Michaela.« Sie trat ein wenig näher an den Schreibtisch, richtete sich zu ihrer ganzen Größe auf, stemmte eine Hand in die Hüfte und stellte mit ruhiger Stimme fest: »Ich will eine faire Chance hier bei Ashworths, die du mir aber nicht gibst. Und ich würde gern wissen«, sie machte eine Pause, »wovor du solche Angst hast und weshalb du mir so deutlich zu verstehen gibst, dass du mich nicht ausstehen kannst, obwohl wir, wenn ich mich recht entsinne, immer prima miteinander ausgekommen sind. Das heißt, bis ich hierherkam. Also, was hast du für ein Problem?«

Michaela, die mit diesem Angriff ganz eindeutig nicht gerechnet hatte, blinzelte verwirrt und presste die Lippen aufeinander, antwortete dann aber ebenso ruhig: »Das ist ja eine ganze Liste von Fragen, die du an mich hast. Setz dich und lass uns miteinander reden.«

»Danke, ich bleibe lieber stehen.« Caroline war klar, dass es ein kleiner Vorteil für sie war, wenn Michaela zu ihr aufsehen musste, während sie mit ihr sprach.

»Okay. Ich will gar nicht erst so tun, als wüsste ich nicht, wovon du redest. Es stimmt, ich habe etwas dagegen, dass du hier bist. Punkt. Vielleicht ist es dir nicht bewusst, weil du so viele Jahre in Europa warst, aber es gab immer die unausgesprochene Übereinkunft, dass ich eines Tages – wenn ich die erforderliche Reife dafür hätte – Ashworths leiten würde. Und auch wenn du bisher von Tuten und Blasen keine Ahnung hast, bringt dein Eintritt in das Unternehmen diese Übereinkunft in Gefahr. Unsere Mutter und Daniel scheinen zu denken, dass du alles Erforderliche lernen kannst, und dann?«, fragte sie Caroline, fuhr aber, ohne eine Antwort abzuwarten, fort.

»Du bist viel älter als ich, deshalb ist es nur logisch, davon auszugehen, dass man dich, wenn du deine Sache gut machst, als Ashworths nächste Präsidentin vorschlagen wird, falls Daniel innerhalb der nächsten zehn Jahre in den Ruhestand geht.« Sie starrte ihre Schwester böse an. »Ich habe mich für dieses Unternehmen krummgelegt. Ashworths ist mein Leben, solange ich denken kann. Ich habe mich schon in der Schule für nichts anderes interessiert, und ich hatte nie ein anderes Ziel, als eines Tages die Chefin hier zu sein.« Sie drehte leicht den Kopf und blickte aus dem Fenster. *Ich schätze, das ist meine größte Angst,* dachte sie, war aber nicht so dumm, es laut zu sagen. *Dass Caroline erfolgreich ist, während ich selbst versage, weil ich einfach nicht das Zeug dazu habe, Präsidentin von Ashworths zu sein.* Dieses Szenario war mehr, als sie ertragen konnte.

Caroline kniff nachdenklich die Augen zusammen. Ihr war bewusst, wie ehrgeizig ihre kleine Schwester war. Diese Eigenschaft hatte sie schon als kleines Kind gehabt. Sie hatte es immer schon gehasst, wenn sie bei *Monopoly* oder *Trivial Pursuit* nur die Zweitbeste gewesen war, wenn sie auf dem Tennisplatz verloren hatte, bei den Pfadfinderinnen nicht die meisten Auszeichnungen oder in der Schule nicht die besten Noten bekommen hatte. Sie brauchte und sie liebte es, wenn sie überall die Erste war. »Dass es jemals dazu kommen wird, ist ja wohl noch längst nicht abzusehen, und wer von uns beiden kann schon sagen, wo wir in zehn Jahren stehen?«

»*Ich* weiß ganz genau, wo ich in zehn Jahren stehen will: an der Spitze dieses Unternehmens«, erklärte Michaela selbstbewusst. »Und da du das Erreichen dieses Ziels gefährden könntest, muss ich alles in meiner Macht Stehende tun, um zu verhindern, dass das passiert.«

»Indem du mich als ineffizient, nutzlos und unfähig dastehen lässt?« Aus lauter Frustration wurde ihre Stimme etwas lauter und sie starrte ihre kleine Schwester böse an. Warum konnte Michaela nicht erkennen, dass diese Gefahr allein in ihrer Einbildung bestand, weil Caroline ganz sicher nicht als potenzielle Konkurrentin in die Firma eingetreten war?

»Wenn es nicht anders geht«, erklärte Michaela herablassend und warf trotzig ihren Kopf zurück.

Angesichts dieser Antwort musste Caroline schlucken, dann aber fragte sie: »Michaela, glaubst du etwa allen Ernstes, ich würde tatenlos mitansehen, wie du meinen Ruf untergräbst? Ich weiß genau wie du, wie es ist, wenn man die Beste ist. Das war ich nämlich auch einmal, nur eben auf einem anderen Gebiet«, erinnerte sie die Jüngere. »Ich weiß, welche innere Stärke ein Mensch braucht, um ganz nach oben zu gelangen, und ich lasse ganz sicher nicht zu, dass du oder jemand anderes mich in ein schlechtes Licht rückt, so wie du es momentan versuchst.« Sie sah ihrer Schwester in die Augen und fügte nachdrücklich hinzu: »Ich glaube nicht, dass wir beide uns bekämpfen müssen, aber wenn du es so haben willst – unterschätz mich lieber nicht. Ich glaube, dass es hier Raum für uns beide gibt und dass wir gemeinsam zum Wohl des Unternehmens beitragen können, wenn wir uns nur bemühen.«

»Das klingt für mich wie eine Kriegserklärung.«

»Nur wenn du es willst. Aber, Michaela, denk doch einmal nach.« Caroline stieß einen Seufzer aus und schüttelte den Kopf. »Denk an unsere Mutter und daran, wie betroffen sie von einem Krieg zwischen uns wäre. Eines Tages könntest du sie in die schwierige Lage bringen, dass sie sich zwischen uns entscheiden müsste.«

Michaela verzog verächtlich das Gesicht. »Wir wissen beide, wie sie sich in diesem Fall entscheiden würde. Du warst schließlich immer schon ihr ganz besonderer Liebling. Das war selbst meinem Vater klar.«

Etwas an ihrem Ton – vielleicht eine Spur von Eifersucht – machte Caroline bewusst, dass es noch andere Probleme zwischen ihnen gab. Sie hatte offenbar die sprichwörtliche Büchse der Pandora aufgemacht und keinen blassen Schimmer, wie sich diese jetzt wieder schließen ließ. »Jack war ein wunderbarer Stiefvater, er hat mich immer unterstützt. Aber er hat seine Kinder – Nick, dich und Joel – bedingungslos geliebt und hätte alles für euch drei getan.«

»Nur dass er das nicht mehr konnte.« Jetzt erhob

auch Michaela sich und baute sich kampflustig vor der Schwester auf. »Er hatte nämlich keine Chance mehr dazu. Ohne dich und deine verdammte Musik wäre er vielleicht noch am Leben.«

»Was?« Caroline wich einen halben Schritt zurück, als hätte ihre Halbschwester sie geohrfeigt. Es war nicht zu überhören, welcher Hass in Michaelas Stimme lag. »Wovon redest du?«

»Oh, tu doch nicht so unschuldig. Du weißt genau, wovon ich rede. Wenn mein Vater nicht zu deinem Konzert nach London gekommen wäre, hätte ihn auch nicht der Lkw erwischt.«

»Also war es meine Schuld, dass er überfahren wurde?«

Glaubte Michaela das wirklich? Caroline war wie betäubt. Hegte Michaela tatsächlich schon seit all den Jahren diesen fürchterlichen Groll, gab sie etwa allen Ernstes ihr die Schuld am Tod von Jack Beaumont? Das war vollkommen absurd, doch die Miene ihrer Schwester machte deutlich, dass sie es anscheinend so sah.

»Zumindest indirekt.« Michaela zeigte anklagend auf Caroline. »Schließlich waren wir alle wegen deines ersten Solokonzerts in London, und wenn wir anschließend gleich ins Hotel gegangen wären statt zu deiner blöden Feier in Soho, wäre all das nicht passiert.«

»Dann ist das hier also deine Art, mich dafür zu bestrafen? Indem du mir das Leben so schwer wie möglich machst?«

Michaela gab keine Antwort, sondern wandte sich mit einem gleichgültigen Schulterzucken von ihr ab und rückte einen Stapel Papiere auf der Fensterbank zurecht.

Caroline runzelte sorgenvoll die Stirn. Dass es so schlimm werden würde, hatte sie nicht vorhergesehen.

Michaela dachte, dass es gleich zwei gute Gründe dafür gab, ihr das Leben schwer zu machen: die naive Vorstellung, dass Caroline die Schuld am Tod ihres Vaters trug, und das unstillbare Verlangen, eines Tages Herrin über das Unternehmen zu sein. Gott, wie sollte sie sich dagegen behaupten oder dafür sorgen, dass es irgendwann einmal Frieden zwischen ihnen gab?

Sie schüttelte unglücklich den Kopf. Ihr Plan, die kleine Schwester aufzusuchen und durch ein Gespräch dazu zu bringen, ihr bei Ashworths eine faire Chance zu geben, war eindeutig nach hinten losgegangen. Dass Michaela sie aus tiefstem Herzen hasste, hätte sie niemals gedacht.

Plötzlich kam ihr ein Gedanke … Wäre es nicht vielleicht leichter, einfach alles hinzuwerfen und sich etwas anderes zu suchen, mit dem sich ihr Leben sinnvoll füllen ließ?

»Du brauchst dringend eine Therapie«, erklärte sie der kleinen Schwester ruhig. »Es ist völlig unlogisch und einfach krank, dass du mir die Schuld am Tod deines Vaters gibst.« Wieder wurde ihre Stimme etwas lauter, dieses Mal jedoch, weil sie wirklich betroffen war. »Es war ein fürchterlicher Unfall. Das ist außer dir allen in der Familie klar.«

»Möglich«, räumte Michaela leicht beleidigt ein. »Aber du wolltest ein ehrliches Gespräch, und das hast du bekommen. Und unterschätze am besten auch *meine* Fähigkeiten nicht. Du weißt, wie gern ich gewinne.«

Damit waren die Fronten wohl abgesteckt. Wieder schüttelte Caroline unglücklich den Kopf. Sie hatte gehofft, ein klärendes Gespräch würde die Luft bereinigen und dann würde alles wieder so, wie es früher war. Doch dem war nicht so. Ihre kleine Schwester hatte die absurde Vorstellung, dass sie ihr Konkurrenz bei Ashworths machen wollte, obwohl ihr daran ganz eindeutig nicht gelegen war. Sie wollte einfach einen kleinen Beitrag zum Gelingen dieses Unternehmens leisten, um sich selbst zu beweisen, dass sie auch noch etwas anderes konnte, als Klavier zu spielen, was ihr aus gesundheitlichen Gründen ja nur noch privat möglich war.

»Tja, nun, jetzt weiß ich wenigstens, dass du versuchst, mich aus der Firma rauszudrängen. Ich werde also in Zukunft doppelt vorsichtig sein!« Das würde sie auf jeden Fall.

Michaela sah auf ihre Uhr. »Hast du nicht jetzt eine Besprechung in der PR-Abteilung mit Daniel und Jo?«

Nun warf auch Caroline einen Blick auf die Uhr. Die Besprechung hatte bereits vor zehn Minuten angefangen. Sie seufzte innerlich. Verdammt. Nun hatte sie es selbst geschafft, ineffizient zu erscheinen.

Noch einmal starrte sie die kleine Schwester an. »Denk über meine Worte nach. Ich bin keine Gefahr für dich oder für deine Pläne hier bei Ashworths. Das bildest du dir wirklich nur ein.« Dann machte sie auf dem Absatz kehrt und trat hoch erhobenen Hauptes in den Korridor hinaus.

Lange nachdem Caroline gegangen war, starrte Michaela auf die Tür ihres Büros. Ihr gingen tausend Dinge durch den Kopf. Hatte sie sich vielleicht geirrt? Hatte sie die Absichten ihrer Schwester sowie Daniels und Lauras Wünsche falsch interpretiert? War sie vielleicht einfach paranoid, wie Caroline behauptet hatte? Brauchte sie möglicherweise wirklich eine Therapie?

Sie atmete tief ein und dachte weiter nach. Eben hatte Caroline nicht ehrgeizig, sondern vor allem ruhig und ehrlich auf sie gewirkt. Hatten vielleicht ihr eigener Ehrgeiz und die Angst vor dem Versagen ihre Urteilskraft getrübt? Unruhig stapfte sie in dem kleinen Büro auf und ab. Brauchte sie eine Therapie? Sie starrte auf den halb fertigen Marketingbericht, schob ihn dann aber von sich fort.

Sie konnte sich jetzt sowieso nicht konzentrieren. Sie musste erst einmal zur Ruhe kommen.

Verdammt, schon in einer halben Stunde kam Leith, um sie zu der Gegenüberstellung abzuholen, die von der Polizei erbeten worden war …

7

Am selben Abend herrschte angespanntes Schweigen in der Vierergruppe, die in der Waratah Avenue im Esszimmer zusammensaß. Fern war nicht dabei, da sie über Nacht bei einer Freundin eingeladen war.

Mitten während des Hauptgangs legte Laura ihr Besteck zur Seite und sah nacheinander ihre beiden Töchter an, die jeweils so interessiert auf ihre Teller starrten, als hätten sie noch nie etwas so Faszinierendes wie das Essen darauf gesehen.

»Also gut, ihr zwei, ihr habt jetzt lange genug geschwiegen. Ich weiß von eurem Streit. Anscheinend habt ihr so geschrien, dass man es noch unten in der Buchhaltung mitbekommen hat«, erklärte sie den Schwestern kühl. »Was mein Informant nicht wusste, war, worum es bei dem Streit gegangen ist.« Sie zog erwartungsvoll die Brauen in die Höhe und starrte erst ihre älteste, dann ihre jüngste Tochter an. »Caroline? Michaela?«

Die beiden sahen einander an. Joel, als neutraler Dritter, blickte gespannt zwischen den beiden hin und her.

»Lasst euch eins gesagt sein. Ich dulde nicht, dass meine Kinder sich in meinem Unternehmen streiten.« Sie klopfte mit dem Zeigefinger auf das weiße Tischtuch und starrte Caroline reglos an. »Nun?«

Zwischen ihren Töchtern gab es eine stumme Übereinkunft, vor der Mutter zu verbergen, was der wahre Grund für ihren Streit gewesen war.

»Das waren ganz normale Anfangsschwierigkeiten, Mum. Wir mussten uns einfach erst mal miteinander arrangieren. Aber das ist nichts, worüber du dir Sorgen machen musst.« Caroline sah ihre Schwester lächelnd an und hoffte, dass ihr Lächeln ehrlich wirkte. »Aber inzwischen haben wir alles geklärt, nicht wahr?« Sie lächelte erneut und Michaela nickte zustimmend.

»Mir wurde erzählt, dass es ziemlich ernst geklungen hat.« Laura sah die beiden aus zusammengekniffenen Augen an. »Es hieß, ihr hättet lautstark rumgekeift.« Sie stieß einen abgrundtiefen Seufzer aus. »Dass ihr euch nicht schämt.«

»Anscheinend hat dir Neil von unserem Streit erzählt. So hätte es nämlich niemand anderes ausgedrückt«, stellte Michaela fest. Diese elende Petze. Wahrscheinlich hatte er gejuchzt, als sie und Caroline gestritten hatten, und hatte sofort überlegt, wie sich dadurch seine eigene Position bei Laura und Daniel stärken ließ.

»Es braucht dich nicht zu interessieren, von wem ich meine Informationen habe. Für euch beide ist allein von Interesse, dass so etwas nicht noch mal passiert. Habe ich mich verständlich ausgedrückt?«

»Ja«, antworteten die Schwestern wie aus einem Mund.

»Ich nehme an, dass keine von euch beiden mir erzählen will, worum es genau gegangen ist?«

»Sagen wir einfach, dass es ein Zusammenstoß zwischen zwei verschiedenen Persönlichkeiten war«, räumte Michaela ein und wandte sich an Caroline. Der sorgenvolle Blick der Schwester machte deutlich, dass es keine Hilfe wäre, ihrer Mutter Kopfzerbrechen zu bereiten, und dass sie die Probleme, die es – aus Michaelas Sicht ganz eindeutig – zwischen ihnen gab, in den Griff bekommen sollten, ohne Laura einzubeziehen.

Laura war nachdenklich und verwirrt. Caroline und Michaela hatten sich noch nie gestritten, das war völlig untypisch für sie. Doch ihr Wunsch, der Sache auf den Grund zu gehen, würde ihr anscheinend nicht erfüllt. Das gaben ihr die verschlossenen Gesichter ihrer Töchter deutlich zu verstehen.

Michaela war noch jung und reagierte manchmal ziemlich aggressiv, doch die reife, diplomatische und fürsorgliche Caroline wollte auf jeden Fall verhindern, dass sich ihre Mutter Sorgen um sie machte, und hielt deswegen ihre kleine Schwester in Schach. Sie hielten gegen sie zusammen, stellte Laura halb frustriert, halb befriedigt fest. Was zeigte, dass es doch noch Übereinstimmung zwischen den beiden gab. Ein *Zusammenstoß verschiedener Persönlichkeiten,* ha. Sie hatte ernste Zweifel, dass es das gewesen war.

»Michaela, Caroline, euch muss klar sein, dass ihr in der Firma Einigkeit demonstrieren müsst, damit es nicht auch bei den Angestellten irgendwann zwei Lager gibt. Das wäre schlecht für die Moral und schlecht für das Geschäft, und das in einem Augenblick, in dem es sowieso schon ziemlich schwierig ist. Was für Probleme ihr auch immer miteinander habt, haltet euch bedeckt, wenn ihr in der Firma seid. Habt ihr mich verstanden?«

»Sicher, Mum«, antwortete Michaela, und Caroline nickte zustimmend mit dem Kopf.

Trotzdem wirkte Laura immer noch erregt, und aus Sorge um ihr Herz schnitt Joel eilig ein anderes Thema an, das weniger Stress bedeutete. »Was machen deine Pläne für das Fest an Ostern, Caroline?«

»Bisher läuft alles bestens.« Caroline sah ihren Bruder mit einem dankbaren Lächeln an. »Alle Leute, die wir bisher eingeladen haben, haben zugesagt. Wir dürften circa fünfundzwanzig Erwachsene und ein halbes Dutzend Kinder sein. Ich habe einen Pavillon gemietet, den ich neben dem Pool aufstellen lassen will, falls es wettermäßig etwas schwierig wird, und Daphne hat das Essen bei einem Cateringservice bestellt. Bleibt nur noch zu hoffen, dass es warm und sonnig wird.«

Auch Michaela ging auf die Bemühungen des Bruders ein. »Ich habe euch noch gar nicht erzählt, dass Leith und ich heute Nachmittag den Typen identifiziert haben, von dem ich überfallen wurde. Jetzt wird er wegen schweren Raubs mit Körperverletzung angeklagt, und Boris geht davon aus, dass er wegen seines brutalen Vorgehens und wegen seiner Vorstrafen bis zu sieben Jahre bekommen wird.«

»Dann musst du doch bestimmt vor Gericht aussagen, oder?«, wollte Joel von ihr wissen.

»Sicher. Aber das ist kein Problem. Die Polizei meint, dass er aufgrund meiner und Leiths Aussage sicher verurteilt werden wird.«

In diesem Augenblick kam Daphne, um die Teller abzuräumen. »Möchte jemand Nachtisch?« Sie wandte sich lächelnd an Joel. »Es gibt Ihre Lieblingsnachspeise: Rhabarberkuchen mit Sahne oder Eis.«

Michaela und Joel sagten begeistert ja, Laura und Caroline lehnten dankend ab.

In dieser Nacht lag Laura lange wach. Sie war alles andere als zufrieden mit dem Ergebnis des Gesprächs während des Abendbrots. Irgendetwas Seltsames ging zwischen ihren beiden Töchtern vor; wenn sie zusammen waren, wirkten sie ungewöhnlich angespannt. Tief in ihrem Inneren spürte sie, dass Michaela diesen Streit begonnen hatte und dass der Grund dafür bei Ashworths lag. War es vielleicht Eifersucht, Konkurrenzdenken oder gar Neid, weil auch die große Schwester ins Unternehmen eingetreten war? Michaela neigte manchmal zu Schwarzmalerei und dazu, Dinge, die vollkommen belanglos waren, als Katastrophen anzusehen.

Sie erschauderte, als sie allein im Dunkeln lag. Ach, wenn doch nur Jack an ihrer Seite wäre, um das Problem mit ihr zu lösen. Dann wäre sie weniger besorgt. Und bald fuhr sie auch noch weg, für vier lange Monate. Sie hoffte inständig, dass die Buchung dieser Reise kein Fehler gewesen war.

Sonntagmorgen, sieben Uhr stieg Michaela in die Piper Cub, die sie von ihrem Fluglehrer gemietet hatte, rollte in der einmotorigen, viersitzigen Maschine aus dem Hangar des Flughafens von Bankstown und blickte auf das schwarz geteerte Rollfeld, das vor ihr in der Sonne lag. Das Blau des Himmels wurde ein wenig durch den Smog getrübt, der sich während der Woche oft im Westen bildete und sich dann nicht so schnell wieder verzog.

Das hier war das wahre Leben, dachte sie. Sie liebte es, zu fliegen, denn dabei wurden sämtliche Gedanken an die Arbeit, Caroline, die Krankheit ihrer Mutter und andere Komplikationen in ihrem Leben aus ihrem Gehirn verdrängt. Sobald sie in der Luft war, fühlte sie sich wie in einer anderen Welt: Es gab nur noch sie und die Maschine, die eine Einheit bildeten, wenn sie wie heute über die Vorstädte hinweg in Richtung Westen über die Blue Mountains, eine aufgrund der vielen Eukalyptusbäume, die dort wuchsen, tatsächlich bläulich graue Bergkette, bis zu der sich dahinter erstreckenden, fruchtbaren Tiefebene flog.

Sie nahm Kontakt zum Tower auf, meldete ihren Flugplan und wartete, bis die Starterlaubnis kam. Dann gab sie mit der aus über hundertfünfzig Flugstunden gewachsenen Zuversicht langsam, aber sicher Vollgas, bis der Lärm des Motors ohrenbetäubend war, richtete das Seitenruder aus und konzentrierte sich ganz auf den Start. Nachdem sie abgehoben hatte, sah sie auf den Kompass, bog nach Westen ab, stieg auf zweitausend Meter Höhe und stellte eine Fluggeschwindigkeit von ungefähr einhundertfünfunddreißg Knoten ein.

Wenn sie flog, war sie sie selbst und nicht mehr der Mensch, von dem sie glaubte, der müsse sie für andere Menschen sein. Auch deshalb liebte sie das Fliegen so. Außerdem nahm sie hier oben in der Luft alles aus einer anderen, einfacheren Perspektive wahr. Hier oben gab es keine Ausreden und keine Täuschungen. Hier musste sie sich auf ihr eigenes Können und auf das des Flugzeugs verlassen, um dorthin zu gelangen, wohin sie wollte. Das gefiel ihr ausnehmend gut. Befreit von den Zwängen, die sie sich auf der Erde meistens selbst auferlegte, konnte sie die Dinge überdenken, ohne dass der Einwand eines anderen Menschen ihre Wahrnehmung verzerrte.

Diese Überlegung brachte sie zurück zu der Gegenüberstellung, zu der sie mit Leith gefahren war.

Leith war durch und durch professionell gewesen, ganz der Anwalt, dem es einzig um die Wahrung der Interessen seiner Mandantin gegangen war. Er hatte verlangt, dass der Täter, ein gewisser Jerry Provost, der die mangelhafte Sicherung der Tiefgarage schändlich ausgenutzt hatte, bis zu seiner Verhandlung hinter Gittern blieb, aber die Polizei hatte ihm ausdrücklich versichert, dass der Kerl keine Bedrohung mehr für seine Mandantin war. Auch wenn Leith anderer Ansicht gewesen war, hatte ihm das nichts genützt, und er hatte sich mit dem abfinden müssen, was erreicht worden war.

Wie nicht anders zu erwarten, hatte Leith – obwohl sie die ganze Zeit versuchte, sich vom Gegenteil zu überzeugen – in der Angelegenheit einen äußerst vorteilhaften Eindruck auf sie gemacht.

Ob absichtlich oder nicht, er führte sämtliche Gründe, die sie dafür hatte, ihn auf Distanz zu halten, ad absurdum. Ein Lächeln umspielte ihren Mund, das jedoch genauso schnell wieder verflog. Es fiel ihr immer schwerer, nicht an ihn und an die Möglichkeit zu denken, dass sich ihre bisher rein geschäftliche Beziehung in ihr Privatleben ausdehnen ließ. Zwischen ihnen stimmte einfach die Chemie. Das wurde ihr jedes Mal bewusst, wenn sie mit ihm im selben Zimmer war, und sie war sich ziemlich sicher, dass auch ihm die Spannung zwischen ihnen beiden bereits aufgefallen war. Passend zu ihren Überlegungen und zu ihrer Fantasie stieg ihr eine heiße Röte ins Gesicht. Bisher hatte Michaela den Gedanken, sich mit einem Mann einzulassen, immer abgelehnt. Sie hatte dafür einfach keine Zeit und ganz bestimmt keinen Bedarf an den Komplikationen, die es in jeder Beziehung früher oder später gab. Doch ihre Entschlossenheit geriet ins Wanken und inzwischen kamen ihr die Gründe gegen ein Verhältnis ziemlich dämlich vor. Wovor genau hatte sie Angst? Vor sich selbst oder vor Leith?

Während unzähliger Flugstunden hatte ihr Rod O'Malley eingebläut, dass es unerlässlich wäre, sich auf das zu konzentrieren, was man hinter dem Steuerknüppel tat. Sie sollte fliegen und nicht träumen, sagte sie sich streng, korrigierte leicht die Flugrichtung und lenkte ihre Aufmerksamkeit wieder auf den Flug.

In etwas mehr als einer Stunde würde sie die nahe Parkes gelegene Whyuna Downs Station erreichen, wo sie bei den Percys, langjährigen Kunden und Freunden ihres Unternehmens, eingeladen war. Ashworths hatte eine ausgedehnte Klientel auch auf dem Land, und da sie mit einigen gleichzeitig befreundet war, flog sie öfter Farmen wie Whyuna an. Wenn sie an ihrem fünfundzwanzigsten Geburtstag an das Erbe ihres Vaters kam, würde sie als Zufluchtsstätte vor dem Treiben in der Stadt ein Häuschen auf dem Land kaufen.

Seit sie ihren Flugschein hatte, hatte sie so lange Flugstunden gesammelt, bis sie selbstbewusst genug gewesen war, andere Leute einzuladen, sie auf ihren Touren zu begleiten. Bisher hatten Laura, Joel, Jo und ihre beiden Kinder dieses Angebot genutzt, und jetzt freute sie sich darauf, dass am nächsten Wochenende Fern bei ihr im Cockpit sitzen würde. Vielleicht könnte sie ja eines Tages auch Leith Danvers einladen? Falls sich zwischen ihnen etwas entwickeln sollte, wäre das auf jeden Fall eine Option. Abwarten und Tee trinken, wie Caroline zu sagen pflegte, wenn etwas noch nicht entschieden war.

Während sie auf den Kompass sah, um sich davon zu überzeugen, dass sie nicht von ihrer Route abgewichen war, wanderten ihre Gedanken von Leith zu Caroline. Seit ihre Mutter ein Machtwort gesprochen hatte, war zwischen ihr und ihrer Schwester ein oberflächlicher Friede eingekehrt. Trotzdem blieb sie bei ihrem Entschluss, Caroline unter Beobachtung zu halten und sie in ihre

Schranken zu weisen, falls nötig. Ihre Mutter hatte recht, stellte sie mit einem innerlichen Seufzer fest – aber war das nicht immer so? Sie und Caroline wären bestimmt ein wunderbares Team, wenn ihre Schwester erst einmal wüsste, wie der Laden lief, und ein für alle Mal akzeptierte, dass am Ende Michaela diejenige mit dem Führungsanspruch war. Solange sie nicht sicher wusste, ob das auch geschehen würde, wartete sie besser ab, bis ihre Mum auf Kreuzfahrt ging. Erst dann hatte sie freie Bahn.

Zwanzig Minuten später lenkte sie die Piper auf die Landebahn der Farm, die nicht viel mehr als ein drei Meter breiter, dick geteerter Streifen war. Ein Stückchen weiter stand schon Brenda Percy winkend neben einem roten, staubbedeckten Truck.

Michaela drosselte das Tempo, fuhr die Landeklappen aus und setzte geschmeidig auf dem Boden auf.

Nick trat durch die Tür seines Büros und stellte seinen Koffer und die Aktentasche ab. Da sein Flug nach Singapur erst um 15 Uhr 20 ging, blieb ihm genügend Zeit, um noch einmal alle Unterlagen durchzugehen, bevor er mit Vince Lee, dem Hauptbuchhalter ihres Unternehmens, zum Flughafen fuhr.

Diese Präsentation war von größter Wichtigkeit. Wenn die Geschäftsleute aus Singapur, die er besuchen wollte, grundsätzlich damit einverstanden waren, hieße das, dass B&S im Baugeschäft in Asien einen Fuß in die Tür bekam. Seiner und Lous Meinung nach wäre das eine natürliche Ausweitung ihres Geschäfts, weil überall in Asien ein Bauboom ausgebrochen war. Es war klug gewesen, schon vor Jahren die Geschäfte über New South Wales hinaus auf ganz Australien auszudehnen, denn auch wenn ihr Unternehmen dadurch nicht so groß wie McColl & Rigby oder Multiplex geworden war, so hatte es sich doch allerorten einen exzellenten Ruf erworben.

Er blickte auf, als jemand an die Glastür seines Arbeitszimmers klopfte, und sah, dass es Lou Sardi war.

»Du bist schon abflugbereit.« Lou wies auf das Gepäck.

»Ja. Ich gehe nur schnell noch einmal ein paar Kleinigkeiten durch.«

»Ich wollte dir nur alles Gute wünschen.«

»Danke. Vince und ich werden unser Möglichstes tun.«

»Es gibt da eine Kleinigkeit, die dich möglicherweise interessiert«, erklärte Lou so langsam, als wäre er sich nicht ganz sicher, ob es richtig war, dass er darüber sprach. »Vince ist zu Ohren gekommen, dass es bei Ashworths in den letzten Monaten zu ein paar groß angelegten Diebstählen gekommen sein soll. Direkt aus dem Lager unten an der Werft. Vince meint, dass jemand aus dem Haus seine Finger im Spiel haben muss. Außerdem macht das Gerücht die Runde, dass es auch in diesem Jahr keine Dividende für die Aktionäre geben wird.« Lou sah Nick fragend an. »Dir hat aus der Familie niemand etwas davon erzählt?«

»Kein Wort«, räumte Nick ein, kratzte sich nachdenklich am Kinn und dachte daran, was Fern ihm erzählt hatte, als sie bei ihm gewesen war. »Ich habe nur gehört, dass es zwischen Caroline und Michaela angeblich zu einem Riesenkrach gekommen ist, wobei die Feindseligkeit von Michaela auszugehen scheint.«

Lou lachte leise auf. »Das überrascht mich nicht. Deine kleine Schwester kann ein echtes Biest sein, vor allem, wenn sie denkt, dass sie im Nachteil ist. Und auch Caroline kann sich durchaus behaupten, wenn ihr etwas wirklich wichtig ist.« Er runzelte vielsagend die Stirn. »Auch deine Exfrau kann ein ganz schön zäher Brocken sein.«

»Wem sagst du das? Ich weiß wirklich nicht, welche von den beiden sturer ist. Das ist also eine äußerst interessante Konstellation. Fern hat mir nichts von Diebstählen oder fehlenden Geldern für die Ausschüttung einer Dividende erzählt. Was aber bestimmt nicht weiter ungewöhnlich ist. Sie ist schließlich erst vierzehn, und ich glaube nicht, dass Caro über sämtliche Aspekte ihrer Arbeit mit ihr spricht.«

»Ich dachte nur, dass du es wissen solltest«, meinte Lou und fügte nach kurzem Zögern schnell hinzu: »Also, was wirst du in Bezug auf Caro unternehmen?«

Nick schüttelte den Kopf. Sein Partner war nicht unbedingt für seine Zurückhaltung berühmt. Wenn er etwas sagen wollte, redete er nie lange drum herum. »Unternehmen?«

»Na, tu bloß nicht so, als ob du mich nicht genau verstehen würdest. Du willst sie doch zurückhaben, nicht wahr?«

»Und ob!«, gab Nick mit einem jungenhaften, leicht verlegenen Grinsen zu. »Aber es wäre völlig sinnlos, Caro zu bedrängen, dann würde sie sich nur noch weiter hinter ihren Schutzpanzer zurückziehen. Ich muss ihr Vertrauen wiedergewinnen, das braucht Zeit.«

»Dann hast du also einen Plan?«

»Na klar. Erstens werde ich es ihr schwer machen, mich nicht zu sehen – auch wenn ihr das bestimmt am liebsten wäre, spiele ich sicher nicht den Unsichtbaren. Und zweitens muss ich dafür sorgen, dass ich rechtzeitig zu ihrer Osterparty wieder zu Hause bin. Ich glaube,

Fern hat Caroline gezwungen, mich zu der Feier einzuladen«, räumte er mit einem schiefen Grinsen ein. Und wegen der Gerüchte über Ashworths hatte er jetzt sogar ein doppeltes Interesse daran, auf das Fest zu gehen. Schließlich betraf es Caro und den Rest seiner Familie, wenn es Schwierigkeiten in dem Unternehmen gab, weshalb er genau verfolgen würde, was dort geschah.

»Nun«, meinte Lou mit seiner dunklen Stimme. »Du weißt, dass ich und Madeline finden, dass die gute Caroline ein echtes Prachtweib ist.« Bevor er sich wieder zum Gehen wandte, drohte er dem armen Nick noch mit dem Zeigefinger und fügte hinzu: »Sieh also bloß zu, dass du es nicht noch mal verbockst.«

Am Ostersonntag war Caroline schon zeitig auf den Beinen, um den Aufbau des gestreiften Pavillons zu überwachen, die Tische und die Stühle ansprechend zu arrangieren und den Leuten vom Partyservice zu erklären, wo das Essen anzurichten war. Laura, Fern und Michaela besuchten den Ostergottesdienst, und Caroline konnte nur hoffen, dass ihre Tochter nicht vergessen würde, dass sie für die Ostereiersuche mit dem halben Dutzend kleiner Kinder – hauptsächlich McRaes – verantwortlich war. Fern würde heute nicht nur Onkel Frank und Tante Elsie, sondern *sämtlichen* McRaes zum ersten Mal begegnen: Frank und Elsies Kindern Peter, Mark, Neil, Angela und Amy sowie deren Familien, was zusammen eine ziemlich große Zahl Verwandter war!

Alles in allem würden sie mit den Verwandten, alten Freundinnen und Freunden ihrer Mutter sowie mehreren Leuten aus dem Unternehmen fast dreißig Erwachsene sein. Darunter auch ihr Exmann Nick. Angesichts der Vorbereitungen hatte sie zum Glück kaum Zeit gehabt, darüber nachzudenken, dass er zu der Feier kam. Was ein wahrer Segen war, tauchten doch seit ihrer Rückkehr – völlig gegen ihren Willen – immer öfter Bilder und Erinnerungen an die Zeit mit ihm in ihren Gedanken auf...

In der Küche stellten Daphne und ihr Mann Gläser, Besteck und Porzellan zurecht, während Joel im Frühstückszimmer saß, an einem Toast kaute und Kaffee trank.

»Wieder mal ’ne lange Nacht gehabt?«, bemerkte Caroline, als sie ihn sah. Er war zerzaust und unrasiert und hatte eindeutig in den Kleidern geschlafen, in denen er vor seinem Kaffee saß.

»Nicht so laut, Schwester, ich bin heute Morgen ein bisschen empfindlich«, knurrte Joel und hielt sich die Ohren zu.

»Eine heiße Dusche, eine Rasur und frische Kleider bringen dich bestimmt wieder in Schwung«, ging Caroline kopfschüttelnd über die Folgen seines Rauschs hinweg. »Und zieh dich besser um, bevor Mum aus der Kirche kommt. Sie soll dich sicher nicht in diesem Zustand sehen.«

»Zustand?« Er starrte sie aus seinen glasigen Augen an. »In was für einem Zustand bin ich denn?«

»Du siehst einfach entsetzlich aus«, erklärte Caroline ihm frei heraus.

Es war ein Schock für sie gewesen, nach ihrer Rückkehr feststellen zu müssen, dass ihr Bruder sich mit grauenhafter Regelmäßigkeit betrank. Sie hatte keine Ahnung, wie er so studieren konnte und seine Klausuren sogar noch mit Ach und Krach bestand. Er war also entweder brillant oder er hatte ein fantastisches Gedächtnis, dachte sie.

An einem ihrer freundlicheren Tage hatte Michaela angedeutet, dass ihr Bruder schon seit Jahren übermäßig trank, dass sie dieses Problem aber bisher unter Verschluss gehalten hatte und dass ihre Mutter offenkundig nicht ahnte, dass ihr Sohn ein Säufer war.

Caroline machte sich eine gedankliche Notiz, bald einmal mit Joel zu sprechen. Er brauchte professionelle Hilfe, bevor er völlig aus dem Ruder lief.

Etwas an der Art, wie sie ihn ansah, schien zu wirken, denn Joel hievte sich von seinem Stuhl hoch, trank den Rest seines Kaffees, erschauderte wegen des bitteren Geschmacks und schlurfte wortlos aus dem Raum.

Seufzend trat Caroline auf die Terrasse. Sie hatte das Gefühl, dass sie in letzter Zeit sehr oft mit Leuten »sprach«. Erst mit ihrer Mutter, dann mit ihrer Schwester und nun auch noch mit Joel. Vielleicht sollte sie sich überlegen, doch Psychologie zu studieren. Offensichtlich lag darin ihre neue Stärke.

Bis die ersten Gäste kamen, sah der Garten herrlich aus. Der am Morgen leicht bewölkte Himmel hatte sich aufgehellt, und es würde ein wenn auch ein wenig kühler, so doch sicher wunderbarer Tag werden. Die aufgrund der Jahreszeit fehlenden bunten Blumen hatten sie durch leuchtende, mit Helium gefüllte Luftballons ersetzt, und mit den hübschen Möbeln und den überall verteilten Sonnenschirmen sah der Rasen richtiggehend festlich aus. Porter hatte eine Stereoanlage draußen angeschlossen und eine Platte mit den neuesten Pophits aufgelegt. Auch wenn ihr die Musik nicht unbedingt gefiel, war ihr bewusst, dass unter ihren Gästen kaum ein Klassik-Fan sein würde. Fern hatte sofort nach der Messe fröhlich Nester voll mit kleinen, bunt verpackten Eiern für die Kinder der McRaes versteckt, und selbst Joel war inzwischen wieder aufgetaucht, sah deutlich weniger verkatert aus und ging ihr sogar hier und da zur Hand.

Aus den Augenwinkeln nahm Caroline Lauras etwas angespannte Miene wahr, als sie ihren Bruder, ihre Schwägerin und ihren Neffen Mark, der als einziges McRae-Kind noch solo war, auf die Terrasse treten sah. Seit sie denken konnte, hatte ihre Mutter eine schwierige Beziehung zu ihrem Bruder gehabt. Onkel Frank war schnell gereizt, und seine braunen Augen zeigten allzu oft, wie neidisch er auf den Erfolg der Schwester war. Alles, was Laura Ashworth-Beaumont in Angriff nahm, wurde automatisch ein Erfolg, ihr Onkel Frank hingegen hatte jedes Unternehmen – eine kleine Gemüseladen-Kette, eine Flotte von Zementmischern, Bierauslieferungen sowie andere Transportbetriebe – in den Sand gesetzt. Das war bestimmt ein Grund für seinen Neid. Aus Unterhaltungen zwischen Lauras Freundinnen hatte sie herausgehört, dass er schon als Kind ständig mit unzufriedenem Gesicht herumgelaufen war, weil die Eltern seiner Meinung nach die Tochter stets bevorzugt hatten – was ganz eindeutig nicht stimmte.

Jetzt stützte er sich schwer auf seinen Stock, denn seine alte Kriegsverletzung machte ihm zu schaffen, und das trug noch zu seiner schlechten Laune bei. Er küsste Laura auf die Wange und wandte sich dann an Caroline. Zu ihrer Überraschung drückte seine Miene echte Freude aus. Aus irgendeinem Grund hatte Onkel Frank sie immer schon gemocht, vielleicht weil sie und Peter, sein ältester Sohn, fast das gleiche Alter hatten, und er mit ihr immer mehr zu tun gehabt hatte als mit Michaela und Joel.

»Du siehst gut aus, Caroline«, stellte er anerkennend fest und fügte nach einem Blick auf den eleganten Pavillon hinzu: »Für einen Osterbrunch habt ihr euch aber ganz schön ins Zeug gelegt.«

»Ich nehme an, wir feiern nicht nur Ostern, sondern auch Ferns und meine Rückkehr und Mums Ruhestand.«

»Ich bin froh, dass ihr zurückgekommen seid. Europa ist für regelmäßige Besuche eindeutig zu weit.« Dann zeigte er auf Fern. »Gütiger Gott, ich kann einfach nicht glauben, wie groß das Kind geworden ist. Langsam wird sie eine echte junge Dame, nicht wahr?«

»Das ist sie schon, also bring sie bloß nicht in Verlegenheit, indem du aller Welt erzählst, dass du ihr früher die Windeln gewechselt hast«, mischte sich Laura ein. »Du weißt, dass Teenager so etwas hassen.«

»Keine Angst.« Frank runzelte die Stirn und hob in einer spöttischen Abwehrgeste einen Arm vor sein Gesicht. »Wie ich sehe, haben wir es hier mit einer Großmutter mit einem ausgeprägten Beschützerinstinkt zu tun.«

Carolines breites Grinsen machte deutlich, dass es ihr wie stets unmöglich war, lange böse auf Onkel Frank zu sein. Auch wenn er ein reizbarer alter Knochen war, versprühte er, wenn er wollte, durchaus einen gewissen Charme.

»Darauf kannst du dich verlassen, Bruderherz. Du hast mehr als eine Handvoll Enkelkinder. Wenn ich mich nicht irre, sind es bereits sechs, wobei die Produktion von Nachwuchs sicher noch nicht abgeschlossen ist. Ich hingegen habe bisher nur Fern.«

»Soll ich vielleicht mal ein Wörtchen mit Joel und Michaela reden, um ihnen zu sagen, dass ihre Mutter gern weitere Enkel hätte?«, scherzte Frank und sah Laura mit blitzenden Augen an.

»Das wirst du schön bleiben lassen«, antwortete Laura scharf. »Auch wenn Joel vielleicht zu höflich ist, um dir zu sagen, dass du dich um deine eigenen Angelegenheiten kümmern sollst, hätte Michaela sicher kein Problem damit, dir zu erklären, dass du Leine ziehen sollst.«

»Ich weiß.« Frank nickte seiner Schwester zu. »Wer ist übrigens der Typ, mit dem sie gerade zusammensteht? Er macht ganz schön was her.«

»Leith Danvers, einer von Jeffreys Anwälten«, antwortete Laura ihm. »Er ist ihr zu Hilfe gekommen, als sie überfallen wurde. Davon habe ich dir doch erzählt.« Nun, da sie darüber nachdachte, kam sie zu dem Ergebnis, dass das junge Paar einen durchaus ansprechenden Anblick bot. Die schlanke, dunkle Michaela und der große, blonde Leith bildeten einen faszinierenden Kontrast.

»Ich erinnere mich.« Frank nickte mit dem Kopf. »Aber Joel hat augenblicklich keine Freundin, oder?«

»Augenblicklich nicht. Er hat alle Hände voll mit seinem Studium zu tun, weshalb wahrscheinlich einfach keine Zeit für eine Freundin bleibt.« Laura hoffte, dass es nicht allzu entschuldigend klang. Joel hatte regelmäßig Dates und hin und wieder sogar Freundinnen gehabt, bisher aber nie für eine längere Zeit. Vielleicht brauchte er einfach eine anständige Frau, um endlich ins Gleichgewicht zu kommen, aber falls er eine Freundin hatte, hatte er bisher noch nichts von ihr erzählt und sie auch noch nicht mit heimgebracht, um sie der Familie vorzustellen.

Mark McRae, der am Rand der Gruppe stand, stieß bei den Worten seiner Tante ein lautes Schnauben aus. Laura bemerkte seinen verächtlichen Blick und schüttelte, als er sich zu einer Gruppe anderer McRaes gesellte, missbilligend den Kopf. Sie konnte es nicht leugnen: Sie hatte diesen Neffen noch nie gemocht. Von allen Kindern ihres Bruders war Mark eindeutig das unsympathischste. Peter, Angela und Amy schlugen ihrer angenehmen, warmherzigen Mutter nach. Neil hatte sich dagegen im Lauf der Jahre zu einem verbitterten, verschlossenen Individuum entwickelt, und Mark, der mit seinen achtundzwanzig der Jüngste ihrer Neffen war, war ein streitlustiger Zyniker. Er schien Konfrontationen zu genießen und brach oft vorsätzlich irgendeinen dummen Streit vom Zaun.

Einer der Ober fragte sie, ob mit dem Servieren der Vorspeisen begonnen werden sollte, und sie nickte zustimmend.

Eine halbe Stunde später tauchte Nick im Garten auf und brachte Caroline durch sein Erscheinen vollkommen aus dem Konzept. Er hatte ihr und Fern Ostergeschenke mitgebracht. Fern bekam so viele Schokoladeneier, dass ihr davon sicher eine ganze Woche übel wäre, und ihr selbst schenkte er die Reproduktion eines mit Blattgold dekorierten königsblauen Fabergé-Eis. In seinem Inneren befanden sich ein Fach für Schmuck und eine winzig kleine Uhr.

»Das hättest du nicht tun sollen, Nick«, schalt sie ihn verlegen, war jedoch zu ihrer Bestürzung und Verwirrung insgeheim erfreut. »Das ist viel zu teuer.«

»Es ist nicht zu teuer, wenn du dich darüber freust.« Er zog fragend eine Braue hoch. »Es gefällt dir doch, oder?«

»Es ist wunderschön«, platzte es aus ihr heraus.

Zufrieden mit der Antwort wandte Nick sich einem anderen Thema zu. »Und all das hier hast du organisiert?« Er machte eine ausholende Geste in Richtung des elegant geschmückten Gartens und des Pavillons.

»Mithilfe von Fern und den Porters«, gab sie zu, während sie beobachtete, wie Jo Levy in den Garten kam und Fern zu deren Kindern lief. »Mum und Kitty brechen nächste Woche zu ihrer viermonatigen Kreuzfahrt auf. Deshalb ist das hier auch so etwas wie ein Abschiedsfest.«

»Und du und Michaela leitet so lange das Unternehmen?«, fragte Nick.

»Nein.« Caroline schüttelte vehement den Kopf. »Das heißt, zumindest ich ganz sicher nicht. Das Sagen haben Daniel und Warren Tremayne.« Sie wies auf den etwas untersetzten Mann, der sich gerade mit ihrer Mutter unterhielt. »Das da ist er. Er ist aus Melbourne hierhergekommen, als die Stelle des Geschäftsführers durch Daniels Wechsel ins Präsidium frei wurde.«

»Und wie gefällt dir die Arbeit im Einzelhandel?« Diese Frage hatte er ihr schon einmal gestellt, doch das war inzwischen ein paar Wochen her.

Unweigerlich musste sie lächeln. »Es ist natürlich etwas völlig anderes als die Musik. Wesentlich komplizierter, als ich angenommen hatte, aber es macht mir Spaß, alles von der Pike auf zu lernen und zu sehen, wie Ashworths funktioniert.«

»Das freut mich. Und es macht Laura sicher furchtbar stolz, dass jetzt beide Töchter in der Firma sind.«

Worüber er wirklich sprechen wollte, war sie selbst. Wie wunderbar sie aussah, wenn das Sonnenlicht auf ihre blonden Haare fiel, und wie gut ihr der legere, olivgrüne Hosenanzug stand. Passend dazu hatte sie als Schmuck eine Kette mit gelblich grünen Keramik-Eukalyptusblättern ausgewählt. Er hätte sie gern gefragt, was ihre Arthritis machte, ob sie sehr darunter litt. Fern hatte ihm erzählt, dass Caro ihre Finger täglich trainierte, damit sie beweglich blieben und damit die Krankheit nicht auch noch auf andere Körperteile überging. Deshalb machte sie auch wieder Taekwondo. Nick konnte sich daran erinnern, wie gern er ihr beim Training in ihrem Wiener Appartement zugesehen hatte, bevor sie mit Fern schwanger wurde.

Doch er stellte keine dieser Fragen, denn dadurch hätte er zu erkennen gegeben, wie interessiert er immer noch an ihr und ihrem Leben war. Und um ihre Liebe wiederzugewinnen, musste er sich anders verhalten als zu der Zeit, als sie ihm zum ersten Mal begegnet war. Er musste ihr Interesse an ihm wecken und sie dazu bringen, ihm wieder zu vertrauen. Doch wie stellte man so etwas an? Innerlich stöhnte er. Wenn er die Antwort darauf wüsste, wäre es möglicherweise nicht mehr ganz so schwer.

Er entdeckte Jo, die sich mit Michaela und Leith Danvers unterhielt, und beschloss, sich zu dem Trio zu gesellen, denn er hatte Caro lange genug mit Beschlag belegt. »Ich sollte dich nicht länger aufhalten. Als Gastgeberin hast du schließlich alle Hände voll zu tun. Wir sehen uns später«, meinte er und wandte sich zum Gehen.

Caroline blinzelte verwirrt. Noch eben hatte Nick Beaumont ehrlich interessiert an ihr gewirkt, und jetzt nahm er mit einem Mal die Beine in die Hand und flüchtete vor ihr. Der Mann war einfach ein … großes Ärgernis. Sie sah, wie er sich zu Michaelas Gruppe stellte, wo er Jo Levy auf die Wange küsste und kurz in die Arme nahm. Wieder einmal war es ihm gelungen, sie vollkommen aus dem Gleichgewicht zu bringen, doch sie wollte einfach nicht darüber nachdenken. Dieser verdammte Nick …

Sie versuchte, ihn aus ihren Gedanken zu verdrängen. Sie hatte Besseres zu tun, als sich erneut in diesen Menschen zu verlieben. Einmal war genug.

Das Essen war wirklich phänomenal. Der Partyservice hatte mehrere heiße Gerichte, eine Auswahl kalter Braten und Salate sowie mehrere Desserts, darunter Baisertorte mit Sahne und Früchten, Schwarzwälder Kirschtorte und Käsekuchen, aufgefahren, damit ja niemand hungrig blieb. Wein und Bier flossen in Strömen, und ab und zu sah Caroline in Richtung ihres Bruders, der ununterbrochen trank. Doch das taten auch einige der anderen Männer, darunter mehrere McRaes.

Daniel Blumner hielt spontan eine nette Rede, in der er Laura für ihre Erfolge rühmte, und um nicht hinter ihm zurückzustehen, setzte auch Jeffrey Markham zu einer Lobeshymne auf eine Ikone des australischen Einzelhandels an.

Dann stand zu Carolines Überraschung Michaela auf, sprach darüber, dass sich der Einzelhandel veränderte und dass sich Ashworths ebenfalls verändern müsste, und beendete ihre Rede mit einem förmlichen Dank an alle, die gekommen waren, und an Caroline als Organisatorin dieses schönen Festes.

Während Caroline der Schwester lauschte, wurde ihr instinktiv bewusst, dass Michaela eindeutig die zukünftige Ashworths-Präsidentin war. Sie hatte nicht nur Erfahrung in ihrem Metier, sondern auch Visionen – eine Eigenschaft, die in der Geschäftswelt leider viel zu selten war. Alles, was ihr fehlte, war eine gewisse Reife, doch in ein paar Jahren wäre sie bereit, die Führungsrolle zu übernehmen, die ihr auf den Leib geschneidert war. Caroline erkannte Michaelas Fähigkeiten ohne jede Missgunst an. Ihre Schwester war einfach dafür prädestiniert, die Nachfolge von Daniel anzutreten, während ihre eigene Stärke eher in einer anderen Richtung lag.

Ihre Gedanken wurden von Laura unterbrochen, die unbemerkt neben sie getreten war.

»Beeindruckend, nicht wahr?«

»Mmm. Allmählich wird mir klar, wie beeindruckend sie ist.«

»Du hast damit doch wohl kein Problem?«, fragte Laura sie neugierig, und Caroline schüttelte den Kopf.

»Nein.«

»Sie wird noch jede Menge Führung brauchen, bis sie bereit ist.«

Caroline sah ihre Mutter lächelnd an.

»Ich weiß«, erklärte sie. »Obwohl ich ihr die ganz bestimmt nicht geben kann.«

»Nicht jetzt, mein Schatz, aber mit der Zeit wirst du es können«, sagte Laura ruhig voraus. »Daniel, du und Michaela habt zusammen jede Menge Fähigkeiten. Deshalb habe ich auch keine Angst davor, euch Ashworths zu überlassen.«

»Während du über die Meere schipperst und dich königlich mit Kitty amüsierst.« Caroline nahm ihre Mutter in den Arm.

»Genau«, pflichtete ihr Laura lächelnd bei. »Allerdings wünschte ich mir, Fern könnte uns begleiten. Es wäre eine wunderbare Erfahrung für das Kind.«

»Nick und ich haben darüber gesprochen. Aber sie würde zu viel in der Schule verpassen, und nachdem sie gerade erst aus dem französischen in das australische System gewechselt ist, geht das einfach nicht.«

Sie standen vor dem Pavillon, der, nachdem alle gegessen hatten, verlassen in der Sonne stand. Ein paar Gäste, darunter Lauras Bruder und ihre Schwägerin, waren bereits gegangen, die Feier neigte sich dem Ende zu, und als sie plötzlich erhobene Stimmen hörte – weder lachend noch in einer gut gelaunten Unterhaltung, sondern eindeutig im Zorn –, drehte Caroline sich suchend um.

In der Nähe des Tennisplatzes hatten sich vier oder fünf Männer mit Gläsern in den Händen angeregt unterhalten, als plötzlich einer von ihnen aggressiv geworden war. Sie strengte ihre blauen Augen an, um erkennen zu können, wer der Schreihals war.

Uh, uh, sie hätte es sich denken sollen. Mark McRae hatte sich dicht vor ihrem Bruder aufgebaut. Sie ließ ihre Mutter am Pavillon zurück und lief in der Absicht, die Wogen zu glätten, auf die Gruppe zu, bevor noch alles aus dem Ruder lief.

Doch es war bereits zu spät…

8

»Hör zu, du Weichei, wir wissen sowieso alle über dich Bescheid«, erklärte Mark in betrunkenem, herausforderndem Ton und sah Joel verächtlich an. »Weißt du, du warst mir immer schon verdächtig. Als Kind hast du immer angefangen zu heulen, wenn du dir wehgetan hast, statt es wegzustecken wie ein Kerl, und jetzt hat dich am letzten Wochenende ein Kumpel von mir in diese Schwulenbar in Newtown gehen sehen.«

»Na und? Es gibt jede Menge Heteros, die in Schwulenbars was trinken, vor allem in der Innenstadt. Das weiß jeder Idiot«, antwortete Joel.

Wieder verzog Mark verächtlich das Gesicht. »Warum gibst du es nicht einfach zu? Warum gibst du nicht einfach zu, was wir sowieso schon alle wissen? Nämlich, dass du ein verdammter Homo bist und…«

Mark bekam keine Gelegenheit, Joel weiter zu beleidigen, denn in diesem Augenblick rammte ihm der Vetter die Faust unters Kinn, worauf er rückwärts gegen den Zaun des Tennisplatzes flog.

»Neben vielen anderen Dingen bist du ein verdammter Lügner«, brüllte Joel und wich Marks rechtem Haken aus, sodass dieser ihn statt im Gesicht nur an der Schulter traf. »Aber ich werde dafür sorgen, dass du diese Behauptung zurücknimmst.« Er landete einen Treffer in Marks Magengrube und stieß ein zufriedenes Knurren aus, denn sein Gegner beugte sich stöhnend vornüber und rang nach Luft.

Doch Mark ließ sich nicht nur gern auf Wortgefechte ein. Jetzt stürzte er sich wütend auf Joel, schlang ihm beide Arme um die Hüfte und zog ihn mit sich aufs Gras. Eine Zeit lang rangen sie miteinander, ohne dass es zu nennenswerten Treffern kam. Dann aber kam Rufus, Joels Hund, seinem Herrn zu Hilfe, verbiss sich in Marks Hosenbein und versuchte knurrend, den Angreifer von Joel herunterzuziehen.

Nick, der dem Treiben näher war als Caroline, marschierte schnurstracks auf die Gruppe zu, die einen Kreis gebildet hatte, um dem Faustkampf zuzusehen. Während er sich den Männern näherte, rief er mit lauter Stimme: »Du irrst dich Mark. Joel ist genauso hetero wie jeder andere hier.«

Marks älterer Bruder Neil war einer der Männer in dem Kreis. Er hätte den Kampf mühelos beenden können, blieb jedoch reglos stehen und verzog den Mund zu einem Lächeln, als Marks eine Faust auf Joels Auge landete, während sich seine andere in Joels Hemd vergrub, um ihn ein Stückchen hochzuziehen, damit er eine bessere Angriffsfläche bot. Gleichzeitig trat er Rufus so fest in die Rippen, dass der Hund jaulend von ihm abließ, sich wimmernd ein Stück zurückzog und bellend verfolgte, wie es zwischen den beiden Männern weiterging.

Nick, der deutlich größer als die beiden Kämpfer war, riss Mark und Joel auseinander und wich dabei geschickt den schlecht gezielten Hieben der beiden aus. »Aufhören!«, brüllte er. »Dies ist weder der rechte Zeitpunkt noch der rechte Ort für eine Prügelei. Ich führt euch auf wie Idioten.«

Schwer atmend wischte Mark mit dem Rücken seiner linken Hand das dünne rote Rinnsal fort, das aus seiner Nase lief. »Lieber ein Idiot als eine verdammte Schwuchtel«, brummte er und starrte seinen Gegner zornig an.

Joel machte einen Satz in seine Richtung, aber Nick stieß ihn zurück.

»Lügner! Du verdammter Lügner! Ich bin genauso hetero wie alle anderen hier«, verteidigte sich Joel. »Ich werde dir deinen verdammten Hals umdrehen, Mark…«

»Niemand dreht hier irgendwem den Hals um«, meinte Caroline mit erstaunlich ruhiger Stimme, als sie zu der Gruppe trat. Ohne einen Gedanken an die mögliche Gefahr, in die sie sich begab, baute sie sich neben Nick zwischen den beiden Kämpfern auf. »Aufhören, und zwar alle beide. Jetzt sofort!«

Joel zog seine Faust zurück, um seine Schwester nicht zu treffen, Mark aber hatte keine solchen Skrupel und zielte mit seiner Rechten direkt auf ihr Gesicht. Nick stieß Caroline zur Seite und kassierte den für sie gedachten Treffer. Marks Knöchel traf auf seinen Wangenknochen, und sein dicker Siegelring schnitt ihm in die Haut. Er zuckte zusammen, denn es brannte wie der Teufel, als ihm das Blut über die Wange lief. »Du Hund.«

Außer sich vor Zorn, weil Mark absichtlich eine Frau – und dann noch *seine Caro* – ins Visier genommen hatte, schlug er ihm die geballte Faust unter das Kinn, worauf der andere stöhnend zu Boden ging. Doch auch er selbst war durch den Schlag aus dem Gleichgewicht geraten, stürzte rücklings gegen einen Stuhl und verletzte sich am Nacken. Er schüttelte den Kopf, um den Schwindel zu vertreiben, als ihm Joel wieder auf die Füße half.

»Danke«, meinte Joel. »Wenn er Caroline getroffen hätte …«

»Ein wirklich reizendes Finale unseres Ostersonntagbrunchs«, stellte Laura eisig fest, als sie zu der Gruppe trat. Sie war alles andere als begeistert von der Schlägerei auf ihrem Anwesen und bedachte die Männer, die nichts unternommen hatten, um den Streit zu schlichten und die – abgesehen von Nick – auch ihrer Tochter nicht geholfen hatten, mit einem Blick, der ihnen deutlich machte, dass sie ihre Tatenlosigkeit ganz sicher nicht so schnell vergessen würde.

Neil wäre fast zusammengezuckt, als ihn der kalte Blick seiner Tante traf. Laura war eindeutig furchtbar wütend auf sie alle, und rückblickend wurde ihm klar, dass es cleverer gewesen wäre zu versuchen, die beiden Streithähne zu trennen, als tatenlos zuzusehen, wie sein Bruder sich mit seinem Vetter schlug. Laura war dafür berüchtigt, dass sie nie etwas vergaß. Mark hatte sich heute ganz eindeutig nicht mit Ruhm bekleckert, und da er selbst nicht eingeschritten war, hatte er das ebenfalls nicht getan. Eilig wich er Lauras durchdringendem Blick aus.

»Neil, ich glaube, Mark ist hier nicht mehr erwünscht. Hilf ihm auf die Füße und sorg dafür, dass er nach Hause kommt«, wies Laura ihn mit ihrer strengsten Stimme an. »Ich bin nur froh, dass eure Eltern nicht mehr hier gewesen sind. Sie hätten sich bestimmt für euch geschämt.« Dann wandte sie sich an ihren Sohn. »Joel, geh und mach dich frisch. Wir werden nachher in der Bibliothek über das sprechen, was hier vorgefallen ist.«

Ihre dunkelbraunen Augen wanderten weiter zu Nick. Er hatte Caroline vor einem Faustschlag ihres feigen Cousins bewahrt, dessen Anstellung bei Ashworths aufgrund der Geschehnisse ihrem baldigen Ende entgegensah. »Nick, du siehst entsetzlich aus. Du brauchst dringend einen Verband.« Sie wandte sich an Caroline. »Du solltest ihn verarzten, Schatz.«

»Und was ist mit den Gästen und dem Fest?«, fragte Caroline.

»Michaela und ich werden uns um alles kümmern. Es ist bereits nach drei und nach diesem peinlichen Schauspiel werden die Leute sicher langsam gehen wollen«, erklärte sie in überraschend gut gelauntem Ton. Dank der Schlägerei war sie ihren Neffen Mark McRae sowohl hier zu Hause als auch in der Firma erst mal los.

Nur gut, dass Frank schon heimgefahren war, sonst hätte sich die Schlägerei vielleicht noch ausgedehnt. Sie schüttelte den Kopf und seufzte leise auf. Familien... Manchmal fragte sie sich allen Ernstes, ob man nicht besser allein war.

Tief in Gedanken blickte sie auf Nick, Caroline und Fern, die gegen Ende des Kampfes angestürzt gekommen war und jetzt besorgt neben dem Vater über die Terrasse ging. Es war schön, die drei vereint zu sehen, auch wenn es einer Schlägerei in ihrem Garten zu verdanken und nur vorübergehend war. Sie stieß einen zweiten Seufzer aus. Ob eine Versöhnung zwischen Nick und ihrer Tochter vielleicht doch möglich war? Obwohl Nick wie Jack seine Gefühle nur sehr selten offen zeigte, sagte ihr ein sechster Sinn, dass er immer noch etwas für Caroline empfand. Und ihre Enkeltochter würde sich eindeutig über die Versöhnung ihrer Eltern freuen. Doch wie stand es um Caroline? Die Trennung, Scheidung und Nicks kurze Ehe mit dieser Journalistin hatten sie fürchterlich verletzt. Könnte sie ihm all das je verzeihen, damit ein neuer Anfang möglich war? Ihr Gefühl ließ Laura hoffen, ihr Verstand hielt es für völlig ausgeschlossen.

Sie winkte ihrer Freundin Kitty zu, die mit Ruth Levy und deren Mann Ben zusammenstand. Wahrscheinlich hatte sie die Kreuzfahrt viel zu früh gebucht. Sie würde gern noch ein bisschen länger bleiben, um Caroline privat und auch beruflich beizustehen, aber das Schiff legte am Freitag ab und Kitty wäre sicher sehr enttäuscht, wenn sie die Reise jetzt noch absagen würde.

Und mit einem Mal dachte sie: Nein! Alle ihre Kinder, selbst Joel, waren inzwischen groß genug, um ihr Leben selbst zu leben und um ihre Kämpfe ohne mütterliche Hilfe durchzustehen. Es war an der Zeit, die Zügel aus der Hand zu geben, vor allem *brauchte* sie die Kreuzfahrt, denn sie hatte bereits viel zu lange nicht mehr ausgespannt.

Lächelnd lief sie auf Michaela zu. Wer hätte vor ein paar Monaten gedacht, dass sie die Dinge derart gelassen sehen würde? Sie selbst ganz gewiss nicht.

Nick saß auf der Couch im Frühstücksraum neben der Küche, während Caroline und Fern im Bad nach Verbandszeug suchten, mit dem sich die zwar nicht ernsten, aber bestimmt schmerzhaften Wunden verarzten ließen. Dann sprang Fern um ihn herum und wusch ihm mit warmem Salzwasser das Blut aus dem Gesicht, während Caroline zwei Gazestücke, antiseptische Creme sowie Pflasterstreifen zurechtlegte.

»Eigentlich sollte Joel das tun«, meinte Fern. »Schließlich studiert er Medizin.«

»Mmm, ich nehme an, er ist damit beschäftigt, sich selbst zu verarzten. Er hat sich die Knöchel aufgerissen und ein Auge war schon ziemlich zugeschwollen, als er ins Haus ging«, antwortete Nick.

Caroline schnalzte angewidert mit der Zunge. »Wann

werdet ihr Männer endlich lernen, dass sich durch Gewalt nur selten etwas erreichen lässt?« Dann musste sie plötzlich grinsen. »Du hast Mark ganz schön eine verpasst, nicht wahr? Ich wette, dass er morgen einen dicken Schädel haben wird, und zwar nicht nur wegen des Alkohols, den er getrunken hat. Obwohl der kleine Dreckskerl ganz schön voll gewesen ist, oder?«

»Das war er ganz eindeutig«, stimmte Nick ihr zu. »Mark ist eben der Typ, der erst was trinken muss, bevor er mutig wird.«

Fern trat einen Schritt zurück, damit ihre Mutter nah genug an Nick herankam, um die Salbe und die Gaze aufzutragen, und fügte mit jugendlichem Ernst hinzu: »Onkel Frank wird sicher sauer auf ihn sein.«

»Wie ich Frank kenne, wird er ihm eins hinter die Löffel geben dafür, dass er so dumm gewesen ist«, erklärte Nick. »Vor allem wird er nicht gerade begeistert davon sein, dass er sich von Joel unterkriegen ließ. Ich kann mich nämlich noch erinnern, dass er mir einmal erzählt hat, er hätte allen seinen Kindern, egal, ob Jungen oder Mädchen, das Kämpfen beigebracht.«

Erst verband Caroline die Wunde im Nacken, dann wandte sie sich dem Schnitt in seiner Wange zu. Dabei war sie ihm so nahe, dass sein Atem warm auf ihre Hände traf. Ihre Finger fingen an zu zittern und sie atmete tief ein. Sie war Nick nicht mehr so nah gewesen, seit … seit sie zum letzten Mal mit ihm im Bett gewesen war. Grundgütiger Himmel, *nein!* Daran würde sie bestimmt nicht denken. Dafür war dies nicht die rechte Zeit und nicht der rechte Ort. Außerdem hatte sie all diese Dinge hinter sich gelassen. Sie und Nick hatten sich weiterentwickelt und sich jeweils ein neues, eigenes Leben aufgebaut. Ja, daran sollte sie denken. *An Nick und diese Holly.* Daran, dass es nicht lange gedauert hatte, bis er nach der Scheidung mit der nächsten Frau ins Bett gegangen war. Sie drückte das Pflaster unnötig fest auf seine Wange.

»Oh, tut mir leid«, stotterte sie, als er zusammenfuhr. Um Himmels willen, wann wirst du endlich begreifen, dass es vorüber ist?

»Mum«, meinte plötzlich Fern, »du hättest dein Taekwondo anwenden sollen. Dann hättest du Mark problemlos flachgelegt.«

Caroline zwang sich zu einem leisen Lachen. »Wenn ich daran gedacht hätte, hätte ich das ganz bestimmt getan. Aber ich hatte nur im Kopf, dass ich die beiden auseinanderbringen musste. Ich wäre nicht im Traum darauf gekommen, dass Mark auch Frauen schlägt.«

»Zumindest hatte er es vor. Aber ich hoffe, dass ihm meine Reaktion eine Lehre war.« Nick bewegte den Kiefer, denn das Pflaster saß ein bisschen fest. Dann sah er seine Tochter grinsend an. »Jetzt hätte ich furchtbar gern einen Whiskey. Ich finde, den habe ich nach all der Aufregung verdient. Fern, Schätzchen, bist du wohl so lieb und holst mir einen aus der Bar?«

»Sicher, Dad«, antwortete Fern und verließ den Raum.

»So«, erklärte Caroline, als Nick fertig verarztet war. »Besser kriege ich's nicht hin. Die Wunden sind nicht allzu tief, aber vielleicht gehst du morgen trotzdem zu einem Arzt.«

»Ich fühle mich bereits viel besser. Vielen Dank.«

Wieder wurde Caroline bewusst, wie nah sie ihrem Exmann war. Sie machte einen Schritt zurück und ging auf Armlänge zu ihm auf Distanz. »Ich muss mich noch bei dir dafür bedanken, dass du dazwischengegangen bist.«

Ihr Puls fing an zu rasen. Trotz seiner Verbände sah

er fantastisch aus… verdammt, musste er denn so groß und gut aussehend sein? Durch die grauen Haare an den Schläfen und auf seiner Brust und seinen gebräunten Oberkörper verstärkte sich seine maskuline Attraktivität noch. Ihre Fingerspitzen kribbelten von der Berührung seiner Haut, und auch wenn es völlig sinnlos war, dachte sie daran zurück, wie gern sie mit ihren Fingern durch das weich gelockte Haar auf seiner Brust gefahren war. Es… *hör auf!* Sie bot mehr Selbstbeherrschung auf, als sie für möglich gehalten hätte, und zwang ihre Gedanken in die Gegenwart zurück. All das war schließlich Vergangenheit und somit aus und vorbei.

Fern kam mit dem Whiskeyglas zurück, drückte es ihrem Vater in die Hand, sah ihn noch einmal prüfend an und lief, nachdem sie ihm einen schnellen Kuss gegeben hatte, wieder in den Garten zu Jos Kindern zurück.

Schweigend nippte Nick an seinem Whiskey, und Caroline sah ihn verlegen von der Seite an. Ihr fiel weder etwas Banales noch etwas Bedeutungsvolles ein, wodurch sich die Stille und das seltsame Gefühl der Vertrautheit hätte unterbrechen lassen, das sie urplötzlich empfand. Verzweifelt sah sie aus dem Fenster und merkte, dass Leith und Michaela eine Gruppe Gäste um das Haus herum nach vorne führten, wo die Wagen standen. Die Party draußen neigte sich allmählich ihrem Ende zu – hier im Frühstücksraum jedoch fing gerade etwas an.

»Ich nehme an, ich sollte auch langsam gehen. Es war ein wirklich *interessanter* Tag«, stellte Nick vieldeutig fest. »Danke, dass du mich verarztet hast, Caro. Ich werde noch kurz Laura suchen und ihr einen schönen Urlaub wünschen, dann mache ich mich auf den Weg.«

Caro. Die Abkürzung ihres Namens rief abermals Erinnerungen an sie beide in ihr wach. Sie sah ihm hinterher, als er durch die Küche lief und auf die Terrasse trat, wo ihre Mutter mit den letzten Gästen stand. *Caro* …

Niemand in der Familie hatte jemals ihren Namen abgekürzt, bis sie Nick Beaumont zum ersten Mal begegnet war …

Im Frühjahr 1965 hatte reges Treiben in dem Haus in der Waratah Avenue geherrscht. Horden von Arbeitern hatten Zwischenwände eingerissen, die drei Badezimmer neu gefliest und technisch auf den neuesten Stand gebracht, eine hochmoderne, funktionale Küche eingebaut, Decken neu gegipst und frisch gestrichen und den stark vernachlässigten Bau nach und nach auf Vordermann gebracht.

Sofort nach ihrem Einzug hatte Laura einen jungen, fleißigen Gärtner engagiert, der sie nicht nur bei der Wiederherstellung der alten Baum- und Blütenpracht beraten hatte, sondern auch sonst sehr tatkräftig gewesen war. Bruno Boskovich, ein Ungar, der kaum Englisch sprach, kannte sich hervorragend mit Pflanzen aus. Ohne Hilfe hatte er das knöchelhohe Gras so oft geschnitten, bis eine gepflegte Grünfläche daraus geworden war, hatte die Hecken gestutzt, Unkraut gejätet, neue Blumenbeete angelegt und zusammen mit Laura neue Pflanzen für den Garten ausgesucht. Gemeinsam hatten sie den Hauptgarten inklusive Swimmingpool geplant und sich der vernachlässigten Beete um den Tennisplatz angenommen, der dank eines neuen Zauns und einer neuen Lehmschicht zum Leben erweckt worden war.

Eines Samstagnachmittags war Caroline die Kieseinfahrt zum Haus hinabgeschwebt. Sie hatte gerade ein Konzert am hiesigen Konservatorium gegeben und der Erfolg hatte sie regelrecht berauscht.

Ihre Solo-Darbietung von Chopins *Etüde* in E, Opus

10, Nr. 3 hatte ihr stehende Ovationen eingebracht, und das war – da sie erst seit Kurzem einen Abschluss der Musikhochschule von Paris in der Tasche hatte – ein beachtlicher Erfolg. Die Kritiker hier in Australien hatten ihre seltenen Konzerte immer hoch gelobt, und vielleicht hätte sie ja tatsächlich das Zeug, es irgendwann zu schaffen …

Doch mit ihren damals vierundzwanzig Jahren war es bis zu ihrem großen Ziel noch ziemlich weit. Sie würde weiter im Ausland studieren. Erst in London und danach, wenn man sie akzeptieren würde, auch in Mailand oder Wien. Doch selbst wenn es noch Jahre dauern würde – sie hatte vielleicht wirklich eine Chance. Sie war weiter die frisch angelegte Kieseinfahrt entlanggelaufen und hatte dabei vergnügt gegrinst. Ihre Mutter und ihr Stiefvater, ja selbst die kleine Michaela, waren bereits damals überzeugt davon gewesen, dass sie die geborene Pianistin war. Mit ihren knapp drei Jahren hatte die Kleine stundenlang auf einem Hocker gesessen, wenn sie spielte, und sich begeistert Bach und Wagner angehört. Nur Joel, der gerade das Laufen lernte, hatte immer viel zu viel zu tun gehabt, um länger als dreißig Sekunden zuzuhören, wenn sie vor dem Flügel saß.

Nachdem sie die erste der fünf Marmorstufen zur Veranda vor dem Haus erklommen hatte, hatte sie vor Erleichterung geseufzt. Endlich einmal würde sie nicht von lautem Hämmern, Sägen und dem pausenlosen Pfeifen der Handwerker abgelenkt, denn es war Samstag und die Leute hatten bereits gegen Mittag mit der Arbeit aufgehört.

Sie hatte keinen Laut gehört, als sie durch die große Haustür getreten war. Im Vorbeigehen hatte sie einen Blick durch die offene Wohnzimmertür geworfen, sich dann aber eilig wieder abgewandt. Sämtliche Möbel waren in der Mitte des großen Raums zusammengerückt und zum Schutz vor dem allgegenwärtigen Staub in weiße Laken gehüllt gewesen, und so hatte das Zimmer ein bisschen unheimlich auf sie gewirkt. Es war wirklich ungewöhnlich still gewesen, dachte sie, dann aber war ihr eingefallen, dass ihre Familie bei den Freunden ihrer Mutter, Bruce und Kitty Smithers, in South Coogee zum Grillen eingeladen war. Sie hatte das Haus also für sich allein.

Sie würde sich eine Kleinigkeit zu essen machen und dann weiterüben. Wegen der Renovierungen hatten die Arbeiter den Flügel vorläufig in die Bibliothek gestellt. Ein Teil des riesigen Bankettsaals sollte noch abgetrennt und in ein Musikzimmer verwandelt werden, damit sie so viel üben konnte, wie sie wollte, ohne dass ihr dabei irgendjemand in die Quere kam.

Ihr Stiefvater Jack, der sich im Sozialausschuss des angesehenen Königlich Australischen Golfclubs engagierte, hatte sie gebeten, am Mittwochabend dort für einen guten Zweck zu spielen; am besten ging sie die dafür ausgewählten Stücke von Chopin noch einmal durch.

Sie hatte ihren Snack und ein Glas Milch auf ein Tablett gestellt und zusammen mit ihrer Notentasche in die Bibliothek getragen, die ihr absoluter Lieblingsraum war. Hier, zwischen den Regalen, dem Cello, das sie während der Schulzeit gespielt, dann aber zugunsten des Klaviers aufgegeben hatte, dem Schreibtisch ihrer Mutter und der dunkelroten Ledercouch, konnte sie an ihrem wunderbaren alten Steinway sitzen und mit ihren geschmeidigen Fingern zum Ausdruck bringen, dass die Musik die große Liebe ihres Lebens war.

Sie hatte aus dem Fenster in die anbrechende Dunkelheit hinausgeblickt, ihr Sandwich gegessen, ihre Milch getrunken und in ihrer Tasche nach den Noten für das erste Stück gewühlt. Dann hatte sie die erste Seite aufgeschlagen und sich auf den ebenholzschwarzen Klavierhocker gesetzt.

Für die Eröffnung des Konzerts hatte sie Frédéric Chopins bewegende *Polonaise* gewählt. Er hatte die Musik als junger Mann zum Zeichen seiner Liebe zu seinem Geburtsland Polen, das in seiner Jugend unter der Herrschaft des zaristischen Russlands gestanden hatte, komponiert, und die Inbrunst, mit der sie die ersten Takte spielte, sollte die Emotionen widerspiegeln, die ihn damals erfüllt hatten.

»*Verdammt, was ist das für ein Höllenlärm?*«, hatte plötzlich eine Männerstimme von der Couch gebrüllt.

Caroline war zusammengefahren, dann aber war der Schock einer gewissen Verärgerung gewichen, als ein verschlafenes Gesicht, das sie noch nie gesehen hatte, über dem Rand der Rückenlehne erschien.

Um ihre Aufregung zu verbergen, hatte sie aggressiv gefragt: »Wer zum Teufel sind Sie und was machen Sie in meinem Haus?«

Ein großer, breitschultriger Mann hatte sich von der Couch erhoben, eine Hand in die Hüfte gestemmt, die andere in die Hosentasche gesteckt und sie so eingehend gemustert, dass sie rot geworden war.

Ohne auf ihre Frage einzugehen, hatte er zurückgefragt: »Erlaubt mein Vater es den Angestellten etwa, nach Lust und Laune auf diesem teuren Flügel rumzuklimpern, wenn er nicht zu Hause ist?«

Den Angestellten? Ha! Trotz ihrer anfänglichen Reaktion – ihr Herz schlug vor Schreck und wegen seines beunruhigenden Blicks noch immer bis zum Hals – hatte sie sich ein wenig entspannt. Sein amerikanischer Akzent hatte ihn verraten. Jetzt war sie im Vorteil, denn sie wusste, wer dieser Fremde war. Doch sie hatte die Scharade fortgesetzt und wie er eine Hand in die Hüfte gestemmt, die andere in der Tasche ihres Rocks vergraben und ruhig erklärt: »Kommt drauf an, wer Ihr Vater ist.«

»Jack Beaumont, wer sonst?«, hatte Nick mit all dem Selbstbewusstsein und der Arroganz seiner siebenundzwanzig Jahre festgestellt.

»Tja, dann ist ja alles in Ordnung. Ich bin nämlich deine Stiefschwester Caroline.«

Er hatte überrascht die Augen aufgerissen. »Caroline? *Die kleine Caro?* Dad hat mir vor Jahren ein Foto von dir geschickt, auf dem du deutlich jünger warst als jetzt.« Mit einem freundlichen Lächeln war er hinter der Couch hervorgekommen und hatte ihr die Hand gereicht. »Hallo, Caro, ich bin dein Stiefbruder Nick Beaumont.«

So hatte sie ihn kennengelernt.

Bereits in dem Moment, in dem sich ihre Blicke zum ersten Mal begegnet waren, hatte er sie in seinen Bann gezogen, und bis zu seiner Abreise zwei Wochen später hatte sich dieses Gefühl immer mehr verstärkt.

Er war aus zwei Gründen nach Australien gekommen: erstens, um seine Familie, das hieß seine Halbgeschwister Michaela und Joel sowie seine Stiefschwester Caroline, kennenzulernen, und zweitens, um sich B&S Constructions anzusehen, weil für die Zeit nach dem Verkauf des kleinen Hotels, das er und sein Vater am Lake Tahoe besaßen, sein Einstieg in das Unternehmen vorgesehen war.

Am Abend nach der Rückkehr von den Smithers hatten Jack und Laura vorgeschlagen, dass Caroline dem Stiefbruder die Sehenswürdigkeiten und eher verborgenen

Seiten Sydneys zeigen sollte, weil er schließlich noch nie da gewesen war. Anfangs hatte der Gedanke sie gestört, sich seinetwegen von ihrem geliebten Flügel losreißen zu müssen, dann aber hatte sie festgestellt, dass die Zeit, die sie mit Nick verbrachte, regelrecht verflog …

Sie hatte bald gemerkt, dass er für die Lebensweise der Australier wie geschaffen war. Das Aussie-Bier und auch die Strände waren einfach phänomenal. Und da er als Teenager und junger Erwachsener in Kalifornien gelebt hatte, war er auf einem Surfbrett ebenso daheim wie hinter dem Steuer eines Wagens, obwohl er zu ihrer Belustigung vom Fahren auf der anderen Straßenseite anfangs völlig verwirrt gewesen war. Auch die Beschäftigung mit Michaela und Joel hatte ihm großen Spaß gemacht, und wenn er und Jack zusammen gewesen waren, hatte man sofort gemerkt, wie ähnlich er dem Vater war. Sie glichen sich in Charakter und Mienenspiel, besaßen ein unglaubliches Charisma, grenzenlose Energie und einen unstillbaren Lebenshunger.

Anfangs hatte Caroline, die, wenn sie nicht gerade musizierte, deutlich zurückhaltender war, der Anziehungskraft ihres Stiefbruders erfolgreich widerstanden. Bis sie bei ihrem vierten gemeinsamen Ausflug mit ihm in den Zoo gefahren war, weil dieser einen guten Überblick über die einheimische Fauna und eine spektakuläre Aussicht auf den Hafen bot. Plötzlich hatte auch sie eine ungeahnte Energie und Lebenslust verspürt, die ihr bis dahin so ruhiges Leben bis in die Grundfeste erschütterten.

Sie hatte es genossen, mit ihm zusammen zu sein und mit ihm über Dinge zu lachen, die sie beide lustig fanden, obwohl sie stets etwas besorgt gewesen war, ob er ihre Bemühungen, ihm zu zeigen, was für eine wunderbare

Stadt Sydney doch war, zu schätzen wusste. Und ohne sich dessen bewusst zu sein, hatte sie sich in ihren Stiefbruder verliebt.

Doch es gab jede Menge Unterschiede zwischen ihnen. Er mochte keine klassische Musik, sie ging nicht gern an den Strand. Er liebte Pferdewetten, ihr tat die Erinnerung an die Spielsucht ihres Vaters Eddie immer noch entsetzlich weh. Er ging gern tanzen, sie saß lieber vor ihrem Klavier. Gleichzeitig gab es so viele Gemeinsamkeiten zwischen ihr und Nick, dass ihr alles andere ganz egal war.

Bis er eines Abends mit ihr auf ein Fest gegangen war und ihr dort deutlich zu verstehen gegeben hatte, dass es ihm missfiel, dass ein bestimmter junger Mann ihr gegenüber allzu freundlich war.

Damals hatte er zum ersten Mal gezeigt, dass er sehr besitzergreifend war, doch hatte Caroline das einfach nicht erkannt. Sie war noch sehr naiv gewesen und hatte es sogar als schmeichelhaft empfunden, dass er offenbar genug Interesse an ihr hatte, um eifersüchtig zu sein.

Und dann hatten sie sich zum ersten Mal geküsst …

Nachdem sie von der Party heimgekommen waren, hatten sie sich noch einen Kaffee gemacht und genügend Gesprächsthemen gefunden, um nicht sofort ins Bett zu gehen. Schließlich hatte Nick auf die Uhr im Frühstücksraum gesehen, und als ihm bewusst geworden war, dass er früh am nächsten Morgen auf der Baustelle erwartet wurde, hatte er sie bis zur Treppe begleitet, die zu ihrem Zimmer hinaufführte. Für ihn hatten Jack und Laura kurzerhand ein Bett in Jacks Arbeitszimmer aufgestellt.

»Ich wünschte, ich müsste nicht Ende der Woche wieder nach Hause fliegen«, hatte er gemurmelt. »Dafür gefällt es mir hier einfach viel zu gut.«

»Die Tage waren wirklich schön«, hatte sie ihm zugestimmt. Sie waren nicht nur schön, sie waren einfach wunderbar gewesen. Bisher hatte sie nur für die Musik gelebt, doch Nick hatte ihr gezeigt, dass sie keine Schuldgefühle haben musste, wenn sie eine kurze Pause vom Klavierspiel machte, weil im Leben auch noch anderes wichtig war.

»Außerdem kommst du doch zurück, wenn das Hotel am Lake Tahoe verkauft ist, oder nicht?«

»Auf alle Fälle«, hatte er im Brustton der Überzeugung erklärt.

Er hatte ihr hinterhergesehen, als sie die erste Stufe erklommen hatte, und dann hatte sie sich noch einmal zu ihm umgedreht, wodurch sie fast auf Augenhöhe mit ihm gewesen war.

Er hatte sie betrachtet und mit einem Mal war ihm bewusst geworden, dass sie keine Ahnung hatte, wie attraktiv sie war. Er hatte bereits jede Menge Freundinnen gehabt, nie aber ein Mädchen wie Caroline. Sie war einfach einmalig: grundehrlich, wunderbar natürlich, etwas schüchtern, manchmal aber auch recht kess, und vor allem unendlich bemüht, dafür zu sorgen, dass er seinen Aufenthalt genoss. Sie war einfach selbstlos, ja genau. Sie hatte sogar auf ihre geliebten Übungsstunden am Klavier verzichtet und ihn tagelang durch ihre Heimatstadt geführt.

Heute Abend, als der Typ mit ihr geflirtet hatte, hatte er erkannt, was er für sie empfand. Es hatte ihn gestört, wie der Kerl sie angesehen hatte. Sie war etwas ganz Besonderes, und er wollte diese ganz besondere junge Frau für sich allein haben.

»Ich sollte langsam gehen«, hatte sie schließlich erklärt und ein Gähnen unterdrückt.

»Warte.« Er hatte eine Hand auf ihren Arm und die andere an ihr Gesicht gelegt. »Dank dir hatte ich hier eine wunderbare Zeit, Caro. Die Tage waren einfach toll.« Dann hatte er ihr Gesicht mit beiden Händen umfasst, ihr tief in die blauen Augen gesehen und sie vorsichtig geküsst.

Vor Überraschung schrie sie leise auf. Sie hatte auch schon vorher hin und wieder einen Kuss bei einem Date bekommen, so hatte sich aber noch kein Kuss angefühlt. Ein angenehmes Kribbeln hatte sich von ihren Lippen bis in ihre Zehenspitzen ausgedehnt, ihr war siedend heiß geworden, ihr Herz hatte angefangen zu rasen und sie hatte die zitternden Finger ihrer rechten Hand vorsichtig auf seinen dunklen Schopf gelegt.

Nick hatte sie umarmt, an seine Brust gezogen und weiter ihren süßen Mund erforscht.

Selbst wenn sie sich hätte wehren wollen, sie hätte beim besten Willen nicht die Kraft dazu gehabt. Im Gegenteil, sie hatte das Gefühl, als wäre sie zu einer wunderbaren Reise aufgebrochen, und die Sinnlichkeit seiner Liebkosung hatte sie aller Hemmungen beraubt.

Als sie sich schließlich wieder voneinander lösten, hatte er seine Stirn gegen ihre Stirn gedrückt und sein heftiger Atem hatte ihr verraten, dass er genauso aufgewühlt war wie sie. Schweigend hatten sie einander angesehen, denn es gab einfach keine Worte für das, was sie gerade erlebt hatten. Das beinahe schmerzliche Verlangen und die wilde Leidenschaft, wachgerufen durch diesen einen Kuss, hatten ihre natürliche Zurückhaltung und ihre Überzeugung zunichtegemacht, dass sie nur, wenn sie am Flügel saß, zu tiefen Emotionen fähig war.

Nick hatte einen Schritt zurück gemacht, ihr einen Finger an den Mund gelegt, zum Zeichen, dass sie weiter schweigen sollte, leicht den Kopf geschüttelt, sie in Richtung der nächsten Stufe geschoben und ihr mit einem leisen »Träume süß, meine Caro« hinterhergesehen.

In jener Nacht hatte Caroline allerdings weniger süße als erotische Träume gehabt. Mit ihren vierundzwanzig Jahren hatte sie zum ersten Mal ihr Herz an einen Mann verloren, wodurch ein vollkommenes Chaos in ihrer Gedanken- und Gefühlswelt ausgebrochen war. Als sie am nächsten Morgen in das einzige bisher fertiggestellte Bad gegangen war, hatte sie ihrem Spiegelbild erklärt: »Das ist nur eine vorübergehende Schwärmerei. Interpretier bloß nicht zu viel in diesen einen Kuss hinein.« Schließlich hatte sie mit ihrem Leben etwas völlig anderes vor.

Den Tag, an dem Nick nach Kalifornien zurückgeflogen war, hatte sie in bittersüßer Erinnerung. Ein paar Tage vor seinem Abflug hatte sich ihre Beziehung stark intensiviert, was für sie gleichermaßen wunderbar wie erschreckend gewesen war. Obwohl sie nicht über Liebe gesprochen hatten, hatten sie sich nur berühren oder ansehen müssen, um zu wissen, dass es ernst war zwischen ihnen.

Mehrere Tage nach der Trennung hatte sie in einer Art Vakuum gelebt. Bis sie Nick begegnet war, war ihr Leben streng organisiert gewesen und sie hatte einen konkreten Zukunftsplan gehabt. Alles hatte sich um die Musik gedreht, denn seit sie ein Teenager war, hatte sie immer nur das eine Ziel gehabt: eines Tages als Konzertpianistin ihre Frau zu stehen. Die Komplikation, die die Begegnung mit dem wunderbaren, aufregenden, emotionalen Nick für sie bedeutete, hatte sie nicht eingeplant. Doch jetzt war er nun einmal da, genau wie das, was sie für ihn empfand, und die Frage, die ihr nicht mehr aus dem Kopf gegangen war, lautete: Was in aller Welt sollte sie bloß tun?

Sie hatte stundenlang am Flügel in der Bibliothek gesessen, ohne einen Ton zu spielen, sie hatte an die wunderbare Zeit mit ihm gedacht, sich einzelne Szenen des Zusammenseins in Erinnerung gerufen, Dinge, die er gesagt hatte, Orte, an denen sie mit ihm gewesen war. Es war eine ganz besondere Zeit gewesen, doch bis zu seiner Rückkehr würden vielleicht noch Monate ins Land gehen.

Beinahe zwei Wochen lang hatte sie getrauert, sich gesorgt und kaum etwas gegessen. Gott, hatte sie ein ums andere Mal gedacht, wenn es so war, wenn man einen Menschen liebte, war man ohne Liebe deutlich besser dran!

Und dann, eines Tages, hatten sie die Tasten doch wieder gelockt, sie hatte am Flügel Platz genommen und stundenlang sämtliche romantischen Klassiker gespielt. Die meisten Stücke kannte sie auswendig, und es hatte einfach gutgetan, ihren Gefühlen durch die wehmütigen Melodien Ausdruck zu verleihen.

Jack und Laura war bewusst gewesen, was sich zwischen ihr und Nick entwickelt hatte, doch ihre aufmunternden Worte, ihre mitfühlenden Blicke und die allgemeine Rücksicht auf die Stimmungsschwankungen der Tochter hatten nicht das Mindeste genützt.

Erst als einen Monat später ein Schreiben der Londoner Musikhochschule eingetroffen war, war sie aus ihrer Depression wieder aufgetaucht. Caroline war in die Klassik-Klasse aufgenommen worden, was ein Hauch von Anerkennung und vor allem ein Versprechen für die Zukunft war, falls sie dort bestand. Sie hatte ihre Trauer wegen Nick verdrängt, in London angerufen und erklärt, sie würde einen Flug zu Beginn des neuen Jahres buchen …

Ende März war es in London noch genauso kalt gewesen wie bei ihrer Ankunft Anfang Januar, und noch immer hatte Caroline sich weder an das Wetter noch an die bescheidene Unterkunft in Islington gewöhnt. Sie lebte in einem winzig kleinen Zimmer ohne Heizung mit einer winzig kleinen Küchenzeile und einem gemeinschaftlich benutzten Bad, durch dessen Fenster wenigstens der hübsche Garten hinterm Haus zu sehen war. Das hieß, er würde vielleicht einmal hübsch sein, falls jemals der Frühling kam …

Es hätte Laura sicher einen Schock versetzt zu sehen, wie »primitiv« die Unterkunft der Tochter war, doch sie und Jack hatten mehr als genug für sie getan. Sie hatten ihre Studiengebühren und auch sonst alles für sie bezahlt, weshalb es ihr viel besser als den meisten anderen Studenten und Studentinnen ging. Teddy Rivkin musste zum Beispiel nebenher als Kellner jobben und war derart dürr, dass sie ihn oft zu sich zum Abendessen einlud, nur damit er etwas aß.

Nicht dass Jack und Laura arm gewesen wären. Weit davon entfernt. Aber sie hatten beide ihre jeweiligen Unternehmen ausgebaut, und deshalb hatte sie ihnen möglichst wenig auf der Tasche liegen wollen; das Bargeld war damals knapp gewesen. Aber, so sagte sie sich, das war kein Problem, während sie sich eine Tomatensuppe aus der Dose und eine Scheibe Tost zum Essen zubereitete, denn schließlich hatte sie mal irgendwo gelesen, dass ein Leben in Bescheidenheit die beste Nahrung für die Seele war.

Trotzdem hatte sie ihr kleines Zimmer – möglichst kostengünstig – mit Postern aus warmen, sonnigen Regionen, ein paar farbenfrohen Kissen und einem gebrauchten, gestreiften Baumwollteppich, den sie auf dem Flohmarkt in der Portobello Road erstanden hatte, so gemütlich wie möglich eingerichtet. Der einzige Luxusgegenstand, der jedoch für ihr Überleben in der kalten Jahreszeit unerlässlich war, war ein kleines Heizgerät, das sie allerdings nur selten einschaltete, weil es die Stromrechnung beinahe ins Unermessliche steigen ließ.

Eines Nachmittags war Caroline die Darcy Street zu ihrer Unterkunft entlangmarschiert. Obwohl sie schnell gegangen war, um mit Teddy Rivkins großen Schritten mithalten zu können, hatte ihr die Kälte wieder einmal zugesetzt. Trotzdem hatte sie gewusst, dass es draußen wärmer war als in ihrem seit dem frühen Morgen ungeheizten Zimmer. Außer ihrer Notenmappe hatte sie noch eine Tüte mit Einkäufen bei sich. Sie hatte den Kragen ihres Mantels hochgeschlagen, um die Wärme zu bewahren, ihre blonden Haare unter einer Baskenmütze aus Schurwolle versteckt und sie trug kniehohe Lederstiefel, der vernünftigste Einkauf seit ihrer Ankunft in London, denn sie hielten die Eiseskälte wenigstens von ihren Füßen ab.

»Sieht aus, als hättest du Besuch«, hatte Teddy plötzlich festgestellt und auf eine Gestalt gezeigt, die zusammengekauert auf der Treppe vor ihrer Haustür saß.

»Hoffentlich nicht schon wieder ein Obdachloser«, hatte Caroline geseufzt. Unter den Menschen auf der Straße hatte sich anscheinend herumgesprochen, dass sie nicht nur ein Ohr für tragische Geschichten hatte, sondern, da es ihr ein wenig besser als den wirklich Armen ging, sogar ihre Lebensmittel teilte, wenn nur die Geschichte herzerweichend genug war.

»Meistens scheuchen die Bobbys diese armen Kerle weg«, hatte Teddy sie erinnert, als er an der Straßenecke stehen geblieben war, hinter der sein Haus in einer dunklen Gasse lag. Dann hatte er trotzdem besorgt gefragt: »Kommst du allein zurecht?«

Caroline hatte genickt. »Na klar.« Während eines Augenblicks hatte sie ihm, dankbar, dass sie selbst woanders leben durfte, hinterhergesehen. Die Gasse sah düster, feucht und einfach deprimierend aus, auch wenn das Teddy aufgrund seines sonnigen Gemüts anscheinend noch gar nicht aufgefallen war.

Dann hatte sie auf die Gestalt vor ihrem eigenen Haus geschaut, und als diese plötzlich aufgesehen hatte, hatte Caroline leise aufgeschrien.

»Nick!«

Er war aufgestanden, hatte die Arme ausgebreitet und sie war auf ihn zugestürzt.

»Was machst du hier? Warum hast du mich nicht wissen lassen, dass du kommst? Hast du das Hotel verkauft?«, hatte sie ihn atemlos gefragt und vor lauter Freude, ihn zu sehen, zwischen glückseligen Küssen und fröhlichem Gelächter hin und her geschwankt.

»Ich werde alle deine Fragen beantworten, wenn wir erst mal in deiner Wohnung sind. Hier draußen ist es einfach bitterkalt.« Widerstrebend hatte er sie losgelassen und sich die kalten Hände gerieben, bevor er mit ihr durch die Tür getreten war.

Sobald sie in ihrem Zimmer angekommen waren, hatte Caroline den Stecker ihres kleinen Heizgeräts in die Steckdose gesteckt, und er hatte sich währenddessen umgesehen.

»Ich weiß, es ist ein Loch«, hatte sie erklärt, denn seine Miene hatte überdeutlich sein Entsetzen ausgedrückt.

»Aber du darfst Mum und Jack nichts davon erzählen. Ich versuche einfach, möglichst sparsam zu sein.«

»Kein Problem. Schließlich wirst du hier nicht ewig wohnen«, hatte er schulterzuckend festgestellt.

»Gott, ich hoffe nicht«, hatte sie so inbrünstig erklärt, dass erst er und dann sie selbst in lautes Lachen ausgebrochen war. Es war einfach wunderbar, ihn zu sehen. Sie hatte kaum glauben können, dass er tatsächlich gekommen war.

»Ich habe dich fürchterlich vermisst.« Wieder umarmte er sie. »Schließlich habe ich dich vor über vier Monaten zum letzten Mal gesehen … Das Hotel ist immer noch nicht verkauft, aber wir haben inzwischen einen Interessenten, sodass es hoffentlich nicht mehr allzu lange dauern wird. Und ich habe dir nicht gesagt, dass ich nach London komme, weil ich dich überraschen wollte.« Er hatte sie grinsend angesehen.

»Das ist die schönste Überraschung, die ich je bekommen habe.« Sie hatte ihn erneut geküsst und sich an seine Brust geschmiegt. Nicks plötzliches Erscheinen hatte ihr deutlich vor Augen geführt, wie lang und einsam ihre Abende und Nächte seit der Ankunft in London gewesen waren und wie wunderbar es war, wenn sie in seinen Armen lag.

Sie waren vor das Bett getreten und hatten sich gesetzt.

»Was macht das Studium?« Er hatte ihr die Baskenmütze abgenommen und war mit seinen Fingern durch ihr seidig weiches Haar gefahren. Dann hatte er angefangen, ihr den Mantel auszuziehen, plötzlich aber innegehalten und den Mantel wieder zugeknöpft. »Himmel, hier drin ist es eiskalt.«

»Ich weiß. Aber es gibt keine Heizung in diesem Haus.«

»Und das im zwanzigsten Jahrhundert. Die Tommys sind wirklich hartgesotten, findest du nicht auch?«

»Sie meinen, dass man sich an die Kälte gewöhnen würde. Auch wenn das in meinem Fall wahrscheinlich fünfzig Jahre dauern wird.« Sie hatte ihn lächelnd angesehen. »Wo wohnst du?«

»Im *Dorchester*. Ich bin für fünf Tage hier.«

»Das ist auf jeden Fall besser als nichts. Ich muss dich unbedingt dort besuchen«, hatte sie grinsend festgestellt. »Hättest du vielleicht gern eine Tasse Tee? Die wärmt einen wenigstens ein bisschen auf. Bier habe ich leider nicht anzubieten, tut mir leid.«

»Tee ist jetzt genau das Richtige.«

Er hatte sie losgelassen, damit sie vor die Küchenzeile treten konnte, die aus zwei kurzen Regalreihen mit einer Spüle, einem kleinen, uralten Kühlschrank und einer doppelten Kochplatte bestand. Pfannen und andere Küchenutensilien hingen an einem Brett, das mit einer Kette an der Zimmerdecke festgemacht war. Caroline hatte Tee gekocht, den sie an dem runden Tisch neben dem Fenster, das einen Ausblick auf den Garten bot, tranken.

»Lass uns unser Wiedersehen feiern und zum Essen ausgehen«, hatte Nick ihr grinsend vorgeschlagen. »Kennst du irgendein Lokal hier in der Nähe, in dem es gutes Essen gibt?«

Caroline hatte auf ihre Uhr gesehen. »Ja. Aber halb sechs ist noch ein bisschen früh. Wir müssen die Zeit noch ein bisschen totschlagen.« Sie war aufgestanden und auf ihn zugekommen. Er hatte sie wieder in den Arm genommen und eine alles verschlingende Leidenschaft hatte die Monate der Trennung und der Sehnsucht weggewischt.

Plötzlich hatten sie beide ihre Hände überall und gleichzeitig und sich hungrig geküsst.

»Es gibt da etwas, was ich dir schon lange sagen wollte«, hatte er erklärt und dann einen Satz geflüstert, der ihm bisher noch nie über die Lippen gekommen war. »Ich liebe dich.«

Ihr Lächeln war noch breiter geworden und ein rosiger Hauch hatte sich über ihre Wangen gelegt. »Ich liebe dich auch.«

Wieder hatten ihre Lippen seinen Mund gesucht. »Zeig mir, wie sehr du mich liebst, Nick. Bitte.«

Nick hatte gewusst, dass sie noch Jungfrau war. »Wir sollten besser warten, schließlich haben wir alle Zeit der Welt«, hatte er zögernd erklärt, obwohl das ganz eindeutig nicht in seinem Sinn gewesen war. Jede Faser seines Körpers hatte sich nach ihr gesehnt, und sein Blut hatte derart gekocht, dass ihm die Kälte in Caros Zimmer vollkommen egal war.

»Nein. Zeig es mir jetzt«, hatte sie ihn aufgefordert, und wenn Caroline Ashworth eine Entscheidung getroffen hatte, meinte sie es hundertprozentig ernst.

»Bist du sicher, Liebling?«, hatte er sich vergewissert und sie hatte lächelnd genickt.

»Ich … ich möchte mit dir schlafen«, hatte sie ein wenig scheu erklärt.

Er hatte gewusst, dass sie noch nie so weit gegangen war, und hatte gesehen, dass sie erschauderte, als er fast ehrfürchtig die Knöpfe ihres Mantels öffnete und ihr das schwere Stück über die Schultern schob. Dann hatte er ihr Pulli, Rock und Bluse ausgezogen, sich vor sie gekniet, ihr die Stiefel abgestreift, ihre Füße massiert und sanft geküsst und sich dann mit seinen Lippen einen Weg an ihren Beinen hinauf gebahnt.

Es war eine süße, wunderbare Qual für Caroline. Sie hatte oft versucht, sich vorzustellen, wie es wohl war, mit einem Mann zu schlafen, doch bei aller Fantasie hätte sie nie gedacht, dass es etwas so Wunderbares wie die warmen, zärtlichen Berührungen und die gründliche Erforschung ihres Körpers durch einen geliebten Menschen gab. Die Monate der Sehnsucht und der Wunsch nach mehr hatten sie fast um den Verstand gebracht...

Mit einer dramatischen Geste hatte er die Bettdecke zurückgeworfen und sie auf das Laken gedrückt. Dann hatte er sich in aller Eile ausgezogen, sich neben sie gelegt und die Decke über sie beide gezogen. Sie hatten Arme und Beine umeinandergeschlungen, Oberkörper, Hüften, Schenkel aneinandergepresst. Sie hatte seine Härte deutlich spüren können und das Pochen ihres Unterleibs hatte sich noch verstärkt. Dann hatte er ihre Brüste sanft gestreichelt und vorsichtig an ihren Brustwarzen geknabbert und gesaugt, worauf ihr siedend heiß geworden war.

Sie hatte sich schmerzlich danach gesehnt, dass er endlich ganz mit ihr verschmolz, und als er sie zwischen den Beinen berührt hatte, hatte sie sich stöhnend gegen sein hartes Glied gepresst.

Und dann, als sie es kaum noch ausgehalten hatte, hatte er sich endlich sanft in sie hineingeschoben, reglos abgewartet, bis sie sich daran gewöhnt hatte, dass er in ihr war, und sich langsam und vorsichtig in ihr bewegt. Nach einem Augenblick waren seine Stöße heftiger geworden, doch sie hatte sich entspannt und sich nach wenigen Sekunden an den Rhythmus seines Glieds angepasst. Heißes Glück war in ihr aufgewogt und erschaudernd hatte sie sich an ihm festgeklammert, als wolle sie ihn nie wieder loslassen. Stöhnend war er in ihr explodiert, und einen Moment später war auch sie von einem Strudel sinnlichen Vergnügens mitgerissen geworden, bevor sie mit einem leisen Schrei ans Ufer zurückgeworfen worden war.

Wunderbar befriedigt hatte sie sich an den Liebsten geschmiegt.

Kurz darauf hatte sich Nick, da er für sie zu schwer war, widerstrebend neben sie gelegt, zärtlich ihr Gesicht gestreichelt und sie ängstlich angesehen. »Ich habe dir doch hoffentlich nicht wehgetan?«

»Nein. Das heißt, ein bisschen, aber es hat sich gelohnt«, hatte sie mit einem träumerischen Lächeln festgestellt. »Ich hätte nie gedacht, dass es ...« Sie konnte nicht in Worte kleiden, wie dieses erste Mal für sie gewesen war. Die Worte, die sie kannte, hätten dafür nicht ausgereicht, und so hatte sie sich mit einem »... so aufregend sein kann« begnügt. »Ich dachte, ich würde sterben.«

Mit einem leisen Lachen hatte er sie abermals an seine Brust gezogen und erklärt: »Manchmal nennt man die körperliche Liebe auch den ›kleinen Tod‹.«

So hatte ihre Liebesbeziehung begonnen, und bereits anderthalb Jahre später hatten sie in Sydney geheiratet.

Das Studium in London hatte Caroline beendet, war dann aber für ein Jahr nach Italien gegangen, und Nick, der weiter in Jacks Baufirma tätig gewesen war, hatte sie dort, so oft es ging, besucht.

Als sie am Ende ihres Jahres in Mailand die Zulassung zu einem dreijährigen Studium an der angesehenen Musikhochschule Wien bekommen hatte, hatte er sich in der Firma frei genommen, um die ganze Zeit bei ihr zu sein.

Sie hatten eine kleine Wohnung in einem Wiener Vorort gemietet und zum allerersten Mal ein relativ normales Eheleben geführt.

Nach drei Monaten jedoch hatte Nick begonnen, sich

zu langweilen, da er oft allein zu Hause herumsaß, wenn Caro an der Hochschule war. Also hatte er sich einen Job gesucht und dank seiner Erfahrungen vom Lake Tahoe eine Stelle in einem Hotel bekommen, bei der er mit seinem halbwegs passablen Deutsch relativ gut zurechtgekommen war.

Doch seine anderen Probleme hatte er dadurch nicht gelöst. Tief sitzende Probleme, die bereits vor ihrer Hochzeit angefangen hatten und die in seiner mangelnden Bereitschaft begründet gewesen waren, Caroline mit irgendjemand anderem außer der engsten Familie zu teilen. Insgeheim hatte ihn die Zeit, die sie an der Hochschule beim Studium oder beim Üben verbracht hatte, gestört. Und seine Eifersucht auf jeden anderen Mann, der auch nur mit ihr sprach, hatte sich immer mehr verstärkt. In einer weltoffenen Stadt wie Wien, in der man Mozart, Johann Strauss und dessen Sohn verehrte, gab es viele Freunde klassischer Musik. Nick hatte es verabscheut, wenn sie Konzerte gab und im Anschluss in den Kreis der Menschen, die ihr emotionales Spiel zu schätzen wussten, einbezogen wurde. Er hatte sie für sich allein haben wollen und sich am Ende sogar an der Tatsache gerieben, dass Caroline dieses Gefühl nicht zu verstehen schien.

Im Lauf der nächsten beiden Jahre hatte es ihn immer mehr gestört, dass ihr offenkundig die Musik wichtiger war als er. Zu Beginn ihrer Beziehung hatte er eine zwiespältige, nachsichtige Einstellung dazu gehabt, denn in seiner männlichen Arroganz hatte er sich allen Ernstes eingebildet, früher oder später wäre sie die strenge Disziplin, die sie Tag für Tag beweisen musste, leid. Schließlich hatte er erkennen müssen, dass Carolines größte Leidenschaft der Klassik galt und dass sie eine über alle Maßen talentierte Pianistin war. Eines Tages würde sie ihr

Ziel erreichen und weltweit große Konzerte geben … und wo blieben dann sie beide?

Doch trotz seines mangelnden Verständnisses und seiner versteckten Abneigung gegen ihre Musik war ihm bewusst gewesen, dass es süchtig machen konnte, wenn man stürmischen Applaus für sein Talent bekam. Und sobald das geschah, wäre seine Caro ganz bestimmt nicht mehr bereit, auf das Klavierspiel zu verzichten, nur um für ihn da zu sein. Doch genau das hatte er gewollt: eine Vollzeit-Ehefrau und Mutter seiner Kinder, keinen internationalen Star.

Und was war mit seiner eigenen Karriere?, hatte er sich ein ums andere Mal gefragt.

Wegen ihres Studiums hatte er sie unterbrochen, und das hatte ihm zu Anfang auch nichts ausgemacht. Das Einrichten der Wohnungen in Mailand und in Wien hatte ihm durchaus Spaß gemacht, doch hatte er sich im Lauf der Monate immer stärker wie ein Fremdkörper in ihrer Welt gefühlt. Dass Caroline derart in ihre Studien vertieft gewesen war, dass sie nicht gesehen hatte, dass er ebenfalls in seiner Arbeit fortfahren musste, hatte ihn geärgert und frustriert.

Nick hatte gewusst, dass seine eigene berufliche Zukunft in Australien lag. Sein Vater und Lou Sardi hatte ihn als zukünftigen Chef ihres Unternehmens auserkoren, und Michaela und Joel wären frühestens in zehn Jahren alt genug gewesen, um bei B&S an Bord zu gehen. Deshalb konnte er es sich kaum leisten, weiter im Gefolge seiner Frau kreuz und quer durch die alte Welt zu ziehen …

Wenn er sie nur nicht so lieben würde …

Dann war Caro schwanger geworden. Und obwohl es nicht geplant gewesen und obwohl ihr in den ersten Monaten jeden Morgen entsetzlich schlecht gewesen war, hatten sie sich beide gefreut. Zwei Wochen nachdem Fern Michelle Beaumont geboren war, hatte Caroline ihr Studium wieder aufgenommen, und eine Zeit lang hatte Nick die Rolle des Hausmanns und Vaters durchaus gern gespielt. Er hatte Fern vom ersten Tag an abgöttisch geliebt und auch Caro hatte – wenn sie denn mal daheim gewesen war – alles für ihr Kind getan. In seinem tiefsten Inneren hegte er jedoch zunehmenden Groll gegen seine, wie er es sah, übertrieben ehrgeizige Ehefrau.

Je unzufriedener und böser Nick auf sie geworden war, umso öfter hatten sie gestritten, meistens wegen irgendeiner lächerlichen Kleinigkeit. Wer war mit der Wäsche an der Reihe? Wer stand nachts der Kleinen wegen auf? Wer ging in den Supermarkt? Caroline war zwanghaft ordentlich, Nick war das genaue Gegenteil, und die Unordnung, die er in ihrer kleinen – jetzt auch noch mit Babysachen gefüllten – Wohnung anrichtete, hatte die Reibereien noch verstärkt.

Außerdem war Caroline als eine der besten Schülerinnen ihrer Klasse oft zu Kunstveranstaltungen eingeladen worden, und seit ihre Tochter auf der Welt war, war Nick unter dem Vorwand, auf die Kleine aufpassen zu müssen, lieber mit dem Kind daheimgeblieben; diese Art von langweiligen Festen war ihm immer schon ein Graus gewesen.

Allerdings machte er sich an diesen Abenden stundenlang Gedanken darüber, mit wem sie sprach, wer vielleicht versuchte, mit ihr anzubändeln, und ob sie dafür eventuell empfänglich war.

Und am Ende eines solchen Abends hatten sie den entscheidenden Streit gehabt …

Um kurz nach Mitternacht hatte Konzertagent Émile de Vere die leicht beschwipste Caro heimgebracht. Nick kannte Émile, mochte ihn aber nicht und vertraute ihm noch weniger. Obwohl Caroline ihr Studium noch nicht abgeschlossen hatte, hatte der Agent sie schon gedrängt, einen Exklusivvertrag mit ihm zu unterschreiben. Und obwohl Nick ihr davon abgeraten hatte – weil es einfach noch zu früh gewesen war –, war Caro immer noch unentschieden.

Nick hatte gewartet, bis Caroline nach der schlafenden Fern gesehen hatte und auf Zehenspitzen ins Wohnzimmer zurückgeschlichen war. »Und… wie war dein Abend?«

»Wunderbar. Teddy Rivkin war da. Und Monica d'Est, die Sopranistin, und der mexikanische Tenor, von dem alle schwärmen, Placido Domingo, hat spontan etwas gesungen. Ich habe ihn dabei auf dem Klavier begleitet, und Monsieur de Vere war sehr beeindruckt. Außerdem waren jede Menge prominenter Wiener da…«

»Ich wette, de Vere hat dich wieder gedrängt, bei ihm zu unterschreiben.«

»Und ich habe ihn erneut vertröstet. Aber eines muss man Émile lassen: Er kann unglaublich beharrlich sein.«

Sie hatte sich ihm gegenüber in einen Sessel gleiten lassen und schuldbewusst erkannt, dass der Abend unter anderem deswegen so angenehm gewesen war, weil sie ohne Nick, dessen Besitzansprüche sie allmählich zu ersticken drohten, auf dem Fest gewesen war. Sie hatte die Stirn gerunzelt und sich unglücklich gefragt, was aus ihnen geworden war.

»Die Dozenten an der Hochschule haben mir geraten, mir schon vor den ersten größeren Engagements jemanden zu suchen, der die Termine und die Honorare aushandelt. Sie stimmen alle darin überein, dass es für einen Künstler deutlich leichter ist, wenn er einen Agenten hat, der diese Dinge organisiert.«

»Ich könnte dich ja managen«, hatte Nick spontan erklärt.

Caroline hatte, nicht unfreundlich, gelacht. »Das ist ja wohl nicht dein Ernst. Du hast nicht nur keinen blassen Schimmer von klassischer Musik, du magst sie nicht einmal, und vor allem hast du keinerlei Kontakte zu den Konzerthäusern hier in Europa. Außerdem sprichst du zwar etwas Deutsch, aber noch nicht mal Italienisch, wohingegen Émile vier Sprachen fließend spricht. Und genauso jemanden brauche ich.«

»Dann bin ich dir also nicht gut genug?«

»Das habe ich damit nicht sagen wollen, Nick. Es geht einfach darum, dass du keinerlei Erfahrung als Musikmanager hast«, hatte Caroline versöhnlich festgestellt. Warum nur war er immer so gereizt? Schon seit Wochen kritisierte und hinterfragte er alles, was sie sagte oder tat. Das war völlig untypisch für ihn.

Im nächsten Augenblick war er aus seinem Sessel aufgesprungen, ans Fenster gestapft und hatte in den Regen hinausgesehen. Das Zimmer, die Umgebung, alles hatte ihn plötzlich entsetzlich eingeengt, und er fühlte sich wie ein Gefangener in einer Zwischenwelt, in die er nicht gehörte, in der er aber auch nicht wirklich fremd war. Doch auf alle Fälle tat er nicht das, was er tun wollte.

»Himmel, ich habe ganz einfach die Nase voll«, hatte er zu sich selbst gesagt, doch Caro hatte ihn gehört.

Was wahrscheinlich seine Absicht gewesen war.

»Wovon? Was willst du damit sagen, du hast die Nase voll?«

»Wenn du nicht so abgehoben wärst und auch einmal

an etwas anderes denken würdest als an deine Musik, wäre dir das klar. Siehst du nicht, wie leid ich dieses Leben bin? Ich verbringe doppelt so viel Zeit mit Fern wie du. Ich arbeite nachts, damit du tagsüber studieren und genügend üben kannst. Alles, was wir tun – unser Leben, unsere Ehe, unser Kind –, dreht sich immer nur um dich und um die Dinge, die du willst.« Er hatte sich ihr wieder zugewandt und sie böse angestarrt. »Und wann komme ich mal dazu, das zu tun, was ich tun will, und weiter meine eigene Karriere zu verfolgen? Hast du darüber jemals nachgedacht?«

Caroline hatte geblinzelt, denn sein Ausbruch hatte sie vollkommen überrascht. Sie hatte noch nicht einmal geahnt, wie wütend und unglücklich er war. War sie tatsächlich mit Scheuklappen herumgelaufen und hatte sich nur eingebildet, dass sie beide glücklich waren und dass ihre Ehe vollkommen in Ordnung war? Vielleicht war sie das nicht? »Wir hatten es so abgesprochen«, hatte sie erwidert. »Ich dachte, dass du mich verstehst und dass du damit einverstanden bist, dass ich mein Studium zum Abschluss bringe.« Sie hatte ihn mit einem schwachen Lächeln angesehen. »Ich habe dir immer klipp und klar gesagt, was für ein Ziel ich vor Augen habe, und bis dahin ist es nur noch ein Jahr. Dann wird unser Leben anders werden. Fern wird größer und ich werde zeitlich nicht mehr so gebunden sein.«

Er hatte sie ungläubig angestarrt. »Du wirst nicht mehr so gebunden sein? Das glaubst du doch wohl nicht im Ernst. Du wirst Konzerte geben und vielleicht sogar noch mehr üben als jetzt. Es wird also genauso weitergehen, wenn es nicht sogar noch schlimmer wird.«

Sie hatte erschöpft den Kopf gegen die Sessellehne sinken lassen, denn diese Diskussion kannte sie. »Was willst du, Nick?«, hatte sie ruhig gefragt, ihn aber gleichzeitig ängstlich angesehen.

»Ich habe einen Job in Sydney. Mein Vater wird nicht gerade jünger. Er hätte es gern, dass ich das Baugeschäft von der Pike auf lerne, damit ich später seine Firma übernehmen kann. Und das möchte ich auch. Nur ...« Er hatte ziellos mit den Armen in der Luft herumgerudert und sie dann in die Taschen seiner Jeans gesteckt. »... sitze ich hier in Europa fest, drehe Däumchen und spiele gleichzeitig Vater und Mutter für unser Kind. Du darfst mich nicht falsch verstehen«, hatte er eilig hinzugefügt. »Ich liebe Fern von ganzem Herzen, aber während du dir deinen Traum erfüllst, rinnt mir meiner durch die Hände.«

Caroline hatte ihn schweigend angesehen und schließlich genickt. »Ich verstehe. Aber was genau willst du mir damit sagen?«

Nick hatte sich das dunkle Haar gerauft und gegen seinen Ärger angekämpft. Er hatte keinesfalls die Kontrolle über sich verlieren wollen, doch das jahrelange Missfallen, die jahrelangen Zweifel und die jahrelange Frustration hatten sich nicht länger unterdrücken lassen. Obwohl ihm klar war, dass er seine Worte wahrscheinlich bedauern würde – Caro hatte ihn gefragt, und es war allerhöchste Zeit, endlich einmal deutlich auszusprechen, was ihm auf dem Herzen lag.

»Ich weiß nicht. Ich bin mir nicht sicher.« Er hatte sie nicht ansehen können, denn das hätte einfach zu wehgetan. »Ich glaube nicht, dass wir noch wirklich eine Ehe haben, und wenn sich die Dinge nicht ändern ...«

9

Obwohl Nick den Satz nicht beendet hatte, hatte Caroline gewusst, was er sagen wollte, und tief Luft geholt. »Verstehe.«

Sie hatte die Lippen aufeinandergepresst und sich schmerzlich von ihm abgewandt. Die Dinge, die er nicht ausgesprochen hatte, hatten sie noch mehr erschreckt als das, was er ihr vorgeworfen hatte. Sie hatte seinen Ärger deutlich spüren können und mit beinahe fatalistischer Sicherheit gewusst, dass er diesen Moment bereits seit Monaten – oder vielleicht sogar noch länger – angesteuert hatte. Gott! Weshalb nur hatte sie es nicht bemerkt? Und was sollte sie jetzt tun? Als friedliebender Mensch wusste sie einfach nicht, wie man sich bei einem solchen Streit verhielt.

»Vielleicht brauchst du eine Auszeit, Nick. Du könntest ja für eine Weile zurück nach Sydney gehen.«

Worauf er dankbar eingegangen war. »Du und Fern könntet doch mitkommen. Unsere Eltern wären sicher ganz begeistert. Schließlich haben sie die Kleine bisher erst zweimal gesehen.«

Obwohl ihr klar gewesen war, dass sie seinen Ärger dadurch nur verstärken würde, hatte sie wahrheitsgemäß erklärt: »Ich kann jetzt nicht nach Australien fliegen. Ich stecke mitten in den Vorbereitungen für eine wichtige Prüfung.« Sie hatte auf den Korb mit frisch gewaschener Wäsche, die er hätte zusammenlegen sollen, und auf seine danebenliegenden, vor Schmutz starrenden Turnschuhe gestarrt. »Ich glaube, dass du allein fliegen solltest. Ich werde einen Babysitter für Fern organisieren. Du brauchst einfach etwas Zeit für dich, um in Ruhe zu überlegen, was du willst.« Dann erst hatte sie ihn wieder angesehen. Sein zusammengekniffener Mund, die Härte seiner dunklen Augen, sein angespannter Körper hatten ihr gezeigt, wie wütend und frustriert er in diesem Augenblick gewesen war.

Das hatte ihr eine solche Angst gemacht, dass sie zugegeben hatte: »Ich weiß, es ist nicht leicht für dich, und ich bin häufig … abgelenkt, aber ich dachte, dir ist klar, dass unser Leben nur im Augenblick so ist und nicht ewig so bleiben wird.«

»Ich habe das Gefühl, dass es schon seit einer Ewigkeit so läuft und auch ewig so weitergehen wird«, hatte er geknurrt.

»Tut mir leid«, hatte sie sanft gesagt, da ihr einfach nichts anderes eingefallen war. Plötzlich hatte sie gesehen, wie besitzergreifend, reizbar und unzufrieden Nick geworden war. Er war eindeutig unglücklich mit seinem Leben und mit ihrer Ehe. Doch was erwartete er jetzt von ihr? Dass sie ihre Musik aufgab? Dass sie alles fortwarf, wofür sie sich seit beinahe fünfzehn Jahren abgerackert hatte? Ihr Ziel war doch so nah!

Großer Gott, vielleicht war es verkehrt, aber sosehr sie ihn auch liebte, dieser Verzicht wäre einfach zu groß. Der lang gehegte Traum war inzwischen so real, dass er fast mit den Händen greifbar war. Und wenn Nick das nicht verstand, wenn er nicht noch etwas warten konnte, war er nicht mehr der Mann, mit dem sie vor den Traualtar getreten war. Vielleicht hatte es aber auch gar nicht gestimmt, als er behauptet hatte, er würde sie in jeder Phase ihrer Karriere unterstützen und stünde hundertprozentig hinter ihr. Vielleicht hatte er das nur gesagt, um sie in Sicherheit zu wiegen, es aber niemals wirklich so gemeint.

»Du solltest nach Hause fliegen«, hatte sie mit ruhiger

Stimme wiederholt. »Eine Auszeit täte uns beiden wahrscheinlich gut.«

Statt etwas zu erwidern, hatte er sich wieder umgedreht und in die Dunkelheit hinausgestarrt.

In jener und in der folgenden Nacht hatte Nick auf dem Sofa übernachtet, und sie hatten nur noch miteinander gesprochen, wenn es zwingend erforderlich gewesen war. Ohne dass es ihm bewusst gewesen wäre, hatte Nick bereits begonnen, auf Distanz zu Caroline zu gehen, weil ihm einfach keine andere Lösung eingefallen war. Eins hatte er gewusst – so wollte er nicht weiterleben, doch so kurz vor ihrem Ziel hätte Caro sicher weiter alles so belassen, wie es war. Was er ihr seltsamerweise trotz seiner Frustration nicht hatte übel nehmen können. Denn sie hatte diesen Traum bereits viel zu lange gelebt, um plötzlich alles über Bord zu werfen, damit er zufrieden war.

Am schwersten war es ihm gefallen, Abschied von Fern zu nehmen, die damals noch kein Jahr gewesen war …

Urplötzlich kehrten Carolines Gedanken in die Gegenwart zurück. Sie stand noch im Frühstücksraum und blickte durch das Fenster auf die letzten Gäste ihres ostersonntäglichen Brunchs. Wie lange hatte sie hier gestanden und an die Vergangenheit gedacht? Sie schüttelte den Kopf. Eindeutig zu lange. Sie versuchte, das Gefühl von Wehmut abzuschütteln, das sie befallen hatte. Inzwischen war ihre gescheiterte Ehe nur noch ein Teil der Statistik. Sie hatten sich beide weiterentwickelt und sich jeweils ein neues Leben aufgebaut. Zehn Jahre waren eine lange Zeit, weshalb also waren die Jahre ihrer Ehe, die guten und die schlechten Zeiten, für sie immer noch derart präsent? Die Genauigkeit ihrer Erinnerungen verblüffte sie.

Mit fast siebenundvierzig war Nick nicht mehr der reizbare, enttäuschte Mann, der er vor ihrer Trennung in Wien gewesen war. Er hatte seinen inneren Frieden gefunden, wusste, wer er war, und kam damit gut zurecht. Auch seinen übertriebenen Besitzanspruch an die Frauen, die er mochte, hatte er abgelegt. Vielleicht hatte ihm Holly Deakin, seine zweite Frau, dieses Verhalten abgewöhnt. Bisher war Caroline, wenn sie an ihn und Holly dachte, beinahe vor Zorn geplatzt, doch das hatte sich ebenfalls gelegt. Vielleicht hatte auch sie etwas gelernt – dass Nick zum Beispiel nicht allein die Schuld am Scheitern ihrer Ehe trug. Inzwischen konnte sie akzeptieren, dass sie selbst nicht völlig unschuldig gewesen war. Ihr Ehrgeiz, das zu werden, was sie hatte werden wollen, hatte sie für alles andere – selbst für die Probleme in ihrer Beziehung – blind gemacht.

Dann schoss ihr ein anderer Gedanke durch den Kopf. Nick war immer noch ein äußerst attraktiver Mann. Ihr Puls fing an zu rasen, und sie konnte nichts dagegen tun. War es etwa möglich …? Nein, stell dir diese Frage lieber nicht. Es wäre weder klug noch gut für ihren Seelenfrieden, denn sie hatte nicht die Absicht, sich noch mal in diesen Menschen zu verlieben. O nein, auf keinen Fall.

Fern kam durch die Tür des Frühstücksraums, beide Hände voll mit schmutzigem Geschirr, stapfte weiter in die Küche und stellte alles auf den langen Tisch.

Caroline folgte ihr. »Du warst mir heute eine große Hilfe, Schatz«, erklärte sie, während sie der Tochter sanft über die Wange strich. »Du hast die Ostereier für die Kinder versteckt, bist den Leuten vom Partyservice und den Porters zur Hand gegangen und hast dann auch noch Florence Nightingale gespielt und die Wunden deines Dads versorgt. Danke.«

Wie so oft tat Fern Lob mit einem Schulterzucken ab. Stattdessen verriet ihr Blick Wehmut und die gleichzeitige Hoffnung, dass es vielleicht doch noch die Möglichkeit einer Versöhnung zwischen ihrer Mum und ihrem Dad gab. Caroline hätte es nicht über sich gebracht, jetzt die Illusionen ihrer Tochter zu zerstören. »Es war nett, Dad hier zu haben, nicht?«

Fern riss kurz die Augen auf, nahm dann aber wieder eine möglichst lässige Haltung ein und türmte die unbenutzten Servietten zu einem ordentlichen Stapel auf. »Ja. Übrigens findet Kirra, dass er super aussieht.«

Beinahe hätte Caroline gelächelt. »Da hat sie recht.«

»Ich … ich weiß, dass du und Dad Probleme miteinander hattet, Mum. Aber du hast ihn doch bestimmt trotzdem noch gern, oder?«

Caroline stöhnte innerlich auf. Ganz gleich, welche Antwort sie ihrer Tochter geben würde, Fern würde sie sicher falsch interpretieren und grundverkehrte Schlüsse daraus ziehen. »Ja. Dein Vater ist ein toller, starker, anständiger Mann. Nur ist es einfach so, dass jeder von uns inzwischen sein eigenes Leben lebt. Und wahrscheinlich sind wir beide heute völlig anders als die Menschen, die wir waren.«

Fern sah sie mit einem strahlenden Lächeln an. »Aber vielleicht könnt ihr beide ja …«, setzte sie optimistisch an, doch ihre Mutter schüttelte den Kopf.

»… nein, Schatz, ich glaube nicht.«

»Tja, Oma glaubt es schon.« Fern reckte starrsinnig das Kinn, wodurch sie ihrem Vater plötzlich geradezu schmerzlich ähnlich sah. »Sie sagt, dass du und Dad füreinander geschaffen wart, aber dass ihr einfach viel zu stur seid, um euch einzugestehen, dass ihr damals beide Fehler gemacht habt.«

»Ach ja?« Caroline hatte aus ganz bestimmten Gründen keinerlei Interesse an einem derartigen Gespräch. »Natürlich hat sie das Recht auf ihre eigene Meinung. Sagen wir einfach, dass inzwischen zu viel Wasser den Bach hinuntergeflossen ist, als dass dein Vater und ich uns noch einmal versöhnen könnten ... Und belassen wir's dabei.«

Fern legte die letzten Servietten auf den Stapel und wandte sich wieder zum Gehen. Die Erklärung ihrer Mutter hatte sie anscheinend nicht beirrt, denn ehe sie auf die Terrasse trat, stellte sie noch einmal fest: »Wie Oma sagt: Warten wir es ab.«

Caroline lehnte sich gegen die Spüle und starrte aus dem Fenster. Sie kannte ihre Tochter gut. Fern wollte geradezu verzweifelt glauben, dass eine Versöhnung zwischen ihren Eltern möglich war. Das war nicht zu übersehen. Und es war interessant, dass diese Möglichkeit auch aus Lauras Sicht nicht ausgeschlossen war. Trotzdem presste sie die Lippen aufeinander und sagte sich erneut, dass es dazu bestimmt nicht kommen würde. O nein, auf keinen Fall!

Joel wusste, dass es vollkommen idiotisch war, aber seit er die Stelle bei Professor Grebeveski angetreten hatte, freute er sich die ganze Woche auf den Donnerstagabend und den Freitagnachmittag. Die Suche in englischsprachigen Fachzeitschriften und Protokollen von Fachkonferenzen auf der ganzen Welt nach allem, was mit nichtinvasiver Herzforschung zusammenhing, war zeitraubend und anstrengend, weshalb seine freudige Erwartung ganz eindeutig nicht der Arbeit, sondern dem verbalen Hauen und Stechen mit Elissa Markovitch und dem intellektuellen Ansporn durch den Professor galt.

Einen Menschen wie Elissa hatte Joel nie zuvor gekannt. Sie rüttelte an seinem Selbstbewusstsein und brachte ihn dazu, Dinge zu hinterfragen, denen gegenüber er bisher vollkommen gleichgültig gewesen war. Er hatte seinen Reichtum, die damit einhergehenden Privilegien und seine Überzeugung, dass eine gute und teure Erziehung Hand in Hand mit einer exklusiven Adresse ging, als selbstverständlich angesehen. Elissa allerdings hatte ihm in allen diesen Punkten den Kopf zurechtgerückt und ihm deutlich zu verstehen gegeben, dass er furchtbar arrogant und selbstgefällig war.

Außerdem war sie intelligent *und* humorvoll, was sie zum Beispiel an dem Tag bewiesen hatte, als sie mehrere Bogong-Falter in die oberste Schreibtischschublade des Professors gesetzt hatte, weil er geradezu allergisch auf fliegende Insekten reagierte. Harry Grebeveski war vor lauter Schreck rückwärts auf seinen Schreibtischstuhl gefallen – und die Falter waren durch das offene Fenster entwischt.

Für Joel hatten sie den kleinsten Schreibtisch ausfindig gemacht, den er je gesehen hatte, und ihn gegenüber von Elissas Schreibtisch aufgestellt. Dort brachte er an jedem Arbeitstag – umgeben von Kisten voller Papiere, die er einzeln durchsehen und entweder zur Seite legen oder, wenn sie etwas Wichtiges enthielten, zusammen mit ein paar Notizen ordentlich in eine Mappe heften musste – vier bis fünf Stunden zu. Er war glücklich, dass Professor Grebeveski ihn genommen hatte, und hoffte, früher oder später etwas zu finden, womit sich die Krankheit seiner Mutter erfolgreich behandeln ließ.

Letzte Woche war Laura zusammen mit Kitty Smithers zu ihrer Kreuzfahrt aufgebrochen. Der Ortswechsel und das gemächlichere Tempo während dieser Reise taten ihr kurzfristig sicherlich gut, aber er wollte unbedingt etwas finden, womit sich ihr bisheriger Gesundheitszustand auch während der nächsten fünf oder sogar zehn Jahre aufrechterhalten ließ.

Er hatte die Unterlagen des Professors zu dem Thema eingehend studiert und wusste, dass bereits sehr viel Material von ihm zusammengetragen worden war. Zwar stellte die Sammlung noch keinen echten Forschungsbericht dar, den er auf einem Fachkongress hätte präsentieren können, aber er ging bereits mehreren interessanten und verheißungsvollen Spuren nach.

»Joel, kannst du dieses Wort hier lesen? Ich weiß nicht, manchmal sieht die Schrift des Professors wie Chinesisch aus«, beschwerte sich Elissa, stand hinter ihrem Schreibtisch auf, kam zu ihm und reichte ihm ein Blatt, auf dem ein Wort mit Bleistift eingekreist und mit einem Fragezeichen versehen war.

»Er hat wirklich eine fürchterliche Schrift.« Kopfschüttelnd versuchte Joel, die Kritzeleien Grebeveskis zu entziffern.

»Wem sagst du das?«, fragte Elissa trocken, stemmte empört die linke Hand in die Hüfte und runzelte erbost die Stirn. »Weißt du, ich glaube, dass ihr Medizinstudenten extra an der Uni lernt, unleserlich zu schreiben, damit Leute wie ich, Patienten, Arzthelfer und Apotheker dazu verpflichtet sind, Rücksprache mit euch zu halten, wenn sie wissen wollen, was tatsächlich in Berichten und auf Rezepten steht.«

»Nein«, widersprach ihr Joel grinsend, »unsere schlechte Schrift rührt daher, dass wir uns bei den Vorlesungen in geradezu halsbrecherischem Tempo Notizen machen müssen. Und da man manche Dozenten kaum versteht, schreibt man am Ende eben einfach irgendetwas auf.«

»Wirklich?« Sie blinzelte überrascht. »Das würde ich meinen zukünftigen Patienten aber lieber nicht erzählen. Dann verlieren sie womöglich das Vertrauen in deine Fähigkeiten.«

»Deshalb überlege ich ja auch, ob ich nicht lieber in die Forschung gehen soll. Und wenn nicht, muss ich mich noch entscheiden, ob ich mich als praktischer Arzt oder Chirurg versuchen oder eher auf etwas anderes spezialisieren soll.«

»Die Forschung kann durchaus interessant sein. Bevor ich für den Professor gearbeitet habe, hatte ich eine Stelle bei der staatlichen Forschungsbehörde und habe dort die Aufzeichnungen eines Arztes übersetzt, der seine Doktorarbeit über die Möglichkeiten der Entwicklung eines Impfpflasters als Ersatz für die bisherigen Spritzen geschrieben hat. Was meiner Meinung nach reine Science-Fiction war, aber es war trotzdem interessant. Ich fand seine Arbeit erhellend und … informativ.«

»Ich glaube, das Wort heißt ›Methodologie‹«, meinte Joel plötzlich triumphierend und gab Elissa das Blatt zurück.

Sie lächelte dankbar und nahm wieder hinter ihrem Schreibtisch Platz.

Während er in der Ausgabe vom Juli 1984 der Fachzeitschrift *The Lancet* blätterte, sah er ihr aus den Augenwinkeln verstohlen bei der Arbeit zu. Ihre Effizienz und ihre Ergebenheit gegenüber Harry Grebeveski hatten bereits großen Eindruck auf ihn gemacht. Sie wurde gut bezahlt, leistete dafür aber auch hervorragende Arbeit – was ihn daran erinnerte, dass es bereits nach acht und er halb verhungert war.

»Ich glaube, ich mache für heute Feierabend«, meinte er und räumte wie stets, bevor er ging, ordentlich seinen

Schreibtisch auf. »Jemand aus der Verwaltung hat mir erzählt, dass man im *Castellorizian* unten an der Straße gut und ziemlich kostengünstig essen kann. Hast du zufällig Hunger und hättest du möglicherweise Lust, mit mir was essen zu gehen?«

»Ich habe das Mittagessen ausfallen lassen und deshalb ein richtiges Loch im Bauch«, gab sie grinsend zu. »Ich würde gern was essen gehen. Es ist ein griechisches Restaurant.«

»Ich esse gern griechisch. Wir können unsere Autos einfach stehen lassen und zu Fuß gehen, wenn du willst.« Er achtete sorgfältig darauf, sich nicht anmerken zu lassen, wie sehr er sich darüber freute, dass sie mit ihm ging.

Während er wartete, bis auch sie mit der Arbeit fertig war, ging er in Gedanken alles durch, was er bisher über sie wusste. Sie war vierundzwanzig Jahre alt, also zwei Jahre älter als er. Sie sparte wie eine Verrückte für eine eigene Wohnung. Sie war zweimal verlobt gewesen und hatte die letzte Verlobung gelöst, weil sie ihren eigenen Worten nach gerade noch rechtzeitig vor der Festlegung eines Hochzeitstermins herausgefunden hatte, dass der Typ ein Loser gewesen war. Sie betete ihren Vater an und hielt ihn für den Quell der Weisheit, was Joel in den Achtzigerjahren des zwanzigsten Jahrhunderts als rührend altmodisch empfand.

»Aber versteh es ja nicht falsch, dass ich mit dir essen gehe«, warnte ihn Elissa, als sie vor ihm das Büro verließ. »Dies ist ganz bestimmt kein Date.«

»Natürlich nicht. Wenn ich ein Date mit dir hätte haben wollen, hätte ich dich förmlich dazu eingeladen«, erwiderte er ernst. »Wir gehen nur was essen, weiter nichts.«

»Weißt du, ich bin dieses ständige Angebaggertwerden einfach leid. Hier an der Uni ist es ganz besonders schlimm. Angefangen vom Hausmeister bis zu den Abteilungsleitern scheinen sich alle einzubilden, dass ich wegen meines Alters, meiner roten Haare und weil ich in einem der billigen, westlichen Vororte wohne, so etwas wie Freiwild wäre. Aber da haben sie sich eindeutig geirrt.« Sie bedachte ihn mit einem nachdenklichen Blick und sagte dann vorsichtig lächelnd: »Ich hätte gern, dass wir beide Freunde sind, sonst nichts.«

Er sah sie mit einem geradezu väterlichen Lächeln an. »Dann werden wir beide eben einfach Freunde sein.«

Trotzdem starrte sie ihn weiter an, dann nickte sie, offenbar zufrieden, mit dem Kopf. »Freut mich, dass wir uns verstehen.«

Warten wir es ab, dachte Joel. Seit er ihr zum ersten Mal begegnet war, fühlte er sich stärker zu Elissa hingezogen als seit langer Zeit zu irgendeiner Frau, trotz ihrer Vorbehalte gegenüber »reichen Jungs« wie ihm. Sie traute ihnen einfach nicht.

Deshalb musste er langsam vorgehen und geduldig sein. Er musste sie den Menschen kennenlernen lassen, der er hinter der Fassade war, und damit ihrem Vorurteil begegnen, dass jeder Mensch mit Geld arrogant und oberflächlich sei. Das würde ganz bestimmt nicht leicht, aber das machte ihm nichts aus. Elissa war die Mühe eindeutig wert.

Michaelas Schreibtisch war mit Blättern übersät und auf dem Boden lag ein Grundriss, der von einem Architekten angefertigt worden war. Mit einem kleinen Taschenrechner stellte sie fieberhaft Berechnungen an und verzog, je nach Ergebnis, ihren Mund zu einem Lächeln oder runzelte die Stirn. Ja, es würde gehen! Sie warf einen Blick auf ihre Uhr. Noch eine halbe Stunde bis zur Aufsichtsratssitzung wegen der Warendiebstähle, also war gerade noch genügend Zeit, um noch einmal alles mit Jo durchzugehen. Sie griff nach dem Telefon und rief im Büro der Freundin an.

Zwei Minuten später erschien Jo mit einem riesengroßen Ordner zu der Werbekampagne, mit der sie gerade beschäftigt war. Sie wollte sie Michaela zeigen, denn ihr System, die Ideen der jeweils anderen auf Herz und Nieren zu überprüfen, hatte sich bewährt.

»Was ist das denn für ein Zeug?« Ihr neugieriger Blick fiel auf den überfüllten Schreibtisch und den auf dem Boden ausgerollten Plan.

Michaela verlor keine Zeit mit einer langen Vorrede, sondern erklärte rundheraus: »Ich habe mir eine neue Marketingstrategie für Ashworths überlegt. Die Verkäufe in den drei Boutiquen, die wir vor Kurzem eröffnet haben, laufen wirklich gut. Und sie laufen noch besser, seit es dort auch noch Abteilungen für junge Mode mit peppigen Klamotten und Accessoires für Achtzehn- bis Achtundzwanzigjährige gibt.« Sie wartete, bis Jo zustimmend nickte, und fuhr dann entschieden fort: »Ich glaube, dass wir dieses Konzept auch in der Pitt Street übernehmen sollten, indem …« Sie stand hinter ihrem Schreibtisch auf, trat vor den Plan, der auf dem Boden lag, kniete sich daneben und wies mit einem Bleistift auf einen bestimmten Bereich. »Das hier ist das *Silks*. Ich bin die Zahlen der letzten fünf Jahre durchgegangen, und auch wenn es dir möglicherweise nicht bewusst ist, sind die Geschäfte dort so weit zurückgegangen, dass sich mit dem Restaurant inzwischen kaum noch was verdienen lässt. Wahrscheinlich wegen der vielen anderen Cafés und Restaurants, die in der Innenstadt eröffnet worden sind.«

»Sieh dir nur die Küche an, sie braucht jede Menge Platz. Ich werde deshalb vorschlagen, das Restaurant zu schließen oder zumindest zu verkleinern, bis nur noch ein kleines Café übrig bleibt. Den dadurch gewonnenen Platz könnten wir in eine Abteilung für junge Mode umwandeln, die erheblich größer werden würde als die entsprechenden Abteilungen in den drei anderen Boutiquen.«

»Himmel.« Jo dachte kurz nach. »Das wird Laura sicher nicht gefallen, oder? Schließlich hat sie einen ganz besonderen Bezug zum *Silks.*«

Michaela nickte. »Ich weiß. Es wird bestimmt nicht leicht, denn auch Daniel ist eher ein Traditionalist. Aber ich spreche von der Revitalisierung unseres Unternehmens, davon, der breiten Öffentlichkeit, aber auch der traditionellen, eher wohlhabenden Kundschaft deutlich zu machen, dass wir mit der Zeit gehen. Ich glaube, das ist eine Möglichkeit, verlorene Marktanteile wiederzugewinnen, aber ich will, dass mein Plan hieb- und stichfest ist, dass der Kostenplan, die Raumberechnung, die Einrichtung des Ladens, das Dekor, die Waren und auch die Werbekampagne stehen, bevor ich damit zum Aufsichtsrat gehe. Und genau das will ich möglichst noch innerhalb des nächsten Monats erreichen, spätestens aber bis Ende August.« Sie sah die Freundin fragend an. »Wie findest du diese Idee?«

»Einfach brillant«, bestätigte Jo mit einem breiten Grinsen. »Das Konzept ist toll und verkauft sich sicher gut. Dabei müssen wir betonen, dass Ashworths nicht seinen Standard runterschraubt, sondern einfach seinen Marktanteil erweitert, da es schließlich immer mehr Achtzehn- bis Achtundzwanzigjährige mit einem beachtlichen eigenen Einkommen gibt. Die Jugend- und die Frauenzeitschriften werden begeistert sein.« Sie schrieb sich bereits ein paar Punkte in das kleine Notizbuch, das sie immer bei sich trug. »Wie viel Arbeit hast du noch damit?«

»Ein befreundeter Architekt erarbeitet den Grundriss und ein Ladeneinrichter erstellt mir einen Kostenvoranschlag.« Sie senkte ihre Stimme auf ein vertrauliches Flüstern und fügte verschwörerisch hinzu: »Wie du dir sicher denken kannst, muss ich das alles heimlich machen lassen. Ich will nicht, dass irgendjemand Wind von meinem Plan bekommt, bevor die Kostenberechnungen vollständig abgeschlossen sind. Vor allem nicht der elende Geizkragen Neil.«

»Ja, die Kosten. Die könnten ein Problem werden, nicht wahr? Die Einnahmen sind zurückgegangen und die Aktionäre brummen. Wie also willst du den Aufsichtsrat dazu bringen, genügend Geld locker zu machen, damit du dieses Projekt zum Laufen bekommst?«

»Ich setze darauf, dass sie das Potenzial meiner Idee sehen, und vielleicht stellt sich ja auch Caroline auf meine Seite, auch wenn sie bisher kaum Erfahrungen im Einzelhandel hat. Und Warren Tremayne ist ein durchaus aufgeschlossener Mensch. Ich denke, er wird für die Modernisierung stimmen. Neil natürlich nicht, und bei Daniel – tja, bei ihm bin ich mir nicht so sicher.« Sie sah die Freundin augenzwinkernd an. »Vielleicht klopfst ja du ihn für mich weich?«

»Das werde ich bestimmt nicht tun«, antwortete Jo entschieden.

Michaela rollte mit den Augen. »Hat er dich etwa immer noch nicht gebeten, mit ihm auszugehen?«

»Nein.« Jo schüttelte den Kopf. »Und würdest du bitte endlich aufhören, die Kupplerin zu spielen?«

Michaela hatte das Gefühl, als wäre ihre Freundin ein wenig enttäuscht, weil Daniel noch nicht auf sie zugegangen war. Deshalb versicherte sie ihr: »Er wird dich ganz sicher fragen. Wahrscheinlich wartet er einfach auf den passenden Moment.«

»Für Freitag hat mich Neil zum Essen eingeladen«, gestand Jo und stieß, als Michaela angewidert das Gesicht verzog, ein verlegenes Lachen aus. »Er hat einfach nicht Ruhe gegeben, bevor ich Ja gesagt habe.«

»Er wird dich zu Tode langweilen, das ist dir hoffentlich bewusst.« Michaela runzelte die Stirn. Ihr Cousin war einfach nicht der Richtige für Jo. Er war viel zu ernst, zu farblos … und besaß nicht im Mindesten Humor.

»Wenn er wirklich so langweilig ist, gehe ich danach eben nicht noch einmal mit ihm aus«, gab Jo lächelnd zurück.

»Er wird keine Ruhe geben, wart's nur ab. Er ist einfach ein fürchterlicher Mensch.« Dann verlor sie wieder das Interesse an ihrem Cousin und wandte sich ihrem eigentlichen Thema zu. »Du meinst also, mein Plan könnte funktionieren?«, fragte sie und fügte, als die Freundin nickte, eindringlich hinzu: »Aber wie gesagt, das alles muss topsecret bleiben, bis ich bereit bin, es dem Aufsichtsrat zu präsentieren. Okay?«

»Na klar. Nur über eine Sache mache ich mir Sorgen.« Jo blickte erst auf den Grundriss auf dem Boden und dann auf Michaelas selbst gemalten Plan. »Wenn das *Silks* geschlossen wird, wohin sollen wir dann Mittagessen gehen? Es ist so furchtbar praktisch.«

Michaela lachte leise auf. Jo dachte den ganzen Tag ans Essen, und es war das reinste Wunder, dass sie immer noch so gertenschlank war wie in ihrer Zeit als Model. »Ich bin sicher, dass es dann im Haus ein kleines Café geben wird, das auch ein paar leichte Gerichte auf der Speisekarte hat. Oder wir gegen einfach runter ins *City Tatts*.

Da bist du doch noch Mitglied, oder? Sie haben nämlich ein wirklich tolles Büfett.«

»Also gut. Du hast mich überzeugt.«

Michaela sah auf ihre Uhr und stieß einen Seufzer aus. Es gab noch so vieles, was sie Jo von ihrem Plan erzählen wollte, doch das musste warten, weil die halbe Stunde wie im Flug vergangen war. »Wir gehen besser los. In vier Minuten fängt schon die Besprechung an.«

An der Besprechung nahmen neben denselben Leuten wie beim letzten Mal auch noch Warren Tremayne und Caroline teil. Als sie die Schwester sah, presste Michaela missbilligend die Lippen aufeinander, schließlich hatte Caroline sich ihren Platz an diesem Tisch eindeutig noch nicht verdient. Hingegen war sie freudig überrascht, als auch Leith erschien. Die Diebstähle waren eine interne Angelegenheit, die Markham & Partner nicht betraf, auch wenn das Unternehmen erst durch die Kanzlei auf dieses Problem hingewiesen worden war. Daniel hatte Leith also wahrscheinlich aus reiner Höflichkeit eingeladen.

Neil hatte heute den Vorsitz, denn er hatte einen Bericht über die bisherigen Ermittlungen erstellt. Mit stolzgeschwellter Brust saß er auf Lauras Platz am Kopfende des großen Tischs. Links von ihm saß Daniel und rechts Warren Tremayne.

»Danke, dass Sie alle so prompt erschienen sind«, eröffnete Neil die Sitzung in gewichtigem Ton. »Es freut mich, berichten zu können, dass es seit unserem letzten Treffen zu keinen neuen Diebstählen auf der Werft oder in einem unserer Läden gekommen ist. Während des letzten Monats haben Boris und ich weitreichende Ermittlungen zu der möglichen Vorgehensweise der Täter angestellt. Dabei sind wir auf ein paar Bereiche gestoßen, in denen nicht alles so war, wie es hätte sein sollen, und haben dort die Sicherheit verstärkt.«

»Sie meinen die Sicherheit im Haus?«, fragte Leith und sie alle wussten, dass sich diese Frage auf den Überfall auf Michaela in der Tiefgarage bezog.

»Ich habe vier zusätzliche Wachmänner engagiert und die Kontrollen verschärft«, antwortete Boris. »Die Fenster vom Keller bis zum zweiten Stock wurden vergittert und außerdem bekommen wir noch die erforderlichen Mittel, um Überwachungskameras im Bereich der Anlieferung, in der Tiefgarage sowie bei den Ein- und Ausgängen zu installieren. Ich habe mit einem Freund gesprochen, der in der Sicherheitsbranche tätig ist. Er meint, dank dieser Verbesserungen wäre die Security bei Ashworths auf dem neuesten Stand.«

»Sehr gut, Boris«, sagte Daniel, offenbar zufrieden.

Jo wandte sich an Neil. »Neil, wie steht es um die interne Sicherheit beim Import und der Anlieferung von Waren?«

»Boris, Daniel und ich sind die Verfahren mit den jeweiligen Abteilungsleitern durchgegangen.« Er räusperte sich leicht. »Die Dokumentation in diesen Bereichen wurde etwas lax gehandhabt, dadurch hatten teilweise bis zu einem Dutzend Leute Zugang zu den Unterlagen, in denen die Liefertermine festgehalten worden sind. Wir haben die Zahl dieser Leute inzwischen auf vier begrenzt, und von jetzt an werden alle Dokumente zu den Lieferungen verschlossen in meinem Büro verwahrt. Es dürfte zukünftig also unmöglich sein, dass sich jemand Unbefugtes einfach Zugang verschafft.«

»Du weißt, dass wir die Waren bis zu sechs Monaten im Voraus bestellen und von da an wissen, wann das Zeug geliefert werden soll«, warf Michaela ein. »Vielleicht haben die Diebe also bereits genug Informationen, um noch ein paar Monate weitermachen zu können.«

»Es hat keine Diebstähle mehr gegeben«, erklärte Neil geduldig, als spräche er mit einem Kind. »Und aufgrund der von uns geleisteten Arbeit gehen Boris und ich davon aus, dass es sich bei den bisherigen Diebstählen wohl weniger um einen organisierten Schlag gegen dieses Unternehmen als vielmehr um Gelegenheitstaten handelte.«

»Könnt ihr da ganz sicher sein?«, hakte Michaela nach.

»Nein. Deshalb haben wir ja auch die Sicherheitsmaßnahmen verstärkt. Ein Dieb müsste aber sehr entschlossen sein, um jetzt noch an die Informationen zu gelangen, die er bräuchte«, antwortete Neil.

»Wie sieht es mit möglichen Informanten aus? Haben Sie eine Liste der eventuell verdächtigen Angestellten erstellt?«, wollte Warren wissen.

»Diesen Personenkreis haben wir auf acht begrenzt.« Boris klappte einen Ordner auf, zog einen Stapel Papier hervor und reichte jedem der Anwesenden eine Kopie. »Bis vor Kurzem hatten diese Leute Zugang zu den Lieferdokumenten. Eine Person – Eric Carter, unser bisheriger Lagerleiter – wurde vor Wochen wegen geringfügigen Diebstahls entlassen. Er war unser Hauptverdächtiger. Ich habe ihn überprüft und dabei festgestellt, dass er keine Vorstrafen hat. Außerdem habe ich ihn achtundvierzig Stunden lang von einem Privatdetektiv beschatten lassen, doch der hat nichts Verdächtiges entdeckt. Ich glaube, dass wir bei dem Mann in einer Sackgasse gelandet sind.«

Er blickte nochmals auf die Liste und fuhr fort: »Die Nummer drei, Mary McManus. Sie hat Ärger in ihrer Abteilung gemacht, indem sie regelmäßig Waren falsch ausgezeichnet hat. Der Personalleiter hat angedeutet, dass sie unzufrieden damit ist, wie das Unternehmen sie behandelt, aber bisher haben weder sie noch die Gewerkschaft eine offizielle Beschwerde eingereicht. Vielleicht ist sie auch einfach nur eine Nörglerin, die zwar nicht genügend Gründe hat, um die Kündigung einzureichen, sich aber trotzdem gern beschwert. Außerdem macht das Gerücht die Runde, dass sie in finanziellen Schwierigkeiten steckt, weshalb der Gedanke an das schnelle Geld vielleicht verlockend für sie ist. Ich habe der Security gesagt, dass sie sie nicht aus den Augen lassen soll.«

Michaela studierte Boris' Liste. Sie kannte sämtliche Personen und stimmte mit ihm darin überein, dass sie alle Zugriff auf die Lieferlisten gehabt hätten, wenn sie es gewollt hätten. Doch ein Name fehlte. Der Name eines Menschen, dem es sicher nicht gefallen würde, wenn sie ihn erwähnte, doch das war ihr vollkommen egal. »Und was ist mit Mark?«

Boris riss die Augen auf. »Mit welchem Mark?«

»Mit Mark McRae. Er hat hier sechs Monate als Teilzeitkraft gejobbt und erst eine Woche nach Ostern aufgehört.« Sie hörte, dass Neil zischend Luft holte, und sah ihren Vetter an. »Auch wenn ich es nicht gern sage, Neil, Mark hat während seiner Zeit bei uns verschiedene Positionen innegehabt. Er war in der Buchhaltung und hat Schreibarbeiten in den Docks, im Lager, beim Ankauf und so weiter erledigt. Er hätte also ...«

Neil wurde erst kreidebleich und dann puterrot. »Das ist jawohl nicht dein Ernst. Dein eigener Cousin! Wie kannst du nur so etwas denken?«

»Tut mir leid, Neil, aber es muss einfach gesagt werden. Es ist kein Geheimnis, dass Mark sich negativ über die Firma geäußert hat. Von unserem Geschäftsführer bis hin zu den Verkäufern und Verkäuferinnen hat er alles und jeden kritisiert. Und als er noch jünger war, ist er ein paarmal mit dem Gesetz in Konflikt geraten ...«

»Da war er gerade achtzehn. Um Himmels willen, Michaela, er hat ein paar Vignetten von Autos auf dem Parkplatz abgekratzt und irgendwelchen Kleinkram in einem Geschäft geklaut«, warf Neil zornig ein.

Michaela fügte nicht hinzu, dass Mark vielleicht auch deshalb einen Groll gegen das Unternehmen hegte, weil er auf der Ostersonntagsparty als Feigling und Verlierer geoutet worden war. Sie blickte auf Caroline und sah, dass ihr genau dasselbe durch den Kopf zu gehen schien. Dann ließ sie ihren Blick über die anderen schweifen. Einige von ihnen rutschten unbehaglich auf den Stühlen, weil ihnen dieser Familienstreit unangenehm war. Deshalb beendete sie das Thema eilig. »Alles, was ich sage, ist, dass wir bei der Suche nach potenziellen Verdächtigen möglichst objektiv sein sollten. Falls jemand mich verdächtigen würde, würde ich erwarten, dass er etwas sagt, genau wie ich bei Mark, obwohl er ein Verwandter von mir ist.«

»Da hat Michaela recht«, warf Leith mit ruhiger Stimme ein. »Auch wenn das vielleicht etwas weit hergeholt erscheint.«

Warum nur sah sie ihn nicht an?, überlegte er. Normalerweise legte Michaela großen Wert auf Augenkontakt zu ihm, wenn sie im selben Zimmer war. Wie um sich selbst zu beweisen, dass ihr in seiner Gegenwart nicht unbehaglich war. Er hatte gedacht, dass sie ihm gegenüber seit dem Nachmittag bei der Gegenüberstellung auf der Polizeistation ein wenig offener war. Jetzt aber war er sich nicht mehr so sicher. Sie blieb undurchschaubar, was ihm jedoch neben vielen anderen Dingen äußerst gut gefiel.

»Oh, meinetwegen«, knurrte Neil. »Aber es kommt hoffentlich ins Protokoll, dass ich dagegen war, dass Marks Name auf der Liste erscheint.« Er starrte Michaela böse an, doch ihre dunklen Augen hielten seinem Blick so lange stand, bis er es nicht mehr aushielt und zur Seite sah. »Aber wie dem auch sei, es hat keine weiteren Diebstähle mehr gegeben, und ich glaube genau wie Boris, dass aufgrund der zusätzlichen Sicherheitsvorkehrungen kaum noch jemand mutig genug wäre, es nochmals zu versuchen.«

»Das wollen wir hoffen«, meinte Daniel Blumner, fügte aber hinzu: »Falls es noch einmal Probleme gibt, müssen wir die Polizei einschalten. Oder hat irgendjemand etwas dagegen?«

Alle schüttelten den Kopf und allmählich löste sich die Sitzung auf.

Heute sorgte Leith dafür, dass er von niemandem mehr aufgehalten wurde, als er ging. Er sah, dass Michaela den Besprechungsraum verließ, ging ihr unauffällig nach und holte sie im Flur auf dem Weg zum Fahrstuhl ein. Sie wirkte abgelenkt, als ginge ihr etwas durch den Kopf. Ob sie vielleicht in Sorge um ihre verreiste Mutter war?

»Haben Sie schon was von Laura gehört?«, fragte er möglichst beiläufig, während sie den Knopf des Fahrstuhls drückte.

»Sie hat uns von der Île des Pins in Neukaledonien angerufen, als sie dort auf Landgang war. Ihr und Kitty geht es prächtig. Das ist seit Jahren der erste echte Urlaub, den Mum macht, abgesehen von ein paar kurzen Reisen, um Caroline und Fern in Europa zu besuchen.«

»Dann geht es ihr also gut?«

»Ich denke schon.«

Die Fahrstuhltür ging auf und sie traten beide ein. Michaela wollte hinunter ins Erdgeschoss, um sich eine neue Auslage in der Schuhabteilung anzusehen. Schuhe waren ihre große Schwäche. Sie liebte sie und hatte daheim in ihrem Schrank deutlich mehr Paare, als sie in ihrem ganzen Leben bräuchte.

»Haben Sie am Freitagabend Zeit?«, fragte er sie unvermittelt und Michaela sah ihn forschend an.

Ihr Magen zog sich vor Aufregung zusammen. Jo hatte recht gehabt, er war an ihr interessiert. Trotzdem war sie von dieser direkten Einladung ein wenig überrascht. Er hatte clever den Ball ins Rollen gebracht, damit sie gezwungen war, den nächsten Schritt zu tun. Am besten sagte sie ganz einfach Nein, doch das brachte sie nicht über sich. »Vielleicht. Warum?«

»Ich habe Karten für das Royal, angeblich wirklich gute Plätze. Sie spielen gerade *Die Söhne Kains*. Ich dachte, dass Sie mich begleiten könnten und danach vielleicht noch mit mir essen gehen.« Leith blickte in ihr ausdrucksvolles Gesicht und sah, dass sie das Für und Wider seines Angebots abwog und einer gründlichen Analyse unterzog. Sie hätte kein Problem damit gehabt, einfach Nein zu sagen, wenn sie ihn nicht hätte treffen wollen, davon war er überzeugt. Weshalb ihr Zögern ein positives Zeichen war.

»Eigentlich hatte ich am Freitag länger arbeiten wollen«, erklärte sie und hoffte, das plötzliche, unkontrollierte Zittern ihrer Stimme würde ihm nicht auffallen. »Aber …« Sie kämpfte noch mit sich, sie war vollkommen verwirrt. Ihr Verstand riet ihr, ja nicht mit diesem Menschen auszugehen, weil sie die Trauer ganz bestimmt nicht brauchen konnte, die es ihr bereiten würde, wenn sie sich mit ihm einließ und dann irgendwann erkennen müsste, dass er doch der Falsche für sie war. Ihr Herz jedoch riet das genaue Gegenteil und schlug so schnell in ihrer Brust, dass sie nach Atem rang.

Schließlich siegte ihr Herz über den Verstand.

»Um wie viel Uhr müssten wir im Theater sein?«

»Ich nehme an um fünf vor acht.«

»Das klingt machbar. Ich würde wirklich gern mal wieder ins Theater gehen. Treffen wir uns dort?«

»Ich hole Sie hier ab«, antwortete er. »Punkt viertel vor acht. Dann können wir zu Fuß zum Theater gehen. Das sind schließlich nur ein paar Blocks.«

»Okay.« Sie lächelte etwas nervös. »Danke, Leith.«

Die Fahrstuhltür ging auf, und da Michaela wusste, dass er weiter in die Tiefgarage fuhr, stieg sie eilig aus. Sie achtete sorgfältig darauf, sich nicht noch einmal zu ihm umzudrehen, stieß aber, nachdem die Tür im Schneckentempo wieder zugeglitten war, einen abgrundtiefen Seufzer aus.

Es war der totale Wahnsinn! Sie hätte besser Nein gesagt. Irgendetwas an Leith Danvers machte sie extrem nervös. Trotzdem zog er sie genauso magisch an wie das Licht die Motten. Vielleicht einfach deshalb, weil er eine unbekannte Größe war. Gott, sie konnte wirklich keine Ablenkung gebrauchen, denn für die Feinabstimmung ihres großen Plans für Ashworths brauchte sie ihre gesamte Konzentration.

Lenny Kovacs zog an seiner Zigarette und beobachtete durch das Fenster seines Wohnzimmers die dunkle Regenfront, die vom Ozean über den Strand von Tamarama zog. Er liebte die Unberechenbarkeit der See, denn sie erinnerte ihn stark an sein Metier.

Manchmal liefen die Geschäfte gut, manchmal eher

schlecht, aber im Verlauf mehrerer Jahre hatte er ein erstaunliches Talent entwickelt, immer etwas zu verdienen, egal, wie ruhig es gerade war. Und jetzt hatte er einen wirklich großen Coup geplant…

Während er in seinem Seidenmorgenmantel, einen Becher Kaffee in der Hand, am Fenster stand, fiel ihm auf, dass der Regen in einem Fünfundvierzig-Grad-Winkel gegen die Scheibe schlug. Zehn Minuten später trank er seinen Kaffee aus, ging ins Schlafzimmer und zog sich an.

»Der unsichtbare Mann«, wie ihn eine ganze Reihe Leute nannten, hatte ein unscheinbares, wenig anziehendes Gesicht. Aber er war stolz auf seinen Körper, denn auch wenn er etwas gedrungen war, quälte er sich oft im Fitnessstudio und sah deshalb gut zehn Jahre jünger aus als achtunddreißig.

Da er an diesem Nachmittag in die City fahren wollte, zog er einen seiner Businessanzüge an. Er trug gern Kleidung, die zum jeweiligen Anlass passte, und wenn er die Rolle des ehrenwerten Geschäftsmanns spielte, hatte er immer einen teuren dreiteiligen Anzug, ein blütenweißes Hemd und eine konservative Krawatte an. Wenn er hingegen in die Hafengegend, in irgendwelche heruntergekommenen Kneipen, Spielhallen oder Freudenhäuser ging, zog er sich an wie all die anderen Typen, die an diesen Orten anzutreffen waren.

Donger, seine rechte Hand, wohnte ebenfalls in diesem geräumigen, eleganten Haus. Seine Nummer eins kümmerte sich um die Haushaltsführung und legte die Arbeitspläne der verschiedenen Gruppen fest. Seit seiner Entlassung aus dem Knast – er hatte fünf Jahre hinter Gittern Zeit gehabt, um seine Pläne zu entwerfen – hatte Lenny hart gearbeitet und ein vielseitiges kriminelles Unternehmen aufgebaut.

Er hatte Männer – meistens Teenager –, die für ihn Wagen stahlen, auseinandernahmen und die Einzelteile an ausgewählte Werkstätten in ganz Australien schickten. Womit sich ziemlich gut verdienen ließ. Ein anderer Zweig des Unternehmens war sein Einbruchstrupp. Diese Leute räumten systematisch Häuser in den wohlhabenderen Vororten von Sydney und den umliegenden kleinen Städten aus. Ein weiterer Spezialtrupp beklaute ausgewählte Schmuck- und Elektronikläden, und dann gab es noch eine vierte Gruppe, die vor allem für das Eintreiben von Schutzgebühren bei diversen Unternehmen in der Gegend von Kings Cross zuständig war.

Die Vielseitigkeit und Rentabilität seines Unternehmens rief bei Menschen seines Schlags Bewunderung und regelrechte Ehrfurcht wach, diejenigen aber, die schon einmal mit ihm in Konflikt geraten waren, hassten ihn und lebten – durchaus nicht zu Unrecht – in ständiger Angst.

Er hätte sich sofort zur Ruhe setzen können und, ohne jemals wieder auch nur einen Finger krumm machen zu müssen, niemals Geldsorgen gehabt. Doch er brauchte die Planung, Organisation und Verteilung der Aufträge an seine Trupps wie die Luft zum Atmen. Er war wie ein moderner Fagin aus dem Musical *Oliver,* der sämtliche Aspekte des Lebens, das er führte, in vollen Zügen genoss.

»Eh, Lenny, dein Kumpel ist auf Leitung zwei«, verkündete Donger aus Richtung Tür.

Lenny ging an den Apparat, der auf seinem Nachttisch stand. »Hi, Kumpel. Wie geht's?« Gleichzeitig trat er vor seinen Schrank und befingerte unentschlossen mehrere seidene Krawatten, die über dem Halter an der Innentür hingen. »Nein, natürlich habe ich es nicht vergessen.

Halb sieben am Hinterausgang von Ashworths. Ich werde pünktlich sein.«

»Lenny, es … ist nicht mehr so einfach, wie es bisher war«, erklärte die Stimme am anderen Ende der Leitung zögernd, und Lenny stieß einen abgrundtiefen Seufzer aus.

Das hörte er nicht zum ersten Mal. »Ja, sicher, Kumpel, aber weißt du, du machst dir einfach immer viel zu viele Gedanken. Überlass das lieber mir.«

»Okay. I-ich wollte nur, dass du es weißt.«

»In Ordnung, Kumpel. Alles klar.« Lenny legte auf und schüttelte den Kopf. Der kleine Scheißer hatte eindeutig die Hosen voll. Grinsend zog er sich weiter an. Wenn er ihm erst von dem nächsten Ashworths-Coup erzählte, zog sein Kumpel sich am besten möglichst dicke Windeln an!

»Das soll ja wohl ein Scherz sein, Lenny. Du kannst ja wohl unmöglich … nein!« Lenny hatte seinem Kumpel gerade seinen neuesten Plan zurechtgelegt, und jetzt drückte dessen Stimme nackte Panik aus.

»Also bitte.« Lenny sah sein Gegenüber mit zusammengekniffenen Augen an. In der Gasse war es derart dunkel, dass er das Gesicht seines Informanten kaum erkennen konnte, doch er hörte und spürte, dass dieser vollkommen verängstigt war. Leider hatte dieses elende Weichei nicht den Mumm seines Dads geerbt. »Ich sage dir, es wird laufen wie geschmiert. Donger und Earl haben alles hervorragend organisiert. Earl war bei der Armee und kennt sich mit der Planung von Einsätzen aus.« Lenny stieß ein amüsiertes Lachen aus. »Und das Schöne an der Sache ist, dass sie es nicht erwarten werden. Diese verdammten Sesselfurzer haben zwar die Sicherheitsvorkehrungen verstärkt, die Informationen über die Liefertermine unter Verschluss genommen und alles Mögliche andere angestellt. Aber diese Hohlköpfe sind nicht auf die Idee gekommen, dass es auch noch eine andere Schwachstelle in ihrer Firma gibt.«

»I-ich weiß nicht …« Trotz der winterlichen Kälte, die mit der anbrechenden Dunkelheit in die Stadt eingezogen war, wischte sich der Mann dicke Schweißtropfen von der Stirn.

»So können wir dreimal so viel Kohle machen wie bisher, Kumpel. Vertrau mir, ich weiß, was ich tue. Es wird das reinste Kinderspiel.«

»W-wahrscheinlich hast du recht. Du bist schließlich der … Experte, Lenny.« Die Stimme des Mannes wurde schwach. »U-und mit dem Geld bist du dir sicher? Es wird wirklich dreimal so viel?«

»Ich schwöre es, Kumpel«, antwortete Lenny und verzog den Mund zu einem Grinsen, obwohl das sein Kumpel sicher gar nicht sah. Geld war das Einzige, womit sich dieser feige, undankbare Kerl auch weiter bei der Stange halten ließ.

Und jetzt kam der Todesstoß. »Und weißt du was, Kumpel? Dieses Mal bist du dabei. Es ist allerhöchste Zeit, dass du dir auch einmal die Finger schmutzig machst.«

Der andere Mann atmete hörbar ein und fragte gequetscht: »Ich? Das war nicht abgemacht. Es hieß doch, dass ich die Informationen besorge und du die Sachen klaust.«

»Tja, die Situation hat sich geändert. Du kommst nicht mehr so einfach an die Informationen ran, nicht wahr? Also ist es an der Zeit, etwas Neues zu probieren«, erklärte Lenny kompromisslos. »Hast du damit ein Problem?«

»Ich… ich… aber…« Sein Kumpel versuchte, eine Entschuldigung zu finden, was ihm aber nicht gelang. »Ich habe keinerlei Erfahrung auf diesem Gebiet. Ich könnte alles vermasseln.«

»Es wird ganz einfach werden, Kumpel. Wir brauchen einen Aufpasser, falls etwas Unvorhergesehenes passiert, während wir drinnen sind. Glaub mir, das kriegst du vollkommen problemlos hin.« Lennys Stimme wurde schmeichlerisch. »Denk einfach an das Geld, Kumpel, denk einfach an das Geld.«

»Verstehe.« Es folgte eine lange, nachdenkliche Pause, ehe sich der Mann geschlagen gab. »Also meinetwegen. Wann?«

»Ich gebe dir auf dem üblichen Weg Bescheid«, antwortete Lenny, packte die Hand seines Informanten und wollte von ihm wissen: »Dann ist es also abgemacht?«

»Ich… ich schätze, ja.«

»Okay, dann haust du jetzt besser langsam ab. Donger wartet bereits mit dem Wagen. Wir sind nämlich auf dem Weg in den *Mandarin Club.*«

Lenny blickte seinem Kumpel hinterher. Seine hängenden Schultern und der schlurfende Gang ließen trotz der Dunkelheit erkennen, dass er völlig fertig war. Dieser kleine Scheißer hatte wirklich eine Heidenangst, stellte Lenny angewidert fest. Donger würde ihn während ihres Coups im Auge behalten müssen. Sein Kumpel war ein solcher Hasenfuß, dass er vielleicht irgendeine Dummheit machte, die am Ende für sie alle tödlich war.

Als er aus der dunklen Gasse auf die helle Pitt Street trat, musste er kurz blinzeln, wodurch er mit einem Mann und einer Frau, die eilig die Straße hinuntergingen, zusammenstieß. Die hochgewachsene Frau geriet durch den

Zusammenstoß ein wenig aus dem Gleichgewicht. Sie klammerte sich haltsuchend an ihren Partner und stieß eine wenig schmeichelhafte Bemerkung aus.

»Tut mir leid, Lady. Ich habe Sie nicht gesehen«, entschuldigte sich Lenny, ehe er plötzlich erkannte, wen er vor sich hatte.

Eilig richtete er sich zu seiner ganzen Größe auf und fragte besorgt: »Sind Sie okay?«

Michaela stand auf einem Bein und rieb sich mit der freien Hand den Knöchel. »Ich schätze ja. Ich werde es wohl überleben.« Trotzdem verzog sie schmerzhaft das Gesicht.

»Sind Sie sicher?«, fragte Leith und bedachte den Geschäftsmann, von dem seine Begleiterin fast umgeworfen worden war, mit einem bösen Blick. »Sie sollten wirklich besser aufpassen, Mister.«

»Ich war einfach in Gedanken. Tut mir leid.« Lenny hatte keine Angst vor dem Zorn des blonden Mannes, auch wenn der viel größer und wahrscheinlich auch viel stärker war als er selbst. Er hätte nämlich nur mit den Fingern schnipsen müssen, und schon hätten seine eigenen Männer Hackfleisch aus dem Kerl gemacht. Da er jedoch gerade den Geschäftsmann spielte, wirkte er besser weiter höflich interessiert. Der stirnrunzelnde Kerl war ihm vollkommen egal, aber von der jungen Frau war er ehrlich fasziniert. Er hatte sie sofort erkannt, denn seit er ihr Foto in der Zeitung gesehen hatte, wurde er regelmäßig in seinen Träumen von ihr heimgesucht. In natura war sie sogar noch schöner – und vor allem viel lebendiger. Prachtvoll war der erste, aber sicher nicht der einzige Superlativ, mit dem sich diese Frau beschreiben ließ. Er griff in die Brusttasche seines Mantels und zog eine Visitenkarte daraus hervor.

»Das hier ist mein Unternehmen: Plan Early Pty Ltd.«, wandte er sich ausschließlich an sie. Auch wenn es kein echtes Unternehmen, sondern nur ein Telefon mit Anrufbeantworter in seinem Haus in Tamarama war. »Falls Sie sich verletzt haben, bin ich natürlich mehr als bereit, für die Behandlung und die Folgekosten aufzukommen. Bitte rufen Sie mich gegebenenfalls unter dieser Nummer an.« Er versuchte, sie nicht wie ein liebeskranker Tennie anzustarren, aber, verdammt, es fiel ihm wirklich schwer. Sie hatte einen makellosen Teint, seidig schwarzes Haar und dunkelbraune Augen, in denen ein Mann ertrinken konnte. Scheiße! Was dachte er denn da für einen Blödsinn? Verlor er vielleicht langsam den Verstand? Reiß dich zusammen, Mann.

»Das ist nett von Ihnen, aber ich glaube, das wird nicht nötig sein«, antwortete Michaela, die durch die Höflichkeit des Mannes ein wenig besänftigt war.

»Stecken Sie die Karte bitte trotzdem ein. Nur für den Fall der Fälle«, bat er sanft und kniff nachdenklich die Augen zusammen, als sich der andere Mann die Karte schnappte, sie kurz überflog und dann in seine Manteltasche schob. »Danke, Mr Kovacs.« Dann wandte Leith sich wieder an Michaela. »Wenn alles in Ordnung ist, sollten wir jetzt besser weitergehen. Sonst verpassen wir noch den Beginn der Vorstellung.«

»Ich bitte nochmals um Entschuldigung«, murmelte Lenny und blickte den beiden hinterher. Er wusste, dass sie spätestens in fünf Minuten den kleinen Zwischenfall vor dem Kaufhaus Ashworths vergessen haben würden. Er jedoch ganz sicher nicht. Dieser Zusammenstoß hatte sein Leben völlig auf den Kopf gestellt – er war der begehrenswertesten und wunderbarsten Frau der Welt begegnet! Das machten ihm sein Schwanz und andere wichtige Körperteile klar. Er hatte eine unglaubliche Erektion und musste sich den Mantel zuknöpfen, damit sie niemand sah.

Mehrere Minuten stand er einfach mitten auf dem Bürgersteig und sah Michaela und ihrem Begleiter nach, bis das Pärchen in der Dunkelheit verschwunden war.

Plötzlich war seine Neugierde geweckt. Er wollte, nein, er musste alles über sie erfahren. Wo sie lebte, was sie arbeitete, was sie gern in ihrer Freizeit tat. Ob das mit dem blonden Typen etwas Ernstes war. Er würde seinen vertrauenswürdigsten Angestellten darauf ansetzen, alles herauszufinden, was es über diese Frau herauszufinden gab. Worüber sie gern lachte und was er machen müsste, damit er sie bekam.

Sein Herz fing an zu rasen, und er wurde von einem ihm bisher fremden Gefühl übermannt. Er bekam sie einfach nicht mehr aus dem Kopf. Michaela Beaumont. In seinem ganzen Leben hatte er noch keine Frau derart begehrt. Er reckte kämpferisch das Kinn und marschierte auf den Wagen zu, in dem der treue Donger saß.

Er würde sie bekommen. Genauso wie er immer alles bekam.

10

Caroline öffnete den Brief des Anwalts, der sie in Paris vertrat, und in dem bestätigt wurde, was ihr bereits vor zwei Wochen telefonisch übermittelt worden war: Der Anwalt hatte einen Käufer für ihre Pariser Wohnung gefunden. Die gebotene Summe war erheblich höher als erwartet, und sie hatte keinen Grund, nicht auf das Angebot einzugehen. Dann hätte sie endlich genügend Geld, um sich hier in Sydney etwas Eigenes zu kaufen, vielleicht blieb sie aber auch noch eine Weile in der Waratah Avenue. Fern liebte dieses Haus und auch sie selbst fühlte sich hier durchaus wohl, wenn Michaela nicht gerade eine Laus über die Leber gelaufen war. Meistens kamen sie problemlos miteinander aus, doch die kleine Schwester hatte offenbar noch immer Angst, dass Caroline ihr irgendwann den Chefposten bei Ashworths streitig machen wollte, und wahrte deshalb weiterhin eine gewisse Distanz zu ihr. Was es auch für Fern ein bisschen schwierig machte, denn sie liebte nicht nur ihre Mutter, sondern betete auch Joel und Michaela an.

Caroline saß auf der Couch im Wohnzimmer und wartete auf Nick. Sie hatte beschlossen, endlich ihr Versprechen einzulösen und mit ihm und Fern zu segeln, denn dann hätte sie es endlich hinter sich.

Während sie also wartete, blätterte sie im Wirtschaftsteil der Sonntagsausgabe des *Sydney Morning Herald*. Der kurze Achtzeiler war klein in einer Ecke abgedruckt und beinahe hätte sie ihn übersehen. Ein Finanzexperte verkündete darin, dass die Ashworths-Aktien erneut um zwei Punkte gefallen waren, und stellte neben ein paar wenig subtilen Bemerkungen über sinkende Absatzzahlen fest, dass ein »zunehmender Verkauf von Anteilen« zu beobachten war.

Caroline fragte sich, wie dieser »Experte« an die Information über die rückläufigen Verkaufszahlen gekommen war. Versorgte etwa jemand aus dem Unternehmen Leute aus der Finanzwelt mit Informationen, und wenn ja, aus welchem Grund? Dann dachte sie über die umfassenden Aktienverkäufe nach. Manchmal war so etwas nicht einmal negativ, sondern ein Zeichen dafür, dass Leute, die den Aktienmarkt verfolgten, günstige Anteile erwarben, weil sie dachten, dass der Preis in absehbarer Zeit wieder stieg. Trotzdem konnte sie nicht leugnen, dass der Preis der Ashworths-Aktien langsam, aber sicher in den Keller ging. Und vielleicht machte dieser Rückgang andere Aktionäre ja nervös genug und sie verkauften ihre Anteile lieber mit einem bescheidenen Gewinn, als das Wagnis eines weiteren Wertverfalls ihrer Aktien zu riskieren. Dank ihres eigenen bescheidenen europäischen Portfolios war sie einigermaßen mit dem Aktienmarkt vertraut. Außerdem hatte sie eine siebenprozentige Beteiligung am Unternehmen ihrer Mutter sowie Anteile an B&S.

Sie konnte einfach nicht verstehen, weshalb die Ashworths-Aktie weiterhin an Wert verlor. Sie wusste, dass der Wert jedes börsennotierten Unternehmens Schwankungen unterworfen war, aber trotz der seit sechs Monaten rückläufigen Absätze war Ashworths alles in allem durchaus gesund. Es gab also für den allmählichen Rückgang der Aktienkurse keine logische Erklärung. Genauso eigenartig war, dass es sofort nach dem Verkauf von Anteilen zu einem Ankauf aller abgestoßenen Aktien kam. Sie hatte vor ein paar Wochen mit ihrem Broker telefoniert, und er hatte ihr bestätigt, dass es tatsächlich so war.

All das deutete auf eine feindliche Übernahme hin! Ihr Herzschlag setzte aus. War es vielleicht möglich, dass der Preis der Aktien nur deshalb schwächelte, weil ihre Mutter in den Ruhestand getreten war? Oder spielten vielleicht noch andere Faktoren eine Rolle? Hatte vielleicht ein Konkurrent eine tatsächliche oder vermeintliche Schwächung ihres Unternehmens ausgemacht und wollte daraus einen Vorteil ziehen? Wurden die abgestoßenen Aktien nur von einem Unternehmen oder von mehreren kleinen Spekulanten aufgekauft? Und wie hoch war der Prozentsatz, den ein anderes Unternehmen brauchte, damit eine Übernahme möglich war? Die Familie Beaumont hielt vierzig Prozent, was zusammen mit den fünfzehn Prozent auf Seiten der McRaes eine Aktienmehrheit von fünfundfünfzig Prozent ergab. Die übrigen fünfundvierzig Prozent waren auf kleine Investoren verteilt.

Wer, überlegte sie, könnte sich Ashworths einverleiben wollen? Farmers, Grace Bros, David Jones? Oder vielleicht ein Newcomer, ein Investor aus dem Ausland, der die Hoffnung hatte, durch die Übernahme ihres Unternehmens in Australien einen Fuß in die Tür zu bekommen?

Sie runzelte die Stirn. Unzählige Fragen schossen ihr durch den Kopf, aber vielleicht blähte sie die ganze Sache ja auch einfach entsetzlich auf? Sie müsste mit jemandem über ihre Befürchtungen sprechen, doch mit wem? Daniel? Michaela? Nick? Sein eigenes Unternehmen hatte sich erst im letzten Jahr erfolgreich einer Übernahme widersetzt. Als Erstes aber stellte sie am besten selbst am Montagmorgen, wenn sie wieder in der Firma war, ein paar diskrete Nachforschungen an.

In diesem Augenblick kam ihre Tochter, eine Tasche über ihrer Schulter, ins Wohnzimmer geschossen und verkündete: »Dad ist da.«

»Okay. Auf geht's.« Sie hätte später noch genügend Zeit, um über die Dinge nachzugrübeln, die ihr aufgefallen waren. Jetzt musste sie erst einmal den Tag mit ihrem Exmann überstehen. Was ein Gedanke war, der all ihre Befürchtungen wegen fallender Aktienkurse und möglicher Übernahmeversuche in den Hintergrund treten ließ.

Obwohl es ziemlich kühl im Hafen war, schien wenigstens die Sonne, und obgleich sie einzig Fern zuliebe mitgekommen war, würde es möglicherweise doch ein schöner Tag. Die anderen Mitglieder der Crew, Lee und Michelle Davis, die noch nicht das Geld für eine eigene Jacht zusammenhatten, waren ein sehr angenehmes Paar, und Caroline konnte nur staunen, als sie sah, wie souverän ihre Tochter inzwischen auf dem Wasser war. Obwohl Fern erst sechsmal mit Nick segeln gegangen war, kam sie ihrer Mutter beim Setzen des Hauptsegels und des Klüvers, beim Binden verschiedener Knoten und selbst am Steuer bereits wie ein Profi vor. Die Begeisterung des Mädchens für das Meer und die Freude über das Zusammensein mit ihrem Dad waren nicht zu übersehen. Caroline verdrängte den Gedanken daran, dass die Tochter bisher viel zu wenig Zeit mit ihm hatte verbringen können – und dass auch Nick dadurch viel entgangen war. Sie würde heute keine negativen Gedanken hegen. Es würde ihr nur den Tag verderben, wenn sie verbittert war.

Als Lee und Michelle den dunkelblauen Spinnaker hissten, schoss die *Caro eins* über das Wasser und das Segel blähte sich im Wind. Beinahe hätte Caroline das Gleichgewicht verloren, als sich mit einem Mal das Deck unter ihren Füßen senkte.

Nick packte sie gerade noch rechtzeitig am Arm. »Alles in Ordnung?«

»Ja.« Sie verbarg ihre Verlegenheit hinter einem Lachen. Es gefiel ihr nicht, linkisch zu wirken oder von seiner Hilfe abhängig zu sein. Sie hatte automatisch ihre Hände in seine Unterarme gekrallt, und während sie beide versuchten, ihre Balance wiederzuerlangen, war sie ihm geradezu erschreckend nah. Eine steife Brise peitschte ihm die dunklen Haare in die Stirn, und mit seiner braunen Haut und den dunklen Augen sah er aus wie ein verwegener Pirat. Um Himmels willen, Caroline, hör auf mit diesem Quatsch. Eilig ließ sie von ihm ab und griff stattdessen nach dem Seil, das an den Außenwänden der Jacht befestigt war.

»Wir werden noch einen echten Seemann aus dir machen, Mum.« Mit einem vergnügten Kichern stapfte Fern über das Deck auf ihre Eltern zu. »Ich war anfangs genauso wackelig auf den Beinen, aber das hat sich schnell gelegt. Nicht wahr, Dad?«

Ihr Vater nickte zustimmend. »So geht es am Anfang jedem.« Dann sah er seine Exfrau forschend an. »Aber du wirst offenbar nicht seekrank. Das ist schon mal ein Plus.«

»Wohin segeln wir heute, Dad?«

»Nun.« Nick tat, als denke er darüber nach. »Im Hafen ist nicht viel Verkehr, wir könnten also erst rüber nach Manly segeln und dann in Richtung Balmoral Beach. In der Nähe des Strandes gibt es ein Café, in dem sie eine wunderbare Krebssuppe servieren. An den Wochenenden ist dort immer jede Menge los, deshalb habe ich für ein Uhr einen Tisch bestellt. An einem kalten Wintertag wärmt einen nichts besser als Krebssuppe mit knusprigfrischem Brot.«

»Und wie kommen wir an den Strand?«, wollte Caroline wissen. »Es gibt doch keinen Hafen in Balmoral, oder?«

»Wir nehmen einfach den kleinen Flitzer.« Er wies in Richtung Kabine, auf deren Dach ein gelbes Schlauchboot mit einem abnehmbaren Außenbordmotor festgebunden war. »Wir werden zwei Touren fahren müssen, aber auf diese Weise kommen wenigstens die meisten von uns trockenen Fußes an Land.«

»Komm mit, Mum, ich zeige dir erst mal das Boot, und dann bringe ich dir ein paar Seemannsknoten bei«, bot

Fern der Mutter an und fügte, an ihren Vater gewandt, grinsend hinzu: »Nur die leichten, Dad. Die schweren wie den Palstek und den Holländer lassen wir erst mal sein.«

»Du bist ein echter Schatz«, antwortete Caroline und grinste ebenfalls. Es war offensichtlich, dass es ihrer Tochter Freude machte, ihr zu zeigen, was für eine gute Seglerin sie war. Was für ein Rollentausch! Jetzt brachte nicht mehr sie ihrer Tochter, sondern Fern ihrer Mutter etwas bei. Kein Wunder, dass das Mädchen strahlte wie ein Honigkuchenpferd.

»Okay, fangen wir an.«

Nachdem sie in Balmoral mit dem Schlauchboot bis kurz vor den Strand gefahren waren, trug Nick, der seine hohen Gummistiefel anhatte, trotz der lautstarken Proteste beider Frauen Fern und Caroline die letzten Meter bis zum Strand.

Obwohl sich in dem Restaurant die Sonntagsausflügler drängten, nahmen die fünf Teilnehmer des Segeltörns fröhlich ihre Mahlzeit ein. Caroline bemühte sich zu ignorieren, dass Ferns verstohlene Blicke deutlich ihre Hoffnung zeigten, dass dieser Tag vielleicht der Auftakt zu einer Versöhnung zwischen ihren Eltern war. Sie wollte nicht darüber nachdenken, wie das Verhältnis zwischen ihr und ihrem Exmann war.

Nick war so gut gelaunt wie meistens. Er unterhielt sich angeregt mit Michelle und Lee, hörte aber auch Fern, als sie ihm von ihrer Schulwoche erzählt, mit großem Interesse zu.

Caroline hätte halb blind sein müssen, um nicht zu bemerken, dass ihr Exmann interessierte Blicke von diversen weiblichen Gästen zugeworfen bekam. Und warum auch nicht? Sie konnte diese Frauen durchaus verstehen.

Schließlich war Nick Beaumont ein attraktiver Mann. Er hob sich von der Menge ab und verströmte zudem eine Aura des Erfolgs. Gleichwohl störte sie die Neugier dieser Frauen, und es tat ihr nicht leid, als sie schließlich wieder an Bord des Segelboots war.

Die Rückfahrt in den Hafen des Royal Sydney Yacht Squadron in Kirribilli brachten sie erst segelnd und am Ende mithilfe des Motors hinter sich.

Fern saß am Bug der Jacht und blickte auf die weiß schäumende Gischt, die gegen die Seiten des Schiffs schlug. Die Davises räumten in der Kajüte auf und tranken dort noch eine Tasse Kaffee. Nick steuerte die Jacht und Caroline saß auf der Bank am Heck und sah zahllose prächtige Herrenhäuser an sich vorüberziehen. Während sie die Häuser betrachtete, verbarg sie hinter ihrem heiteren Gesicht eine Reihe verwirrender Gedanken. Wider Erwarten hatte ihr dieser Segeltörn großen Spaß gemacht. Sie hatte das Zusammensein mit Nick genossen. Sie hielt erschreckt den Atem an. *Sie hatte das Zusammensein mit Nick genossen.* Dieser Satz ging ihr noch mehrmals durch den Kopf. Es war wirklich erstaunlich, doch vor allem machte es ihr Angst. Empfand sie etwa immer noch etwas für ihn?

Gott, diese Frage hatte sie sich auch schon nach dem Osterbrunch in der Waratah Avenue gestellt, ohne dass ihr darauf eine beruhigende Antwort eingefallen wäre. Dann fiel ihr etwas ein, was Jo einmal gesagt hatte: Sie hätte Angst davor, sich noch einmal auf eine Ehe einzulassen, weil sie den Gedanken an ein nochmaliges Scheitern einfach nicht ertragen würde. Das konnte Caroline verstehen, denn es ging ihr genauso. Es wäre einfach sicherer, alles so zu lassen, wie es war, als das Wagnis einzugehen, noch einmal verletzt zu werden oder, was noch schlimmer wäre, eines Tages noch einmal vor einem Scheidungsrichter zu stehen.

Nick wandte ihr den Rücken zu, und sie unterzog ihn einer eingehenden Musterung. Seine schwarzen Haare schimmerten im Licht der nachmittäglichen Sonne, und der Anblick seiner breiten Schultern, seines straffen Rückens und der schmalen Hüften ließ erst einen Schauder über ihren Rücken rinnen und rief dann ein dumpfes Pochen in der Magengegend wach. Sie stieß einen leisen Seufzer aus. Vielleicht wäre es wirklich besser, alles beim Alten zu lassen, doch wenn sie ihren Gefühlen folgte und es noch mal wagte, täten sich andere wunderbare, eindeutig interessante Möglichkeiten auf ... War sie dazu bereit?

Nick wandte sich ihr plötzlich zu und sah sie fragend an. »Du scheinst gerade meilenweit von hier entfernt zu sein. Ich würde wirklich gern wissen, was du gerade denkst.«

Caroline errötete. Wenn er wüsste ...

Um ihre Verwirrung zu verbergen, sagte sie das Erste, was ihr einfiel, und platzte – obwohl sie sich vorgenommen hatte, erst Genaueres herauszufinden, ehe sie mit jemandem darüber sprach – mit ihrer Sorge wegen der fallenden Ashworths-Aktien heraus.

Er hörte ihr aufmerksam zu. »Dann machst du dir also Sorgen um das Unternehmen?«

»Ich weiß nicht.« Sie zögerte ein paar Sekunden, gab dann aber zu: »Vielleicht. Aber vielleicht bilde ich mir das alles auch nur ein.«

Nick sah sie durchdringend an. »Das wäre völlig untypisch für dich. Du bist niemand, der grundlos übertreibt.« Er dachte nach. »Soll ich mich mal umhören, ob alle Aktien nur von einer einzigen Partei gekauft werden? Mein Hauptbuchhalter, Vince Lee, wäre dafür genau der

Richtige. Er kennt sich an der Börse und in der hiesigen Geschäftswelt aus. Falls an der Sache etwas faul ist, findet er das ganz sicher heraus.«

Das war ein nettes Angebot, aber konnte sie es wirklich annehmen? Ihr fielen gleich mehrere Gründe dagegen ein, aber es wäre ganz einfach beruhigend, jemanden zu haben, mit dem sie über diese Dinge reden konnte und von dem sie wusste, dass er eindeutig auf ihrer Seite stand. Und trotz ihrer persönlichen Probleme hatte sie Nicks geschäftlichen Instinkten schon immer vertraut. Er und Lou hatten Jacks Baufirma zu einem millionenschweren Unternehmen ausgebaut, und seit Nicks erfolgreicher Reise nach Singapur hatte B&S seine Geschäfte bis nach Asien ausgedehnt. Was könnte sie also verlieren, wenn sie sich von ihrem Exmann helfen ließ?

»Es wäre wirklich keine Mühe«, lockte er.

»Also gut, okay.«

»Prima.« Lächelnd, als hätte er ihr gegenüber einen Sieg errungen, drosselte Nick den Motor seiner Jacht und fuhr langsam in das Hafenbecken ein.

Mit angespannter Miene studierte Michaela die von Jo entworfene Werbekampagne zur Unterstützung ihres Plans zur Verjüngung von Ashworths. Jo war einfach perfekt. Sie hatte eindeutig das Talent, Neuerungen wie die Abteilung für Achtzehn- bis Achtundzwanzigjährige so ansprechend zu inszenieren, dass es den Menschen schwerfiel, sich dieser Verlockung zu entziehen. Michaela sah auf ihre Uhr. In fünf Minuten würde sie die Freundin treffen, und weil sie über ihr Projekt mit dem Codenamen 18 bis 28 sprechen wollten, hatten sie – um möglichst ungestört zu sein – den *City Tattersalls Club* in der Pitt Street als Ziel für ihre Mittagspause ausgewählt.

Als sie durch den Haupteingang von Ashworths auf die Straße traten, nieselte es leicht. Aber das störte keine der beiden Frauen, denn schon zehn Minuten später hatten sie sich ihre Teller am Büfett gefüllt und saßen an einem Tisch im ersten Stock des Clubs.

»Jetzt weiß ich, warum wir nicht öfter hierherkommen. Das Essen ist einfach zu verführerisch«, erklärte Jo und machte sich begeistert über all die Köstlichkeiten her.

»Stimmt.«

Keine von ihnen brauchte sich Gedanken über ihr Gewicht zu machen, denn beide hatten einen hervorragenden Stoffwechsel und trieben regelmäßig Sport. Ebenso wenig machten sie sich Gedanken über den Mann, der ihnen ins Restaurant gefolgt war und sie jetzt von seinem Platz aus unauffällig aus den Augenwinkeln maß. Jo und Michaela waren es gewohnt, von Männern angestarrt zu werden, deshalb achteten sie nicht auf die beifälligen Blicke mehrerer gut gekleideter Geschäftsmänner und auch nicht auf die des Mannes in ihrer Nähe. Außerdem waren sie viel zu sehr in ihr Gespräch über Michaelas Vorhaben vertieft.

»Im Großen und Ganzen steht der Plan. Die Kostenberechnungen sind da. Es wird gar nicht so teuer werden, wie ich dachte. Weshalb sich die Idee dem Aufsichtsrat vielleicht auch etwas leichter verkaufen lassen wird«, erklärte Michaela Jo. »Und deine Werbekampagne wird bestimmt ein Übriges tun.«

»Wirst du mit dem Gespräch warten, bis Laura wieder da ist?«

Michaela zog eine Grimasse. »Nein, ich glaube nicht. Mum ist offiziell im Ruhestand und hat von Rechts wegen kein Stimmrecht mehr, auch wenn sie mit ihren neunzehn Prozent immer noch die größte Aktionärin ist. Ich glaube, es wäre klüger, meinen Plan zu präsentieren, bevor sie wieder da ist. Selbst wenn der Aufsichtsrat aus Höflichkeit beschließen sollte, mit einer Entscheidung zu warten, bis man mit ihr darüber geredet hat, lege ich meinen Plan lieber so schnell wie möglich vor.«

»Und was ist mit Caroline?«

»Was soll mit ihr sein?«, fragte Michaela zurück. Sie wusste, Jo teilte ihre Sorge nicht, dass Caroline den heimlichen Ehrgeiz haben könnte, selbst eines Tages den Chefposten bei Ashworths zu bekleiden. Davor hatte offenbar nur sie allein Angst.

Jo zuckte mit den Schultern, doch ihre Miene machte deutlich, dass ihr die Entfremdung zwischen Michaela und der großen Schwester aufgefallen war.

»Es wäre vielleicht schlau, sie auf deine Seite zu ziehen, selbst wenn sie kein Mitglied des Aufsichtsrats ist. Daniel und Warren scheinen ihre Meinung zu schätzen, obwohl sie erst seit Kurzem in der Firma ist. Außerdem ist Caroline ein durchaus vorausschauender Mensch. Wenn du ihr von deinem Plan erzählst, wirst du sicher feststellen, dass du in ihr eine Verbündete und keine Feindin hast.«

Michaela lehnte sich auf ihrem Stuhl zurück und sah die Freundin reglos an. »Ich werde darüber nachdenken.« Natürlich wäre es riskant, Caroline in ihren Plan einzubeziehen. Was, wenn sie sich verplapperte und jemandem vom Aufsichtsrat etwas davon erzählte, bevor sie die Gelegenheit bekam, selbst ihren Entwurf ordentlich zu präsentieren? Dann könnte sie die ganze Sache sicher gleich vergessen … Sie kam zu dem Ergebnis, dass ein Themenwechsel angeraten war, und stellte lächelnd fest: »Genug von Caroline. Du musst mir unbedingt erzählen, wie dein Date mit Neil verlaufen ist.«

»Du hattest recht. Neil ist tatsächlich sterbenslangweilig. Obwohl er sich alle Mühe gegeben hat, nett zu sein.

Vielleicht sogar zu nett! Wir waren in einem superteuren Restaurant und das Essen und der Wein waren wirklich ausgezeichnet«, räumte Jo mit einem Seufzer ein, drohte Michaela spielerisch mit einem Finger und fügte hinzu: »Wag ja nicht, jetzt zu sagen, du hättest mich gewarnt.«

»Okay.« Michaela grinste über das ganze Gesicht. »Du musstest es eben selbst rausfinden. Neil und Mark sind zwei Idioten. Letzte Woche habe ich Mark im Laden herumlungern sehen, obwohl Daniel ihn wegen des Zwischenfalls am Ostersonntag längst entlassen hat. Außerdem hat er ihm Hausverbot erteilt. Wenn er die Gelegenheit bekäme, würde dieser kleine Giftzwerg uns sicher Scherereien machen. Deshalb habe ich Boris angewiesen, zukünftig darauf zu achten, dass Mark nicht noch einmal ins Geschäft kommt. Besonders seit seinem Auftritt am Ostersonntag traue ich ihm nicht mehr über den Weg.«

»Ich weiß von einer Frau aus der Personalabteilung, dass er angeblich im Laden war, um den Scheck mit der Abfindung abzuholen«, fügte Jo hinzu.

»Was für ein Schwachsinn!«, schnaubte Michaela, sah dann aber forschend die Freundin an und meinte: »Jetzt aber zu etwas Interessanterem als meinen beiden Cousins. Würdest du mir vielleicht erzählen, worüber du und Daniel euch gestern in der zweiten Etage so angeregt unterhalten habt? Und sag jetzt bloß nicht, dass es um die Arbeit ging, denn das glaube ich dir auf keinen Fall.«

Jo fing an zu lachen. »Du kannst manchmal wirklich schrecklich sein. Wir haben uns einfach … unterhalten.« Doch als sie die ungläubige Miene ihrer Freundin sah, räumte sie widerstrebend ein: »Also gut. Er hat mich und die Kinder eingeladen. Ein Cousin von ihm, Dieter de Lucey, kommt für eine Woche mit seiner Familie aus Amsterdam. Dieters Kinder sind genauso alt wie Joshua und

Kirra und da sie Englisch sprechen, hat Daniel mich gefragt, ob wir Lust hätten, ein Picknick im Nationalpark und vielleicht eine Hafenrundfahrt mit ihnen zu machen. Ich fand es wirklich nett, dass er uns eingeladen hat.« Sie machte eine kurze, nachdenkliche Pause. »Du hattest recht, er ist anscheinend ziemlich einsam.«

»Darf ich jetzt sagen, das habe ich dir gleich gesagt?«, fragte Michaela grinsend. »Zwar ist das nicht unbedingt ein echtes Date, aber es ist immerhin ein Anfang.«

»Das ist ganz bestimmt kein Date«, erklärte Jo bestimmt, doch dabei umspielte ein sanftes Lächeln ihren Mund. »Los, holen wir uns noch einen Kaffee, bevor es wieder an die Arbeit geht.«

Der Mann, der sie während der gesamten Mahlzeit beobachtet hatte, verfolgte auch weiter, was sie taten, und als sie eilig das Restaurant verließen, um wieder zu Ashworths zurückzugehen, zahlte er ebenfalls und ging.

Joel schlitzte den Umschlag mit dem Brieföffner auf, zog das Blatt Papier aber nur widerstrebend heraus. Er konnte sich schon denken, was der Inhalt dieses Schreibens war.

Schließlich warf er einen Blick auf das Papier. Genau. Die Fallstudienprüfung in Geburtshilfe hatte er nicht bestanden – drei lausige Punkte hatten ihm gefehlt. Verdammt! Joel knüllte das Blatt zu einer festen Kugel, zielte auf den kleinen Papierkorb neben seinem Schreibtisch und warf sie mitten hinein.

Dann raufte er sich frustriert die Haare. Scheiße, was zum Teufel machte er mit seinem Leben? Wie konnte er sich einbilden, er hätte je das Zeug dazu, ein fähiger, verantwortungsbewusster Arzt zu sein? Warum gab er sein Studium nicht einfach auf, packte einen Rucksack und tourte ein oder zwei Jahre durch Europa oder Südamerika? Er zog eine Grimasse, als er merkte, wie verlockend dieser Gedanke war. Andererseits war er schon ziemlich weit gekommen. Und dann: Das Studium war fast zu Ende und er hatte zusammen mit Professor Grebeveski bei der Suche nach alternativen, nicht-invasiven Behandlungsmethoden geschwächter kardiovaskulärer Systeme bereits beachtliche Fortschritte erzielt. Außerdem war da noch Elissa Markovitch. Was würde sie von ihm denken, wenn er jetzt einfach alles hinwerfen würde? Als er an Elissa dachte, straffte er die Schultern und richtete sich kerzengerade auf.

Es war ihm wichtig, was sie von ihm hielt. Und er brauchte nur die Augen zuzumachen, dann sah er sie vor sich. Gott, er sehnte sich danach, mit seinen Fingern durch ihre rote Lockenpracht zu fahren, sie zu streicheln, sie zu küssen ... Abermals verzog er schmerzlich das Gesicht. Scheiße, Kumpel, dieses Mal hat es dich wirklich ganz schön erwischt.

Er dachte daran, was letzte Woche an der Uni geschehen war. Sie hatten, wie so häufig, gleichzeitig mit ihrer Arbeit aufgehört. Oft gingen sie danach noch zusammen etwas essen, aber an dem Abend hatte sie sofort nach Hause fahren wollen, und deshalb hatte er sie noch zu ihrem zehn Jahre alten Corolla gebracht. Die Kiste war einfach nicht angesprungen, und obwohl er mit Begeisterung an seinem eigenen, heiß geliebten Wagen schraubte, hatte auch er den Motor ihres Wagens nicht in Gang gebracht. Dann hatte sie gesagt, sie hätte keinen Schutzbrief, weil sie immer zu ihrem großen Bruder Mischa gehen konnte, wenn es ein Problem mit ihrem Auto gab. Da es bereits nach acht gewesen war und sie um diese Uhrzeit Stunden gebraucht hätte, wenn sie mit dem Bus bis nach Bankstown gefahren wäre, hatte er ihr angeboten, sie zu Hause abzusetzen.

Die Fahrt war wunderbar gewesen, und er war so langsam wie möglich gefahren, damit er möglichst lange mit seiner Angebeteten zusammen war. Sie hatten sich angeregt unterhalten, und sie hatte ihm von ihrer Familie erzählt: von ihrem älteren Bruder Mischa, ihrem Bruder Illya, der ein Jahr jünger war als sie, ihrer Mutter Tilda und ihrem Vater Vladimir, der in seinem Heimatdorf in der Ukraine Lehrer gewesen war. Vladimir war 1960 nach Australien emigriert, doch hatte man seinen Universitätsabschluss nicht anerkannt, und da er nur gebrochen Englisch sprach, hatte er auf dem Bau angeheuert. Ihre Mutter Tilda, deren Englisch Elissa zufolge auch heute noch sehr dürftig war, arbeitete noch immer für den Mindestlohn in der Bekleidungsindustrie. Ihre drei Kinder hatten sie allerdings so erzogen, dass aus ihnen allen etwas Besseres geworden war. Mischa war Ingenieur, Illya studierte Politik und Journalismus, und Elissa hatte eine Ausbildung als Sekretärin absolviert und inzwischen fast genug für die Anzahlung einer eigenen Wohnung gespart.

Es war Elissa deutlich anzumerken gewesen, dass es sie mit Stolz erfüllte, dass ihrer Familie die Integration in die neue Heimat gelungen war. Vielleicht war das der Grund für ihren ausgeprägten Sinn für Unabhängigkeit, für den Joel die größte Bewunderung empfand.

Dann aber stieß Joel ein dumpfes Knurren aus, denn seine Gedanken kehrten in die Gegenwart zurück. Er brauchte einen oder besser eine Reihe anständiger Drinks. Doch die mussten warten, denn er musste schon in einer Stunde bei Professor Grebeveski sein.

»Du guckst heute aber ganz schön finster. Was ist los?«, wollte Elissa von ihm wissen, kaum dass er an seinem Schreibtisch saß.

Ihr blieb nie etwas verborgen, dachte er. Sie hatte nicht nur eine spitze Zunge, sondern auch einen scharfen Blick. »Nichts Besonderes. Ich bin nur bei einer Prüfung durchgefallen, das ist alles.«

»Das ist alles«, ahmte sie ihn spöttisch nach. »Das ist ja wohl ziemlich viel. Hattest du dafür gelernt?«

»Ein bisschen.« Vergeblich hoffte er, dass sie Mitleid mit ihm haben würde, wenn sie sein halb jungenhaftes, halb schuldbewusstes Grinsen sah.

»Ein bisschen ist eindeutig nicht genug. Meine Güte, Joel, du bist fast am Ziel. Ich an deiner Stelle würde bis zum Umfallen lernen, um die Prüfungen möglichst mit Auszeichnung zu bestehen.«

»Du bist aber nicht an meiner Stelle«, fauchte er sie böse an. »Weißt du, ich stehe furchtbar unter Druck …«

»Oh, erspar mir dein Gesülze!« Sie bedachte ihn mit einem kühlen Blick. »Der arme kleine, reiche Junge hält den Druck nicht aus. Weißt du, was du für ein Glück hast, weil du nicht nur das Hirn, sondern auch das Geld für dieses Studium hast? Es gibt jede Menge junger Leute, die alles dafür geben würden, in deiner Position zu sein. Und was machst du daraus? Jammerst wegen einer nicht bestandenen Prüfung, obwohl es deine eigene Schuld gewesen ist, dass du durchgefallen bist.«

»Elissa, Elissa.« Angelockt durch den Lärm, kam Harry Grebeveski aus seinem Büro. »Seien Sie unserem Joel gegenüber nicht so hart.« Dann wandte er sich an den jungen Mann, bemerkte dessen unglücklichen Blick und sah, dass weniger die vermasselte Prüfung als Elissas scharfer Angriff der Grund für seine Misere war. »Sie können diese Prüfung doch bestimmt wiederholen, oder?«

»Wenn der Dekan der Fakultät mich lässt.« Joel hatte immer noch an Elissas mangelndem Mitgefühl zu knabbern. Ihre Worte hatten ihn vor allem deshalb so verletzt, weil sie die Wahrheit gesagt hatte und weil man die Wahrheit manchmal einfach schwer ertrug. Er hatte wirklich Glück, hatte immer Glück gehabt, bis auf das eine Mal, als … als … sein Vater … Joel schüttelte den Kopf, drängte die aufsteigende Traurigkeit zurück und fuhr sich mit der Zunge durch den trockenen Mund. Er würde einen Mord für einen Drink begehen. Alkohol betäubte, wenn auch nur vorübergehend, den Schmerz über das Versagen und über die Schuld, an der er trug. Himmel, vielleicht war er ein Glückspilz, aber er war eben auch schwach. Es gab Menschen, die hatten viel Schlimmeres erlebt und bekamen ihr Leben trotzdem auf die Reihe, ohne sich auf die Krücke Alkohol zu stützen, von der er so abhängig war. Warum nur schaffte er das nicht?

Er stand so eilig auf, dass die Beine seines Stuhls über den Boden scharrten. Er hielt es nicht mehr aus, das Verlangen nach einem Drink und nach dem Vergessen war einfach zu groß. »Ich muss gehen.«

»Aber du bist doch eben erst gekommen«, stellte Elissa richtig fest. »Du und der Professor habt noch alle Hände voll zu tun.«

Er spürte, dass sie ihn so durchdringend ansah, als hätte sie die Fähigkeit, ihm hinter die Stirn und geradewegs ins Herz zu sehen. Das machte ihm Angst. Vielleicht sähe sie ja hinter der Fassade den Mann, der er wirklich war. Doch das hielte er nicht aus, denn sie würde ihn bestimmt verachten, weil sie selbst so stark und er ein solcher Schwächling war. »Ich muss noch was erledigen.« Er fuhr sich mit dem Handrücken über den trockenen Mund. »Ich – das kann unmöglich warten.«

»Wir können die Papiere auch später irgendwann durchgehen«, murmelte der Professor entgegenkommend.

»Dann solltest du wohl besser gehen«, meinte Elissa kühl und wandte sich wieder ihrem Computer zu, als wäre er schon nicht mehr da.

Joel ging direkt ins *Doncaster*, weil das die der Uni am nächsten gelegene Kneipe war. Das erste und das zweite Bier trank er jeweils in einem Zug, und als er vor seinem vierten Glas am Tresen saß, setzte langsam die Entspannung ein. Der Alkohol tat seine Wirkung und trübte sogar die Erinnerung an Elissas missbilligenden Blick.

Als er das fünfte Bier bestellte, kam Elissa in die spärlich besuchte Bar marschiert und schwang sich auf den Hocker neben ihm.

»Ich war mir nicht ganz sicher, wo ich dich finden würde, deshalb war ich erst im *Castellorizian* und dann im *White Horse Hotel*. Als ich deine Corvette in der Anzac Parade stehen sah, wusste ich, du bist hier«, erklärte sie ein wenig atemlos, als wäre sie gerannt.

»Ich glaube, es ist besser, wenn du wieder gehst«, antwortete Joel, griff nach seinem Glas und hätte es in seiner Hast beinahe umgekippt. Er war ein stiller, grüblerischer Trinker und hatte sein Ziel, alles zu vergessen, halb erreicht.

Elissa presste nachdenklich die Lippen aufeinander. »Das könnte ich natürlich tun, nun, da ich weiß, was für einen wichtigen Termin du hast. Es wäre auf jeden Fall das Schlaueste, wenn ich einfach gehen und dich weiter saufen lassen würde.« Sie legte eine Hand auf den Ärmel seiner Jacke und fuhr mit sanfter Stimme fort. »Aber ich will dir helfen, Joel.« Sie sah ihm ins Gesicht, während ein Viertel seines Biers durch seine Kehle rann.

»Scheiße, Elissa, mir kann niemand helfen.« Er wandte sich ihr zu und während eines Augenblicks waren ihm seine Seelenqualen überdeutlich anzusehen. »Dafür ist es längst zu spät. Verschwinde also einfach und lass mich weiter tun, was ich tun muss.«

Sie zuckte zusammen, als sie seine betrunkene Stimme hörte, reckte dann aber das Kinn. »Joel, du musst das hier nicht tun. Du kannst diese« – sie wählte das nächste Wort sorgfältig aus – »diese Abhängigkeit bekämpfen. Lass mich dir dabei helfen, ja?«

»Warum solltest du mir helfen wollen?«, fragte er sie und blinzelte sie aus verschwommenen Augen an.

Elissa atmete tief ein. »Weil ich dich gern habe. Weil mir nicht egal ist, was mit dir passiert.«

Ihre Offenheit – die so typisch für sie war – brachte ihn dazu, sein Glas noch einmal wegzustellen und sie forschend anzusehen. »I-ist dir klar, was du da sagst? Auf was du dich da vielleicht einlässt?« Er schüttelte verblüfft den Kopf, griff aber gleichzeitig erneut nach seinem Glas. »Ich bin die Mühe ganz bestimmt nicht wert.«

»Du wirst sie wert sein«, widersprach sie ihm. »Wenn du willst, trink dieses Bier noch aus, aber dann werden wir gehen. Der Professor hat mir für den Rest des Tages freigegeben, und wir werden einen schönen, langen Spaziergang durch den Centennial Park machen, damit du wieder nüchtern wirst und mir erzählen kannst, was für ein Problem du wirklich hast.« Sie legte eine Hand an sein Gesicht und zwang ihn, sie anzusehen, ehe sie ihn fragte. »Kannst du das, Joel?«

»Ich weiß nicht«, erwiderte er ehrlich, was ihr aber seltsamerweise zu genügen schien. »Ich werde es versuchen.«

Mit einem Ordner unter dem linken Arm lief Earl Conway im Dunkeln die Treppe zu Lenny Konvacs' Haus hinauf. Donger ließ ihn herein und erklärte ihm, dass Lenny gerade in der Küche beim Abendessen saß.

Lenny hob den Kopf von seiner Mahlzeit, als Earl den Raum betrat. Er wusste, dass Earl vor der Arbeit niemals etwas aß, und bot ihm deshalb auch gar nicht erst etwas zu essen an. »Hi, Earl, wenn du einen Kaffee willst, bedien dich.«

»Danke.«

Earl holte sich einen Kaffee, nahm Lenny gegenüber Platz und sah ihm einen Augenblick beim Essen zu.

Während Lenny sich an seinem Rumpsteak mit Pommes Frites und Salat gütlich tat, erklärte Earl mit seinem eleganten britischen Akzent: »Ich habe die Informationen, die du haben wolltest. Sie sind ziemlich umfangreich.«

Lenny sah beeindruckt aus. »Das ging aber schnell.« Er schnitt sich das nächste Stück von seinem Rumpsteak ab, piekste es zusammen mit einem Kartoffelstück auf die Gabel, schob es sich in den Mund und fing an, gleichmäßig zu kauen.

»War auch nicht besonders schwer. Das Leben dieser jungen Frau ist wie ein offenes Buch.« Earl schob ihm den Ordner hin.

Plötzlich hatte Lenny keinen Hunger mehr. Er stellte seinen Teller beiseite, schlug neugierig den Ordner auf, studierte sorgfältig den Inhalt und prägte sich alles Wichtige ein. Michaela war genauso eine Klasse-Frau wie ihre Mutter, über die er schon seit Jahren regelmäßig in den Sonntagszeitungen las. Lenny legte großen Wert auf die Lektüre guter Zeitungen und Bücher, obwohl er als jüngster von vier Söhnen einer hart arbeitenden, viel zu früh verstorbenen Mutter und eines vielleicht nicht geliebten, so doch wegen seiner Ellenbogenstärke respektierten Vaters nur in einem bescheidenen Reihenhäuschen in Zetland aufgewachsen war. Sein Vater Bert hatte die Statur eines Zugochsen gehabt und während eines Großteils seines Arbeitslebens schwere Fässer für Reschs Brauerei von Pub zu Pub geschleift, bis er mit dreiundfünfzig Jahren einfach umgefallen war. Der frühe Tod des Vaters hatte Lenny – er war damals erst siebzehn – in dem Entschluss bestärkt, es – egal, auf welchem Weg – zu etwas zu bringen, denn sonst hätte die Plackerei des kleinen Mannes ganz bestimmt auch ihn zu früh ins Grab gebracht.

Damals hatte er seinen Kumpel kennengelernt.

Während eines Augenblicks schweiften seine Gedanken von dem Ordner und von Michaela ab. Er hatte den Menschen schon immer gern Spitznamen gegeben, so auch seinem Kumpel. Weil der Kerl schon damals, als ihre Väter noch Bierfässer ausgefahren hatten, sein Kumpel gewesen war. Und auch Donger hieß nicht wirklich Donger, sondern trug diese sehr flapsige Bezeichnung für das männliche Geschlechtsteil, weil sein langer, dicker Zinken aussah wie ein Schwanz. Und der oberste Taktiker im Team hieß in Wahrheit Reginald. Weil er aber dank einiger Nebenrollen an Londoner Theatern wie ein Mitglied des britischen Oberhauses sprach und bis zu seiner unehrenhaften Entlassung bei der Armee gewesen war, hatte Lenny ihm den Namen Earl verpasst.

Lenny sah Earl an. »Und das mit der Erbschaft und der Fliegerei ist auch sicher richtig? Wie hast du das herausgefunden?«

Earl setzte ein selbstzufriedenes Grinsen auf. »Das war das reinste Kinderspiel. Ich bin zu ihrem Haus gefahren, habe behauptet, ich wäre von den Stadtwerken und müsste überprüfen, ob es irgendwo ein Leck in den elektrischen Leitungen gibt. So ähnlich machen wir es schließlich auch, wenn wir uns vor einem Einbruch in einer Hütte umsehen. Dann habe ich mich mit der Haushälterin unterhalten. Sie heißt Daphne und hat die Klappe beinahe nicht mehr zugekriegt. Falls es dich interessiert, das Haus wäre genau das Richtige für uns. Die Security dort ist der reinste Witz und Daphne und ihr Mann haben eine Wohnung am Ende des Grundstücks, sie bekommen also ganz bestimmt nicht mit, wenn vorne was passiert. In der Hütte stehen jede Menge Antiquitäten, Lenny, und sicher hat die alte Dame, Michaelas Mum, die im Augenblick im Urlaub ist, im Arbeits- oder Schlafzimmer auch einen Safe. Als reiche Tante hat sie sicher jede Menge hübschen Schmuck. Allerdings haben sie einen Hund, und der ist nicht besonders nett. Er hat sogar versucht, mich zu beißen, als ich durch die Tür gekommen bin.«

»In das Haus geht keiner rein«, erklärte Lenny ihm entschieden. »Falls es auch noch andere lohnende Häuser in der Straße gibt, macht euch dort ruhig an die Arbeit, aber von der Nummer zweiundfünfzig haltet ihr euch fern.«

»Okay. Ich wollte es ja nur erwähnen.«

»Danke.« Lenny stand auf und nahm den Ordner mit ins Schlafzimmer, um ihn später noch einmal in aller Ruhe durchzugehen. Die schwarzen Kleider für den abendlichen Job und das Schulterhalfter für den 38er Revolver lagen schon auf seinem Bett bereit.

Um halb elf erschien der Rest der Earl'schen Gruppe und Earl ging den abendlichen Einsatz noch mal kurz mit ihnen durch.

»Die Lagerhalle wird von zwei Männern bewacht. Hunde gibt es nicht. Als Erstes schnappen wir uns den Mann, der in dem kleinen Häuschen direkt neben dem Haupttor sitzt. Wir ziehen ihn aus dem Verkehr, fesseln ihn und nehmen ihm die Schlüssel für die Lagerhalle ab.

Der zweite Wachmann sitzt in einem Raum neben dem Büro. Die Männer sollen jede Stunde eine Runde durch und um die Halle drehen, aber die beiden Typen heute Abend sind ziemlich faule Hunde.« Er sah Lenny mit einem verschwörerischen Grinsen an. »Ich habe die beiden mit dem Nachtsichtgerät beobachtet, als sie ein paar Sachen aus dem Lager in die Kofferräume ihrer Autos geladen haben, als niemand in der Nähe war. Wir können also davon ausgehen, dass sie sich nicht allzu heftig wehren werden, wenn dort eingebrochen wird.«

»Nachdem wir die beiden aus dem Verkehr gezogen haben, kommt Tomas mit dem ersten Lkw. Die Wache vorn am Tor muss sich alle zwei Stunden bei ihrem Vorgesetzten melden, wir haben also genau eine Stunde und fünfundfünfzig Minuten Zeit. Danach lassen wir einen der beiden Männer Meldung in der Zentrale machen, dass alles in Ordnung ist, und dann hauen wir ab.«

»Warum lassen wir den Kerl nicht Meldung machen und räumen dann das Lager weiter aus? Warum müssen wir dann sofort weg?«, wollte Donger wissen.

»Direkt neben der Lagerhalle ist eine Großbäckerei. Ab halb vier tauchen dort die ersten Angestellten auf. Und wenn einer von denen mitbekommen würde, dass wir um diese Uhrzeit einen Lkw beladen, riefe er vielleicht die Polizei.«

»Earl hat recht. Wir haben eine Liste von meinem Kumpel, auf der die Sendungsnummern stehen. Packt also nur die Kisten mit den betreffenden Nummern ein, und dann kommt ihr auf einen Drink ins *Seaman's Drift*«, wies Lenny seine Leute grinsend an. Earl war ein ausgezeichneter Stratege und hatte sein handverlesenes Team so gut ausgebildet, dass bei seinen Coups immer alles wie am Schnürchen lief.

»Und was wird dein Kumpel machen, Lenny?« Donger sah ihn fragend an.

»Er wird draußen Wache schieben. Wir holen ihn auf dem Weg zur Lagerhalle ab, drücken ihm das Walkie-Talkie des Wachmanns in die Hand und du kannst ihn im Auge behalten, während du gleichzeitig das Ausräumen der Halle überwachst.«

Donger runzelte die Stirn. »Ich verstehe nicht, warum wir ihn überhaupt mitnehmen müssen.«

»Das müssen wir ja gar nicht«, antwortete Lenny gut gelaunt. »Ich will einfach, dass er sich auch die Hände schmutzig macht, damit er uns nicht verpfeifen kann, ohne dass er dadurch selbst untergeht.«

Donger und die anderen Männer nickten, die Logik ihres Bosses leuchtete ihnen ein.

Wie schon die vorherigen Ashworths-Coups verlief auch dieser Einbruch wie geplant. Auch wenn Lennys Kumpel so nervös war, dass er sich vor allen anderen blamierte, indem er sich mitten im Wachhäuschen übergab.

11

Als Caroline und Michaela um sieben Uhr dreißig am Morgen nach dem Einbruch zu der Lagerhalle kamen, sahen sie, dass Boris Jakelic mit einem Polizisten, wahrscheinlich dem Ermittlungsleiter, sprach. Sie wussten von der Polizei, dass es um sechs Uhr einen Alarm gegeben hatte, und inzwischen wimmelte es auf dem Grundstück nur so von Lagerarbeitern und Beamten des Einbruchsdezernats.

Um neun hatte die Polizei zusammen mit den Angestellten festgestellt, wie der Einbruch abgelaufen und was alles gestohlen worden war, und Boris kam ins Hauptbüro und erstattete den beiden Frauen sowie Warren Tremayne, der inzwischen ebenfalls erschienen war, Bericht.

»Die Polizei geht davon aus, dass es das Werk von Profis war, die diesen Coup geplant haben. Jemand muss die Lagerhalle ausgekundschaftet haben, denn sie wussten genauestens über die Arbeitsweise unserer Wachmänner Bescheid. Außerdem war offenbar jemand aus dem Unternehmen an dem Raub beteiligt, denn sie wussten ebenfalls, was in welchen Kisten war, und haben nur die Dinge mitgenommen, die man problemlos auf dem Schwarzmarkt loswird. Im Lauf der Jahre hat die Polizei bereits mit einer ganzen Reihe ähnlicher Einbrüche zu tun gehabt, die Schuldigen aber bisher noch nicht gefasst. Allerdings haben sie ein paar Verdächtige, und die werden sie jetzt erst mal überprüfen.«

»Wurde einer der Wachleute verletzt?«, fragte Caroline.

»Der Mann, der in dem Wachhaus saß, hat eine ziemlich dicke Beule. Sie haben ihm von hinten eins über den Schädel gegeben, bevor er gefesselt und geknebelt worden ist. Der Mann aus der Lagerhalle wurde nur gefesselt und geknebelt«, antwortete Boris ihr.

»Was haben sie alles mitgenommen?«, wollte Warren von ihm wissen.

»Hier.« Boris reichte ihm ein Blatt Papier. »Die Liste ist nicht vollständig, aber der Lagerverwalter meint, sie gäbe einen groben Überblick über die Dinge, für die die Bande Interesse hatte.«

Michaela ging die Liste eilig durch und fragte: »Könnte das dieselbe Bande sein wie die, die auch die anderen Sachen aus der Werft gestohlen hat?«

»Nach Aussage des leitenden Beamten ist das durchaus möglich. Er meint, dass es ein allzu großer Zufall wäre, hätte es plötzlich eine zweite Gang auf die gleichen Sachen abgesehen.«

»Bald muss die Frühjahrskollektion in die Regale, und es dürfte fast unmöglich sein, so kurzfristig Ersatz für die Dinge zu finden, die gestohlen worden sind«, stöhnte Caroline.

»Sobald wir wieder in der Firma sind, berufe ich eine Besprechung der Marketingabteilung ein. Ich will, dass die Leute sofort mit den Bestellungen beginnen, und zwar bei sämtlichen Herstellern, bei denen jetzt noch was zu holen ist«, erklärte Warren entschlossen. »Gott sei Dank haben sie die Halle nicht ganz leer geräumt. Das wäre eine Katastrophe gewesen. So ist die Situation zwar schlimm, aber nicht hoffnungslos.«

Caroline sah Warren lächelnd an. Mit seiner positiven Einstellung erinnerte der Mann sie an den verstorbenen Jack Beaumont. Ihr Stiefvater hatte sich, auch wenn es in seiner Firma einmal schlecht gelaufen war, nicht unterkriegen lassen, sondern immer einen Weg gefunden, auf dem es weitergegangen war. Und das täten sie jetzt auch.

Trotzdem ... als wäre der fallende Aktienkurs des Unternehmens nicht schon schlimm genug.

Nach der Lektüre des Artikels im *Sydney Morning Herald* und nach ihrem Gespräch an Bord des Segelschiffs hatte sich Nick ein wenig umgehört und ein paar beunruhigende Dinge herausgefunden, von denen bisher niemand etwas wusste außer ihm und Caroline. Durch den Überfall von letzter Nacht wurde sie in dem Verdacht bestärkt, dass irgendjemand Unbekanntes – entweder ein Mitglied ihres Unternehmens oder vielleicht ein Außenseiter – Ashworths sabotierte. Wer war der große Unbekannte, und was für einen Zweck verfolgte er mit seinem Tun?

»Ich nehme an, es wird uns nicht gelingen, die Presse aus der Sache rauszuhalten«, stellte Michaela düster fest.

Sie hatte bereits einen Journalisten und einen Fotografen um das Grundstück schleichen sehen. Wahrscheinlich hatte irgendwer sich durch einen Anruf bei der Zeitung etwas nebenher verdient.

»Unglücklicherweise nicht.« Boris zuckte fatalistisch mit den Schultern.

Caroline enthielt sich eines Kommentars, befürchtete jedoch, dass es durch die negativen Schlagzeilen zu weiteren dramatischen Verkäufen ihrer Aktien kam. Sie musste unbedingt mit jemandem über die Dinge sprechen, die Nick herausgefunden hatte. Sonst war es vielleicht zu spät…

Auf der Rückfahrt von der Lagerhalle in die City holte Caroline tief Luft und vertraute sich der Schwester an.

»Nicks Hauptbuchhalter, Vince Lee, hat seine Sache wirklich gut gemacht. Er wäre sicher ein hervorragender Detektiv«, stellte sie trocken fest, bevor sie an die vor Schreck verstummte Michaela weitergab, was Nick ihr berichtet hatte. »Sämtliche Ashworths-Aktien wurden von zwei kleinen, erst vor Kurzem gegründeten Unternehmen aufgekauft: Micronita Pty Ltd. und The Brothers Inc. Vince meinte, keins der beiden Unternehmen hätte einen echten Firmensitz, sondern jeweils nur ein Postfach in der Hauptpost von Sydney und in Strawberry Hills. Zusammen haben die beiden Firmen inzwischen fast fünfzehn Prozent der Aktien aufgekauft.«

»Fünfzehn Prozent! Damit bedeuten sie doch wohl

noch keine wirkliche Gefahr«, antwortete Michaela, obwohl sie merklich weniger lebhaft als gewöhnlich klang. »Vielleicht spekulieren sie ja bloß.«

»Könnte sein«, stimmte Caroline ihr zu. »Mehr als das, was ich dir erzählt habe, konnte Vince nicht über die beiden Firmen in Erfahrung bringen. Wir wissen also nicht, aus welchem Grund sie die Aktien kaufen. Aber du siehst doch wohl auch die mögliche Gefahr, die es für Ashworths bedeuten könnte, wenn noch mehr Aktien auf den Markt geworfen würden? Und infolge der Publicity, die es sicher wegen dieses Einbruchs geben wird, stoßen vielleicht noch mehr Leute ihre Aktien ab. Wenn diese beiden Firmen weiter alles kaufen, könnte ihr Anteil auf bis zu zwanzig Prozent steigen.«

»Na und? Die Beaumonts haben vierzig und die McRaes fünfzehn Prozent. Bisher haben wir, wenn nötig, immer als Einheit abgestimmt und dadurch sämtliche Entscheidungen der Firmenleitung kontrolliert.«

»Ich weiß. Und genau das ist es, was ich nicht verstehe. Was erhoffen sich Mironita und The Brothers von dem Aktienkauf?«

»Wissen sie vielleicht etwas, was wir nicht wissen?«, fragte Michaela künstlich gut gelaunt. »Vielleicht steht unseren Aktien ja in den kommenden zwölf Monaten ein ungeahnter Höhenflug bevor?«

»Das würde ich natürlich gern glauben, aber ich habe dieses ... ich weiß nicht ...« Caroline brach ab, denn sie sprach ihre Befürchtungen nur ungern aus. Dann setzte sie erneut an: »... ich habe dieses ungute Gefühl, dass Ashworths schlimme Zeiten bevorstehen.«

Michaela musste grinsen, die negative Einstellung ihrer Schwester war beinahe amüsant. Nicht mal nach der Trennung von Nick war ihr Caroline so pessimistisch vorgekommen wie in diesem Augenblick. Sie selbst hegte noch den Optimismus aller jungen Menschen und ging davon aus, dass das Unternehmen unzerstörbar war. Die Ashworths'schen Finanzen waren grundsolide, und wenn der Aufsichtsrat ihren Plan zur Verjüngung der Hauptfiliale billigte, würden auch die Aktienpreise sicher wieder ansteigen. Wenn sie eine Spielernatur wäre, ginge sie darauf sogar eine Wette ein. Während sie weiter Richtung Pitt Street fuhren, überlegte sie, dass sie vielleicht ihrerseits die große Schwester ins Vertrauen ziehen sollte.

Also erzählte sie ihr von dem 18-bis-28-Vorhaben, und als Caroline Interesse daran zeigte, nahm sie ihr das Versprechen ab, Stillschweigen zu bewahren, bis sie ihren Vorschlag dem Aufsichtsrat unterbreitet hatte. Dann lud sie Caroline noch in ihr Büro ein und zeigte ihr dort stolz ihren Entwurf.

Wie in jedem Jahr besuchte Michaela auch in diesem Jahr die Flugschau auf dem Militärflughafen in Richmond, die eine wunderbare Abwechslung zu ihrem Arbeitsalltag bei Ashworths bot. Sie war kurzfristig enttäuscht gewesen, weil Leith sie wegen eines wichtigen Termins nicht hatte begleiten können, aber sie würde ihn später zum Abendessen treffen und darauf freute sie sich schon. In Richmond machte es ihr Spaß, sich unerkannt unter die Besucher, die Piloten und die Flugzeughersteller zu mischen, am liebsten aber sah sie sich die neuesten kleinen Modelle verschiedener Flugzeugbauer an.

Während ein paar Flieger zum Vergnügen derer, deren Blicke am Himmel hafteten, ein paar waghalsige Stunts vollführten, spazierte Michaela mit ihrem ehemaligen Lehrer, Rod O'Malley, über eins der Rollfelder, um sich das aktuelle Modell des Lear Jets anzusehen.

»Ich schätze, der ist ein bisschen außerhalb unserer Preiskategorie«, stellte Rod mit einem Grinsen fest.

»Es ist immer schön zu träumen. Aber selbst wenn ich mir diese Kiste leisten könnte, würde ich sie einfach zu selten benutzen, als dass eine solche Ausgabe zu rechtfertigen wäre.«

»Außer, du schmeißt deine andere Arbeit hin und ziehst ein eigenes Flugunternehmen auf.«

Sie grinste ebenfalls, schüttelte aber den Kopf und erklärte dem ein wenig untersetzten, rothaarigen Mann: »Das ist wohl eher unwahrscheinlich.« Sie wusste ganz genau, dass Ashworths ihre Zukunft war.

Dann liefen sie weiter zum nächsten Ausstellungsstück …

Lenny Kovacs bahnte sich mit den Ellenbogen einen Weg in Richtung des rothaarigen Mannes – nach dessen Funktion er sich bereits erkundigt hatte – und der jungen Frau. Er hatte eine Sonnenbrille aufgesetzt und konnte Michaela Beaumont ungehindert betrachten, während er auf sie zuging. Gott, in dem mitternachtsblauen Hosenanzug und dem langen, weißen Seidenschal sah sie einfach fantastisch aus. Durch den Anzug, der ihr offenkundig auf den Leib geschneidert war, wurden ihre phänomenalen Rundungen vorteilhaft betont. Was für eine Figur! Er sehnte sich so sehr danach, sie endlich zu berühren, dass seine Finger anfingen zu zittern. Eilig stopfte er die Hände in die Hosentaschen, damit niemand das verräterische Zucken sah.

Eines Tages … mit eiserner Willenskraft unterdrückte er die Reaktion auf ihren Anblick, aber, Gott, er war so hart, dass es kaum noch auszuhalten war.

Bei einem nochmaligen Besuch in der Waratah Avenue

hatte Earl von der schwatzhaften Haushälterin erfahren, dass Michaela dieses Wochenende auf der Flugschau wäre und dass sie dort meistens mit ihrem Fluglehrer zusammen war. Earl hatte der Haushälterin sogar den Namen dieses Kerls entlockt, und Lenny hatte schon mit diesem O'Malley telefoniert und unter dem Vorwand, dass er einen kleinen Flieger bräuchte, um damit ein paar kleine Städte in der Umgebung zu besuchen, ein Treffen auf der Flugschau vereinbart.

Während er sich Michaela und O'Malley näherte, stieß er ein amüsiertes Knurren aus. Manchmal war er selbst über das Ausmaß seiner Gerissenheit erstaunt. Kleine Flugzeuge und andere enge Räume erinnerten ihn allzu sehr an die enge Zelle, in der er jahrelang gesessen hatte, und weckten deshalb eigentlich ein Gefühl der Übelkeit in ihm. Die von ihm geplanten Flüge boten ihm aber die Möglichkeit, Michaela offiziell vorgestellt zu werden, und wenn er alles richtig machte, hätte Lenny Kovacs, der wohlhabende Geschäftsmann und grundanständige Kerl, sie zukünftig des Öfteren für sich allein. Er fing leise an zu lachen. Nicht viele seiner Leute und auch nicht viele Gauner, die er kannte, hätten ihn als anständigen Kerl bezeichnet, doch wenn er diese Rolle spielen musste, um bei ihr zu punkten, würde er das tun.

»Rod O'Malley?«, fragte er, als er vor den Mann und Michaela trat. »Ich bin Lenny Kovacs. Wir haben gestern miteinander telefoniert.« Er schüttelte kraftvoll die ihm angebotene Hand.

Michaela wandte sich zum Gehen. »Tschüs, Rod. Wir sehen uns dann später.« Sie wollte die beiden Männer ihren Geschäften überlassen und musste sowieso allmählich zurück in die Stadt, weil sie mit Leith zu einem späten Dinner verabredet war, worauf sie sich schon freute. Leith war einfach ein Mann, der sich schwerlich, nein, unmöglich längerfristig aus ihren Gedanken verdrängen ließ.

»Sind wir uns nicht schon mal begegnet, Miss…?«, fragte Lenny in bemüht lässigem und zugleich neugierigem Ton. Er wollte sie am Arm berühren, ließ es dann aber lieber sein. Das wäre zu persönlich und zu schnell gewesen, dachte er. »Ich bin mir sicher, dass wir uns schon mal gesehen haben. Aber ich weiß nicht mehr, wo.«

Michaela würdigte den untersetzten Mann in dem gut geschnittenen, dreiteiligen Anzug eines zweiten Blickes, schüttelte dann aber den Kopf. »Ich glaube nicht.«

Lenny tat, als denke er darüber nach. »Ja, genau, jetzt fällt es mir wieder ein. Vor ein paar Wochen sind wir in der Pitt Street in der Nähe des Ashworths zusammengestoßen. Sie und Ihr Begleiter wollten ins Theater. Wenn ich mich recht entsinne, haben Sie sich am Knöchel wehgetan. Ich bin Lenny Kovacs. Ich hatte Ihnen meine Visitenkarte überlassen.«

Michaela durchforstete ihre Erinnerung. Ach ja! Das war bei ihrem ersten Date mit Leith gewesen. Vor der Aufführung im Royal und dem anschließenden üppigen Mahl im Regent. Sie hatten einen wunderbaren Abend miteinander verbracht und sich hervorragend verstanden, weshalb es nur der Auftakt einer ganzen Reihe von Verabredungen gewesen war, bei denen die sexuelle Spannung inzwischen mit Händen greifbar war.

Bereits bei der Erinnerung daran wurde ihr siedend heiß, doch mit einem innerlichen Stöhnen zwang sie ihre Gedanken in die Gegenwart zurück. Jetzt konnte sie sich an den kleinen Mann erinnern. Er hätte sie beinahe umgerannt, und Leith war außer sich gewesen, weil er befürchtet hatte, sie hätte sich ernstlich wehgetan. Wie süß von ihm! »Oh, jetzt fällt es mir wieder ein.«

»Und Ihr Knöchel ist okay?«

»Was?« Sie runzelte die Stirn, denn in Gedanken war sie immer noch bei ihrem ersten Rendezvous. »Ja, natürlich. Kein Problem.«

»Gut. Sind Sie etwa Flugschülerin?«

»Michaela hat den Flugschein schon seit fast zwei Jahren in der Tasche«, antwortete Rod und sah Michaela grinsend an. »Sie ist eine ausgebildete Pilotin und hat schon gut hundertfünfzig Flugstunden hinter sich.«

»Ach, tatsächlich?« Lenny zog eine seiner Brauen in die Höhe und wollte von ihr wissen: »Darf ich Sie Michaela nennen?«

»Warum nicht«, meine sie gleichmütig, während sie sich fragte, weshalb sie ihre Zeit mit diesem unwichtigen Kerl vertat, statt auf dem Weg zu Leith zu sein.

»Wissen Sie, ich brauche nicht nur eine Maschine, sondern auch jemanden, der sie für mich fliegt«, improvisierte Lenny. »Vielleicht hätten Sie ja Interesse, da Sie schließlich ausgebildete Pilotin sind?«

»Auf die Art könntest du weiter Flugstunden sammeln, Michaela«, unterstützte Rod unwissentlich Lennys Plan.

»Ich glaube nicht … ich kann nur am Wochenende fliegen, und eigentlich wollte ich eher selbst ein Flugzeug chartern, bis ich mir selbst eins kaufen kann.«

Lenny nutzte seine Chance. »Das ist genau das, was ich brauche. Genau wie Sie habe ich während der Woche viel zu viel zu tun. Deshalb wäre es mir gerade recht, jemanden zu haben, der mich an den Wochenenden fliegen kann.« Er wandte sich an Rod. »Wir würden also sozusagen zwei Fliegen mit einer Klappe schlagen. Rod könnte meiner Firma das Flugzeug vermieten, und Sie könnten mich, sagen wir, jedes zweite Wochenende durch die Gegend fliegen. Und wenn ich den Flieger mal nicht bräuchte, könnten Sie ihn einfach nehmen. Denn sonst stünde er ja nur herum. Was sagen Sie dazu?«

Auch wenn Michaela immer noch argwöhnisch war, hatte er ihre Neugier doch geweckt. »Ich bin mir nicht sicher, Mr …?«

»Nennen Sie mich einfach Lenny, das machen nämlich alle. Sie wollen weitere Flugstunden sammeln und brauchen dafür einen Flieger. Und ich brauche eine Maschine und vor allem jemanden, der sie für mich fliegt. Also wäre das in meinen Augen für uns beide ein durchaus gutes Geschäft«, warf er ihr den Köder mit einem entwaffnenden Lächeln hin.

Trotzdem schüttelte sie abermals den Kopf. Sie kannte diesen Typen schließlich nicht. Vielleicht war er verrückt oder pervers, und sie wäre ganz allein mit ihm in der Luft.

Offenkundig waren ihr ihre Gedanken deutlich anzusehen, denn Lenny blickte sie mit einem warmen Lächeln an. »Hören Sie, Michaela, ich kann Ihr Zögern gut verstehen. Schließlich bin ich für Sie ein völlig Fremder. Denken Sie einfach in aller Ruhe über meinen Vorschlag nach und dann treffen wir uns auf einen Kaffee und Sie sagen mir, ob Sie einverstanden sind. Hier ist meine Karte. Lassen Sie mich ruhig durch Ihre Sekretärin oder Ihren Freund – den Mann, mit dem Sie im Theater waren – überprüfen! Dann werden Sie ja sehen, dass ich ein seriöser Geschäftsmann bin.« Ihm war bekannt, dass Danvers Anwalt war, doch sein Alias als Geschäftsführer der Plan Early Pty Ltd hielte einer normalen Überprüfung sicher stand.

Er setzte ein gönnerhaftes Lächeln auf. Er war ein derart guter Schauspieler, dass seine Bekannten manchmal sagten, er hätte seine wahre Berufung verfehlt, weil er nicht zur Bühne gegangen war. Dort aber hätte er niemals genug verdient, um das Leben so zu führen, wie es ihm gefiel. Außerdem, wenn Michaela erst erführe, dass er »leitender Direktor eines angesehenen Unternehmens« war, und sein Haus in Tamarama sähe, würde sie ihm sicher glauben, dass er alles andere als ein Hungerleider war.

»Mal sehen, Mr Kovacs«, antwortete sie, wandelte aber die Anrede, als sie sein Stirnrunzeln bemerkte, in ein persönlicheres »Lenny« ab. Dann warf sie einen Blick auf ihre Uhr und fügte, an ihn und Rod gewandt, hinzu. »Jetzt muss ich aber wirklich los.«

Sie wandte sich zum Gehen und beide Männer sahen ihr hinterher.

Lenny war zufrieden, weil das erste Treffen mit der Frau seiner Träume gut verlaufen war. Wenn sie sich das nächste Mal begegneten, würde sie auf alle Fälle wissen, wer er war. Er stand in dem Ruf, ein hervorragender Taktiker zu sein, und im Augenblick verwandte er den Großteil seiner Energie auf die geplante Verführung von Michaela Beaumont. Sie war eine wunderbare Frau – und er wusste, dass es dauern würde, ihr Vertrauen zu gewinnen, doch er hatte, wenn es nötig war, eine beinahe unendliche Geduld.

Sie kam zu spät ins Restaurant, denn der Verkehr hatte sich von der Windsor Road bis in die Innenstadt gestaut. Leith wartete schon an dem Tisch, an dem sie immer saßen. In einer abgeschiedenen Ecke, wo einen die anderen Gäste kaum sahen. Der Empfangschef, der sie bereits kannte, lächelte ihr freundlich zu und führte sie sofort an den Tisch.

»Tut mir leid«, entschuldigte sich Michaela, wütend auf sich selbst, weil sie es hasste, unpünktlich zu sein, und nahm Leith gegenüber Platz. »Der Verkehr war einfach grauenhaft.«

»Kein Problem«, gab er mit zuckenden Mundwinkeln zurück. »Es gefällt mir, wenn du einen *Auftritt* hast. Dann fliegen deine Haare, du bist ein wenig atemlos und deine Augen blitzen. Glaub mir, dafür lohnt es sich, etwas zu warten.«

Sie sah ihn fragend an. Manchmal war sie sich nicht sicher, ob er etwas ernst meinte oder vielleicht nur scherzte. Er hatte einfach das Talent, sie aus dem Gleichgewicht zu bringen, was für sie im Umgang mit einem Mitglied des anderen Geschlechts eine völlig neue Erfahrung war. Er rief alle möglichen verwirrenden, herrlichen, gleichzeitig jedoch beängstigenden Gefühle in ihr wach. Wie in diesem Augenblick. Ihr Herz fing an zu rasen, sie spürte, wie ihr eine heiße Röte in die Wangen stieg und dass ein nervöses Kribbeln über ihren Rücken rann – was sie als höchst beunruhigend, aber auch … aufregend empfand.

Um die Spannung zu vertreiben, fragte sie: »Und, wie war dein Termin?«

»Zum Glück ist alles so gelaufen wie geplant.« Er drückte ihr die Speisekarte in die Hand. »Hunger? Worauf hast du Appetit?«

Auf *dich!* Beinahe hätte sie das laut gesagt, hielt sich aber gerade noch rechtzeitig zurück. Abermals entsetzt von ihrer Reaktion auf diesen Mann, studierte sie die Speisekarte, als gäbe es nichts Interessanteres für sie. Reiß dich zusammen, Mädel, schalt sie sich.

»Und wie war dein Tag?«, fragte Leith.

»Gut. Ich habe mich mit Rod O'Malley, meinem ehemaligen Fluglehrer, getroffen. Es ist immer schön, ihn zu sehen.« Allmählich fing sie an, sich zu entspannen, und sah Leith lächelnd an. »Wir haben uns ein paar kleine

Flugzeuge angesehen, auch wenn mir noch das Geld für einen eigenen Flieger fehlt… Und dann habe ich diesen seltsamen kleinen Mann getroffen, diesen Lenny Kovacs. Er hat mir ein Angebot gemacht.«

Leith zog fragend beide Brauen hoch. »Was für ein Angebot?«

Der Ober kam, und sie bestellten jeder ein Hauptgericht und zusammen eine Flasche Chardonnay.

»Er ist ein Geschäftsmann, ich glaube, er hat mit Immobilien oder so zu tun. Er will mehrere Städte in der Umgebung besuchen, um zu gucken, ob er dort vielleicht ein Einkaufszentrum oder irgendwelche Häuser bauen kann. Es klang alles etwas vage, aber Rod meinte, dass ich auf diese Art die Zahl meiner Flugstunden erhöhen kann.« Sie musterte ihn verstohlen. Gott, er sah einfach unglaublich… sexy aus! »Ummm, so wie die Dinge momentan bei Ashworths stehen, habe ich nur selten die Gelegenheit zu fliegen.«

»Du solltest den Mann erst mal überprüfen.«

»Das hat er mir selbst schon vorgeschlagen«, antwortete sie. »Ich dachte, dass vielleicht du…«

»Natürlich, jederzeit. Gib mir einfach seinen Namen und seine Adresse.« Dann legte er beinahe beiläufig die Hand auf ihren Arm. »Aber genug von deinem Mr Kovacs. Lass uns über etwas anderes reden. Zum Beispiel über uns.«

»Was ist mit uns?« Sie hoffte, dass er ihr nicht ansah, wie nervös sie plötzlich wieder war. Er hatte sie wieder völlig aus dem Gleichgewicht gebracht.

»Ist dir klar, dass dies schon unser siebtes Date ist und dass es bisher noch nicht den allerkleinsten Streit zwischen uns gegeben hat?«

»Oh!« Hatte er ihre Verabredungen etwa gezählt?

»Haben wir uns nicht letztes Mal darüber gestritten, wer das Essen zahlt?«

Er sah sie grinsend an. »Das war kein echter Streit, sondern einfach eine … angeregte Diskussion. Das zählt also ganz sicher nicht.«

Sie fing an zu lachen. Himmel, er war Anwalt, wie groß war also ihre Chance, als Siegerin aus einem Wortgefecht mit ihm hervorzugehen? »Musst du immer gewinnen?«, forderte sie ihn trotzdem heraus.

»Ich bin Anwalt, und es gehört zu meinem Job, dass ich gewinnen will.«

Als ihr Essen kam, verstummten sie und machten sich hungrig über die servierten Köstlichkeiten her. Michaela dachte über Leiths Bemerkung nach, dass er als Anwalt gern gewann. Damit hatte er ganz sicher nicht nur seinen Job gemeint. Und ganz sicher war ihm klar, dass auch sie gern gewann. Die ganze Sache, dachte sie und legte ihr Besteck auf ihrem Teller ab, würde also sicher noch ausnehmend … interessant.

Es war überraschend leicht, Michaela in seine Wohnung einzuladen, merkte Leith. Um nicht übereifrig zu erscheinen, hatte er bisher von einer Einladung in seine eigenen vier Wände abgesehen. Jetzt aber öffnete er seine Wohnungstür und trat höflich einen Schritt zurück.

In dem gemütlichen Café unweit der Bourke Street, in dem sie gegessen hatten, hatte sie sich beinahe ausgelassen mit ihm unterhalten, und er hoffte, ihre fortgesetzte Fröhlichkeit wäre ein Zeichen dafür, dass ihre Beziehung – nicht, dass sie schon eine wirkliche Beziehung hatten, obwohl sich die starke, beinahe animalische gegenseitige Anziehungskraft einfach nicht mehr leugnen ließ – in eine neue Phase eingetreten war.

Leith verfolgte, wie sie durch das geräumige Wohn-Ess-Zimmer spazierte, die Möbel und die Dekoration des Raums studierte und dann vor die breite Fensterfront trat, die sowohl bei Tageslicht als auch im Dunkeln einen wunderbaren Ausblick auf die Skyline von Sydney bot.

»Kaffee?«, fragte er.

»Gern«, antwortete sie, ohne sich zu ihm umzudrehen.

Er ging in die neben dem Essbereich gelegene kleine Küche, stellte die Kaffeemaschine an, kehrte ins Wohnzimmer zurück und stellte sich neben sie.

»Die Aussicht ist wirklich phänomenal«, stellte sie mit einem Seufzer fest.

»Das ist sie.« Er wusste, dass sie wusste, dass er nicht aus dem Fenster blickte, sondern auf sie. Er war ihr derart nahe, dass er das Parfüm einatmen konnte, das sie immer trug. Was war es noch einmal? Sie hatte es ihm einmal erzählt. Ja, genau, *Byzance*. Es war fast so etwas wie eine Signatur, wie eine Visitenkarte ihrer Persönlichkeit. Der Duft war ebenso bemerkenswert, verführerisch und leicht wie sie. Leith verspürte einen süßen Schmerz, weil er ihr so nahe stand, dass er nur die Arme hätte ausstrecken brauchen, um sie eng an seine Brust zu ziehen …

»Das Haus wurde vor zehn Jahren gebaut«, erklärte er im Plauderton. »Ich habe mir bereits vor Fertigstellung eine Wohnung hier gekauft, bin aber, als es mein Gehalt erlaubte, im Lauf der Jahre zweimal höher gezogen, immer dann, wenn eine Wohnung frei wurde. Mein langfristiges Ziel ist es, das Penthouse zu erwerben. Es hat einen Dachgarten, von dem aus man Teile des Hafens und des botanischen Gartens sehen kann, und einen Whirlpool.« Er hörte, dass die Kaffeemaschine ausgegangen war. »Ich hole uns schnell unseren Kaffee. Es ist nicht besonders kalt, wir können den Kaffee also auf der Terrasse trinken, wenn du willst.«

»Gern.« Michaela hörte, dass er wieder in die Küche ging, öffnete die Schiebetür, trat auf die breite Terrasse und atmete tief durch. Kaffee. Hmm. Mit einem abgrundtiefen Seufzer setzte sie sich an den Tisch. Sie wollte keinen Kaffee. Wollte keinen Small Talk, keine höfliche Konversation. Sie wollte, dass Leith sie endlich in die Arme nahm und küsste. Sie wollte es so sehr, dass sie, wenn es nicht bald geschähe …

Während des Essens hatten sie sich den gewohnten Schlagabtausch geliefert, einander verführerische Blicke zugeworfen, und ihre gesamte Körpersprache hatte ausgedrückt: »Ich begehre dich.« Aber was taten sie jetzt? Ergingen sich in höflichen Banalitäten, hielten weiter vorsichtig Distanz. Verdammt, das war nicht das, was sie wollte, das war nicht das, weswegen sie noch mit hierhergekommen war. Nach ihrem ersten Date hatte sie den mentalen Quantensprung getan, sich auf diese Beziehung einzulassen, um zu sehen, wohin es führen würde, allein: Bisher war nichts Besonderes geschehen. Vielleicht war es ja ihre Schuld. Vielleicht sandte sie ganz einfach nicht die richtigen Signale aus!

Warum? Weil sie sich fürchtete. Leith war der erste Mann, in dessen Gegenwart sie aufgeregt, nervös, atemlos und völlig aus dem Rhythmus war, als hätte sie zu viel getrunken, obwohl sie nüchtern war. Sie hatte einfach keine Ahnung, wie sie sich verhalten sollte. Dadurch fühlte sie sich verletzlich. Auch das machte ihr Angst.

Leith kam mit ihren Kaffeetassen, nahm ihr gegenüber Platz und sie führten ihre Unterhaltung fort.

Schließlich fragte Michaela: »Hast du was dagegen,

wenn ich mir deine Wohnung ansehe? Ich bin einfach neugierig, wie ein Junggeselle seine Bude dekoriert.«

Er sah sie grinsend an. »Kein Problem. Heute ist es sogar halbwegs aufgeräumt.«

Im Arbeitszimmer stand ein ausklappbares Sofa für Besuch, in einem Zimmer war ein kleines Fitnessstudio eingerichtet, was eine Erklärung für sein durchtrainiertes Aussehen war, und das Schlafzimmer mit angrenzendem Bad und einem Schrank, der sich über eine gesamte Wand erstreckte, wies mit der schwarz-weißen Farbgebung und mit den hellen Kiefermöbeln auf den männlichen Bewohner mit den skandinavischen Wurzeln hin.

Michaela trat vor einen Glastisch und sah sich die dort aufgestellten Fotos an. Während seine dunkelhaarige Schwester Birgit eher nach ihrer Mutter kam, sah Leith wie sein Bruder Sven und wie sein Vater aus. Neben den Bildern von seiner Familie gab es Fotos, die Leith in Eishockeyausrüstung, im Einteiler eines Schlittschuhläufers und im Skianzug zeigten. Sie erinnerte sich an die haarsträubenden Geschichten, die er ihr von Abfahrtsrennen erzählt hatte, und das Bild, auf dem er triumphierend einen Silberpokal in die Höhe hielt, war der Beweis, dass er wirklich einmal gut genug gewesen war, um von Schwedens Sportminister für die Olympiamannschaft aufgestellt zu werden. Nur hatte er sich dann unglücklicherweise während des Trainings den rechten Arm so schlimm gebrochen, dass bei den Olympischen Winterspielen 1976 jemand anderes für ihn gefahren war.

»Und, bist du mit meiner Haushaltsführung halbwegs zufrieden?«, fragte Leith aus Richtung Tür.

»Ich bin wohl kaum die Richtige, um so was zu beurteilen«, antwortete sie. »Du hast meine Wohnung gesehen. Ordnung ist nicht gerade meine größte Tugend.«

»Ach, Tugend. Was für ein interessantes Wort.« Er trat auf sie zu. »Ich finde, du hast jede Menge Tugenden, auch wenn Ordnung vielleicht nicht dazugehört.«

Unter seinem durchdringenden Blick – er ließ sie keine Sekunde aus den Augen – wurde ihr wieder siedend heiß. Dann streckte er endlich seine Arme nach ihr aus, zog sie langsam an seine Brust und… als sich ihre Lippen trafen, loderte in Michaelas Innerem ein ungeahntes Feuer auf. Flammen der Begierde züngelten in ihrem Bauch, und obwohl er sie schon fest umschlungen hielt, schmiegte sie sich noch enger an ihn an. Sie wollte, ersehnte, brauchte… diesen Mann… wie noch keinen anderen Mann zuvor.

»Allmählich kamen mir schon Zweifel, ob du mich wohl jemals küssen würdest«, stellte sie heiser fest.

Lächelnd küsste er sie auf die Nasenspitze. »Glaub ja nicht, ich hätte es nicht schon viel eher gewollt. Nur wollte ich dich einfach nicht… bedrängen.«

Jetzt zog sie seinen Kopf zu sich herab, küsste ihn begierig auf den Mund, und als sie sich nach einer Weile voneinander lösten, rangen beide erstickt nach Luft.

Dann sah er sie fragend an, sie setzte ihr strahlendstes Lächeln auf, und es war endgültig um sie beide geschehen. Er trug sie mühelos zu seinem breiten Bett, setzte sie vorsichtig auf der Tagesdecke ab, nahm auf dem Rand des Bettes Platz und zog sie, während ihr eine zarte Röte in die Wangen stieg, mit den Augen aus.

»Du bist einfach wunderbar.« Er streichelte zärtlich ihre Wange, ihren Hals und glitt dann mit seiner Hand auf ihre Brust. »Einfach perfekt. Ich habe mich schmerzlich danach gesehnt, das hier zu tun.« Er umfasste auch noch ihre zweite Brust und ließ seine Hände kreisen. »Und das.« Er schob ihr fordernd seine Zunge in den Mund. »Und das.« Jetzt glitten seine Hände über ihren flachen Bauch in Richtung Schenkel und riefen durch den Stoff ihrer Hose glühendes Verlangen in ihr wach.

Michaela wand sich unter seinen Berührungen, sie wollte mehr, mehr, mehr. Sie sehnte sich nach seiner nackten Haut. Sie griff unter seinen wollenen Pullover und gab seine Liebkosungen zurück. Seine Brust war straff und muskulös, ohne ein Gramm Fett, und seine Muskeln zogen sich zusammen, sobald sie seine Haut auch nur mit den Fingerspitzen berührte. Sie hörte sein beglücktes Stöhnen und sah ihn mit einem lasziven Lächeln an. Sie konnte ihn genauso quälen wie er sie, obwohl sie hoffte, dass es nicht zu lange dauern würde, bis es endlich weiterging.

Keuchend, küssend, streichelnd zogen sie einander aus und als Leith sich von ihr löste, um sie anzusehen, zog sie ihn auf sich herab und schlang ihre Arme und Beine um seinen Körper. Ihre langen Fingernägel kratzten über seinen Rücken und er stöhnte vor Verlangen auf.

Trotzdem setzte er das herrlich peinigende Vorspiel fort, suchte und liebkoste all ihre empfindlichen Stellen ihres Körpers, bis sie vor Begierde fast verging.

Als er das Ausmaß ihrer Frustration bemerkte, küsste er sie innig und tat das mit seiner Zunge, was sie sich von seinem Penis wünschte, während er mit seinen Fingern ihre empfindsamste Stelle liebkoste, bis sie sich hilflos unter ihm wand.

»Sag es«, wisperte er rau an ihrem Ohr, während er sie mit der Zunge salbte.

Sie wusste instinktiv, was er von ihr hören wollte, und so stieß sie zähneknirschend aus: »Ich … will … dich … jetzt. Sofort.«

»Noch nicht, mein Schatz«, flüsterte er zurück und schob zwei Finger tief in sie hinein.

Unfähig, den Orgasmus zu verhindern, bäumte sie sich

auf, und als sie den Höhepunkt erreichte, schob er sich möglichst hart und tief in sie hinein. Sie konnte nicht mehr denken und stieß ein verzücktes Stöhnen aus.

Es war, als wären ihre Körper ebenso wie ihre Leidenschaft füreinander gemacht.

Und dann wurde sie von Leith an einen Ort geführt, an dem sie nie zuvor gewesen war … und noch darüber hinaus.

Als Leith die Augen aufschlug, war sein Schlafzimmer in graues Dämmerlicht getaucht. Er richtete sich auf und blickte auf das Kissen neben sich. Die leichte Vertiefung an der Stelle, wo Michaelas Kopf gelegen hatte, verströmte noch den Duft ihres Parfüms.

Gott, sie hatten sich geliebt wie … wie … zwei gesunde, wollüstige Tiere. Drei- oder viermal. Kein Wunder, dass er vollkommen erledigt war. Sie hatte ihn mehrmals an den Rand des Wahnsinnes getrieben. Was für einen Appetit die junge Dame hatte, wenn sie sich endlich einmal gehen ließ! Grinsend dachte er daran zurück, wie lüstern sie gewesen war. Beinahe unersättlich, als hätte sie von seiner Liebe nicht genug bekommen können. Er stieß ein leises Lachen aus. Das gefiel ihm, es gefiel ihm sogar sehr. Das gefiele sicher jedem Mann! Während er die Beine über den Rand des Bettes schwang und aufstand, war ihm klar, dass Michaela sich ihm vielleicht körperlich ergeben hatte, ansonsten aber ganz bestimmt noch nicht.

Er fand seine Hose, zog sie an und trottete barfuß ins Wohnzimmer. Beinahe hätte er nach ihr gerufen, doch er wusste, dass sie längst verschwunden war. Er hatte auch nichts anderes erwartet. Michaela hatte vor ihm flüchten müssen, um darüber nachzudenken, was geschehen war. Sie würde versuchen … was? Die gemeinsamen Stunden zu analysieren, in eine Schublade zu stecken, abzutun? Er hoffte, nicht.

Dann sah er den Zettel, der an einer Vase auf dem Couchtisch lehnte, und klappte ihn eilig auf. *Danke. Es war eine in jeder Beziehung wundervolle Nacht. Bis bald. M.*

Leith stieß einen Seufzer aus. Auch wenn er aus ihrer ersten romantischen Begegnung als Sieger hervorgegangen war, sagte ihm sein Instinkt, dass es noch weiterer Bemühungen bedurfte, bevor ihre Beziehung auf wirklich sicheren Füßen stand.

12

Caroline saß vor dem Flügel, lauschte den wehmütigen Klängen von Debussys *Clair de Lune,* die sich unter ihrem Spiel entfalteten, und zwang sich zu ignorieren, wenn sie mit ihren steifen Fingern einmal eine falsche Taste traf. Das Klavierspiel war eine gute Übung für die Finger und trotz allem auch Nahrung für ihre künstlerische Seele. Bis vor einem Jahr hatte sie ausschließlich für die Musik gelebt, und jetzt suchte sie nach etwas, wodurch sich die verlorene Karriere, die ihre große Leidenschaft gewesen war, ersetzen ließ. Die Arbeit bei Ashworths, die Beschäftigung mit einer völlig anderen Welt als der der Kunst, machte ihr durchaus Spaß. Aber, wenn sie ehrlich war – und das versuchte sie zu sein: Sie vermisste trotzdem die Musik. Es war, als ob sie einen Teil von sich verloren hätte und nicht wiederfand. Die Stunde, die sie morgens, und die Stunde, die sie abends spielte, um – wie durch das Taekwondo – ihre Finger möglichst geschmeidig zu erhalten, befriedigten sie nicht. Sie konnte und sie wollte sich ganz sicher nicht beschweren, nur war es manchmal einfach schwer zu akzeptieren, wie verändert ihre Welt urplötzlich war.

Wenigstens kamen sie und Michaela seit ihrem vertraulichen Gespräch besser miteinander aus, obwohl sie dachte, dass die kleine Schwester vollkommen zu Unrecht immer noch eine potenzielle Konkurrentin in ihr sah. Der verwirrende Verfall und gleichzeitige Aufkauf der Ashworths-Aktien durch zwei kleine, unbekannte Firmen hatte ihnen ein Rätsel aufgegeben, das sie zusammen lösen wollten, und da sie Michaelas Vorhaben, das Unternehmen zu verjüngen, vorbehaltlos unterstützte, hatte sich ein Gefühl der Kameraderie zwischen ihnen eingestellt. Ihre gemeinsame Freundin Jo tat das Ihrige zur Stärkung dieses Bandes.

Es war Caroline eine Freude zu erleben, wie glücklich Fern hier in Australien war. Ihre Tochter liebte es, Teil einer Familie zu sein, auch wenn ihr die Großmutter entsetzlich fehlte, weil sie sich gerade mit ihr hervorragend verstand. Doch das machte sie dadurch wieder wett, dass sie sich, wie um die verlorenen Jahre nachzuholen, möglichst oft mit ihrem Vater traf. Sie verbrachten beinahe jedes Wochenende miteinander und hatten mit Segeln, Wandern, Zelten oder Ausflügen in die nähere Umgebung immer alle Hände voll zu tun.

Ein wehmütiges Lächeln umspielte ihren Mund, als sie – mit inzwischen deutlich beweglicheren Fingern – zu den letzten Takten des Stücks kam. Manchmal war sie beinahe etwas neidisch, wenn sie Nick und Fern zusammen sah: Sowohl von ihrem Aussehen als auch von ihrem Verhalten her schlug Fern ganz dem Vater nach. In Paris hatte sie die Wochenenden mit der Tochter zugebracht, und wenn sie nicht gerade auf Tournee gewesen war, hatten sie abends regelmäßig ihre Freundinnen und Freunde im Künstlerviertel Quartier Latin besucht, waren im Winter zusammen eisgelaufen oder Ski gefahren, hatten Ausflüge vor allem in das herrliche Loiretal unternommen und im Sommer wunderbare Ferien an der spanischen Costa del Sol verbracht.

Inzwischen verbrachte Caroline die Wochenenden oft allein. Sie war nicht wirklich einsam, nur war dies einfach eine weitere Veränderung in ihrem Leben, und sie hatte sich noch nicht ganz daran gewöhnt.

Sie war davon ausgegangen, dass ihr Exmann sie noch einmal bitten würde, mit ihm und Fern segeln zu gehen. Doch das hatte er bisher noch nicht getan.

Trotzig warf sie den Kopf zurück. Na und? Schließlich war er nicht verpflichtet, sie noch einmal einzuladen, weshalb ihre Enttäuschung völlig unbegründet war. Bestimmt hatte ihr Exmann sie beim letzten Mal nur Fern zuliebe aufgefordert mitzukommen. Weshalb also kam sie sich plötzlich übergangen vor?

Der zornige Nachdruck, mit dem sie ihre Finger auf die Tasten krachen ließ, passte überhaupt nicht zu dem melancholischen Abschluss des von ihr gespielten Stücks.

Sie hätte es ganz einfach gern gehabt, wenn er sie eingeladen hätte, gestand sie sich widerwillig ein.

Sekunden bevor sie die letzte Note hätte spielen sollen, brach sie ab. Was war nur mit ihr los? Sie war beunruhigt und verwirrt. Wollte sie Nick etwa zurück?

Das Klingeln des Telefons ersparte ihr das Eingeständnis, dass möglicherweise tatsächlich das der Grund für ihre ungewöhnliche Gereiztheit war.

Sie stand auf, griff nach dem Hörer und hielt ihn ans Ohr. »Hallo?«

»Caroline?«

»Warren. Hi.«

Sie sprachen kurz über die Arbeit, bevor Warren Tremayne sich räusperte und von ihr wissen wollte: »Haben Sie Donnerstagabend schon etwas vor?«

»Ich glaube nicht.«

»Ich habe Karten für ein Konzert in der Oper geschenkt bekommen und hatte gehofft, dass Sie mich, wenn Sie Zeit und Lust hätten … vielleicht begleiten. Das Australische Philharmonie-Orchester spielt Werke von Chopin, und ich dachte … ich meine, Jo Levy hat mir erzählt, dass Sie, als Sie noch Konzertpianistin waren, auf die Musik von diesem Komponisten spezialisiert gewesen sind.«

»Das stimmt. Nett, dass Sie mich fragen, Warren. Ich komme gern mit.«

»Prima. Dann hole ich Sie um sieben ab. Bis dann.«

Mit einem nachdenklichen Lächeln legte Caroline den Hörer wieder auf. Sie hatte ein Date mit Warren Tremayne. Also … was wusste sie alles über diesen Mann? Nicht besonders viel. Er war um die fünfzig, verwitwet und hatte einen erwachsenen Sohn, der in ihrer Filiale in Melbourne tätig war. Er spielte sehr gut Golf, was ihre Mutter freuen würde, weil sie ihn nach ihrer Rückkehr zu gemischten Doppeln im Royal Golf Club einladen könnte. Er war intelligent und machte seine Sache als leitender Direktor eines landesweit agierenden Unternehmens wirklich gut. Das war so ziemlich alles, was sie über Warren wusste, doch seit er nach Sydney gekommen war, hatte sie bereits des Öfteren bei Sitzungen und anderen Gelegenheiten nachdenkliche Blicke von ihm eingefangen und instinktiv gewusst, dass sie ihm nicht unsympathisch war.

Trotzdem schob sie den Gedanken an Warren und das bevorstehende Date erst einmal zur Seite und wandte sich wieder ihrem Exmann zu. Versuchte Nick vielleicht absichtlich, sie aus dem Gleichgewicht zu bringen, indem er in einem Augenblick großes Interesse an ihr zeigte und sie im nächsten Augenblick einfach links liegen ließ? Sie schüttelte verwirrt den Kopf, denn ihr fiel keine eindeutige Antwort ein.

Dann stieß sie einen leisen Seufzer aus. Eins wusste sie genau, sie dachte viel zu oft an Nick Beaumont!

Automatisch spannte sie die Finger an, ballte sie zur Faust und streckte sie, bis sich die Steifheit legte, dann reckte sie stolz das Kinn.

Ein anderer Mann, Warren Tremayne, schien ehrlich an ihr interessiert zu sein, und sie sollte sich fragen, wohin ihr Date mit ihm möglicherweise führte, statt darüber nachzudenken, wie groß die Chance auf eine neuerliche Liaison mit ihrem Exmann war.

Warren wirkte in seinem Smoking ausnehmend elegant und war, wie Caroline erkannte, ein äußerst zuvorkommender Mann. Anfangs hatte noch eine gewisse Verlegenheit zwischen ihnen geherrscht – schließlich hatten sie bisher nur beruflich, nie aber privat etwas miteinander zu tun gehabt. Bis sie aber die Oper erreicht, den Wagen abgestellt und auf ihren Sitzen Platz genommen hatten, hatte Caroline sich entspannt.

Sie schlug das Programmheft auf, das er für sie erstanden hatte, und blätterte über die Anzeigen und Danksagungen an Sponsoren hinweg, bis ihr Blick auf der Programmseite auf einen bekannten Namen fiel. »Oh, wie schön«, murmelte sie leise.

»Was? Gibt es etwas Interessantes?« Warren sah sie fragend an.

»Der Dirigent, ich kenne ihn. Teddy, oder inzwischen

Theodore, Rivkin. Wir haben 1966 zusammen an der Musikhochschule in London studiert. Nach Ende unserer Studien in Wien habe ich den Kontakt zu ihm verloren. Ich hörte, dass er in die USA gegangen ist.«

»Sie haben selbst schon hier gespielt, nicht wahr?«

»Zweimal. 1979 und 1982.«

»Verstehe.« Warrens Stimme drückte leichte Besorgnis aus. »Ich hoffe, dass der Abend nicht zu schmerzlich für Sie sein wird. Mir ist gerade erst bewusst geworden, dass dieses Konzert vielleicht unglückliche Erinnerungen in Ihnen weckt.«

Seine rücksichtsvolle Art war einfach rührend. Caroline sah ihn mit einem warmen Lächeln an. »Weniger unglücklich als bittersüß. Es wäre unehrlich von mir, wenn ich behaupten würde, dass mir die Musik nicht fehlt. Sie fehlt mir sogar sehr, aber ich muss der Realität ins Auge sehen.« Sie warf einen Blick auf ihre langen, schmalen Finger. Sie waren wunderschön, und von der rheumatischen Arthritis war noch nicht das Geringste zu sehen. »Dieser Teil meines Lebens, das heißt meine Karriere, ist endgültig vorüber.« Mit fortschreitender Krankheit würden ihre Knöchel dick, die Finger krumm und steif und sie käme wohl nicht um eine Operation herum. Aber das würde hoffentlich noch viele Jahre dauern.

»Ich bewundere Sie dafür, dass Sie sich so gut mit Ihrem Schicksal arrangieren. Ich glaube, viele Menschen täten sich damit sehr schwer.«

»Es gibt durchaus Momente, in denen ich unglücklich bin«, gab sie unumwunden zu. »Aber sie werden immer seltener.«

Endlich betraten die Musiker die Bühne, stimmten ihre Instrumente, das Licht im Saal wurde gedämpft und das Konzert begann.

Caroline klatschte begeistert Beifall. Teddy Rivkin hatte einfach herrlich, wenn auch seiner Art entsprechend ein wenig bombastisch dirigiert und die zahlreichen Nuancen des Chopin'schen Werks – die wehmütige *Polonaise,* den leichten *Nocturne* in F-Dur, den melodiösen, weich fließenden Walzer in C-Dur – auf eine individuelle, feinfühlige Art interpretiert. Sie musste daran denken, ihm morgen einen kurzen Brief zu schreiben, um ihm zu gratulieren. Und vielleicht, wenn er nicht zu beschäftigt wäre, könnten sie sich ja auf einen Kaffee treffen. Es wäre sicher nett, mit ihm über die alten Zeiten zu plaudern und von ihm zu hören, wie seine Karriere verlaufen war.

In der Pause gingen sie und Warren ins Foyer, und während sie auf ihren Begleiter wartete, der zwei Gläser Wein für sie besorgen wollte, dachte sie kurz über den Abend nach. Warren war ein angenehmer Gesellschafter, erkannte sie, auch wenn sie für ihn als Mann, wie sie sich eingestehen musste, nicht das Mindeste empfand. Sie sah sich müßig in der Menge nach irgendwelchen Berühmtheiten oder Bekannten um, bis ihr plötzlich jemand auf die Schulter tippte, worauf sie erschreckt zusammenfuhr.

»Du bist es wirklich, Caro. Ich war mir nicht ganz sicher …«

Caroline zog überrascht die Brauen hoch. »Nick!« Bei einem klassischen Konzert? Sie konnte es kaum glauben. In seinem Smoking sah er einfach umwerfend aus, ging es ihr gegen ihren Willen durch den Kopf. Während sie sich noch von ihrem Schreck erholte, fragte sie ihn unverblümt: »Was machst du denn hier?«

Sein Grinsen war beinahe schuldbewusst. »Ich weiß, normalerweise ist das hier nicht gerade mein Terrain. Ich bin als Begleiter einer Londoner Musikkritikerin da. Geraldine Baxter. Vielleicht hast du schon mal von ihr gehört?«

Sie schüttelte den Kopf.

»Sie ist eine Bekannte von Lous Frau. Die beiden haben sich kennengelernt, als Madeline in Europa war. Geraldine ist halb geschäftlich und halb privat hier. Sie meinte, sie hätte die Karriere dieses Dirigenten, Rivkin, mit großem Interesse verfolgt, weshalb sie morgen ein Interview für ihre Zeitung mit ihm machen will.«

»Dann lässt dich Madeline also einen ganzen Abend mit klassischer Musik ertragen. Wie gemein von ihr!« Caroline versuchte, sich nicht anmerken zu lassen, wie amüsiert sie war. Sie stellte sich vor, wie ihr Exmann Höllenqualen litt. Weil er nämlich im Grunde seines Herzens eher ein Rock'n'Roller war.

»So schlimm ist es gar nicht«, stellte er mit einem maskulinen Schulterzucken fest. »Inzwischen bin ich Klassik mehr gewöhnt als …« Er wollte wohl keine alten Wunden aufreißen und führte deshalb den Satz nicht weiter aus.

Er war unter anderem deshalb mit Geraldine zu dem Konzert gekommen, weil er gehofft hatte, Caro zu sehen. Sie war tatsächlich hier und sie sah wieder mal einfach fantastisch aus. Sie hatte sich die blonden Haare aufgesteckt, wodurch ihr schlanker, gerader Hals besonders gut zur Geltung kam, und durch den weich fließenden Stoff ihres blass pinkfarbenen Kleides wurden ihre femininen Rundungen noch vorteilhaft betont. Im Lauf der Jahre hatte eine rundherum perfekte Reife Caros ehemalige Schlaksigkeit abgelöst. Oh, er konnte sich noch ganz genau daran erinnern, wie … verdammt! Denk an etwas anderes. Dies ist weder der rechte Ort noch der rechte Augenblick, um wehmütig zu sein.

Er räusperte sich leise und fragte in möglichst beiläufigem Ton. »Bist du allein hier?« Das war sie sicher nicht …

»Nein, mit Warren Tremayne von Ashworths. Da kommt er gerade.« Caroline wies auf den großen, kräftigen Mann, der sich mit den Ellenbogen einen Weg in ihre Richtung bahnte und zwei volle Gläser in den Händen hielt.

»Ich habe keinen einzigen Tropfen verschüttet.« Mit einem triumphierenden Grinsen drückte er ihr eins der Gläser in die Hand.

»Wunderbar, danke.« Obgleich sich die beiden Männer wahrscheinlich bereits bei dem Osterbrunch begegnet waren, stellte Caroline sie einander noch einmal vor. »Warren Tremayne, Nick Beaumont.«

»Beaumont?«, fragte Warren interessiert und runzelte die Stirn.

»Nick ist Jack Beaumonts ältester Sohn«, informierte ihn Caroline. »Außerdem waren Nick und ich einmal verheiratet.«

»Vor einer halben Ewigkeit«, murmelte Nick, während er sich zu einem Lächeln zwang. Nachdem er einen Blick auf den anderen Mann geworfen hatte, war er zu dem Schluss gekommen, dass ihm die besitzergreifende Art, mit der dieser einen Arm um Carolines Taille legte, keineswegs gefiel. Die beiden gingen verdammt vertraulich miteinander um. Tremayne. Den Namen hatte er schon einmal irgendwo gehört. Ach ja. Ashworths' neuer leitender Direktor. Fern hatte ihm von ihm erzählt, als er nach Sydney gekommen war. Und ganz offensichtlich galten die Interessen dieses Mannes nicht nur seinem Job. Hatte er es vielleicht auch noch auf die älteste Tochter der Chefin abgesehen? Auszuschließen war das nicht.

Und wenn es so wäre, wäre es durchaus verständlich, gestand Nick sich, wenn auch widerstrebend, ein. Caro war ungebunden, wunderschön, intelligent und stand wirtschaftlich auf eigenen Beinen. Weshalb also hätte dieser Kerl kein Interesse an ihr haben sollen? Wenn er keines hätte, wäre er ein Narr. Und, verdammt, warum hatte er bei seinem Caro-Rückgewinnungsplan nicht die Möglichkeit bedacht, dass sie sich für irgendjemand anderen interessieren könnte als für ihn? Was für ein Idiot er doch gewesen war!

In diesem Augenblick legte sich eine gepflegte Hand mit rot lackierten Nägeln auf den Ärmel seines Jacketts und erinnerte ihn daran, dass schließlich auch er in Begleitung in der Oper war.

»Was bist du für ein ungezogener Junge, Nick«, schalt ihn eine humorvolle Stimme mit britischem Oberklasseakzent. »Ich habe dich schon überall gesucht.«

Caroline blickte blinzelnd auf das prachtvolle junge Wesen mit platinblondem Haar, samtig weicher, beinahe durchschimmernder Haut und einem flammend roten, bodenlangen, zweiteiligen Abendkleid, das eine Hand unter den Arm ihres Exmannes schob. Das war Madelines Musikkritikerin? Sie wirkte viel zu jung, um irgendwas zu kritisieren, schoss es ihr bissig durch den Kopf.

Nick stellte sie einander vor.

»Caroline Ashworth? *Die* Caroline Ashworth? Wahnsinn«, hauchte Geraldine. »Meine Güte, was für ein aufregender Abend. Erst Theodore Rivkin und jetzt auch noch Sie. Den Lesern der *Times* werden die Augen übergehen. Was ist aus Ihrer Karriere geworden, Ms Ashworth?«

»Ich glaube, du weißt, was Caroline passiert ist, Geraldine«, antwortete Nick erbost. »Schließlich wurde ausführlich in sämtlichen europäischen und auch britischen

Blättern darüber berichtet, dass sie sich aus dem Geschäft zurückgezogen hat.«

»Natürlich. Und es ist wirklich entsetzlich traurig, dass Sie gesundheitliche Probleme haben. Ein herber Verlust für die Musikwelt.« In Geraldines leuchtend blauen Augen lag ein Hauch von Mitgefühl, trotzdem fragte sie sofort: »Vielleicht erlauben Sie mir ja, Sie zu interviewen? Ich bin sicher, dass Ihre treuen Fans, die Ihre Karriere mitverfolgt haben, großes Interesse daran hätten zu sehen, was Caroline Ashworth heutzutage treibt.«

Das hatten sie ganz sicher nicht. »Ich gebe keine Interviews mehr, Miss Baxter«, erklärte Caroline mit fester Stimme. »Ich habe festgestellt, wie schön es ist, wenn man endlich wieder so etwas wie eine Privatsphäre genießt.« Was nicht wirklich stimmte. Da jedoch der Anblick dieser Frau am Arm ihres Ex das bisher schlafende grünäugige Monster Eifersucht auf den Plan gerufen hatte, würde sie ausgerechnet dieser Person bestimmt kein Interview geben. Obwohl Nick mindestens zwanzig Jahre älter war als sie, hätte selbst ein Blinder mit Krückstock sehen können, dass die Engländerin vollkommen hingerissen von ihm war.

Aber weshalb sollte sie das interessieren? Genau wie sie konnte auch Nick tun und lassen, was er wollte, und ihm schien es völlig egal zu sein, dass sie mit Warren in der Oper war. Von Fern wusste sie, dass Nick augenblicklich solo war. Und selbst wenn es vollkommen idiotisch war, der Anblick von Geraldine, die besitzergreifend ihre roten Fingernägel in den Ärmel seines Smokings krallte, rief heißen Zorn in ihr wach.

»Oh.« Die Kritikerin zog die Brauen hoch, zuckte betont gleichgültig mit den Schultern und wandte sich mit einem »Wie Sie wollen« brüsk an Nick: »Sollten wir nicht langsam zurück zu unseren Plätzen gehen? Die Pause müsste gleich vorbei sein.«

»Ja, Nick, ihr solltet wirklich gehen«, pflichtete Caroline der jungen Dame spöttisch bei und sah, wie Nick verärgert das Gesicht verzog.

Trotzig warf sie ihren blonden Schopf zurück. Ihr beißender Ton gefiel ihm offenkundig nicht. Aber – so sagte sie sich – das war ihr egal. Nach einer knappen Verabschiedung blickte sie den beiden hinterher, als sie Richtung Treppe gingen, und musste sich eingestehen, dass sie tatsächlich ein wunderschönes Paar waren. Verdammt. Sie trank so schnell ihren Wein, dass sie anfing zu husten und Warren ihr eilig auf den Rücken schlug. »Alles okay?«

Caroline riss sich zusammen und sah ihn mit einem entschuldigenden Lächeln an. »Normalerweise blamiere ich mich nicht so.« Sie schämte sich zu Tode, denn sie hatte Warren sehen lassen, dass sie immer noch etwas für Nick empfand. Was er jetzt wohl von ihr dachte? Oh, verdammt, im Grunde war das vollkommen egal. Nick war der Einzige, der Gutes von ihr denken sollte … Ihr Herz fing an zu rasen. Dieses Eingeständnis kostete sie … viel.

Warren runzelte die Stirn. Er blickte auf ihr leeres Weinglas und dann dorthin, wo Nick mit Geraldine in der Konzerthalle verschwand. »Verstehe.«

Seine Stimme drückte ehrliches Bedauern aus und Caroline sah ihn mit einem unsicheren Lächeln an. »Es tut mir leid.«

»Schon gut. Schließlich ist es wichtig zu wissen, woher der Wind weht. Dadurch bleibt einem gegebenenfalls großer Kummer erspart.«

Sie atmete tief ein und langsam wieder aus. Mit Kummer kannte sie sich aus. Sie hatte ihn vor zehn Jahren erlebt und jetzt… fing alles wieder von vorne an.

Laura Ashworth-Beaumont starrte auf das dunkelblaue Wasser des Pazifiks, das sich in der Ferne mit dem Horizont verband. Sie hatte das Gefühl, als hätten sie und Kitty bereits viel länger als dreieinhalb Monate an Bord der *Queen Elizabeth II* verbracht. Sie waren auf dem Weg zurück nach Sydney und liefen in fünf Tagen in den heimatlichen Hafen ein. Sie hatten fantastische Orte mit phänomenalen Sehenswürdigkeiten angesteuert, wunderbare Menschen kennengelernt, und in ihrer Suite türmten sich so viele Nippsachen und Souvenirs, dass sie zwei zusätzliche Koffer hatten kaufen müssen, um all die Schätze mit von Bord nehmen zu können, wenn der Luxusliner in den letzten Hafen lief.

Obwohl sie die Zeit genossen hatte, freute sie sich jetzt darauf, wieder nach Hause zu kommen. Trotz all der herrlichen Erlebnisse auf ihrer Reise gab es für sie keinen wichtigeren Ort als die Hausnummer zweiundfünfzig in der Waratah Avenue. Dort war sie zu Hause, und ihre Familie und ganz besonders Fern hatten ihr gefehlt.

Trotzdem hatte ihr dieser Urlaub gutgetan – und sie hatte ihrer langjährigen Freundin während der Reise gestanden, dass sie sich schon seit Jahren nicht mehr so entspannt gefühlt hätte. Die Ruhe, der Ortswechsel, die veränderte Ernährung und die leichten Medikamente, die ihr Rupert MacIntosh verordnet hatte, waren dringend erforderlich gewesen und hatten ihr vielleicht sogar das Leben gerettet.

Flankiert von zwei Bewunderern, kam Kitty über das Deck. Laura lächelte. Obwohl die verwitwete Kitty bereits ein paar Jahre älter als die von ihr angegebenen siebzig war, wurde sie immer noch umschwärmt. Für sie waren die letzten Monate vor allem deshalb wunderbar gewesen, weil sie ständig von irgendwelchen Herren umworben worden war. Sie brauchte die Aufmerksamkeit des anderen Geschlechts, weil es ihr schmeichelte und ihr Selbstvertrauen gab.

Laura teilte dieses Bedürfnis nicht und hatte den hoffnungsvollen Kandidaten, die es auf sie abgesehen hatten, höflich, aber deutlich zu verstehen gegeben, dass sie für ihre Avancen nicht empfänglich war. Weil kein Mann ihrem Jack das Wasser reichen konnte. Sie stieß einen wehmütigen Seufzer aus. Sie hatte diese Tatsache bereits vor Langem akzeptiert, auch wenn Kitty es ein wenig seltsam fand, dass sie einem Mann die Treue hielt, der bereits vor langer Zeit gestorben war.

Sie lenkte ihre Gedanken wieder auf die Geschehnisse daheim.

Wie stand es wohl um Michaela und Leith? Hatte sich eine Beziehung zwischen den beiden entwickelt, und wenn ja, zu wessen Bedingungen? Sie lachte leise auf. Wenn er ihre selbstbewusste Tochter zähmen wollte, bräuchte der junge Anwalt Ausdauer, Verständnis und vor allem jede Menge Kraft.

Und was machten Nick und Caroline? Sie hatte große Hoffnung, dass es dank der zunehmenden Nähe zwischen Nick und Fern auch zu einer Versöhnung zwischen Caroline und ihrem Exmann kam. Nick war inzwischen gereift, hatte seine etwas schwierige Kindheit überwunden und vor allem seine besitzergreifende Art und seine Eifersüchteleien, an denen seine und Carolines Ehe gescheitert war, erfolgreich bekämpft. Außerdem waren die beiden einfach füreinander geschaffen. Davon war sie trotz des Scheiterns ihrer Ehe überzeugt.

Und ihr Sohn, ihr lieber Joel...

Sie grübelte darüber nach, was aus seinem Leben einmal werden sollte. Trank er immer noch, wenn er unglücklich, enttäuscht oder auch nur unzufrieden war? Abermals stieß sie ein leises Lachen aus und war froh, dass niemand in der Nähe war, sonst hätten die anderen sie wahrscheinlich seltsam angesehen. Es war ein weises Lachen, geboren aus jahrelanger Erfahrung. Zu Hause dachten alle, sie hätte keine Ahnung von den Problemen ihres Sohns. So dumm konnten sie doch gar nicht sein. Dachten sie tatsächlich, sie hätte vergessen, dass auch Eddie, ihr erster Mann, Alkoholiker gewesen war? Glaubten sie, sie nähme die Symptome nicht wahr? Sie hatte schon seit Jahren den Verdacht, dass Joel zu viel trank, und jetzt konnte sie nur beten, dass er noch nicht so tief gesunken und abhängig geworden war. Um ihn würde sie sich als Erstes kümmern, wenn sie wieder zu Hause war.

»Laura, guten Morgen. Wie geht es Ihnen?«, fragte Ernest, einer von Kittys Galanen, als die Dreiergruppe ihren Liegestuhl erreichte. »Uns fehlt die vierte Person für eine Partie Bridge. Vielleicht könnten Sie uns aushelfen?«

Eigentlich wäre Laura lieber hier an Deck liegen geblieben und hätte auf den dunkelblauen Ozean geblickt, aber Kitty sah sie flehend an, und so nickte sie freundlich mit dem Kopf. »Natürlich, Ernest, gern.«

Sie ließ sich von ihm auf die Beine helfen und schlenderte mit ihnen über das Deck zurück in den Salon.

»Und, bist du nervös?«, wisperte Jo, die Michaela beim Aufstellen der weißen Tafel und der Staffelei für die Präsentation des 18-bis-28-Projekts behilflich war.

»Erst, seit du das Wort ausgesprochen hast«, zischte Michaela zurück. Die sechs Mitglieder des Aufsichtsrats waren inzwischen versammelt und nahmen an dem großen Konferenztisch Platz. Caroline war zwar nicht stimmberechtigt, nahm aber als interessierte Beobachterin an der Sitzung teil und wandte sich den beiden anderen Frauen mit einem aufmunternden Lächeln zu, als sie sich ans Ende des Tisches setzte.

Michaela sah die Mitglieder des Aufsichtsrats verstohlen an. Daniels Miene verriet nichts, doch trat ein sanfter Glanz in seine Augen, als er ihre Freundin sah. Neil war einsilbig wie immer, doch er hatte sich bestimmt schon darauf vorbereitet, jeden Vorschlag abzulehnen, der aus ihrer Richtung kam. Warren war noch immer eine unbekannte Größe, doch sie hoffte, er sähe die Vorzüge ihres Plans. Die anderen drei Mitglieder des Aufsichtsrats waren nicht bei ihrem Unternehmen angestellt, sondern hatten die Posten angeboten bekommen, als die Firma an die Börse gegangen war. Sie waren für Michaela eine unbekannte Größe, doch von den insgesamt sechs Personen müssten vier zugunsten ihres Planes stimmen, damit nicht all ihre Mühe umsonst gewesen war.

Sobald alle an ihren Plätzen saßen, begann sie mit der Präsentation.

Anderthalb Stunden später hatte sie ihren Vorschlag detailliert erklärt, die geplante Einrichtung der neuen Abteilung und das auf eine Kaffeebar verkleinerte Restaurant – das Laura zuliebe wie das bisherige *Silks* an die Lounge einer Pferderennbahn erinnern würde – durch farbige Skizzen illustriert und die Kollektionen, die dort verkauft werden sollten, vorgeführt. Abschließend stellte sie die Kostenberechnungen, die zu erwartenden Absatzsteigerungen und – als Höhepunkt des Ganzen – Jos innovative Werbekampagne vor.

Nach einem Augenblick der Stille fragte Michaela:

»Gibt es noch irgendwelche Fragen?« Sie wollte nämlich nicht, dass die Anwesenden zu lange darüber nachdachten, was möglicherweise gegen ihren Vorschlag sprach.

»Woher sollen wir deiner Meinung nach das Geld für einen solchen Umbau nehmen, nachdem Laura bereits an ihr Privatvermögen gehen musste, damit vor der Jahreshauptversammlung im November eine Dividende ausgeschüttet werden kann?«, fragte Neil sofort. Seiner Meinung nach spielte sich die Cousine mit ihrem Projekt nur wieder einmal furchtbar auf. Manchmal hätte er ihr wegen ihres beständigen Verlangens, aller Welt zu zeigen, wie intelligent und gewitzt sie war, am liebsten die Gurgel umgedreht.

»Wir müssten einen Kredit aufnehmen. Das ist bei einer Geschäftserweiterung ja wohl gang und gäbe, oder nicht? Wenn du noch mal in deine Unterlagen guckst, wirst du erkennen, dass die Raten für die Rückzahlungen in die Gewinnberechnung eingeflossen sind.«

Neil schüttelte den Kopf. »Da die Zinsen gerade steigen und der Preis für unsere Aktien immer noch im Fallen ist, ist dies wohl kaum der rechte Augenblick für eine Expansion.« Sein schmales Lächeln machte deutlich, dass es seiner Meinung nach kein Gegenargument gegen diese Erklärung gab.

»Ich gratuliere Ihnen zu diesem gut durchdachten Plan«, ging Daniel achtlos über Neils Kritik hinweg. »Sie haben offenkundig alles ganz genau überlegt, und ich finde, dass es sich auf alle Fälle lohnt, die Sache weiterzuverfolgen. Ein Unternehmen, das sich nicht weiterentwickelt«, er bedachte Neil mit einem vielsagenden Blick, »riskiert Stagnation und dadurch einen Rückgang des Geschäfts. Ashworths hat inzwischen jede Menge Konkurrenz, und wir sollten uns immer überlegen, wie wir das Geschäft verbessern und unseren Marktanteil vergrößern können, wie wir es bereits getan haben, als wir die 18-bis-28er-Boutiquen in mehreren Einkaufszentren eröffnet haben. Sie waren ein durchschlagender Erfolg. Michaela hat uns die Zahlen genannt und uns gezeigt, dass dadurch auch die Verkäufe in den anderen Sparten gestiegen sind. Weshalb also sollten wir nicht dasselbe in der Hauptgeschäft und vielleicht später auch in allen anderen Filialen tun?«

»Ich bin mir nicht sicher, ob das den Aktionären gefallen wird«, warf Kate Murray, eines der externen Mitglieder des Aufsichtsrats, ein. Sie hatte ein eigenes Wirtschaftsprüfungsunternehmen und war, genau wie Neil, ein eher konservativ denkender Mensch. »Schließlich könnte die Erweiterung bedeuten, dass es in den nächsten beiden Jahren keine Gewinnausschüttung gibt, und wie wir alle wissen, liegt den Investoren viel daran, dass jährlich eine Dividende ausgeschüttet wird.«

Die beiden anderen Aufsichtsratsmitglieder, der ehemalige Politiker Trevor Winterson und der Geschäftsmann Garry Howard, nickten zustimmend.

»Es könnte einen gewissen Widerstand von Seiten der Investoren geben«, räumte Michaela ein. »Aber ich glaube, durch die Dividende, die sie am Ende einstreichen werden, würde der vorübergehende Gewinnausfall während der Einrichtung der neuen Abteilungen in unseren Läden mehr als wettgemacht.«

»Sie scheinen sehr zuversichtlich zu sein, dass sich diese Umstrukturierung lohnt«, meinte Warren mit nachdenklicher Stimme und blätterte in dem gebundenen Bericht, der jedem Aufsichtsratsmitglied nach Ende ihres Vortrags ausgehändigt worden war.

»Das bin ich auch, Warren. Ich habe mich gründlich in den Einkaufszentren in der City und auch in den Vorstädten umgesehen. Dort konzentriert man sich vor allem auf die junge Käuferschicht. Die Achtzehn- bis Achtundzwanzigjährigen haben ein wachsendes Einkommen, kaum finanzielle Verpflichtungen und sind sehr modebewusst. Nehmen Sie doch nur einmal die Werbung in den Medien. Die Mode- und die Freizeitindustrie wendet sich inzwischen überwiegend an die jüngere Generation.«

»Aber wir sind ein traditionsbewusstes Haus«, warf Neil mit säuerlicher Stimme ein. »Wir sind für die wohlhabenderen Leute da und sind damit bisher immer gut gefahren. Wir brauchen den Schwerpunkt unseres Geschäfts also ganz bestimmt nicht zu verlagern.« Er bedachte die Cousine mit einem durchdringenden Blick. »Und ich bin mir sicher, dass auch Laura das so sieht.«

»Vielleicht«, gab Michaela zu. »Aber vielleicht auch nicht. Meine Mutter hat vor dem Zweiten Weltkrieg als Hutmacherin begonnen und 1947 bereits ihren dritten Laden eröffnet. Sie hätte es auch bei ihrem Hutgeschäft belassen und am Ende Pleite machen können, weil irgendwann außer zu formellen Anlässen kaum noch eine Frau einen Hut getragen hat. Aber sie hatte einen Traum und sie hat das Potenzial gesehen, das in einem großen Bekleidungsgeschäft für wohlhabende Frauen lag. Sie hat ihren Traum realisiert, und inzwischen ist Ashworths zu einem börsennotierten Unternehmen mit Filialen in sämtlichen größeren Städten dieses Landes avanciert. Die 18-bis-28er-Abteilungen sollen einfach eine Erweiterung von Ashworths sein. Wir werden trotzdem weiter für die Leute da sein, für die wir schon immer da gewesen sind, und ich für meinen Teil würde auch nicht wollen, dass daran gerüttelt wird.«

»Sie sind wirklich überzeugt von dieser Idee, nicht wahr?«, bemerkte Trevor Winterson. Inzwischen schien auch er nicht mehr kategorisch gegen ihren Plan zu sein.

»Allerdings«, erklärte Michaela ihm entschieden, atmete tief ein und fuhr entschlossen fort: »Und zwar so sehr, dass ich bereit bin, mein Erbe dafür zu verpfänden. Die meisten von Ihnen wissen, dass ich an meinem fünfundzwanzigsten Geburtstag, also in einem knappen Jahr, ein beachtliches Vermögen erben werde. Falls das Unternehmen nicht gewillt ist, das finanzielle Risiko des Umbaus einzugehen, bin ich bereit, mein Erbe dafür zu geben, wenn dafür im Gegenzug mein Aktienanteil steigt.«

»Das können wir unmöglich zulassen«, erklärte Daniel brüsk und sah die anderen Mitglieder des Aufsichtsrats nacheinander an. »Ich glaube, Michaelas Plan hat Potenzial und dass wir ihn uns genauer ansehen sollten, um zu schauen, wie teuer die Veränderungen am Ende werden. Könnten wir darüber vielleicht abstimmen? Wer ist alles dafür?«

Michaela hielt den Atem an. Als Erster hob Daniel, dann Warren, danach Trevor Winterson und schließlich – wenn auch etwas zögerlich – Garry Howard eine Hand.

»Vier zu zwei«, verkündete Daniel. »Damit wurde der Vorschlag angenommen.« Er sah Michaela an. »Wenn die Kostenberechnungen stimmen, was meinen Sie, wie lange würde es dauern, bis diese Abteilung eingerichtet ist?«

Während eines Augenblicks konnte Michaela keinen klaren Gedanken fassen, und so sprang die Freundin für sie ein.

»Wir hatten gehofft spätestens im Herbst«, erklärte Jo. »Aber wegen der erforderlichen Umbaumaßnahmen, der

Warenbestellungen und so weiter ist das nächste Frühjahr wahrscheinlich realistischer.«

»Bis zum Frühjahr wären wir auf alle Fälle fertig«, bestätigte Michaela, fing den Blick ihrer großen Schwester auf und lächelte ihr zu.

»Wir werden eine Arbeitsgruppe bilden müssen«, stellte Neil mit Grabesstimme fest. Ihm war klar, dass alle Anwesenden wussten, wie sehr er es hasste, wenn etwas nicht entsprechend seiner Vorstellung verlief, und so musste er wenigstens so tun, als wäre er von jetzt ab mit von der Partie. Aber er würde alles daransetzen, genügend Fehler in der Kalkulation zu finden, damit Michaela ein für alle Mal mit fliegenden Fahnen unterging.

»Natürlich«, meinte Warren. »Ich schlage vor, dass Michaela, Jo, Sie selbst und vielleicht Trevor diese Gruppe bilden. Okay?«

Alle nickten zustimmend, und da es nichts mehr zu besprechen gab, wandten sich die sechs Mitglieder des Aufsichtsrats sowie Daniels Sekretärin Tania Wildman, die während der Besprechung mitgeschrieben hatte, zum Gehen und ließen Michaela, Jo und Caroline allein im Konferenzzimmer zurück.

»Du hast es geschafft!«, stellte Jo mit einem breiten Grinsen fest und nahm die Freundin in den Arm.

»Ich stehe noch vollkommen unter Schock«, gab Michaela mit einem nervösen Lachen zu. »Eine Zeit lang war es ganz schön knapp.«

»Ja, aber dann hast du Trevor und durch ihn auch Garry Howard überzeugt.« Caroline trat zu den beiden anderen Frauen und schloss sich der Umarmung an. Dann stellte sie lächelnd fest: »Du hast deine Sache wirklich wunderbar gemacht. Mum wäre furchtbar stolz auf dich gewesen.«

»Der Gedanke, dass das *Silks* geschlossen wird, wird ihr sicher nicht behagen.« Michaela runzelte die Stirn. »Aber sonst gibt es für die 18-bis-28er- Abteilung einfach keinen Platz.«

»Trotzdem wird ihr klar sein, dass es ein sehr guter Vorschlag ist«, antwortete Caroline. »Es ist eine kühne, innovative Idee, und wenn sie sich erst mal daran gewöhnt hat, wird sie hundertprozentig dahinterstehen. Der Einzige, der Schwierigkeiten machen wird, ist Neil, aber das war dir ja bestimmt von Anfang an bewusst.«

»Natürlich, er sitzt derart auf dem Geld des Unternehmens, dass man meinen könnte, es gehöre nicht der Firma, sondern ihm persönlich«, warf Jo trocken ein.

»Über Neil werde ich mir erst Gedanken machen, wenn sich rausstellt, dass ich mich verrechnet habe … aber das habe ich ganz sicher nicht.« Inzwischen hatte Michaela ihr altes Selbstvertrauen zurückerlangt. Allmählich wurde ihr bewusst, dass der Aufsichtsrat ihren Vorschlag angenommen hatte und die erste große Hürde überwunden war.

»Und wie geht es jetzt weiter?«, fragte Caroline.

»Jetzt müssen wir einen Zeitplan für alles erstellen, die Einkäufer anweisen, neue Produkte zu bestellen, und Handwerker mit dem Umbau des *Silks* und Ladenausstatter mit der Einrichtung der neuen Abteilung beauftragen. Ich würde am liebsten die Ausstatter nehmen, die den Plan erstellt haben, den ich eben präsentiert habe. Und dann …«

»Die Werbekampagne steht bereits«, erklärte Jo. »Sie kann gestartet werden, sobald Daniel und Warren ihr Einverständnis dazu geben.«

»Die Investoren dürften sich freuen, wenn sie merken, dass das Unternehmen aktiv etwas gegen die fallenden Aktienkurse unternimmt – und wenn sie drei Wochen vor der Hauptversammlung ihre Dividenden kriegen«, meinte Caroline.

»Dank Lauras Großzügigkeit«, erinnerte Jo die Freundinnen. Dann warf sie einen Blick auf ihre Uhr und brach in Hektik aus. »Oh, verdammt, ich habe eine Frist für eine Anzeige. Ich muss los. Daniel muss noch sein Okay geben, bevor ich sie rausschicke.« Während sie bereits im Gehen war, blickte sie noch einmal Michaela an. »Wann und wo sollen wir uns wegen des Zeitplans treffen?«

»Morgen früh, in meinem Büro. Punkt Viertel nach neun.«

Nachdem Jo gegangen war, räumten Caroline und Michaela den Konferenzraum auf.

»Was habe ich da von Jo und Daniel gehört?«, fragte Caroline die Schwester. »Die Angestellten sagen, sie hätten die beiden zusammen ausgehen sehen.«

Michaela grinste bis über beide Ohren. »Es ist einfach unmöglich, hier bei Ashworths ein Geheimnis zu bewahren. Ja. Jo und Daniel waren ein paarmal miteinander aus. Ich habe große Hoffnungen, dass diese Romanze letztendlich zu einer Hochzeit führen wird.«

Caroline riss die Augen auf. »Wirklich?«

»Ja«, erklärte Michaela voller Zuversicht. »Daniel hat schon seit einer ganzen Weile ein Auge auf Jo geworfen. Ich habe die beiden beobachtet und dabei ist mir aufgefallen, wie er sie angesehen hat, wenn er dachte, dass es niemand merkt. Es wäre die perfekte Beziehung, sie sind beide Juden und er ist der totale Kindernarr. Ich glaube, er wäre ein toller Stiefvater für Joshua. Vor allem ist er genau die Art von Mann, den Jo braucht. Mit seinem ruhigen Wesen tut er ihr ganz einfach gut. Sie braucht einen Mann, dem sie vertrauen kann, und ich glaube nicht, dass es jemand Vertrauenswürdigeren als Daniel gibt.«

»Du kleine Kupplerin.« Caroline schüttelte den Kopf, doch ihr Lächeln zeigte, dass sie mit dem Treiben ihrer Schwester durchaus einverstanden war.

»Ich wollte dich noch um einen Gefallen bitten, Caroline.« Während sie die Papiere in einen Ordner schob, sprach sie ein völlig neues Thema an. »Ich habe beschlossen, den Pilotenjob anzunehmen, der mir von diesem Geschäftsmann angeboten worden ist. Du weißt schon, von diesem Lenny Kovacs, den ich auf der Flugschau getroffen habe. Leith hat ihn überprüft. Er hat tatsächlich mit Immobilien zu tun. Wir nehmen an, dass er sich in ein paar Städten in der Umgebung umsehen will, um zu gucken, ob es dort lohnende Objekte gibt.«

»Und wie soll ich dir dabei helfen?«, fragte Caroline.

»Ich dachte, dass Fern mich und Mr Kovacs vielleicht auf unserem ersten Flug begleiten will. Am Sonntag fliege ich ihn nach Cooma und in drei Wochen nach Dubbo. Er hat mir einen Plan gegeben, demzufolge ich ihn im Verlauf des nächsten halben Jahres in verschiedene Städte fliegen soll.«

»Normalerweise verbringt Fern die Wochenenden mit Nick.«

»Ich habe mir die Freiheit genommen, Nick zu fragen – er ist damit einverstanden, weil er denkt, es wäre schön für Fern, wenn sie auch mal die ländlichen Gebiete kennenlernt. Aber ich will auch dein Okay.«

»Oh …«

Michaela versuchte, das »Oh« ihrer großen Schwester und deren Gesichtsausdruck zu interpretieren. Sie schien nicht unbedingt begeistert von der Idee zu sein. »Ich bin eine qualifizierte Pilotin mit zwei Jahren Flugerfahrung. Nick, Joel und sogar unsere Mutter können sich für meine Kompetenz verbürgen«, erinnerte sie Caroline. »Außerdem ist der Flieger, den Mr Kovacs gechartert hat, beinahe neu. Ich brauche diese Arbeit nicht, aber ich würde dadurch weitere Flugstunden bekommen. Aber wenn du natürlich …«

»O nein, das ist es nicht! Dein Vorschlag kommt ein bisschen überraschend, das ist alles. Ich hatte keine Ahnung, dass du beschlossen hattest, für diesen Mr Kovacs zu arbeiten«, antwortete Caroline. Das Einzige, was sie ein bisschen ärgerte, war, dass ihre Schwester erst zu Nick gegangen war, aber es wäre völlig sinnlos, bräche sie deshalb einen Streit vom Zaun. Dieses Vorgehen war einfach typisch für Michaelas eigensinnige Art. »Hör zu, ich habe kein Problem mit deinem fliegerischen Können. Ich bin sicher, dass du eine ausgezeichnete Pilotin bist. Wenn Fern dich begleiten will, ist das für mich okay.«

»Super. Dann werde ich Fern gleich heute Abend fragen.« Michaela sah die große Schwester strahlend an. Was sie nicht erwähnte, war, dass sie beschlossen hatte, ihre Nichte einzuladen, damit sie nicht allein mit Lenny Kovacs in dem Flieger saß. Nicht, dass er irgendwas gesagt oder getan hatte, was ihr Angst machte; es war nur einfach so, dass er ein völlig Fremder für sie war. Wenn sie sich erst ein bisschen besser kannten, bräuchte sie bestimmt keine Begleitung mehr, wenn sie mit ihm durch die Gegend flog.

Plötzlich unterbrach ein leises Klopfen das Gespräch der beiden Frauen. Die Tür wurde geöffnet, und Boris Jakelic betrat den Raum.

»Daniel hat mir gesagt, wo ich Sie finde«, fing er an. »Ich habe mit ihm über den Überfall auf die Lagerhalle gesprochen und dachte, Sie würden vielleicht gern erfahren, wie die Polizei mit den Ermittlungen vorangekommen ist. Es scheint tatsächlich das Werk von Profis gewesen zu sein, denn sie haben nicht die geringsten Spuren in der Halle hinterlassen.« Als er die enttäuschten Gesichter beider Frauen sah, fuhr er eilig fort: »Aber im Wachraum neben dem Tor hat die Polizei einen Fingerabdruck gefunden, der weder zu den Wachleuten noch zu den Lagerarbeitern passt. Es ist ein gut erhaltener Daumenabdruck, der mitten auf der Schreibtischplatte war. Sie gleichen ihn gerade mit den Abdrücken in ihrer Kartei ab. Anscheinend werden Fingerabdrücke endlos bei der Polizei gespeichert, wenn es nicht nach zehn Jahren einen Antrag auf Löschung gibt. Das ist bisher die heißeste Spur.«

»Der Abdruck könnte von allen möglichen Personen stammen, oder nicht?«, wollte Michaela von ihm wissen.

»Wenn er in der Halle gefunden worden wäre, ja, denn dort laufen täglich bis zu zwanzig Leute herum. Aber vorn im Wachhaus gehen nur eine Handvoll Leute ein und aus.« Boris zuckte mit seinen breiten Schultern. »Es ist noch kein Durchbruch, aber bis die ersten gestohlenen Waren auftauchen und die Polizei versuchen kann, die Spur zurückzuverfolgen, ist es wenigstens ein Anfang.«

»Danke, dass Sie uns Bescheid gegeben haben, Boris«, sagte Caroline, und nachdem er wieder verschwunden war, wandte sie sich ebenfalls zum Gehen. »Du hast deine Sache heute wirklich gut gemacht, Michaela«, gratulierte sie noch einmal. »Du hast großen Eindruck auf sämtliche Anwesenden gemacht und ihnen eindeutig gezeigt, dass du das Format einer zukünftigen Chefin von Ashworths hast.«

Michaela lächelte die Schwester dankbar an, und nachdem Caroline den Raum verlassen hatte, blickte sie noch eine Weile nachdenklich auf die geschlossene Tür. Hatte sie sich, was den Ehrgeiz ihrer großen Schwester anging, tatsächlich geirrt? Hatte Caroline wirklich keinerlei Interesse an dem Spitzenjob? Sie stieß einen leisen Seufzer aus. Sie hasste es, wenn sie sich einen Irrtum eingestehen musste, doch in diesem ganz speziellen Fall wäre es eindeutig okay.

Leith tigerte durch seine teure Wohnung. Obwohl es noch sehr früh an einem Sonntagmorgen war, schaffte er es einfach nicht, noch mal ins Bett zu gehen. Eben hatte er Michaela verabschiedet, die zu ihrem ersten Flug mit diesem Lenny Kovacs zum Flughafen von Bankstown aufgebrochen war.

Kovacs. Er dachte an den Tag zurück, an dem der Kerl mit Michaela zusammengestoßen war, und versuchte, sich daran zu erinnern, wie er ausgesehen hatte. Normalerweise konnte er sich ein Gesicht schon nach dem ersten Treffen merken, was in seinem Beruf ein großer Vorteil war. Aber sogar Michaela hatte Schwierigkeiten, ihm den Menschen zu beschreiben, obwohl sie ihm inzwischen mehrmals begegnet war. Leith runzelte die Stirn.

Er hatte diesen Lenny Kovacs auf mögliche Schulden oder Vorstrafen überprüft, und eine Sekretärin der Kanzlei hatte allgemeine Erkundigungen über diesen Typen eingeholt. Er schien tatsächlich ein Geschäftsmann mit vielfältigen Interessen zu sein. Er hatte ein beachtliches Aktienpaket, besaß mehrere Mietwohnungen in Bondi, spendete großzügig für wohltätige Zwecke, war Mitbesitzer eines erfolgreichen, fünfjährigen Rennpferds namens Lucky Lucy und hatte entweder selbst genügend Bargeld oder zumindest Zugriff auf genügend Kapital, um in Immobilien auf dem Land zu investieren – was angeblich der Grund für diese sonntäglichen Flüge war.

Mr Kovacs schien also ein durchaus ehrenwerter Mann zu sein, da aber Michaela ganz allein mit ihm durch die

Gegend fliegen würde, hatte Leith die Überprüfung fortgesetzt und sich auch noch das Zuhause dieses Menschen angesehen, was äußerst interessant gewesen war. Eines späten Nachmittags war er vor Kovacs' Adresse in dem feudalen östlichen Vorort Tamarama vorgefahren, und dort hatte ihm ein zwielichtiger Koloss die Tür des Prachtbaus mit der unbezahlbaren Aussicht über den Pazifik aufgemacht und ihm barsch erklärt, sein Boss wäre nicht da.

Im Hintergrund hatte er eine Frau mit einem Staubsauger gesehen, alles hatte relativ normal gewirkt. Wenn man es als normal ansah, dass ein Schläger an die Haustür kam. Aber vielleicht gab es dafür ja eine logische Erklärung, die Kovacs nicht anzukreiden war.

Er hatte sogar durch einen Spalt in der Garagentür gespäht und dort einen teuren Mercedes-Sportwagen und eine große BMW-Limousine stehen sehen.

Es gab also nicht den geringsten Grund, diesem Menschen gegenüber argwöhnisch zu sein, versicherte sich Leith, während er sich einen Teller mit Rührei, fein geschnittenen Schalotten, geriebenem Käse und einem Spritzer Tabasco-Sauce machte, den er zusammen mit einer Tasse Kaffee auf die Terrasse trug. Um halb acht an einem Frühlingsmorgen hoch oben im zehnten Stock konnte die Kühle nicht unbedingt als angenehm bezeichnet werden, da er jedoch aus Schweden stammte, war ihm das egal.

Kovacs war okay. Er machte sich unnötige Sorgen, aber … er spürte dasselbe eigenartige Kribbeln im Nacken wie bei einem nicht ganz astreinen Fall. Etwas stimmte nicht mit diesem Typ, und dass er nicht sagen konnte, was, machte ihn verrückt.

Äußerlich betrachtet hatte dieser Lenny Kovacs offenbar nichts zu verbergen, doch er würde so lange weitergraben, bis er etwas fand. Denn seine berufliche Erfahrung hatte ihm gezeigt, dass man unter der Oberfläche oft auf überraschende Schichten stieß. Und schließlich hatte er ein wichtiges Motiv: zu verhindern, dass sich Michaela in Gefahr begab …

13

Lenny gab sich alle Mühe, sich nicht anmerken zu lassen, wie enttäuscht er war. Wer brauchte in einem ohnehin schon viel zu engen Flieger auch noch ein vierzehnjähriges Gör? Vielleicht war Fern Beaumont durchaus okay, aber er hatte sich darauf gefreut, mehrere Stunden ganz allein mit seiner Angebeteten zu sein, selbst wenn wegen des laut dröhnenden Motors eine Unterhaltung ausgeschlossen war. Und er hatte sich darauf gefreut, sie zum Mittagessen einzuladen. Das würde er jetzt auch tun, nur wäre dann eben dieses lästige Kind dabei.

Zumindest saß er neben Michaela und konnte sie hin und wieder von der Seite ansehen. Wenn auch nicht zu oft, sonst bemerkte sie womöglich sein persönliches Interesse.

Hoffentlich blieb ihm die Peinlichkeit erspart, dass er sich in dem engen Cockpit übergab. Seit seiner Zeit im Knast waren ihm enge Räume abgrundtief verhasst.

Michaela rollte die Landebahn hinunter, sie stiegen problemlos in die Luft, und nach einem nur zweistündigen Flug kamen sie am späten Vormittag in Cooma an. Wie in den meisten kleinen Städten auf dem Land war auch hier am Sonntag nicht viel los. Lenny wartete, bis Fern und Michaela aus dem Taxi stiegen, mit dem sie vom Flughafen in den Ort gefahren waren, und meinte dann: »Wir sehen uns um halb zwei zum Mittagessen im Veteranenclub, okay?«, winkte den beiden nach, wies den Fahrer an, nach dreißig Metern von der Hauptstraße abzubiegen, zahlte und stieg aus. Nachdem der Taxifahrer kopfschüttelnd davongefahren war, blieb Lenny erst mal stehen und sah sich zwischen den vereinzelt stehenden Geschäften, den zwei Reihen kleiner Häuschen und den Flecken unbebauten Landes um.

Scheiße, was sollte er bloß in den zweieinhalb Stunden bis zum Mittagessen tun? Auch wenn er das Michaela gegenüber behauptet hatte, er hatte natürlich keine Verabredung mit mehreren einflussreichen Geschäftsleuten wegen irgendwelcher Immobilien in diesem gottverdammten Kaff. Das war nur eine Ausrede gewesen, damit sie ihn hierher flog. Und jetzt saß er in diesem arschkalten Kuhdorf fest und hatte nichts zu tun. Lenny zog den Kragen seiner Lederjacke hoch und schob das Schulterhalfter unter seiner Achsel hin und her, bis es etwas bequemer saß. Scheiße, was sollte er nur machen …?

Früher hätte er sich von dem Taxi in ein Bordell oder zu einem Callgirl fahren lassen und sich die Zeit auf diese Art vertrieben, aber … seit er Michaela getroffen hatte, bekam er ganz einfach bei keiner anderen Frau mehr einen hoch. Himmel, er war so heiß auf sie, dass er es fast nicht mehr ertrug.

Ein Stückchen weiter, halb versteckt hinter einer Reihe Koniferen, ragte ein Kirchturm in die Luft. Leute pilgerten zum Gottesdienst. Die Kirche war bestimmt geheizt. Na super, dache er verächtlich, während er in Richtung Gotteshaus lief, jetzt besuchte er tatsächlich einen Gottesdienst, nur um nicht auf der Straße rumstehen zu müssen! Aber er hatte keine andere Wahl. Schließlich musste er vermeiden, zufällig mit Fern und Michaela, die gemütlich durch die Straßen schlenderten, zusammenzustoßen. Verdammt, bestimmt gab's auch in der Kirche Minusgrade, dachte er, bevor er durch die Tür trat.

»Und, wie ist es gelaufen?«, fragte Caroline, als Fern und Michaela kurz vor Sonnenuntergang durch die Haustür kamen.

»Super. Michaela ist eine tolle Pilotin. Es war wirklich cool. Vielleicht mache ich auch den Flugschein, wenn ich alt genug bin. Und dieser Mr Kovacs war unglaublich nett. Nach seiner Geschäftsbesprechung hat er uns noch zum Mittagessen eingeladen«, verkündete Fern, während sie ihre Tasche neben der Treppe auf den Boden fallen ließ.

»Gut«, antwortete Caroline erfreut und blickte über den Kopf ihrer Tochter hinweg ihre Schwester an.

»Es ist alles gut gelaufen«, bestätigte Michaela. »Rod O'Malleys Piper Cub ist eine brandneue Maschine und fliegt sich einfach traumhaft. Ich glaube, Lenny war zufrieden damit, wie die Dinge gelaufen sind, obwohl ich den Verdacht habe, dass er nicht gern in kleinen Flugzeugen sitzt.«

»Das kann ich ihm nicht verdenken«, meinte Caroline mitfühlend.

Sie gingen in die Küche, um zu sehen, was es zum Abendessen gab. Normalerweise nahmen sie am Sonntagabend eine leichte Mahlzeit ein, die man problemlos zubereiten konnte, denn die Porters hatten sonntags frei.

»Weißt du, Mum, du solltest auch mal mitkommen«, schlug Fern der Mutter vor und zog auf der Suche nach einem schnellen Snack die Tür des Kühlschranks auf.

»Ich weiß nicht…«

»Selbst wenn Michaela wollte, könnte ich sie nicht jedes Mal begleiten, denn dann würde ich zu viele Sonntage mit Dad verpassen«, stellte das Mädchen nüchtern fest, nahm eine kalte Hähnchenkeule aus dem Kühlschrank und biss, während sie bereits im Gehen war, herzhaft in die Keule. »Ich muss sofort Liah und Tara anrufen, um ihnen zu erzählen, wie mein Wochenende war.«

Michaela grinste, als die Nichte aus der Küche schoss. »Ich hatte ganz vergessen, wie schnell sich Teenager bewegen können und wie viel sie reden. Ich glaube, dass es Lenny regelrecht die Sprache verschlagen hat. Anscheinend hat er selbst nicht viel mit Kindern oder Jugendlichen zu tun.« Sie bedachte Caroline mit einem nachdenklichen Blick. »Ich würde mich wirklich freuen, wenn du mich und Mr Kovacs einmal auf einem Flug begleiten würdest, wenn du willst.«

Caroline freute sich derart über die Einladung, dass sie ihre Angst vor kleinen Flugzeugen kurzfristig vergaß und lächelnd erwiderte: »Das tue ich bestimmt.«

»In drei Wochen fliege ich mit ihm nach Dubbo. Vorher soll ich mich noch mit ihm treffen, weil er mit mir die Termine für die nächsten sechs Monate besprechen will.«

»Dann kommst du also gut mit ihm zurecht?«

»Ja. Er ist…« Michaela zögerte und meinte dann: »… er ist okay. Höflich und interessiert. Er hat ein Riesenaufhebens um Fern gemacht, alles über ihre Schule und ihre Hobbys wissen wollen, und mich nach meinem Job bei Ashworths gefragt. Wir sind ganz gut miteinander klargekommen.« Nach einem Augenblick des Nachdenkens fügte sie jedoch hinzu: »Allerdings erzählt er kaum etwas von sich. Ich habe den Eindruck, dass er ein ziemlich langweiliges Leben führt.«

»Dubbo. Da war ich noch nie«, sagte Caroline. »Wäre vielleicht wirklich nett, dich dorthin zu begleiten. Dann könnten wir uns auch in aller Ruhe über dein 18-bis-28er-Projekt unterhalten. Schließlich müssen wir noch ein paar Kleinigkeiten klären, und wir sollten uns überlegen, was wir wegen der fallenden Aktienkurse tun. Sie sind noch mal um einen halben Punkt gefallen. Mum wird darüber nicht gerade glücklich sein. Mein Broker hat die Sache verfolgt und mir berichtet, dass diese beiden Unternehmen, Micronita und The Brothers, weiter alle Aktien kaufen, die auf den Markt geworfen werden.«

»Das ist allmählich wirklich nicht mehr lustig.« Michaelas Stimme drückte ehrliche Besorgnis aus. »Wir sollten mit Daniel, Neil und Warren sprechen. Sie haben offenbar von all dem noch nichts mitbekommen, aber sie sollten wissen, was passiert.«

»Dann werden wir gleich morgen früh zu ihnen gehen.«

Michaela blickte auf den Zettel, den Daphne auf die Anrichte gelegt hatte, und informierte ihre Schwester: »Daphne schreibt, das Essen steht im Kühlschrank. Kürbissuppe, kalter Braten und Salat. Außerdem hat Joel angerufen. Er kommt heute Abend später. Er lernt bei seiner Freundin, dieser Elissa, für die nächste Klausur.«

Während sie die Suppe erwärmte, holte Caroline die Teller und die Löffel aus dem Schrank. »Ah, Elissa … Ich hoffe, dass wir diese junge Frau irgendwann mal kennenlernen werden.«

»Das hoffe ich auch«, stimmte Michaela ihr zu. Sie beide wussten, dass ihr Bruder immer öfter bei den Markovitchs in Bankstown war. »Aber auch wenn wir sie nicht kennen, hat sie offenkundig einen guten Einfluss auf den

Kerl, denn ich habe nie zuvor erlebt, dass er tatsächlich etwas für sein Studium tut.«

In diesem Augenblick klingelte das Telefon, und Michaela nahm den Hörer ab. »Für dich, Caroline. Ein gewisser Teddy Rivkin. Er sagt, dass du ihn kennst.«

Zu Hause! Keiner von all den Orten, die sie gesehen hatte, ließ sich damit vergleichen, beschloss Laura Ashworth-Beaumont, als sie durch die Räume im Erdgeschoss der Waratah Avenue 52 schlenderte und zärtlich über diverse Möbelstücke, Ornamente und Gegenstände, die sie und Jack im Lauf der Zeit zusammengetragen hatten, strich. Sie war seit weniger als vierundzwanzig Stunden wieder da und hatte von den Monaten auf See immer noch einen leicht wiegenden Gang. Im Haus war alles ruhig. Michaela und Caroline waren bei Ashworths, Fern war in der Schule, und Joel war in die Unibibliothek gefahren, wo er sich wegen der anstehenden Abschlussprüfungen mit einer Arbeitsgruppe traf. Die Porters kauften Lebensmittel ein.

Es war schön, das Haus für sich allein zu haben, weil sie dadurch die Gelegenheit zum Nachdenken bekam. Morgen würde sie sich mit dem Ashworths-Vorstand zum Mittagessen treffen und erfahren, wie es in der Firma lief. Und später in der Woche würde sie mal wieder auf den Golfplatz gehen. Sie hatte bereits viel zu lange kein Golf gespielt, weshalb ihr Zwölfer-Handicap bestimmt nicht mehr so ohne Weiteres erreichbar war. Aber selbst wenn sie etwas eingerostet war, es wäre auf alle Fälle schön, wieder Teil des alten Vierer-Clubs zu sein.

Laura nahm in einem Sessel Platz und blickte durch das Fenster in den Garten. Die Knospen der Waratahs in dem runden Beet mitten in der Einfahrt gingen sicher in den nächsten Wochen auf. Seltsam, dass sie sie immer an Jack erinnerten. Ein wehmütiges Lächeln umspielte ihren Mund – wahrscheinlich lag es einfach daran, dass sie geblüht hatten, als sie zum ersten Mal mit ihm hierhergekommen war.

Im Haushalt der Beaumonts war einiges passiert, während sie unterwegs gewesen war. Wie immer hatte Daphne sie sofort nach ihrer Rückkehr auf den neuesten Stand gebracht. Zwischen Michaela und Leith Danvers hatte sich eine Beziehung angebahnt, und außerdem flog ihre jüngste Tochter irgendeinen wohlhabenden Geschäftsmann aus einem der östlichen Vororte von Sydney an jedem zweiten Wochenende in irgendeine kleine Stadt in New South Wales. Laura freute sich von Herzen über Michaelas Glück. Als sie sie und Leith am Ostersonntag zusammen gesehen hatte, hatten die Blicke, mit denen der junge Anwalt ihre Tochter angesehen hatte, bereits die Hoffnung auf eine Romanze zwischen ihnen in ihr geweckt. Leith war ihr sympathisch, und falls irgendjemand ihre wilde Tochter zähmen könnte, dann eindeutig er.

Und wie Fern gewachsen war! Sie hatte in den letzten Monaten ein paar Zentimeter zugelegt. Allmählich wurde aus dem Kind eine selbstbewusste junge Frau. Bei ihrem Wiedersehen war ihr klar geworden, wie sehr sie ihr einziges Enkelkind vermisst hatte, und sie hatte beschlossen, etwas ganz Besonderes mit ihr zu unternehmen, um die Zeit wieder wettzumachen, während der sie unterwegs gewesen war.

Und dann war da noch Caroline. Ihre Erstgeborene ging sehr tapfer mit der schrecklichen Arthritis um und kam in ihrem neuen Job hervorragend zurecht. Daniel hatte ihr erzählt, dass Caroline sich voller Eifer in die Arbeit stürzte und vor allem sehr schnell lernte. Doch das hatte sie von vornherein gewusst. Trotzdem hatte ihre Tochter manchmal einen wehmütigen Blick, der deutlich machte, dass ihr Herz noch immer eher an der Musik als an ihrem neuen Posten hing.

Und Joel. Über ihn hatte sie sich während ihrer Reise die größten Sorgen gemacht, denn wie sollte er seinen Studienabschluss schaffen, wenn er immer weitertrank? Daphne hatte ihr erzählt, dass eine junge Frau namens Elissa einen derart positiven Einfluss auf ihn hätte, dass er tatsächlich für die Prüfung lernte – was das reinste Wunder war. Gott und der fremden jungen Frau sei Dank.

Dann dachte sie über das Gespräch mit Daniel Blumner nach. Er hatte gestern Abend bei ihr angerufen, um sie zu Hause willkommen zu heißen, und dabei erwähnt, dass es bei Ashworths einige interessante Entwicklungen gegeben hätte. Statt ihr jedoch Einzelheiten zu erzählen, hatte er sie eingeladen, sich morgen mit dem Aufsichtsrat zum Lunch zu treffen, dann würde sie alles Weitere erfahren. Das war wirklich seltsam.

Was war nur geschehen, während sie unterwegs gewesen war?

Caroline saß allein in ihrem Schlafzimmer.

Seit sie sich am späten Nachmittag mit Teddy Rivkin im *Silks* getroffen hatte, gingen ihr unzählige Dinge durch den Kopf. Der gute, alte Teddy. Das Zusammensein mit ihm hatte so viele glückliche Erinnerungen an die Studentenzeit in London und in Wien und an ihre jeweiligen Erfolge als Musiker in ihr geweckt. Sie hatte als Pianistin reüssiert und er als Dirigent. Sie hatten in ihren Gedanken an die alte Zeit geschwelgt, und dann hatte er sie mit einer Frage überrascht:

»Hättest du vielleicht Interesse, als meine Stellvertreterin mit dem Australischen Philharmonie-Orchester zu proben und mit mir zusammen an Konzertprojekten des Orchesters zu arbeiten?«

Nach mehreren Sekunden überraschten Schweigens hatte Caroline gefragt: »Warum gerade ich?«

»Als du mir den netten Brief nach dem Konzert in der Oper geschrieben hast, ist mir klar geworden, dass ich einfach nicht zulassen kann, dass dein musikalisches Talent der Welt verloren geht. Auch wenn du vielleicht keine Klavierkonzerte mehr geben kannst, hast du der Musikwelt immer noch sehr viel anderes zu geben. Aber ich mache dir dieses Angebot nicht ausschließlich aus uneigennützigen Motiven. Ich habe eine junge Familie und wenn du mich – wenigstens hier in Australien – vertreten würdest, hätte ich endlich etwas mehr Zeit für sie.«

Sie hatte stumm genickt, dann aber spontan erklärt: »Teddy, ich will dir gegenüber ehrlich sein. Bisher habe ich nie daran gedacht, zu dirigieren.« Vielleicht hatte mal jemand in Paris davon gesprochen, aber damals war sie nicht bereit gewesen, auch nur darüber nachzudenken, und so hatte sie die Möglichkeit bisher verdrängt. »Ich weiß, dass es etwas völlig anderes ist, als wenn man selbst spielt, und ich bin mir nicht sicher, ob ich als Pianistin dazu in der Lage bin.«

Der bärtige Teddy hatte sich über den Tisch gebeugt, ihre Hände ergriffen und im Brustton der Überzeugung festgestellt: »Ich bin mir völlig sicher, dass du dazu in der Lage bist. Du weißt so viel über Musik, über die Nuancen, die Klänge, die damit verbundene Leidenschaft, die emotionale Komplexität, die man den Zuhörern vermitteln muss. Ich behaupte nicht, dass du es sofort können wirst. Wie alles andere auch müsstest du es erst einmal üben, aber ich bin zuversichtlich, dass du es am Ende schaffst.«

»Aber meine Hände. Die Arthritis. Die Ärzte sagen, dass sie vielleicht eines Tages so steif und deformiert sein werden, dass ich damit noch nicht mal mehr ein Messer halten kann.«

Er hatte sie grinsend angesehen. »Mach dir darüber keine Gedanken. Falls es so weit kommt, kleben wir den Taktstock einfach zwischen deinen Fingern fest. Und ich kann dir versichern, dass das keiner der Zuhörer bemerken wird.«

Wieder hatte sie den Kopf geschüttelt. Teddy Rivkin war immer noch ganz der Alte – der quirlige Vollblutmusiker, den sie schon damals schätzte.

»Versprich mir, dass du wenigstens darüber nachdenkst«, hatte er gebeten und sie abermals mit seinem schiefen Grinsen angesehen.

»Ich verspreche es.«

Und tatsächlich dachte sie die ganze Zeit über Teddys Vorschlag nach. Allerdings hätte sie lieber mit jemandem darüber gesprochen, denn dann hätten sich ihre Gedanken nicht ständig nur im Kreis gedreht. Aber mit wem? Mit ihrer Mutter? Michaela? Ja, sie würde sie verstehen, genau wie Joel. Nick? Das wäre sicher interessant. Was würde er wohl von der Möglichkeit halten, dass sie zukünftig als Dirigentin auf der Bühne stand? Würde er das billigen? Sie stieß einen tiefen Seufzer aus. Verdammt, weshalb interessierte es sie überhaupt, ob er damit einverstanden wäre oder nicht? Sie stieß einen noch tieferen Seufzer aus. Das Problem war, dass es ihr ganz einfach wichtig war. Sie wollte seine Zustimmung. Warum? Auch wenn die Pille bitter war, musste sie sie schlucken: Sie hing immer noch an ihm, weil ihr sein Interesse und auch sein Respekt am Herzen lagen, selbst wenn sie nicht erwarten konnte, dass er noch genauso viel für sie empfand wie sie für ihn.

Wütend auf sich selbst, blinzelte sie eine Träne fort. Dummerweise hatte sie zugelassen, dass etwas geschehen war, was nie hätte geschehen dürfen. Gegen ihren Willen hatte sie sich abermals in Nick Beaumont verliebt.

Vielleicht, dachte sie, hatte sie ja niemals völlig aufgehört, diesen Mann zu lieben, selbst, als ihre Beziehung an ihrem Tiefpunkt gewesen war. Sie blickte in den Spiegel und zog eine Grimasse. Es war einfach erbärmlich. Hier saß sie mit ihren vierundvierzig Jahren und verzehrte sich nach einem Mann, für den sie längst ein Teil der Vergangenheit war. Vor ihren Augen tauchte das Bild von Geraldine Baxter auf, einer wunderschönen, jungen, lebenslustigen Frau.

Verdammt! Sie zog frustriert die Unterlippe ein. Sie hasste es, so zu empfinden. Hasste es, urplötzlich so verletzlich und verzweifelt zu sein. Sie richtete sich kerzengerade auf. War sie tatsächlich verzweifelt?

Sie war sich nicht sicher. Ihr rasender Puls und die warme Zärtlichkeit, die sie bei dem Gedanken an Nick Beaumont verspürte, waren ein eindeutiges Zeichen für das, was sie für ihn empfand, aber sie wusste mit fatalistischer Bestimmtheit, dass sie es sich nicht leisten konnte, deshalb verzweifelt zu sein. Dadurch geriete sie zu sehr ins Hintertreffen, und so kam sie sich ihm gegenüber sowieso schon vor.

Von Kopf bis Fuß die erfolgreiche Geschäftsfrau, wurde Laura von Daniel Blumner in den Konferenzraum eskortiert. Die Platten und Teller auf dem Tisch hätten für eine ganze Armee gereicht, doch einschließlich ihrer jüngsten Tochter waren sie gerade mal zu acht. Den ganzen Morgen hatte Laura sich bemüht, ihre Neugier zu bezwingen. Als Daniel mit ihr am Telefon gesprochen hatte, hatte er äußerst geheimnisvoll geklungen, was ziemlich ungewöhnlich für ihn war. Nachdem sich alle anderen wie erwartet nach ihrer Gesundheit und nach ihrer Urlaubsfahrt erkundigt hatten, sah sie schließlich Daniel an.

»Ja, es ist schön wieder hier zu sein, auch wenn der Urlaub wirklich herrlich war, aber Daniel hat mich durch seinen Anruf neugierig gemacht. Er hat angedeutet, dass hier ziemlich viel passiert ist, während ich auf Reisen war.«

»Die Aktienkurse sind noch weiter gesunken«, verkündete Neil mit Grabesstimme. »Und wir haben erfahren, dass es zu seltsamen Aufkäufen der abgestoßenen Ashworths-Aktien gekommen ist. Percy Merrick, unser Broker, versucht herauszufinden, weshalb zwei kleine Unternehmen beachtliche Anteile unserer Aktien kaufen, obwohl ihr Wert immer noch fällt. Es ist ein Rätsel.«

»Und Anlass zur Sorge«, fügte Laura stirnrunzelnd hinzu.

»Das war die negative Nachricht«, mischte sich Warren Tremayne eilig in das Gespräch. »Aber wir haben auch etwas Positives zu berichten. Michaela hat sich überlegt, wie man den Marktanteil des Unternehmens noch einmal vergrößern kann, und da sie den Plan entwickelt hat, haben wir sie hierher eingeladen, damit Sie Ihnen das Konzept erklärt.«

Laura zog die Brauen hoch und murmelte leise: »Deshalb warst du gestern beim Abendessen derart still. Also, was hast du ausgeheckt?«

»Die Mehrheit des Aufsichtsrats hält ihren Plan für gut«, warf Daniel ein. »Aber am besten erklärt Michaela ihren Vorschlag selbst.«

Groß, schlank und genauso gut gekleidet wie ihre elegante Mutter, erhob Michaela sich von ihrem Platz, zog ein paar Seiten ihres Plans aus einem Ordner und fing mit ihrer Erklärung an.

Laura hörte ihrer Tochter reglos zu. Niemand im Raum hätte sagen können, was sie dachte, wofür sie wirklich dankbar war, denn ihr gingen die verschiedensten, verwirrenden Gedanken durch den Kopf. Das *Silks* sollte geschlossen werden! Sie sollten jede Menge Geld in den Aufbau einer Abteilung speziell für junge Leute investieren – keine Designerlabel, sondern qualitativ hochwertige Sachen von der Stange und dazu passende Accessoires! Auch wenn dieses Konzept nicht wirklich radikal zu nennen war, es war auf jeden Fall innovativ. Laura sah, dass Caroline unbemerkt hereingekommen war und am Ende des Tisches Platz genommen hatte. War sie vielleicht hier, weil sie die Schwester unterstützen wollte? Das wäre natürlich wunderbar, denn das hieße, dass die Feindseligkeit zwischen ihr und Michaela abgenommen hatte, während Laura unterwegs gewesen war.

Es war ein kühner Plan. Michaela hatte alles sorgfältig durchdacht, und Neils verkniffene Miene machte deutlich, dass auch an dem Kostenvoranschlag nichts auszusetzen war. Beinahe hätte sie gelächelt. In vielerlei Hinsicht war ihr Michaela wirklich ähnlich: Auch sie hatte eine Vision für das Unternehmen, wofür Laura sie bewunderte, aber falls es nicht funktionierte, wäre das vielleicht ein finanzieller Rückschlag, der sich nicht so ohne Weiteres verkraften ließ.

Laura sah die anderen nacheinander an. Nur ihr und Daniel und vielleicht Caroline war klar, wie sehr ihr das *Silks* am Herzen lag. Ohne Alex Monroes Erbe hätte es das Ashworths vielleicht nie gegeben. Die Aufgabe des Restaurants und der damit verbundenen Erinnerungen fiel ihr furchtbar schwer. Und vielleicht brächte sie es niemals über sich. Nein! Wenn sie sich selbst gegenüber ehrlich war, war sie in erster Linie Unternehmerin, und Jack hatte gesagt, sie wäre wirklich gut. Nur dank ihrer Ideen, dadurch, dass sie bei der Verfolgung ihres Traums bis an die Grenzen gegangen war, hatte sie Ashworths zu dem Imperium gemacht, das es inzwischen war. Und wenn Michaela dieselben Eigenschaften hatte, durfte sie ihr nicht die Chance nehmen, ihr und aller Welt zu zeigen, wozu sie in der Lage war.

»Laura«, drängte Daniel, nachdem Michaela ihre Ausführungen beendet hatte. »Was hältst du von dem Plan? Uns, das heißt den Mitgliedern des Aufsichtsrats, liegt sehr viel an deiner Meinung.«

»Ich bin inzwischen im Ruhestand, Daniel. Ich habe bezüglich der Führung dieses Unternehmens kein Mitspracherecht mehr. Weshalb also sollte meine Meinung für euch von Interesse sein, wenn euch allen Michaelas Plan gefällt?«

»Ihre Meinung wird uns immer wichtig sein«, warf Warren ehrlich ein. »Sie sind die Gründerin von Ashworths und genießen deshalb, auch wenn Sie aus der Unternehmensleitung ausgeschieden sind, unseren uneingeschränkten Respekt.«

»Die Umsetzung des Plans wird sehr teuer werden. Wir müssten einen Kredit aufnehmen«, warf Neil kritisch ein.

Laura bedachte ihn mit einem vernichtenden Blick. Ihr Neffe war immer entsetzlich negativ und wollte alles so belassen, wie es immer schon gewesen war. Nur weil sie sich nicht mit ihrem Bruder überwerfen wollte, hatte sie Neil nicht schon vor Jahren vorgeschlagen, sich nach einer anderen Stelle umzusehen. »Im Geschäftsleben lässt sich nur dann Gewinn erzielen, wen man vorher etwas investiert. Hältst du Michaelas Kostenvoranschlag für realistisch, Neil?«

Neil blätterte in seinen Unterlagen und dachte hektisch über eine Antwort nach. Auch nachdem sie aus der Firmenleitung ausgetreten war, hatte Laura immer noch einen messerscharfen Verstand. Verdammt. »Nun, abgesehen von ein paar Kleinigkeiten, ja.« Er hätte gern etwas anderes gesagt, doch das war unmöglich, und es ärgerte ihn furchtbar, dass auch Michaela das zu wissen schien.

Laura blickte ihre Tochter an und meinte beinahe zu hören, wie ihr ein Seufzer der Erleichterung entfuhr. »Verstehe. Das ist gut. Ich gebe zu, dass es mich traurig machen wird, wenn das *Silks* geschlossen wird. Es ist allgemein bekannt, dass das Restaurant und die Einrichtung einen besonderen Platz in meinem Herzen haben – und immer haben werden. Aber zumindest werden die Erinnerungsstücke ja in dem kleinen Café ausgestellt, das an seine Stelle treten wird. Was mich wirklich freut.« Sie machte eine kurze Pause, um zu überlegen, wie sie ihre Gedanken formulieren sollte, und fuhr dann mit ruhiger Stimme fort: »Die Zeiten ändern sich, und während meiner Kreuzfahrt ist mir klar geworden, wie schnelllebig gerade die Achtzigerjahre sind. Auch wenn es mich traurig macht, dass das *Silks* geschlossen werden soll, finde ich, dass sich das Unternehmen weiterentwickeln sollte, und denke, das 18-bis-28er-Projekt bietet eine gute Möglichkeit dazu. Die einzige Bitte, die ich hätte, ist, dass wir niemals vergessen sollten, wer unsere ursprünglichen Kunden sind.«

»Dann bist du also dafür?«, fragte Neil in ungläubigem Ton.

Er hatte gedacht und wahrscheinlich auch gehofft, sie spräche sich mit aller Vehemenz gegen Michaelas Pläne aus. Lächelnd blickte Laura erst ihre Tochter und dann ihren Neffen an. »Ja, Neil. Tut mir leid, wenn du jetzt enttäuscht bist.«

»Umm, das bin ich nicht.« Neil wurde puterrot. »Wenn …« Er musste mühsam schlucken. »Wenn hier alle dafür sind, dann bin ich, um des Unternehmens willen … ebenfalls dafür.«

»Gut.« Daniel rieb sich die Hände, als hätte er schwierige Verhandlungen zu einem erfolgreichen Abschluss gebracht. »Also, Neil, dann wendest du dich wegen des Darlehens an die Bank. Ich bin sicher, dass es da keine Probleme geben wird. Und jetzt«, beendete er den förmlichen Teil dieser Zusammenkunft, »lasst uns alle etwas essen, ja?«

Michaela strahlte wie ein Honigkuchenpferd. Die Mitglieder des Aufsichtsrats waren glücklich, weil auch ihre Mutter mit dem Vorhaben der Tochter einverstanden war. Es war beinahe zu schön, um wahr zu sein. Sollte sie sich vielleicht kneifen, um zu sehen, ob sie nicht nur träumte? Lauras Einverständnis war das Sahnehäubchen auf dem Kuchen, und am liebsten wäre sie sofort ans Telefon gestürzt, um ihr Glück mit jemandem zu teilen, der ihr furchtbar wichtig war. Sie hatte es sich angewöhnt, all ihre Ideen erst mit Leith Danvers zu besprechen, und nachdem sie miteinander geschlafen hatten, lagen sie häufig noch im Bett und malten sich die Zukunft aus. Sie würde ihm von diesem Coup berichten, sobald sich die Gelegenheit ergab, in ihr eigenes Büro zu flüchten, ohne dass es allzu unhöflich erschien …

Nachdem das Mittagessen eingenommen worden war und alle außer Laura und Daniel den Raum verlassen hatten, blieben die beiden, die nicht nur Geschäftspartner, sondern auch befreundet waren, noch ein wenig sitzen und tranken zusammen eine zweite Tasse Kaffee.

»Was hältst du wirklich von Michaelas Idee?«, wollte Daniel von ihr wissen, nun, da er mit ihr allein war.

»Ich bin beeindruckt. Ich hätte nicht gedacht, dass sie bereits derartige unternehmerische Fähigkeiten hat, aber dieses Projekt ist ein bedeutender erster Schritt.«

»Wir waren alle überrascht vom Ausmaß ihrer Fähigkeiten und ihres Engagements. Sie hat sogar angeboten, den Umbau von ihrem Erbe zu finanzieren. Aber das haben wir natürlich abgelehnt.«

Laura lächelte. Das war ein kluger Schachzug ihrer Tochter gewesen. Michaela musste klar gewesen sein, dass der Aufsichtsrat dieses Angebot niemals annehmen würde, gleichzeitig hatte sie gezeigt, wie verbunden sie dem Unternehmen war.

»Ich werde bei der nächsten Sitzung vorschlagen, dass sie einen Platz im Aufsichtsrat angeboten bekommt«, erklärte Daniel.

»Wirklich?«, fragte Laura ehrlich überrascht. »Hältst du das für klug? Schließlich ist sie noch sehr jung.«

»Sie hat es eindeutig verdient, und offen gestanden, brauchen wir ganz einfach Leute wie sie. Junge Menschen mit Ideen wie Michaela, Jo und auch Caroline, auch wenn sie noch eine Menge lernen muss.«

»Bei Caroline bin ich mir nicht so sicher«, räumte Laura ein. »Sie hat beim Frühstück, wenn auch beiläufig, erwähnt, dass man ihr einen Posten als zweite Dirigentin angeboten hat. Ich weiß, dass sie nicht den Eindruck erwecken möchte, als ließe sie mich oder Ashworths im Stich, aber ich möchte, dass sie glücklich ist und etwas tut, was ihren Neigungen entspricht. Und wenn sie wieder etwas Künstlerisches machen will, ist das für mich okay.«

»Auch mir wird langsam klar, dass Glück etwas sehr Wichtiges im Leben eines Menschen ist«, stellte Daniel ungewöhnlich philosophisch fest.

Laura sah ihn forschend an. Sie kannte Daniel seit seiner Geburt, hatte ihn aufwachsen sehen, mit ihm getrauert, als er seine Eltern Hans und Gerda – mit denen sie befreundet gewesen war – im Abstand von nur wenigen Monaten verloren hatte, und wusste von Yolanta, der Liebe seines Lebens. »Gibt es vielleicht irgendetwas, was du mir erzählen willst?«

Er sah sie mit einem jungenhaften Grinsen an. »Wenn ich es dir nicht selbst erzähle, wird es sicher jemand anderes tu. Jo Levy und ich sind uns… nähergekommen.« Er sah sie schüchtern an. Bei allen geschäftlichen Erfolgen war er im Privatleben ein eher unsicherer Mensch. »Ich liebe sie, Laura. Ich hätte sie schon längst gebeten, meine Frau zu werden, nur…«

Sie beugte sich über den Tisch. »Nur was?«

»Zum einen ist da der Altersunterschied und…« Er zögerte kurz. »…zum anderen scheint sie sich in letzter Zeit Sorgen über etwas zu machen, von dem sie jedoch nicht spricht. Ich dachte, dass sie vielleicht Probleme mit den Kindern oder mit ihrem Exmann hat. Aber wenn ich ehrlich bin, weiß ich es einfach nicht.« Obwohl er hilflos mit den Schultern zuckte, drückte seine Miene das wahre Ausmaß seiner Sorge aus. »Sie wirkt irgendwie depressiv und… ich habe Jo noch nie so unglücklich erlebt, nicht mal, nachdem ihre Ehe gescheitert war.«

»Hat Michaela nichts gesagt?« In dem Bemühen, die plötzlich ernste Stimmung ein wenig aufzuhellen, stieß sie ein leises Lachen aus. »Schließlich halten die beiden zusammen wie Pech und Schwefel. Es gibt sogar Leute, die denken, dass sie Schwestern sind.«

Daniel schüttelte den Kopf. »Ich habe das Gefühl, dass sie mich auf Abstand hält. Dass sie versucht, mich auszuschließen. Vielleicht habe ich mir einfach zu große Hoffnungen gemacht. Vielleicht empfindet sie ja nicht so viel für mich wie ich für sie.«

Laura tätschelte ihm aufmunternd die Hand. Da sie so etwas wie eine Tante ehrenhalber für ihn war, tat es ihr weh, ihn derart unglücklich zu sehen. »Armer Daniel. Ich gebe zu, es sieht Jo nicht ähnlich, depressiv zu sein. Hör zu, gib mir ein paar Tage Zeit. Ich werde mit Michaela reden und zusammen finden wir bestimmt heraus, was für ein Problem sie hat.« Sie zog eine Braue hoch und fügte aufmunternd hinzu: »Falls sie eines hat.«

»Das würdest du tun?« Sein Gesichtsausdruck entspannte sich. »Jo ist mir wirklich furchtbar wichtig, Laura. Falls ...«

»Mach dir keine Gedanken, Daniel. Wir werden ihr entlocken, wo der Hase im Pfeffer liegt, egal auf welchem Weg.« Damit stand sie auf und sah sich nach ihrer Tasche um, die auf einem der anderen Stühle lag. »Ich muss leider los. Aber keine Angst. Ich werde heute Abend noch mit Michaela reden. Falls jemand herausfinden kann, was mit Jo nicht stimmt, dann sie.«

Caroline saß hinter ihrem Schreibtisch und trommelte mit ihrem Bleistift auf einem Blatt Papier herum. Warren hatte sie gebeten, sich ein von ihm verfasstes Handbuch über verkaufsfördernde Strategien anzusehen, aber nicht gesagt, zu welchem Zweck. Sie hatte nicht genug Erfahrung, um zu wissen, ob das, was er geschrieben hatte, gut, schlecht oder auch nur wichtig war, aber falls es ihm einfach darum ging, dass jemand Orthografie und Zeichensetzung überprüfte, täte sie das gern.

Nur fehlte ihr dazu die nötige Konzentration …

Nach dem Fiasko in der Oper würde es kein zweites Date mit Warren geben, davon war sie überzeugt. Als zurückhaltender Mensch würde er die Romanze mit ihr sicher nicht weiter verfolgen, nachdem ihm klar geworden war, dass ihre Liebe einem anderen galt. Nicht, dass es ihr wirklich leidgetan hätte, nicht noch einmal mit Warren auszugehen. Viel lieber wäre sie von ihrem Exmann eingeladen worden. Aber das geschah sicher nie.

In ihrer offenen Tür erschien ein dunkler Schopf und als sie ein maskulines Räuspern hörte, hob sie überrascht den Kopf und eine verlegene Röte stieg ihr ins Gesicht.

»Nick.«

»Tut mir leid. Ich habe dich erschreckt.«

Er würde nie erfahren, was ihr gerade durch den Kopf gegangen war, versuchte sie sich zu beruhigen, atmete tief durch und bat ihn in ruhigem Ton: »Komm rein und setz dich. Was führt dich in diesen Teil der Stadt?« Er hatte sie noch nie an ihrem Arbeitsplatz besucht, denn anscheinend fühlte er sich seit der Scheidung weder hier bei Ashworths noch in der Waratah Avenue besonders wohl. Und tatsächlich hatte Laura ihm sein kleinliches Verhalten Caroline gegenüber auch nach all der Zeit nicht vollkommen verziehen.

Nick nahm vor ihrem Schreibtisch Platz und blickte sie mit einem breiten, wie sie dachte, amüsierten Lächeln an. Ihre Anspannung nahm wieder zu und so fragte sie ihn brüsk: »Was ist? Habe ich einen Kugelschreiberfleck auf meiner Nasenspitze?«

»Nichts dergleichen. Ich bin es einfach nicht gewohnt, dich hinter einem Schreibtisch sitzen zu sehen. Aber die Rolle der Geschäftsfrau steht dir wirklich gut.«

Dies wäre die perfekte Einleitung, um zu erwähnen, dass ihr die Dirigentenstelle angeboten worden war, doch irgendetwas hielt sie davon ab. Sie wollte einfach noch weiter darüber nachdenken, bevor sie eine Entscheidung traf, und es ärgerte sie bereits, dass ihr gegenüber ihrer Mutter etwas herausgerutscht war.

»Du hast sicher alle Hände voll zu tun«, meinte er mit seinem weichen, halb australischen, halb kalifornischen Akzent. »Und ich will dich auch gar nicht lange aufhalten. Nur war ich gerade in der City, und da ich mit dir reden wollte, dachte ich, ich schaue einfach kurz bei dir herein. Ich muss geschäftlich nach London, denn dort findet Anfang November eine große Baumaschinenmesse statt. Und ich hätte es gern, dass Fern mich dorthin begleitet, falls das möglich ist.«

Caroline runzelte die Stirn. »Das wäre kurz vor Schuljahrsende, Nick. Da hat Fern jede Menge Prüfungen …«

»Ich weiß. Vor Beginn der Prüfungen wäre sie wieder da, und sie könnte ihre Bücher mitnehmen und abends lernen. Die Messe dauert nur vier Tage, und danach würde ich gern einen Wagen mieten und zehn Tage mit ihr durch die Gegend fahren.« Er sah seine Exfrau fragend an. »Was hältst du von der Idee?«

Sobald sie das Wort London vernommen hatte, war ihr durch den Kopf gegangen, dass er bestimmt nach England flog, um Geraldine Baxter wiederzusehen. Verdammt. Für einen Moment brachte sie keinen Ton hervor. Ihre Gefühle fuhren Achterbahn. Oh, verdammt, warum nur hatte sie sich abermals in diesen Mann verliebt?

»Ich gebe zu, dass ich nicht ganz glücklich über diesen Vorschlag bin. Fern hat dieses Jahr schon sehr viel mitgemacht. Sie hat Paris verlassen, ist hierher umgezogen, hat mit einer neuen Schule angefangen und sich an einen völlig anderen Lehrplan gewöhnen müssen. Deshalb ist es für sie besonders wichtig, dass sie die Prüfungen zum Abschluss dieses Schuljahrs besteht.«

»Das sehe ich genauso, und wenn sie Probleme in der Schule hätte, hätte ich dich gar nicht erst gefragt, aber wenn ich mich nicht irre, kommt sie bestens klar«, stellte er mit einem gewinnenden Lächeln fest.

»Ja«, musste Caroline gestehen. »Hast du ihr gegenüber diese Reise schon erwähnt?«

»Ich wollte dich erst fragen, ob du einverstanden bist.«

»Verstehe. Könnte ich vielleicht eine Nacht darüber schlafen und dir morgen meine Antwort geben?« Sie wusste schon, dass sie ihm ihre Zustimmung ganz sicher nicht verweigern würde, sie wollte aber etwas Zeit haben, um die Sache zu durchdenken.

Obwohl er weiter lächelte, war ihm die Enttäuschung deutlich anzusehen. »Sicher.« Er stand auf und schob seinen Stuhl zurück an seinen angestammten Platz.

Nachdem er gegangen war, ohne unnötig Zeit mit irgendwelchen Plaudereien zu verlieren, trommelte sie weiter mit dem Bleistift auf dem Blatt Papier herum. Seit seinem unverhofften Besuch war es vollends um ihre Konzentration geschehen. Alles, woran sie jetzt noch denken konnte, waren Nick und diese Geraldine. O Gott! *Nick und Geraldine …*

14

Am selben Abend führten Michaela, Caroline und Laura ein Gespräch, in dem sie sich gegenseitig bestätigten, dass Jos Verhalten in den letzten beiden Wochen ziemlich ungewöhnlich gewesen war. Caroline hatte versucht, mit Jo über Teddys Angebot zu sprechen, womit sie bei der langjährigen Freundin auf völliges Desinteresse gestoßen war. Laura hatte Jo unter dem Vorwand, sich nach ihrer Mutter Ruth erkundigen zu wollen, nach dem Mittagessen mit dem Aufsichtsrat in ihrem Büro besucht und war mit ein paar kurzen Sätzen abgefertigt worden. Und Michaela, die ein paar Details der Werbekampagne für das 18-bis-28er-Projekt mit ihr erörtern wollte, hatte sich mit einem barschen »später« abspeisen lassen müssen, was zuvor noch nie geschehen war.

War nicht bereits all das völlig untypisch für Jordana Levy, so gab es noch mehr. Als ehemaliges Model achtete Jo für gewöhnlich auf ein makelloses Aussehen, doch seit vierzehn Tagen schien ihr Äußeres ihr vollkommen egal zu sein.

Etwas stimmte ganz eindeutig nicht mit ihr.

Die drei Frauen kamen zu dem Ergebnis, dass sie herausfinden müssten, was die Ursache für dieses veränderte Verhalten war, und beauftragten Michaela als ihre engste Freundin mit der Lösung des Problems.

Deshalb klopfte diese am nächsten Morgen mit entschlossen blitzenden Augen kurz an Jos Bürotür und trat, ohne eine Antwort abzuwarten, ins Zimmer.

Jo hatte sich mit beiden Ellenbogen auf das Fensterbrett gestützt, blickte auf die Straße und machte sich nicht einmal die Mühe, sich umzudrehen, um zu sehen, wer da unaufgefordert eingetreten war.

»Hi, Jo«, grüßte Michaela gut gelaunt, und als keine Antwort kam, wandte sie eine Schocktaktik an. »Hast du schon gehört? Eben kam im Radio, dass Jordanien und Ägypten Israel den Krieg erklärt haben. Und es wird erwartet, dass sich der irakische Führer Hussein auf ihre Seite stellen wird. Es sieht also wirklich ziemlich schlimm aus.« Wie erwartet, bekam sie auch auf diese hanebüchene Geschichte keine Reaktion.

»Jo Levy, hörst du mir überhaupt zu?«, fragte sie frustriert. »Ich habe läuten hören, dass Warren von deinen Leistungen enttäuscht ist und dich deshalb feuern will«, setzte sie noch eins drauf.

Immer noch kam keine Antwort. Ob die Freundin plötzlich taub geworden war?

Zähneknirschend baute Michaela sich neben ihr am Fenster auf. »Was ist mit dir los? Sag es mir bitte, Jo! So schlimm kann es doch gar nicht sein.«

Erst jetzt schien Jo das Auftauchen der Freundin zu bemerken, denn sie blinzelte erschreckt. »Michaela. Ich habe dich gar nicht kommen hören.« Sie sah die Freundin kurz an, warf einen Blick auf ihren Schreibtisch, wandte sich dann wieder dem Fenster zu. »Ich habe gerade alle Hände voll zu tun …«

»Alle Hände voll zu tun!«, schalt Michaela sie. »Jo Levy, du hast schon seit Tagen den Leerlauf eingelegt und gar nichts mehr getan. Das wissen alle hier. Nur wissen wir nicht, warum. Aber du wirst es mir jetzt sagen. Ich werde dieses Büro nämlich erst wieder verlassen, wenn du mit mir gesprochen hast.«

Stille senkte sich über den Raum.

»Oh, verdammt. Lass mich in Ruhe, ja?«

Michaela machte einen Schritt zurück. Jo Levy fluchte nie! Einer ihrer Wangenmuskeln zuckte. Tja, aber mit ein paar rüden Worten schlüge sie sie ganz bestimmt nicht in die Flucht. Sorgenfalten gruben sich in Michaelas makellose, glatte Stirn. Sollte sie den Wunsch der Freundin respektieren oder der Sache auf den Grund gehen? Nach kurzem Überlegen blieb sie stehen.

»Was ist los, Jo? Du weißt, dass du mir alles sagen kannst. Geht es um Daniel? Hat er etwas Falsches gesagt oder getan oder irgendetwas nicht getan, was er hätte tun sollen?«

Jo schüttelte den Kopf.

»Dann geht es vielleicht um die Kinder? Hat eines von ihnen Probleme?«

Jo schüttelte erneut den Kopf.

»Was in Gottes Namen ist es dann?«

Jo wandte sich Michaela zu. Ihr prachtvolles Gesicht – die griechische Nase, die hohen Wangenknochen, der volle, wohlgeformte Mund, weswegen sie in jungen Jahren als Model so begehrt gewesen war – sah erschreckend eingefallen aus, und in ihren Augen schimmerten heiße Tränen. »Oh, halt endlich die Klappe, ja? Halt einfach die Klappe und lass mich in Ruhe.«

Michaela biss sich auf die Unterlippe, denn der Anblick ihrer Freundin versetzte ihr einen regelrechten Schock. Die Jo, die hier vor ihr stand, hatte kaum noch Ähnlichkeit mit der, die sie seit Jahren kannte. Sie ließ die Schultern hängen, ihre Haare waren stumpf und ihr generelles Erscheinungsbild ließ darauf schließen, dass sie keinen Pfifferling auf ihr Aussehen gab. Das war eindeutig nicht die Jo, mit der sie schon seit einer Ewigkeit befreundet war!

»Tut mir leid, das kann ich nicht«, erwiderte sie sanft. »Du bist mir nämlich wichtig, und wenn du bis heute

Abend brauchst, um mir zu erzählen, was dich derart bedrückt, bleibe ich bis heute Abend hier.« Wie um ihre Entscheidung zu bekräftigen, stützte auch sie sich mit den Ellenbogen auf die Fensterbank und blickte auf die Straße, als wäre sie bereit, notfalls stundenlang zu warten, bis Jo endlich mit ihr sprach.

Jo bedachte sie mit einem bösen Blick, kehrte ihr den Rücken zu und schaute wieder aus dem Fenster, obwohl beim besten Willen nichts Besonderes zu sehen war.

»Wir machen uns alle fürchterliche Sorgen. Daniel ist richtiggehend außer sich, und auch Caroline und Mum machen sich schreckliche Gedanken. Aber was für ein Problem du auch immer hast, wir können dir sicher helfen.«

Jo stieß ein kurzes, harsches Lachen aus. »Das könnt ihr leider nicht. Mir kann niemand helfen.«

Dazu sagte Michaela nichts. Sie blieb einfach stehen und sah Jo abwartend an. Schließlich war die Freundin selbst die Einzige, die sich entschließen konnte, sich ihr anzuvertrauen.

»Oh, meinetwegen«, murmelte Jo in einem Ton, der deutlich machte, dass sie sich geschlagen gab. »Du wirst mich ja doch nicht eher in Ruhe lassen, bevor du alles weißt.« Sie atmete tief ein und setzte mit leiser, unsicherer Stimme an: »Ich habe einen … Knoten in meiner Brust gefunden. Vor ungefähr zwei Wochen.«

»Oh.« Michaela achtete sorgfältig darauf, sich ihre Überraschung nicht anmerken zu lassen, während sie fast beiläufig von ihrer Freundin wissen wollte: »Und was hat der Arzt gesagt?«

Keine Antwort!

»Jo, was hat er gesagt?«

»Ich war noch nicht beim Arzt.«

»Bist du verrückt?«, fragte Michaela sie spontan und schüttelte ungläubig den Kopf. »Auch wenn es wahrscheinlich nur eine Zyste oder eine Fettablagerung im Gewebe ist, solltest du es auf alle Fälle prüfen lassen. Hast du schon mit deiner Mutter gesprochen?« Was nur logisch wäre, denn Jos Mutter Ruth war nicht nur eine angesehene Kinderärztin, sondern vor allem eine offene, warmherzige Frau.

»Nein.« Jo wandte sich Michaela zu. »Ich habe einfach Angst. Weißt du, das Ding wird immer größer und tut ein bisschen weh, wenn man es berührt. Oh, ich weiß einfach, dass es… dass es…« Sie brachte es nicht über sich, ihre Befürchtung auszusprechen.

»Krebs? Du denkst, es ist Krebs?« Oh, verdammt. Kein Wunder, dass sie Depressionen hatte. Aber… das konnte doch nicht sein. Jo war jung, noch keine vierzig. War sie nicht zu jung für Brustkrebs? Michaela versuchte, sich an die Artikel zu erinnern, die sie im Lauf der Jahre in verschiedenen Frauenzeitschriften über Brustkrebs gelesen hatte. Es war eine Krankheit, die einen bestimmten Prozentsatz von vor allem älteren Frauen traf. Sie strich der Freundin sanft über den Arm. »Jo, Schätzchen, du musst unbedingt aktiv werden. Du kannst nicht einfach den Kopf in den Sand stecken und so tun, als würde dieser Knoten nicht existieren, vor allem, wenn er wächst. Weißt du«, versuchte sie zu trösten, »vielleicht machst du dir ja völlig unnötig Gedanken. Vielleicht ist es wirklich nur eine Zyste. So was kriegen manche Frauen.«

»Und was ist, wenn es keine Zyste ist?«, fragte Jo mit weinerlicher Stimme. »Was, wenn es… du weißt schon… Was soll ich dann machen, Michaela? Die Kinder… wer wird sich um sie kümmern? Oh, es ist einfach zu schrecklich, um darüber nachzudenken.«

»Ich kann verstehen, wie du dich fühlst …«

Jo fuhr herum wie ein verletztes Tier. »Den Teufel kannst du! Was weißt du schon darüber? Ich habe dieses … Ding … das in mir wächst und das ich nicht kontrollieren kann. Wenn es ein lebenswichtiges Organ erreicht, bin ich erledigt. Aber ich will meine Kinder noch aufwachsen sehen.« Ihre Stimme brach. »Wag ja nicht zu behaupten, du wüsstest auch nur ansatzweise, wie ich mich fühle …«

Michaela starrte Jo erschrocken an und antwortete kleinlaut: »Du hast recht. Es tut mir leid. Woher sollte ich das wissen?« Doch bereits im nächsten Atemzug versuchte sie es wieder mit Vernunft: »Aber wäre es nicht besser, es zu wissen, als starr vor Angst hier rumzustehen? Falls es Krebs ist, können die Ärzte jede Menge tun.« Sie betete stumm, dass es so war. »Solange die Krankheit noch in ihrem Anfangsstadium ist. Das habe ich auf alle Fälle gelesen.«

»Ja, aber was ist, wenn er sich schon … ausgebreitet hat?«

Michaela setzte ein zuversichtliches Lächeln auf. »Glaubst du nicht auch, dass du ein bisschen voreilig Schlüsse aus dem Ganzen ziehst? Erst musst du mal zu einem Arzt, damit der sich das Ding ansieht. Ich glaube, sie machen bei so was eine Biopsie. Und wenn du die Ergebnisse bekommst, werden wir weitersehen.«

Jo sah Michaela an und schüttelte den Kopf. Ihre Unterlippe zitterte vor Anstrengung, den Tränenstrom zurückzuhalten, der in ihrer Kehle aufgestiegen war. »Oh, Michaela, ich habe solche Angst. In meinem ganzen Leben hatte ich noch keine derartige Angst. Noch nie. Und das Timing ist einfach erbärmlich. Gerade jetzt, wo sich etwas zwischen Daniel und mir entwickelt hat. Er wird mich nicht mehr wollen, wenn ich … wenn ich mir eine

Brust abnehmen lassen muss. Großer Gott, das Ganze macht mich derart wütend, am liebsten würde ich laut schreien.«

»Das kann ich verstehen. Meinetwegen schrei so laut du willst, wenn du dich dann besser fühlst.« Michaela legte einen Arm um die Schulter ihrer Freundin und zog sie eng an ihre Brust. »Obwohl dann wahrscheinlich mindestens ein halbes Dutzend Leute angelaufen käme. Lass uns einen Schritt nach dem anderen machen, okay? Als Erstes müssen wir es deiner Mutter sagen. Ruth kennt sicher einen Brustkrebsspezialisten, an den sie dich überweisen kann.« Sie spürte, dass Jo erstarrte, doch als sie ihren zögernden Blick bemerkte, fuhr sie entschlossen fort: »Deine Mutter hat das Recht, es zu erfahren, Jo. Hör zu, ich werde dich begleiten. Wir werden noch heute zu ihr gehen. Wenn du willst, gleich jetzt oder nach der Arbeit. Abgemacht?«

Jo zog eine Grimasse und wischte sich ein paar Tränen aus dem Gesicht. »Du denkst, ich sollte mit ihr sprechen?«

»Verdammt! Du solltest nicht nur, du musst.«

»Und... du wirst mich begleiten?« Jo sah Michaela mit einem unsicheren Lächeln an und Michaela lächelte zurück.

»Na klar. Wozu sind Freundinnen denn sonst wohl da?«

Nachdem sie von der Situation ihrer Tochter erfahren hatte, verlor Dr. Ruth Levy keine Zeit.

Jo bekam sofort einen Termin für eine Biopsie, es stellte sich heraus, dass die Verdickung tatsächlich ein bösartiger Tumor war, und schon ein paar Tage später wurde der Knoten entfernt. Außerdem wurden in einer Privatklinik die Lymphdrüsen unter der linken Achsel entfernt und ebenfalls auf krebshaltige Zellen hin untersucht.

In dieser Zeit der Angst erkannte Jo, mit wie vielen guten Freundinnen und Freunden sie gesegnet war. Die Beaumonts – Joel, Michaela, Caroline und Laura –, aber auch Daniel, der sich mit Einverständnis ihrer Mutter um die beiden Kinder kümmerte, bis sie wieder auf den Beinen war, gaben sich im Krankenhaus praktisch die Klinke in die Hand.

Bei einem ihrer zahllosen Besuche hörte Michaela zu, wie sich Jo mit ihrem Bruder Aidan unterhielt, und grübelte darüber nach, was ihrer Freundin widerfahren war. Es wirkte grundverkehrt und vor allem furchtbar ungerecht, dass Jos Leben durch die bösartigen Zellen in Gefahr geraten war, doch nachdem das Schlimmste – wie sie hoffte – überstanden war, ging Jo unglaublich tapfer mit der Krankheit um.

Sie alle beteten, dass das Fortschreiten der potenziell tödlichen Krankheit durch den rechtzeitigen medizinischen Eingriff abgewendet worden war. Michaela wusste nicht, ob sie an der Stelle ihrer Freundin so stark gewesen wäre. Doch auf diese Frage gab es keine Antwort, solange sie nicht – was hoffentlich nie geschehen würde – in einer ähnlich schlimmen Lage war.

Jo bezog sie in die Unterhaltung ein. »Aidan hat mir, den Kindern und Daniel angeboten, eine Zeit lang auf seinen Landsitz in Bundanoon zu ziehen.«

Aidan, der drei Jahre jünger war als Jo, stieß ein verächtliches Schnauben aus. »Als Landsitz würde ich es nicht gerade bezeichnen. Eher als Wochenendhaus. Einzige Bedingung ist, dass irgendwer den Rasen mäht und sich vielleicht ein bisschen um den Garten kümmern, damit er nicht vollkommen verwildert.«

»Es ist ein wunderschönes Haus«, gab Jo mit schwesterlicher Entschiedenheit zurück. »Das weißt du ganz genau.« Dann sah sie Michaela an. »Aidan sagt, dass ich mich dort nach der Bestrahlung sicher gut erholen kann. Meinst du, dass du und Leith auch ein paar Tage runterkommen könnt?«

»Ich auf jeden Fall, aber ob Leith Zeit haben wird, kann ich noch nicht sagen. Kommt auf seine Gerichtstermine an. Aber übers Wochenende kommen wir bestimmt.« Michaela sah die Freundin lächelnd an. Sie bewunderte sie für die Fähigkeit, sich zusammenzureißen und schon wieder Zukunftspläne zu schmieden, obwohl sie bisher nicht mal aus dem Krankenhaus entlassen war. Aber ihr blieb, da sie zwei Kinder hatte, auch keine andere Wahl. O Gott … sie hoffte, dass sie nie in eine solche Lage kommen würde, aber wenn, das wusste sie, wäre Jo ihr eine ebensolche Hilfe wie sie. Das war ein großer Trost.

Es vergingen endlos lange sieben Tage, bis endlich das Laborergebnis kam. Da keine bösartigen Zellen in den Lymphdrüsen gefunden worden waren, würde Jo sechs Wochen lang bestrahlt und durfte hoffen, dass die Krankheit überstanden war.

Elissa hörte auf zu reden, als Joels Corvette die Einfahrt in der Waratah Avenue hinunterschoss und vor der Treppe hielt. Joel sah sie von der Seite an und stellte fest, dass ihr beim Anblick seines Heims die Kinnlade heruntergefallen war.

»D-du hättest mir sagen sollen, dass es so … riesig ist!«, wisperte sie, als fürchte sie, das Haus könnte sie hören, wenn sie mit normaler Stimme sprach. »Im Vergleich zu deinem Heim sieht das Haus meiner Eltern wie eine Hundehütte aus«, fügte sie mit der ihr eigenen Offenheit hinzu.

»Mir gefällt das Haus deiner Eltern. Es ist einladend und gemütlich, und deine Mutter hat es so liebevoll eingerichtet, dass man sich dort einfach wohlfühlen muss.«

Der Blick, mit dem Elissa ihn bedachte, machte deutlich, dass er sie ihrer Meinung nach ganz eindeutig auf die Schippe nahm.

»Lass uns reingehen, ja?«

Sie blieb am Fuß der Treppe stehen. »Ich weiß nicht, Joel. Vielleicht ist es doch keine so gute Idee, mich deiner Familie vorzustellen.«

»Ich will, dass sie dich kennenlernen, Lissa«, nannte er sie bei ihrem Kosenamen. »Also, mach jetzt bitte keinen Quatsch. Ich garantiere dir, ihr werdet vollkommen begeistert voneinander sein.«

Er durfte sie nur Lissa nennen, wenn sie mit ihm allein war. Bei ihr zu Hause gingen sie immer sehr förmlich miteinander um und verzichteten auf jede Form der Zärtlichkeit, denn in dieser Hinsicht waren Vladimir und Tilda ungewöhnlich streng. Doch das machte ihm nichts aus, denn genau wie Lissa selbst genossen auch die Markovitchs seinen uneingeschränkten Respekt. Sobald sie aber in Elissas kleiner Wohnung waren, waren sie so liebevoll und zärtlich zueinander, dass er für die Stunden der Zurückhaltung mehr als entschädigt war. Er konnte es kaum glauben, dass er eine Frau wie sie gefunden hatte: Sie war sein größtes Glück. Sie hatten sogar schon über das Heiraten gesprochen, wollten damit jedoch noch so lange warten, bis sein praktisches Jahr vorüber war.

»Ja, sicher!«, antwortete sie mit ungläubiger Stimme, ließ sich dann aber von ihm zur Haustür ziehen.

Bis zu diesem Augenblick hatte Joel keinen Gedanken an die Möglichkeit verschwendet, dass der Reichtum der Beaumonts oder die Beaumont'schen Frauen vielleicht erschreckend auf sie wirken konnten. Sie war immer derart souverän… Trotzdem konnte er sich plötzlich vorstellen, dass ihr Selbstbewusstsein unter der Begegnung mit seiner Mutter, Caroline und Michaela – die jede auf ihre Art durchaus beeindruckende Erscheinungen waren – litt.

Er nahm sie in den Arm, küsste sie zärtlich auf den Mund und schob erst dann den Schlüssel ins Schloss.

»Keine Angst. Sie sind alle ganz versessen darauf, die Frau kennenzulernen, die einen elenden Trunkenbold in einen vorbildlichen Studenten und, wie ich hoffe, zukünftigen Arzt verwandelt hat.«

»Noch ist es nicht so weit.« Sie sah ihn lächelnd an. »Schließlich sind es noch ein paar Wochen bis zu deinen Abschlussprüfungen.«

»Mmm.« Er zog eine Grimasse. »Du hast recht, heute ist wahrscheinlich mein letzter freier Tag.«

»Worauf du dich verlassen kannst.«

»Dann mal rein in die Höhle des Löwen«, scherzte er und schob die Haustür auf.

Laura und Fern waren im Wohnzimmer, Caroline war in der Küche, wo sie Daphne bei der Zubereitung der Salate für das Barbecue behilflich war, und Michaela hatte von Ashworths aus angerufen, um zu sagen, sie und Leith wären auf dem Weg.

Laura war sofort begeistert von Elissa. Und warum auch nicht? Schließlich hatte dieser Rotschopf einen geradezu erstaunlich positiven Einfluss auf ihr jüngstes Kind gehabt. Endlich war Joel, beinahe über Nacht, erwachsen geworden, ein junger Mann, auf den ihr Jack, wenn er noch leben würde, ebenso stolz wäre wie sie selbst.

Auch Caroline verstand sich sofort mit der jungen Frau, vor allem, als Elissa ihr erklärte, sie spiele zwar kein Instrument, hätte aber eine Vorliebe für klassische Musik.

»Wer ist denn Ihr Lieblingskomponist?«, fragte Caroline.

»Das ist schwer zu sagen«, gab Elissa zu. »Es gibt so viele wunderbare Komponisten, aber wenn ich mich entscheiden müsste, würde ich sagen, erst Mozart und dann Tschaikowsky.«

»Da haben Sie wirklich gut gewählt«, stimmte Caroline ihr lächelnd zu. Sie merkte, dass Elissa sich die größte Mühe gab, sich nicht anmerken zu lassen, wie nervös sie war, und fuhr, um ihr ihre Aufregung zu nehmen, freundlich fort: »Wenn Sie möchten, kann ich nach dem Mittagessen etwas spielen, solange Sie mir ein paar falsche Anschläge verzeihen – ich spiele nämlich längst nicht mehr so gut wie noch vor einem Jahr. Wie wäre es mit Mozarts *Concerto Nr. 21?*«

»Das wäre wunderbar.«

»Es ist ein wundervoller Frühlingstag. Warum setzen wir uns nicht auf die Terrasse und warten dort auf Michaela und Leith?«, schlug Laura vor.

Nachdem sie im Schatten der Pergola Platz genommen hatten, rollte Porter einen Servierwagen mit Erfrischungen und kleinen Häppchen an den Tisch, und Fern fragte Elissa nach ihrer Familie, woher sie stammte und weshalb ihr Vater damals nach Australien gekommen war. Ferns Neugier kannte einfach keine Grenzen – das hatte sie von Nick geerbt.

»Als mein Vater noch ein junger Mann war, musste er mit ansehen, wie sein Land durch eine falsche Politik und die allgemeine Korruption langsam, aber sicher vor die Hunde ging. Er und meine Mutter waren damals schon zusammen und sie wollten heiraten, hatten aber nicht genügend Geld, um sich in der Stadt, in der sie lebten, ein Haus leisten zu können. Dad war damals Lehrer, und Lehrer waren ziemlich angesehen, aber er war sich nicht sicher, dass es langfristig so bleiben würde, und deshalb beschloss er zu gehen. Mit einem Rucksack hat er im Spätherbst 1952 heimlich die Grenze nach Jugoslawien überquert.«

Joel erzählte weiter, denn er hatte die Geschichte bereits mehrmals von Vladimir gehört. »Das war damals sehr gefährlich, denn überall waren Grenzposten stationiert. Um ein Haar hätten sie ihn erwischt. Doch obwohl es manchmal wirklich brenzlig war, hat er es nach Jugoslawien geschafft, wurde dort aber von Polizisten aufgegriffen und in ein Flüchtlingslager gesteckt. Dort blieb er drei Jahre, bis er endlich ein Visum für Australien bekam.«

»Dad meint, dass es in dem Lager wirklich schrecklich war«, nahm Elissa die Erzählung wieder auf. »Dort starben in jedem Winter furchtbar viele Menschen, vor allem Kinder. Wenigstens hat er in den drei Jahren ziemlich gut Englisch gelernt, trotzdem haben die australischen Behörden nach seiner Ankunft in Perth seinen Studienabschluss nicht anerkannt.« Sie merkte, dass die anderen an ihren Lippen hingen, und fuhr nach einer kurzen Pause fort. »Das musste mein Vater akzeptieren und sich eine andere Arbeit suchen. Die Baubranche erlebte damals gerade einen Boom, und er hat geschuftet wie ein Pferd. Später ist er nach Sydney gezogen, hat sich hier innerhalb von ein paar Jahren zum Vorarbeiter hochgearbeitet und endlich genug Geld verdient, um meine Mutter nachkommen zu lassen. Noch am Tag ihrer Ankunft haben sie geheiratet, und dann haben beide unglaublich hart gearbeitet, ein eigenes, kleines Haus gekauft und Mischa, Illya und mir eine gute Ausbildung finanziert.«

»Viele Leute sagen, dass erst die Einwanderer, die nach dem Zweiten Weltkrieg nach Australien gekommen sind, es zu dem Land gemacht haben, das es heute ist.« Caroline war ehrlich beeindruckt von der Geschichte der Familie Markovitch. »Nehmt zum Beispiel all die Restaurants in Leichhardt, am Cross und natürlich in der Lygon Street in Melbourne. Sie haben unsere Städte bunt gemacht und bieten ein breites Spektrum an Gerichten, das es so vorher nicht gegeben hat. Sie haben das englische Erbe – ein Stück Fleisch und drei Sorten Gemüse – aus unseren langweiligen Mittelklasse-Küchen verdrängt.«

»Pass auf, was du sagst«, mahnte Joel mit einem Lächeln. »Wenn du dich nicht vorsiehst, brichst du gleich noch einen Streit vom Zaun.«

»Mit mir ganz sicher nicht«, erklärte Elissa prompt. »Ich sehe es genau wie Caroline. Die Einwanderer haben viel für Australien getan.«

»Auf alle Fälle hätten wir ohne sie nicht das Stauseeverbundsystem in den Snowy Mountains«, warf Fern ihr neu erworbenes Schulwissen ein.

»Und vergesst nicht all die Menschen, die erfolgreiche Geschäftsleute geworden sind. Carla Zampatti, Sir Peter Abeles, den Gründer von TNT, oder den Architekten Harry Seidler, um nur einige zu nennen«, fügte Laura nachdrücklich hinzu. »Selbst unsere Hauptstadt Canberra wurde von einem Ausländer entworfen. Und zwar von Walter Burley Griffin, einem Amerikaner, der die Ausschreibung zum Entwurf der Hauptstadt vor dem Ersten Weltkrieg gewonnen hat. Und die Oper wurde von Jörn Utzon entworfen, der, wenn ich mich recht entsinne, Däne ist.«

Die Unterhaltung wurde dadurch unterbrochen, dass Michaela, Hand in Hand mit Leith, auf die Terrasse kam.

»Hi, allerseits. Sorry, dass es so spät geworden ist. Der Verkehr am Samstagmorgen ist einfach das Grauen.«

Joel stellte die beiden Elissa vor, und während die beiden jungen Frauen, die ungefähr ein Alter hatten, anfingen, sich über Mode zu unterhalten, machten Leith und er – während Porter für den Notfall in der Nähe blieb – das Feuer an und legten die ersten Steaks und Hähnchenteile auf den Grill.

Laura saß in einem Liegestuhl und sah ihre Lieben nacheinander an. Es war schön, sie alle hier zu haben, dachte sie. Nur einer fehlte noch. Auch Nick gehörte zur Familie, denn er war nicht nur ihr Stiefsohn und der Exmann von Caroline, sondern auch der Vater ihrer Enkelin. Sie hätte wirklich gern gewusst, was Caroline für Nick empfand. Im Gegensatz zu Michaela behielt Caroline ihre Gefühle eher für sich. Trotzdem hatte Laura spüren können, dass sie ungewöhnlich nachdenklich gewesen war, als Fern mit Nick zu ihrer Englandreise aufgebrochen war. Vielleicht nicht wirklich unglücklich, aber auf alle Fälle deutlich nachdenklicher als sonst.

Dann dachte sie an die Zukunft ihrer Tochter Michaela und vor allem ihrer Enkeltochter Fern, die sich noch nicht entschieden hatte, was sie einmal werden wollte, deren Talent nach Aussage der Lehrer aber vor allem im Bereich der Mathematik und der Naturwissenschaften angesiedelt war. Vielleicht würde sie ja einmal Ingenieurin oder Architektin und stiege, wenn Lou Sardi seinen wohlverdienten Ruhestand anträte, in die Firma ihres Vaters ein.

Ihr Blick wanderte zu Leith und dann weiter zu Michaela, die entspannt in ihrem Sessel saß. Es war eindeutig das Werk des großen Schweden – wie ihn Laura manchmal in Gedanken nannte –, dass sie plötzlich derart ruhig und friedlich war. Und auch ihr Erfolg mit ihrem 18-bis-28er-Projekt hatte wahrscheinlich dazu beigetragen. Plötzlich nahm der Vorstand Michaela ernst. Und das war gut so, denn trotz ihrer Jugend hatte sie eindeutig einen untrüglichen Sinn für das Geschäft. Und da Daniel jetzt privat gebunden war, stieg sie möglicherweise früher als erwartet in den Aufsichtsrat des Unternehmens auf.

Dann sah sie zu Elissa und Joel. Die junge Frau schaffte es kaum, den Blick von ihm zu lösen, was Laura wirklich rührend fand. Dass Elissa nicht aus ihren Kreisen stammte, war ihr vollkommen egal. Laura wünschte ihrem Sohn eine Frau, die ihn um seinetwillen liebte, fehlerhaft und schwierig, wie er manchmal war. Und nach allem, was sie sah, liebte dieses Mädchen, wenn es nicht die beste Schauspielerin aller Zeiten war, Joel auf eine ruhige, beständige Art, die offenbar typisch für sie war.

Sie stieß einen beinahe rundum zufriedenen Seufzer aus. Zu ihrer völligen Zufriedenheit fehlten nur noch Caroline und Nick.

Während sie das wunderbare Essen und den Frühlingssonnenschein genossen, fragte Leith Joel: »Und, wie sehen deine Pläne aus?«

»Erst mal will ich meinen Abschluss schaffen und dann hoffe ich, dass ich mein Jahr als Assistenzarzt im St. Vincent's machen kann.«

»Willst du dich auf irgendwas spezialisieren?«

»Nein. Es gibt keinen Bereich, zu dem ich mich besonders hingezogen fühle.«

»Und wie sieht es mit der Forschung aus, Joel?«, wollte Elissa von ihm wissen. »Du hast einmal gesagt, dass du dir gut vorstellen kannst, in die Forschung zu gehen.«

»Ich weiß, aber es ist seltsam …« Er machte eine Pause. »Die Geschichten, die mir dein Vater aus Osteuropa erzählt hat, haben den Wunsch in mir geweckt, mich vielleicht bei der medizinischen Abteilung des Friedenskorps der Vereinten Nationen zu bewerben. Aber natürlich nur« – er sah Elissa grinsend an – »wenn du mich begleiten kannst.«

»Das ist doch wohl nicht dein Ernst, Joel. Diese Arbeit ist doch sicher unglaublich gefährlich«, meine Michaela. Der Gedanke, dass ihr Bruder in die Ferne ziehen könnte, sagte ihr ganz und gar nicht zu.

»Davon hast du bisher nie etwas gesagt.« Auch Elissa hörte man ihre Besorgnis überdeutlich an.

»Weil mir der Gedanke erst in den letzten Tagen gekommen ist.«

»Ich hoffe, du denkst gründlich nach, bevor du eine so weitreichende Entscheidung triffst«, erklärte Laura streng. Innerlich schrie sie *Nein, Nein, Nein,* aber sie würde nichts sagen, denn Joel war wie ihr Jack. Wenn er sich zu etwas entschlossen hatte, brachte ihn nichts und niemand davon ab. So war er immer schon gewesen, und deswegen müsste sie wie seine junge Freundin abwarten und sehen, ob es ihm mit der Bewerbung ernst oder ob sie vielleicht nur eine vorübergehende Laune war.

»Ich will nicht, dass du weggehst«, sagte Fern, stand mit unglücklicher Miene auf und schlang ihm die Arme um den Hals. »Ich würde dich fürchterlich vermissen.«

Laura lächelte, als sie den Blick über ihre Familie schweifen ließ. Einschließlich Elissa waren sie fünf Frauen, und das würde sicher reichen, um Joel von seinen Plänen abzubringen. Das hoffte sie auf jeden Fall.

»Vielleicht steige ich auch in eine Praxis auf dem Land irgendwo hier in der Nähe ein.«

»Ich glaube, dass uns das allen wesentlich lieber wäre«, stellte Caroline mit einem leichten Lächeln fest.

»Ja!«, riefen die anderen im Chor.

»Warten wir es ab. Eins nach dem anderen. Erst einmal muss ich die Prüfungen bestehen. Und dann werden Elissa und ich einen kurzen Urlaub machen. Wir wissen noch nicht, wo, aber vielleicht auf Tahiti, weil Elissa nämlich nicht nur Englisch, Ukrainisch und Deutsch, sondern auch fließend Französisch spricht.«

Nach dem Essen spielte Caroline Elissa, wie versprochen, etwas auf dem Flügel vor, und dann fuhren Joel und seine Freundin zurück in Elissas kleine, in Waverley gelegene Wohnung, um sich für die Party, zu der sie abends eingeladen waren, umzuziehen.

Fern, Leith und Michaela waren zu einem Spaziergang mit Rufus aufgebrochen, die Porters räumten in der Küche auf, und Caroline kehrte zurück auf die Terrasse, wo Laura immer noch in ihrem Sessel in der warmen Frühlingssonne saß.

Es gab etwas, worüber Caroline bereits seit Tagen mit der Mutter sprechen wollte, und nun, da sie mit ihr allein war, bot sich ihr endlich die Gelegenheit dazu. »Weißt du noch, wie ich dir von Teddy Rivkin erzählt habe, als wir letztens zusammen Kaffee getrunken haben?«

Laura nickte stumm.

»Nun.« Sie atmete tief ein. »Er hat mir eine Stelle angeboten. Er möchte mich tatsächlich als zweite Dirigentin für das Australische Philharmonie-Orchester haben. Ich soll mit dem Orchester proben und jährlich mehrere Konzerte geben, damit er etwas mehr Zeit für seine Familie hat.«

Laura sah die Tochter reglos an. »Klingt interessant, und ich kann verstehen, weshalb er gerade dich für diesen Posten haben will – schließlich hast du unendlich viel Erfahrung und Talent. Wäre das denn etwas, was du wirklich machen willst?«

Caroline hob hilflos ihre Hände in die Luft. »Ich bin hin und her gerissen. Die Arbeit bei Ashworths macht mir wirklich Spaß. Sie hat mir die Augen dafür geöffnet, wie viel du im Lauf der Jahre geleistet hast, aber du weißt, dass meine große Liebe immer die Musik gewesen ist.«

»Wäre die Arbeit als Dirigentin nicht etwas völlig anderes als das, was du bisher getan hast?«, fragte Laura vorsichtig. Sie wollte Caroline weder kritisieren noch ermutigen.

Caroline warf einen Blick auf ihre Hände. Es war später Nachmittag, und sie wurden langsam steif. Sie musste dringend eine Stunde spielen, denn sonst würden die Gelenke immer weiter anschwellen. »Ja. Aber das ist nicht unbedingt von Nachteil. Ich brauche mir nichts vorzumachen. Ich werde nie wieder professionell Klavier spielen können, aber mit meiner Erfahrung kann ich der Musikwelt trotzdem nützlich sein.«

»Klingt, als hättest du bereits entschieden, was du machen willst.«

Caroline sah ihre Mutter an und wusste instinktiv, dass ihr Ausscheiden bei Ashworths eine Enttäuschung für sie war. »Ich glaube ja. Mum, ich will dich nicht im Stich lassen. Ich weiß, du hast gehofft, dass Michaela und ich das Unternehmen irgendwann gemeinsam leiten würden. Seit wir Frieden geschlossen haben, wäre das tatsächlich eine Möglichkeit, und wenn ich die Firma jetzt wieder verlassen würde …« Sie wartete darauf, dass ihre Mutter weitersprach.

»Du musst tun, was für dich und nicht für mich das

Beste ist.« Laura machte eine kurze Pause, fuhr dann aber fort: »Ich gebe zu, dass das eine Enttäuschung für mich ist. Und als Mutter habe ich vielleicht sogar das Recht dazu, etwas enttäuscht zu sein, dass du nicht in meine Fußstapfen treten willst. Aber mehr als alles andere möchte ich, dass du deine Erfüllung findest, und wenn du dazu als zweite Dirigentin unter Teddy Rivkin arbeiten musst« – sie sah Caroline mit einem warmen Lächeln an – »hast du meinen Segen.«

»Wirklich?«

»Wirklich.« Trotz Michaelas anfangs feindseliger Haltung hatte Caroline sich vollkommen problemlos in das Unternehmen eingefügt. Daniel und Warren hatten einstimmig erklärt, sie hätte das Zeug zur zukünftigen Direktorin, aber Laura kannte ihre Tochter und sie wusste, dass ihr Herz nicht wirklich an der Arbeit für die Firma hing. Ihre Liebe galt der Musik, und das würde Laura akzeptieren, so schwer es ihr auch fiel.

Da sie es für besser hielt, ein anderes Thema anzusprechen, wandte sie sich mit einem: »Nun, da das geklärt ist, was hältst du von Joels Freundin?«, der jungen Elissa zu.

»Ich finde sie unglaublich nett. Mit ihrer zielstrebigen, organisierten Art ist sie genau die Richtige für Joel. Er ist ja manchmal ein bisschen zu weich.«

»Genauso sehe ich es auch. Joel braucht eine starke Frau, die ihn führen kann. Elissa ist wie ihre Eltern – wirklich zäh. Wenn sie Joel verlassen würde, wäre er am Boden zerstört.« Laura blickte ihre Tochter lächelnd an. »Aber ich glaube nicht, dass das passiert. Ihr war deutlich anzusehen, dass sie ihn von ganzem Herzen liebt. Hoffentlich erweist er sich als gut genug für sie ...«

Lenny betrat das *Seaman's Drift*, eine seiner Lieblingskneipen in der Werft, und sah sich suchend um. Es war bereits halb acht. Sein Kumpel war zu spät, was völlig untypisch für diesen pedantischen Spießer war. Er zündete sich eine Zigarette an und studierte die halb leere Bar. Die meisten Werftarbeiter hatten schon den Heimweg angetreten, weshalb nur noch die ganz hartgesottenen Kerle sich gegenseitig unter die Tische tranken oder – falls sie noch in der Lage waren, einen hochzukriegen – auf eine halbwegs anständige Hure warteten, die sie mit auf ihre Bude nahm.

Er selbst brachte es nicht mehr, wenn er zu viel getrunken hatte. Der Gedanke an Sex rief, wie inzwischen jedes Mal, automatisch den Gedanken an die wunderbare Michaela in ihm wach. Morgen würden sie nach Norden fliegen, sie beide allein, nach Armidale. Inzwischen hatte er sich an die Routine ihrer sonntäglichen Ausflüge gewöhnt. An das grauenhaft frühe Aufstehen um halb sechs, an den viel zu kleinen Flieger und den lärmenden Motor. Daran, wie wunderbar sie aussah, wenn sie so perfekt, als wäre sie Harper's Bazaar oder irgendeinem anderen teuren Modemagazin entstiegen, auf ihn zukam. Es war ihm selbst ein Rätsel, weshalb er sie nicht einfach packte, küsste und über sie herfiel, sobald sie in seine Nähe kam. Das war natürlich einfacher, wenn nicht noch jemand mit ihnen zusammen war wie Fern oder ihre ältere Schwester. Wie hieß sie noch einmal? Caroline, genau, Ferns Mutter, die einmal Konzertpianistin gewesen war. Sie sah wie die ältere, hellere Ausgabe von Michaela aus.

Die beinahe schmerzlich schöne, ach so verführerische Michaela! Rastlos und erregt rieb er sich die Hände. Himmel, sobald er morgens seine Augen aufschlug, dachte er an sie, und wenn er schlief, suchte sie ihn in seinen

Träumen heim. Manchmal machte er dann sogar wie ein notgeiler Teenie Flecken in sein Bett, was ihm entsetzlich peinlich war.

Wenn er sie nicht bald bekam, würde er noch vollkommen verrückt.

Earl und Donger warfen ihm bereits verständnislose Blicke zu, weil er noch immer nicht bei ihr zum Zug gekommen war. Sie verstanden ihn ganz einfach nicht. Aber wie hätten sie das auch gesollt? Wenn sie heiß waren auf eine Frau, ließen sie das diejenige sofort wissen und bedrängten sie, bis sie mit ihnen in die Kiste stieg – was meistens gelang. Unkultivierte Affen. Im Gegensatz zu ihm wussten sie ganz einfach nicht, was echte Liebe war.

Inzwischen konnte er sich eingestehen, dass er Michaela liebte wie noch niemals zuvor eine Frau. Sie hatte es verdient, mit Samthandschuhen angefasst zu werden, und das passierte auch. Und genau deshalb, sagte er sich grinsend, schien sie ihm, nachdem sie ein paar Monate mit ihm herumgeflogen war, endlich zu vertrauen. Sie hatte ihn sogar auf einen Kaffee in seinem Haus besucht, und morgen würden sie zum ersten Mal allein fliegen. Das war ein echter Fortschritt.

Was ihm nicht gefiel, war, dass sie so oft von diesem jungen Anwalt sprach. Die beiden waren offenbar zusammen, und, Himmel, das war ihm ein Graus. Seine Eingeweide zogen sich zusammen, wenn er daran dachte, dass sie vielleicht gerade bei ihm war. Er hatte gehofft, es wäre nur eine kurze, belanglose Affäre und dann wäre sie den blonden Schweden leid. Wenn das nicht bald geschah, müsste er möglicherweise dafür sorgen, dass der Konkurrent von der Bildfläche verschwand. Er drückte seine Zigarette aus. Wenn es zwischen ihr und diesem Leith so weiterginge, hätte er tatsächlich keine andere Wahl.

Aus dem Augenwinkel sah er, dass sein Kumpel in die Kneipe kam. Er trug einen Nylonregenmantel, weil es draußen wie aus Kübeln goss, und sah sich unbehaglich zwischen den wenigen hünenhaften Werftarbeitern an den Tischen um. Gut. Es gefiel ihm, wenn sein Kumpel sich ein bisschen unwohl fühlte, weil er dann selbst im Vorteil war.

»Wie geht's, Kumpel?« Er schüttelte die feuchte Hand des Kerls und hätte sich die Finger am liebsten an der Hose abgetrocknet, ließ es aber sein. Männer mit einem schlaffen, feuchten Händedruck waren schwanzlose Bastarde. Das hatte er immer schon gedacht, und alles, was er über seinen Kumpel wusste, bestätigte ihm das.

»Wie laufen die Geschäfte?«, fragte er.

»Ich habe alle Hände voll zu tun.« Wie jedes Mal, wenn er auf Lenny traf, wirkte der Kumpel furchtbar angespannt. »Und bei dir?«

»Ich kann mich nicht beschweren.« Das konnte er beim besten Willen nicht. Alles in allem hatte er einen äußerst profitablen Winter und Frühling hinter sich, und auch die Pläne für den Sommer waren wirklich gut. »Warte. Ich hole uns erst mal zwei Bier.« Er schlenderte grinsend Richtung Bar. Es gefiel ihm, wenn sein Kumpel etwas schwitzte. Es gefiel ihm sogar sehr.

Er kam mit zwei großen Gläsern mit einer bernsteinbraunen Flüssigkeit zurück an ihren Tisch und sah sein Gegenüber fragend an. »Was hast du für mich, Kumpel?«

»Was ich für dich habe?«, wiederholte der und sah Lenny blinzelnd an. »Was meinst du damit, was ich für dich habe? Ich habe dir gesagt, dass der Zugriff auf die Unterlagen der Warenlieferungen drastisch eingeschränkt worden ist.«

»Du bist doch ein kluges Bürschchen. Du findest also sicher einen Weg. Einmal noch, ja? Okay?«

Der Kumpel starrte Lenny an, als hätte der ihn aufgefordert, eigenhändig einen Menschen zu ermorden. Er kratzte sich unglücklich an der Schläfe und sein rechter Mundwinkel fing an zu zucken, als er sagte: »Das ist vollkommen unmöglich, Lenny. Es ist einfach zu riskant.«

Diese Antwort sagte Lenny ganz und gar nicht zu. Er fing an, mit den Fingern auf dem bierbefleckten Tisch herumzutrommeln, und starrte sein Gegenüber so durchdringend an, dass der unbehaglich zur Seite sah. »Was ist das für eine defätistische Einstellung. Ich bin schwer enttäuscht von dir.« Er verschränkte seine Finger, ließ die Daumen langsam umeinander kreisen und dachte währenddessen nach. »Lass mich gucken, ob ich dir nicht helfen kann.«

»I-ich k-kann wirklich nichts mehr machen. Wenn ich dir die Lieferpläne gebe, werden alle wissen, dass ich die undichte Stelle bin. Das wäre der totale Wahnsinn, Lenny.«

»Ja, sicher«, pflichtete Lenny mit begütigender Stimme bei. »Und schließlich sollen sie nicht erfahren, wer uns mit Informationen versorgt hat, nicht wahr?«

Der Kumpel entspannte sich. Er trank einen Schluck von seinem Bier und wischte sich mit einem Taschentuch die dünne, weiße Schaumschicht von der Oberlippe ab.

»Ich hab's!«, erklärte Lenny, als hätte er ernsthaft nachgedacht. »Was, wenn es einen Einbruch bei Ashworths gäbe? Das wäre eine Möglichkeit. Euer Sicherheitsmann, Jakelic, denkt, dass seine Leute super sind, aber Earl hat mir erzählt, die Security bei euch im Haus wäre total erbärmlich. Es wäre also das reinste Kinderspiel, dort reinzukommen, wenn jemand aus dem Haus eine bestimmte

Tür auflassen würde, sagen wir, die zum Dach. Und natürlich müsste die Alarmanlage ausgeschaltet sein.«

»Das ist doch wohl nicht dein Ernst. Wie …?«

Lenny legte seinen Zeigefinger an die Nase. »Überlass die Einzelheiten mir, Kumpel. Du brauchst nur zu wissen, dass es machbar ist. Am besten bringe ich noch jemanden für den Hauptsafe mit. Da drin liegt schließlich immer jede Menge Bargeld, oder nicht? Und in der Schmuckabteilung habt ihr ein paar wirklich schöne Sachen. Schmuck, Uhren und sogar Kameras sind leicht und einfach zu verstauen.«

Der andere Mann schüttelte vehement den Kopf. »Ich weiß nicht… Die Wachmänner drehen stündlich ihre Runden.«

Lenny trommelte erneut mit seinen Fingern auf der Tischplatte herum. »Hör zu, Kumpel. Alles, was ich von dir brauche, ist ein Plan des Gebäudes, in dem die Alarmanlage, die verschiedenen Abteilungen und Büros sowie die Treppen eingezeichnet sind. Und natürlich der Safe. Dann bleibst du abends einmal etwas länger, versteckst dich irgendwo und lässt uns durch die Tür zum Dach herein. Auf demselben Weg würden wir auch wieder verschwinden. Die Wachmänner bekämen gar nichts davon mit. Es wäre das reinste Kinderspiel.«

Der andere Mann erschauderte, richtete sich dann aber zu seiner ganzen Größe auf und stellte sein Bierglas fort. Plötzlich hatte er einen seltsamen Gesichtsausdruck, als hätte er einen Entschluss gefasst. »Nein. Das kann ich nicht machen.« Er schüttelte den Kopf. »Es wäre zu gefährlich. Wenn etwas schieflaufen würde …«

»Du kannst nicht? Hast du gesagt, du *kannst* nicht? Das höre ich aber gar nicht gern.«

»Tut mir leid, Lenny. Nach dem Einbruch in der Lagerhalle war ich noch eine Woche lang das reinste Nervenbündel. Ich bin einfach nicht für solche Dinge gemacht.«

Lenny runzelte die Stirn und starrte seinen Kumpel böse an. »Du bist nicht dafür gemacht? Scheiße, Kumpel, was meinst du, wer dir gegenübersitzt? Du steckst in dieser Sache ebenso tief drin wie ich. Und zwar bis zu den Achseln, du armseliges Stück Scheiße. Wenn ich dir sage, dass du springen sollst, fragst du höchstens: ›Wie hoch, Mr Kovacs?‹, und sonst nichts. Kapiert?«

»Trotzdem …« Es gab eine kurze Pause, während der der Kumpel sich die trockenen Lippen leckte. »Meine Antwort bleibt Nein. Ich steige aus. Ich habe endgültig genug.«

Etwas an seinem Ton, etwas an seiner unerwarteten Entschlossenheit machte Lenny bewusst, dass sein Freund aus alten Tagen eine unbekannte Größe war. Mit zusammengekniffenen Augen starrte er dem Menschen ins Gesicht, mit dem er praktisch aufgewachsen war. Er hatte gedacht, er kenne ihn, aber kannte er ihn wirklich? »Du … durchtriebenes … kleines … Schwein. Du hast selbst etwas am Laufen, stimmt's?«

»Ich weiß nicht, wovon du redest.«

»Blödsinn. Spuck es aus, Kumpel.« Dann fügte er, beinahe im Plauderton, hinzu: »Es sei denn, dass ich es aus dir rausprügeln soll.«

»Das würde ich an deiner Stelle lieber lassen, Lenny.« Der Kumpel lehnte sich auf seinem Stuhl zurück und sah ihn mit einem selbstgefälligen Grinsen an. »Ich habe nämlich bestimmte Vorkehrungen getroffen. Für den Fall, dass mir irgendetwas zustößt, dass ich plötzlich einen Unfall habe oder zusammengeschlagen werde, habe ich bei meinem Anwalt einen Brief für die Bullen hinterlegt, in dem alles über unsere Deals und auch alles Mögliche über deine Unternehmen steht.«

»Was?« Lenny fuhr vor Schreck zusammen und brachte volle zwei Minuten keinen Ton heraus. Dann aber nickte er plötzlich respektvoll mit dem Kopf. »Ich bin beeindruckt, Kumpel. Dass du so viel Mumm hast, hätte ich niemals gedacht…«

Der andere Mann stand auf und trank den Rest seines Biers. »Freut mich, dass mir die Überraschung gelungen ist, Lenny. Dies ist das letzte Mal, dass wir uns sehen. Aber« – ein Ausdruck von Verschlagenheit huschte über sein Gesicht – »du solltest in den nächsten Wochen regelmäßig Zeitung lesen. Meine Beziehung zu dir, die Überfälle und die ganzen anderen Sachen waren für mich nämlich nur Mittel zum Zweck. Ich brauchte möglichst schnell möglichst viel Geld, und das hast du mir verschafft.« Ein geheimnisvolles Lächeln umspielte seinen Mund. »Jetzt habe ich, was ich wollte, und brauche dich nicht mehr. Du wirst alles verstehen, wenn du darüber in der Zeitung liest.« Er nickte Lenny einmal zu, machte auf dem Absatz kehrt und verließ die Bar.

Lenny starrte ihm mit großen Augen hinterher. Dann blieb er mehrere Minuten völlig reglos sitzen und fragte sich entsetzt, was aus der Welt geworden war. Dieser kleine Scheißer hatte ihn doch tatsächlich geschasst. Verdammt, was würden seine Leute denken? Sicher, dass sein Stern am Sinken war.

Er kniff nachdenklich die Augen zusammen, als sein angeborener Sinn für Gemeinheit abermals die Oberhand gewann. Für den heutigen Auftritt würde er den Kumpel zahlen lassen. Er wusste noch nicht, wann und wie, aber ja, er würde ihn bezahlen lassen. Und zwar im großen Stil.

15

Er schälte sich aus seinem Regenmantel und ließ ihn achtlos auf den Boden fallen, als er in seine viel zu enge Zwei-Zimmer-Wohnung kam. Während der Fahrt vom *Seaman's Drift* hierher – die zum Glück nur zehn Minuten dauerte – hatte ihm sein Herzschlag fast die Brust gesprengt. Endlich hatte er sich diesen Schmarotzer Lenny Kovacs vom Hals geschafft. Ein kurzes, triumphierendes Lächeln machte seine sonst so ernsten Züge weich, als er den kleinen Alkoven betrat, in dem die Küche lag, und sich einen Whiskey mit viel Eis genehmigte. Er hatte es geschafft. Hatte die jahrelange Verbindung zu dem einzigen Menschen, der ihm immer – wahrscheinlich, weil sie sich schon ewig kannten und weil er aus Erfahrung wusste, wie gefährlich Lenny war – eine Heidenangst gemacht hatte, gekappt.

Bereits als Kind, als er mit seinem Vater Fässer an die verschiedenen Kneipen ausgeliefert hatte, hatte er Respekt vor ihm gehabt. Der kleinere, drahtigere Lenny hatte geschickt Flaschen hinter den Tresen und Bargeld aus aufgebrochenen Kassen mitgehen lassen, sich mit Typen angelegt, die doppelt so groß waren wie er, und sie mithilfe seiner schmutzigen Tricks besiegt. Als heranwachsender Junge mit zwei Brüdern, mit denen er nicht klargekommen war, hatte er Lenny als echten Helden angesehen. Aber das war längst vorbei. Doch auch wenn er jetzt erwachsen war, hatte er noch immer einen gesunden Respekt vor diesem Kerl. Lenny war selbst in Sydneys Unterwelt gefürchtet, und deshalb hatte er den Brief bei seinem Anwalt hinterlegt. Als persönliche Lebensversicherung.

Er grinste, grinste wirklich, als er daran dachte, was eben geschehen war. Er hatte sich behauptet und Lenny hatte es geschluckt. Wunder über Wunder! Der Whiskey brannte ihm im Hals. Er fing an zu husten und verzog beinahe schmerzlich das Gesicht. Er brauchte diesen Kerl nicht mehr. Er brauchte niemanden. Er war im Begriff, endlich die Kontrolle über sein Leben zu übernehmen, ohne dass ihm dabei irgendjemand half. Sie – die McRaes und die Beaumonts – wären sicher überrascht, wenn sie erkannten, wozu der unscheinbare Neil in der Lage war.

Mit einem leisen Lachen zog er seine Anzugjacke aus und warf sie über einen Stuhl. Gott, wie sehr er sich schon darauf freute, ihre Gesichter zu sehen, wenn er ihnen erklärte, dass er mit den McRae'schen Anteilen, die er schon seit einer Ewigkeit verwaltete, und den Anteilen, die seine Firmen Micronita und The Brothers zusammengekauft hatten, zweiundvierzig Prozent der Ashworths-Aktien kontrollierte und dass er als Bevollmächtigter anderer Investoren, an die er persönlich herangetreten war, für weitere zehn Prozent der Aktien stimmberechtigt war. Und mit diesen zweiundfünfzig Prozent hatte er das Unternehmen völlig in der Hand.

Er glaubte nicht, dass seine Familie etwas dagegen haben würde, wenn er Ashworths übernahm. Schließlich würden sie dank dieses ungemein geschickten Schachzugs früher oder später alle reich.

Seufzend starrte er in die bernsteinbraune Tiefe seines Glases und dachte weiter nach. Er hatte diesen Coup zehn Jahre lang geplant und hatte, abgesehen von dem Geld, dass er seiner blöden Exfrau Stacy für den Unterhalt der beiden Kinder in den Rachen werfen musste, sein gesamtes Geld in dieses Vorhaben gesteckt. Er schüttelte den Kopf, als er daran dachte, was er alles hatte unternehmen müssen, um an die Kohle zu gelangen, die für den Kauf der Aktien erforderlich gewesen war. Er hatte sich mit Lenny eingelassen, hatte seinen Anteil aus der Beute eingestrichen und sich von ihm kontrollieren lassen wie ein kleines Kind. Was noch lange nicht alles gewesen war. Er wischte sich den Schweiß von der Oberlippe ab ... Solange nicht ruchbar würde, wie er an das Geld gekommen war, war er in Sicherheit.

Aber sie würden es nie herausfinden. Er schüttelte zuversichtlich den Kopf. Ein Buchprüfer müsste schon sehr tief graben, um auf die kreative Buchführung zu stoßen, die bereits seit Jahren von ihm angewendet worden war. Ganz allmählich, damit niemand etwas merkte, hatte er Millionen Dollar von verschiedenen Ashworths-Konten abgezwackt und unter falschem Namen angelegt, bis endlich die Gelegenheit zum Kauf der Aktien gekommen war.

Neil war sich darüber im Klaren, was selbst seine eigene Familie von ihm dachte: dass er ein unscheinbarer, kleingeistiger, knauseriger Sesselfurzer war. Tja, er würde ihnen zeigen, dass das eindeutig ein Fehlurteil gewesen war. Die Erste, die er feuern würde, wäre Michaela. Ein beinahe irres Grinsen huschte über sein Gesicht. Wie sehr er sich schon darauf freute, ihr Gesicht zu sehen, wenn sie die Kündigung bekam! Das wäre ein wunderbarer Augenblick für ihn. Und dann käme Jo Levy an die Reihe. Sie hatte ihn zurückgewiesen und hatte deshalb ebenfalls keinen Platz mehr in dem von ihm beherrschten Haus.

Er würde die Posten seiner Vorstellung entsprechend neu verteilen und Ashworths in das Unternehmen zurückverwandeln, das es immer bleiben sollte: ein exklusives Haus ausschließlich für die Reichen. Ihm gefiel die

Vorstellung, Direktor eines Unternehmens zu sein, das ausschließlich die australische Oberschicht bediente. Deshalb war kein Platz für Michaelas dämliche Boutique speziell für junge Leute! Er würde die Arbeit daran einstellen lassen und alles so belassen, wie es war.

Er kniff die Augen zusammen, ließ die Fingerknöchel knacken und nickte mit dem Kopf. Bald, ja bald. Bevor noch zu viel Geld in das idiotische Projekt seiner Cousine floss…

Wieder einmal fand die allmonatliche Ashworths'sche Geschäftsbesprechung statt. Die Wintersaison war abgeschlossen und die Frühjahrsverkäufe liefen ungewöhnlich gut. Alle, die um den Tisch versammelt waren, waren positiv gestimmt. Michaelas Projekt war in Angriff genommen worden, und Caroline hatte beschlossen, ihren Rückzug aus der Firma zu verschieben und ihrer Schwester behilflich zu sein, bis Jo sich vollständig von der Operation erholt hätte und wieder einsatzfähig war. Daniel Blumner hatte das Aussehen eines Mannes, der mit seinem Leben rundherum zufrieden war, und selbst Neil, der nur selten zu Späßen aufgelegt war oder auch nur lächelte, wirkte ungewöhnlich gut gelaunt.

Boris Jakelic, der als Letzter der Raum betreten hatte, erstattete Bericht über die Sicherheit des Unternehmens und über die Ermittlungen bezüglich des Überfalls. »Sie haben herausgefunden, von wem der Fingerabdruck stammte, den sie im Wachraum gefunden haben«, sagte er und fügte nüchtern hinzu: »Und zwar von Mark McRae. Da er als Jugendlicher wegen ein paar kleiner Strafsachen vor Gericht gestanden hat, hatten sie seine Abdrücke noch in der Kartei.«

»Na und?«, brach es aus Neil heraus. Er war ein

McRae und die McRaes standen in guten wie in schlechten Zeiten füreinander ein. »Deshalb muss er noch lange nicht an dem Überfall beteiligt gewesen sein. Um Himmels willen, er hat ein paar Wochen in der Lagerhalle gearbeitet und war in dieser Zeit wahrscheinlich öfter einmal in dem Raum.«

Boris hob abwehrend eine Hand. »Sie haben mich nicht ausreden lassen, Neil. Die Polizei hat Mark heute Vormittag vernommen, deshalb war ich eben auch etwas zu spät. Ich habe mit dem ermittelnden Beamten gesprochen. Mark hat nach Aussage der Polizei ein wasserdichtes Alibi. Alles, was ich eben sagen wollte, war, dass es bei der Suche nach dem Fingerabdruck einen Fortschritt gab. Auch wenn diese Spur unglücklicherweise«, er zuckte frustriert mit seinen breiten Schultern, »im Sand verlaufen ist.«

»Dann hat die Polizei also immer noch keine Ahnung, von wem dieser Überfall geplant oder ausgeführt worden ist?«, wollte Warren von ihm wissen.

»Sie haben ein paar Vermutungen. Es gibt zwei, drei bekannte Gangs in Sydney, die sich auf solche Sachen spezialisiert haben. Momentan versuchen sie, mithilfe einiger Informanten, die sie in der Szene haben, rauszukriegen, welche dieser Gangs es vielleicht war. Sieht aus, als wären sie so schlau gewesen, die Sachen in einen anderen Bundesstaat zu verschieben, um sie zu verhökern. Deshalb sind sie nicht so einfach aufzufinden.«

»Also gut. Was ist der nächste Tagesordnungspunkt?«, beendete Daniel das Thema.

»Ich habe hier ein unterschriebenes Memorandum verschiedener Mitglieder des Aufsichtsrats bezüglich der Ernennung eines neuen Wirtschaftsprüfungsunternehmens«, informierte Warren ihn. »Sie haben Colin Cobergs Firma engagiert. Kate Murray sagt, dass sie eine der besten ist.«

»Ich … ich … wann ist das passiert?« Neil richtete sich kerzengerade auf. Mit Mühe unterdrückte er die aufsteigende Übelkeit. Nicht Coberg. Jeder andere, nur nicht dieser scharfe Hund.

»Das wurde auf der letzten Aufsichtsratssitzung besprochen, Neil. Aber da hast du gefehlt, und wie es aussieht, hast du auch das Protokoll noch nicht gelesen, obwohl es dir ganz sicher zugegangen ist«, stellte Daniel mit einem kritischen Unterton fest. »Hast du ein Problem mit Coberg?«

»N-nein, natürlich nicht.« Allmählich erlangte Neil seine Fassung wieder. »Ich habe einmal mit ihm zusammengearbeitet und weiß, wie gut er ist. Ich war einfach überrascht, das war alles. Und ich kann mich nicht daran erinnern, dass mir das Protokoll der letzten Sitzung zugegangen ist«, entschuldigte er seine Unwissenheit. *Heilige Maria, Mutter Gottes.* Ausgerechnet Coberg. Der Mann war wie ein wildes Tier, das seinen letzten Knochen verteidigte, wenn er etwas Illegales roch. Scheiße, das hatte ihm gerade noch gefehlt! Coberg hatte den beängstigenden Ruf, nie auch nur die kleinste Unstimmigkeit in den Büchern eines Unternehmens zu übersehen.

Denk nach, Mann, denk bloß nach! Er müsste sein Vorhaben einfach etwas früher in die Tat umsetzen als geplant. Genau! Und danach, wenn er die Kontrolle über alles hätte, würde er Coberg durch einen anderen Wirtschaftsprüfer ersetzen, einen Prüfer *seiner* Wahl.

»Wann fangen sie mit der Buchprüfung an? Ich brauche schließlich etwas Zeit, um die Bücher zusammenzustellen.« Auch wenn es ihn fast umbrachte, verlieh Neil seiner Stimme einen möglichst ruhigen Klang.

»Nächste Woche, am Ersten des nächsten Monats. Sie gehen davon aus, dass sie für eine gründliche Überprüfung aller Bücher ungefähr sechs Wochen brauchen«, erklärte Daniel ihm.

Zufällig sah Michaela während des Gesprächs in Richtung ihres Vetters und nahm sein verändertes Verhalten wahr. War sie vielleicht die Einzige, die den Hauch von Verschlagenheit bemerkte, der über seine Züge huschte, bevor er genauso schnell wieder verschwand? Neil führte irgendwas im Schilde, erkannte sie erschaudernd und dachte, dass sie besser wachsam war. Versuchte er vielleicht, Gründe dafür zu finden, ihr 18-bis-28er-Projekt zu unterminieren, obwohl der Aufsichtsrat damit einverstanden und das Darlehen längst bewilligt war? Sie wusste, er hasste den Gedanken, dass sie eventuell die Lorbeeren einheimsen würde, falls ihr Plan erfolgreich war. Vielleicht … Sie würde Neil nicht aus den Augen lassen, bis die neue Abteilung eingerichtet war.

Fern begrüßte ihren Vater an der Haustür und klopfte auf die Tasche mit den Übernachtungssachen, die über ihrer Schulter hing. »Ich bin fertig, Dad. Wir können sofort los.«

»Super, Schatz. Ist deine Mutter in der Nähe? Ich wollte noch kurz mit ihr reden. Du kannst im Auto warten, wenn du willst.«

»Sie ist draußen auf der Terrasse und macht Taekwondo. Michaela sieht ihr dabei zu. Ich glaube, dass sie ihr ein paar Tricks zur Selbstverteidigung abgucken will, auch wenn ich beim besten Willen nicht verstehe, wofür sie das jemals brauchen soll.« Damit sprang sie die Treppe hinunter, öffnete die Beifahrertür des BMW und nahm Platz.

Nick ging durch das Foyer, den Flur hinunter in den

Frühstücksraum und weiter hinter das Haus. Caroline, die einen marineblauen Trainingsanzug trug, führte gerade eine Reihe stilisierter Bewegungen durch, und ohne sich bemerkbar zu machen, sah er ihr einen Moment lang zu. Sie sah fantastisch aus. Der marineblaue Anzug passte gut zu ihrem blonden Haar und sie wirkte nicht nur ausnehmend athletisch, sondern verfügte auch über eine angeborene Geschmeidigkeit.

Er wusste nicht, warum, aber seit er und Fern in England gewesen waren, war ihre Beziehung etwas angespannt. Doch er konnte Caro schwerlich fragen, was der Grund für ihre erneute Distanziertheit war. Oder ging ihm der Gedanke durch den Kopf, könnte er es vielleicht doch?

Michaela nahm ihn aus den Augenwinkeln wahr. Sie saß auf dem Geländer der Terrasse, schaute ihrer Schwester zu und versuchte so, die Stunde totzuschlagen, bis sie endlich ihren Liebsten traf. Sie richtete sich auf, als Nick in ihre Richtung kam. »Hi. Wohin willst du mit Fern an diesem Wochenende?«

»Wir wollen uns ein paar Höhlen angucken. Heute die in Jenolan und morgen die Abercrombie Caves.«

Caroline brach ihr Training ab, griff nach einem Handtuch, wischte sich den Schweiß aus dem Gesicht und sah ihren Exmann schweigend an.

»Ich wollte gerade einen Kaffee trinken gehen.« Während sie sich zum Gehen wandte, zwinkerte Michaela dem Halbbruder aufmunternd zu. »Wir sehen uns, Nick.«

Caroline stöhnte lautlos auf. Typisch Michaela, dass sie ausgerechnet jetzt verschwinden musste, statt als Puffer zwischen ihr und ihrem Exmann zur Verfügung zu stehen. Aber weshalb hätte sie den Puffer haben wollen? Weil sie sich dann einfach wohler gefühlt hätte …

»Und, machst du Fortschritte beim Taekwondo?«, fragte Nick im Plauderton.

»Ja. Inzwischen habe ich den gelben Gürtel, bis zum schwarzen fehlen also nur noch vier. Außerdem helfen die kontrollierten Bewegungen gegen die Steifheit meiner Finger.«

Er atmete tief durch und sprang dann direkt ins kalte Wasser. »Ich habe den Eindruck, dass du mir seit ein paar Wochen aus dem Weg gehst, Caro. Warum?«

»Red doch keinen Unsinn, Nick. Weshalb sollte ich das tun?« Sofort war Caroline auf hundertachtzig, wenn auch vor allem deshalb, weil seine Vermutung richtig war! Sie hatte jeglichen Kontakt mit ihm vermieden, seit er aus England zurückgekommen war. »Glaubst du, ich habe nichts Besseres zu tun, als auf dich zu warten, wenn du Fern abholen kommst? Wenn ich nicht hier bin, wenn du kommst, gibt es dafür einen Grund.«

»Oh!«, meinte er nachdenklich, vor allem, weil sie derart wütend klang. »Es ist nur so, dass ich noch keine Gelegenheit hatte, dir zu erzählen, wie schön die Zeit in England war. Fern ist eine sehr aufmerksame Touristin, sie ist ein echtes Naturtalent.« Er lachte leise auf. »Schon nach ein paar Stunden hatte sie raus, wie die U-Bahn funktioniert. Und zwar viel besser als ich. Und sie war total begeistert von den Orten, an denen wir gewesen sind: Warwick Castle, Bath, Arundel Castle und Shakespeares Stratford-upon-Avon. Zu mehr hat die Zeit leider nicht gereicht. Aber ich freue mich bereits darauf, noch mal mit ihr dorthin zu fliegen ...« Er sah seine Exfrau fragend an. »Vielleicht irgendwann im nächsten Jahr.«

Caroline knirschte mit den Zähnen. Sie ginge jede Wette ein, dass er möglichst bald wieder nach England fliegen wollte. »Und, hat die nette Geraldine die Reiseführerin für euch gespielt?«, platzte es aus ihr heraus, bevor sie die Bemerkung runterschlucken konnte. Verdammt. So dämlich konnte man doch gar nicht sein! Sie wusste, dass sie Nick gegenüber Vorsicht walten lassen musste. Er konnte sehr aufmerksam sein und nahm schon das allerkleinste Anzeichen von Ärger oder Eifersucht in ihrer Stimme wahr.

»Geraldine Baxter?«, fragte er verblüfft und runzelte die Stirn.

Geraldine. Was redete Caro denn da? War sie vielleicht der Grund für die plötzliche Feindseligkeit, mit der Caroline ihm begegnete? Dachte sie etwa allen Ernstes, er hätte den langen Flug auf sich genommen, nur um die englische Kritikerin wiederzusehen? Ein Lächeln huschte über sein Gesicht. Das war ausnehmend interessant. Auch wenn sie sich die größte Mühe gab, es sich nicht anmerken zu lassen, war sie ganz eindeutig außer sich vor Zorn. Gut! Er lächelte erneut. Also empfand sie noch etwas für ihn, oder etwa nicht? Wenn sie kein Interesse an ihm hätte, wäre es ihr vollkommen egal, ob er mit einer anderen zusammen war. Durch diskrete Fragen an die Tochter hatte er zudem herausgefunden, dass sie seit dem Abend in der Oper nicht noch mal mit diesem Warren ausgegangen war. Dergestalt ermutigt trat er auf sie zu.

»Ich habe Geraldine nicht getroffen, als ich in London war. Weshalb hätte ich sie treffen sollen?«

Diese Antwort brachte sie völlig aus dem Konzept. Er hatte die Engländerin nicht einmal gesehen? »Aber ich dachte, ich …« Halt den Mund. Himmel, halt den Mund, wenn du dich nicht noch mehr zur Närrin machen willst. Sie presste die Lippen aufeinander und versuchte, ihre Gedanken neu zu ordnen. Dass er Geraldine Baxter nicht getroffen hatte, hieß doch sicher, dass zwischen den beiden auch nichts lief. Es war so gewesen, wie er behauptet hatte. Er hatte eine Geschäftsreise mit einem Kurzurlaub mit seinem Kind verbunden, weiter nichts. Was für eine Idiotin sie doch gewesen war. Weshalb nur war es ihr so schwergefallen, ihm zu glauben? Weil das grünäugige Monster Eifersucht sie daran gehindert hatte, stellte ihre innere Stimme nüchtern fest.

»Weißt du«, meinte er gedehnt. »Die Zeit mit Fern war wirklich toll, aber es wäre noch schöner gewesen, wenn du mitgekommen wärst.« Er schob sich noch dichter an sie heran. »Es ist einfach schöner, Tourist zu spielen, wenn man die Dinge nicht nur mit den eigenen, sondern auch noch mit den Augen eines anderen Menschen sieht.«

Sie merkte, wie nah er ihr inzwischen war. Sie hätte nur die Hand ausstrecken müssen, um ihn zu berühren, und da sie nichts lieber getan hätte als das, machte sie eilig einen Schritt zurück, wobei sie gegen einen der Liegestühle stieß. Sie konnte nirgendwo mehr hin ... Nick sah sie so durchdringend an, als versuche er nicht nur, ihre Gedanken zu erraten, sondern direkt ihre Seele zu berühren ... O Gott. Er hatte sie völlig überrascht. Ein Gefühl der Panik wogte in ihr auf. Sie musste Abstand zwischen sie beide bringen. Sie konnte nicht mehr denken. Alles, was sie wollte, war ...

»Caro«, wisperte er ihren Namen und beschloss, es tatsächlich zu tun. Er würde sie jetzt küssen, und wenn sie ihn zurückstieß, wüsste er zumindest, dass er keine Chance bei ihr hatte, dass er sich die ganzen Monate nur eingeredet hatte, dass sie immer noch etwas für ihn empfand.

Er streckte seine Arme aus und zog sie sanft an seine Brust. Bestimmt würde sie versuchen, sich ihm zu entwinden, doch das tat sie nicht. Sie blieb einfach völlig reglos stehen.

Er hätte weder in Gedanken noch in Worte fassen können, wie herrlich es sich anfühlte, dass die große Liebe seines Lebens ruhig in seinen Armen lag.

»Sieh mich an«, bat er sie rau, und als sie ihm in die Augen blickte, murmelte er sanft: »Seit über zehn Jahren habe ich mir beinahe jeden Tag gewünscht, dass ich dich wieder in den Armen halten kann. Ich war ein Riesennarr, das ist uns sicher beiden klar. Ach, meine Caro, du hast mir fürchterlich gefehlt.«

Damit neigte er den Kopf und küsste sie zärtlich auf den Mund.

Caroline hätte nicht sagen können, wie lange sie so dastand. Aber sie wusste ganz genau, was sie dabei empfand. Sie fühlte sich *begehrt*. Begehrt, geliebt und sicher … als wäre sie nach einer langen Reise endlich heimgekehrt. Die Gefühle, die er in ihr weckte, waren noch genauso wunderbar wie in ihrer Erinnerung. Sie blickte zu ihm auf, entdeckte die Leidenschaft in seinen dunklen Augen und bemerkte, dass ihr lächelndes Gesicht in seinen Pupillen zu sehen war. Sie wollte nicht an die verlorenen Jahre denken, an die Zeit der Trennung, an die Zeit der Traurigkeit. Wahrscheinlich hatte sie es nicht verdient, dass sie mit einem Mal so glücklich war. Trotzdem wünschte sie, dieser Moment der Seligkeit hielte für alle Zeiten an.

Dann öffnete Nick den Mund …

»Ich muss los.« Ihm fiel ein, dass Fern in seinem Auto wartete, und er stellte im Ton größten Bedauerns fest: »Fern und ich haben Pläne für das Wochenende. Ich kann sie nicht enttäuschen.« Eine seiner großen Hände strich ihr sanft über die Wange, und sie nickte mit dem Kopf.

»Verstehe.« Über ihre Gefühle sprachen sie noch nicht. Sie waren viel zu kostbar, um in Worte gekleidet zu werden. Dadurch würde das, was sie im Augenblick und, wie sie hoffte, bis in alle Ewigkeit empfand, geschmälert, dachte sie. »Ich habe auch noch etwas vor«, räumte sie ein. »Ich treffe mich mit Teddy Rivkin zum Lunch.«

»Teddy.« Als er den Namen hörte, ließ er seine Arme sinken, machte einen Schritt zurück und sah sie fragend an. »Warum?«

»Ich werde bei Ashworths kündigen, wenn Jo wieder zur Arbeit kommt. Teddy hat mir einen Posten beim Australischen Philharmonie-Orchester angeboten, ich habe mich entschlossen, anzunehmen.«

»Du willst wieder Klavier spielen?«, fragte er betroffen, und sie sah ihn mit einem traurigen Lächeln an.

»Nein. Er denkt, dass ich vielleicht eine gute Dirigentin wäre, und will mich ausbilden.«

»Weshalb solltest du das wollen? Das wäre nicht dasselbe, als wenn du selbst spielen würdest.« Nick war wie betäubt. Verdammt. Das war das Letzte, was er erwartet hatte. Versuchte sie vielleicht, ihm durch die Blume zu verstehen zu geben, dass es genauso weitergehen würde wie vor ihrer Trennung in Wien?

Caroline bemerkte seinen negativen Unterton. Er war nicht einverstanden, er wollte nicht, dass sie… Gott, schoss es ihr durch den Kopf, wahrscheinlich hatte er es als Geschenk des Himmels angesehen, dass sie aufgrund der rheumatischen Arthritis nicht mehr spielen konnte. Deshalb stellte sie betroffen fest: »Das ist eine ziemlich seltsame Frage, selbst aus deinem Mund. Weil ich die Musik liebe, warum denn wohl sonst? Sie ist seit dreißig Jahren ein Teil meines Lebens und wird es immer sein.«

»Heißt das, dass du wieder durch die Weltgeschichte reisen wirst?«

»Ich weiß nicht«, antwortete sie, auch wenn das nur die halbe Wahrheit war. Teddy hatte ihr versichert, dass sie erst mal in Australien bleiben könnte, obwohl es später vielleicht ab und zu mal ein Konzert im Ausland gab. Doch ihr Stolz ließ es nicht zu, Nick das zu erzählen. Weshalb sollte das für ihre Beziehung wichtig sein? Und wenn es wichtig wäre, dachte sie am besten noch einmal darüber nach, was der Kuss für Folgen haben könnte. Sollte Nick doch glauben, was er wollte. »Ausgeschlossen ist es nicht.«

Er schüttelte den Kopf. »Verstehe.« Himmel, damit hatte sie ihm einen Tiefschlag versetzt. Er hatte keine Ahnung, wie er reagieren oder was er sagen sollte. Er brauchte Zeit, um nachzudenken, doch das könnte er nicht tun, solange sie in seiner Nähe war. Alles, was er denken konnte, war, dass sie nicht nur wieder in seinen Armen liegen, sondern abermals ein Teil seines Lebens werden sollte… »Ich muss los, Caro. Wir reden später, ja?«

»Sicher. Ich wünsche dir und Fern viel Spaß.« Caroline sah ihrem Exmann hinterher, als er im Frühstücksraum verschwand, und erst als sie wieder allein war, ließ sie sich auf einen der Liegestühle sinken und stieß einen abgrundtiefen Seufzer aus. Nicks Reaktion war deutlich gewesen. Er kam mit einer Wiederaufnahme ihrer Beziehung klar, wenn sie eine kleine Angestellte bei Ashworths bliebe, aber wenn sie ihrem Herzen folgte und als Dirigentin das täte, woran ihr wirklich etwas lag, dann, dann… was wäre dann?

Hatte Nick sich im Lauf der Jahre weit genug verändert, um ihre neue Karriere akzeptieren zu können? Es wäre ein Zeichen seiner Reife und seiner Gefühle für sie, wenn ihm das gelänge. Und sollte für sie selbst das Zusammensein mit ihm nicht erstrebenswerter sein als eine mögliche Karriere am Dirigentenpult? Sie stieß einen zweiten Seufzer aus und schüttelte den Kopf. Sie hatte keine Ahnung … und unglücklicherweise würde ihr diese Entscheidung niemand abnehmen.

Jo Levy und ihre beiden Kinder, Joshua und Kirra, lebten in einem Reihenhaus gegenüber dem Henson Park in Marrickville. Seit ihrer Scheidung vor vier Jahren hatte sie jede Menge Energie und Geld in die Renovierung des heruntergekommenen, zweistöckigen Heims gesteckt und dabei ihr künstlerisches Talent als Dekorateurin zum Einsatz gebracht.

Sie war eine so gute Innendekorateurin, dass sie auch damit hätte ihren Lebensunterhalt verdienen können, hätte sie nicht ihren heiß geliebten Job im Marketing. Das Haus spiegelte ihre Vorliebe für bunte Farben wider, deren geschickte Kombination die Räume größer wirken ließ, als sie in Wahrheit waren, und auch ihre Liebe zum Detail war überall zu sehen.

An einem Freitagnachmittag saßen sie und Michaela nach einem leichten Essen in dem kleinen Hof hinter dem Haus im Schatten einer Pergola und einer riesengroßen Silbereiche und unterhielten sich.

»Mum und Dad, mein Bruder Aidan und seine Familie waren wunderbar, aber ich weiß nicht, was ich ohne Daniel gemacht hätte«, räumte Jo mit einem Seufzer ein. »Obwohl ich keine Brust verloren habe, hat er darauf bestanden, dass ich neben der Strahlentherapie zu einer Psychologin gehe. Ein Freund von ihm, der Psychologe ist, hat ihm erzählt, dass Leute, bei denen Krebs festgestellt wurde, mit einem Profi über ihre Ängste sprechen sollen, egal, wo der Krebs gefunden wurde.«

»Und, hat es dir geholfen?«

»Gott, ja.« Jo grinste die Freundin an. »Es hat einfach gutgetan, mit jemandem zu sprechen, meinen Gefühlen, meinen Ängsten, meiner Frustration Ausdruck zu verleihen. Jetzt komme ich mir nicht mehr wie ein Freak vor, den alle anstarren. Ich frage mich nicht mehr ständig: ›Warum gerade ich?‹ Und ich jammere nicht mehr die ganze Zeit, weil das alles so entsetzlich unfair ist. Die Gespräche haben mir geholfen, mich zumindest für den Augenblick mit der Krankheit zu arrangieren. Zu akzeptieren, dass es geschehen ist und dass das Ganze meine Sicht der Dinge verändert hat. Hoffentlich kann ich jetzt mit meinem Leben weitermachen wie bisher.«

»Heißt das, dass du bald wieder anfangen wirst zu arbeiten? Wir brauchen dich nämlich bei Ashworths, das ist dir hoffentlich klar.«

»Ich habe Daniel gesagt, dass ich am Montag wiederkommen werde. Ich glaube, auch die Kinder werden darüber froh sein. Sie erwarten, dass wieder alles seinen gewohnten Gang geht, wenn ich erst mal wieder bei der Arbeit bin. Dass ich ständig zu Hause bin, dass das Essen pünktlich auf den Tisch kommt und sich nicht die Bügelwäsche stapelt – nun, das sind sie einfach nicht gewohnt.« Jo hatte den Anstand, zu erröten, als sie hinzufügte: »Außerdem bin ich manchmal ziemlich rüde mit den beiden umgesprungen. Aber wenigstens Kirra hat Verständnis für meine Stimmungsschwankungen gehabt. Joshua ist dafür einfach noch zu jung.«

»Hör zu, Leith ist dieses Wochenende auf einer Konferenz in Melbourne, und da ich Lenny nicht zu fliegen brauche, habe ich jede Menge Zeit. Warum schickst du

Joshua und Kirra nicht einfach zu mir? Fern würde sich bestimmt darüber freuen, und dann hättet ihr, du und Daniel, endlich einmal etwas Zeit für euch allein.« Sie wackelte vielsagend mit ihren Brauen. »Wenn ihr keine Kinder habt, könnt ihr doch einmal tun und lassen, was ihr wollt.«

Jo fing an zu strahlen. »Das würdest du tatsächlich tun? Das wäre natürlich sensationell. Dafür wäre ich dir ewig etwas schuldig. Es gibt so viele Dinge, über die wir reden müssen, denn wir haben jede Menge Pläne. Weißt du…« Sie machte eine kurze Pause, dann aber brach es aus ihr heraus: »Daniel möchte, dass wir so schnell wie möglich heiraten. Was hältst du davon?«

Michaela beugte sich vor und nahm die Freundin in den Arm. »Ich finde, dafür habe ich eine Belohnung als Kupplerin verdient. Schließlich war es verdammt harte Arbeit, bis ihr beide endlich zusammen wart.«

»Ich weiß. Aber weißt du, ich dachte, wir sollten noch ein bisschen warten, um zu sehen, ob vielleicht noch was passiert.« Jos Miene zeigte, dass sie wusste, dass sie das gefürchtete Wort mit »K« nicht auszusprechen brauchte, damit Michaela sie verstand. »Daniel meint, dass er nicht warten will. Er sagt, dass jede Minute, die wir zusammen verbringen, kostbar ist.«

Michaela blinzelte. »Das hat Daniel gesagt? Himmel, wenn das nicht romantisch ist. Wer hätte das gedacht?« Dann sah sie wieder ihre Freundin an. Die schon vorher gertenschlanke Jo hatte mindestens vier Kilo abgenommen und wirkte, vor allem um die Augen herum, immer noch erschreckend angespannt. »Ich bin nicht immer seiner Meinung, aber in diesem Fall hat er eindeutig recht. Und da die Ärzte davon ausgehen, dass du das Schlimmste überstanden hast, gibt es ja wohl keinen Grund mehr zu warten. Also pack dein Glück und halt es mit beiden Händen fest.«

»Meinst du wirklich?« Jo klang immer noch nicht überzeugt.

»Auf jeden Fall.«

Sie und Jo hatten sich in den letzten Wochen häufig miteinander unterhalten. Der Krebs hatte Jo verändert und veränderte sie immer noch. Wie so viele Menschen, die eine lebensbedrohliche Krankheit überstanden hatten, sah sie ihr Leben mit völlig anderen Augen und lenkte ihr Hauptaugenmerk jetzt auf sich selbst, ihre Familie und ihr privates Glück. Das war sicher eine gute Sache, vor allem, da es abzuwarten galt, ob Krebszellen über die Lymphdrüsen in anderen Körperteile gewandert waren. Nach Aussagen der Ärzte konnte sie erst als wirklich geheilt betrachtet werden, wenn es innerhalb der nächsten fünf oder besser noch zehn Jahre keinen Rückfall gab.

Michaela erschauderte bei dem Gedanken an die jahrelange Unsicherheit, der die Freundin ausgeliefert war. Deshalb hatte sie zu ihr gesagt, dass sie ihr Glück mit beiden Händen packen sollte, denn – obwohl sie Jo niemals etwas von ihrer Angst erzählen würde – wer konnte schon sicher sagen, wie viele gesunde Jahre ihrer Freundin noch beschieden waren? Sie betete zum lieben Gott, dass es frühestens in vierzig Jahren noch einmal zu einem Ausbruch dieser Krankheit kam.

»Mum wäre sicher ganz begeistert, wenn ihr in unserem Garten feiern würdet, falls ihr nicht in die Synagoge gehen wollt. Ihr könntet einen Rabbi organisieren, der euch traut. Schließlich war Daniel für Mum schon immer so was wie ein jüngerer Bruder ehrenhalber.«

»Ich werde es Daniel sagen. Danke.«

»Übrigens habe auch ich tolle Neuigkeiten«, verkündete Michaela und hoffte, dass sie nicht allzu selbstzufrieden klang. »Mir wurde ein Platz im Aufsichtsrat angeboten.«

»Ich weiß. Daniel hat es mir erzählt, aber ich durfte mit niemandem darüber reden. Das ist wunderbar, und vor allem hast du es verdient.«

»Wahrscheinlich.« Michaela verzog nachdenklich das Gesicht. Sie hatte immer schon davon geträumt, eines Tages in den Aufsichtsrat des Unternehmens aufzusteigen, hatte aber nicht erwartet, dass ihr das gelingen würde, bevor sie die dreißig überschritten hatte. Und jetzt war es plötzlich so, dass sie ihrem großen Ziel – dem Posten der leitenden Direktorin – schon viel früher näher kam.

Joel und Harry Grebeveski saßen im Büro des Professors und gingen einen Artikel, den Joel in der angesehenen Fachzeitschrift *The Lancet* gefunden hatte, durch.

»Dieser Dr. Engelbaum. Ich glaube, ich habe seinen Namen schon mal irgendwo gehört«, erzählte der Professor Joel. »Ja, genau. Ich habe gelesen, dass er in seinem Labor und seinem Sanatorium irgendwo in der Nähe von Baden-Baden in Deutschland mit bestimmten chemischen Bestandteilen von Pflanzen experimentiert hat, durch die der Alterungsprozess verlangsamt wird. Nach dem, was hier in dem Artikel steht, hat er diese Forschung jedoch inzwischen aufgegeben und konzentriert sich jetzt auf die Verjüngung des Thorax- und kardiovaskulären Bereichs.«

»Dem Artikel zufolge hat Engelbaum bereits unabhängige klinische Studien durchgeführt und dabei eine Kombination aus von ihm selbst entwickelten Multivitamintabletten, Bewegung und einer kontrollierten fettarmen Diät angewandt.« Joel war deutlich anzuhören, wie aufgeregt er war. »Mit geradezu erstaunlichen Ergebnissen. Sehen Sie, es ist alles genau dokumentiert.«

»Mmm. Ich würde mich gern einmal mit dieser Dr. Harriet Dressler unterhalten, die den Artikel geschrieben hat. Sie lebt anscheinend in Großbritannien. Ich möchte, dass Sie sie für mich ausfindig machen. Und finden Sie heraus, wie genau Ihre Informationen waren, das heißt, ob tatsächlich etwas an der Sache dran ist oder ob sie vielleicht furchtbar übertrieben hat. Wenn dieser Dr. Wilfred von Engelbaum wirklich solche Erfolge hatte, werde ich ihn kontaktieren und nach Deutschland fliegen, um mir die Sache mit eigenen Augen anzusehen. Ich hoffe, dass mein Deutsch nicht allzu eingerostet ist.« Dann sah er seinen jungen Helfer an. »Falls ich fliege, hätte ich gern, dass Sie mich begleiten, Joel.«

»Nichts lieber als das, Professor, nur fangen leider nächste Woche meine Abschlussprüfungen an. Und die muss ich unbedingt bestehen, denn sonst« – er verzog den Mund zu einem breiten Grinsen – »bringt mich Elissa um.«

»Aahh, Elissa.« Harry schüttelte den Kopf. »Ich glaube nicht, dass sie Sie umbringen würde, Joel, aber Sie sollten um Ihrer selbst willen erfolgreich sein. Tja, dann muss ich wohl allein nach Deutschland fliegen«, fügte er hinzu.

»Falls dieser Dr. Engelbaum auf der richtigen Spur ist, warum hat er dann die Ergebnisse nicht selbst veröffentlicht?«

Harry setzte seine Brille ab und kniff sich in die Nase. »Wer weiß? Vielleicht will er die Medikation noch verfeinern, damit er die Formel zusammen mit dem Bewegungsprogramm und der Diätanleitung einem Pharmakonzern verkaufen kann. Vielleicht führt er auch weitere klinische Studien durch, um noch glaubwürdiger zu sein.«

Joel nickte zustimmend und dachte daran, was es für seine Mutter bedeuten könnte, falls dies ein echter Durchbruch war. Dank der Medikamente und ohne den Stress einer Sechzig-Stunden-Woche als leitende Direktorin eines großen Unternehmens konnte sie ein relativ normales Leben führen, solange sie es ruhig angehen ließ. Engelbaum behauptete, mithilfe des von ihm entwickelten Programms könnten Patienten mit ähnlichen Herzproblemen ein erfülltes, vollkommen normales Leben führen, in dem nicht einmal mehr Stress gefährlich für sie war. Somit hätte auch seine Mutter noch viele gesunde Jahre vor sich, solange sie keine anderen Krankheiten bekam.

»Diese Entdeckung sollte gefeiert werden«, erklärte er deshalb. »Ich lade Sie, Ihre Frau und Elissa zum Abendessen ein. In die *Blaue Grotte* in Kensington. Das ist ein wirklich gutes Restaurant. Ich kenne den Besitzer, wir kriegen bestimmt problemlos einen Tisch.«

»Klingt gut, auch wenn es vielleicht noch etwas früh für eine Freudenfeier ist. Ich werde Marta anrufen. Sie kommt sicher gern mit.«

Es war ein wunderbarer Abend, bis Joel sein fünftes Bier getrunken hatte und bemerkte, dass er immer noch entsetzlich durstig war. Er zwinkerte dem Kellner zu, worauf er eine Flasche Bier auf die Herrentoilette gebracht bekam. Er leerte sie in einem Zug, doch es war immer noch nicht genug. Alles Bier der Welt war noch zu wenig, wenn er in dieser Stimmung war.

Nach dem Hauptgericht und einem zweiten Gang auf die Toilette war er sichtlich betrunken, nahm es selbst jedoch nicht wahr.

»Es wird super werden, Prof. Mit Ihrem Thesenpapier

werden Sie nicht nur nächstes Jahr auf dem Kongress in Vancouver für Furore sorgen, sondern auch der Stolz der ganzen Uni sein.« Dümmlich grinsend winkte er einem vorbeikommenden Kellner zu. »Bringen Sie noch eine Runde, ja? Für die Damen Wein und für uns Bier.«

Elissa sah ihn an und ihr Gesichtsausdruck verriet, wie enttäuscht sie von ihm war. Wie in aller Welt hatte er sich so schnell derart betrinken können? »Ich möchte keinen Wein mehr, Joel. Und ich glaube, dass du ebenfalls genug getrunken hast«, stellte sie entschieden fest.

»Ja, Joel, warum bestellen wir nicht stattdessen Kaffee?«, schlug auch Harry Grebeveski vor.

»Der Kaffee kommt erst nach der Nachspeise, Professor, und die haben wir noch nicht gehabt«, lallte Joel und beugte sich schwankend auf seinem Stuhl nach vorn.

»Du solltest nichts mehr trinken, Joel«, sagte Elissa noch einmal nachdrücklich.

Er bedachte sie mit einem ernsten Blick, fing dann aber an zu grinsen und wollte lachend von ihr wissen: »Du denkst, dass ich betrunken bin, nicht wahr? Dabei bin ich noch nicht mal ansatzweise voll. Aber« – plötzlich stand er auf und nickte dem Ober zu – »jetzt muss ich noch mal aufs Klo.«

Nachdem er den Tisch verlassen hatte, blickte der Professor verlegen erst auf seine Frau und dann auf seine Assistentin und tätschelte ihr begütigend die Hand. »Schon gut, Elissa«, meinte er. »Er ist einfach glücklich. Lassen Sie ihm diesen Moment.«

»Das ist es nicht, Professor. Sie wissen genauso gut wie ich, dass er, wenn er erst mit dem Trinken anfängt, einfach nicht mehr aufhören kann. Ich... ich dachte, ich käme damit klar. Ich dachte, ich könnte ihm helfen, dieses Verlangen zu beherrschen.« Ihre Stimme brach und sie wischte sich eine Träne aus dem Gesicht. »Aber es ist entsetzlich schwer und manchmal denke ich, dass es am schlauesten wäre, ihn einfach seinem Schicksal zu überlassen und wieder meiner Wege zu gehen.«

»Tun Sie das nicht, Elissa. Joel braucht Sie. Auch wenn er keine Ahnung hat, wie sehr.« Damit stand Harry Grebeveski auf. »Ich werde jetzt mal nachsehen, was er treibt.«

Elissa sollte nie erfahren, was Harry zu Joel auf der Herrentoilette sagte, doch nachdem die beiden Männer wieder bei den Damen Platz genommen hatten, bestellte Joel für sie alle starken, schwarzen Kaffee und ließ das letzte ihm servierte Bier tatsächlich stehen.

Und während er drei Wochen später für die Abschlussprüfung büffelte, flog der Professor nach Baden-Baden und traf sich dort mit Dr. Engelbaum.

Es war ein perfekter Sonntagnachmittag im Frühling, Leith und Michaela schlenderten, lässig in Jeans, T-Shirts und Turnschuhen, durch den botanischen Garten und genossen den warmen Sonnenschein.

Die vom Meer herüberwehende Brise zerzauste Michaelas dunkle Haare, und sie drehte erst den Kopf, damit ihr die Pracht nicht mehr in die Augen wehte, zog dann aber ein Gummiband aus ihrer Hosentasche und machte sich einen Pferdeschwanz. »Manchmal denke ich, dass ich mir die Haare kurz schneiden lassen sollte, so wie Mum«, murmelte sie.

»Bitte nicht.« Leith bedachte die dunklen, leicht gelockten Wellen, die im Licht der Sonne schimmerten, mit einem Blick, der seine ehrliche Bewunderung verriet. »Du hast wunderschöne Haare. Sie abzuschneiden wäre das reinste Sakrileg.«

Sie war durchaus empfänglich für gelegentliche Komplimente und so sah sie ihn lächelnd an. »Findest du?«

»O ja«, bestätigte er ernst. »Außerdem habe ich dich meiner Familie als langhaarig beschrieben. Wenn sie dich kennenlernen, werden sie deshalb erwarten, dass du lange Haare hast«, fügte er grinsend hinzu.

Sie bedachte ihn mit einem überraschten Blick. »Mich kennenlernen? Ist das vielleicht deine verdrehte Art, mir zu erzählen, dass deine Familie nach Sydney kommt? Wann?«

Leith antwortete nicht sofort, sondern dachte erst über seine Worte nach. »Nein. Ich dachte, dass wir sie vielleicht in Schweden besuchen könnten, wenn dort Sommer ist. Weil sie dich unbedingt kennenlernen wollen. Vor allem meine Schwester. Ich habe ihr nämlich erzählt, dass du ihr vom Aussehen und auch von deiner Art ziemlich ähnlich bist.«

Michaelas Miene wurde nachdenklich. Auch wenn sie versuchte, sich ihre Überraschung nicht anmerken zu lassen, gewann ihre Neugier die Oberhand und sie fragte streng: »Leith Danvers, wie lange hast du diese Reise schon geplant?«

Er blieb stehen, lehnte sich gegen die Sandsteinmauer und sah der Fähre hinterher, die gerade in den Hafen eingelaufen war. Sollte er ihr seine Gefühle beichten? Würde er sie dadurch vielleicht erschrecken? Wie würde sie wohl reagieren? Unzählige andere Fragen schossen ihm durch den Kopf. Sie waren seit beinahe drei Monaten – seit drei wunderbaren, anstrengenden Monaten – ein Paar. Aber er wollte mehr, er wollte, dass sie sich ihm ganz verschrieb.

Er wandte sich ihr zu und sah sie reglos an. »Seit ich mich in dich verliebt habe.« Er hatte nicht die Absicht, ihr zu sagen, dass das bereits vor über einem Jahr geschehen war. Das würde er vielleicht später mal eingestehen. Eine Folge verschiedener Gefühle spiegelte sich in ihrem Gesicht. Erst wurden ihre Züge weich, dann warm, dann riss sie schockiert die Augen auf, wandte sich von ihm ab – und wieder zu.

Er lächelte. »Guck nicht so überrascht. Ich war mir sicher, dass du weißt, was ich für dich empfinde.« Er legte seinen Kopf ein wenig schräg, blickte sie forschend an und fügte mit rauer Stimme hinzu: »Ich hoffe, dass dieses Gefühl auf Gegenseitigkeit beruht.«

Sie erwiderte sein Lächeln, stieß einen leisen Seufzer aus, schob sich dicht an ihn heran und schlang ihm die Arme um den Hals. »O ja, das tut es. Ich liebe dich, Leith. Nur haben mich deine Worte einfach überrascht. Ich … ich hätte nicht erwartet …«

»Gut.« Er nickte zufrieden mit dem Kopf. »Ich hoffe, dass ich dich auch in Zukunft immer wieder überraschen kann, wenn du dann so aussiehst wie jetzt. Du siehst nämlich einfach fantastisch aus, wenn du derart strahlst.« Er gab ihr einen sanften Kuss. »In meiner Familie«, erklärte er ihr leise, »ist es normal, dass man um die Hand des Menschen anhält, den man liebt.« Er legte den Daumen unter ihr Kinn und zwang sie sanft, ihm ins Gesicht zu sehen. »Michaela, willst du mich heiraten?«

»H-heiraten?« Sie riss die Augen noch ein bisschen weiter auf.

»Es braucht nicht sofort zu sein, wenn du nicht willst. Wir könnten auch erst eine Zeit lang so zusammenleben, wenn deine Mutter nichts dagegen hat, und dann in ein, zwei Jahren heiraten. Also, wirst du meine Frau?«

Sie zog eine Grimasse. »Ich glaube, Mum hätte tatsächlich was dagegen, wenn ich einfach so mit dir zusammenziehen würde. Sie ist Katholikin und in diesen Dingen etwas altmodisch.«

»Dann heiraten wir eben früher. Abgemacht?«

Als sie sein zufriedenes Lächeln sah, fing es in ihrem Magen an zu kribbeln, denn schließlich hatte sie seinen Antrag angenommen, auch wenn ihre Antwort kein eindeutiges »Ja« gewesen war. Es gab Augenblicke, in denen Leith einfach zu clever für sie war, doch auch wenn er sie mit seinem Antrag völlig überrumpelt hatte – sie war überglücklich.

»Abgemacht«, flüsterte sie und blickte lächelnd zu ihm auf. »Aber es wäre mir lieb, wenn wir es noch eine Weile für uns behalten könnten.«

Jetzt zog er überrascht die Brauen hoch. »Und warum?«

Sie zuckte mit den Schultern. »Mir gefällt einfach die Vorstellung, dass ich ein Geheimnis habe. Es ist sicher wunderbar, wenigstens ein paar Wochen lang etwas zu wissen, was sonst niemand weiß.«

Er lachte glücklich auf. »Wenn du willst. Trotzdem sollten wir schon mal die Reise nach Schweden planen, die Flüge buchen und so weiter. Ich dachte, Mitte Juni würde dir gut passen. Ich kann Urlaub nehmen, wann ich will, solange Jeffrey früh genug Bescheid weiß, damit er die Gerichtstermine entsprechend planen kann.«

»Juni wäre perfekt …« Womit nur hatte sie ein derartiges Glück verdient? Es war einfach herrlich, verliebt zu sein. Nein, verkehrt, es war einfach herrlich, in *Leith* verliebt zu sein. Es würde ihr bestimmt entsetzlich schwerfallen, niemandem etwas von ihren Hochzeitsplänen zu erzählen, vor allem ihrer Familie und Jo. Sie würden ganz bestimmt nicht glauben, dass sie endlich schwach geworden war. Oh, sie freute sich schon jetzt darauf, die Gesichter der anderen zu sehen …

16

Laura hätte nicht sagen können, wovon sie wach geworden war. In dem großen Bett, das sie und Jack jahrelang geteilt hatten, schlief sie nur selten wirklich tief.

Normalerweise herrschte nachts vollkommene Stille in dem großen Haus. Es gab nirgends Holz, das knarzte, nirgends eine Treppenstufe, die unter irgendwelchen Schritten knirschte, nirgends eine Diele, die sich ächzend bog. Mehrere Minuten lag sie völlig reglos in dem breiten Bett und wurde immer ärgerlicher, weil sie angestrengt die Ohren spitzte, ohne auch nur das leiseste Geräusch zu hören. Da. Jetzt hörte sie es doch wieder. Irgendein leises Scharren, nicht drinnen im Haus, sondern draußen im Garten, aber erschreckend nah.

Aber weshalb bellte Rufus nicht? Schließlich hatte er bereits des Öfteren unter Beweis gestellt, dass er ein guter Wachhund war.

Während abermals das leise Scharren an ihre Ohren drang, drehte sie den Kopf und blickte auf den Wecker, der auf ihrem Nachttisch stand: 2:07. Sie wählte die Nummer der Porters, die in ihrem eigenen kleinen Häuschen auf dem Grundstück wohnten, und wartete, bis sich Porter verschlafen meldete. Dann erzählte sie ihm von dem Geräusch.

»Wir treffen uns in der Küche, Porter. Aber seien Sie vorsichtig. Vielleicht ist es nur ein Tier, es könnte aber auch ein Eindringling sein.«

Wie lange lebte sie jetzt schon in diesem Haus, fragte sie sich knurrend und hievte sich mühsam aus dem Bett. Einundzwanzig Jahre. Noch nie hatte jemand versucht, bei ihnen einzubrechen, aber nach ihrer Rückkehr aus dem Urlaub hatte Daphne ihr von zwei Einbrüchen in der Nachbarschaft erzählt, und seufzend dachte sie, dass es eben nicht mehr so war wie früher. Die Diebe wurden immer dreister – und verzweifelter. Ob sie Caroline wecken sollte? O ja, auf jeden Fall.

Sie schlich ans Fenster und schaute durch einen Spalt zwischen den Vorhängen in die Dunkelheit hinaus. Der Garten war ins silbrig weiße Licht des Halbmondes getaucht, doch es war nichts Verdächtiges zu sehen...

In weniger als zwei Minuten hatte sie auch Caroline geweckt und gemeinsam schlichen sie in Morgenrock und Hausschuhen hinunter ins Erdgeschoss. Vorsichtshalber hatte Caroline Ferns Tennisschläger mitgenommen, und auch wenn sie keine Ahnung hatte, was sie damit sollte, gäbe er möglicherweise, falls ihnen tatsächlich irgendwer begegnete, eine gute Waffe ab. Beide Frauen schlichen lautlos durch den Flur, blieben aber immer wieder stehen, spitzten angestrengt die Ohren und...

... hörten erst das Husten eines Mannes und dann einen gedämpften Fluch.

»Es kommt von hinten«, wisperte Caroline. »Ich gehe voraus. Vielleicht versucht jemand, durch eins der Fenster von der Terrasse aus einzubrechen.«

»Wir haben doch eine Alarmanlage. Warum ist die nicht losgegangen?«

»Vielleicht hat Porter vergessen, das Ding anzustellen, bevor er ins Bett gegangen ist.«

»Das vergisst er nie«, verteidigte Laura ihren langjährigen Angestellten, fügte dann aber hinzu: »Vielleicht sollten wir auf Porter warten, bevor wir ins Frühstückszimmer gehen.«

Sie blickten durch das Küchenfenster in den dunklen Garten, entdeckten einen Schatten in der Nähe des Swimmingpools und hörten das Klirren von Glas.

»Ich frage mich, wo Rufus ist«, meinte Caroline mit angespannter Stimme. Sie und Laura starrten auf den leeren Korb neben der Hintertür, in dem Rufus für gewöhnlich schlief. »Warum liegt er nicht in seinem Korb?«

»Vielleicht haben wir ihn aus Versehen ausgesperrt. Das ist schon öfter mal passiert, wenn er abends auf der Jagd nach Fröschen war.«

»Ja, aber warum bellt er den Eindringling dann nicht an? Es sei denn« – fügte Caroline besorgt hinzu – »der Kerl hätte ihn außer Gefecht gesetzt.«

»Wer auch immer der Kerl ist, er krabbelt auf Händen und Knien durch die Gegend«, wisperte Laura und starrte auf die dunkle Gestalt. »Er scheint nach irgendwas zu suchen. Falls es wirklich ein Einbrecher ist, scheint er nicht besonders intelligent zu sein – merkt er denn gar nicht, was für einen Höllenlärm er macht?«

Auch Caroline blickte erneut auf die Gestalt. Irgendetwas an dem Mann kam ihr bekannt vor. Nein, nicht nur bekannt. Verdammt. Sie wusste, wer es war. »Das ist Joel. Ich glaube, er hat sich verletzt.« Da sie inzwischen völlig sicher war, schaltete sie das Licht auf der Terrasse ein und entdeckte Porter, der mit über den Kopf erhobenem Kricketschläger auf Zehenspitzen in Joels Richtung schlich.

Joel blickte erst zur Terrasse, dann auf Porter und fing vernehmlich an zu fluchen, während Rufus, der vollkommen reglos neben ihm gesessen hatte, fröhlich bellend zu den beiden Frauen lief.

»Mein Gott, er ist sturzbetrunken«, stellte Laura fest.

Sie war erleichtert, dass es kein Einbrecher war, doch der Anblick ihres Sohnes bestätigte ihre Befürchtung, dass Joel tatsächlich alkoholabhängig war. Was sie noch nicht sicher wusste, war, ob sein Verlangen schon so groß geworden war, dass er bereits als Alkoholiker bezeichnet werden musste, oder ob er sich – wie sie hoffte – noch im Anfangsstadium befand. Doch das würde sie herausfinden und dann bekäme sie dieses Problem gemeinsam mit ihm in den Griff!

Caroline und ihre Mutter starrten Joel an. Er hatte sich inzwischen hingesetzt und hielt sich die blutende linke Hand.

»Hall-l-l-o, Caroline. H-habe ich dich geweckt? T-tut mir leid.«

»Joel, was machst du hier draußen?«

»Ich feiere, was sonst? Ich habe heute die letzte verdammte Prüfung hinter mich gebracht. Ich hoffe, dass ich in meinem ganzen Leben nie mehr irgendeine Prüfung machen muss. Ein verdammt guter Grund zum Feiern, findest du nicht auch?« Er starrte auf seine Hand, als gehöre sie zu jemand anderem. »Ich habe mein Glas fallen lassen. Dabei war das verdammte Ding noch beinah voll«, stellte er bedauernd fest. »Ich wollte die Scherben aufsammeln und dabei hab ich mich geschnitten.« Er setzte ein dümmliches Grinsen auf. »Ich habe also anscheinend alles noch schlimmer gemacht.«

Da sich auf der Terrasse bereits eine kleine Blutlache gebildet hatte, nahm Caroline den Gürtel ihres Morgenmantels und schlang ihn, ohne auf sein Jammern einzugehen, fest um seine Hand. Dann winkte sie Porter zu sich heran, der unentschlossen neben dem Pool stehen geblieben war.

»Helfen Sie mir, ihn ins Haus zu bringen, ja? Ich weiß nicht, ob er laufen kann.«

»Natürlich kann ich das, du Dummerchen!« Joel stand schwankend auf, fiel sofort wieder um und bemerkte Lauras strengen Blick. »Hi, Mumsie. Habe ich dich etwa auch geweckt?« Er brach in ein amüsiertes Kichern aus. »Was für ein ungezogener Junge ich doch manchmal bin.«

Zu dritt schafften Laura, Caroline und Porter ihn über die Terrasse in den Frühstücksraum und setzten ihn dort wenig feierlich auf dem Sofa vor dem Fenster ab.

»Wir sollten erst mal seine Hand versorgen«, wandte Laura sich an Caroline und sagte dann zu Porter: »Danke, dass Sie extra aufgestanden sind. Aber gehen Sie ruhig wieder ins Bett. Ab jetzt kommen wir allein zurecht.«

»Sind Sie sicher? Es wird bestimmt nicht leicht, ihn die Treppe raufzubringen.« Porter hegte eindeutige Zweifel daran, dass sich Joel von den beiden Frauen in seine Wohnung in der oberen Etage manövrieren ließ.

Seine Arbeitgeberin warf einen Blick auf ihren Sohn. Seine Kleidung und sein blondes Haar waren wild zerzaust, er hatte leuchtend roten Lippenstift am Kragen seines Hemds, und obwohl er kaum noch die Augen offen halten konnte, hatte er ein selbstzufriedenes Grinsen im Gesicht, als hätte er sich dadurch, dass er sich betrunken hatte, ganz besonders clever angestellt. Dabei schaffte es bestimmt jeder Idiot, sich so volllaufen zu lassen, dass er kaum noch wusste, wer er war. Angewidert wandte sie sich wieder von ihm ab und stellte mit entschiedener Stimme fest: »Er kann hier auf dem Sofa schlafen. Gehen Sie. Bestimmt macht Daphne sich schon Sorgen.«

Caroline versorgte seine Wunde, die zum Glück nicht tief und deswegen problemlos zu verbinden war, dann klappte Joel die Augen zu und schlief auf der Stelle ein.

Beide Frauen blickten auf den jungen Mann, der sorglos wie ein Baby auf dem Sofa schlummerte, und Laura schüttelte den Kopf.

»Du hast von seiner Trinkerei gewusst, nicht wahr?«, wollte Caroline von ihrer Mutter wissen, als sie das entschlossene Blitzen in ihren Augen wahrnahm.

»Natürlich. Schließlich war dein Vater Alkoholiker, und auch wenn die Symptome von Mensch zu Mensch verschieden sind, legen Trinker doch ein bestimmtes Verhalten an den Tag, das sie verrät.«

»Und was sollen wir jetzt machen?«

»Das, was wir, oder besser gesagt ich schon vor Langem hätte machen sollen«, stellte Laura seufzend fest. »Mich trifft ein Teil der Schuld daran, dass es so weit gekommen ist. Ich habe mich über Jahre blind gestellt und gehofft, dass das nur eine dumme Phase ist. Junge Männer trinken oft sehr viel. Auch mein Bruder Frank hat als junger Mann oft einen über den Durst getrunken, rührt den Alkohol aber schon seit Jahren kaum noch an.«

»Elissa hat sich alle Mühe gegeben, ihn von dem Zeug loszukriegen. Bis heute Abend dachte ich, dass sie damit erfolgreich war«, gestand Caroline. Der Schmerz in Lauras Augen machte deutlich, dass Joels Trinkerei für sie eine Wiederholung alter Schrecken war. Die Alkoholprobleme ihres ersten Mannes Eddie hatten Laura großen Schmerz bereitet, und jetzt geschah dasselbe noch einmal mit Joel.

Caroline konnte nur hoffen, dass die Gesundheit ihrer Mutter nicht unter diesem Kummer leiden würde, denn falls sich ihr Herzproblem deshalb verschlimmerte, würde Joel sich das nie verzeihen.

»Weder sie noch wir können jetzt noch etwas für ihn tun«, stellte Laura nüchtern fest. »Er braucht professionelle Hilfe, und ich werde dafür sorgen, dass er sie bekommt. Ich bin sicher, dass Elissa ihn auch weiter unterstützen wird. Ich weiß, dass sie ihn liebt. Aber ich glaube, dass nichts, was wir für ihn tun können, ihm wirklich helfen wird, solange er nicht für sich selbst die Frage klärt, *warum* er den Alkohol so braucht. Ich bin keine Psychologin, aber ich glaube, ich weiß trotzdem, was der Grund für seinen Absturz ist. Er gibt sich die Schuld an Jacks Tod, und solange er nicht mit sich selbst ins Reine kommt, wird er weiter psychische Probleme haben, die er im Alkohol ertränken will.« Sie tätschelte ihrer Tochter aufmunternd die Wange. »Komm, Schatz, sehen wir zu, dass wir noch etwas Schlaf bekommen. Morgen wird nicht nur für Joel, sondern sicher auch für uns ein anstrengender Tag.«

Joel machte nicht nur am nächsten Tag, sondern in den nächsten Wochen die Hölle durch. Nachdem seine Mutter sich entschlossen hatte, ihm zu helfen, hatte sie ihn – gegen seinen Willen – einem Psychologen vorgestellt, von dem er zum Entzug an ein privates Sanatorium überwiesen worden war.

Die Zeit zwischen Weihnachten und Neujahr war die erste trockene Ferienzeit, seit er dreizehn gewesen war. Die Tage ohne Alkohol zogen sich endlos in die Länge, und die Wochen, die er im Sanatorium noch vor sich hatte, erschienen ihm wie eine Ewigkeit.

Er bekam die Resultate seiner Prüfungen geschickt, und da er in allen Fächern bestanden hatte, fing Mitte Februar sein Jahr als Assistenzarzt im Krankenhaus St. Vincent an.

Trotzdem wäre er ohne die Familie und vor allem ohne Lissa sicher durchgedreht. Sie hatten einen Zeitplan aufgestellt, damit er nie lange allein war, und selbst Porter und Daphne waren als Gesellschafter für den Patienten eingeteilt. Was jedoch den großen Durchbruch brachte, war die Gruppentherapie, die das Sanatorium den Patienten bot.

Als Joel nach einer solchen Sitzung mit Elissa auf einer der Bänke im Garten des Sanatoriums saß, sprach er zum ersten Mal aus, worunter er bereits seit Jahren litt.

»Als die anderen über ihre Probleme gesprochen haben, hat mir das gezeigt, dass ich nicht allein bin. Bis dahin dachte ich immer, ich wäre der Einzige mit einem Alkoholproblem, aber im Vergleich zu dem, womit andere fertig werden mussten, wirkt das, was mich belastet, geradezu bedeutungslos.« Kopfschüttelnd nahm er ihre Hand und steckte sie in seine Jackentasche. »Ich weiß nicht, warum ich so lange damit gewartet habe, mich meinem Problem zu stellen.« Er runzelte die Stirn und verbesserte sich dann: »Doch, ich weiß es. Erst wollte ich nicht zugeben, dass ich überhaupt ein Problem mit dem Trinken hatte, und dann habe ich mir eingeredet, ich bekäme es allein in den Griff.«

»Das kriegt niemand hin, aber du hast es wenigstens versucht«, erklärte Elissa mitfühlend.

Er bedachte sie mit einem nachdenklichen Blick und stellte dann mit einem schiefen Grinsen fest: »Du hast mich von meiner besten und von meiner schlimmsten Seite kennengelernt, und es ist für mich das reinste Wunder, dass du mich nicht schon lange hast fallen lassen.«

»Oh, das liegt einfach daran, dass ich dich liebe und dass schon jetzt ab und zu der wunderbare Mann zum Vorschein kommt, der du sein wirst, wenn das alles überstanden ist.«

Es war für ihn geradezu beschämend, wie verständnisvoll und reif Elissa war. Sie war eine wunderbare Frau, ohne ihre tatkräftige Unterstützung hätte er die letzten Wochen ganz bestimmt nicht überlebt.

»Ich habe immer mir die Schuld an Dads Tod gegeben.« Er fuhr sich mit der Hand über die plötzlich feuchten Augen. »Ich dachte jahrelang, es wäre meine Schuld gewesen, dass er überfahren wurde. Bisher war ich nicht in der Lage, das laut auszusprechen, aber jetzt kann ich es.«

»Du hattest keine Schuld daran, Joel. Schließlich hast du den Lkw noch nicht einmal gesehen. Dir deshalb Vorwürfe zu machen, wäre genauso dumm, als gäbe man dem Fahrer, Michaela oder Caroline die Schuld daran, dass es zu dem Unfall gekommen ist.«

»Das ist mir inzwischen klar. Die Gespräche mit den anderen in der Gruppe haben mir geholfen zu erkennen, dass es wirklich ein tragischer Unfall war, nicht mehr und nicht weniger. Ich schätze, dass ein elfjähriges Kind so etwas völlig falsch interpretieren kann. Zumindest habe ich das getan.«

»Und du hast versucht, deine Schuldgefühle dadurch zu betäuben, dass du getrunken hast.«

Er fing an zu grinsen. »Weißt du, Lissa, du gäbst eine ziemlich gute Psychologin ab. Du hast den Nagel auf den Kopf getroffen.« Plötzlich lachte er laut auf. »Ich dachte, ich hätte mein dunkles Geheimnis auch vor meiner Mutter gut gehütet, aber auch sie hat es die ganze Zeit gewusst.«

»Mütter wissen eben immer alles«, stellte Elissa weise fest.

»Wahrscheinlich hast du recht.« Joel dachte einen Moment lang schweigend über ihre Unterhaltung nach. Er hatte das Gefühl, als wäre ihm ein enormes Gewicht von den Schultern genommen worden. Die Schuldgefühle, unter denen er gelitten hatte, seit sein Dad gestorben war, hatten alle anderen Gefühle überdeckt. Doch auch wenn er sich inzwischen deutlich besser fühlte: Er stand noch am Anfang eines langen Wegs. Alkoholismus war nicht heilbar. Nach dem Entzug musste er lernen, sein Verlangen zu beherrschen, weil sich nur auf diese Art mit der Krankheit leben ließ. Nachdem er aber endlich akzeptiert hatte, dass er nicht die Schuld am Tod seines Vaters trug, war er zuversichtlich, dass sich auch der Wunsch nach Alkohol, um die Dämonen zu vertreiben, auf lange Sicht erfolgreich unterdrücken ließ.

Er zog Elissa mit sich von der Bank, küsste sie so lange, bis er einen spielerischen Stoß von ihr bekam, bat mit rauer Stimme: »Lass uns etwas trinken gehen…« Dann fügte er nach einer dramatischen Pause hinzu: »Der Kaffee hier ist wirklich gut.«

Eine Woche nachdem sein Kumpel abtrünnig geworden war, kochte Lenny immer noch vor Zorn. Was bildete der kleine Scheißer sich eigentlich ein? Wusste er denn nicht, mit wem er es zu tun hatte? Allerdings war er trotz seiner Wut bereit zu warten, bis sich die günstigste Gelegenheit ergab, sich an dem Kerl zu rächen. Vor allem hatte ihn – das musste er sich widerstrebend eingestehen – der mysteriöse Hinweis auf die Zeitungen neugierig gemacht. Was hatte sein Kumpel vor? Dass er es nicht wusste, quälte ihn wie eine juckende Stelle an einer Körperstelle, die sich nicht kratzen ließ. Als Fachmann für kriminelle Machenschaften ahnte er, dass es irgendwie um Ashworths ging. Im Lauf der Jahre hatte er bemerkt, dass Neil einen Groll gegen das Unternehmen und gegen dessen Eigentümer hegte, und deshalb wäre es möglicherweise interessant zu sehen, was er im Schilde führte.

Sollte sich sein Vorhaben jedoch gegen Michaela richten, dann machte sich McRae besser auf einen riesengroßen Ärger mit ihm selbst gefasst.

Bei dem Gedanken an die Frau, der er verfallen war, stiegen all sein Frust und Ärger darüber, dass er sie immer noch nicht erobern konnte, in ihm auf. Er saß in seinem Wohnzimmer, um die monatlichen Berichte der verschiedenen Gruppen durchzugehen, und spürte, dass sein Blut bei der bloßen Erinnerung an die geliebte Frau schneller durch seine Adern floss. Hatte er schon irgendwelche Fortschritte bei ihr erzielt? Ja und nein.

Sie schien ihm inzwischen zu vertrauen, denn sie hatten in den letzten Wochen mehrere Flüge absolviert, ohne dass sie es für erforderlich hielt, noch jemanden einzuladen, damit sie nicht allein mit ihm war. Das war ein eindeutiges Plus. Außerdem konnten sie sich prima unterhalten, was nur teilweise ein Segen war, denn sie erzählte ihm nicht nur von dem bevorstehenden Prozess gegen den Mann, von dem sie überfallen worden war, sondern auch, oder vor allem, von ihrer Beziehung zu dem blöden Leith. Er strich sich nachdenklich über die Bartstoppeln. Er könnte problemlos etwas arrangieren, um einen Widersacher aus dem Weg zu räumen, und im Fall von diesem Danvers käme er möglicherweise nicht darum herum.

Er zündete sich eine Zigarette an und blickte auf die Uhr, die in dem breiten Wandschrank stand. In ein paar Minuten käme Earl mit weiteren Informationen über diesen Kerl. Ihm fielen gleich mehrere Möglichkeiten ein, um den Anwalt zu verschrecken. Mit einem bösen Grinsen stapelte er seine »geschäftlichen« Unterlagen ordentlich übereinander. Am besten gingen er und Earl die verschiedenen Optionen miteinander durch.

Zehn Minuten später kam Earl Conway durch die Tür des Wohnzimmers gestapft, und als er die Papiere auf dem Couchtisch sah, wollte er von Lenny wissen: »Na, wie laufen die Geschäfte, Boss?«

»Sehr gut, mein Freund. Die Jungs haben ihre Sache diesen Monat wirklich gut gemacht. Ich gehe davon aus, dass es einen fetten Bonus für euch alle gibt.« Er belohnte seine Männer gern, wenn das Geschäft gut lief. Seiner Meinung nach war dies die beste Möglichkeit, sich das Maß an Loyalität zu sichern, zu dem ein Haufen Krimineller fähig war. »Was hast du für mich?«, fragte er seinen Mann.

»Langsam wird dieser Danvers lästig. Er stellt jede Menge Fragen über Sie und Ihre Plan Early Pty Ltd. Auch Ihre anderen Geschäfte nimmt er genau unter die Lupe. Sieht so aus, als wolle er sich von Ihrer biederen Fassade nicht täuschen lassen. Bisher hat er, glaube ich, noch nicht herausgefunden, dass Sie einmal eingefahren sind. Da Sie nach Ihrer Entlassung Ihren Nachnamen geändert haben, dürfte das auch etwas schwierig für ihn werden. Trotzdem ist es nur eine Frage der Zeit, bis er Ihnen auf die Schliche kommt. Der Mann ist offenkundig gründlich, und nach allem, was ich über ihn herausgefunden habe, ist er auch alles andere als ein Narr.«

»Was ist mit ihm und Michaela?«

Earl rutschte etwas unbehaglich in seinem Sessel herum. »Ich habe einen Mann auf die Überwachung seiner Wohnung angesetzt. Sie ist ziemlich häufig dort.« Er wandte sich ab und räusperte sich leise, bevor er seinem Boss gestand: »Sie übernachtet mehrmals in der Woche dort und hält sich auch von Samstagnachmittag, wenn sie mit ihrer Arbeit fertig ist, bis Sonntagabend bei ihm auf. Außer an den Sonntagen, wenn Sie mit Ihnen durch die Gegend fliegt. Rocco – er hält sich übrigens für einen super Detektiv – hat sogar ein paar Aufnahmen von den beiden gemacht. Meint, es sähe nach einer ernsthaften Beziehung aus.« Er atmete tief ein und fuhr dann eilig fort: »Auf meine Anweisung hin hat Rocco die beiden vor ein paar Wochen einen ganzen Sonntag lang verfolgt.«

Er zog ein Notizbuch aus der Tasche und las daraus ab. »Sie haben in einem kleinen Café in der Nähe seiner Wohnung gefrühstückt und sind dann runter zum botanischen Garten, um dort spazieren zu gehen. An der Mauer zum Hafen haben sie dann wie wild miteinander geturtelt.« Als er Lennys böse Miene sah, fügte er schnell hinzu: »Das waren Roccos Worte, nicht meine. Dann, nach vielleicht einer Stunde, sind sie wieder in seine Wohnung, und gegen halb zwölf abends ist sie heim nach Vaucluse.« Er sah Lenny an. »Die beiden scheinen wirklich ziemlich dicke miteinander zu sein.«

»Allerdings!«, erklärte Lenny säuerlich, da er vor Eifersucht beinahe verging. Er versuchte, nicht darüber nachzudenken, aber das gelang ihm einfach nicht. Er sah Danvers überdeutlich vor sich, wie er diese wunderbare Frau begrabschte und natürlich auch noch weiterging. Himmel, das konnte einen Mann in den Wahnsinn treiben. Stille senkte sich über den Raum. Er drückte wütend seine Zigarette im Aschenbecher aus, strich sich abermals mit einer Hand über das Kinn und nickte schließlich mit dem Kopf. »Hör zu, Earl, ich habe zwei Aufträge für dich. Erstens bleibst du weiter an dem Ashworths-Coup dran. Wenn wir noch etwas gründlicher planen, können wir die Sache auch ohne Neil durchziehen. Du musst einen Grundriss des Gebäudes auftreiben – das dürfte nicht allzu schwierig sein, denn das Kaufhaus wurde Ende der Vierziger vollständig renoviert. Und finde heraus, wo der Hauptsafe ist. Ich schätze, er ist irgendwo im fünften Stock, denn dort sind auch die Büros. Am Abend vor dem Coup wird sich einer von uns im Haus verstecken, um die Alarmanlage auszuschalten und die Tür zum Dach zu öffnen. Finde heraus, wie man am besten übers Dach einsteigen und auch wieder verschwinden kann. Okay?«

»Okay. Wann sollen wir die Sache durchziehen?«

»Noch innerhalb des nächsten Monats. Unser *ehemaliger* Kumpel Neil führt irgendwas im Schilde und deshalb wäre es mir lieb, wenn wir uns beeilten, damit er uns nicht vorher verpfeift.«

»Das würde er doch sicher niemals tun, Lenny. So dumm kann er gar nicht sein. Schließlich wäre sein Leben, wenn er singen würde, keinen Pfifferling mehr wert«, erklärte Earl im Brustton größter Überzeugung. Er war sich vollkommen sicher, dass sein Boss den Kerl nicht am Leben lassen würde, falls er sang.

»Ja, aber ich vertraue ihm einfach nicht mehr. Er scheint ein bisschen größenwahnsinnig geworden zu sein, und das hat eindeutig etwas mit Ashworths zu tun. Aber jetzt zurück zu Danvers. Sag Ferdie und Rocco, dass sie …«

Fünfzehn Minuten später verließ Earl Conway das Haus in Tamarama und ging dabei in Gedanken noch einmal die Instruktionen seines Bosses durch.

Neil schwitzte nur, wenn er nervös war, doch während die Coberg'schen Prüfer Ashworths' Bücher, Rechnungen und Konten filzten, schwitzte er täglich mehr. Er hatte keinen Zweifel daran, dass die Leute früher oder später feststellen würden, dass er über Jahre Geld veruntreut hatte. Es würde etwas dauern, die von ihm bereits vor langer Zeit gelegte falsche Spur auffliegen zu lassen, doch er kannte Coberg und sein Team. Sie hatten nicht nur den Willen, sondern auch die Zähigkeit, um jede noch so kleine Ungereimtheit aufzudecken und daraus die richtigen Schlüsse zu ziehen. Deshalb gab es für ihn keine Zeit mehr zu verlieren.

Er brachte den Großteil des Sonntagabends mit der Planung seiner Strategie und der Überprüfung der Legalität des von ihm geplanten Vorgehens zu, und am Montagmorgen berief er für Mittwochnachmittag eine außerordentliche Sitzung des Aufsichtsrats und einiger hochrangiger Angestellter ein.

Am Mittwochnachmittag wisperte Jo der ihr gegenübersitzenden Michaela leise zu. »Weißt du, worum es geht? Niemand scheint zu wissen, weshalb Neil uns alle sprechen will.«

Michaela zuckte mit den Schultern. »Ich habe keinen blassen Schimmer, aber« – ihre dunklen Augen blitzten – »vielleicht will uns Neil ja mitteilen, dass er gekündigt hat.«

»Ein solches Glück haben wir sicher nicht«, schnaubte Jo zurück. »Mir zeigt er komplett die kalte Schulter, seit Daniel und ich unsere Verlobung bekannt gegeben haben.«

Michaela erinnerte sich daran, dass sie Neil am Freitagnachmittag im Flur vor den Büros begegnet war. Er war nicht normal den Gang entlanggelaufen, er war regelrecht *stolziert,* was völlig untypisch für ihn war. Sie hatte Angst gehabt, dass er ihr vielleicht wegen ihres 18-bis-28er-Projektes Schwierigkeiten machen wollte, den Gedanken dann aber wieder verworfen, denn sie hatte instinktiv gewusst, dass es einen völlig anderen Grund für dieses außerordentliche Treffen geben musste. Ein Schauder rann ihr über den Rücken. Was hatte ihr *lieber* Vetter vor?

Mitglieder des Aufsichtsrats sowie bestimmte leitende Angestellte wie Caroline und – zu ihrer Überraschung – sogar Boris Jakelic strömten in den Raum und suchten sich Plätze an dem großen Tisch. Alle, die die Nachricht von der Sitzung erhalten hatten, waren da. Alle außer Neil.

Ein paar Minuten später kam auch er – wie immer einen Aktenordner unter seinem linken Arm – herein.

»Danke, dass Sie alle erschienen sind. Es wird nicht lange dauern.« Er sah die Leute nacheinander an und nickte ihnen zu.

»Weshalb hast du diese Sitzung einberufen, Neil? Worum geht's?«, wollte Daniel stirnrunzelnd von ihm wissen. Obwohl er Präsident des Unternehmens war, hatte Neil auch ihn im Dunkeln gelassen.

»Ladys und Gentlemen«, eröffnete Neil die Sitzung förmlich. »Uns allen ist bewusst, dass es augenblicklich ziemlich schlecht um das Unternehmen steht. Diebstähle auf den Werften, ein Überfall auf unsere Lagerhalle, sinkende Aktienkurse, panische Aktionäre, eine Dividende, die nur deshalb an die wenigen loyalen Anteilseigner ausgeschüttet werden kann, weil Laura an ihr Privatvermögen gegangen ist. Das ist kein rosiges Bild. Aber es wird in Kürze große Veränderungen geben, und ich bin zuversichtlich, dass das Unternehmen dank dieser Veränderungen wieder festen Boden unter den Füßen bekommen wird.« Er machte eine Pause, um seine Worte wirken zu lassen, fuhr dann aber entschlossen fort.

»Es wird weitreichende interne Veränderungen geben, aber wenn sich der Staub wieder gelegt hat, wird das Unternehmen seinen rechtmäßigen Marktanteil zurückerobern. Davon bin ich überzeugt.«

Michaela hörte zu und ärgerte sich über seine vagen Anspielungen und den gleichzeitig arroganten Ton, in dem er sprach. Er führte irgendwas im Schilde, aber was? Sie warf sarkastisch ein: »Das klingt natürlich alles wunderbar, aber kannst du mir vielleicht erklären, was du mit ›weitreichenden internen Veränderungen‹ meinst?«

»Zum Beispiel, dass ich ab sofort die Leitung dieses Unternehmens übernehme«, antwortete Neil selbstbewusst.

Es folgte ein Moment der Stille, aber dann …

»Was?«, fragte ein halbes Dutzend Leute gleichzeitig, während die anderen Neil betroffen ansahen.

»Lächerlich! Was redest du da für einen Unsinn, Neil?« Doch offensichtlich hatte Neil mit seiner Schocktaktik Erfolg gehabt, denn Daniel bekam vor lauter Zorn ein hochrotes Gesicht.

»Es ist vollkommen legal, Daniel. Frag ruhig bei Markham & Partner nach. Du weißt, dass ich die Anteile sämtlicher McRaes verwalte, das sind fünfzehn Prozent. Außerdem habe ich durch meine beiden Investmentunternehmen *Micronita* und *The Brothers Inc.* einen beachtlichen Aktienanteil erworben, der im Verlauf der letzten Monate von enttäuschten Investoren abgestoßen worden ist, wodurch mein Anteil an dem Unternehmen auf zweiundvierzig Prozent gestiegen ist. Das sind zwei Prozent mehr, als die gesamte Familie Beaumont zusammen hat.«

»Für die absolute Mehrheit brauchst du aber einundfünfzig Prozent.«

»Ich habe achtzehn Prozent der kleinen Investoren angeschrieben. Ein paar von ihnen waren bereits Ashworths-Kunden, seit das erste Kaufhaus eröffnet hat, und haben in das Unternehmen investiert, als es an die Börse ging. Ich habe ihnen anvertraut, dass Ashworths meiner Meinung nach nicht so geführt wird, wie es geführt werden sollte, und neuneinhalb Prozent haben mir darin zugestimmt und mir ihr Stimmrecht übertragen, wodurch mein Gesamtanteil auf zweiundfünfzig Prozent gestiegen ist. Genug, um Ashworths zu kontrollieren.« Er machte eine Atempause und starrte die anderen nacheinander an. »Und deshalb ist es rechtens, wenn die Position des Präsidenten von mir bekleidet wird.« Er sah Daniel durchdringend an. »Betrachte dich also als entlassen, Daniel.«

»Sind Sie vollkommen verrückt geworden?« Warren sprang von seinem Stuhl und fuchtelte mit einem Finger vor Neils Gesicht herum. »Das können Sie nicht machen.«

Auch Aufsichtsratsmitglied Trevor Winterson nickte vehement. »Damit werden Sie nicht durchkommen, Neil. Laura wird Ihnen den Kopf abreißen, wenn sie davon hört.«

»Was hast du vor, Neil? Willst du das Unternehmen runterwirtschaften oder hast du die Absicht, es an den Meistbietenden zu verkaufen?«, fragte Caroline ruhig.

»Weder noch, Cousine. Mit den richtigen Angestellten, die meine Ziele unterstützen, werde ich Ashworths wieder zu dem Unternehmen machen, das es einmal war. Zu einem Kaufhaus, das ausschließlich die Elite von Sydney und anderen australischen Großstädten bedient.«

»Du bist verrückt«, stellte Jo verächtlich fest. »Du hast den Kopf in den Sand gesteckt und kannst oder willst deshalb nicht sehen, dass sich die Zeiten geändert haben. Wenn Ashworths überleben soll, muss es sich verändern. Das weiß jeder hier im Raum.«

»Sag mir, Jo, an welcher Uni hast du deinen Abschluss in Wirtschaftswissenschaften gemacht?«, fragte Neil sarkastisch. »Aber ich werde keine feindseligen Angestellten in der Firma dulden. Ich kann nur Leute brauchen, die mit mir an einem Strang ziehen. Weshalb du gefeuert bist. Ich will, dass du deinen Schreibtisch innerhalb der nächsten Stunde räumst.« Jetzt sah er sie mit einem beinahe warmen Lächeln an. Wie lange hatte er von diesem Augenblick geträumt. Sie hatte ihn abblitzen lassen und sich lieber dem langweiligen Daniel zugewandt. Tja, jetzt könnten die beiden gemeinsam die Konsequenzen ihres Handelns tragen und auf Arbeitssuche gehen.

»Das können Sie nicht machen, Neil. Jo hat einen Vertrag«, stellte Warren mit ruhiger Stimme fest. Seine Miene machte deutlich, dass auch er erschüttert war, doch lehnte er sich lieber nicht zu weit aus dem Fenster, bis er sicher wusste, welches seine Rolle in dem würdelosen Schauspiel war.

Neil tat diesen Einwand mit einer Handbewegung ab. »Verträge können gebrochen werden. Ashworths wird ihr eine Entschädigung bezahlen, wenn es sich nicht vermeiden lässt, wobei Jo diese Entschädigung auf jeden Fall einklagen müsste.«

»Haben Sie sich das wirklich gut überlegt, Neil?«, wollte Kate Murray von ihm wissen. »Sie haben keinerlei Erfahrung mit der Leitung eines solchen Unternehmens. Das ist etwas völlig anderes, als wenn man in der Buchhaltung einer solchen Firma sitzt.«

»Auf alle Fälle, Kate.« Er bedachte sie mit einem ernsten Blick und fügte drohend hinzu: »Und ich werde auch sämtliche Mitglieder des Aufsichtsrats ersetzen, die nicht mit meinem Vorgehen einverstanden sind.«

Garry Howard stand entschlossen auf. »Mich können Sie sofort ersetzen, *Herr Präsident*. Ich trete mit sofortiger Wirkung von meinem Posten im Aufsichtsrat zurück. Ich will nichts mehr mit Ashworths zu tun haben, wenn es unter Ihrer Leitung steht.« Seine Miene drückte mühsam unterdrückten Ärger aus, als er nach seinem Terminkalender griff und mit einem Nicken in Richtung der anderen Anwesenden den Besprechungsraum verließ.

»Ist das, was Neil hier tut, wirklich legal?«, wollte Jo Levy von Warren und von Daniel wissen.

»Ich weiß es nicht«, gab Daniel grimmig zu. »Wir müssen Jeffrey Markham fragen.«

»Ihr werdet feststellen, dass alles, was ich tue, rechtens ist«, erklärte Neil. »Und was das 18-bis-28er-Projekt betrifft, werden bis auf Weiteres sämtliche Gelder eingefroren und alle Arbeiten eingestellt.«

»Das kannst du doch nicht machen! Das *Silks* wurde bereits zur Hälfte abgerissen!«, widersprach ihm Caroline.

Neil wurde immer fröhlicher. Die Jahre des Wartens, die Jahre, in denen hinter seinem Rücken über ihn gelästert worden war, die Jahre, während der er im Schatten der Beaumonts gestanden hatte – all das war jetzt vorbei. Er hatte getan, was er hatte tun wollen. Er hatte sie schockiert. Hatte jahrelang geblufft und sie hatten es ihm abgekauft. Jetzt hatte er die Kontrolle über Ashworths und gäbe sie ganz sicher nicht noch einmal ab.

Er wandte sich seinem nächsten Opfer zu, Michaela. Plötzlich wurde ihm bewusst, dass sie seit seiner Machtübernahme überraschend still geblieben war, und als er in ihre Richtung sah, riss er erst überrascht, dann aber alarmiert die Augen auf.

Ihr Stuhl war leer …

Wütend starrte er Boris an und erließ ein weiteres Dekret: »Boris, sagen Sie Ihren Leuten, dass kein Mitglied der Familie Beaumont, mit Ausnahme von Caroline, mehr Zutritt zu diesem Gebäude hat. Aber ich will Michaela selbst sagen, dass sie gefeuert ist.« Ein beinahe irres Grinsen huschte über sein Gesicht. »Stellen Sie einen Wachmann vor ihr Büro und suchen Sie sie. Sofort!«

Michaela schlich in die Dessousabteilung und suchte sich dort ein Telefon. Hierher käme die Security, falls sie sie suchte, hoffentlich zuallerletzt. Als Neil verkündet hatte, dass er die Firma übernähme, hatten sich ihre schlimmsten Befürchtungen bestätigt, weshalb sie, als er mit Daniel und den anderen herumgestritten hatte, lautlos den Raum verlassen hatte. Er war zweifellos total verrückt geworden. Bildete sich dieser kleine Wichtigtuer etwa allen Ernstes ein, er käme damit durch? Glaubte er tatsächlich, ihre Mutter ließe diese Übernahme zu?

Sie rief zu Hause an und bekam Daphne an den Apparat. »Nein, meine Liebe«, sagte Daphne. »Laura ist nicht da. Sie und Fern machen einen Spaziergang mit dem Hund. Ist alles in Ordnung?«, fragte die Haushälterin besorgt.

Michaela biss sich auf die Lippe. Sie musste Ruhe bewahren. »Alles in Ordnung, Daphne. Sagen Sie meiner Mutter bitte, dass ich angerufen habe. Ich versuche es einfach später noch einmal. Bis dann.«

Leith. *Sie musste Leith anrufen.* Er würde wissen, was zu tun war. Ganz bestimmt nicht das, wonach ihr zumute war. Am liebsten wäre sie in ihrem Zorn wieder in das Konferenzzimmer marschiert und hätte ihrem Vetter einen Faustschlag mitten ins Gesicht verpasst. Doch sie schüttelte den Kopf. Das wäre keine kluge Strategie.

Sie wählte die Nummer der Kanzlei.

»Nein, Miss Beaumont, Mr Danvers ist nicht da. Er ist heute am Gericht und kommt frühestens gegen fünf zurück«, erklärte ihr die Sekretärin.

»Und was ist mit Jeffrey?«

»Der ist ebenfalls am Gericht.«

»*Scheiße*. Oh, Verzeihung, ich habe laut gedacht«, entschuldigte Michaela sich. Sie musste einfach mit jemandem reden. Ihr ging so vieles durch den Kopf. Was würde ihre Mutter tun, wenn sie erführe, was geschehen war? Hatte Onkel Frank Neils schwachsinnigen Plan vielleicht gekannt und gutgeheißen? Das wollte sie nicht glauben. Und wo steckte Joel? Natürlich war er gerade jetzt nicht in der Stadt. Er und Elissa waren für ein paar Tage an die Küste gefahren, bevor sein praktisches Jahr im Krankenhaus begann. Caroline …? Genau!

Sie versuchte, sich möglichst unsichtbar zu machen, als sie in den Keller schlich, um ihren Wagen auf den Parkplatz des Hilton umzustellen, damit es so aussah, als wäre sie schon nicht mehr da. Dann wich sie zwei Wachmännern des Unternehmens aus, kehrte zurück in Carolines Büro und wartete darauf, dass ihre Schwester kam. Es war geradezu entwürdigend, dass sie unter den soliden Schreibtisch kriechen musste, als einer der Wachleute klopfte, die Tür einen Spalt breit öffnete und ins Zimmer sah.

Wo zum Teufel steckte Caroline? Half sie vielleicht Jo beim Räumen ihres Schreibtischs oder versuchte sie etwa, Neil dazu zu bringen, Vernunft anzunehmen? Das wäre vollkommen unmöglich – der Mann litt eindeutig an Größenwahn. Und im Augenblick sah er sich als gottgleichen Herrscher über Ashworths.

Wie lange hatte er die Übernahme wohl geplant? Und woher hatte er das Geld für den Aufkauf all der Aktien? Jede Menge Fragen, auf die es augenblicklich keine Antwort gab. Mit zusammengekniffenen Augen dachte sie über die finanzielle Seite dieses Streiches nach. Neil hätte

Millionen von Dollar haben müssen, um die Menge Aktien zu kaufen, die angeblich im Besitz seiner beiden Firmen waren. Woher in aller Welt hatte er dieses Geld?

Wieder klopfte es, und jemand öffnete die Tür. Es war Colin Coberg mit zwei Leuten seines Teams. Verlegen rappelte sich Michaela auf. »Ich habe einen Ohrring fallen lassen«, nannte sie als Grund dafür, dass sie unter einem Schreibtisch angetroffen worden war. »Kann ich Ihnen helfen, Colin?«

»Ich bin mir nicht sicher, an wen ich mich wenden soll«, setzte er ein wenig zögernd an. »Die Angestellten sagen, dass es einen Tumult im Konferenzzimmer gegeben hat. Jo Levy kam weinend heraus und Caroline ist ihr gefolgt. Ich dachte, Caroline wäre inzwischen vielleicht wieder hier. Tania Wildman, Daniels Sekretärin, meint, dass Neil McRae die Kontrolle über Ashworths übernommen hat. Ist das korrekt?«

Michaela atmete tief ein. »Neil scheint das zu denken, aber was mich betrifft, wird er nur für kurze Zeit Chef des Unternehmens sein.«

Colin, ein ruhiger Mann mit einer dicken Brille, setzte ein mitfühlendes Lächeln auf. »Ich höre, dass die Security nach Ihnen sucht. Weil Neil anscheinend auch mit Ihnen reden will.«

»Danke, dass Sie mir das sagen.«

Colin betrat den Raum und zog die Tür hinter sich zu. »Michaela, vielleicht ist es verkehrt, wenn ich mit Ihnen rede, und vor allem sollte ich bei diesem Streit wohl unparteiisch sein, aber zwei von meinen Leuten, die die Bücher geprüft haben, haben ein paar seltsame Buchungsvorgänge entdeckt …«

Michaela starrte ihn verwundert an. »Können Sie mir das auch so erklären, dass ich es verstehe?«

»Auch wenn ich noch nichts Genaues sagen kann, sieht es so aus, als hätte jemand Gelder dieses Unternehmens auf private Konten umgeleitet. Wer auch immer das getan hat, hat seine Spuren gut verwischt, sodass es eine Weile dauern wird, bis ich Ihnen einen Namen nennen kann. Ich bin einfach nicht sicher, an wen ich mich mit dieser Sache wenden soll. Die Befehlskette wurde anscheinend plötzlich umgestellt.«

Betrug. Colin sprach eindeutig von Betrug. Diese Nachricht musste Michaela erst einmal verdauen. Jemand hatte das Unternehmen ihrer Mutter bestohlen! Sofort fiel ihr ein Name ein. Wer hatte Zugang zum Geld und zu den Konten von Ashworths gehabt? Wem hatte der Vorstand bis vor ein paar Stunden uneingeschränkt vertraut? Ihrem Vetter Neil!

In diesem Augenblick platzte Caroline herein und blieb, als sie die anderen sah, verwundert stehen. »Neil lässt dich überall suchen«, klärte sie ihre Schwester auf.

»Mmmm, ich weiß. Ist es nicht erstaunlich, wie beliebt ich plötzlich bin?«

»Nicht mehr lange«, antwortete Caroline und bedachte sie mit einem ernsten Blick. »Er hat die Absicht, dich zu feuern«, meinte sie und fügte verblüfft hinzu: »Ich verstehe wirklich nicht, warum er nicht auch mich gefeuert hat.«

»Wahrscheinlich, weil er weiß, dass du das Unternehmen sowieso verlassen willst«, stellte Michaela nüchtern fest. Außerdem war ihr bewusst, dass Neil Caroline nicht so hasste wie sie.

Colin Coberg sah zwischen den beiden Frauen hin und her und runzelte die Stirn.

»Vielleicht wäre es klug, noch nichts zu sagen, Colin«, bat sie ihn in der Erinnerung an den von ihm gemeldeten

Betrug. »Graben Sie einfach weiter. Und falls Sie konkrete Beweise finden, sollten Sie damit nicht zu jemandem von Ashworths, sondern gleich zu unseren Anwälten, Markham & Partner, gehen.« Sie sah ihre Schwester fragend an. »Das siehst du doch genauso, oder nicht?«

»Natürlich.« Caroline war zwar nicht ganz klar, womit sie einverstanden war, doch sie würde Michaela Rückendeckung geben, ganz egal, worum es ging.

Nachdem Colin und seine Kollegen wieder gegangen waren, warf sich Caroline in ihren Schreibtischsessel und starrte ihre Schwester an. »Sag mir, dass das alles nur ein schlimmer Traum ist, Michaela«, bat sie sie. »Jo ist in Tränen aufgelöst, und Daniel kocht vor Zorn. Warren weiß noch nicht, auf welche Seite er sich stellen soll – aber ich gehe davon aus, dass er seinen Job behalten will. Garry Howard ist zurückgetreten, und ich denke, dass wird Kate auch noch tun.«

»Was ist mit Trevor Winterson?«

»Er ist ein ehemaliger Politiker. Er wird also bestimmt nicht freiwillig auf sein Gehalt verzichten, wenn es sich vermeiden lässt«, stellte Caroline sarkastisch fest.

»Ich habe noch mit niemandem darüber sprechen können«, erklärte Michaela traurig. »Leith und Jeffrey kommen erst am späten Nachmittag wieder ins Büro, Mum und Fern machen einen Spaziergang, und Joel ist mit Elissa unterwegs …«

»Trotzdem müssen wir mit jemandem reden«, meinte Caroline und ihre Stimme machte deutlich, dass sie verzweifelt war.

Michaela seufzte. Sie wollte nur noch von hier verschwinden, ohne Neil noch einmal zu begegnen, und irgendwohin, wo sie in Ruhe überlegen konnte, wie mit dieser ganzen Sache umzugehen war. Sie packte ihre Schwester bei der Hand und zog sie von ihrem Stuhl. »Komm, lass uns von hier verschwinden, ja?«

Es war ein perfekter Tag gewesen – oder zumindest fast. Die einzige Enttäuschung, die er hatte erleben müssen, war, dass er Michaela nicht hatte persönlich feuern können. Und so hatte er, um sich zu trösten, Boris angewiesen, ihr Büro räumen zu lassen und seinen Leuten zu erklären, dass sie nur noch mit Neils ausdrücklicher Zustimmung das Haus betreten dürfte ... und die bekäme sie ganz sicher nie.

Dann hatte er dafür sorgen müssen, dass die Buchprüfung ein vorzeitiges Ende nahm. Zu seiner Überraschung hatte Colin Coberg, der persönlich anwesend war, ohne viel Aufhebens die Bücher zugeklappt. Schließlich hatte er ihm auch erklärt, dass er und seine Leute weitermachen könnten, wenn die Umstellung des Personals bei Ashworths abgeschlossen war. Coberg hatte die Begründung akzeptiert und seine Leute klaglos heimgeschickt. Neil hatte sich also völlig unnötig Gedanken über diesen Teil seines Vorhabens gemacht.

Nie zuvor in seinem Leben hatte er etwas derart Berauschendes erlebt wie das Gefühl der Macht, von dem er an diesem Nachmittag erfüllt gewesen war. Was für eine Aufregung! Jetzt war *er* Ashworths' Präsident und bräuchte nur noch eine glaubwürdige Geschichte über seinen plötzlichen Aufstieg für seine Familie zu basteln – wie vielleicht, dass er ohne diesen Coup den Wert der Aktien nicht hätte retten können –, und selbst wenn sie leise grummeln würden, weil sein Vorgehen nicht gerade nett gewesen war, sie würden letztendlich einverstanden sein. Die McRaes hatten nur wenig übrig für die eingebildeten Beaumonts, am wenigsten sein Vater Frank.

Frank hatte Laura ihre Erfolge immer schon geneidet, und sicher könnte Neil den Alten – der seit ein paar Jahren geistig nicht mehr völlig auf der Höhe war – problemlos davon überzeugen, dass es richtig war, wenn einer seiner Söhne das Imperium der Tante übernahm. Vielleicht würde selbst sein Bruder Peter von seinem Geschick beeindruckt sein. Mark wäre es auf jeden Fall. Er müsste einen Posten für den kleinen Bruder finden, etwas für ihn tun …

Neil betrachtete die Einrichtung von Daniels Büro, blickte auf die Gemälde an den Wänden, den Schreibtisch aus dunklem Mahagoni, den großen Bücherschrank und schlenderte besitzergreifend durch den Raum. Er hatte Daniels persönliche Gegenstände sofort nach der Konferenz aus dem Büro entfernen lassen, bevor noch der ehemalige Präsident von einem unglücklichen Boris bis zur Tür geleitet worden war.

Er hatte die Einrichtung des Raums nie gemocht. Trotzdem blickte er sich weiter lächelnd um, bis er auf den viereckigen Teppich, der den halben Fußboden bedeckte, sah. Er trug das Emblem des Unternehmens: ein stilisiertes großes weißes A in einem blutroten Kreis, der von einem weißen und einem dunkelblauen Ring umgeben war. Erst mal müssten die Gemüter sich beruhigen, wenn das aber geschehen war und es mit dem Unternehmen wieder aufwärts ging, würde er den Namen ändern, in Ashworths-McRaes. Lächelnd dachte er darüber nach. Durch diese Namensänderung würde sein Erfolg für alle Zeit besiegelt werden.

Er würde den Beaumonts täglich unter die Nase reiben können, dass er schlauer und gewiefter war als sie. Und allein dafür hatte sich die Mühe schon gelohnt.

17

Die Besprechung, zu der Laura, Michaela, Caroline, Daniel, Jo, Jeffrey und Leith in der Kanzlei zusammengekommen waren, war keine fröhliche Angelegenheit.

Es hatte die Beaumonts schockiert zu hören, dass Neils Machtergreifung vollkommen legal gewesen war. Das Stimmrecht, das er von zahlreichen kleinen Investoren übertragen bekommen hatte, hatte ihm die Mehrheit aller Stimmen eingetragen und es ihm erlaubt, die Leitung des Unternehmens an sich zu reißen, auch wenn sein Vorgehen – höflich ausgedrückt – ziemlich ungewöhnlich war.

»Aber wir haben noch ein bisschen Spielraum«, hielt Leith die Hoffnung aufrecht. »Colin Coberg hat mich heute Morgen kontaktiert. Bevor Neil seine Prüfer des Hauses verwiesen hat, hat einer seiner Leute es geschafft, genügend Unterlagen rauszuschmuggeln, damit den betrügerischen Vorgängen, die sie entdeckt haben, weiter nachgegangen werden kann.«

»Neil hat sich zu einem regelrechten Despoten entwickelt. Er hat nicht nur die Kontrolle über Ashworths übernommen, sondern auch noch einer Menge von Leuten Hausverbot erteilt.« Lauras Stimme klang vor lauter unterdrücktem Ärger ungewohnt gepresst. »Jo, Daniel, Michaela, mir, den Buchprüfern.« Sie starrte Jeffrey an. »Das stinkt doch wohl zum Himmel, findest du nicht auch?«

»Allerdings«, stimmte Jeffrey seiner langjährigen Freundin zu und sah sie aufmunternd lächelnd an. »Wir werden Neil gerichtlich dazu zwingen, die relevanten Bücher rauszurücken. Die Buchprüfung wurde rechtmäßig vom Aufsichtsrat in Auftrag gegeben, und obwohl ich mich noch kundig machen muss, glaube ich nicht, dass er die Buchprüfer einfach entlassen kann, weil er kein Interesse mehr an einer Prüfung hat. Allerdings kann er, nachdem zwei Mitglieder des Aufsichtsrats zurückgetreten sind, zwei neue Mitglieder ernennen, die vielleicht auf seiner Seite stehen, und kriegt dadurch unter Umständen genug Stimmen für eine Rücknahme des Auftrags zusammen. Deshalb reiche ich den Antrag auf Herausgabe der Bücher auch heute noch ein.«

»Und was machen wir, bis das Gericht entschieden hat?« Michaela trommelte ungeduldig mit den Fingern auf der Tischplatte. »Sollte nicht jemand mit Onkel Frank reden? Ich bin sicher, dass Neil ihn – falls er überhaupt mit ihm gesprochen hat – bezüglich seines Vorgehens und der Gründe für die Übernahme angelogen hat.«

»Falls wir den Aktienanteil der McRaes zurückgewinnen könnten, würden wir dadurch doch automatisch die Kontrolle über Ashworths zurückerlangen, oder?«, fragte Daniel Leith.

»Ja, obwohl ich zur Vorsicht raten würde.« Leith sah die anderen nacheinander an. »Wir wissen, dass die McRaes immer zusammenhalten. Deshalb stellen sie sich sicher eher hinter Neil als hinter uns, bis wir beweisen können, dass die Machtergreifung nicht nur oberfaul, sondern illegal war.«

»Vielleicht hänge ich mich ja zu weit aus dem Fenster, aber meiner Meinung nach ist offensichtlich, dass es der gute Neil gewesen ist, der das Unternehmen jahrelang bestohlen hat. Wie wäre er wohl sonst an das Geld gekommen, mit dem er all die Anteile erworben hat? Und wer sonst hat über Jahre unbeschränkten und nicht überwachten Zugang zu sämtlichen Büchern und Konten der Firma gehabt?« Caroline sah ihre Mutter an. Lauras Gesicht war ungewöhnlich hager und ihr trüber Blick verriet den Schmerz über den an ihr begangenen Verrat. Wie hatte Neil ihr so was antun können, nachdem er jahrelang von ihr gefördert worden war? Warum in aller Welt hatte er so etwas getan? Er musste entweder vom Neid zerfressen sein oder er war schlicht und einfach krank.

»Auch das sollten wir erst mal für uns behalten, damit er uns nicht noch wegen übler Nachrede verklagt«, gab Jeffrey ihnen seinen anwaltlichen Rat. »Ich schlage vor, wir behalten unseren Verdacht für uns, bis wir genug Beweise haben, um gegen den Schuldigen – sei es Neil oder auch jemand anderes – vorzugehen.«

»Da hast du sicher recht. Je weniger Leute etwas von diese Sache wissen, umso besser. Aber dann sollen wir also herumsitzen und Däumchen drehen, bis uns Coberg einen Namen nennen kann?«, fragte Laura ihn.

»Ich weiß, das wird nicht leicht.« Leith blickte erst auf Michaela und wandte sich danach wieder den anderen zu. »Aber ja. Ich schlage vor, dass wir erst mal keine unnötigen Wellen schlagen, wie es so schön heißt. Wir sollten Neil in Sicherheit wiegen und ihm das Gefühl geben, dass er gewonnen hat, bis wir die Beweise haben, die wir brauchen, damit er wieder von seinem Thron gestoßen werden kann.«

»Und wir gehen auch erst zu Onkel Frank, wenn wir diese Beweise haben?«, wollte Michaela wissen.

Leith sah die Frau, die er von ganzem Herzen liebte, mit einem breiten Lächeln an. Inzwischen kannte er sie gut genug, um zu wissen, dass sie sich danach sehnte, gestiefelt und gespornt in Neils Büro zu stürmen und ihn wenn nötig unter Anwendung körperlicher Gewalt von dem Chefsessel zu zerren, auf dem er gegen ihren und den Willen der Familie saß. »Ich glaube, wenn wir beweisen können, dass Neil im großen Stil betrogen hat, wird selbst Frank sich gegen ihn stellen und ihm den Aktienanteil der McRaes entziehen.«

»Also gut. Tut, was ihr tun müsst«, bat Laura Leith und Jeffrey. »Bietet Coberg einen Bonus von, sagen wir, zwanzig Prozent der normalen Gebühren an, wenn er dafür die Ermittlungen beschleunigt. Neil wird in seinem Größenwahn sicher etwas von diesem Coup an die Zeitungen durchsickern lassen. Er ist geradezu verzweifelt darauf aus, den Leuten zu beweisen, was für ein gewiefter Kerl er ist. Das wird unsere Aktionäre in Unruhe versetzen, und das gefällt mir überhaupt nicht. Je eher wir ihn wieder loswerden, umso besser ist es für das Unternehmen und auch für uns selbst.«

Caroline lächelte grimmig, als sie den wütenden Gesichtsausdruck ihrer Mutter sah. Anfangs hatte sie Angst gehabt, dass sich Lauras Gesundheit wegen Neils Verrat verschlechtern würde, doch war offenbar genau das Gegenteil der Fall. Laura Ashworth-Beaumont brannte vielleicht nicht wie Michaela auf Rache an dem abtrünnigen Neffen, aber auf Gerechtigkeit. In den nächsten Tagen würde sie nicht in Neil McRaes Haut stecken wollen, dachte sie und schüttelte den Kopf.

»Dieser kleine Scheißkerl.« Seine Hände, die die Zeitung hielten, zitterten vor Wut, als Nick Beaumont den kurzen Artikel las. Im Wirtschaftsteil der *Sun* war abgedruckt, dass Neil McRae die Leitung von Ashworths übernommen hatte. Wer hätte das gedacht! Dann fing er leise an zu lachen, als er den Artikel noch einmal las. Oh, er wäre gern dabei gewesen, um zu sehen, wie seine Stiefmutter und Michaela reagiert hatten auf diesen Coup. Himmel, dass ein McRae überhaupt den Mumm besessen hatte,

diese Sache zu planen *und* durchzuziehen, war geradezu unglaublich. Denn obwohl Laura keine junge Frau mehr war, hätte er persönlich es sich sicher zweimal überlegt, ob er sich mit ihr anlegen sollte. Sie konnte überaus entschlossen und vor allem ausnehmend temperamentvoll sein. Aber dieser McRae steckte anscheinend voller Überraschungen.

Er hörte Lous typisches Klopfen, und einen Moment später trat sein Partner durch die Tür seines Büros.

Lou zeigte auf die Zeitung. »Du hast es also auch gelesen? Das ist ja eine ziemliche Überraschung, findest du nicht?«

»Allerdings«, stimmte Nick ihm zu. »Michaela hat mich gestern Abend angerufen und mir alles erzählt. Sie ist total wütend.« Er grinste seinen Partner an, schüttelte dann aber den Kopf. »Du kennst ja unsere Michaela, sie kann ganz schön aufbrausend sein. Neil täte sicher gut daran, ihr in Zukunft möglichst aus dem Weg zu gehen.«

»Und was ist mit Caroline?«

»Caro hat angeblich gekündigt, obwohl ich denke, dass es klüger gewesen wäre, bei Ashworths zu bleiben und Laura und Daniel mit Informationen darüber zu versorgen, was der gute Neil so treibt. Aber ich nehme an, dass sie ihre eigenen Pläne hat. Sie wird wohl die Dirigentinnenstelle annehmen, von der ich dir erzählt habe.«

Lou nickte verständnisvoll. »Das ist auch besser so, denn die Musik hat ihr bestimmt gefehlt.« Dann sah er seinen Partner forschend an. »Und wie findest du es, dass sie dirigieren will?«

Nick atmete hörbar aus. Er hatte gründlich über Caros Pläne nachgedacht. Anfangs hatte der Gedanke, dass vielleicht derselbe Zirkus wie vor zehn Jahren beginnen würde, ihn vollkommen aus dem Gleichgewicht gebracht.

Dann aber hatte er seine Motive überprüft und war zu dem Schluss gekommen, dass er wieder einmal furchtbar egoistisch war. Wenn er sie liebte – und er liebte sie bedingungslos –, sollte er wünschen, dass sie das täte, womit sie wirklich glücklich war. Und wenn es sie glücklich machte, ab und zu mit einem Orchester nach Übersee zu reisen, um dort auf der Bühne zu stehen, dann würde er sich ebenfalls darüber freuen. Sie müssten eben einfach ein paar Kompromisse schließen, aber das bekämen sie ganz sicher hin. Schließlich war er heute älter, weiser und entgegenkommender als damals in Wien. Und ehrlich gesagt, würde er beinahe alles akzeptieren, wenn er sie dafür zurückbekäme … Doch das müsste er ihr erst noch sagen und sie davon überzeugen, dass es tatsächlich die Wahrheit war.

»Es hat eine Weile gedauert, aber inzwischen hab ich mich damit arrangiert. Wenn es das ist, was sie wirklich will.« Er setzte ein selbstironisches Grinsen auf. »Selbst wenn sie Astronautin werden wollte, wäre das für mich okay. Hauptsache, sie kommt zu mir zurück.«

Lou nickte, fuchtelte ihm aber gleichzeitig mit einem seiner dicken Zeigefinger vor dem Gesicht herum. »Und wann wirst du ihr das sagen? Madeline meint, dass du einfach zu ihr gehen und mit ihr reden solltest.«

»Madeline ist eine wirklich kluge Frau«, erklärte Nick. Er würde mit Caro sprechen, wenn er noch etwas Mut gesammelt hätte – denn ihr letztes Treffen hatte schlecht geendet. Er war furchtbar angespannt gewesen, sie hatte unglaublich verletzt gewirkt, und die Erinnerung daran sollte noch etwas verblassen, bevor er wieder zu ihr ging.

Doch er würde zu ihr gehen und sie nicht eher wieder verlassen, bis sie ihm eine Antwort gab.

»Und was macht Michaela jetzt, wo sie nicht mehr bei Ashworths ist?«, wollte sein Partner von ihm wissen.

»Sie sammelt weiter Flugstunden und besichtigt irgendwelche Häuser auf dem Land – weil sie sich eins kaufen will, wenn sie an ihrem fünfundzwanzigsten Geburtstag an ihr Erbe kommt. Außerdem fliegt sie noch diesen Geschäftsmann durch die Gegend. Er scheint auf der Suche nach lohnenden Immobilien in den ländlichen Regionen von New South Wales zu sein.«

»Hauptsache, sie ist beschäftigt. Deine Schwester ist einfach nicht der Typ, der lange zu Hause rumsitzen und Däumchen drehen kann.« Lou schüttelte den Kopf. »Ziemlich hässlich, was McRae da vom Zaun gebrochen hat.«

»Das ist es auf jeden Fall, aber ich nehme an, seine Tage als Präsident von Ashworths sind gezählt. Auch wenn die Beaumonts vielleicht so tun, als ob sie sich geschlagen geben, gehe ich jede Wette ein, dass es hinter den Fassaden bereits alle möglichen Pläne für Neils Absetzung gibt. McRae sollte seine Tage als Chef des Unternehmens am besten jetzt auskosten. Ich glaube nicht, dass seine Regentschaft von langer Dauer sein wird.«

»Amen.« Grinsend wandte sich Lou zum Gehen.

Leith Danvers war zufrieden. Die Kanzlei hatte einen Gerichtsbeschluss erwirkt, demzufolge die Ashworths'schen Bücher für die Prüfung durch Colin Cobergs Unternehmen freigegeben werden mussten. Es hatte eine Woche gedauert, eine kostbare Woche, während der Michaela vor Ungeduld gekocht hatte, weil sie zum ersten Mal in ihrem Leben arbeitslos war. Nun aber wurde die Buchprüfung fortgesetzt, und er konnte sich weiter mit Lenny Kovacs beschäftigten, was für ihn inzwischen beinahe zu einer Besessenheit geworden war. Offenbar hatte der gute Lenny jede Menge falsche Spuren gelegt, um von den Dingen abzulenken, die er wirklich tat. Fragwürdigen Dingen, wenn seine Vermutung richtig war.

Er steuerte seinen Saab von dem Parkplatz in Chatswood, wo er eine eidesstattliche Aussage von einem bettlägerigen Mandanten hatte einholen müssen, und fuhr über den Pacific Highway zurück in Richtung Innenstadt. Es war Freitagnachmittag und da viele Leute früher Feierabend machten, um über das Wochenende wegzufahren, herrschte dichter Verkehr. Zum Glück aber stand er noch nicht im Stau.

Einer seiner Informanten hatte ihm verraten, dass Kovacs vielleicht gar nicht Lennys ursprünglicher Nachname war. Vielleicht würde es sich lohnen, dieser Sache nachzugehen. Gleich am Montagmorgen würde er aufs Standesamt gehen, um das Geburtsregister einzusehen. Er schaltete einen Gang hoch und überholte einen langsamen Commodore. Aus juristischer Sicht änderten Menschen ihre Namen aus zwei Gründen: entweder, weil sie ihren Namen einfach hassten, oder, um sich von ihrer Vergangenheit zu befreien.

Als er den Hügel Richtung Milsons Point hinunterfuhr, sah er, dass sich der Verkehr in Richtung Brücke staute. Wie immer, dachte er. Vielleicht bekam es ja eines Tages irgendeine Regierung tatsächlich hin, den lange versprochenen Tunnel unter dem Hafen hindurchgraben zu lassen. Seufzend trat er auf die Bremse. Nichts. Statt sich zu verringern, steigerte sich das Tempo seines Wagens, da die Straße abfiel, sogar noch. Er trat noch einmal auf die Bremse. Wieder nichts. Sein ganzer Körper spannte sich an. Er würde mit dem vor ihm fahrenden Wagen zusammenstoßen …

Eilig sah er in den Rückspiegel, schwenkte auf die linke Fahrbahn, trat wieder auf die Bremse ... Doch noch immer tat sich nichts. Plötzlich, während er das Lenkrad drehte, fiel ihm ein, dass die Bremse bereits auf dem Weg nach Chatswood irgendwie schwammig gewesen war.

»Oh, Scheiße.« Schweißperlen traten ihm auf die Stirn und seine Knöchel wurden weiß. Er hielt das Lenkrad fest umklammert und kämpfte darum, nicht die Kontrolle über den immer schneller rollenden Saab zu verlieren. Er hatte das Gefühl, als schieße er in halsbrecherischem Tempo an Gebäuden und anderen Fahrzeugen vorbei. Er warf einen Blick auf das Tachometer. Fünfundfünfzig, achtundfünfzig Stundenkilometer. Er drückte auf die Hupe, wich im letzten Augenblick einem anderen Wagen aus und starrte durch die Windschutzscheibe auf die Linkskurve in der Straße, die sekündlich näher kam. *Du musst langsamer fahren, wenn du nicht aus der Kurve fliegen willst.*

Er trat immer wieder auf das Bremspedal, doch es gab keine Reaktion. Verzweifelt schaltete er in den dritten und dann in den zweiten Gang zurück. Der Wagen zitterte und der Motor heulte unter der groben Behandlung auf. Zumindest verringerte sich das Tempo, wenn auch nur um einen Bruchteil. Was konnte er sonst noch tun? Er packte die Handbremse, riss sie ruckartig nach oben und das Fahrzeug bebte. Wieder wurde er ein bisschen langsamer, doch der Wagen schoss noch immer auf die Kurve zu und ... irgendetwas roch verbrannt. *Peng.* Die Beifahrerseite krachte gegen einen geparkten Wagen, prallte ab, und er stieß mit der Fahrerseite gegen den Honda-Sportwagen, der direkt neben ihm fuhr. Laut hupend versuchten verängstigte Fahrer, seinem Fahrzeug auszuweichen, das die Anhöhe hinunterschoss. Leith kämpfte noch immer um die Kontrolle über seinen Wagen, aber die zunehmende Geschwindigkeit und die Art, wie er, ähnlich einem Gummiball, zwischen den anderen Wagen hin und her geschleudert wurde, nahmen ihm jede Möglichkeit dazu.

Er riss die Augen auf, als er wieder durch die Windschutzscheibe sah. Er raste direkt auf das nächste Fahrzeug zu und konnte ihm nicht ausweichen, denn er war links und rechts von anderen Wagen eingeklemmt. Er hatte kaum noch Zeit, um auf den Tacho zu sehen – inzwischen fuhr er zweiundsechzig –, bevor er seinen Körper seitwärts warf und die Hände vom Lenkrad riss, um sein Gesicht zu schützen, ehe es zum Aufprall kam.

Der Saab krachte von hinten gegen einen Lieferwagen. Die Windschutzscheibe riss und ein Meer von winzig kleinen Scherben ergoss sich in das Wageninnere und über Leith. Wie in einem Traum hörte er das Knirschen von Blech, das Klirren von Glas und das Quietschen von Bremsen, als andere Fahrzeuge versuchten, den beiden Unfallwagen auszuweichen, bevor es zu einer Massenkarambolage kam.

Leith war angeschnallt, trotzdem prallte seine Brust, als er nach vorn gerissen wurde, schmerzhaft auf das Lenkrad. *Himmel, tat das weh!* Dann krachte auch sein Kopf auf das Steuer und alles wurde schwarz.

Wie aus weiter Ferne drangen leise, gedämpfte Stimmen an sein Ohr. Er bewegte sich, doch alles tat ihm weh. Es tat weh zu atmen, er hatte einen dicken Verband um seine Brust. Und sein Schädel dröhnte so, dass er das Gefühl hatte, ihm explodiere gleich der Kopf. Er beschloss, sich wieder in die Dunkelheit zurückzuziehen, in die Leere, in der er vollkommen gefühllos war, doch diese Erleichterung blieb ihm versagt, denn der Schmerz schärfte alle Sinne und machte ihn jetzt richtig wach. Langsam und ganz vorsichtig schlug er ein Auge auf, blinzelte wegen des grellen Lichts und schlug es wieder zu.

»Glaub ja nicht, das hätte ich nicht gesehen! Ich weiß, dass du wach bist.«

Wer hatte das gesagt? Michaela.

Auch wenn es ihn große Überwindung kostete, machte er diesmal beide Augen auf.

Sie saß auf einem Stuhl an seinem Bett, und hinter ihr standen Caroline und Jeffrey und sahen ihn ängstlich an. Er versuchte zu lächeln, oder zumindest dachte er, dass er das tat. Auch wenn ihm der Versuch elendig misslang.

»Ich nehme an, dass du dich schrecklich fühlst«, stellte Michaela richtig fest, während sie mit einer Hand über seine Wange strich. »Du hast Glück, dass du noch lebst. Der Saab ist hin und der Lieferwagen, auf den du von hinten aufgefahren bist, ist noch gegen einen anderen Wagen gekracht, sodass man den ebenfalls abschreiben kann.«

Ohne auf die Information zu den Fahrzeugen einzugehen, antwortete er: »Schrecklich ist nicht ganz das richtige Wort. Ich würde es anders ausdrücken, wenn keine Damen anwesend wären.« Dann sah er sich um. »Wo bin ich überhaupt?«

»Im Royal North Shore Hospital. Die Schwester, die dich aufgenommen hat, sagte, du hättest eine Gehirnerschütterung, zwei gebrochene Rippen, jede Menge Prellungen auf der rechten Brusthälfte und ein gebrochenes Handgelenk.« Michaela zeigte auf den Gips an seiner linken Hand, und in ihren Augen stiegen heiße Tränen auf, als sie ihn so bleich und reglos vor sich liegen sah. »Ich hatte fürchterliche Angst. Als sie mich angerufen haben, warst du noch in deinem Wagen eingeklemmt. Die Feuerwehr hat über eine Stunde gebraucht, um dich rauszuschneiden.« Sie strich ihm eine blonde Strähne aus der Stirn. »Kannst du dich noch daran erinnern, was passiert ist?«

Leith versuchte es, doch es gelang ihm nicht. Plötzlich konnte er nur noch verschwommen sehen. Er sah zwei Michaelas, drei, und hatte das Gefühl zu schweben ... was eine seltsam angenehme Erfahrung war. »Die Bremsen. Sie haben nicht mehr funktioniert. Ich konnte den verdammten Wagen einfach nicht mehr anhalten.« Dann fiel ihm eine wichtige Frage ein. »Ist sonst noch jemand verletzt?«

»Nein. Sie sagen, die Bremsen hätten nicht mehr funktioniert.« Jeffrey machte einen Schritt nach vorn. »War Ihr Wagen nicht erst vor ein paar Wochen in der Inspektion?«

»Ja.« Leiths Lächeln war ein bisschen wackelig und ihm fielen die Augen zu. »Aber sie haben ihre Sache offenkundig nicht besonders gut gemacht, nicht wahr?«

Michaela sah ihm zu, während er erneut in tiefem Schlaf versank. Nie zuvor in ihrem Leben hatte sie eine solche Angst verspürt wie an diesem Nachmittag. Sie hatte gedacht, dass er vielleicht sterben oder ein Krüppel bleiben würde. Es war zu schrecklich gewesen, um darüber nachzudenken, doch sie hatte nichts dagegen tun können. Eine Unzahl von Szenarien, die sie am liebsten sofort wieder vergessen hätte, waren ihr durch den Kopf gegangen wie ein nicht enden wollender Film. Gott sei Dank war Caroline mit ihr ins Krankenhaus gekommen. Ihre Schwester war wie ein Fels in der Brandung gewesen und hatte nicht zugelassen, dass sie auch nur einen Augenblick lang dachte, dass seine Verletzungen lebensgefährlich waren – was zum Glück auch nicht der Fall war.

»Wirklich seltsam«, murmelte Jeffrey nachdenklich. »Leiths Wagen war noch ziemlich neu, und er hat sich um ihn gekümmert wie um ein Baby. Die Bremsen hätten also nicht versagen dürfen.« Er vergrub die Hände in den Taschen seiner Jacke und runzelte die Stirn. »Ich glaube, ich spreche am besten einmal mit der Polizei.«

Caroline verstand die Bedeutung seiner Worte. »Glauben Sie, jemand hat sich an den Bremsen zu schaffen gemacht, Jeffrey? Aber wer sollte Leith etwas antun wollen?«

Jeffrey schüttelte den Kopf. »Mir fällt niemand ein, aber Anwälte machen sich Feinde, und manchmal merken sie es nicht einmal. Vielleicht hat ja irgendein unzufriedener Mandant einen Groll gegen ihn gehegt. Wer weiß?«

Auf Jeffrey Markhams Drängen hin wurden die Überreste von Leiths Saab eingehend untersucht, und es war weder für ihn noch später für Leith eine Überraschung, als dabei herauskam, dass die Bremsleitung durchlöchert gewesen war. Dadurch war langsam, aber sicher Bremsflüssigkeit ausgetreten, weshalb Leith nur noch Luft in die Bremszylinder pumpen konnte, als er von Chatswood zurückgekommen war. Nach Aussage der Polizei war eine natürliche Abnutzung der Schläuche ganz eindeutig nicht die Ursache dieses Problems.

Zwei Tage nachdem Leith aus dem Krankenhaus entlassen worden war und – da ihn die Gehirnerschütterung noch immer plagte – rekonvaleszent zu Hause lag, erhielt er einen rätselhaften Brief, dessen melodramatischer

Inhalt aus Zeitungsschnipseln zusammengesetzt worden war:

DIESES MAL BIST DU NOCH DAVONGEKOMMEN. BEIM NÄCHSTEN MAL HAST DU BESTIMMT KEIN SOLCHES GLÜCK. WENN DU AM LEBEN BLEIBEN WILLST, STELL DEINE NACHFORSCHUNGEN ÜBER DU WEISST SCHON WEN AUF DER STELLE EIN.

Michaela und Jeffrey gingen davon aus, dass Neil der Absender der Botschaft war, weil die Prüfung der Bücher ihren Fortgang nahm. Leith dachte etwas anderes, behielt diese Information aber für sich. Die Nachricht war eine Warnung von Lenny Kovacs oder einem seiner Spießgesellen, davon war er überzeugt. Anscheinend war er ihm dicht auf den Fersen und machte ihn dadurch nervös. Einer seiner Wangenmuskeln zuckte. Er gab sicher nicht klein bei, wenn ihm jemand drohte, vor allem nicht, wenn die Drohung von einem Kriminellen kam. Er wusste instinktiv, dass Lenny ein Verbrecher war, und auch wenn er bisher noch keine Beweise dafür hatte, und obwohl es sicher Streit mit Michaela gäbe – weil sie sich schützend vor Kovacs stellen würde –, war es allerhöchste Zeit, dass sie von seinen Befürchtungen erfuhr.

Die Gelegenheit, seinen Verdacht zu äußern, ergab sich am nächsten Abend, nachdem er und Michaela – obwohl sie keine allzu begeisterte Hausfrau war – gemeinsam in seiner Wohnung gekocht und zu Abend gegessen hatten.

»Wann fliegst du diesen Kovacs noch mal rauf nach Coffs Harbour?«, fragte er.

»Samstag in einer Woche. Fern wird uns begleiten. Es

wird ihr letzter Ausflug werden, bevor sie mit den Vorbereitungen für ihre Prüfungen beginnt«, antwortete Michaela, kratzte die Essensreste von den Tellern und räumte das Geschirr in die Spülmaschine.

Als wieder Ordnung in der Küche herrschte, gingen sie ins Wohnzimmer, Leith legte eine seiner Lieblings-CDs auf und setzte sich neben Michaela aufs Sofa.

»Ich bin mir nicht so sicher, ob es eine gute Idee ist, noch einmal mit ihm zu fliegen. Ich habe nämlich ein paar Nachforschungen über diesen Kovacs angestellt und dabei herausgefunden, dass er – vorsichtig formuliert – nicht ganz sauber ist.«

»Nicht ganz sauber? Inwiefern?«, fragte sie in kämpferischem Ton. »Du hast Lenny doch schon überprüft, bevor ich angefangen habe, für ihn zu fliegen. Damals hast du gesagt, er wäre okay.«

Leith wäre beinahe zusammengezuckt, da die Kritik in ihrer Stimme nicht zu überhören war. Er rutschte auf seinem Platz herum und schob seinen eingegipsten Arm in eine etwas bequemere Position. »Das habe ich anfangs auch gedacht. Die erste Überprüfung hat nichts Negatives ergeben, aber irgendetwas an dem Kerl kam mir nicht ganz koscher vor, und deshalb habe ich noch ein bisschen tiefer gegraben und mich ein bisschen weiter umgehört.«

»Und?«

Er spürte, wie sie sich neben ihm versteifte, doch er hatte auch nichts anderes erwartet. Sie konnte unglaublich loyal sein und solange er keine konkreten Beweise gegen diesen Lenny hätte, bräche sie ihre Verbindung zu dem Kerl bestimmt nicht ab. »Dein Lenny Kovacs ist nicht der aufrechte, blitzsaubere Geschäftsmann, als der er sich dir gegenüber ausgegeben hat. Er hat nicht nur ein paar Vorstrafen, sondern war sogar schon einmal im Gefängnis – das habe ich letzte Woche in Erfahrung gebracht. Meinen Informanten zufolge ist er in der Unterwelt von Sydney nicht nur gut bekannt, sondern hoch angesehen.« Er machte eine Pause, damit sie seine Worte verdauen konnte, fuhr dann aber entschlossen fort. »Interessanterweise wollte niemand über Lenny reden, als ich mit meinen Recherchen angefangen habe – anscheinend haben diese Typen richtiggehend Angst vor ihm …«

Michaela schüttelte den Kopf. »Das kann ich einfach nicht glauben. Lenny? Nein! Niemals. Er … Mit mir geht er immer sehr respektvoll um. Wie der perfekte Gentleman – er flucht noch nicht einmal.« Sie starrte Leith feindselig an. »Du musst dich einfach irren, Leith. Deine sogenannten ›Informanten‹ haben dir Blödsinn erzählt. Vielleicht haben sie ihn mit jemandem verwechselt. Oder vielleicht hat auch irgendwer noch eine Rechnung mit Lenny zu begleichen und versucht« – sie dachte eilig nach – »ihn in Verruf zu bringen. Das wäre doch eine Möglichkeit, nicht wahr?«

»Es wäre möglich, ja. Aber nicht wahrscheinlich. Michaela, selbst der Verwalter seines Hauses in Tamarama gehört eindeutig zur Unterwelt. Dieser Typ ist eindeutig in zu viel Rauch gehüllt, als dass es nicht auch irgendwo ein kleines Feuer gäbe, falls du weißt, was ich damit sagen will.«

»Du meinst sicher Donger. Den habe ich bereits kennengelernt. Er ist grottenhässlich, aber wenn man ihn erst kennt, ist er ein wirklich netter Kerl. Lenny hat mir alles über ihn erzählt. Er wurde als Kind missbraucht, bevor er in einem Waisenhaus gelandet ist. Dann hat er eine Zeit lang als Boxer seinen Lebensunterhalt verdient – daher auch die Visage –, bevor er mit irgendwelchen Drogen in Kontakt gekommen ist. Lenny hat ihn wieder auf den rechten Weg gebracht und ihn dann als Hausverwalter bei sich angestellt.«

Leith stöhnte lautlos auf. Die Frau, die er liebte, hatte Kovacs diesen Schwachsinn offenkundig wirklich abgekauft. Er glaubte diese hanebüchene Geschichte nicht, aber wie sollte er sie davon überzeugen, dass sie belogen worden war? Er hatte keine handfesten Beweise gegen diesen Kerl. Nur jede Menge Geschichten, die ihm hauptsächlich von zwielichtigen Gestalten aufgetischt worden waren, und einen instinktiven Verdacht. Das Wenige, was er hatte, hätte vor einem Gericht nicht einmal für die Erhebung einer Anklage gereicht, die Chance, Michaela dazu zu bewegen, ihm etwas zu glauben, wofür es keinerlei Belege gab, war deshalb gleich null.

»Und was ist mit seinen Vorstrafen?«

Sie runzelte ärgerlich die Stirn. »Wann hat er die bekommen?«

»Vor über zehn Jahren.«

»Dann hat er damals also einen Fehler gemacht und dafür bezahlt. Ich finde nicht, dass einer von uns beiden ihn wegen einer Sache kreuzigen sollte, die vor einer halben Ewigkeit geschehen ist.«

Da er merkte, welche Richtung ihre Unterhaltung nahm, versuchte er es kurzerhand auf einem anderen Weg. »Ich weiß, ich habe dich schockiert, weil du denkst, dass du ihn kennst. Aber ich bleibe dabei, dass du keine Ahnung hast, wer dieser Kerl in Wahrheit ist – du siehst nur das, was er dich sehen lassen will –, und dass es deshalb gut wäre, ein bisschen argwöhnisch zu sein. Frag dich doch nur einmal, was der wahre Grund für eure sonntäglichen Flüge ist. Geht es dabei wirklich um Immobiliengeschäfte, wie er behauptet hat? Schließlich bist du bei den angeblichen geschäftlichen Terminen nicht dabei und hast deshalb keine Ahnung, worüber dort gesprochen wird.« Er sah in ihre dunklen Augen und fügte in dem Bemühen, sie zu überzeugen, nachdrücklich hinzu: »Du hast keine Ahnung, was er treibt, nicht wahr?«

»Hmmm, nein. Meistens erzählt er mir, dass die Besprechung gut gelaufen ist. Das ist alles«, gab sie widerstrebend zu.

»Und was ist mit der Warnung, die ich bekommen habe? Du und Jeffrey denkt, dass Neil hinter dem Unfall und dem Schreiben steckt, weil wir weiter die Bücher von Ashworths prüfen lassen, was er um jeden Preis verhindern will. Ich aber gehe davon aus, dass der Unfall und der Brief das Werk von Lenny Kovacs oder jemandem aus seinem Umfeld sind.«

»Aber… was hätte er für einen Grund dafür gehabt? Weshalb sollte Lenny dir was antun wollen, obwohl er dich noch nicht mal kennt?« Die von Leith angesprochene Möglichkeit rief ein Gefühl der Sorge in ihr wach.

»Ich habe jede Menge Fragen über ihn gestellt. Er ist ein furchtbarer Geheimniskrämer und will nicht, dass irgendwer erfährt, womit er wirklich seinen Lebensunterhalt verdient. Deshalb.«

Sie schüttelte erneut den Kopf und lehnte sich mit einem Seufzer auf der Couch zurück. »Ich… ich weiß nicht, was ich denken soll.«

»Das kann ich verstehen. Alles, worum ich dich bitte, ist, dass du gründlich über alles nachdenkst, was ich gesagt habe.«

Michaela war eindeutig hin und her gerissen. Leiths Informationen über Lenny hatten sie vollkommen überrascht, und obwohl er – wie bei einem Rechtsanwalt nicht anders zu erwarten – seine Sache gut vertreten hatte, glaubte sie ihm nicht. Könnte Lenny wirklich so gefährlich sein, wie Leith behauptete? Das Bild, das sie von Lenny hatte, sagte etwas anderes, denn ihr gegenüber war er immer der perfekte Gentleman. Aber Leith war niemand, der etwas behauptete, was er nicht wirklich glaubte. Deshalb würde sie, auch wenn es ihr keineswegs behagte, tun, worum er sie gebeten hatte, und gründlich darüber nachdenken, ob ihre geschäftliche Beziehung zu dem Mann nicht vielleicht zu gefährlich war. Sie würde ihr Versprechen halten und ihn nach Coffs Harbour fliegen, aber wie es danach weitergehen würde, wusste sie noch nicht.

Er konnte sich nicht daran erinnern, dass er jemals so erschöpft gewesen war. Nicht mal nach seinen Abschlussprüfungen, gestand Joel sich ein, während er sich müde die Treppe des St. Vincent's Hospital hinunterschleppte und in die kühle Abendluft trat. Sein erster Tag im Dienst war eine anstrengende Zwölf-Stunden-Schicht gewesen, bei der so viel los gewesen war, dass er nicht einmal die Zeit gefunden hätte, sich zu kratzen, geschweige denn, darüber nachzudenken, ob ihm diese Tätigkeit gefiel. Gähnend rieb er sich die feinen Bartstoppeln an seinem Kinn und sah sich suchend nach Elissas Corolla um. Er war nicht mit seiner Corvette gekommen, denn Lissa hatte ihm versprochen, ihn am Ende seines Dienstes abzuholen, um noch etwas mit ihm essen zu gehen. Dringender als eine Mahlzeit hätte er eine heiße Dusche und ein Bett gebraucht, um mit ein bisschen Glück sieben Stunden zu schlafen, bevor die nächste Schicht begann. Doch das müsste warten, denn er wollte Elissa nicht enttäuschen, und sie war versessen darauf zu erfahren, wie es ihm im Krankenhaus gefiel.

Es fing an zu nieseln, während er erst fünf, dann zehn Minuten wartete. Dann sah er ihren Wagen die Victoria Street herunterkommen, sprang auf den Beifahrersitz, küsste sie auf die Wange und lehnte sich erschöpft zurück.

»Und, wie war dein erster Tag, *Dr.* Beaumont?« Elissa sah ihn strahlend an.

»Unglaublich. Ich bin total erledigt.« Ihm fielen regelrecht die Augen zu. »Aber es war wirklich super. Die ersten drei Monate bin ich in der Chirurgie, auch wenn ich dort erst einmal nur den Handlanger spielen darf. Du weißt schon, Fieberkurven malen, Krankenakten holen, erste kleine Untersuchungen durchführen, bei kleineren Eingriffen assistieren oder so, aber es war wirklich interessant. So viele kranke Menschen und noch so viel zu lernen …« Er stieß einen Seufzer aus.

»Was willst du damit sagen, Schatz?«

»Heute ist mir aufgegangen, dass dies erst der Anfang ist. Die sechs Jahre Studium waren im Grunde nur die Aufwärmphase, die bloße Theorie. Aber das hier ist die Praxis, hier arbeite ich mit Menschen, muss versuchen, zu erkennen, was für ein Problem sie haben und wie man ihnen helfen kann. Das ist oft schwer, weil sie die Symptome nicht richtig beschreiben können.« Dann aber schränkte er grinsend ein: »Es sei denn, sie haben eine blutende Nase oder ein gebrochenes Bein.«

»Aber es hat dir doch wohl gefallen?«, fragte sie ihn ängstlich.

»Worauf du dich verlassen kannst. Allerdings bin ich halb verhungert.« Dann fiel ihm auch ein, weshalb. Er hatte viel zu viel zu tun gehabt, um in die Mittagspause zu gehen. »Wohin wollen wir zum Essen gehen?«

»Wie wäre es mit dem Restaurant in Paddo, in dem wir

letzte Woche waren, der *Grünen Zwiebel*? Das Hühnchenrisotto, das sie machen, hat dir doch so gut geschmeckt«, schlug Elissa vor. »Und dann fahre ich dich heim.«

»Du bist ein echter Schatz.« Er wandte sich ihr zu und küsste sie auf die Schulter, obwohl sie über ihrer Bluse noch eine Jacke trug. »Weißt du«, fing er nachdenklich an. »Dieses Jahr wird sicher ziemlich hektisch werden. Die Leute im praktischen Jahr werden in den Krankenhäusern traditionellerweise besonders hart herangenommen. Sechzig-bis-Achtzig-Stunden-Wochen sind vollkommen normal. Glaubst du, du kommst damit zurecht, dass du mich nur noch selten siehst und dass ich, wenn wir uns dann endlich treffen, sicher vollkommen erledigt bin?«

»Der Professor hat mich schon davor gewarnt, dass es so werden würde. Und seine Frau hat mir das ebenfalls erzählt. Aber ich nehme an, ich komme damit klar.« Sie sah ihn grinsend an. »Schließlich wird es für dich bestimmt noch härter als für mich.«

»Hast du schon was vom Prof gehört?«

»Er ist in Baden-Baden und hat mit Dr. Engelbaum gesprochen. Er meinte, dass ich dir sagen soll, dass die Forschungsergebnisse des Doktors *sehr ermutigend* sind. Und dass er, wenn er schon mal in Europa ist, auch noch Verwandte in Warschau besuchen will. Er kommt in drei Wochen zurück, und ich nehme an, dass du ihm dann beim Verfassen seiner Arbeit helfen willst.«

Elissa fuhr die Oxford Street hinauf, und Joel richtete sich kerzengerade auf. »Dann hat er also immer noch die Absicht, die Arbeit auf der Konferenz in Vancouver vorzustellen?«

»Ich schätze ja.«

»Super.« Joel musste ein Gähnen unterdrücken, doch

obwohl er körperlich und geistig vollkommen erledigt war, rief das Wissen, dass er endlich Medizin nicht mehr nur studierte, sondern praktizierte, heiße Freude in ihm wach. Professor Harry Grebeveskis Arbeit würde sicher ein Erfolg und vielleicht fänden sie sogar ein Mittel, mit dem sich die Krankheit seiner Mutter in den Griff bekommen ließ.

Vor allem aber hatte er seit beinahe sechs Wochen keinen Tropfen Alkohol getrunken – ein eindeutiger Rekord. Und für einen sogenannten *recovering alcoholic*, das hieß einen Alkoholiker in der Genesungsphase, war jeder trockene Tag ein neuer Sieg, hatten sie ihm bei den Anonymen Alkoholikern erklärt. Er hatte bei den Treffen dieser Gruppe bereits einen Gesprächspartner und Helfer gefunden, Martin Barry, einen ehemaligen Fernsehproduzenten, an den er sich wenden konnte, wenn er in Versuchung kam oder ihm einfach nach Reden zumute war. Manchmal wusste nur ein trockener Alkoholiker, der ähnliche Probleme gehabt hatte, wie es einem ging. Aber er war zuversichtlich, dass sich mit der Unterstützung durch Elissa und seiner gesamten Familie das Verlangen dauerhaft unterdrücken ließ.

Lenny nickte zufrieden mit dem Kopf. Alles verlief genau nach Plan. Tomas hatte sich am Abend im Ashworths einschließen lassen, die zum Glück nicht allzu komplizierte Alarmanlage außer Betrieb gesetzt und die Tür zum Dach geöffnet, durch die außer Lenny, Earl, Rocco und Ferdie auch Ben Lowry, der Safeknacker, ins Haus gekommen war. Dann hatte Tomas die Alarmanlage wieder eingeschaltet, damit niemand Verdacht schöpfte.

Wo sie besondere Vorsicht walten lassen mussten, war im Treppenhaus, denn kurz vor Mitternacht wurde es auch von den Wachleuten auf ihrem Weg in die verschiedenen Stockwerke benutzt. Neil hatte Lenny einmal erzählt, dass der Strom für die Fahrstühle und Rolltreppen um elf Uhr abends abgeschaltet wurde, wenn die Putzkolonne fertig war, und dass die Wachleute dann für den Rest der Nacht das Treppenhaus benutzten, um ihre Runden zu drehen.

Er, Earl und Rocco würden sich ins Erdgeschoss begeben, um dort alles, was sich leicht abtransportieren ließ, wie Schmuck, Kameras, Parfüm und teure Unterwäsche, einzupacken. Ben und Ferdie würden den Tresor leer räumen, und Tomas würde für den Fall, dass sie plötzlich verschwinden müssten, Wache stehen. Earl hatte eine Stunde zehn Minuten für den Job eingeplant. Auf sein Kommando stellten alle ihre Uhren, bevor sie sich auf den Weg machten, um den ihnen zugewiesenen Tätigkeiten nachzugehen.

Lenny lachte leise auf, als er mit den beiden anderen in Schuhen mit weichen Sohlen lautlos über die Betontreppe in die untere Etage schlich. Sein *Kumpel,* oder Ex-Kumpel, würde sicher einen Wutanfall bekommen, wenn er merkte, dass er von dem alten Lenny übers Ohr gehauen worden war und ihn nicht verpfeifen konnte, weil es ihm dann selbst an den Kragen ging. Geschah dem Arschloch recht. Dieser Coup war die gerechte Rache dafür, dass er sich für etwas Besseres hielt und eigene Wege gegangen war. Vor allem schmerzte es ihn sicher deutlich mehr, wenn sein Geldbeutel getroffen wurde, als wenn er von Lenny – auch wenn das für Letzteren persönlich eine noch größere Befriedigung gewesen wäre – nach allen Regeln der Kunst zusammengeschlagen würde.

Lenny fand die Stille und das Halbdunkel im Erdgeschoss mit seiner eleganten Einrichtung, dem dunklen Marmorboden, den holzverkleideten Säulen und den teuren Lüstern gespenstisch. Er hatte das Kaufhaus schon häufig zum Stöbern und Einkaufen besucht und jetzt fehlten ihm die Helligkeit, das Gewimmel der anderen Kunden und die Aufmerksamkeit des Personals. Die unheimliche Ruhe und die grauen Schatten, die das Licht von der Straße auf die Auslagen warf, brachten ihn etwas aus dem Konzept.

»Psss«, wisperte Earl Rocco zu. »Die Fotoabteilung ist hinten in der Ecke links. Nimm nur das teure Zeug. Guck, wenn du nicht sicher bist, einfach auf die Liste, die ich dir gegeben habe.«

Rocco reckte zum Zeichen, dass er verstanden hatte, einen Daumen in die Luft, und trottete davon.

Lenny ging hinüber in die Schmuckabteilung, dachte kurz darüber nach, wie gut mehrere Stücke wohl an Michaelas Hals oder Handgelenken aussehen würden, zwang dann aber sein Hirn und andere Körperteile, sich wieder der Arbeit zuzuwenden, derentwegen er hierhergekommen war.

»Die wirklich teuren Sachen, Gold und Ringe, liegen wahrscheinlich im Safe«, wisperte er, während er das Licht seiner Taschenlampe über die Auslagen wandern ließ. »Trotzdem gibt es hier noch jede Menge interessantes Zeug.« In Rekordzeit knackte er die Schlösser aller Tresen, und gemeinsam warfen er und Earl Ringe, Ketten und Armbänder mit Halbedelsteinen sowie Dutzende von Uhren in einen Leinensack.

»Und jetzt in die Parfümerieabteilung. Aber nur die teuersten Parfüms und nur so viel, wie du problemlos tragen kannst«, wies Lenny seinen Spießgesellen an.

In weniger als einer Viertelstunde hatten alle drei – Earl, Rocco und Lenny – ihre Taschen prall mit Diebesgut gefüllt.

»Lasst uns wieder in den fünften Stock zu Ben und Ferdie gehen. Ich werde mich deutlich wohler fühlen, wenn ich wieder näher am Ausgang bin«, flüsterte Earl.

Sie keuchten vernehmlich, als sie in der fünften Etage waren, wo Ferdie dem Safeknacker behilflich war.

Lenny reagierte angespannt und schlecht gelaunt, als er bemerkte, dass der Safe noch nicht geöffnet war. »Scheiße, Ben, was machst du da? Verdammter Amateur!«, zischte er nach einem Blick auf seine Uhr. »Die Wachen fangen in zehn Minuten ihre Runde an, uns bleiben also nicht mal mehr zwanzig Minuten. Komm endlich in die Gänge, ja?«

»Immer mit der Ruhe«, murmelte der Safeknacker ebenfalls gereizt, weil das Zahlenschloss des Tresors deutlich komplizierter war, als Earl behauptet hatte. Er wischte sich den Schweiß von der Oberlippe ab und zog die Nase hoch. »Die Hälfte habe ich, wir sind also gleich so weit.«

»Ferdie, geh und warte draußen«, wies Lenny einen seiner Männer an. »Gib uns ein Signal, wenn du jemanden kommen hörst.«

»Was denn für ein Signal?«, wollte Ferdie von ihm wissen und fügte zum Beweis, dass er nicht der Allerhellste war, tatsächlich noch hinzu: »Soll ich pfeifen?«

»Nein, du Idiot«, fuhr Lenny ihn so laut er es wagte an. »Schalt einfach deine Taschenlampe dreimal nacheinander ein und aus.« Himmel, so blöd konnte man doch gar nicht sein. Er würde es sich zweimal überlegen, bevor er Ferdie nochmal mit zu einem Einbruch nahm. Dann brach auch ihm der Schweiß unter den Achselhöhlen, um den Hals herum und am Rücken aus. *Das Öffnen des Safes dauerte einfach zu lange.* Er blickte zu Earl und sah, dass der das Gleiche dachte. Dann presste Lenny stur die Lippen zusammen und starrte erneut auf den Tresor. Verdammt. Er würde ganz bestimmt nicht gehen, ohne den Inhalt des Safes mitzunehmen. Das ließ sein professioneller Stolz einfach nicht zu.

»Gleich habe ich's …«, flüsterte Ben.

Lautlos bedeutete Lenny Rocco, seinen Beutel aufzumachen, damit Ben den Inhalt des Tresors hineinwerfen konnte, wenn die Tür geknackt war. Mit einem nervösen Grinsen sah er Earl an, der aber, auf Ferdies Signal wartend, reglos Richtung Tür blickte.

Die einzigen Geräusche, die in dem Büro zu hören waren, waren ihr lautes Atmen und das leise Rascheln ihrer Kleidung, wenn sie sich bewegten. Verglichen mit der Stille im Raum, wirkten die Geräusche, die von außen kamen, übertrieben laut.

Plötzlich hörten sie, dass eine Tür ins Schloss geworfen wurde, dann schlurfte jemand einen Gang runter und aus einem Kofferradio drang leise Popmusik.

»Da kommt jemand«, wisperte Earl. »Und ich bin mir sicher, dass es weder Ferdie noch Tomas ist.«

Lenny bedeutete den anderen, sich hinter den Büromöbeln zu verstecken, falls das möglich war. Dann zog er den Revolver aus dem Schulterhalfter, das er immer trug, und richtete die Waffe auf die Tür, als er hinter der Scheibe einen Schatten sah …

18

Sekunden bevor die Silhouette des Wachmanns hinter der Glasscheibe erschien und der Mann die Türklinke ergriff, sah Lenny, wie Ben seine Tasche mit dem Werkzeug unter einem Tisch verschwinden ließ. Dann legte sich der kleine Mann flach auf den Boden, presste seinen Kopf auf das Parkett und rührte sich nicht mehr vom Fleck. Ein Rundblick durch den Raum machte Lenny deutlich, dass auch keiner seiner Leute zu sehen war.

Er holte so tief wie möglich Luft, drückte sich mit angehaltenem Atem seitlich gegen einen Aktenschrank und atmete möglichst lautlos wieder aus, als die Tür zur Hälfte geöffnet wurde und die Hand des Wachmanns nach dem Lichtschalter tastete. Lenny blinzelte in der plötzlichen Helligkeit und fing langsam an zu zählen: eins, zwei, drei, vier, fünf... Dann wurde das Licht wieder gelöscht und die Bürotür zugemacht.

In diesen wenigen Sekunden hatte das Herz ihm bis zum Hals geklopft, er hatte vor lauter Aufregung gefurzt und die Hand, die den Revolver hielt, hatte sich verkrampft. Außerdem waren seine Finger unter den Chirurgenhandschuhen, die er und seine Männer trugen, um keine Fingerabdrücke zu hinterlassen – da sie alle außer Earl bereits in der Kartei der Polizei zu finden waren –, nass vor Schweiß. Er atmete zitternd aus und sah Ben, Earl und Rocco nacheinander an.

»Scheiße, viel knapper hätte es nicht werden können. Ich dachte schon, dass ich den Kerl erschießen muss.« Lenny starrte den Safeknacker an und wies dann mit dem Lauf seines Revolvers in Richtung Tresor. »Und?«

»Okay. Noch eine halbe Minute, dann ist die Kiste sicher auf.«

»Das hoffe ich für dich. Verdammt, das hoffe ich für dich.«

Dann bekamen die vier beinahe einen kollektiven Herzinfarkt, als Ferdie die Tür aufmachte und auf Zehenspitzen hereingeschlichen kam. »Alles in Ordnung?«

»Du dämliches Stück Scheiße! Du solltest draußen Wache halten. Um ein Haar hätte der Wachmann uns erwischt. Wo zum Teufel warst du?«, schalt Earl ihn für den Fall, dass der Wachmann noch in Hörweite war, in gedämpftem Ton.

»Scheiße, Mann. Ich musste mal. Hat eine halbe Ewigkeit gedauert, bis ich endlich das blöde Klo gefunden habe.«

Lenny schüttelte ungläubig den Kopf. Ferdie war eindeutig von der Liste seines Sondereinsatztrupps gestrichen. »Geh rauf und leiste Tomas Gesellschaft«, knirschte er mit zusammengebissenen Zähnen. »Und beweg dich möglichst leise, ja?«

»Ich hab's, Lenny«, wisperte Ben und sah ihn triumphierend an.

Neil tobte. Nein, er kochte regelrecht vor Zorn. Wie ein jähzorniges Kind warf er ein paar Gegenstände an die Wand. Einer der Wachmänner hatte in den frühen Morgenstunden den offenen Safe entdeckt und ihn, Boris und die Polizei über den Einbruch informiert.

Den halben Vormittag trampelten Männer in blauen Uniformen durch das Kaufhaus, suchten aber sowohl die Schmucktresen im Erdgeschoss als auch die Umgebung des Tresors vergeblich nach Fingerabdrücken ab.

»Das war das Werk von Profis, meint die Polizei«, stellte Warren, der neben Boris stand, unglücklich fest.

»Ach ja?«, murmelte Neil. Es brachte ihn fast um, dass er die Schuldigen kannte, aber zum Stillschweigen verdonnert war.

»Die Gutachter von der Versicherung kommen gegen halb zwölf. Gott sei Dank haben wir die Versicherungssumme nach den Diebstählen aus der Lagerhalle erhöht«, erklärte Boris Jakelic.

»Mmmm…«, murmelte Neil. »Ich gehe wieder in mein Büro. Geben Sie mir Bescheid, wenn die Gutachter hier sind.« Damit marschierte er davon.

Wie hatte er es wagen können, Ashworths auszurauben! Dadurch wurde alles unnötig kompliziert, und so kurz nach der Meldung, dass er die Leitung des Unternehmens übernommen hatte, machte es sich ganz bestimmt nicht gut, wenn in den Zeitungen etwas über diesen Überfall erschien.

Allmählich hatte Neil den Eindruck, dass er in der Falle saß. Coberg und seine Leute fuhren mit der Prüfung der Ashworths'schen Bücher fort. Bestimmte Angestellte widersetzten sich stillschweigend seiner Autorität, und selbst seine Familie hatte ihm nicht applaudiert, sondern ihn skeptisch angesehen, als er verkündet hatte, dass jetzt er der Herr des Unternehmens war. Sie hatten ihn nicht zu seinem Coup beglückwünscht, hatten aber auch kein Wort darüber verloren, dass sie die Kontrolle über ihren Aktienanteil wieder selbst übernehmen wollten, wodurch seine Anteilsmehrheit dahingeschmolzen wäre. Abgesehen von Mark und seiner Schwester Angela waren sie eben alle elende, vom Neid zerfressene, geldgeile Bastarde.

Er hatte schon seit Tagen nicht mehr gut geschlafen. Wenn er einschlief, wurde er in seinen Träumen von der erbosten Laura und der mordlüsternen Michaela heimgesucht und wälzte sich bis in die frühen Morgenstunden ruhelos in seinem Bett.

Das Echo seines Seufzers hallte von den Wänden wider. So hatte er es sich nicht vorgestellt. Er hatte Glückwünsche von anderen Unternehmern, lautstarke Bewunderung von seiner Familie und die Zustimmung der Angestellten erwartet, weil er Ashworths wieder den alten Glanz verleihen wollte, anstatt es weiter so lange zu verändern, bis es nur noch eine unter einer ganzen Reihe identischer Kaufhausketten war.

Was ihn ebenfalls beunruhigte, war, dass es von Seiten der Beaumonts bisher zu keiner anderen Reaktion als dem Antrag auf Fortsetzung der Buchprüfung gekommen war. Er hätte nie gedacht, dass Laura oder einer von den anderen seinen »Aufstieg« einfach schweigend akzeptieren würde, doch im Augenblick sah es so aus. Neil wollte ihre entsetzten Gesichter sehen, sich an ihren schockierten Mienen weiden, aber alles, was er bisher vernommen hatte, waren Beileidsbezeugungen für die Beaumonts, selbst von den Medien.

Der Teufel soll sie alle holen, dachte er erbost. Sollen sie doch alle zur Hölle fahren. Seine Gedanken gingen in zehn Richtungen auf einmal. Mit geballten Fäusten hinter dem Rücken stapfte er durch sein Büro. Zehn Schritte nach Norden, Kehrtwendung, zehn Schritte nach Süden, Kehrtwendung ...

Erst einmal musste er die Buchprüfung verhindern. Wenn er das nicht täte, wäre seine Zeit als Präsident begrenzt. Die falschen Spuren, die er gelegt hatte, um den Verdacht von sich auf Daniel und sogar Michaela abzulenken, waren wirklich gut. Aber Coberg und seine Leute waren auch nicht schlecht und würden früher oder später den Schleier lüften und herausfinden, wer tatsächlich der Schuldige gewesen war. *Er musste den Buchprüfungsauftrag rückgängig machen.* Dazu musste er den Aufsichtsrat unter seine Kontrolle bringen. Warren war schwach und hatte deutlich gemacht, dass er alles täte, um seinen Job nicht zu verlieren. Der leitende Direktor stimmte also ganz bestimmt in seinem Sinne ab. Genau wie Trevor Winterson.

Also musste er noch drei, nein – wenn er Michaelas

Position mitzählte – vier Sitze im Aufsichtsrat neu besetzen. Sein jüngerer Bruder Mark und seine Schwester Angela hatten bereits erklärt, dass sie in das Gremium eintreten würden. Beide ließen sich von ihm beeinflussen; das Gemurmel unter den Angestellten über Vetternwirtschaft war ihm vollkommen egal. Tania Wildman, Daniels Sekretärin, die jetzt für ihn arbeitete, könnte ebenfalls in den Aufsichtsrat aufsteigen, und Michaelas Stelle ließ er ganz einfach frei.

Er hörte auf, durch das Büro zu stapfen, und freute sich, dass ihm die Lösung des Problems eingefallen war. Es wäre durchaus machbar. Ein Grinsen erhellte sein bis dahin ausdrucksloses, ernstes Gesicht. Der neue Aufsichtsrat würde den Auftrag zur Buchprüfung zurücknehmen, und falls Markham & Partner Einspruch dagegen erheben würden – was sie im Auftrag der Beaumonts ganz sicher täten –, brächte er die Sache einfach vor Gericht und gewönne dadurch die erforderliche Zeit, um die Papiere selbst noch einmal durchzugehen und sicherzustellen, dass sich darin nichts Belastendes gegen ihn fand. Ja, es würde gehen … Es war noch Zeit genug, die Sache nächste Woche anzugehen.

Er sah sich in *seinem* Büro um. Er hatte es nach seinem Geschmack umdekorieren lassen. Denn er könnte und würde auch langfristig als Ashworths' Präsident bestehen …

Michaela, Fern und Lenny saßen in der Piper Cub und warteten darauf, dass ihnen der Tower die Starterlaubnis erteilte. Heute würden sie nach Coffs Harbour fliegen und kämen erst am späten Nachmittag zurück.

Michaela blickte Lenny von der Seite an. Er sah nachdenklich aus. »Alles okay?«, fragte sie ihre Passagiere.

»Ja, Michaela«, antwortete Fern, die auf dem Rücksitz saß.

»Natürlich. Alles bestens. Ich habe nur gerade an die Geschäftsbesprechung gedacht«, log Lenny. In Wahrheit hatte er an keinem der Ziele, zu denen sie ihn bisher geflogen hatte, je einen geschäftlichen Termin gehabt. Er dachte keineswegs an seine Arbeit, sondern an das Beinahe-Zusammentreffen mit dem Wachmann bei Ashworths und an den fehlgeschlagenen Unfall dieses blöden Rechtsanwalts. Rocco und Ferdie hatten es vermasselt. Bereits bei dem Gedanken kochte er vor Wut. Diese verdammten Trottel! Danvers sollte bei dem Unfall erledigt und nicht nur verletzt werden. Earl hätte sich besser um die Sache gekümmert – oder am allerbesten er selbst.

Er bemühte sich um einen fröhlichen Gesichtsausdruck und sah Michaela an. Sie konzentrierte sich auf das Armaturenbrett und klopfte mit dem Zeigefinger auf ein paar Instrumente, um sicherzugehen, dass sie funktionierten. Sie hatte ihr Headset auf dem Kopf und wartete darauf, dass endlich die Starterlaubnis kam.

Unweigerlich musste er lächeln, als er ihre ernste Miene sah. Sie sah einfach fantastisch aus. Sein Körper schmerzte, so groß war sein Wunsch, sie endlich an seine Brust ziehen zu können. Er empfand ein geradezu verzweifeltes Verlangen nach der Frau, doch das war nicht alles. Inzwischen glaubte er, dass das, was er für sie empfand, wahre Liebe war. Er lehnte sich auf seinem unbequemen Sitz zurück und dachte weiter über seine Gefühle nach. Bisher hatte er sich nie emotional auf eine der Frauen eingelassen, mit denen er ins Bett gegangen war, denn durch Gefühle wurde alles nur unnötig verkompliziert. Trotzdem hatte Michaela, ohne dass es ihm bewusst gewesen war, seinen Schutzpanzer durchbrochen. Er liebte sie und würde sie heiraten. Das wusste er bereits seit Monaten, doch um dieses Ziel auch zu erreichen, müsste er sich vorher seiner Konkurrenz entledigen. Solange dieser Danvers am Leben war, hatte er bei ihr ganz sicher keine Chance.

Während das Flugzeug über die Startbahn rollte, dachte er darüber nach, wie sich Danvers am günstigsten aus dem Verkehr ziehen ließ. Dank seiner inkompetenten Chargen hatte er den Unfall überlebt, der ihn hätte ins Jenseits befördern sollen. Das würde nicht noch mal passieren! Es gab jede Menge interessanter Möglichkeiten, einen Menschen umzubringen und es wie einen Unfall aussehen zu lassen. Und es *musste* wie ein Unfall aussehen. Wenn sie den Eindruck hätte, dass Danvers ermordet worden war, würde Michaela ihn auf ein Podest stellen und wahrscheinlich nie vergessen.

Er hatte von einem Killer in Melbourne gehört, der ein Experte für angebliche Unfälle war. Earl hatte gesagt, er wäre ziemlich teuer, aber wenn er seine Sache richtig machte, wäre es das wert.

Außerdem müsste er nach seiner Rückkehr von Coffs Harbour ein Wort mit seinem alten Kumpel reden. McRae hatte Michaela nicht nur bei Ashworths rausgeworfen, sondern ihr sogar Hausverbot erteilt. Das schmerzte sie, und das tat ihm natürlich leid. Er musste einen Weg finden, Neil dazu zu bringen, sie wieder einzustellen. Wenn er ihn zusammenschlug, erreichte er das sicher nicht. Besser, er übte etwas Druck auf dieses kleine Arschloch aus. Doch das wäre sicher kein Problem, denn, he, Lenny Kovacs hatte bisher noch immer alles, was er wollte, auch bekommen, oder etwa nicht?

»Wie lange wird es dauern, bis wir in Coffs Harbour sind?«, brüllte er über den Motorenlärm hinweg.

»Ungefähr zweieinhalb Stunden«, antwortete sie.

Er sah, wie sie am Steuerknüppel zog, damit die Piper Cub beinahe senkrecht in den Himmel stieg. Ja, wenn sie zurück waren, hatte er einiges zu tun …

Colin Coberg hatte noch nie einen Mandanten zu Hause aufgesucht, schon gar nicht an einem Sonntagnachmittag. Aber er hatte mit Jeffrey Markham telefoniert und ihm erzählt, was er herausgefunden hatte, und sie hatten ein Treffen bei Laura Beaumont zu Hause ausgemacht. Das war nicht gerade üblich, aber für das Geld, das die Beaumonts ihm zahlten, machte er sich diese Mühe gern.

Er, Jeffrey und Leith Danvers tauchten beinahe gleichzeitig vor Lauras Haustür auf und wurden von Daphne ins Wohnzimmer geführt.

»Mrs Beaumont wird sofort da sein«, erklärte Daphne lächelnd. »Sie kommen gerade rechtzeitig zum Tee.«

Ohne Einleitung wollte Leith von Colin wissen: »Dann haben Sie ihn also erwischt?«

»Ich bin heute hier, weil ich davon ausgehe, dass Zeit, wie man so schön sagt, der entscheidende Faktor ist. Ich habe meine Leute rund um die Uhr arbeiten lassen, um die falschen Spuren zu entwirren. Die Bücher sind wirklich meisterhaft gefälscht«, stellte Coberg mit einer Stimme fest, die ein gewisse Bewunderung verriet.

»Guten Tag, die Herren. Meisterhaft und trotzdem kriminell«, bemerkte Laura, die in diesem Augenblick den Raum betrat.

»Ja«, stimmte ihr Colin zu. »Neil hat versucht, den ehemaligen Präsidenten und Ihre jüngere Tochter zu belasten, aber außer, dass es unsere Arbeit ein bisschen erschwert hat, hat ihm das nichts gebracht.«

Laura bedeutete allen, Platz zu nehmen, und nickte

dann Daphne zu, damit diese den Tee aus der blitzenden Silberkanne in die Tassen schenkte. Ein paar Traditionen waren ihr einfach ans Herz gewachsen, auch wenn sie in vielen anderen Bereichen sehr fortschrittlich war. »Colin, ich nehme an, Sie sind gekommen, um uns zu erzählen, dass Sie genügend Beweise dafür haben, dass Neil der Betrüger ist?« Sie stellte diese Frage in einem beinahe beiläufigen Ton, als sprächen sie über das Wetter oder eine andere Nebensächlichkeit.

»Ich habe dafür sogar umfassende Beweise, Mrs Beaumont. Und ich habe bereits einen vorläufigen Bericht verfasst.« Er legte die Papiere neben den Teller mit von Daphne selbst gebackenen Plätzchen auf den Kaffeetisch. »Darin sind genügend Beweise aufgeführt, die auch für die Polizei von Interesse sind.« Bei diesem Satz sah er die beiden Rechtsanwälte an.

»Ich bin mir nicht sicher, ob Laura die Polizei in diese Angelegenheit einbeziehen will«, antwortete Jeffrey ihm.

Laura setzte ein Lächeln auf. »Ja, ich würde es lieber innerhalb der Familie klären, falls Sie verstehen, was ich meine. Ein Skandal könnte für meinen Bruder tödlich sein – er hatte erst im letzten Jahr einen Herzinfarkt –, und er würde das Verhältnis der Beaumonts zu den McRaes sicher nachhaltig trüben. Zudem wäre er viel zu peinlich.«

»Laura«, protestierte Leith und stellte seine Tasse vorsichtig auf seinem Gipsarm ab. »Dieser Bericht ist genau das, was Sie brauchen, um Neil von seinem Thron zu stürzen.«

»Ich weiß, Leith. Und das werde ich auch tun.« Laura sah ihn wissend an. »Nur eben auf meine Art.« Sie blickte die Männer nacheinander an. »Ich danke Ihnen allen – für Ihre Hilfe und für Ihre Diskretion.« Dann wandte sie sich an Leith. »Hätten Sie vielleicht Lust auf einen kurzen sonntagnachmittäglichen Besuch?«

»Natürlich.«

»Gut. Sobald wir unseren Tee getrunken haben, fahren wir zu meinem Bruder Frank.« Sie wies auf den auf dem Tisch liegenden Bericht. »Wir werden ihm das hier zeigen und dann besuchen wir alle zusammen Neil.«

Jeffrey wirkte etwas mürrisch, weil Laura ihn nicht in ihre Pläne einbezog. »Und was ist mit mir?«

Sie tätschelte ihm sanft die Hand. »Ich glaube, es wäre keine gute Idee, zu viert zu ihm zu gehen. Dann wären wir einfach zu viele. Bleib du einfach hier, Jeffrey, mach es dir gemütlich, sieh ein bisschen fern oder mach einen Spaziergang mit dem Hund. Du weißt, wie gern er am Strand läuft. Wir sind am späten Nachmittag zurück und dann kannst du mich zur Feier des Tages zum Abendessen einladen. Okay?«

Jeffrey lächelte. »Ich weiß auch schon, wohin. Ich habe dieses reizende kleine Restaurant entdeckt. *Edna's Table.* Ich reserviere sofort einen Tisch …«

Porter chauffierte Leith und seine Arbeitgeberin zum Haus von Frank McRae in Drummoyne. Laura wusste, dass ihr Bruder zu Hause war, weil eins der ersten Rugbyspiele der gerade begonnenen Saison im Fernsehen lief. Obwohl sie sich bestimmt nicht darauf freute, ihm das Herz zu brechen, indem sie ihm erklärte, dass sein zweitgeborener Sohn ein Dieb, ein Lügner und Betrüger war, blieb ihr, wenn sie Ashworths retten wollte, keine andere Wahl.

Wie erwartet, verlief ihr Gespräch mit Frank nicht gerade angenehm. Er tobte, er brüllte und erhob Gegenanschuldigungen gegen sie und alle anderen Beaumonts. Leith erläuterte ihm jedoch alles ganz genau und Elsie gab mit tränenerstickter Stimme zu, dass das Verhalten ihres Sohns schändlich gewesen war. Da gab auch Frank seinen Widerstand auf. Leith brauchte noch eine weitere halbe Stunde, um ihn dazu zu überreden, mit ihnen zusammen Neil in seiner neuen Wohnung in der City aufzusuchen, um dabei zu sein, wenn Neil die Beweise für seinen Betrug vorgelegt wurden.

Als Ashworths' Präsident hatte sich Neil – auf Kosten des Unternehmens – in einem elegant möblierten Penthouse mit Blick auf den Hafen eingemietet, und auf Lauras Bitte hin rief Frank ihn an, um ihm zu sagen, dass er und Elsie – was nicht weiter ungewöhnlich war – auf einen kurzen Besuch bei ihm vorbeikämen.

Neil wäre also da.

Als Neil die Tür seines Appartements öffnete und neben seinem Vater Leith und Laura sah, schrillten sämtliche Alarmglocken in seinem Kopf. Er bekam eine ungesunde, gräuliche Gesichtsfarbe, schluckte mühsam den dicken Kloß in seinem Hals herunter und starrte die Besucher reglos an.

Frank schob seinen Sohn zur Seite und alle traten ein. »Du bist uns eine Erklärung schuldig, Junge«, setzte er mit angespannter Stimme an.

Neil sagte das Erste, was ihm einfiel. »Wo ist Mum?«

Frank sah seinen Sohn aus seinen blauen, vom Alter etwas getrübten Augen an. »Sie konnte nicht kommen, weil sie sich die Augen aus dem Kopf heult – und zwar deinetwegen, du kleines Stück Scheiße. Du hast ihr das Herz gebrochen, aber das ist dir wahrscheinlich vollkommen egal.«

»I-ich… ich weiß nicht, wovon du redest, Dad. Was machen diese… Leute hier?« Er zeigte auf Laura und Leith.

Leith bedachte Frank mit einem fragenden Blick, und als dieser nickte, übernahm er das Gespräch. »Ich glaube, Sie wissen ganz genau, was wir hier machen, Neil. Das Spiel ist aus. Cobergs Leute haben Ihren Betrug entdeckt. Sie können belegen, dass Sie über Jahre hinweg Gelder von Ashworths auf eigene Konten umgeleitet haben, und auch wenn es noch keine abschließende Zahl gibt, wissen wir bereits, dass es mehrere Millionen gewesen sind.«

»Das ist vollkommen lächerlich! Ihr könnt mir nicht das Mindeste beweisen«, bluffte Neil. Er hatte angefangen zu schwitzen und trat nervös von einem Bein aufs andere. Außerdem konnte er keinem der drei anderen in die Augen sehen. Vor allem Franks wütende Blicke machten ihn nervös. Sie alle wussten, wie entsetzlich aufbrausend sein Vater manchmal war.

»Wir können es nicht nur, sondern haben es bereits«, antwortete Leith und warf eine Kopie des Coberg'schen Berichts auf den Tisch neben der Couch. »Hier steht alles schwarz auf weiß. Übrigens, Colin sagt, Sie hätten Ihre Sache wirklich hervorragend gemacht. Seine Leute mussten rund um die Uhr arbeiten und haben trotzdem noch teuflisch lange gebraucht, um alle Fäden zu entwirren. Aber am Ende haben sie's geschafft und die Spur führt direkt zu Ihnen. Weder zu Daniel Blumner noch zu Ihrer Cousine Michaela, sondern zu *Ihnen.*« Er blickte verächtlich auf den kleineren Mann herab.

»Du mieses, kleines Schwein.« Frank konnte sich einfach nicht mehr beherrschen. Er streckte beide Arme aus und packte Neil am Kragen seines Hemds. »Was hast du der Familie für Lügen aufgetischt. Dass die Beaumonts das Unternehmen zugrunde gerichtet und wir alles verloren hätten, wenn du nicht eingesprungen wärst.« Er gab Neil eine schallende Ohrfeige. »Dass du einen großen

Kredit aufgenommen hättest, um die Anteile zu kaufen, die dir die Kontrolle über das Unternehmen gesichert haben, damit du es in seiner alten Pracht auferstehen lassen kannst.« Er schlug ihn ein zweites Mal. »Du hast mich vor meiner eigenen Schwester, meiner engsten noch lebenden Verwandten, unmöglich gemacht, du schleimiger, verlogener Widerling. Ich habe dir geglaubt.«

Franks zornrotes Gesicht bildete einen deutlichen Kontrast zu seinem schneeweißen Haar. Er schüttelte angewidert den Kopf und fuhr mit seiner Attacke fort. »Ich hätte es besser wissen müssen. Du warst schon als Kind hinterhältig und verschlagen, genau wie dein Kumpel Kovacs. Und jetzt bist du ein hinterhältiger, verschlagener Mann. Für das, was du getan hast, kann dich deine Tante für Jahre hinter Gitter bringen, du dämlicher …« Er schlug Neil zum dritten Mal und stieß ihn dann von sich fort.

Leith richtete sich kerzengerade auf. Neil kannte Lenny Kovacs. Hatte ihn bereits als Kind gekannt! Plötzlich fiel das letzte Puzzleteil an seinen Platz. Neil und Kovacs. Hatte Kovacs die Informationen über die Warenlieferungen etwa von Neil bekommen? Gingen vielleicht die Diebstähle auf der Werft, aus der Lagerhalle und auch der Einbruch in die Filiale in der Pitt Street auf das Konto dieses Kerls und seiner Gang? Boris hatte den Verdacht geäußert, dass möglicherweise Mark McRae in die Diebstähle involviert gewesen war. Aber es war nicht Mark gewesen, sondern höchstwahrscheinlich Neil. Doch das gäbe er sicher niemals zu. Neil war bereits zu sehr in die Betrugssache verwickelt, um auch noch andere Straftaten zu gestehen. Plötzlich durchbrach Lauras ruhige Stimme seinen Gedankengang.

»Frank, hör auf«, bat sie den Bruder, da sie fürchtete, er würde noch einen Herzinfarkt erleiden, wenn er sich weiter aufregte. »Gewalt bringt uns nicht weiter. Sag Neil, was du tun wirst.«

»O ja.« Frank nickte und erinnerte sich daran, was im Wagen besprochen worden war. »Ich nehme dir die McRae'schen Anteile an Ashworths ab und übertrage das Stimmrecht auf Laura. Das bedeutet, dass sie zusammen mit den Anteilen ihrer eigenen Familie vierundfünfzig Prozent der Aktien hat und du nicht länger Präsident des Unternehmens bist. Und zwar ab sofort.« Er blickte auf seinen Sohn, der eine Hand an seine puterrote Wange hob und den Kopf schüttelte.

»Dad, das darfst du nicht... Wir, die McRaes, können furchtbar reich werden. Ich habe alles ganz genau geplant.«

»Halt den Mund und hör mir zu, du kleiner Scheißer«, knurrte Frank nochmals. »Laura lässt dir die Wahl, Junge, und ich kann dir nur raten, nimm das Angebot an. Sie will, dass du ihr sämtliche Aktien, die deine beiden Scheinfirmen mit dem unrechtmäßig von dir erlangten Geld erworben haben, überschreibst.«

Neil schüttelte den Kopf.

»Schüttel nicht den Kopf, sondern hör mir zu, *du dämliches Stück Dreck!* Wenn du sie ihr nicht überschreibst, wird sie dich verhaften und vor Gericht stellen lassen. Und zwar mit meinem Segen«, fügte er bedeutungsvoll hinzu und wandte sich an den jungen Rechtsanwalt. »Wie lange wird er Ihrer Meinung nach für diese Sache hinter Gitter gehen, Leith?«

»Kommt auf den Richter an. Vier bis zehn Jahre, denke ich.«

»Hier in Sydney bist du erledigt«, klärte Frank Neil nüchtern auf. »Niemand wird von dir auch nur noch ein Stück Brot annehmen, wenn die Sache rauskommt, und unglücklicherweise kommt, wenn auch vielleicht nicht alles, so auf jeden Fall ein Teil dieser Geschichte ganz bestimmt ans Licht.«

»Neil…« Laura legte eine Hand auf den Ärmel ihres Bruders und blickte ihren Neffen reglos an. »Wenn du mir die Aktien überschreibst, werde ich keine Anzeige erstatten. Allerdings nur unter der Voraussetzung, dass du Sydney innerhalb der nächsten vierundzwanzig Stunden verlässt und niemals wiederkommst.«

»Dass… ich… niemals… wiederkomme…?«, wiederholte Neil. Es war einfach zu viel für ihn. Er musste erst begreifen, dass sein großer Traum und mit ihm er selbst gescheitert war. Sein Plan, Ashworths zu kontrollieren, sein Ziel, sich als Unternehmer zu beweisen – all das war mit einem Mal vorbei. Er war wie betäubt und konnte nicht verstehen, was letztendlich falsch gelaufen war. Doch so verwirrt er auch war, er suchte zugleich nach einem Ausweg aus dem Sumpf. Scheiße, warum fiel ihm bloß nichts ein? Wie hatte das passieren können? Er hatte alles so sorgfältig geplant, hatte sich so nach dem Erfolg gesehnt…

Neil sah die drei nacheinander an. Weder Leith noch Laura zeigten Mitleid mit ihm – und am wenigsten sein Vater. Er suchte fieberhaft nach einem Grund, um hierzubleiben. »Aber… ich, aber meine Kinder…?«

Frank ließ ihn mit einer Handbewegung verstummen. »Über die brauchst du dir keine Gedanken zu machen. Das hast du schließlich noch nie getan. Aber Elsie und ich werden uns um Stacy und die Kinder kümmern, keine Angst.«

Plötzlich bekam Neil wackelige Beine, stolperte zu einem Sessel, ließ sich auf das weiche Leder fallen und kratzte sich mit zitternden Händen am Kopf. »Aber ich… ich… können wir nicht…?«

»Nein, wir können nicht«, erklärte Leith entschieden. »Es ist sehr großzügig von Laura, dass sie Ihnen diesen Ausweg lässt. Sie werden innerhalb der nächsten vierundzwanzig Stunden sämtliche Aktien auf sie überschreiben und das Land verlassen. Ashworths zahlt Ihnen sogar noch den Flug. Aber falls Sie jemals wiederkommen, Neil« – er wies auf den Bericht – »wird Anzeige gegen Sie erstattet werden. Habe ich mich verständlich ausgedrückt?«

»Aber… was soll ich denn im Ausland machen?« Er sah seinen Vater Hilfe suchend an. »Wo soll ich denn nur hin?« Dann brach er in Tränen aus.

Laura blickte ihren Bruder an. Seine unglückliche Miene machte deutlich, wie schmerzlich es für ihn war, einen Sohn zu verlieren, und obwohl sich Neil schändlich verhalten hatte, drückte der Blick, mit dem er ihn bedachte, väterliche Liebe aus. Doch sie kannte ihren Bruder gut und wusste, dass das Letzte, was er im Moment wollte, das Mitgefühl der anderen war. Das könnte sie ihm auch noch später zeigen, wenn der erste Schock und Schmerz verwunden waren.

»Wir werden jetzt gehen.« Mit einem verständnisvollen Lächeln wandte Laura sich an Frank. »Möchtest du noch bleiben?«

»Ich werde mir nachher ein Taxi nehmen«, erklärte Frank brüsk und starrte dann auf seinen immer noch schluchzenden Sohn. »Es ist sicher besser, wenn ihr zwei jetzt geht. Wegen der Aktien rufe ich dich morgen früh als Allererstes an.«

Als Leith und Laura mit dem Lift nach unten fuhren, lehnte sich Laura seufzend gegen die Wand. Es war ein anstrengender Nachmittag gewesen, und sie war froh, dass das »Gespräch« mit ihrem Neffen überstanden war.

Sie warf einen Blick auf ihre Uhr. Michaela käme bald nach Hause und auch Caroline wäre sicher bald von ihrer Taekwondo-Vorführung zurück. Sie freute sich bereits darauf, den beiden zu erzählen, dass bei Ashworths bald wieder alles beim Alten wäre. Der Usurpator war entthront, und alles konnte wieder so laufen wie bisher.

19

Anfang April war es in Coffs Harbour tagsüber deutlich heißer als in Sydney. Da der Ort ein beliebtes Urlaubsziel zahlreicher Touristen nicht nur aus der Umgebung war, war dort auch sonntags immer etwas los. Lenny, der in seiner Lederjacke schwitzte, setzte Fern und Michaela irgendwo im Zentrum ab und fuhr dann mit dem Taxi weiter zu einem alten Kumpel, der in einem hübschen Haus am Stadtrand seinen Ruhestand genoss. So würde er die Zeit verbringen, ohne sich zu Tode zu langweilen, bis sie sich zum Mittagessen träfen – wie es seit dem ersten Flug vor ein paar Monaten nach Cooma inzwischen Usus war.

Als das Taxi vor dem Haus des Freundes hielt, erinnerte sich Lenny lächelnd an den Ausflug, den er den beiden Frauen versprochen hatte, bevor es wieder nach Sydney ging. Sie würden noch das Schildkrötenbecken besuchen, eine der Attraktionen in der Nähe des Strandes, und auch wenn Michaela es sich nicht hatte anmerken lassen, freute sie sich doch bestimmt genauso sehr darauf wie die junge Fern.

Als sie das Becken wieder verließen, blickte Michaela, wie so häufig, wenn sie flog, zum Himmel, schließlich war das Wetter ein nicht unwichtiger Faktor jeden Flugs. Dunkle, regenschwere Wolken rollten über den Ozean Richtung Land und kündigten ein Gewitter an. Lenny hatte Fern noch einen Besuch in einem Café versprochen, als Michaela aber die Wolkenbildung sah, schüttelte sie den Kopf.

»Das Unwetter, das sich da zusammenbraut, gefällt mir ganz und gar nicht. Fern, lass uns den Cafébesuch verschieben. Wir sollten jetzt fliegen. Ich wäre gern in der Luft und ein Stück weiter im Süden, bevor der Sturm losbricht. Es wird sicher turbulent.«

Lenny sah Fern die Enttäuschung an. Obwohl die Kleine sie nicht auf allen Flügen begleitet hatte, hatte er sich im Lauf der Monate an sie gewöhnt und hatte sie – dafür, dass sie ein Kind war – richtiggehend gern. Deshalb sah er Michaela fragend an. »Sind Sie sicher?«

»Ja.« Sie flog nicht gern bei schlechtem Wetter. Bis nach Sydney war es ziemlich weit, und eine lange, holperige Reise, bei der sie über zwei Stunden lang von Wind und Regen hin und her geworfen wurden, entsprach nicht gerade ihrer Vorstellung von einem angenehmen Sonntagnachmittag. Vor allem würde ihren beiden Passagieren bei einem unruhigen Flug wahrscheinlich schlecht, doch wenn sie umgehend starteten, wären sie bei Ausbruch des Gewitters vielleicht schon weg.

»Schon gut«, meinte die gutmütige Fern, als Lenny einem Taxi winkte, um damit zum Flughafen zu fahren. »Ich bin sowieso noch ziemlich satt vom Mittagessen und hätte mich nur unnötig mit Kuchen vollgestopft.«

»Kleiner Vielfraß …« Grinsend zerzauste Michaela Fern das Haar.

Sobald sie in der Luft waren, erkannte Michaela, dass es gut gewesen war, früher als geplant den Rückflug anzutreten, auch wenn Lenny noch enttäuschter schien als Fern. Dann dachte sie an den etwas unangenehmen Zwischenfall am Schildkrötenbecken und an die Dinge, die Leith behauptet hatte, zurück. War Lenny vielleicht doch der unangenehme Kerl, für den ihr Liebster ihn hielt? Als sie vorhin versehentlich von einem jungen Mann angerempelt worden war, hatte Lenny völlig übertrieben reagiert. Sie hätte kein Problem damit gehabt, wenn er dem jungen Mann mit ein paar kurzen Worten zu verstehen gegeben hätte, dass sein Verhalten unhöflich gewesen war, doch er hatte gleich besitzergreifend einen Arm um sie gelegt, und auch der böse Blick, mit dem er den Mann angesehen hatte, hatte sie nachdenklich gemacht. So hatte sich Lenny bisher nie verhalten. Aber vielleicht maß sie diesem Zwischenfall auch eine viel zu große Bedeutung bei. Sie versuchte, ihren Ärger darüber zu verdrängen, wie machomäßig Lenny Kovacs aufgetreten war.

Und sie hätte sowieso kaum Zeit gehabt, um die Geschehnisse zu überdenken. Denn der Kampf gegen den Wind und die widerlichen Luftlöcher, die die Piper zwanzig Meter in die Tiefe sacken ließen, bevor sie sie mühsam wieder unter Kontrolle bekam, erforderten ihre gesamte Konzentration. Um dem Unwetter zu entgehen, flog sie erst nach Westen auf Dorrigo zu, dann über die dortige Gebirgskette hinweg und drehte dann nach Süden ab.

Weniger als zehn Minuten nach dem Start stellte sie fest, dass die Instrumente ihres Flugzeugs nur noch zögernd reagierten und dass die Reaktion auf ihre Steuerungsversuche ungewöhnlich langsam war.

Sie runzelte besorgt die Stirn, als auch der Motor plötzlich anders klang als sonst. Statt des gewohnten gleichförmigen Surrens drang ein ungleichmäßiges Stottern an ihr Ohr. Sie blickte auf die Instrumententafel. Sprit war sicher nicht das Problem, schließlich hatte sie am Flughafen getankt. Und auch alles andere wirkte vollkommen normal, bis sie auf die Öldruckanzeige sah.

Ihr Herzschlag setzte aus. Der Öldruck sank und gleichzeitig stieg der Motordruck rapide an. Wie? Warum? Ihr Stirnrunzeln vertiefte sich. Abermals durchflogen sie ein Luftloch, und nachdem sie die Piper wieder unter Kontrolle hatte, beschloss sie, sechshundert Meter tiefer zu gehen, um unterhalb des schlechten Wetters zu fliegen. Sie drückte den Steuerknüppel von sich weg, bis die Nase der Piper schräg nach unten wies, und als der Höhenmesser die gewünschte Höhe zeigte, zog sie den Steuerknüppel wieder an.

Die Maschine reagierte eindeutig verlangsamt, und als sie wieder auf die Öldruckanzeige sah – was sie ungefähr alle dreißig Sekunden tat –, musste sie erkennen, dass der Druck gefährlich weit abgesunken war. Wenn er noch ein kleines bisschen abnähme, ginge der Motor aus. Verdammt. Es wäre einfach zu riskant, die Reise fortzusetzen, doch für eine Rückkehr nach Coffs Harbour, das sie vor über zwanzig Minuten verlassen hatten, war es ebenfalls zu spät. Sie müsste Ausschau halten nach der nächsten Landepiste und dann sofort runtergehen. Sie machte einen Schwenk nach links und lenkte den Flieger von den dicht bewaldeten Bergen fort auf die Küste zu.

»Was tun Sie da?«, fragte Lenny über den Motorenlärm hinweg. Bisher hatte er gedöst und deswegen noch nichts von dem kleinen Drama, das sich im Flieger abspielte, bemerkt.

»Etwas stimmt nicht mit dem Motor. Wir müssen eine Notlandung machen.«

»Aaaah, verdammt!«

Genau, stimmte sie Lenny in Gedanken zu und dachte, beinahe fatalistisch, es würde sicher knapp. Im nächsten Augenblick setzte der Motor aus, sprang wieder an und setzte wieder aus. Sie hörte ein gutturales Husten wie bei einer Fehlzündung eines Wagens, sah eine dichte Wolke schwarzen Rauchs und dann war es plötzlich völlig still.

Michaela drückte auf den Startknopf. Nichts. Und an die Drosselklappe ging sie besser nicht heran.

Die Nase der Piper tauchte ab und als sie in den Sinkflug ging, wurde Michaela klar, dass jetzt jede Sekunde kostbar war. Sie erinnerte sich an die Vorgehensweise für den Notfall, die Rod O'Malley ihr so häufig eingetrichtert hatte, dass sie sie wahrscheinlich nie wieder vergaß, schaltete den Transponder auf die weiteste Frequenz und meldete über ihr Funkgerät: »*May Day. May Day.* Hier ist Alpha Delta Oscar vier fünf sieben, Richtung Sydney.«

Sie hörte ein leises Knistern. »Alpha Delta Oscar vier fünf sieben, hier Coffs Harbour Tower. Wo sind Sie? Wie ist Ihre genaue Position?«

»Wir fliegen Richtung Osten auf die Küste zu. Breite 30, 37, Länge 152,45. Fluggeschwindigkeit verlangsamt sich auf sechzig Knoten. Der Motor ist aus. Wiederhole. Der Motor ist aus. Ich werde notlanden«, schrie sie in das Mikrofon.

Bitte, lieber Gott, mach, dass mich jemand hört, betete sie stumm, während das Flugzeug fast wie ein Stein vom Himmel fiel.

Wahrscheinlich waren sie irgendwo in der Nähe von Nambucca Heads, doch sie hatte keine Zeit, um auf der Karte nachzusehen. In der Gegend gab es jede Menge Farmen, und mit etwas Glück fände sie einen halbwegs geeigneten Landeplatz.

Das Flugzeug sank in eine dichte Wolken-Nebel-Schicht, und in der Hoffnung auf ein Wunder sah sich Michaela suchend nach einem Flecken ebenen Landes um. Überall war dichtes Buschwerk, und es wurde immer dunkler, bis sie kaum noch etwas sah. Dann aber tauchte mit einem Mal ein kleines Tal mit einem schmalen, grasbewachsenen Streifen zwischen hohen Bäumen auf.

Sie wandte sich an Lenny. »Legen Sie den Kopf auf die Knie. Du auch, Fern.« Dann fuhr sie die Landeklappen aus.

Sie packte den Steuerknüppel mit beiden Händen und versuchte trotz der Windböen, die den motorlosen Flieger durch die Gegend warfen, die Piper in die Richtung zu lenken, in der der schmale Streifen Gras zwischen den Bäumen lag. Sie hatte keine Zeit, um Angst zu haben oder um an irgendetwas anderes zu denken als die Dinge, die sie gerade tat. Alles ging entsetzlich schnell. Sie war hoch konzentriert und spürte kaum das Kribbeln ihrer Haut und das wilde Klopfen ihres Herzens, als die Piper ihren Flug verlangsamte und mehrere Sekunden in der Luft zu schweben schien.

Dann schienen die Bäume und die Erde auf sie zuzurasen, und mit einem lauten Krachen und schrillem Reifenquietschen landeten sie auf dichtem Gras. Die Streben, die eins der Räder hielten, brachen ab und flogen durch die Luft, die Piper Cub verlor das Gleichgewicht, fiel auf einen Flügel und pflügte, während sie eine erzwungene halbe Drehung machte, den Boden um. Dann schoss das Flugzeug in die andere Richtung weiter, fort von der ebenen Wiese, auf die Bäume und auf eine Reihe moosbedeckter Felsen zu. Sie versuchte noch, den Felsen auszuweichen, doch sie hatte nur zwei Räder unter sich und inzwischen riss ein Teil des Flugzeugrumpfs die Erde auf.

Um das Tempo zu drosseln, fuhr sie abermals die Landeklappen aus und riss den Steuerknüppel bis an ihre Brust. Ein Flügel der Piper wurde abrasiert. Ihr Manöver klappte nicht, der Flieger raste weiter auf die Felsen zu ...

»Scheiße, Scheiße! Das war's dann wohl!«, brüllte Lenny in dem Augenblick, in dem die Piper krachend gegen einen Felsen stieß. Trotz des Gurtes wurde Michaela so weit nach vorn gerissen, dass sie unsanft mit dem Kopf gegen die Windschutzscheibe stieß und in vollkommene Stille und tiefe Dunkelheit versank ...

Michaela schlug die Augen auf und blinzelte. Sie hatte überlebt! Wenn sie gläubiger gewesen wäre, hätte sie dem lieben Gott dafür gedankt. So aber hob sie vorsichtig den Kopf, schaute auf die Instrumententafel und das große Loch, wo zuvor die Windschutzscheibe gewesen war. Das Glas war bei dem Aufprall rausgeflogen, und das Flugzeug lag vollkommen schräg, da auch der andere Flügel abgerissen worden war. Himmel, es war das reinste Wunder, dass sie nach einer solchen Landung überhaupt noch lebte! Sie löste ihren Gurt und versuchte aufzustehen, was jedoch aus ihrer Position – sie lag praktisch auf der Seite – etwas schwierig war. Dann fielen ihr Fern und Lenny ein, und sie warf einen Blick nach links.

Lenny lag rücklings in seinem Sitz. Seine Augen waren geschlossen, und er hatte eine dicke Beule auf der Stirn, aus der ein Faden dunkelroten Blutes rann. »Lenny«, rief sie leise, doch er antwortete nicht. Sie schlug ihm vorsichtig auf die Wange, doch noch immer gab es keine Reaktion. Er schien gleichmäßig zu atmen, war aber bewusstlos und vielleicht sogar verletzt.

»Fern.« Sie drehte sich nach ihrer Nichte um und wurde starr vor Schreck. Der hintere Teil des Flugzeugs, darunter auch der Sitz, auf dem Fern gesessen hatte, war abgerissen worden. Großer Gott, wo war das Mädchen?

Dann fiel ihr noch etwas anderes auf. Sie schnupperte und rümpfte die Nase. Es roch ganz ohne Zweifel nach Benzin! Vielleicht floss ja Treibstoff aus dem lecken Tank zum Motor, und dann würde ein Funke reichen … Himmel, sie sah besser zu, dass sie aus der Kiste rauskam … und dass sie ihre Nichte fand.

Im Lauf der Jahre hatte sie genügend Katastrophenfilme im Kino und Fernsehen gesehen, um zu wissen, was passieren könnte, setzte irgendetwas das Benzin in Brand.

Obwohl sie vor Anstrengung stöhnte, schaffte sie es schließlich, das Seitenfenster einzuschlagen und sich durch die kleine Öffnung zu zwängen. Sie ging vielleicht fünf Meter, machte kehrt und sah sich die Piper an. Der kleine Flieger wirkte, als hätte eine riesengroße Hand ihn beim Spiel zerquetscht, doch das war erst einmal egal. Das Einzige, was zählte, war die Frage: *Wo war Fern?*

Sie kletterte auf einen Felsen und blickte sich von dort aus suchend auf der Wiese um. Dort drüben, vielleicht sechs Meter vom Rest des Flugzeugs entfernt, lag der abgetrennte Rumpf.

Dann entdeckte sie Fern. Ihr Sitz war durch die Luft geflogen, als der Flieger durchgebrochen war, und das Mädchen hing schlaff in seinem Gurt!

Mit vor Schock verschwommenem Blick stolperte Michaela dorthin, wo die Kleine saß. Noch bevor sie Fern erreichte, merkte sie, dass diese bewusstlos war. Sie sah aus, als ob sie schliefe, doch aus ihrer Nase rann ein dünner Faden leuchtend roten Bluts und sie war unnatürlich bleich. Michaela löste vorsichtig den Gurt, zog Fern von ihrem Sitz, schaffte sie halb tragend, halb ziehend unter einen der Flügel der Piper, der an einem Felsen lehnte, legte sie ins Gras und tastete ihre Gliedmaßen und ihren Brustkorb ab. Es war anscheinend nichts gebrochen, aber Michaela hatte keine Ahnung, ob Fern möglicherweise innere Verletzungen davongetragen hatte oder ob vielleicht ihr Kopf in Mitleidenschaft gezogen worden war. Das erschien ihr durchaus möglich, denn das Mädchen reagierte weder auf ihre Berührungen noch darauf, wenn sie mit ihr sprach. Michaela streifte ihre dünne Jacke ab, deckte ihre Nichte damit zu und biss sich vor Sorge auf die Lippe. Fern sah schlimm aus! Sie fuhr sich mit der Hand durch die langen Haare und überlegte, was sie am besten als Nächstes tat.

Dann stand sie wieder auf und starrte auf das Flugzeugwrack. Wie in aller Welt hatten sie es geschafft, dem sicheren Tod zu entgehen? Fern war vielleicht schwer verletzt, hatte aber, wie sie selbst und Lenny, den Absturz überlebt. Dann fiel ihr wieder der auslaufende Treibstoff ein und dass Lenny noch immer in der Piper saß. Sie musste auch ihn nach draußen schaffen.

Obwohl er klein und drahtig war, war es ein fürchterlicher Kampf, ihn durch die Windschutzscheibe und über einen Teil des Motors hinweg auf den Boden zu bugsieren; er war immer noch bewusstlos und so unhandlich wie ein Sack Mehl. In dem engen Cockpit zog und zerrte sie an ihrem Passagier herum und hatte das Gefühl, als rühre er sich trotz der großen Kraftanstrengung kaum vom Fleck. Schließlich hatte sie ihn draußen, zerrte ihn mehrere Meter aus der Gefahrenzone und legte ihn dann vorsichtig auf den Boden.

Was sollte sie jetzt tun? War er schwer verletzt oder hatte er vielleicht nur eine leichte Gehirnerschütterung? Sie hatte keine Ahnung, sondern wusste nur, dass sie bei seiner Rettung ordentlich ins Schwitzen geraten war.

Erst jetzt bemerkte sie die anbrechende Dämmerung. In dem leicht dunstigen Licht kam ihr die Umgebung von Minute zu Minute dunkler vor. Um sie herum ragten hohe Bäume sowie dichtes Buschwerk wie ein Schutzwall um die kleine Lichtung auf. Michaela ging noch einmal zu dem Wrack, holte eine Wasserflasche, den Feuerlöscher, ihre Taschen, eine kleine Plane und – auch wenn sie keine Ahnung hatte, was sie damit hätte machen sollen – den Erste-Hilfe-Kasten. Dann kehrte sie zu Lenny zurück und schüttete ihm etwas Wasser ins Gesicht. Er stöhnte leise auf, murmelte einen anstößigen Fluch und tastete mit einer Hand nach seiner Stirn.

Endlich schlug er die Augen auf, starrte seine Retterin mit leeren Augen an, blinzelte und schien erst dann zu erkennen, wer sie war.

»Alles in Ordnung?«, wollte Michaela von ihm wissen.

Lenny antwortete nicht sofort. Er rappelte sich auf, zuckte zusammen und tastete erneut nach seinem Kopf. »Ich … glaube … ja«, murmelte er, spürte dann aber das Blut an seiner Stirn und hielt sich die verklebten Finger vors Gesicht. Er konnte sich nur mit Mühe konzentrieren. Ihm war schwindelig und schlecht. Dann sah er das Flugzeugwrack, riss ungläubig die Augen auf und stieß ein leises Pfeifen aus. »Meine Güte, wie in aller Welt sind wir da lebend rausgekommen?« Er starrte Michaela an und schüttelte verblüfft den Kopf. »Sie müssen wirklich eine verdammt gute Pilotin sein.«

Sie verzog den Mund zu einem Lächeln. »Es war wohl eher verdammt viel Glück.«

Dann fiel ihm die Kleine ein. »Fern. Wo ist Fern?« Obwohl seine Beine wackelig waren, schaffte er es, ohne Hilfe aufzustehen.

»Fern liegt in der Nähe der Felsen. Sie ist bewusstlos, und ich fürchte, sie ist ziemlich schwer verletzt.« Sie sah, dass Lenny schwankte, und packte ihn am Arm. »Sind Sie sicher, dass alles in Ordnung ist? Vielleicht haben Sie ja eine Gehirnerschütterung.«

»Zur Hölle mit einer Gehirnerschütterung. Ich lebe noch. Wir alle leben noch!« Er war okay, und das war Michaela offenkundig auch. Da sollte mal jemand sagen, dass es keine Wunder gab …

Sie akzeptierte seine Antwort und erklärte in geschäftsmäßigem Ton: »Das Flugzeug verliert Treibstoff.« Dann nahm sie den Feuerlöscher in die Hand und hielt ihn Lenny hin. »Wissen Sie, wie diese Dinger funktionieren, Lenny?«, fragte sie und wartete, bis er nickte. »Könnten Sie wohl den gesamten Inhalt über den Motor sprühen? Und zwar möglichst sofort? Ich würde gern noch mal nach meiner Nichte sehen.«

Inzwischen hatte leichter Nieselregen eingesetzt, doch das heftige Gewitter, vor dem sie geflohen war, schien über den Bergen hängen geblieben zu sein und war deshalb ziemlich weit entfernt. Sie sah auf ihre Uhr. In weniger als einer halben Stunde würde es vollkommen dunkel sein. Die Suchflugzeuge kämen also nicht vor morgen früh.

Während sie sich neben ihre Nichte kniete und deren Atmung kontrollierte, kam ihr plötzlich eine Idee. Vielleicht funktionierte das Funkgerät noch. Sie ging zurück zum Flugzeug und kletterte nochmals in den Rumpf, doch ein Blick auf die Instrumententafel zeigte ihr, dass die Hoffnung umsonst gewesen war. Verdammt. Sie machte sich große Sorgen um Fern. Bald wäre es dunkel und sie saßen hier draußen fest.

Sie stemmte die Hände in die Hüften und dachte nach.

Es machte ihr nichts aus, draußen zu kampieren – das hatte sie als Kind des Öfteren gemacht. Lenny hatte den Absturz relativ unbeschadet überstanden, und sie selbst war, abgesehen von ein paar Kratzern, ebenfalls okay. Fern aber ging es schlecht. Doch sie konnte sich bemühen, es halbwegs bequem für sie zu machen, ansonsten gab es nicht das Geringste für sie zu tun.

»Sie sollten nicht da drin herumklettern«, kritisierte Lenny, als er sie im Inneren des Fliegers sah.

Sie ging achtlos über diese Vorhaltung hinweg. »Ich wollte sehen, ob das Funkgerät noch funktioniert. Aber das tut es leider nicht.«

»Sie haben doch noch einen Hilferuf abgesetzt und unsere Position genannt, oder? Die werden also wissen, wo sie nach uns suchen müssen, oder nicht?«, fragte Lenny sie besorgt.

»Ich hoffe es.« Michaela sagte nicht, dass die Piper durch den Absturz sicher von dem Kurs, den sie nach Coffs Harbour durchgegeben hatte, abgewichen war. Weshalb sollte sie ihn unnötig beunruhigen? Sie presste ihre Hände an die Schläfen und versuchte nachzudenken. »Wir sollten versuchen, ein Feuer anzuzünden. Kommen Sie, wir sammeln Holz, kleine Äste, trockenes Laub.«

»Schön, dass Sie so optimistisch sind«, stellte er mit einem zynischen Lächeln fest. »Aber bei dem Regen finden wir wohl kaum noch Holz, das trocken ist.«

»Lassen Sie es uns wenigstens versuchen«, bat sie ihn. »Ich will ein Feuer anmachen, bevor es dunkel wird. Im Erste-Hilfe-Kasten liegt auch eine Fackel, aber damit gehen wir besser möglichst sparsam um.« Sie sah sich auf der Wiese um. »Wir sollten uns beeilen. Bald wird es stockfinster sein.«

Fünf Minuten später hatte sie die Arme voller kleiner

Zweige und sah Lenny fragend an. »Ich hoffe, Sie haben Ihr Feuerzeug dabei.«

»Aber sicher doch.«

Leith saß allein im Wohnzimmer im Haus in der Waratah Avenue, hielt in einer Hand eine halb leere Champagnerflöte und trommelte mit der anderen rhythmisch auf seiner Sessellehne herum. Wo blieben Fern und Michaela nur? Es war bereits dunkel und durch das Fenster konnte er die von mehreren Lampen erhellte Einfahrt sehen. Oben zog sich Laura für den Restaurantbesuch mit Jeffrey um, der in der Bibliothek die Sechs-Uhr-Nachrichten sah. Auch Caroline war längst von ihrer Taekwondo-Vorführung heimgekommen und stand unter der Dusche, käme aber sicher jeden Augenblick zu ihm in den Salon. Es war ein ereignisreicher Tag gewesen, dachte er und nahm einen Schluck aus seinem Glas.

Neil war auf der Flucht. Frank McRae hatte wegen der Schande, die er über die Familie gebracht hatte, geschäumt. Laura hatte triumphiert, und Colin Coberg würde Ashworths ohne Zweifel eine gesalzene Rechnung präsentieren dafür, dass der von Neil begangene Betrug von seinen Leuten aufgedeckt worden war. Um ein Haar wäre der Kerl tatsächlich damit durchgekommen. Wenn die Wirtschaftsprüfer nicht gerade noch zur rechten Zeit erschienen wären, hielte er bei Ashworths immer noch die Zügel in der Hand. Leith schüttelte den Kopf über die verschlungenen Pfade, die das Schicksal manchmal ging. Es war doch sicherlich kein Zufall, dass es eine Verbindung zwischen Neil und diesem Lenny Kovacs gab. Unglücklicherweise ließ sich nichts beweisen, solange Neil die Taten nicht gestand – auch wenn das sicher nie geschähe, war es trotzdem interessant, dies zu wissen.

Wo steckte Michaela bloß? Ungeduldig blickte er auf seine Uhr. Sie müsste längst wieder zu Hause sein. Wenn sie nicht in den nächsten zehn Minuten käme, würde er den Flughafen in Bankstown anrufen, um zu erfragen, ob es vielleicht eine Verspätung wegen schlechten Wetters gab. Sie hatten vorgehabt, ihrer Familie heute Abend von ihren Hochzeitsplänen zu erzählen, da aber Laura essen gehen wollte und auch Joel nicht zu Hause war, müssten sie das wohl verschieben. Doch sie hatten jede Menge Zeit, denn schließlich würde er bis an ihr Lebensende mit dieser Frau zusammen sein.

Er sah durch die offene Tür, dass Daphne öffnen ging, als es an der Haustür klingelte. Zwei Minuten später führte sie zwei Polizeibeamte zu ihm in den Salon.

»Die beiden Herren möchten mit Laura oder Caroline sprechen«, informierte Daphne Leith mit sorgenvollem Gesicht und drehte sich zur Treppe um.

»Kommen Sie doch herein«, bat Leith die Polizisten freundlich, erhob sich aus seinem Sessel und stellte sich den beiden vor.

»Sind Sie mit den Beaumonts verwandt, Sir?« Der Senior Constable, der sich als Briscoe vorgestellt hatte, blickte ihn fragend an.

»Ich bin der Anwalt der Familie, und unsere Kanzlei, Markham & Partner, vertritt auch Ashworths, das Unternehmen der Beaumonts. Ist etwas passiert?« Was für eine dumme Frage, schalt sich Leith. Natürlich war etwas passiert, sonst wären die Beamten ganz bestimmt nicht hier. Vielleicht hatte Neil etwas Unüberlegtes getan? Oder ging es um Joel – hatten er und Elissa etwa einen Unfall gehabt?

»Wir müssen mit Mrs Ashworth-Beaumont sprechen,

aber unter den gegebenen Umständen wäre es vielleicht am besten, wenn Sie bleiben würden, Sir.«

Elegant in einem austerngrauen Kleid und mit platinblondem Haar, betrat Laura den Salon. Direkt hinter ihr kam Caroline. Sie hatte noch nasse Haare vom Duschen und trug einen legeren, gemusterten Rock und ein weich fallendes weißes Hemd.

»Was führt Sie zu uns, Officers?« Noch während Laura diese Frage stellte, wurde ihr bewusst, dass etwas Schreckliches geschehen war. Das war den – bemüht ausdruckslosen – Mienen der beiden Polizisten überdeutlich anzusehen.

»Sie sind die Mutter von Michaela Beaumont?«, fragte Officer Briscoe förmlich und wandte sich danach an Caroline. »Und ich nehme an, Sie sind die Mutter von Fern Beaumont?«

Beide Frauen nickten.

»Unglücklicherweise gibt es keinen Weg, es Ihnen schonend beizubringen, Ma'am.« Wieder blickte Briscoe Laura an. »Ich muss Sie darüber informieren, dass es einen Unfall gegeben hat. Ms Beaumonts Flugzeug wurde als vermisst gemeldet…«

Laura hörte die Stimme des Beamten wie aus weiter Ferne, es kam ihr so vor, als stünde sie in einem schallgedämpften Raum. Ihre Tochter und ihr wunderbares Enkelkind. *Heilige Maria, Mutter Gottes.* Nicht auch noch die beiden. Wenn… wenn… das wäre einfach mehr, als sie ertragen könnte. Sie hatte bereits Jacks Verlust ertragen müssen, und das hatte sie beinahe umgebracht. Michaela, Fern. *Nein!* Sie merkte, dass sie keinen klaren Gedanken mehr fassen konnte, und spürte, wie sie fiel…

Sofort war Leith an ihrer Seite und führte sie zur Couch.

»Wo? Wann?«, fragte Caroline. Sie faltete die Hände, damit sie aufhörten zu zittern, und war überrascht, dass sie mit derart ruhiger Stimme sprechen konnte, obwohl sie innerlich vor Schmerzen schrie. Das konnte, nein, das durfte ganz einfach nicht sein.

»Wir haben eine Meldung von der Polizei in Coffs Harbour reinbekommen. Gegen siebzehn Uhr fünfundfünfzig hat Ms Beaumont einen Hilferuf abgesetzt, und seither hat man nichts mehr von ihr gehört. Sie sagte, der Motor ihres Flugzeugs sei ausgegangen und sie bereite eine Notlandung in Richtung Küste vor. Die Hubschrauber und Flugzeuge dort in der Nähe konnten nicht mehr reagieren, weil es bereits dämmrig war. Der Flughafen hat die letzte Position, die Ms Beaumont an den Tower durchgegeben hat, und sobald es morgen hell wird, fangen sie mit der Suche an.«

»Wir sind zuversichtlich, dass wir sie schnell finden werden, Mrs Beaumont, außer, das Wetter würde schlecht.« Dann wies Officer Briscoe auf seinen Kollegen und fügte hinzu: »Constable Sutherland wird die Verbindung zu Ihnen halten. Sie können ihn jederzeit unter dieser Nummer hier erreichen.« Er hielt Leith eine Karte hin. »Und er wird Sie seinerseits sofort informieren, wenn es Neuigkeiten gibt.«

»Danke, die Herren.« Leith sprach für sich und für die beiden Frauen. Dann blickte er Laura an. Plötzlich sah sie furchtbar klein und zerbrechlich aus. Caroline saß auf der Lehne ihres Sessels und hatte einen Arm um sie gelegt. Natürlich hatten beide einen Schock. Großer Gott. *Michaela und Fern.* Michaela war eine ausgezeichnete Pilotin, trotzdem war ihr Flugzeug abgestürzt. Und bei Abstürzen – speziell im Busch – gab es kaum eine Überlebenschance. Er atmete tief durch und versuchte, seine eigene Angst an eine Stelle seines Herzens zu schieben, an der sie sich kontrollieren ließ. Michaela, die Frau, die er liebte, konnte nicht… o nein, er wollte dieses Wort nicht einmal *denken*.

»Wann können wir damit rechnen, von Ihnen zu hören?«, wandte er sich abermals an die Polizeibeamten.

»Wir werden Sie informieren, sobald die Suche aus der Luft beginnt. Es hängt sehr viel vom Wetter ab, und obwohl wir die letzte Position des Flugzeugs haben, ist das Gebiet, das wir absuchen müssen, ziemlich groß«, antwortete Constable Sutherland. »Wir haben mit Ms Beaumonts ehemaligem Fluglehrer Rod O'Malley telefoniert, und er sagt, sie hätten während ihrer Ausbildung das Verhalten in einem derartigen Notfall mehrere Male trainiert. Unglücklicherweise aber hat die Piper Cub keine elektronische Notfunkbake, die sich nach einem Absturz automatisch aktivieren würde.«

»Morgen«, fuhr der Constable fort, »werden die Piloten mit der altmodischen Rastersuche beginnen. So geht man dem leitenden Beamten der Katastrophenopfer-Identifizierungsgruppe zufolge, die diese Art von Suche leitet, standardmäßig vor.«

»Danke, dass Sie uns gegenüber so ehrlich sind«, antwortete Leith auch im Namen von Laura und Caroline. »Ich begleite Sie noch bis zur Tür.«

Nachdem die Beamten gegangen waren, sahen sich die beiden Frauen an.

»Das ist einfach zu viel«, stellte Laura nach einem Moment mit zitternder Stimme fest. Sie schüttelte den Kopf und versuchte zu begreifen, was vielleicht mit Michaela und Fern geschehen war. »Ich halte es nicht aus, einfach nicht zu wissen, was mit ihnen ist. Sie sind beide noch so jung. Ich bin alt, wenn mir etwas passieren würde, hätte ich auf jeden Fall gelebt, aber Fern und Michaela …«

»So dürfen wir nicht denken, Mum. Das weißt du genauso gut wie ich.« Caroline hätte nicht sagen können, woher sie die Kraft für diese Worte nahm. Ihr Baby, ihre Hoffnungen, ihre Träume. Was, wenn sie sie niemals wiedersähe? Stopp! So etwas durfte sie nicht denken. Nach allem, was ihrer Mutter während ihres Lebens widerfahren war, nach all den Schmerzen, den Triumphen und Enttäuschungen, die sie erlebt und erlitten hatte, war es jetzt an ihr, Stärke zu bewahren, obwohl ihre Nerven danach schrien, einfach nachzugeben und zusammenzubrechen. Ihnen allen stand eine grauenhafte Nacht und ein wahrscheinlich grauenhafter nächster Tag der Ungewissheit bevor.

Sie wartete, bis Leith wieder im Wohnzimmer war, und sah ihn fragend an. »Bleiben Sie hier?«

»Ich glaube, Sie und alle anderen wissen längst, was ich für Michaela empfinde. Ich bleibe ganz sicher hier.«

»Gut.« Sie sah ihn mit einem schwachen Lächeln an. »Ich glaube, Mum und mir täte jetzt erst einmal ein Brandy gut. Ich werde Jeffrey informieren und dann gebe ich Nick Bescheid.«

Mit einem Mal waren Musik, Karriere und Nicks vermeintliche Unfähigkeit, die Veränderungen in ihrem Leben zu akzeptieren, vollkommen egal. Sie brauchte ihn an ihrer Seite, um die Nacht und auch den nächsten Tag mit ihm gemeinsam durchzustehen.

Neil McRae starrte aus dem Fenster auf den nächtlich schwarzen Hafen. Dann sah er auf die Straßen und Gebäude, die den Hafen säumten, und hatte das Gefühl, als zwinkerten die Lichter, die dort brannten, ihm beinahe spöttisch zu. Verbittert verzog er das Gesicht, denn er liebte diesen Ausblick und sah ihn in dieser Nacht vielleicht zum allerletzten Mal. Sein Vater hatte ihn eben erst verlassen. Sie hatten stundenlang gesprochen und viele Unstimmigkeiten der letzten Jahre bereinigt, doch das nützte ihm jetzt auch nichts mehr. Hier in Sydney war er, wie sein Vater sagte, erledigt. Niemand würde mehr mit ihm Geschäfte machen oder ihn beschäftigen, wenn sich erst herumspräche, dass er Ashworths betrogen hatte. Und es würde sich auf jeden Fall herumsprechen. Wahrscheinlich würde allein schon Markham & Partner dafür sorgen, um ganz sicherzugehen, dass er von hier verschwand.

Er schwenkte die Eiswürfel in seinem Whiskeyglas. Nach dem vierten Drink nahm der Schmerz darüber, dass er versagt und sich selbst und seine Eltern enttäuscht hatte, ein wenig ab. Er hatte alles verloren, was ihm wichtig war: Geld, Erfolg, Respekt und seine Familie. Heute Abend hatten die Beaumonts ihm all das genommen. Zur Hölle mit dem Pack.

Frank hatte ihm einen Flug nach London für Dienstagvormittag gebucht und ihm versprochen, ihn finanziell zu unterstützen, bis er bei der Suche nach einem neuen Job erfolgreich war. Er trank den Rest seines Whiskeys und lachte in das leere Glas. Was für einen Job würde er ohne eine Referenz von Ashworths wohl bekommen? Dann aber setzte er ein durchtriebenes Lächeln auf. Sein geheimes Schweizer Konto mit der Viertelmillion Dollar hatten Cobergs ach so schlaue Wirtschaftsprüfer nicht entdeckt. Auch wenn er nicht damit gerechnet hatte, je wie ein begossener Pudel dazustehen, so hatte er dieses Geld extra für »Regentage« angelegt. Und er würde nicht nach London fliegen, sondern das Flugziel ändern und dann erst mal auf Tauchstation gehen. Er würde nach Kanada fliegen, vielleicht nach Toronto, und dann weiter nach Mexiko oder vielleicht sogar nach Argentinien. In den Weiten dieses Landes konnte ein Mensch vollkommen verloren gehen und als ein anderes Wesen wiederauferstehen.

Allmählich verbesserte sich seine Stimmung wieder. Er war noch jung, noch keine vierzig, und er hatte genügend Geld für einen bescheidenen Neuanfang an einem anderen Ort. Sein Lächeln wurde breiter, als er in sein Arbeitszimmer ging.

Bevor er sich ins Bett legte, musste er noch eine Sache erledigen.

Er nahm vor seinem Computer Platz, schaltete ihn ein und schrieb einen Brief an den Polizeichef von New South Wales. In dem Brief ging es um Lenny Kovacs, und er führte alles, was er über ihn und seine diversen Unternehmen wusste, darin auf... Eine Stunde später druckte er das anonyme Schreiben aus und las es noch einmal durch. Der Brief müsste genügen, um Lenny für eine Vernehmung vorzuladen, dachte er und kicherte vergnügt, als er eine Marke und das Adressenschild auf den Umschlag klebte. Mit ein bisschen Glück würde sich der Kerl bei dem Verhör vor lauter Panik in die Hosen machen und etwas sagen, was sich gegen ihn verwenden ließ. Gott, er wünschte sich, er könnte bleiben, um zu sehen, was passierte, aber...

Gähnend schaltete er den Computer wieder aus. Er hatte einen fürchterlichen Tag gehabt und morgen würde es garantiert genauso schlimm. Er müsste Laura alle Aktien überschreiben und die letzten Einzelheiten seines Lebens hier zum Abschluss bringen... Neil nahm das Schreiben mit ins Wohnzimmer und warf es auf den Tisch neben der Tür, um ja nicht zu vergessen, es in den Briefkasten zu werfen, wenn er morgen ging. Auch wenn er nicht mehr erleben würde, was aus Lenny würde, war die Hoffnung darauf, ihn am Ende in den Sack hauen zu können, ungemein befriedigend für ihn. Vielleicht würden seine Ausführungen helfen, Lenny in den Knast zu bringen – denn dort gehörte dieser Kerl eindeutig hin …

Zur gleichen Zeit beobachtete Lenny, wie Michaela Feuer machte, und bewunderte sie abermals für ihre Kompetenz. Noch vor Einbruch der Dunkelheit hatten sie unter ihrer Anleitung die Plane zwischen dem Flügel des Flugzeugs und den Felsen aufgespannt und würden, wenn es nicht gerade anfing zu stürmen, wenigstens nicht nass. Außerdem hatte Michaela noch ein paar Gegenstände aus dem Flugzeugrumpf geholt: zwei Becher, eine Metallkiste mit Werkzeug – auch wenn sie ihnen sicherlich nicht wirklich weiterhalf –, eine Rolle Isolierdraht und eine Plastikbox mit ein paar Lebensmitteln, die ihr von der Beaumont'schen Haushälterin mitgegeben worden war. Michaela brachte immer irgendwas zu essen für die Flüge mit: Sandwiches, Kekse, ein paar Schokoladenriegel und mehrere Stücke Obst. Da sie kaum etwas davon gegessen hatten, würden sie zumindest nicht sofort verhungern, dachte er.

Sie hatten versucht, Fern in eine bequemere Position zu bringen, ihr einen der Sitze als Kissenersatz unter den Kopf geschoben und sie mit ihren Jacken zugedeckt. Die Kleine war immer noch nicht wieder bei Bewusstsein und obwohl sie gleichmäßig atmete, war sie unnatürlich bleich. Obwohl Michaela die Sorge um das Mädchen überdeutlich anzusehen war, konnte sie nichts weiter für die Kleine tun.

»Es wird heute Nacht wahrscheinlich ziemlich kühl werden hier draußen. Wir sollten also versuchen, das Feuer die ganze Nacht in Gang zu halten. Das Holz müsste auf alle Fälle reichen, wenn wir sparsam sind.«

»Waren Sie etwa mal bei den Pfadfindern?«, scherzte Lenny, während er seinen Blick an ihr herunterwandern ließ. Trotz all der Dinge, die geschehen waren, trotz des Flugzeugabsturzes, bei dem sie einen dicken Kratzer im Gesicht davongetragen hatte, sah sie fantastisch aus. Ihre dunklen Haare wippten ungestüm um ihren Kopf und trotz der aufgerissenen Knie und der Ölflecken auf ihrer Jeans, die von ihren Klettertouren durch den Flieger stammten, blieb sie eine begehrenswerte Frau. Mit Mühe unterdrückte er die körperliche Reaktion auf sie. Himmel, selbst im Dunkeln wäre es wahrscheinlich schwierig zu verbergen, dass er einen stehen hatte, dachte er.

Michaela grinste und erklärte stolz: »Ich war sogar die Beste in meiner Gruppe und habe die meisten Auszeichnungen eingeheimst.« Und noch während er diese Nachricht verdaute, fügte sie hinzu: »Sofort bei Tagesanbruch türmen wir mitten auf der Wiese möglichst große Äste für ein Signalfeuer übereinander auf, okay?«

Lenny kratzte sich an seinem zurückgehenden Haaransatz. »Und wie sollen diese Äste brennen? Wenn es weiter so regnet, ist das Holz doch sicher viel zu nass.«

»Im Flugzeug ist noch ein leerer Kanister. Wir müssen einfach einen Weg finden, um Treibstoff aus dem Tank in den Kanister umzufüllen, und dann kippen wir das Zeug über den Ästen aus.«

»Anscheinend haben Sie das alles bereits ganz genau geplant.«

»Das hoffe ich.« Mit einem knappen Lächeln sah sie ihn an. »Wenn das Wetter morgen schön ist, zünden wir das Feuer gleich bei Tagesanbruch an und hoffen darauf, dass der aufsteigende Rauch von den Suchflugzeugen aus zu sehen ist.« Sie blickte auf Fern, berührte ihre Wange und legte dann die Hand auf ihre Stirn. Sie war ungewöhnlich kühl. »Sie ist immer noch nicht wieder bei Bewusstsein. Langsam mache ich mir wirklich Sorgen«, meinte sie. »Der arme Schatz. Sie sieht erbärmlich aus. Je eher wir sie von hier fort und in ein Krankenhaus bekommen, umso besser.« Sie hatte sie noch einmal abgetastet und keine Knochenbrüche festgestellt, aber unter ihrer linken Brust hatte sie eine dicke, blaue Schwellung entdeckt. Ob ihre Rippen gebrochen waren? Danach sah es jedenfalls aus. Ach, hätte sie doch irgendwann mal einen Erste-Hilfe-Kurs belegt, dann könnte sie jetzt wahrscheinlich mehr für ihre Nichte tun.

»Sicher. Hören Sie, warum kümmern wir uns nicht in Vier-Stunden-Schichten um das Feuer? Wir sollten erst mal etwas essen, und dann legen Sie sich einfach hin. Ich wecke Sie dann, sagen wir, um elf.«

»Okay.« Sie nickte dankbar mit dem Kopf. Abgesehen von dem Zwischenfall am Schildkrötenbecken, bei dem sie eine ihr bis dahin unbekannte Seite an ihm entdeckt hatte, war er wirklich nett.

Für den Fall, dass Fern erwachte, teilte Michaela das Essen in drei Teile auf, füllte etwas Wasser in die beiden Plastikbecher, drückte Lenny einen davon in die Hand und machte sich dann schweigend über ihre bescheidene Portion her. Dabei blickte sie ins Feuer, das knisternd goldene Funken in den dunklen Himmel warf und gespenstische Figuren auf den Felsen und dem abgebrochenen Flugzeugflügel tanzen ließ.

Eine halbe Stunde später fegte Michaela mit den Händen eine Stelle dicht neben dem Feuer frei und legte sich so, dass sie nur den Kopf zu heben brauchte, damit sie ihre Nichte sah. Es tat ihr furchtbar weh, Fern so reglos und zerbrechlich daliegen zu sehen, und sie stellte sich die Reaktion ihrer Familie auf das Unglück vor. Inzwischen hatte die Polizei sie ganz bestimmt verständigt, und Caroline und Nick waren vor Sorge sicher außer sich. Genau wie ihre Mum. Und Leith. Er war bestimmt vollkommen frustriert, weil die Suche aus der Luft erst bei Tagesanbruch möglich war.

Wahrscheinlich dachten alle, sie und ihre Nichte wären tot. Nicht viele Menschen überlebten Flugzeugabstürze im Busch. Selbst wenn Ferns Verletzungen vielleicht dramatisch waren, war es ein kleines Wunder, dass sie alle noch am Leben waren, dachte sie zum x-ten Mal. Dann machte sie die Augen zu, sie brauchte dringend etwas Schlaf. Sie war total erschöpft und inzwischen tat ihr alles weh. Vor lauter Hektik nach dem Absturz hatte sie noch nicht an sich herabgesehen, aber wahrscheinlich war ihr Körper mit blauen Flecken übersät.

Lenny stocherte mit einem Stock im Feuer, so wie er es Michaela hatte machen sehen, warf den nächsten kleinen Ast in die rote Glut und merkte, dass die Hitze der Flammen die nächtliche Kälte tatsächlich vertrieb. Immer wieder blickte er auf Michaela, die, die Arme auf der Brust gekreuzt, auf dem Rücken lag. Hin und wieder rührte sie sich leicht und suchte offensichtlich eine etwas bequemere Liegeposition. Ihre Brust hob und senkte sich in einem gleichmäßigen Rhythmus, und er merkte, dass sie eingeschlafen war.

Im warmen Licht des Feuers wirkten ihre leicht kantigen Züge ungewöhnlich weich und ihr dunkles Haar ergoss sich seidig auf das Gras und über ihre Stirn und deckte auch den hässlich bläulich roten Kratzer auf der linken Wange ab. Eine Zeit lang saß er mit gekreuzten Beinen da und sog einfach ihre Schönheit in sich ein. Selbst mit im Schlaf entspannten Zügen verströmte sie eine beinahe übermächtige Sinnlichkeit. Himmel, er ging jede Wette ein, dass sie im Bett eine Granate war. Er streckte seine Finger in Richtung des warmen Feuers aus. Sie sehnten sich danach, sie endlich zu berühren – sie kribbelten, nein, schmerzten vor Begierde, jeden Zentimeter dieser Göttin zu liebkosen, die ihn schon seit Wochen in den Wahnsinn trieb.

Er riss sich von ihrem Anblick los, starrte in die Dunkelheit und wog die Chancen ab, endlich die Dinge zu tun, zu denen ihn sein Körper und seine Gefühle drängten. Er dachte immer gern gründlich über alles nach, bevor er handelte, um ganz sicherzugehen, dass sein Vorgehen nicht von Nachteil für ihn war. Der Absturz ihres Flugzeugs hatte weitreichende Folgen. Sie würden nicht noch mal zusammen fliegen, davon war er überzeugt. Und so hätte er in Zukunft nicht mehr die Gelegenheit, Eindruck bei ihr zu schinden und ihre Bekanntschaft langsam, aber sicher zu vertiefen. Aber … jetzt waren sie hier … und sie waren vollkommen *allein*. Dies war eine einmalige Chance, die einzig echte Chance, sich das zu nehmen, worauf er bereits seit Monaten gewartet hatte … länger als jemals zuvor bei einer Frau. Er leckte sich nachdenklich die Lippen, ähnlich einem Wolf, der vor seiner Mahlzeit verharrte. Sie würden nie wieder zusammen sein. Wenn er jetzt nichts unternahm …

Er streckte eine Hand aus und strich ihr federleicht erst über das Kinn und dann über den Kiefer bis hinauf zu ihrer Wange.

Sie schlief tief und fest.

Er schob sich vorsichtig ein wenig näher, verschlang sie

mit den Augen und wurde vor Verlangen hart. Himmel, er würde explodieren, wenn er sie nicht bald bekam. *Doch er würde sie bekommen!* Seine Gedankenspiele überwanden alle Skrupel und auch jede Sorge darüber, was hinterher mit ihr oder mit ihm geschehen würde. Was sollte sie hier draußen denn schon tun? Es war niemand in der Nähe, der ihr helfen konnte, falls sie schrie. Ein verschlagenes Lächeln huschte über sein Gesicht. Außerdem war Michaela keine Jungfrau mehr. Sie wusste, wie die Männer waren, wusste, was die Männer wollten, kannte sich mit diesen Dingen aus. Er hatte das Gefühl, als hätte er sein Leben lang auf sie gewartet. Doch jetzt war die Warterei vorbei!

Mit ungewohnter Sanftheit machte er die Knöpfe ihrer Bluse auf…

Michaela hatte einen wunderbaren Traum. Leith lag neben ihr, berührte ihre Brüste, liebkoste ihren Hals, glitt mit seiner Hand zwischen ihre Beine und rieb die empfindsamste Stelle ihres Körpers durch den Stoff ihrer Jeans. Sie streckte sich genüsslich und stieß ein leises Stöhnen aus. Dann wurde sie geküsst. Eine Zunge schob sich unsanft zwischen ihre Lippen, und plötzlich wurde ihr eiskalt. Das war nicht Leith! Sie kämpfte gegen die Benommenheit, doch bis sie endlich klar denken konnte, wurde sie von einem schweren Männerkörper fast erdrückt.

Es war nur ein Mann in der Nähe. Sie riss die Augen auf…

… und wurde vor Schreck ganz starr, als sie in Lennys bleiche Augen sah. »Mein Gott, was tun Sie da?«, fauchte sie ihn an, während sie versuchte, sich ihm zu entwinden.

»Das, was ich schon seit Monaten tun will. Dich flachlegen, Liebling«, erklärte er mit vor Verlangen rauer Stimme. »Und jetzt sei ein braves Mädchen, mach die Beine breit, und ich verspreche dir, dass du dich prächtig mit mir amüsieren wirst.«

»Das ist ja wohl nicht Ihr Ernst. Verdammt, runter von mir.« Sie versuchte ihn abzuwerfen, doch für einen derart kleinen Kerl war er unglaublich stark. Er richtete sich auf, setzte sich auf ihre Schenkel, drückte sie auf die Erde, packte, als sie ihm die Faust in die grinsende Visage rammen wollte, ihre beiden Arme, zog sie über ihren Kopf und hielt sie dort mit einer Hand fest. Dadurch hatte er die andere Hand frei, um sie über ihren Körper wandern zu lassen, wie es ihm gefiel…

»Wir können es auf die harte oder auf die sanfte Tour machen, Michaela«, erklärte er mit drohender Entschlossenheit und fügte – beinahe im Plauderton – hinzu: »Du bist nicht die erste Frau, die ich gewaltsam nehmen muss. Mir ist es also vollkommen egal.«

»Dafür bringe ich dich um«, drohte sie, doch noch während sie die Worte aussprach, wurde ihr bewusst, wie ohnmächtig sie war. Es war einfach unglaublich, wie stark der Kerl war. Die Hand, die ihre Arme über ihrem Kopf zusammenhielt, fühlte sich an wie ein Schraubstock. Sie drehte ihre Handgelenke, spannte ihre Arme an und zog, so fest es ging, konnte sich aber nicht befreien. Dann warf sie sich hin und her, versuchte, sich auf die Seite zu rollen, und ließ kein Manöver aus, um ihn abzuwerfen – doch er rührte sich nicht vom Fleck.

Inzwischen schlug ihr das Herz bis zum Hals, und sie atmete keuchend ein und aus. Sie vergeudete kostbare Energie in dem Bemühen, diesem Typen zu entkommen, und die gleichzeitige Angst, die in Wogen in ihr aufstieg, schwächte sie noch mehr. Sie sah, dass er den Reißverschluss seiner Hose aufgezogen hatte, und spürte seinen harten Schwanz auf ihrem Bauch. Großer Gott, was sollte sie nur tun?

Seine freie Hand nestelte am Knopf ihrer Jeans. Er zog den Reißverschluss herunter und schob seine Hand in ihren Slip. Sie verstärkte ihre Bemühungen, den Typ abzuschütteln, warf sich verzweifelt hin und her, doch … als sie sein heiseres Lachen hörte, setzte ihr bis dahin wilder Herzschlag aus. Er amüsierte sich über ihre verzweifelten Versuche, das Unvermeidliche zu verhindern. Ihre vehemente Gegenwehr steigerte seine Erregung nur. Zur Hölle mit dem Schwein! Sie starrte in sein lüsternes Gesicht. Vor lauter Gier tropfte ihm beinahe der Speichel aus dem Mund. Am liebsten hätte sie … Wenn sie sich erst wieder rühren könnte, brächte sie ihn um!

»Du Schwein!« Wie hatte sie sich über Monate hinweg von Lenny Kovacs' *nettem* Wesen täuschen lassen können? »Darauf hattest du es die ganze Zeit schon abgesehen, nicht wahr? Darauf, mich zu vergewaltigen.«

»Vergewaltigung ist so ein böses Wort.« Er beugte sich zu ihr herab und flüsterte ihr beinahe sanft ins Ohr: »Es wäre mir lieber, wenn du freiwillig mit mir schlafen würdest, dann hätten wir beide unseren Spaß. Aber das liegt ganz bei dir. Komm, ich zeige dir, wie viel Spaß du mit mir haben kannst.« Er leckte ihr die Wange, aber sie entzog ihm ihr Gesicht und dachte verzweifelt nach.

Panik rang mit Zorn, bevor der Zorn die Oberhand gewann. Wie konnte er es wagen … Plötzlich fiel ihr ihre Schwester und ihr Kampfsporttraining ein. Himmel, warum hatte sie nicht besser aufgepasst, wenn Caroline trainierte? Das wenige, woran sie sich erinnern konnte, half ihr augenblicklich nicht weiter. Außerdem war er ihr viel zu nahe. Noch immer schlug das Herz ihr bis zum Hals und die Furcht dehnte sich langsam, aber sicher in ihr aus, bis sie kaum noch Luft bekam. *Denk nach!* Du musst ihn überlisten. Aber wie? Die Art, wie er sich auf ihr bewegte, wie er seinen Unterkörper an ihr rieb, um seine Erregung noch zu steigern – und das, was er mit seinen Händen tat –, zeigte, dass er langsam, aber sicher die Geduld verlor.

Plötzlich hob er seinen freien Arm und legte seinen Unterarm direkt auf ihren Hals. Dann drückte er langsam, aber sicher zu. Sie hustete und rang erstickt nach Luft. Sie konnte nicht mehr richtig atmen, er schnitt ihr absichtlich die Luft ab. Darin hatte dieser Bastard eindeutig Übung! Auch als sie ihren Kopf etwas zur Seite drehte, blieb ihre Luftröhre zu.

»Verdammt«, wisperte sie heiser. »Also gut. *Du hast gewonnen.*« Sofort ließ der Druck auf ihre Kehle nach.

Während sie vor Schock nur noch blinzelte, sah Lenny sie mit einem breiten, triumphierenden Lächeln an. »Gut. Du bist eindeutig so schlau, wie ich dachte, Michaela-Schatz.«

Michaela-Schatz! Dieses elende Schwein. Wie konnte dieser Widerling es wagen, derartige Worte zu benutzen, während er sie vergewaltigte? Oh, dafür würde er bezahlen. Auf irgendeine Art würde sie ihn dafür zahlen lassen, auch wenn dies nicht der rechte Zeitpunkt für Rachegedanken war. Erst einmal musste sie so tun, als würde ihr gefallen, was er tat.

Sie ließ sich noch mal von ihm küssen und ging diesmal darauf ein, obwohl sie sich beinahe übergeben musste, als sie in Kontakt mit seiner Zunge kam. Als er eine ihrer Brüste knetete, zwang sie sich zu einem wolllüstigen Stöhnen, und obwohl es ihren kalten Zorn noch steigerte, als er sie überall berührte, wusste sie, sie musste warten, bis sich die Gelegenheit zur Gegenwehr ergab.

Ohne dass es ihr bewusst gewesen wäre, hatte er ihren BH ein Stück raufgeschoben, neigte seinen Kopf und saugte fest an ihren Brustwarzen, während sie sich – wenn auch nicht aus Leidenschaft, sondern in fiebriger Verzweiflung – unter seinen Zähnen wand. Sein heißer Atem, die Berührung seiner Hände und die Art, wie er sich an ihr rieb, waren ekelhaft. Doch sie tat, als würde sie sein Treiben anturnen.

»So ist's brav«, flüsterte er, als wäre sie ein kleines Kind. »Ich habe doch gesagt, dass es dir gefallen würde, oder nicht?«

Lenny konnte es kaum glauben. Sie ließ sich tatsächlich von ihm ficken. Sie war eben einfach eine geile, kleine Schlampe. Nur versteckte sie es besser als andere Frauen. Er hatte sie nur etwas härter anzufassen brauchen und schon hatte er sie heiß gemacht. Er richtete sich grinsend auf, um sie sich noch einmal anzusehen. Ein etwas raues Vorspiel sowie seine kleine *Ermutigung* hatten bereits gereicht. Ihn hatte die angewandte Härte nur noch gieriger gemacht, und tief in ihrem Inneren war bestimmt auch sie vollkommen geil auf seine Macht. Auch wenn sie das Gegenteil behaupteten, fuhren die meisten Weiber eben doch auf echte Kerle ab.

Er verringerte den Druck auf ihre Hände, meinte aber warnend: »Mach jetzt keine Mätzchen, ja?«

Sie nickte lächelnd mit dem Kopf und bewegte ihre Finger, damit das Blut in ihren Händen wieder zirkulierte. »Du bist der Boss«, meinte sie sanft, schlang ihm die Arme um den Hals und fuhr ihm mit den Fingern durch das Haar.

In seine Augen trat ein harter Glanz. Huren, alles Huren – sogar Michaela, die er liebte, dachte er. Seine Laune wurde schlechter, und er fuhr sie an: »Steig endlich aus der verdammten Jeans, damit wir weitermachen können. Schließlich warte ich schon lange genug.«

»Sicher, Lenny«, flüsterte sie unterwürfig und warf, während sie sich zappelnd aus der Hose wand, einen Blick auf Fern. Sie war immer noch bewusstlos, und bekam deshalb – Gott sei Dank – nicht mit, was gleich geschehen würde. *Was gleich geschehen würde ...* ging es ihr immer wieder durch den Kopf.

Sie sah Lenny nicht an, aber sie konnte hören, wie er keuchte, während er direkt neben ihr kniete und verfolgte, wie der steife Stoff der Hose über ihre schlanken Beine glitt. Sie versuchte, sich möglichst verführerisch zu winden, um kostbare Sekunden zu gewinnen, in denen sich vielleicht ein Plan entwickeln ließ. Sie müsste irgendeine drastische Maßnahme ergreifen, wenn sie diesen Kerl noch daran hindern wollte, sie zu vergewaltigen. Doch was könnte sie tun?

»Und jetzt den Slip«, wies er sie krächzend an.

Jetzt oder nie. Sie fasste einen plötzlichen Entschluss.

Sie blickte sich verstohlen auf dem Boden um. Wenn er sie schon gegen ihren Willen nähme, würde sie zumindest kämpfend untergehen.

»Warum hilfst du mir nicht?«, lud sie ihn mit rauer Stimme ein, während sie den Slip auf ihre Schenkel schob.

»Ja, genau, Baby. So gefällt es mir schon besser«, meinte er mit einer Stimme, der seine Begierde deutlich anzuhören war.

Er beugte sich nach vorn, riss ihr den Slip bis auf die Knöchel und fuhr dann mit schweißnassen Händen über ihre Waden, ihre Knie und die Innenseiten ihrer Schenkel. In diesem Augenblick – als sein Kopf und seine Hände ganz mit ihr beschäftigt waren – sah sie ihre Chance. Sie setzte sich halb auf, streckte einen Arm so weit wie möglich aus und erwischte ein Stück Holz, das neben dem Feuer lag…

Du willst mich vergewaltigen? Sie holte kraftvoll aus und schlug ihm den Ast mit einem dumpfen Krachen seitlich gegen den Kopf.

Sie hatte all ihren Zorn über die würdelose Lage, in die er sie gezwungen hatte, in diesen Schlag gelegt. Durch die Wucht des Hiebs verlor Lenny das Gleichgewicht, fiel seitlich von ihr herunter und krachte gefährlich dicht neben dem Feuer auf den Boden. Sofort schlug sie noch einmal zu. Ich werde dich umbringen, du Schwein. Er hätte es verdient. Wütend sprang sie auf und schlug ihm auf das linke Knie. Jetzt würde es ihm schwerfallen, sie nochmals zu verfolgen, dachte sie, bevor sie abermals den Ast auf seinen Schädel krachen ließ.

Danach stand sie keuchend da und starrte auf die reglose Gestalt, die neben ihr am Boden lag. Hatte sie ihn wirklich umgebracht? Der Gedanke rief nicht die geringsten Schuldgefühle in ihr wach, trotzdem stieß sie ihn mit ihren nackten Zehen an und machte, als er stöhnte, furchtsam einen Satz zurück.

Sie schüttelte verblüfft den Kopf. Himmel, dieser Lenny Kovacs hatte ganz eindeutig einen Schädel aus Beton.

20

Sie sah ihre zerknüllte Jeans im Gras, bückte sich danach und zog sie eilig wieder an. Dann presste sie die Lippen zusammen, starrte Lenny an und dachte hundert

Dinge gleichzeitig. Okay, sie hatte ihn daran gehindert, sie zu vergewaltigen, und dadurch, dass sie ihm das Knie zertrümmert hatte, war seine Beweglichkeit erheblich eingeschränkt, aber wenn er wieder zu sich kam, war er wahrscheinlich wütender als ein brünstiger Bulle – und falls er die Gelegenheit dazu hatte, tat er ihr sicher etwas an. Und da er dann ganz bestimmt keine Gnade walten lassen würde, musste sie ganz sichergehen, dass er sich nicht mehr von der Stelle rühren konnte, bis Hilfe kam. Sonst würde sie sich ganz einfach nicht sicher fühlen, und vielleicht wäre auch Fern dann in Gefahr.

Sie brauchte beinahe eine Stunde, bis Lenny mit dem Isolierdraht, den sie im Rumpf des Flugzeugs gefunden hatte, ordentlich gefesselt war. Sie zerrte ihn zu einem Baumstamm, band ihm seine Hände hinter dem Rücken zusammen, fesselte die Beine, lehnte ihn gegen den Stamm, schlang den Rest des Drahts um seinen Bauch und um das dicke Holz. Als sie endlich fertig war, sah er wie ein gut verschnürter Truthahn aus.

Auch danach hatte sie alle Hände voll zu tun. Sie sah nach ihrer Nichte, deren Zustand unverändert war. Sie stocherte im Feuer und warf mit vor Erleichterung und gleichzeitiger Aufregung zitternden Händen drei Holzstücke in die Glut. Erst mal hatte sie die Oberhand, doch sie glaubte nicht, dass er nicht versuchen würde, sich von seinen Fesseln zu befreien und sich an ihr zu rächen, auch wenn das schwer möglich war. Sie hatte noch zweimal überprüft, ob die Knoten richtig angezogen waren. Um sich herauszuwinden, müsste er schon ein zweiter Harry Houdini sein.

Gott, sie war total erschöpft! Schließlich, als ihr nichts mehr einfiel, um sich zu beschäftigen, legte sie sich an derselben Stelle auf den Boden, an der sie von ihm überfallen worden war. Trotz ihrer abgrundtiefen Müdigkeit schlief sie nur mit Mühe ein. Als sie endlich schlief, suchten sie Träume von der abstürzenden Piper Cub und Lennys heißen, schweißnassen Händen, die überall an ihrem Körper waren, heim…

Es dauerte bis in die frühen Morgenstunden, bis Lenny wieder zu sich kam. Sein Schädel dröhnte und sein linkes Knie tat höllisch weh, am schlimmsten aber war, dass er sich nicht mehr rühren konnte – weil er professionell gefesselt worden war. Sein Blick fiel auf Michaela. Sie lag auf der anderen Seite des beinahe heruntergebrannten Feuers und schlief tief und fest. Er stieß ein leises Knurren aus. Himmel, eins musste er ihr lassen, sie war wirklich zäh.

Sie hatte ihn, den »unsichtbaren Mann«, den Halbgott der Unterwelt von Sydney, fertiggemacht. Seine Freunde und vor allem seine Feinde würden sich vor Lachen auf die Schenkel klopfen, wenn sie hörten, was geschehen war. Er saß wirklich in der Patsche. Er hatte keine Zweifel daran, dass sie, wenn sie erst gerettet wären, wegen der versuchten Vergewaltigung Anzeige erstatten würde. Und wenn die Polizei erst einmal die Vermutung hegte, dass er nicht der aufrechte, erfolgreiche Geschäftsmann war, als der er sich ausgab, würden sie ihn so lange unter die Lupe nehmen, bis sie fündig würden. Und dann ginge er wahrscheinlich bis ans Lebensende in den Knast! Er starrte auf das Objekt seiner Begierde, das hinter dem Feuer lag, und fragte sich, weshalb mit einem Mal alles derart schiefgelaufen war.

Dann wurde ihm bewusst, warum. Großer Gott, er hätte nie versuchen sollen, sich ihr aufzuzwingen… Obwohl sich das Dröhnen seines Schädels dadurch noch verstärkte, schüttelte er den Kopf. Wahrscheinlich hatte er neben einer zertrümmerten Kniescheibe auch noch eine Gehirnerschütterung. *Du bist ein verdammter Narr,* schalt er sich selbst. Er hatte sich wider besseres Wissen auf die Frau gestürzt und dadurch alles zerstört.

Einer seiner Wangenmuskeln zuckte. Scheiße! Er war derart in sie verknallt gewesen, hatte sie so heiß begehrt, dass er die Beherrschung verloren und sich statt von seinem Verstand von seinem Schwanz hatte regieren lassen. Dafür würde er bezahlen, wahrscheinlich teurer bezahlen als je zuvor für irgendwas. Er stieß ein neuerliches Knurren aus.

Sobald Joel in seiner Corvette die Einfahrt hinunterfuhr, wurde ihm bewusst, dass irgendetwas nicht in Ordnung war. Im Haus brannten beinahe sämtliche Lichter, dabei war es fast schon Mitternacht. Äußerst ungewöhnlich für einen Sonntagabend in der Waratah Avenue. *Mum!* War ihr etwas passiert? Er hielt mit quietschenden Reifen direkt vor der Eingangstreppe an, sprang aus seinem Wagen und rannte ins Haus.

Im Wohnzimmer sah er Nick und Caroline, die zu seiner Überraschung Händchen haltend auf dem Sofa saßen, Leith und Jeffrey, die in einer Ecke in der Nähe des Fensters standen und sich leise unterhielten, und auch seine Mutter, die allein mit geschlossenen Augen auf dem zweiten Sofa saß. Er atmete erleichtert auf, als er Laura sah, fragte dann aber sofort: »Was ist los? Was ist passiert?«

»Setz dich erst mal hin«, bat Nick. »Es hat einen Unfall gegeben. Die Polizei geht davon aus, dass Michaelas Flugzeug irgendwo in der Nähe von Coffs Harbour abgestürzt ist. Kurz vor Anbruch der Dämmerung, deshalb starten sie die Suche aus der Luft erst morgen früh.«

»Ist Fern bei ihr?«, fragte Joel und ließ sich schockiert neben Laura auf das Sofa fallen, während ihm Nick und Leith das wenige erzählten, was sie wussten.

»Tja«, fügte Caroline gedämpft hinzu, »im Grunde wissen wir noch gar nichts. Wir haben keine Ahnung, ob sie noch am Leben sind oder …« Sie biss sich auf die Lippen und schüttelte den Kopf.

Laura schlug die Augen auf. »Joel.« Sie streckte eine Hand aus, die er sofort ergriff. »Es wird alles gut werden«, erklärte sie bestimmt. »Sie werden beide wohlbehalten wieder nach Hause kommen.«

»Wie kannst du da so sicher sein? Schließlich habt ihr keine Ahnung …«

Laura wandte sich an Caroline und bedachte sie mit einem mitfühlenden Blick. »Ich weiß es eben einfach, auch wenn ich dir nicht sagen kann, warum.«

Bevor Joel hereingekommen war, hatte sie geträumt – oder vielleicht auch nur gedöst – und den Unterhaltungen der anderen nur mit halbem Ohr gelauscht. In ihrem Traum hatte sie Michaela in einer dunklen Ebene gesehen. Um sie herum hatte, abgesehen von einem kleinen Flecken Lichts, vollkommene Finsternis geherrscht. Trotzdem hatte sie gesehen, dass ihre Tochter unverletzt gewesen war, Fern hatte sie jedoch nirgendwo entdecken können. Das machte ihr Angst. Ihre wunderbare Enkelin. Bitte, lieber Gott, nimm sie mir nicht weg. Du hast mir schon so viel genommen, einschließlich Jack. Lass mich Fern behalten, bitte. Sie saß reglos auf dem Sofa und beschloss, niemandem von dem Traum zu erzählen, sonst dachten die anderen noch, sie würde wunderlich und alt.

»Wir sollten alle versuchen, uns ein bisschen auszuruhen«, schlug sie stattdessen vor. »Schließlich müssen wir alle morgen wieder sehr früh raus.«

Nick blickte auf Caroline. Ihre angespannte Miene machte deutlich, dass sie so litt wie er selbst. Die fürchterliche Ungewissheit forderte von ihnen allen einen riesigen Tribut. Er legte einen Arm um ihre Schulter, drückte sie zärtlich, und sie blieb einfach reglos sitzen.

»Laura hat recht. Morgen wird bestimmt ein anstrengender Tag«, stimmte Nick seiner ehemaligen Schwiegermutter zu.

»Glaubst du wirklich, dass wir schlafen können?«, fragte Caroline ihn leise. »Ich kriege ganz bestimmt kein Auge zu.«

»Das kriegen wir anderen wahrscheinlich auch nicht, aber wir sollten es auf jeden Fall versuchen«, antwortete er, half ihr vom Sofa auf und führte sie zur Tür.

Lenny konnte nicht schlafen. Die Fesseln saßen viel zu eng und außerdem hielten ihn der Kopfschmerz und der Schmerz in seinem Knie wach. Also betrachtete er weiter Michaela und bemerkte, dass sie immer noch den Knüppel in der Hand hatte, mit dem er von ihr niedergeschlagen worden war. Er dachte, dass sie schlief, doch konnte er nicht ganz sicher sein, weil sie sich ab und zu bewegte, um eine Position zu finden, in der es auf dem harten Boden ein wenig bequemer war. Er studierte ihr Gesicht und ihren langen, schlanken Körper. *Du Idiot, du hast dich von deiner Lust beherrschen lassen, und jetzt hast du sie für alle Zeit verloren.*

Tief in seinem Inneren erwachte ein bis dahin unbekannter Schmerz. Er wusste, dass sich dieser Schmerz nie wieder völlig legen würde, weil es einfach kein Gegenmittel gab. Er liebte sie, doch es war ihm nicht gelungen, ihre Liebe zu gewinnen. Das konnte Lenny akzeptieren, denn es ging ihm inzwischen weniger um sie als um sein nacktes

Überleben. Wenn sie gerettet würden, würde er wahrscheinlich sofort festgenommen und wegen der Verletzungen, die sie ihm zugefügt hatte, ins Krankenhaus gebracht werden. Inzwischen tat sein Knie beinahe unerträglich weh.

Als Erstes musste er sich von seinen Fesseln befreien. Er fing an zu zappeln, spannte alle Muskeln an und drückte möglichst fest gegen den Draht. Verdammt, dafür, dass sie eine Amateurin war, hatte sie ihre Sache wirklich gut gemacht. Eine Stunde später war er immer noch genauso eingewickelt wie zuvor, seine Bemühungen, sich aus seinen Fesseln zu befreien, hatten nicht das Mindeste gebracht. Der Schmerz in dem verletzten Knie war nur noch ein dumpfes Pochen, doch das Dröhnen seines Schädels hatte sich tatsächlich noch verschlimmert, weshalb er nur noch verschwommen sehen konnte.

Seufzend lehnte er den Kopf gegen den dicken Baumstamm und versuchte, sich zu überlegen, was für eine Geschichte er den Bullen auftischen sollte, wenn sie erschienen. Sie müsste wirklich gut sein, dachte er.

Dann fielen auch ihm die Augen zu …

Der Weckruf der beiden Kookaburras, die in einem Eukalyptusbaum neben der Absturzstelle saßen, riss Michaela aus dem Schlaf. Trotzdem ließ sie für einen Moment die Augen geschlossen, rieb sich die Lider und konnte dann endlich die Augen öffnen. Infolge der Ereignisse des letzten Abends und des harten Bodens, auf dem sie geschlafen hatte, war sie völlig steif und jeder Knochen tat ihr weh. Dann kehrte die Erinnerung zurück. Sie setzte sich eilig auf und warf einen Blick auf Fern, die immer noch bewusstlos dalag. O Gott! Dann drehte sie den Kopf und blickte dorthin, wo sie Lenny an den Baum gefesselt hatte. Er saß noch dort, wo sie ihn zurückgelassen hatte, und starrte sie bitterböse an. Sie ging achtlos über seinen Blick hinweg, stand auf und trat zu Fern.

Sie kniete sich neben das Mädchen und befühlte seine Stirn. Trotz der Jacken, die auf ihrem schmalen Körper lagen, war sie unnatürlich kalt. Auch ihre Blässe hatte sich während der letzten Stunden noch verstärkt und ihr Atem ging nicht mehr so gleichmäßig wie am Abend zuvor. Michaela setzte sich auf ihre Fersen und wiegte sich vor und zurück.

Bitte, Fern, du darfst nicht sterben. Ich würde es nicht ertragen, wenn du stirbst. Es wäre ihre Schuld, und wie könnte sie Nick und Caroline je wieder in die Augen sehen? Sie brach in Tränen aus und streckte eine Hand nach der Hand ihrer Nichte aus. Dann wischte sie, wütend auf sich selbst wegen ihrer Schwäche, entschlossen die Tränen von ihren Wangen und stand wieder auf.

Das Signalfeuer. Komm endlich in die Gänge, Mädel. Es nützt Fern nicht das Geringste, wenn du hier sitzt und flennst. Michaela blickte in den Himmel. Die Wolken brachen auf und dahinter tauchte ein leuchtend blauer Himmel auf. Das war ein guter Tag zum Fliegen. Entschlossen zog sie ihre Joggingschuhe an, straffte die Schultern und marschierte auf der Suche nach Feuerholz in Richtung Busch.

Das Telefon klingelte.

Leith, der mit den anderen seit Anbruch der Dämmerung im Frühstücksraum versammelt war, saß dem Apparat am nächsten und so hob er schnell ab. »Hallo, hier spricht Leith Danvers.«

»Hier spricht Constable Sutherland, Sir. Ich rufe nur an, um Ihnen Bescheid zu geben, dass die Polizei und das Flughafenpersonal in Coffs Harbour die Suche von dort aus leiten und uns sofort darüber informieren werden, falls es Neuigkeiten gibt. Sie haben einen Hubschrauber und drei Leichtflugzeuge geordert, die alle vor zehn Minuten gestartet sind. Sie gehen bei der Suche nach dem vermissten Flugzeug nach der bereits angesprochenen standardisierten Rastermethode vor.«

»Danke.« Leith spürte die Blicke sämtlicher Beaumonts auf sich, als er von dem Beamten wissen wollte: »Wie oft werden sie Rückmeldung geben?«

»Ich glaube, jedes Mal, wenn die Suche in einem Feld des Rasters abgeschlossen ist.«

»Und Sie halten uns auf dem Laufenden?«

»Selbstverständlich, Sir. Wie kommen Sie alle mit der ... hm ... Situation zurecht? Soll ich vielleicht einen Psychologen schicken, der bei Ihnen bleibt?«

»Danke, nein. Bisher kommen wir auch so klar.«

»Ich werde mich regelmäßig bei Ihnen melden, Sir«, wiederholte Constable Sutherland und legte auf.

Auch Leith legte den Hörer zurück auf die Gabel und wandte sich den anderen zu. »Die Flugzeuge sind in der Luft. Es sind insgesamt vier Stück. Anscheinend haben sie eine Rastersuche angeordnet und halten uns auf dem Laufenden.«

Caroline sprang auf, drückte sich die Hand vor den Mund und stürmte mit Tränen in den Augen in die Küche. Kurz darauf hörten alle das Krachen der Hintertür, als sie in den Garten lief.

Laura blickte ihren Stiefsohn an. »Geh zu ihr, Nick. Sie braucht dich.«

Er nickte und stand auf.

Als er in den Garten kam, fand er Caro neben dem Swimmingpool, wo sie auf das Wasser starrte und versuchte, ihre Emotionen unter Kontrolle zu bekommen.

Die Angst um Fern fraß sie von innen auf und lähmte sie. Während der langen Nacht, in der sie wach in ihrem Bett gelegen hatte, hatte sie sich das Schlimmste vorgestellt. Dass ihre Tochter verletzt und unfähig, sich zu bewegen, im rauchenden Rumpf des kleinen Fliegers lag. Dass auch ihre clevere, temperamentvolle Schwester blutüberströmt und mit zerfetzten Gliedern in den Trümmern lag. *Oh, heilige Mutter Gottes,* sie würde noch vollkommen krank, wenn sie nicht endlich damit aufhörte. Aber sie konnte nicht aufhören. Dabei wollte sie so gern stark sein, ihrer Mutter und auch Joel zuliebe, doch sie hatte einfach keine Kraft. Wo waren die Ruhe, die Gelassenheit, die Leidensfähigkeit geblieben, die sie nach Meinung aller besaß?

»Alles in Ordnung?«

Sie fuhr herum. »Nein, Nick, verdammt, es ist nicht alles in Ordnung. Wie sollte wohl alles in Ordnung sein, solange ich nicht weiß, wie es Fern und Michaela geht? Wie kannst du nur eine derartige Frage stellen?«

Ihr Zorn hielt ihn einen Moment lang auf Distanz, dann aber wurde ihm bewusst, dass sie vollkommen am Ende war. Er trat auf sie zu, zog sie sanft an seine Brust und hielt sie einfach fest. »Ich weiß. Mir geht es genauso«, flüsterte er.

Sie brach an seiner Brust zusammen. »Wenn sie … falls ihr …«, schluchzte sie. »Oh, Nick, was sollen wir dann tun?«

»Ich weiß es nicht«, erklärte er mit zugeschnürter Kehle, als auch seine eigene Furcht erneut die Oberhand gewann. Wie in aller Welt sollte er Caro trösten, während er selbst völlig außer sich war vor Sorge? Er hielt sie einfach weiter fest und strich mit einer Hand über ihren steifen Rücken und mit der anderen über ihr Haar. Urplötzlich waren seine Ängste wegen Caros neuer Karriere vollkommen bedeutungslos. Nichts war mehr wichtig außer ihrer beider Angst um ihr geliebtes Kind. Falls sie Fern verlören … Nein! So wollte er nicht denken, und er ließ auch nicht zu, dass Caroline es tat.

»Ich weiß, es sieht nicht gut aus, aber wir dürfen keine negativen Gedanken hegen, sondern müssen daran glauben, dass mit Fern alles in Ordnung ist. Sie ist zäh und Michaela ist ihr gegenüber fast genau so eine Glucke wie du selbst. Außerdem ist sie eine verdammt gute Pilotin. Seit sie ihren Flugschein hat, hat sie mich ein paarmal mitgenommen, ich weiß also, wovon ich spreche, wenn ich sage, dass, falls jemand einen Flieger sicher auf die Erde bringen kann, dieser Jemand deine Schwester ist.«

»Glaubst du wirklich?«

Er sah sie reglos an. »Ich glaube es nicht nur, ich weiß es.« Dann küsste er ihr sanft die Stirn, die Wangen und die Nasenspitze und fügte hinzu: »Verdammt, ich weiß, das Timing ist erbärmlich, aber ich muss es einfach sagen. Ich kann einfach nicht länger warten. *Ich liebe dich, Caro*. Wir werden diese Sache gemeinsam überstehen«, erklärte er in überzeugtem Ton. »Wir werden Fern bald wieder in die Arme schließen können, und wenn alles wieder normal ist, werden du und ich uns zusammensetzen und uns über unsere gemeinsame Zukunft unterhalten, deine, meine und Ferns.«

Er streichelte ihr zärtlich das Gesicht, zog ihr ein paar Strähnen ihrer seidig weichen Haare in die Stirn und sah sie fragend an: »Was sagst du dazu?«

Obwohl ihr Herz beinahe vor Sorge um die Tochter brach, lächelte sie. Nick liebte sie! Er hatte es gesagt. Mit zitternder Stimme antwortete sie: »Ich freue mich darauf.«

21

Michaela keuchte vor Anstrengung. Sie hatte pausenlos gearbeitet und nur mit reiner Willenskraft so lange durchgehalten, bis die erste Rauchschwade ihres Signalfeuers zum Himmel emporstieg. Der Holzhaufen war nicht so hoch wie geplant, doch für einen noch höheren Stapel hatten ihre Kräfte einfach nicht gereicht. Auch das Umfüllen des Treibstoffs hatte einiges Geschick erfordert, aber sie hatte es geschafft, den Kanister beinahe bis zum Rand zu füllen. Dann war sie kurzfristig in Panik, als sie Lennys Feuerzeug nicht finden konnte und er sich entweder nicht daran erinnern konnte, wo er es hingelegt hatte, oder einfach aus Gehässigkeit so tat, als wüsste er es nicht mehr. Als es unter einem Stein in der Nähe des Feuers, das sie abends angezündet hatten, zum Vorschein kam, wäre sie vor Erleichterung fast in Tränen ausgebrochen.

Während sie verfolgte, wie der von dem nassen Holz verursachte Rauch zum Himmel stieg, betete sie, dass er sich nicht auflöste, bevor man ihn aus einem der Suchflugzeuge sah.

Als das Feuer richtig brannte und der dunkle Qualm eine gleichmäßige Säule bildete, kehrte sie zu ihrem selbstgebauten Unterstand zurück und sah abermals nach Fern.

Ihre Verzweiflung nahm noch zu, als sie sah, wie schlecht es ihrer Nichte nach der Nacht im Freien ging. Fern atmete noch flacher als zuvor und ihre Lippen hatten sich bläulich verfärbt. Was war nur mit ihr los? War sie vielleicht in einen Schockzustand verfallen? Großer Gott, wie konnte sie dem Kind nur helfen? Gar nicht, musste sie sich eingestehen.

Wütend auf sich selbst, weil sie nicht in der Lage war, auch nur das Mindeste für Fern zu tun, sank sie neben ihrer Nichte auf die Knie, faltete die Hände und fing an zu beten.

Wieder klingelte das Telefon und dieses Mal ging Laura an den Apparat. »Ja.« Sie nickte mit dem Kopf. »Verstehe.« Sie nickte erneut. »Danke, Constable. Ich werde es den anderen sagen.«

Bis auf Jeffrey, der einen Termin mit Frank und Neil wegen der Überschreibung der Ashworths-Aktien hatte, hatten sich inzwischen alle im Wohnzimmer versammelt und fragten wie aus einem Mund: »*Was hat er gesagt?*«

»Das Flugzeug wurde gefunden, und sie haben *alle* überlebt.« Laura atmete tief ein und Erleichterung erhellte ihr müdes Gesicht. Das stundenlange Warten, die fürchterliche Ungewissheit, der Wechsel zwischen Hoffnung und Verzweiflung hatten sie erschöpft. »Michaela ist vollkommen unversehrt. Lenny Kovacs, der Passagier, hat einen Schädelbruch und ein zertrümmertes Knie. Dazu werde ich später noch was sagen, aber...« Sie machte eine Pause und wandte sich an Caroline und Nick. Ihr Herz zog sich zusammen, doch es gab ganz einfach keinen Weg, der nicht schmerzlich für sie war, um es ihnen zu sagen. »Fern ist ebenfalls verletzt. Sie fliegen sie mit einem Rettungshubschrauber nach Sydney ins Krankenhaus.«

»Wie schwer sind die Verletzungen?« Nicks Stimme und auch sein Gesicht verrieten Schock und Erleichterung.

»Der Arzt sagt, sie habe einen Schädelbruch und einen Riss in der Milz. Sie...« Lauras Stimme brach. »Sie haben sie vor dem Flug mit einer Kochsalzlösung stabilisiert. Die Polizei hat mir erklärt, sie hätten bereits einen

Chirurgen informiert, der sie sofort nach ihrer Ankunft operiert. Der Hubschrauber wird gegen Viertel nach eins im St. Vincent's Hospital erwartet. Michaela ist ebenfalls an Bord.« Laura sah, dass ihre Tochter mit den Tränen kämpfte. Sie ging zu ihr, nahm sie in den Arm und hielt dann tröstend ihre Hand.

»Und was ist mit Kovacs? Wie wurde er verletzt?«, wollte Leith von Laura wissen. Kovacs hatte irgendwas versucht. Davon war er überzeugt.

»Constable Sutherland sagt, Michaela hätte ihn wegen versuchter Vergewaltigung angezeigt.« Laura atmete erneut tief ein, um sich nicht anmerken zu lassen, wie schockiert sie von der Neuigkeit gewesen war. »Er wurde ins Krankenhaus gebracht, steht dort aber unter Überwachung, bis sein Zustand den Transport hierher zurück erlaubt.«

»Dieses Schwein!« Natürlich – plötzlich fiel der Groschen. Der Kerl hatte es von Anfang an auf Michaela abgesehen gehabt. Himmel, warum nur war er nicht schon eher darauf gekommen? Zorn und Selbstvorwürfe stiegen in ihm auf. Weshalb hatte er nicht schneller reagiert und Michaela sämtliche Informationen, die er gehabt hatte, gegeben, damit sie diesen Typ nicht mehr flog? Rückblickend betrachtet musste er erkennen, dass er vielleicht zu sehr überzeugt davon gewesen war, dass *er* sie schützen könnte, um ihr gegenüber völlig ehrlich zu sein. »Was genau ist passiert? Hat der Constable Einzelheiten genannt?«

»Alles, was er gesagt hat, war, dass der Kerl sie körperlich bedroht hat und sie ihm eins mit einem dicken Ast über den Schädel gegeben hat. Dann hat sie ihm noch die Kniescheibe zertrümmert, damit er keine Gefahr mehr für sie darstellte«, erklärte Laura.

Joel blickte auf Nick, sie beide wandten sich an Leith. Dann grinsten sie alle drei, obwohl Leith immer noch entsetzlich wütend war.

»Geschieht dem Bastard recht«, stellte Joel nachdrücklich fest. »Sich mit Michaela anzulegen …« Er schüttelte den Kopf und seine Miene drückte einen Hauch von Mitleid aus. »Der Kerl muss eine Schraube locker haben. Sonst hätte er das garantiert niemals versucht.«

Caroline und Nick waren bereits aufgestanden und gingen Richtung Tür. »Wir fahren ins Krankenhaus.« Caroline sah ihre Mutter fragend an. »Mum, möchtest du vielleicht mitkommen?«

Lächelnd erhob sich auch Laura von ihrem Platz. »Fern ist meine Enkelin. Natürlich komme ich mit.«

»Ich auch«, schloss sich Joel ihr an. »Ich habe sowieso in einer Stunde wieder Dienst.«

»Ich auch«, meinte Leith.

Er musste Michaela sehen und sich mit eigenen Augen davon überzeugen, dass die Frau, die er liebte, unbeschadet war. Und er wollte nicht aus dem Polizeibericht, sondern von ihr selbst erfahren, was genau nach ihrem Absturz zwischen ihr und Kovacs vorgefallen war. Er ballte seine rechte Hand zur Faust. Er würde sämtliche Informationen, die er über Kovacs hatte, den Behörden übergeben. Die Lektüre würde sicher äußerst interessant.

Auch nach der Operation war Fern nicht ansprechbar. Man hatte ihr die Milz entfernt, worauf sie ins Koma gefallen war, und jetzt mussten sie alle abwarten, wobei die Warterei für Laura sicherlich am schlimmsten war.

In den vierundsechzig Jahren ihres Lebens hatte sie schon viel zu oft in irgendeinem Krankenhaus gesessen und auf Nachrichten gewartet, dachte sie. Erst wegen ihrer Jugendliebe Alex Monroe, danach wegen ihrer Eltern, dann wegen ihres ersten Mannes Eddie und später wegen der Liebe ihres Lebens, Jack. Und jetzt war ihre Hoffnung auf Unsterblichkeit bedroht, die darin bestand, dass dasselbe Blut durch ihre und die Adern ihrer Enkeltochter rann. Denn das Leben dieses jungen Menschen war in Gefahr.

Sie blickte ängstlich zu Caroline. Nick stand hinter seiner Exfrau und massierte ihr in dem Bemühen, ihre Anspannung ein wenig zu mildern, fürsorglich die Schultern. Die Krise nach dem Flugzeugabsturz hatte die beiden wieder versöhnt und die Wunden der Vergangenheit geheilt. Dafür war Laura dankbar, doch sie war nicht bereit, den Preis für dieses Glück zu zahlen, wenn der Preis das Leben ihrer Enkeltochter war. Der Gott, an den sie glaubte, konnte unmöglich so grausam sein.

Sie sah, dass Joel in seinem weißen Arztkittel, ein Stethoskop um seinen Hals, den Gang entlangkam. Ein Gefühl des Stolzes wogte in ihr auf, als sie daran dachte, wie er sich in den letzten Monaten entwickelt hatte. Er war ein trockener Alkoholiker und würde das bis an sein Lebensende bleiben. Er kam gut damit zurecht und liebte seine Arbeit im Krankenhaus, was in erster Linie seiner Freundin zu verdanken war. Es war geradezu unglaublich, wie ihr Sohn von dieser jungen Frau verändert worden war. Anders als bisher war er mit einem Mal ein zielstrebiger Mensch. Er wusste, was er aus seinem Leben machen und mit wem er es teilen wollte. Das war wunderbar.

Joels stummes Kopfschütteln verriet, dass seine Nichte immer noch im Koma lag. Sie lag im Aufwachraum, würde aber bald in ein Privatzimmer verlegt.

Michaela saß dicht neben Leith auf einem Stuhl, und

obwohl sie immer noch die Kleidung trug, die sie bereits gestern Vormittag bei ihrem Start getragen hatte, sah sie einfach prachtvoll aus. Schließlich war sie auch eine prachtvolle Person, ging es Laura durch den Kopf. Zögernd, halb verlegen und halb zornig hatte sie erzählt, was alles geschehen war. Von dem Flugzeugabsturz, Kovacs' Überfall, ihrer Gegenwehr und dem Aufbau des Feuers, das schließlich von einem Suchflugzeug gesichtet worden war. Ohne dieses Feuer hätte man sie vielleicht erst viel später ausfindig gemacht und Fern erheblich später in ein Krankenhaus bringen können. Jack wäre stolz auf Michaela gewesen, denn sie hatte Mut und Entschlossenheit gezeigt. Das hieß, dass Laura sich keine Sorgen um die Zukunft machen musste: Ihre jüngste Tochter war offenkundig wie geschaffen für die Leitung ihres Unternehmens.

Caroline war hingegen sehr deutlich anzusehen, dass sie sich nur mit Mühe zusammenriss. Nicks Nähe und seine innere Stärke, die sich auf sie übertrug, verhinderten, dass sie vor lauter Angst um Fern zusammenbrach.

Später kamen auch die Officers Briscoe und Sutherland vorbei, um nach der Familie zu sehen und ihnen die neuesten Neuigkeiten von Lenny Kovacs zu bringen. Sein kaputtes Knie war operiert und sein Zustand den Umständen entsprechend gut.

Laura wusste aus bitterer Erfahrung, dass die Zeit im Wartezimmer eines Krankenhauses einfach nicht verging. Ferns Zustand blieb unverändert, und obwohl der Arzt, der sie behandelte, ihnen allen nahelegte, erst mal heimzufahren, blieben sie da.

Als sie endlich in ein eigenes Zimmer kam, setzten sie sich abwechselnd an Ferns Bett, beobachteten sie, redeten mit ihr, hielten ihre Hand. Auch als die Ärzte endlich sagten, ihr Zustand sei nicht mehr kritisch, sondern »nur noch« ernst, verließ niemand das Krankenhaus. In dem großen Bett sah sie so klein und verletzlich aus.

Zwei Tage lang lag Fern im Koma. Die Nerven aller waren zum Zerreißen angespannt, als endlich in den frühen Morgenstunden der ersehnte Durchbruch kam.

Nick und Caroline waren bei Fern, als ihre Lider anfingen zu flattern, bevor sie die Augen öffnete, ihre Eltern anstarrte und mit einem schwachen Lächeln wissen wollte: »Mum, Dad, wo … bin ich?«

Caroline brachte keinen Ton heraus. Der Klang der Stimme ihrer Tochter schnürte ihr die Kehle zu. Ihr Kind war wieder bei Bewusstsein und es klang so … vollkommen normal. Gott sei Dank.

»Im Krankenhaus, Schätzchen«, sprang Nick helfend ein. »Jetzt wird alles wieder gut.«

»So fühle ich mich aber nicht«, beschwerte sich das Mädchen. »Ich habe fürchterliches Kopfweh und noch schlimmeren Durst.«

Nick drückte den Klingelknopf. »Wir werden die Schwester bitten, dir etwas zu trinken zu bringen.« Grinsend strich er ihr über die Wange. »Weißt du noch, was passiert ist? Kannst du dich an irgendwas erinnern?«

Es war Fern deutlich anzusehen, wie anstrengend das Nachdenken für sie war. »Das Flugzeug. Ja. Wir sind abgestürzt.« Dann verzog sie furchtsam das Gesicht. »Ist Michaela …«

»Ihr und Kovacs geht es gut«, versicherte ihr Nick, auch wenn die Erklärung in Bezug auf Lenny eindeutig gelogen war. Dann drückte er Caros Hand und sah seine Exfrau an. »Jetzt wird alles gut. Nicht wahr, Liebling?«

Caroline nickte stumm. In den letzten zweiundsiebzig

Stunden hatten sie sehr viel miteinander geredet. Sie hatten ihre Ängste und Befürchtungen bezüglich der Vergangenheit und Zukunft formuliert, ihre Gedanken ausgesprochen, Missstände und Missverständnisse geklärt. Dabei war ihnen beiden klar geworden, dass kein Job, keine musikalische Karriere, *nichts* so wichtig wie ihre Liebe zueinander war. Wenn Fern wieder gesund war, würden sie ganz sicher einen Kompromiss finden, mit dem sie alle leben könnten, und zwar *dauerhaft*.

Caroline bedachte Fern mit einem liebevollen Blick, verzog den Mund zu einem Lächeln und bemerkte, welche Last von ihr abgefallen war. Fern würde wieder ganz gesund, und sie und Nick würden bis an ihr Lebensende zusammen sein. Tränen der Erleichterung, der Freude und des Glücks stiegen in ihren Augen auf, als sie ihre Tochter in die Arme nahm.

Nach seiner Verlegung in Sydneys Royal Prince Alfred Hospital bekam Lenny Besuch von Earl. Dank seiner allgemeinen Fitness hatte er sich ziemlich schnell erholt, trotzdem flüsterten sie beide miteinander, damit der Polizist, der in der Tür des Vier-Bett-Zimmers stand, nichts von ihrer Unterhaltung mitbekam.

»Dein Anwalt meint, dass du für diese Sache hinter Gitter kommst, Lenny«, stellte Earl mit dumpfer Stimme fest.

»Ich weiß. Versuchte Vergewaltigung und jetzt ermitteln sie auch noch in ein paar anderen Angelegenheiten, wie zum Beispiel dem Einbruch bei Ashworths.« Er nickte seinem Spießgesellen zu. »Geht am besten erst einmal auf Tauchstation. Sag sämtlichen Gruppen, dass sie eine Pause machen sollen. Ein möglichst langer Urlaub wäre gut. Ich bin sicher, dass mich dieser kleine Scheißer Neil verpfiffen hat, als Rache für all die Jahre, in denen ich ihm das Leben schwergemacht habe.« Lenny bekam ein zornrotes Gesicht. Niemand verpfiff ihn bei den Bullen und kam ungeschoren davon. »Aber ich werde ihn erwischen. Und wenn es zehn Jahre dauert. Ich werde den Kerl erwischen, und dann zahlt er für diesen Verrat.«

»Sicher«, stimmte Earl ihm zu. »Allerdings hat er das Land verlassen. Dem Portier in seinem Appartementblock zufolge ist er letzten Dienstag nach London geflogen. Angeblich droht ihm eine Anklage wegen Betrugs, falls er wieder nach Australien kommt. Bei den Beaumonts ist er auf alle Fälle unten durch, und selbst seine eigene Familie hat ihn angeblich enterbt.«

»Besorg mir einen Anwalt, Earl, und zwar den besten, den du kriegen kannst. Er muss mich auf Kaution rausbekommen, und es ist mir vollkommen egal, wen er dafür alles schmieren muss. Inzwischen kann ich wieder laufen. Ich werde also in ein paar Tagen aus dem Krankenhaus entlassen und dann bis zu meiner Anhörung in den Knast in Long Bay gesteckt.« Lenny beugte sich noch weiter vor und flüsterte seinem Komplizen zu: »Aber ich gehe ganz bestimmt nicht noch mal hinter Gitter. Auf keinen Fall. Denk dran.« Seine Miene wurde verschlagen und er senkte seine Stimme auf ein noch leiseres Flüstern ab. »Wir haben einmal über einen Fluchtweg für den Notfall diskutiert. Darüber, dass jemand mit dem richtigen Plan und mit genügend Geld das Land verlassen kann, ohne dass es irgendjemand merkt.«

»Ja, aber« – Earl runzelte die Stirn – »das wird nicht so einfach werden, solange du dein Bein nicht richtig bewegen kannst.«

»Überlass die Sorge wegen meines verdammten Beines einfach mir«, fuhr ihn Lenny ungeduldig an. »Ich will, dass du die Details ausarbeitest und später, wenn ein bisschen Gras über die Sache gewachsen ist, die Organisation für mich weiterführst. Okay?« Als Earl nickte, ließ sich Lenny, offenbar erschöpft, wieder auf sein Kissen sinken und erklärte: »Los, hau ab. Und komm ja erst wieder, wenn du alles erledigt hast. Ich will nicht, dass die Bullen merken, dass du einer von meinen Leuten bist und nicht« – plötzlich fing er an zu grinsen – »wie du behauptet hast, mein persönlicher Physiotherapeut.«

»Sicher, Lenny.« Earl zwinkerte ihm zu und machte sich umgehend auf den Weg.

Lenny schloss die Augen und tat, als ob er schlafen würde, obwohl er alles andere als schläfrig war. Er wusste, was Earl machen würde. Die Details des Plans standen bereits seit Langem fest. Ein gefälschter Pass, eine gut gefüllte Reisekasse und ein schneller Wagen mit einem erfahrenen Chauffeur, der ihn nach Brisbane bringen würde, wo er einen Flieger nach Cairns und von dort entweder den nächsten Flieger Richtung Hongkong oder ein schnelles Schiff nach Fidschi nehmen würde, wo man vom Flughafen Nadi aus in alle Länder kam. Er strich sich über die glatt rasierte Wange. Er würde aufhören, sich zu rasieren, denn für seine Maskerade bräuchte er auf alle Fälle einen Bart. Bald – sobald er auf Kaution entlassen wäre – würde Lenny Kovacs ein für alle Mal verschwinden, denn dann begann sein neues Leben als Lonnie Kitchener, Unternehmer im Ruhestand.

Er lachte leise auf. Er freute sich schon auf den Tag, an dem er seinen alten *Kumpel* finden und ihm gegenüberstehen würde. Der würde sich vor Angst in die Hose machen, und dazu hätte er auch allen Grund. Neil McRaes Tage waren gezählt.

Dann dachte er flüchtig an Michaela Beaumont. Die

Frau, die er liebte, würde er niemals bekommen, doch von ihrem Bild würde er bestimmt auch weiterhin in unzähligen langen Nächten heimgesucht. Aber damit müsste er leben … Er zuckte fatalistisch mit den Schultern und klappte erneut die Augen zu.

Epilog

Es war ein perfekter Juni-Sonnabend. Der Wintertag war mild, der Himmel klar und der Garten des Hauses Nummer 52 in der Waratah Avenue wunderschön.

Winterblüher, Magnolien und verschiedenfarbige Kamelien in Töpfen wurden durch Kübel duftender Rosen, die extra für die Hochzeit von Jordana Levy und Daniel Blumner angemietet worden waren, ergänzt. Auf dem Rasen stand der traditionelle, *Chuppa* genannte Baldachin, unter dem das Brautpaar stehen würde, während ihm der Rabbi seinen Segen gab. Stühle für über vier Dutzend Gäste waren links und rechts eines grasbewachsenen, mit Rosenblüten übersäten Weges aufgestellt, und in dem großen Zelt neben dem Pool liefen elegant befrackte Kellner hin und her und trafen die letzten Vorbereitungen für das koschere Hochzeitsmahl.

Als Braut und Bräutigam unter der *Chuppa* standen und der Rabbiner den hebräischen Text zu ihrer Trauung sprach, ließ Laura den Blick über die Gäste wandern, wo er nacheinander auf die Mitglieder ihrer Familie fiel.

Joel saß neben Elissa und hielt zärtlich ihre Hand. Laura wusste, wie zufrieden Joel über den medizinischen Durchbruch war, der ihm und seinem Professor bei der Behandlung von Herzproblemen wie den ihren gelungen war. Professor Grebeveski würde seine Arbeit im Oktober auf einer internationalen Fachtagung in Vancouver vorstellen, zu der er eingeladen worden war, und auch wenn die Krankheit immer noch nicht heilbar war, bot die gefundene Therapie den Betroffenen wenigstens die Chance auf eine beachtliche Lebensverlängerung.

Da Jo auf Brautjungfern verzichtet hatte, saß auch Michaela Händchen haltend neben ihrem Freund. Lächelnd dachte Laura an die Aufregung der Tochter, als sie, nachdem Warren Tremayne die Firma verlassen hatte, vom Aufsichtsrat zur neuen Direktorin der Ashworths-Filiale in Sydney ernannt worden war. Ein Journalist des *Herald*, der an einem Artikel über die wachsende Zahl aufstrebender junger Unternehmerinnen schrieb, hatte Michaela porträtiert und anerkennend festgestellt, dass sie die jüngste Direktorin eines großen Unternehmens in ganz Australien war. Nächste Woche würden sie und Leith nach Schweden fliegen, denn seine Familie war schon ganz gespannt auf seine zukünftige Frau.

Auf der anderen Seite des Ganges saß Caroline mit Nick und Fern. Der Anblick des glückstrahlenden Trios wärmte Lauras Herz. Endlich waren sie wieder glücklich vereint.

Nur ihr langjähriger Freund und Weggefährte Jeffrey Markham hörte ihr zufriedenes Seufzen, denn er hatte den Platz direkt neben ihr.

Endlich war ihre Familie wieder vollständig, endlich hatte jeder einen Partner oder eine Partnerin, endlich war das Glück bei ihnen allen eingekehrt. Dies würde sicher nicht die letzte Hochzeit in ihrem Garten sein. Und wenn ihr Jack noch leben würde, wäre er in diesem Augenblick bestimmt genauso glücklich wie sie selbst.

Danksagungen

Herzlichen Dank meiner Agentin Selwa Anthony,
meinen Lektorinnen Linda Funnell,
Nicola O'Shea und Catherine Hammond,
Dr. Liana Oeay, Senior Constable Karen Davis
von der New South Wales Police Force,
Ted Herman sowie Susan Lefmann-Lazarus.

blanvalet

Sehnsucht nach Australien

Australien-Saga. 448 Seiten. Übersetzt von Uta Hege
ISBN 978-3-442-37147-1

Australien-Saga. 448 Seiten.
Übersetzt von Tanja Ohlsen
ISBN 978-3-442-36331-5

Australien-Saga. 576 Seiten.
Übersetzt von F. Reinhart & V. Topalova
ISBN 978-3-442-36340-7

Lesen Sie mehr unter: **www.blanvalet.de**